2000 年 9 月在神农架挂职

2009 年 9 月在荆州古城

2011 年 5 月在湖北荆州

2012 年 9 月在希腊雅典

2013 年 8 月在新疆天池

2013 年 10 月在海南

2014 年 7 月在新疆伊犁

2015 年 8 月在新疆库车

2015 年 10 月在四川稻城亚丁

陈应松自选集

陈应松 ◎ 著

天地出版社 | TIANDI PRESS

图书在版编目（CIP）数据

陈应松自选集 / 陈应松著 . —成都：天地出版社，2017.9（2021.9重印）
（路标石丛书）

ISBN 978-7-5455-2843-5

Ⅰ . ①陈… Ⅱ . ①陈… Ⅲ . ①中国文学—当代文学
—作品综合集 Ⅳ . ① I217.2

中国版本图书馆 CIP 数据核字（2017）第 113160 号

陈应松自选集

出 品 人	杨　政
著　　者	陈应松
责任编辑	罗月婷
封面设计	今亮后声
电脑制作	九章文化
责任印制	葛红梅

出版发行	天地出版社
	（成都市槐树街 2 号　邮政编码：610014）
网　　址	http://www.tiandiph.com
	http://www. 天地出版社 .com
电子邮箱	tiandicbs@vip.163.com
经　　销	新华文轩出版传媒股份有限公司

印　　刷	廊坊市印艺阁数字科技有限公司
版　　次	2017 年 9 月第 1 版
印　　次	2021 年 9 月第 2 次印刷
成品尺寸	160mm×238mm　1/16
印　　张	40.25
字　　数	695 千
定　　价	98.00 元
书　　号	ISBN 978-7-5455-2843-5

序言

王蒙

新华文轩集团在做一套当代作家的自选集，第一批将出版陈忠实、史铁生、张炜、韩少功、王蒙的自选作品，目前签约的则还有熊召政、王安忆、赵玫、方方、池莉、苏童等同行文友，今后还将考虑出版港澳台及海外华语作家的自选作品。好事，盛事！

现在的文学创作并没有太大的声势，人们的注意力正在被更实惠、更便捷、更快餐、更市场、更消费也更不需要智商的东西所吸引。老龄化也不利于文学作品的阅读与推广，因为老人们坚信他们二十岁前读过的作品才是最好的，坚信他们在无书可读的时期碰到的书才是最好的，就与相信他们第一次委身的情人才是最美丽的一样。新媒体则常常以趣味与海量抹平受众大脑的皱折，培养人云亦云的自以为聪明的白痴，他们的特点是对一切文学经典吐槽，他们喜欢接受的是低俗擦边段子。

孟子早就指出来了，"耳目之官不思，而蔽于物。物交物，则引之而已矣。心之官则思，思则得之，不思则不得也。"他强调的是心（现在说应该是"脑"）的思维与辨析能力，而认为仅仅靠视听感官，会丧失人的主体性，丧失精神的获得。因为一切的精神辨析与收获，离不开人的思考。

当然，耳目也会激发驱动思维，但是思维离不开语言的符号，而文学是语言的艺术，是思维的艺术，是头脑与心灵而不仅仅是感觉的艺术。文艺文艺，不论视听艺术能赢得多多少百倍更多的受众，文学仍然是地基又是高峰，是根本又是渊薮。文学的重要性是永远不会过时与淡化的。

当代文学云云，还有一个问题，"时文"难获定论，时文受"时"的影响太大。学问家做学问的时候也是希罕古、外、远、历史文物加绝门暗器，不喜欢顺手可触、汗牛充栋的时文。

但读者毕竟读得最多最动心动情最受影响的是时文。时文而晒一晒，静一静，冷一冷，筛一筛，莫佳于出版自选集。此次编选，除王蒙一人而外都是文革后"新时期"涌现的作家，基本上是知青作家。知青作家也都有了三十年上下的创作历程与近千万字的创作成果。几十年后反观，上千万字中挑选，已经甩掉了不少暂时的泡沫，已经经受了飞速变化与不无纷纭的潮汐的考验，能选出未被淘汰的东西来，是对出版更是对读者的一个贡献。以第一批作者为例，陈忠实的作品扎根家乡土地，直面历史现实，古朴淳厚，力透纸背。史铁生身体的不幸造就了他的悲天悯人，深邃追问，碧落黄泉，振撼通透，沉潜静谧。张炜对于长篇小说的投入与追求，难与伦比，乡土风俗，哲思掂量，人性解剖，一以贯之，未曾稍懈。韩少功更是富有思辨能力的好手，亦叙亦思，有描绘有分解，他的精神空间与文学空间纵横古今天地，耐得咀嚼，值得回味。我的自选也忝列各位老弟之间，偷闲学学少年，云淡风清，傍花随柳，作犹未衰老状，其乐何如？

我从六十余年前提笔开写时就陶醉于普希金的诗：

> 我为自己建立了一座非人工的纪念碑，
>
> ……所以永远能和人民亲近，
>
> 我曾用诗歌，唤起人们善良的感情，
>
> 在残酷的时代歌颂过自由，
>
> 为倒下去的人们，祈求宽恕同情。
>
> ……不畏惧侮辱，也不希求桂冠，
>
> 赞美和诽谤，都心平静气地容忍。

看到文友们的自选集的时候，我想起了普希金的诗篇《纪念碑》。每一个虔诚的写者，都是怀着神圣的庄严，拿起自己的笔的。都是寄希望于为时代为人民修建一尊尊值得回望的纪念碑来的。当然，还不敢妄称这批自选集就已经是普希金式的纪念碑，那么，叫路标石就好。几十年光阴荏苒，总算有那么几块石头戳在那里，记录着时光和里程，记忆着希冀和奋斗，还有无限的对于生活、对于文学的爱惜与珍重。它们延长了记忆，扩展了心胸，深沉了关切与祝福，也提供给所有的朋友与非朋友，唤起各自的人生百味。

本土与乡土（代序）

陈应松

在托尔斯泰和陀思妥耶夫斯基的时代，或许没有像如今这么多的文学名词和概念，把作家折磨得鼻青脸肿、无所适从。那时的作家只是想尽情表达他的理想，表达他的世界。但是现在，随着全球化时代的到来，强调视野和哲学深度。在"世界性"的蛊惑之下，人们转向本土经验寻找属于自己的世界性元素。作品的自我意识愈发膨胀，每个人企图在自己的脚下征服全球的读者。中国作家在近三十年来，受到的影响主要来自美国的福克纳和哥伦比亚的马尔克斯，这两位作家，以狭小的写作空间成全了他们成为世界性作家，在一小块虚构的土地上书写一个时代，或者一个地域，或者一部历史。在中国，莫言的道路助长了作家在世界格局下的本土意识，刺激着更多的作家效尤，这股潮流方兴未艾。

本土，是针对世界而言的；乡土，是针对城市而言的。对中国的作家来说，这两方面都至关重要。这是一种觉醒意识。这表明，当代作家知道在使用本土语言和故事的时候，能找到不同肤色、种族和年龄的知音，写作的野心变大了。本土小说是写给本土之外的人看，乡土小说是写给城里人看。

对我来说，本土是乡土的外延，而乡土才是本土的核心。

我这些年虽在城市，却尽量躲避城市，我的乡土意识是在城市的生活煎熬及它的冷漠、亢奋、混乱、无情，在浓浓的终年不散的雾霾中被唤醒的。

我写的是中国中部湖北省的一个山地，叫神农架。对此我有持久不衰的热情。我喜欢她的高度、遥远、鬼魅氛围、偏僻、寂静、美丽、阔大、捉摸不透，还有时时撞击着我的想象力的传说与神话。我书写的对象离我内心的渴望越来越近。乡土是我的梦境。但因为时代赋予了乡土另外的含义与隐喻，她的象征意义已经完全超越了"乡土"的本意。除了是我们的梦境，也是我们书写的现实，而且是非常真实的现实。不是怀念，不是乌托邦，是当下我们社会烟尘滚滚、热气腾腾、善恶恶斗的前沿阵地。因为乡土是底层的生活，是社会弱势的一方，对于作家来说，它代表的是一种价值取向，一种精神向度的关注，接近于文学的本质，我们国家向何处去这样一些重大的命题。底层是我们国家历经改革三十多年之后的一碰即痛的创伤，有着许多难忘的挣扎、守望和坚韧，美丽动人。

我比较喜欢山冈和森林，也喜欢峡谷中的河流；喜欢群山之间的阳光与雾气，更加喜欢即将沉入黑夜的夕阳；喜欢农民、庄稼和畜禽，还喜欢野草；喜欢树影和村庄之上的月光，喜欢那些不声不响的让人头脑清醒呼吸畅通的风；喜欢山村的人们用很偏远的方式演绎的生活。在我看来，他们虽然不是这个世界的主角，但是文学的主角。他们虽然穿着古旧，但是作风正派，可以和作家做局，充当作家的"托"，在繁华世界隐匿、消歇和疲惫的尽头，成为文学中重要的、正式在夜半上场的人群，就像传说中的众神狂欢。

一个作家表达他对世界的看法需要有一个假托的场景，这个场景对他来说，是可以调遣许多熟悉的人和物的。在这里，他可以获得鲜活的、让人信服的帮腔。所有的环境就是他的世界，为了写得更像真的，他有时候必须让故乡说谎。故事也许不发生在自己的乡土之上，写作者内心的语言却是真诚无欺的，他的坦诚是应该得到尊重的。为此，故乡是他最好的"托"。

乡土的一切包括恐怖的字眼也是美好的，特别是成为文学之后，比如：坟地、鬼魂、荆棘、泥泞、黑夜、小路、荒芜……我喜欢将作品泡在泥土和野草之中，让文字表达在沼泽中跋涉，踩着气味浓烈的腐殖质艰难行进。并且在写作中带着一点点自己制造的恐惧，与那些邈然出现的山川和人物相遇。写作是充满惊喜的事情。因为我并不是太熟知他们，所以我会创造机会与他们交谈和生活，让他们出现在几乎绝望的环境里，成为绝处逢生的奇迹。

中国作家对土地的偏爱似乎更甚于其他民族，可能是土地在这个人口众多的国家显得特别金贵。加上城市对农村的歧视，城市扩张对土地的掠夺，逼得农民退守到最后一小块乡土，在那里喘息、生存与终老。对乡情的迷恋，对农耕的陶醉，是许多中国作家的嗜好。20世纪80年代，批评家们就警告说中国的先进符号在城市，乡村将注定衰败和落后下去，乡土写作是一种过时、落后、陈旧的写作，作家要书写城市，紧跟时代潮流。事实证明这种观点是对中国的无知，是对作家复杂情感的轻视。为什么乡土不屈地在中国作家的作品中闪光？有多种原因。但这也与写作的职业非常有关。写作者是手工业者。帕慕克说写作是一门中世纪的手艺。这种手工操作的特性是人的最原始的劳动，跟田间劳作无异，这就注定了作家的恋旧本性。乡土是恋旧的归宿地。作家写作的对象从来没有先进与落后、时尚与土气之分，恰恰相反，作家应该逃避先进与时尚，成为传统的紧守者。

我知道，俄罗斯的作家们——无论是19世纪还是20世纪的作家，不经意中就写出了俄罗斯大地深厚沉重的苦难，这完全源于作家的良知和悲悯，是他们对自己国家和大地的热爱所致。我到过托尔斯泰的故乡图拉和他的雅斯纳亚·波里亚纳庄园，他对土地和人民的热爱让我感动。他说过，我的愿望是脱光了衣裳在田野上耕种。

我自己，我希望我在大地的气息中老去，因为我的生活脱离大地太久。这种气息对出生在乡村的写作者，就是精神和力量的支撑，并且可以安放他的灵魂。把乡土搬运进作品，就像把我们一生的智慧搬运进作品。

目录

附　　录

长篇小说

猎人峰

凭借我的血管和我的嘴。

通过我的语言和我的血说话。

——聂鲁达

引子或告白

仇恨像瘟疫吞噬着大地，像森林在这块山区蔓延，顽强生长。山由辉绿岩、闪长岩和火山岩组成；它的上面，是凝火岩，底部是火山角砾岩。这巨大的来自远古时期的山地穹窿，以数百万年为纪年的间歇式拱曲、爬升，到处是倾斜的边幕状褶皱和断裂带，山脉残缺不全，山体支离破碎。因而显得大气磅礴，诡谲万端；河谷深切，壁立万仞，山首高亢，水势沛然。

火山冷却了，生命和仇恨纷至沓来。

藤本绞杀着那些好不容易站着的高大乔木，想把它们扼死；石头也阻止着树木的生长，而树木（特别是石松科树木）用它坚韧的根须吐着酸液，腐蚀着脚下的顽石，一点一点往深处钻去，然后年复一年地落下树叶营养自己。树丛间，孢类、菌类和兰花科植物开始鬼鬼祟祟地生长了，并带来了香气。但是，残忍、凶险的瘴气也在腐殖质和密不透风的山林沟壑间酝酿形成，追杀那些斗得死去活来的动物。动物的群落以牙齿区分开：有着强劲锐齿的肉食类动物跟在有着宽大臼齿的草食类动物的后头，想把它们斩尽杀绝；而有着啮齿的神经质机敏动物则在地底，以竹根、树根和草根为食，但也逃不脱被他人啃啃的命运。

万物都在精心地算计着，以求生存。人开始进入这片区域。就说近的吧：先是恶霸地主们强占农民开垦的土地，土匪占山为王。为了对付这些恶人，革命者出现了，砍杀了不少地主恶霸，农民、雇工、佃农和流氓无产者抢夺了他们的土地。但没有几天，那批闹革命的人去了洪湖，也带去了当地最激进的农民（本小说中戢家湾的白秀和他失踪的十二个战友即是）。土匪恶霸们又回来了，又对那些分了他们田地的穷人施以点天灯、五马分尸、背火笼，及剥皮、枭首等酷刑，又杀不少的人。到后来，终于改朝换代了，地主恶霸、汉奸土匪等差不多消灭了，但仇恨并未终止，又出现了反革命、右派、走资派、坏分子等打击的对象。杀人的氛围始终充斥着这块土地，人们对于杀人和斗争的兴趣远甚于其他，比如种植和商业活动或者文化活动。对山冈的杀戮是共同的，不分种族、姓氏、阶级和派别，为了对付树木，人们开始修路以便砍伐，更多的是对准了禽兽。当地的人称为扁毛圆毛。野牲口的头叫彩头，蹄爪叫四山子，皮叫衫子，心肝叫红开花，舌头叫赚头，尾巴叫刷子。这些不经意的伟大命名，使野牲口们陷入了人民战争的汪洋大海之中，人们使用各种猎具，加上助纣为虐的猎狗——经过数代淘汰，已经进化得完美无缺。火药发挥了巨大的威力；满山下的套子和陷阱，还有绝后窖、阎王塌子千斤榨等气壮山河的猎具，一只野牲口想安然踱步于山林而不被捕杀似乎是不可能的。于是出现了一些神奇的灵兽，创造了许多传说，并且加紧繁殖，使得无法消弭的仇恨得以延续，血肉横飞的场景得以重演。

　　在人迹罕至的地方，在中国南部被称为"中央山地"的这块神农山区，在我们津津乐道的过去，山冈上奔跑着成群的斑羚（麻羊子）和鬣羚（灵鬃羊），狐奔兔走，虎躞狼行；黑熊像阴森的鬼魅游弋在山林里，金丝猴像金色的晚霞飘浮在树巅；天空中红隼、鹞鹰和巨大的蝙蝠在无声翱翔，还有着野人、大癞嘟（长毛的蟾蜍）、九头鸟、棺材兽和驴头狼的恐怖传说。

　　说是有一个猎人，在神农架的老林耙子里打熊，一枪把熊打中了，就去追赶。受伤的熊气吼吼地跑着，后头插进来一头野猪。熊昏了头，以为是猪让它受的伤，转过头来把野猪咬成了两半，猎人得了头猪，又得了头熊。还有一个猎人，正在山中走着，陡然觉得后颈窝凉飕飕的，扭头一看，一只老虎（当地叫烂草黄或老巴子）搭在了他肩上。这猎人身手敏捷，一个弹跳就上了一棵树，正继续往上爬时，见头顶树丫上盘了条大蛇。猎人把腰上的火药囊取下来，摘了几匹树叶倒上火药顶在头上，用香签一点，火药噗地一阵腾起烧到了大蛇，大蛇掉下树去，老虎张嘴就咬，蛇与虎就绞缠在了一起，难解难分。那猎人对准蛇和老虎放了一枪，又是蛇虎双收。还有个猎人在山中看到两只山羊赶骚（交配），一枪过去，两只山羊栽下了岩，半山岩缝正好一只老虎在胯里咬痒痒，听枪一响，吓得牙齿一紧，把卵子咬破了，疼得一滚，掉下山谷，又砸死了一只獐子……过去在溪边喝水的野牲口听说要排队，每到傍晚，挤挤攘攘的一沟都是，猎人们抬着一丈多长的超级老铳，全是灌的大滚珠儿，一铳下去，满溪河漂的都是野兽的尸体。往灌木丛就那么一轰，少说可轰死百只雉鸡和苦恶鸟。野鸡蛋用箩筐装，吃不完就肥田了……

第一章　红丧

一

山邪了，山上的所有野物都成了精。

这年的春节，北风呼啸，气温陡降，狂怒的山冈上到处是惨白的冰凌，闪烁着令人绝望的死尸般的气息。山峰和森林残酷的线条里，好像没有了生命的痕迹。正月初一，老打匠（猎人）白秀的二儿子白中秋一出门就碰见了两头野猪打架。

山上的树都冻死啦，路都冻断啦。有一天早晨人们起来，就看到山上那个吼天的咕噜瀑布一下子变成了一块冰疙瘩，惊天动地的流淌声突然不见了；人们吃水要到潭里架木材烧上一天才能化开个口子。那山顶上，住着两孤老宗七爹和七婆，又冷又吓的，朝山下坳子里莫名其妙地呐呐大喊："啊哟——啊哟——"有人看见，那喊出来的话从空中跌落下来，是两个长长的笤帚般的冰渣子，就像天上横过的扫帚星，落到村长毛普通面前，叭的一下破碎了，后来才发出"啊哟——啊哟"的声音。村长听出是宗七爹的喊叫，就来喊白中秋，让他上去看看。

白中秋无所事事，像条狗蹲在火塘边烤得又沉又软，加上连日酗酒，大脑严重萎缩，就像一罐糨糊，迷迷糊糊听见村长要他上山，从墙上取下他爹的那杆老枪就往外走。可他爹大声喊住他，说："别拿家伙。"白中秋说："山上诡哩。"他爹叱骂："狗杂种，畜生也有三天年！"

白中秋受了一肚子委屈，心想又不是我要上山的，这日子上山，不拿个家伙心虚着哩。他朝地上啐了一口，嗓子被冻得硬邦邦的，话翻腾了半天出不来。正月是忌月，打匠们叫红丧月，兽好打，人会遭殃。他又不是个娃子，老大不小了，他知道这个。他多大？比他爹小，比儿子大。儿子多大，爹多大？他都不知道，也不需知道，知道了也记不住。在这鬼不生蛋的神农架深山老林里，树上爬满了苍苔，屋前屋后的田土中滚动着死人的骷髅；牛羊的叫声像野兽一样孤寒，屋顶上落满了树籽和雀屎。这里的人没有时间概念，没有年龄概念，没有生死概念。过日子就是估估数。活到哪一年了，活到哪个岁数上了，这有什么要紧呢。反正日子差不多，每天太阳从东边出、西边去。进进出出就是那么些人。自收自吃，自伤自疗，自死自埋，生死在一起。死了的人还可以回来。大约是前年，白秀徒弟舒耳巴的爹死了，前几天大家看到他还在村子里乱窜；舒耳巴家门口时常会有一捆柴火，谁打的？不知道，反正那柴烧出来一股棺材味——这是舒耳巴儿子糟蛋说的。白秀的另一个徒弟扈三板的丫头去挖药材，亲眼看见林子里有十几个过去村上的老人，围着一块长苔的石头打牌。见她来了，轰的散了。那丫头拿回来一张牌，是椴树坪上刘细娃老爹的一块灵牌。

不过，不晓得年龄与两点有关：一是村长毛普通仅有的一份村民花名册，被老鼠啃得七零八落了。这是村人生生死死唯一的一份档案；另一点，这里的人都高寿，活到一百岁简直不算什么。有人怀疑山上的宗七爹和七婆，是世上活得最久的人。因为在去年约一百二十岁上死去的巩杵子就说过，他来白云坳做上门女婿时，宗七爹就是老人了。巩杵子的年龄是镇里的民政干事给推算出的。可前几年，这样的老人与人一起喝酒时，人家还灌他，与他划拳，根本不把他当老人看。神农山区有酒规一百零八种，最奇怪的是敬酒自己先喝，然后把自己的杯斟满了递过去，让对方喝。桌上若十人，就是十杯，加上自己的门杯，就是十一杯。酒杯摆在被敬者的面前像一堆毒药，里面盛满了敬酒人阴险的祝福。——这叫"赶麻雀"。如酒过三巡，就是三十三杯。可没有喝死的。都是八十多度的苞谷老烧啊——叫"刀子烧"！这巩杵子年轻时杀猪，干的是白刀子进红刀子出的营生，也不信什么佛啊菩萨呀，却轻轻松松活到了高寿。村里十有八九都是打匠，把山冈上连飞带跳的东西全杀光了，也没见什么报应，还是天天围在人家里"赶麻雀"喝酒过神仙日子。

糊里糊涂活到又一个春节的白中秋被村长指派后，心脏一阵腾飞，感觉有点不大对劲，坚持着背上枪出去，踏出门槛就滑了一跤，头震得麻了半天，分不清东南西北。走到沟里，听见一阵撕心裂肺的猪叫，就看见林子里有两个黑家伙。走近一看，是三个，三头野猪，两头咬一头，咬得天昏地暗。白中秋一个激灵，感到裆里有一线热意，看得发了呆，哪敢打啊。三头猪，三头门板样的野猪，顶好些老虎狗熊，一猪二熊三虎。猪可是真正的林中之王。你若惹了它们，一枪没死，三头猪就轰上来定把你五马分尸。就算这日子能开枪，这杆老爹的老铳又没个准头，除了爹会用，没人能用，捏在手里就壮个胆。

　　白中秋头皮发紧，心里头好像炸裂开了，噼噼啪啪地乱跳。好歹跑回来，进门就对他爹说了这事。他爹一听猪吃猪，这可是闻所未闻的怪事。说，动不得的。他爹白秀是猎人峰一带最老的打匠，创造过无数的神话，在他没死之前，已经成为传说。他爹作为一个长笤的人物，现在坐在一家人的面前，神色凝重，像丢失了什么宝物一样的揪心。爹吃烟，胸前挂着的那只虎爪烟袋发出生铁一样的寒光，跟他的脸一样。他把手抠进烟荷包里——那是把虎爪掏空了。他抠着那虎爪，抠出一撮烟丝。虎爪的指甲像玉石一样冰凉，虎毛却顺着生前的长势完好如初——那已至少有四十年了。"噢……唔呃……"大家看着，这个打死过无数野兽的老人在新的一年来临之际，为什么这么一副样子？不就是猪吗？不就是猪咬猪吗？他们看见白秀老人的脸越来越难看，突然变得像一个死人，而且垂下脑袋，惶然无措，嘴唇哆嗦，就像天塌下来一样。家人从来没见过老人这么一种状态。

　　"别出去啊！"老人吼道，像无路可走一样。

　　没有人敢吭声。没有人敢出去。

　　这天晚上，沟里的猪叫声一夜未断，像噩梦折磨着白家一家人。白中秋听见他爹在床上辗转反侧。家里的两匹猎狗紫花和石头刨着草垛在外头狂嗥。

　　早晨，一阵猛烈的拍门声，说"开门开门"，是住在对面坡上的白秀的大儿子白大年，他进门来就哑着嗓子叫说："三……三头野猪两……两头吃一头，爹还不去……去逮！"

　　白大年也上了年纪，给人的感觉就像他爹白秀的兄弟，可眼珠子灵活，像月亮一样在云端里滚动。穿着一件老了年头的猴皮袄，两只手挥舞着比画。可看家里，都没有动静咧。他就噤了声，看着家人。他是个单身汉，看着这一窝人，热气腾腾也死气沉沉的这些人，心里猜到了七八分。

"甭像疯了一样，"他爹白秀说，"今日个别理牲口！"

神农架的人把野兽都叫牲口，也叫野牲口。

可正当大家吃早饭的时候，一泡尿出去的时间，二儿子白中秋竟把一头死野猪背回了，且是头无脑袋的野猪。

当大门被白中秋撞开时，全家人都清楚地看到压在他身上的那个黑沉沉的家伙，像一块坚硬的花岗岩，一块焦炭，冻得异常完美。细瞧时，是一头麻栗色箭毛的野猪，脑袋却没了，齐截截地断了，身上裹着乌黑的血污、杂草和冰碴。白中秋将那野猪往地上一扔，那猪从断掉的气管里发出一声哼叫。白中秋的儿子白椿吓得打了一个冷噤，就想到了爷爷给他讲的传说中披了蓑衣的无头鬼。"那就是个鬼！"白椿想。

"还不快扔了！"白秀一下子从椅子上跳起来，手和烟杆朝外头拼命一指，声音就跟从烟囱里出来一样，就像号叫，就像遭遇了忍无可忍的灾难。

他的胡子颤抖着。大家看他胡子颤抖，嘴巴哆嗦，站立不稳，黑漆漆的中山装就像从猪身上扒下来的一样——至少孙子白椿是这么突然古怪联想的。可不识时务的白秀老伴白娘子这时说话了："少说有两百斤肉。"白娘子说话的时候翻着白眼，她是个患着老年痴呆症的老太婆，一个瘦得比绳子还细的妇人，说话的声气像是从石头缝里冒出来的一样；记忆时好时坏，坏时连水和火都分不清楚。

"可不是！""就是！"

跟着当娘的起哄。是呀是呀，两百斤肉啊，没错，就是两百斤肉，就是一头一年含辛茹苦天天割草垫圈喂出的家猪的分量。咱这个家，翻过年来这大的冰凌，甭说是洋芋、苞谷薄膜下种，人出去转一圈，也会把脚趾头冻坏。地头上的石堰都冻裂了。三个月没见着太阳，春荒是一定了的。这一头白白捡来的野猪，凭什么不要？就是当洋芋吃，半个月也活活胀破一家人的肚皮。

"甩出去啊！狗杂种！甩出去！"白秀老人那双枯叶般的大耳朵涌进了一盆鲜血，脸却白得像纸。他发疯了。家人看他发疯了，深眍的眼里是无以复加的不被理解的孤愤，仿佛这一辈子就是被人误解的可怜虫。

"甩出去啊！甩出去！"他依然孤苦地大喊。

没人理他。没人动手。后来他就自己掀了，两条猎狗左跳右跳，不停地狂吠，不知是阻止老人还是给他帮忙。儿孙们都不敢动手，老伴白娘子却冲上来阻止了，只见她一声长啸，捋起袖子就来抢白秀手上的野猪，那是块石头，冰碴子抢得四处飞舞。可白娘子只抢了一把猪毛，还有一块刀一样的冰凌，猪给扔到了门外。白娘子不服输，也因为愤怒，挥舞着冰刀就要上来割白秀的喉咙，被一群儿孙给硬拉住了。但白娘子自己的手在与老伴的争夺中受了伤——被冰块割得鲜血直流。

两个老人一场恶架，这是正月初一。两个老人打架，这些年没有过，年轻时经常发生。因为白椿去拦爷爷，被爷爷揎了一老拳，鼻子都打歪了，老人打起架来比虎狼都烈，出手重。白椿鼻子淌着血。白秀已经累趴在地上了，呼呼地喘着气，一副竭尽全力的样子，在满屋子的尖叫和哭喊和狗的鸡的飞飞跳跳中，坐在地上怒指苍天道："你们……都白养了！白活了！你们，是些什么东西啊，敢要正月的死物，山邪了哩！人邪了哩！你们不信，我不信，天信……"

人只有那么多的气力，对老人尤其如此。有些事情是不可避免的。比如这天——

这天猪除被狗啃了几口，还是被大胆和固执的儿孙们抬了进来，并被悄悄地埋进了腌缸里。

这天傍晚，有点异样，爆晴的晚霞把整个冰山染得通红暴烈，天空好像泼血一般。大家都出来看这个奇景。到了晚上，北风像撒泼的婊子呜呜怪叫，村子摇摇欲坠，山好像要被人掀起盖子，峡谷里的森林像遭遇了洪水一样咆哮，天黑得像锅底。鸟无缘无故地从天空栽跌下来，仿佛有恶神在天空横扫。先是一只狗忍不住叫起来，接着所有故意忍耐的狗冲溃了极限，像泥石流一样畅快不已地狂叫起来。

两头野猪闯进村来了。

猪径直来到白家，对着白家的干打垒墙就拱。两条猎狗没见过这么狂的猪，就去咬猪。可两头野猪根本没把猎狗当一回事，一对一，又拱又咬，狗咬伤了，墙拱虚了。狗躲进草垛里呜呜地舔伤哭泣后，感觉颜面大伤，就去刨大门给屋里的主人报信。

大门里，白秀一家并没有睡着，倒是都聚集在堂屋里。但门被白秀守着，枪他拿着。对屋外狗与猪的撕咬和狗的刨门熟视无睹，无动于衷。他认了死理：不让家人出去，别伤猪。猪也无所顾忌——它们似乎捏到了打匠们的软：定不敢在这个日子放枪。这些灵牲啊！

墙在摇摇晃晃，屋在瑟瑟呻吟。椽子发出咔嚓咔嚓的崩裂声，瓦从屋顶上一块一块往下梭，掉到地上发出啪啪的碎裂声，墙皮哗哗地剥落，地动山摇，老鼠吓得吱吱乱跑，连墙头的蛇也从冬眠中醒来，簌簌地到处爬行……

这样不行呀，爹！爷爷！儿孙们喊。

"哪个敢动！"白秀就这么句话。大家的眼都瞪得大大的，生存的世界越来越小，大家局促在一个四面受敌的环境中，大难临头了。

惹事的白中秋拿眼去找能帮他说话的娘，他的娘白娘子正在和死人说话，每夜都是这样。"……往咕噜溪的高山向外走，那就是我们逃难的方向……中元呀，你回来做什么……"中元是她死去许多年的一个夭折的孩子。

"只有枪。"白椿说。

"把缸里的肉扔出去。"白秀对儿孙说。

"不是肉，不是这个。"白中秋说。

"不是哪个？"白秀牙齿咬得紧绷绷地响，"你断了它们的粮，它们找上门来了。"

大家觉得这也许是脱身的一个办法，把猪肉还给它们。可现在这节骨眼上，大家去掀缸盖，野猪的肉冲出来一股肃杀的森林莽气，透了盐水的尸体更像尸体，更像一桩悲哀的故事中的一环。"往哪儿扔呢？"他们说。窗户不得开，门不得开，肉往哪儿扔给这些讨食报复发了疯的野猪？

"干脆给它一枪！"白椿说。

"枪一响，血一见，什么都完了。红丧月红丧月，见血就丧……"

"猪不是流完了血嘛……"

"咱也流了血。"白椿说。

"是牲口的血。"

说这话时，屋在加速晃动，猪在与狗搏斗，狗在哀哀尖叫。大家依然束手无策。这样下去，绝对凶多吉少。吓得满头大汗的白中秋一句"我们去哪儿啊"，话没完，一块瓦片从瓦楞缝里掉下来，刚好砸在他头上。他突然一矮。蹲下时见他的妈蜷在装苞谷的黄桶边打摆子一样发抖。

"咋，咋的啦？"老婆子眨着血红的眼睛望着屋里的人问。

屋摇得更剧烈，墙出现了一个洞，猪把墙拱穿了，一股冷空气和猪腥臭像喷泉一样涌进来。接着，一个面目狰狞的兽头从洞子里闪现了一下，几个人操起门旮旯的扁担、锄头站在了洞两边。后来白椿想了想，倒过一张小方桌，就朝洞口堵去。可洞口越来越大，裂缝伸展，头上的瓦在继续往下掉，迫使白秀不得不再次摘下已挂在墙上的枪。墙上是枪，还有装子弹的蓝布袋子、大砍刀（黄牛皮鞘）、牛卵子皮用火漆上过的火药囊、镶铜边的香签筒（香签点燃夹在香签子上点引信的）、牡筒（吹的）。枪是一件古老的凶器，百十年了，可枪膛光滑，每一个重要的部位都不含糊，虽粗糙陈旧，在白秀手上，对付一两头猪，是小事一桩。不用时就用白椿小时系过的红领巾将香签夹子缠住。那红领巾也陈旧了。

"打呀，爹！"

都在催促！这让白秀没有了别的选择。他表情痛苦绝望，就像要献身一样，拉开门闩，对准黑咕隆咚的黑夜就放了一枪。枪的威力大呀，一道耀眼的红光挟带一团烈火撞了过去，硝烟顿时像焰火一样盛开，两头野猪从光焰中凸显出来，像两尊神像，镀着青铜的亮光，獠牙森寒。猪没伤着！照理，猪这时会呛着硝烟来伤放枪的人。可是，奇了，猪拔腿就跑。两头猪一声哼叫就弹跳到坡上，往林子里奋蹄跑去。

"是猪吗？"他问，白秀问。他没看清。应是猪。他发现他的眼睛有些模糊。这天晚上，他发现白内障在他的眼里开始蔓延，像一道苍苔在荒凉的原野上爬行。

是野猪。早晨起来看，自家栏里的家猪被咬死了一头，另一头小新花母猪正蜷在角落里哼叫，一看，母猪的阴部淌着血，阴道已撕裂了一道口子，还没成熟的新花母猪给强奸啦！这野猪有多壮啊，这野猪好蛮啊，裆里的家伙有多粗多大！再一查看那墙脚，全拱虚了，拱出了一个大坑，里面呼呼地往外冒白气。白秀赶忙叫儿孙们挖土来填，里面放石头。这再往下拱，一定会拱出个大泉眼，一家人就会被淹死。老老少少一阵挖土打硪，终于把那屋基下的白气给压下去了。

二

一月之后，红丧月结束。白中秋和白椿父子上山去准备收拾那两头野猪。白秀老人自春节受了风寒，一直咳嗽，老肺病犯了，整天咳喘不已。他对二儿子白中秋说："上山去寻寻。"就把枪交给了他。村子里的人看着白中秋父子在白悠悠的太阳下上了山，一个月来诅咒的口舌有了片刻的歇息。白家杀生太多，连头死猪也不给山上的兽留。想当年，20 世纪六七十年代，白秀打的猪每天用一百人往镇上抬。猪总是记恨的。杀了它们的祖宗，现在又断它们的粮食，这些瘟神你招惹它们干什么。猪自吃自，这是野牲口疯了，你一动它，见了血，这一年谁知会咋样啊。到今天冰雪还不融化，山就像打了个铁箍，不能苏醒，世界死了一样。就算有太阳，也是像冰一样冷的太阳，莫非太阳就这么蔫了，像从冰窟里拖出来似的。

这是一个阴阳怪气的晴天，树林泛着幽幽的青光，太阳像条垂死挣扎的狗在云层里蹦跶，寒气逼人。白中秋父子穿上防滑的脚码子走出门去，就见猪圈里的新花母猪跳出栏来叼草了。

这母猪怀上孕啦？！

母猪叼草，侵犯了狗的领地。两条猎狗本来是准备跟主人一起上山的，见猪来拆窝，就去咬猪。母猪不服咬，反过来咬狗。狗以为猪是闹着玩的，猪是吃糠菜的家伙，生性温驯，哪来尖锐的牙齿。狗就没在意。哪知，这猪突然龇开牙齿一口就咬进了狗的肉里。狗伤得不轻，猪嘴一拱，一块皮就掉了，拉扯得嗞嘎嗞嘎响，红瘆瘆的肉就暴露在清冷的初春里。狗是猎狗，不轻易动怒，这就动了怒，朝猪下了毒手。猪哪一点怕这两条狗，它体内因灌了一泡野公猪的骚浆，发生了奇特的反应，牙齿突然锐利，精神突然狂乱，脾气突然暴烈，身手突然敏捷，简直像一只豹子，三两个回合就把狗的肉三片五片十片咬在了嘴里。总算把猪狗拉开了。两条狗遭受如此羞辱和袭击，连叫都不敢叫，咽下剧痛，装作不发抖的样子，去寻屎吃。

狗是唤不走了。它们有虚荣心，还在悲惨地自尊。这两条狗甭说去咬野猪，就是去咬老鼠，也要费一番气力了。白中秋父子叹着气就上了山。

白秀看到了这一切。他想，不对啊。他想：这母猪怕不是野猪吧？

这是有可能的。

野猪和家猪产下的第一代，完全看不到野猪相。这杂交第一代的母猪再与野猪交配，产下的才有三分像野猪，到了第三代第四代，就完全恢复了野猪血统。所以，他家里的这头从镇上买来的新花母猪，是第一代杂种野猪也不是没有可能的。现在大家的猪都在山上放养，野猪四山乱窜，互相交配一下非常正常。

他看着猪，狗看着他。狗是在哀求主人惩罚那混蛋猪吗？看着两条伤痕累累的狗，看着胜利高歌的猪，想着现在的野猪也比过去凶狠多了，鬼得你头疼，好像带着什么秘技。他忽然想到：孙子白椿他们上山打猪不带狗，危险！立马也穿上了脚码子，携上一把挠钩，强力唤上两条伤狗，循着儿孙们的脚印追去。

山上白雪皑皑，河流封冻，冰瀑垂悬。猎人峰在粉青色的雾霭中时隐时现，高不可测。这猎人峰过去叫打匠峰，看起来像有个打匠挂着杆枪站在万年荒静的天空下，经受着漫长残酷的风吹雨打。"打匠"有时候在风雨雷电中喊叫，可心变成了岩石，这就是打匠峰，在长期风雨和岁月的冲刷下寸草不生，成为传说。后来，地名普查时让县里的人给改成了猎人峰。在神农架，猎人就是九佬十八匠中的一匠：打匠。打兽，就是做匠人的活。做好了，命保住了还有肉吃有皮卖；做不好，命丢了，七伤八残。白秀的一帮徒弟，活下来的至今还有十多个。平时也看不出杀气来，也是种田的农民。只有一个扈三板专司打猎——在三峡一个度假村，给人表演打猎，就是打鸡，家鸡。偶尔也打一两只羊子。扈三板回家就哭：师傅啊，这不是咱打匠干的营生，杀鸡是流氓地痞干的呀。另一个舒耳巴，也是本村的，活过来了，可半边脸给老熊扒没了，下巴也没了。老是漏涎，涎把胸前的衣裳全沤烂了，他老婆只好像照护奶娃子一样给他围了个大涎兜儿。

狗的尾巴垂着，这怎么行呢？狗嘴里嘶嘶啦啦喘气，白秀也嘶嘶啦啦喘气。追上一个垭口，一股浓烈的猪屎气味扑面而来，正想喊白椿他们，狗就吠了起来，它们精瘦的腿肢往上高举，滴血的伤口拼命弹动，白秀心想怕不是猪截他的道儿来了？

果不其然，两条伤狗一阵虚张声势地乱嚷，竟然从灌丛沟里咬出来一头惊心动魄的猪，一头小牛长，全身黑滚滚的箭毛，三尺长的坡形嘴，像深渊一样的吻豁，两对獠牙就像银子打的刀。两条狗啊，可帮了我的倒忙，我手中无枪，你们也歪歪倒倒，如何是好！

猪，猪面对狂吠的两条伤狗只差笑出声来了，堂堂站着，倚着长长的峡谷，可进可退。它已经看到白秀手上的挠钩了。它的位置在挠钩钩不到的地方。钩住了又如何？一个八九十岁的老人能拉住它这头气壮如牛的猪吗？

"哪个山里长成的猪怪啊，吃什么长成这样的身坯！"白秀在心中大喊，"莫非是头百年猪精？"

猪拱了你的老墙，就是它！你见了猪血，就是它咬死的那头猪，红丧丧定了。猪挺着两只奇小的耳朵，瞪着两只奇圆的眼睛，张着一张奇大的长嘴，奇深的眼神中，具有飘远的神秘，跟山一样难测。

白秀细看，竟看到猪身上的毛有许多（甚至无数）的白苍子！特别是在脊上、两肋间。

一头老猪！一头白毛猪！一头快死毬的猪！都说神农山区有白色动物，白熊、白狼、白麂子、白狐、白乌鸦、白蛇、白金丝猴，现在又有白野猪？不，不是的，就是一头老猪，苍天在上，它是一头老山猪！

老山猪盯着他，两个老家伙比眼电，看谁刺死谁。

冲过去啊，钩住它的心肝！白秀只是恨得牙痒，继而浑身痒，达心，达肺，达肝脾，里面痒得一塌糊涂。又不能上树，莫非今日我会断送在这老猪口里？必须把心虚刹住。我能，我不能杀死你，我也要逼退你。他攥着挠钩，把两条狗拢在腿前。狗就是狗，是猎狗，赶山狗，轻伤不下火线。猪把它撕成八块，八块也要与之拼命。这个他不担心。"我如放你一马，你能放我一马？"他是这么想的，这想法能传导给猪。猪是山里最灵的灵牲，精明过人，你心里想啥它一眼就能看出来。猪不仅能猜人心思，还懂人语。赶仗围猎时，坐仗口的人传话，从来不敢说人话，只能打鸟语。还要变换鸟语，杜鹃鸟叫有时是"来了"，有时是"走了"；山喳子叫有时是报数，有时是提醒，不能让猪摸到规律。这些年，野牲口们越来越鬼，越来越精，只能打暗语。猪还能闻风，能闻方圆五里的风，有人没人，有香烟味没香烟味，有人汗味没人汗味，一闻便知。猪你根本见不到。可这猪今天朝他直瞪瞪地示威，没一点怕的意思，这是啥搞法？为啥哩？越想越不对劲。

好在，一抬头，猪没了。

白秀冲进灌丛中，一滩臭熏熏的猪屎。用挠钩扒拉开来，许多小兽的骨头。

猪可是吃草的，如今的猪变成豺狼虎豹啦！

三

白秀悄悄叫来了几个徒弟。连远在三峡的扈三板也召回来了。他先让儿子白中秋给各位敬酒，自罚了三巡。白秀说：中秋闯了祸，把猪引进村里来了，我知道大家恨我。那两头猪，也不是什么好猪，有一头老猪，还恁凶，有什么道理，咱能上山把它们做了，这活儿村长也不让知道，事情就算了了。我寻思，是误到白云坳的，咱这坳子暖和，林厚，山也低。

几个徒弟说，好，借酒劲这就上山去。

一行人从白秀的屋后贼一样上了山。

这依然是冰未化冻的日子，而且雪越下越大，山头的雪雾像白鸟一样惊散。天空低低的，像压了一扇磨子在人头上、心上。山坳里扎着厚厚的雪，触目惊心。山像个吓傻的哑巴，嘴里灌满了风雪。这样的日子甭说大牲口活动，就是找一只蚂蚁也是难的。

几个人在山上转悠了一天，一根猪毛也没见着。第二天又去，又一无所获。扈三板待不住了，要回度假村去了。

第三天，温热的太阳出来了，太阳张牙舞爪地照在雪地上，给人带来了新鲜。整个神农架群山好像过节一般，神采奕奕地欢呼着，溪水马上哗哗解冻，羞涩地在山林里流淌。但因为太阳很矮，没几下就滑走了，鸟又噤声了，空气又凛冽起来，天空像死人的脖子，冷冰冰的闪射着青光。

舒耳巴就出事了。

一个外地的采药人来给他们说，在山上亲眼所见，野猪用蹄子击打山上的冰盖，就像开荒的人使镢一样。猪那是在刨吃的。那人说得有鼻子有眼，白秀就带着徒弟们上了山。

在采药人说的那片地方，舒耳巴吊在一棵崖边的树上朝峡谷里张望。他说他听见了一阵响动，在峡谷的箭竹丛里，确有兽或者兽群在走动。他以为是豹子或獐麂，可他分明听见了隐隐的猪叫声。他一阵兴奋，更低地探下身子去细瞧，哪知那树根松动了，人随着那树一起掉下崖去。

事情非常悲惨：一根竹子不偏不倚正好捅进他的肛门。崖上的人也在各自的地方张望，根本没发现有人掉下崖去，也没听到舒耳巴的叫声。可以想见，这样的刺伤还能活命吗？舒耳巴当即就昏死过去。

过了很大一会儿，大家到处找舒耳巴，到处喊舒耳巴，没人应。这样在人眼皮子底下失踪的事，在神农架经常发生，活活地被鬼吞吃了一般，生不见人，死不见尸。神农架真是个凶险奇怪的地方啊！大家当然得找，到哪儿找去？打了火把找，还真找到了。

舒耳巴醒来时，天地昏暝，不知自己身在何处，旷世的疼痛搅翻了他的五脏六腑。他不知道自己怎么了，就想，费力想，就想到是有东西刺入体内才昏死过去的，就想起是在下身。妈呀，一根竹子刺入屁眼。我的妈哟！舒耳巴就自救，就用手去拔那竹子。手一触去，就像刀子割，细细地摸了一番，还是要拔，就用手拔，那个疼啊！竹子慢慢地从肛门里拉出来了，就像拉出来一百把刀。拉时里面分明拖泥带水，盘根错节，连屎带血往外拔，血像喷泉一样往外射。捂住屁眼，就发现问题严重：拔出了一截，是大的。肛门里面还插着许多枝枝戳戳的小竹苗。他就喊师傅，喊大家，向前爬。爬了几步就昏死过去了。醒来后又爬。一路全是臭熏熏的猪屎。猪给他铺了路——一条生死路。是重刑呀，比死还难受，人受这种折磨的又有多少？当年被熊扒了脸皮也没这么个疼法啊，天啊，人会下套子套猪，猪就不会下套子套人吗？这就是猪下的套子！

两天以后，运到县医院。

可以想见这样生不如死的漫长折磨吧。舒耳巴的老婆哭得像疯了一样，儿子舒糟蛋恨白家所有人恨得牙痒。村里从来没有出过这样的伤法，村长仰天长啸：天下奇闻，天下奇闻！痛苦还在后头——这舒耳巴，晓得前世做了什么恶人，要动手术，麻醉师又不在，到乡下吃喜酒去了。舒耳巴在医院里长号短叫，每一个见了的人都会落泪，独有医生护士不落泪，还劝他：忍着点。在路上、山里流的血不上算，在医院又流了一盆。没钱输血，输了四百毫升就止了，看着看着这人就跟纸一样白了，血管越来越细，半边漏涎的嘴里因日夜悲号，已经干巴巴的了。他老婆就给他冲红糖水喝。他奄奄一息地喊："让……我……洗（死）……洗了……好些……"

做手术。

从肛门里取出七八根小竹枝，膀胱、直肠、结肠全捅破了，大小便只好插管子，半年后才拔掉，自是后话。

村里就传出白秀带的人去灭猪，碰上了头猪精，把人毁了。也有趁火打劫的。鬼脱岭有几个流打鬼听说白云坳子出了事，正在打听。舒耳巴的儿子糟蛋回来给爹妈拿衣服。他恨，还恨爹的师兄包胜。包胜在送他爹去医院的途中，曾热嘲冷讽说将他爹舒耳巴掀到河里，说不如这样让他万世轻松。就对流打鬼们说，去偷包胜的党参苗换烟抽。

包胜有个党参大棚。可流打鬼们不知道包胜在里面埋了雷管，那雷管一是唬小偷，二是想炸野牲口的。包胜棚子门口明明竖着牌子，上写：小心雷管。可那些小哥哥不信。不信可有他们的好了。钻进棚子，就听见一声爆响，一死一伤，其他人作鸟兽散。

四

白云坳子出了大事。这个素来平静得跟苍苔白云一样的坳子，今年咋的啦？

"炸得好啊！"由毛村长陪同的镇派出所文寇所长叉着腰，气愤地赞叹说。他腰里的手铐发出叮叮当当的笑声。

"往那边去搜，抓住其余的盗窃分子！更大的雷管还在后头呢——我要让比雷管更难受的虱子咬死他们！"所长像一个阴沉沉的幽灵指着山后众多的喀斯特熔岩山洞，那里散发着碳酸钙的气味。

文寇所长平生最恨的是盗窃分子。在他初来乍到的时候，这个镇派出所的公章竟被人偷跑了，不得不在县报上刊登作废声明并向县局作检讨。近来，水布镇各个村组都有大肆盗窃的案件，大到耕牛，小到食用蜗牛。党参苗盗窃案更是层出不穷。可我的警力有限，七八个人。我不是专门抓强盗的警察啊，我还有许多事。另外，更让他伤心的是，他发现几个警察一个比一个懒惰，好像丧失了革命激情。案子太多，见怪不怪。就应了一句老话：虱多不痒，债多不愁。可包胜的雷管不是为我帮了忙吗？我应该感谢他，说：炸得好！炸得好！我就是这么说的。这可是仇痛亲快的好事，大长了遵纪守法者们的志气，大灭了盗贼们的威风。

文寇所长高兴地处理了死人的事情，还威胁鬼脱岭的死者家属说，这事就算了了，死了这样的孽子，是你们家的福气。文所长亲手扶起那个"小心雷管"的牌子，把它插在了村口。对村长毛普通说："嗯，你的村子这就清静了。"

五

血花一次一次地飘起，村里哪来的清静呢？

人们开始砍各种各样的木人，用针扎。这些木人依次是白秀、白中秋、白椿，还有白娘子——那个老年痴呆症患者。

可怜的白家一家人的生辰八字都被人写在锅底，人们架了柴猛烧，来除灾祸。生辰八字都是估的。白家的母猪叫得可慌了，就跟野猪的叫声一个模样。给木人扎针的人晚上扎针，白天还是一样，亲热地喊白秀白大爷。

村子的路开始往外通了，因为村里闹猪的事慢慢向外面扩散。人们记起来，白云坳子里还有个未死的猎王白秀。人们突然想起了这样一件事情，一个人，他与猎人峰有关系。他有十二个失踪的战友，变成了金毛大虎，在猎人峰顶。他带着一千人马上了猎人峰，说是当了土匪，大叫"杀了县长当县长，杀了镇长当镇长""官逼民反，不得不反"……这是很令人亢奋的传说。

三月杏花迟梅开放的一天，细雨蒙蒙，一股清香的腐殖质气息扑面而来。山路化冻了，路上的残凌裹着牛屎和乱草，被牛蹄踩得一片狼藉。山冈铺展在春天中，蠢蠢欲动。从山外走来了个不老不少的女人，一脸恓惶。这女人按指点来到白秀家，前后看看，见了老人，傻痴痴地看着他。

"请问你有什么事？"

那女的有着坚挺的鼻子，深陷的眼窝，凌乱的头发，就那么呆看着白秀老人，从上到下，从下到上。

"你可是打虎英雄白秀？"

"你可是打猪英雄白秀？"

"你可是猎人峰打匠宗师？"

"你可有九十岁了？"

问过之后，在颇感尴尬和凝滞的氛围中，那女人突然双膝跪下双手一伸道："白大爷，求您来了，救救我儿子！"

村里人纳闷，就把她扯起来，替她拍去膝上的浮土。一问，才知她是来找白秀讨一副野猪心肺的，她儿子患哮喘多年，听说只有到神农架弄一副野猪心肺才可能根治此病。于是这女人千里奔波，走穿了鞋底，打听到白秀的白云坳，总算找到了要找的人。

找到了可没有猪心肺呀。猪已让白秀头疼了，灾难连连，还欠了舒耳巴至少两千元医药费，人不晓得是不是废了。全是猪闹的，猪可是恶兽，害了这些人，猪影子也没见着了。猪啊，猪！

白秀就去与村长商量。那女人也就去了村长家，一见村长老婆繁英在推磨，磨懒豆腐，就扯过推把要推，拦都拦不住。这女人推磨可圆活了，一副石磨在她的手里滴溜溜飞转。女人说："磨槽用整木雕啊，这是啥木？"繁英说是根桦木，女人说大几百年的树了。繁英说这磨槽砍了也几十年了。就问女人山外还推磨不？那女人说山外早就没磨了，都是用机器。女人就叹气说："敢情村长就是这么艰苦朴素两袖清风啊，山外的村长一个个穿得……啧啧，不说了。村长还穿力士鞋抽毛把烟胡子都不剪。山外是个啥样子了你们晓得不？山外呀……"

山里的人淳朴，人家一心要谋到一副野猪心肺，就应该尽快满足。村长说：我已经安排白大爷去打了，打到后一定把心肺给你。可女人住哪儿呢？村长就说："白大爷，跟你大儿、二儿过去，哪一个他们哥俩抓阄。"因为村里的光棍太多，约有二十条光棍。可白秀不答应。看这女人有些警惕，就说这次舒耳巴的事亏欠太多。那二儿子白中秋现在正和鹞子峡一寡妇打得火热。就算没有鹞子峡那女的，今年坏了那么多事，他有什么资格找女人？大儿子犯傻，自己都讨不来吃的，把这女人关在家里给啥她吃，喝西北风呀？再者大儿子白大年一身臭味，连虱子都不爱他，山外的女人会爱他？

众人合计去合计来，就把焦点对准了鲁瞎子。摸摸索索一个人过活的鲁瞎子，尚有些魅力，能唱得一口好歌，是猎人峰一带公认的大歌师。有人听他唱过全本的《黑暗传》——听说要唱七天七夜；还有《红暗传》《鸿蒙传》《神农老祖传》。他又能掐指算命，还能做道场法事，经济活泛。

女人走进鲁瞎子的家，跟他握了手。鲁瞎子把女人的手一摸，就知道人了，就同意了。女人对大家也对他说："借你的屋檐躲几天雨，一弄到猪心肺我就走，绝不多赖这儿半天！"这女人说话非常干脆飒辣，事情就这么定了。

到了晚上，鲁瞎子家就传来了女人的叫唤声，像挨鲁瞎子的打。可在这深深的坳子里，无灯无火，外头是黑压压的大山，这妇人的叫声哪是痛苦，分明是快活。鲁瞎子还有一把劲啊，大家说。而这女人真能叫，咱白云坳里的小媳妇也没哪个敢叫的，好像都不会叫，没跟男人快活过一样。不是不会叫，山里的人，住的是土坯房，四壁透风，打个屁满屋子都能听到，公公婆婆、小姑小叔，还有以后的儿子女儿住在一个屋檐下，你叫啊！就不会叫了，一代一代，叫的功技就丧失了。可这个山外女人这大年纪了还直截了当地叫，心无旁骛地叫，厉害啊。

第二天，鲁瞎子坐在门口的太阳下，吃着豆腐花，脸上红淌淌的。那女人也突然白净了，不那么丧魂落魄，眯着眼笑着，在给鲁瞎子补衣裳呐！

要说风和日丽，这一天就是风和日丽，白云坳就是风和日丽。好像那惨烈的猪祸没有发生过一样，猪远去了。

先是舒耳巴回来了。

舒耳巴腰里吊了一个塑料袋，说是装大小便用的。舒耳巴本来没了半边脸和下巴，这下又没了屁眼和尿道口，大家啧啧称奇，都来看舒耳巴是怎么用腹部拉屎的。臭熏熏的舒耳巴一阵恶吼，才把那些混蛋吼散。接着他就号啕大哭，儿子糟蛋没来接他——儿子在镇派出所给关起来了，舒耳巴真正伤心的是这个。

可是，下午的时候，他的儿子糟蛋也回来了。这小子让文寇所长放出来啦！二十来岁一脸嫩相的糟蛋，在阳光可人的初春踏上了回家的路途。山上化雪后一片氤氲，野樱桃紫花灼灼，八角莲香飘十里，草绿莺飞，牛哞羊叫。走到鬼脱岭与白云坳交界的垭子，就碰见了一个陌生女人。那女人就是与鲁瞎子一起住的讨猪心肺的女人，笑时露出一颗黄灿灿的金牙。金牙女人拉住他说："你可是舒家的相公糟蛋？"

糟蛋就点点头。

那女人说："哎哟，侄子，在号子里吃了不少苦头吧？号子如今都关穷人，有权的是不会进去的……瞧你脚趾都在外头，等明天你姨我给你买双好解放鞋。"

不过她说了个条件，就是要糟蛋赶快给她弄一副猪心肺。她还夸奖糟蛋说他神通广大。

"……你想做什么给姨说。"那女人眼睛热辣辣地看着他，看着他闪闪发光的光头。光头透着英武之气，光头表示"老子什么也不怕，跟局子打过交道的"。

"我……我只想当兵。"糟蛋就嘟囔着说了。

那女人的头摇得像拨浪鼓："你进了派出所，你就有了前科，部队可不要这样的人……我听到猪叫了，你能帮我去捉猪吗侄子……"

那糟蛋不知怎么就跟这女人走了。就走进一个洞子，里面黑咕隆咚，他忽然想到这就是水洞子。洞子里有口深潭，野猪未必……

不自觉就与那女人相拥着走到潭边，潭水反射过来一些朦胧的亮光。糟蛋知道这潭是口怪潭，水边时常会出现人和兽的脚印，等水抹平了，第二天来一看，那人兽脚印又会出现。

"我看见猪进这里面来了。"那女人用山外的口音颤颤地说，身子一阵阵发抖。

糟蛋本开始发抖的，可那山外女人一抖，他就不能抖了，就强止住了，用一种极男子汉大丈夫的口气说："哪来的猪啊这里面……"

可一声水响，不知是什么砸进去了，那女人就拉着他爬上洞口，一个趔趄，倒在了地上。地上是打草人放在洞里的枯芭茅，又被过路歇脚的人铺散开了。糟蛋倒下就压在了那女人身上，那手不知怎么就掏进了女人衣内，掀开了那衣服。女人面相虽不经看，里面却白爽爽的像刚洗过的萝卜。糟蛋又吸又摸，那女人却小声地拍打着他说："该死的，该死的侄儿，你姨的也吃啊，小时候缺奶……"

几声该死的捶打，衣服散了，连裤子也蹬脱了。糟蛋急吼吼的，下身火烧火燎的就找地方。那女人抓住他的东西细细引导，目标又空又大，一下子就引导成功了。糟蛋以为男女之间就是东西挨贴着就成了，可分明一下子戳穿了什么，掉进一个洞里去。糟蛋在草堆里激情万分地拱啊动啊，不几下，一阵快意，就风平浪静了。

"出了事吧？出了事吧……"

"屁，"那女的说，"要你给我打猪的。"

糟蛋一身在看守所里憋出的臭汗，他嘟哝着说："我是要当兵的，我要当……"

糟蛋好像丢失了什么重要东西，往村里走，一路咕咕哝哝："我要当兵……我要当兵的……"

他碰见了白椿，问白椿想不想当兵。他突然哭了。白椿觉得很奇怪，回去就给他爷爷白秀说了。说糟蛋回来了，约他一起去当兵。

白秀事后听他徒弟舒耳巴讲，糟蛋回去后狠狠地洗他的下身，舒耳巴刚开始没在意，哪知道这儿子刚从派出所回来，又做了如此见不得人的事呢。

舒耳巴看着泪流满面的儿子从外头回来了，头上青光灿烂，两个面颊瘦得可以填进鸡蛋，牙齿黄黄的，一个劲儿说他要当兵。

"挨了打吗？"舒耳巴急急问儿子。

儿子冒着汗，看自己的衣裳有两颗扣子没扣。

"打洗（死）你！"舒耳巴伤心地恶狠狠地说。

舒耳巴接着就听见鲁瞎子在门口唱歌子：

> 昆仑之山分东西，
> 东西南北极乐府。
> 洪水之时妖魔现，
> 四十八祖动刀斧。
> 山崩地裂洪水后，

重整江山分九州……

他唱的是《黑暗传》中的"玄黄歌"，歌中唱的是茫茫宇宙中天精地灵的产生。

那糟蛋此时在厨房里舀起一桶冷水，兜头就朝自己身上浇去，嘴里发出一声"啊"的惨叫。

六

青黄不接的日子。

黑暗的山谷死气沉沉。春风像呼啸的箭镞，背阴的坡田里冻土如石，猕猴在树上缩着肩膀发出咿咿的怪叫。白椿走进自己的山褶去种苞谷。他是个制种专家——虽读书不多，却爱动脑子，就试验出了白苞谷和红苞谷的杂交。白苞谷是父本，红苞谷是母本。这苞谷种制得不多，一年就百十斤，价格六七元之间，这样就可以弄些钱给他爹白中秋抽烟和给爷爷奶奶买些吃喝用的东西。制种就是人工授粉，把红苞谷顶上的天花拔了，把白苞谷的天花撒到红苞谷的红缨子上。为啥要拔红苞谷天花？因为苞谷是雌雄同株——这个连村长毛普通都不懂。白椿必须同时种下这两种苞谷，并且要它们同时开花，花期相遇，才成。

白椿在山里点种他的苞谷，那糟蛋就来了。糟蛋的爹舒耳巴要他出坡干活，也是种苞谷。可他哪还有心思种苞谷，只想上山去杀野猪取心肺来讨那山外女人喜欢。糟蛋成天在山里钻，背着他爹的那杆"猛一搂"，也是根自制土铳，村里铁匠六指的作品。背上枪也是做做样子，就是碰上野猪他也不敢打啊。这样那女人还是让他近身，且那女人总是在山洞里等他。每天趴在那女人身上做那事，糟蛋年轻，泄得快，那女人就不停地给他揉搓，还给他嚼羊吃的一种草，说是吃壮实了好给她打猪。一来二去，这糟蛋就渐渐消瘦了，脸色青黄。这天，他要死不活地踅到白椿地头，就说："白椿啊，今年的日头不对，你种的那苞谷出不了芽。"

白椿说："家里等我制了种好还你爹的医药费。"

糟蛋看白椿埋头掘地，就有点傲慢起来，就对他说："白椿，你看看我从镇上回来有什么改变没？"

白椿不知他说的是啥意思，看他，也没什么改变，就是头发长起来了，但脸瘦成根驴屌了，青乌乌的，连眼珠子都像是被人打了，就像几年没睡觉一样。

　　"你如果……套头猪，那药费就免了。"糟蛋说。

　　"你家里你能做主啊？"白椿摇头。

　　"不，我能做主了，我现在是大人了，你还不晓得吧？"糟蛋得意而又神秘地靠近他说。

　　"大人？"这使白椿很惊奇。咱神农架的"大人"就是过了"会头"的人。过"会头"就是结了婚睡了女人的人。这糟蛋睡了女人？怪不得他问我有什么改变没的。

　　"你跟我来。"

　　痛苦让人独品，幸福是需要人分享的。这糟蛋替他背上挖镢，提上苞谷袋，将自己上山套猪的几根钢丝套也一并塞进去，拉着他就往垭子上跑。

　　白椿不知道糟蛋想干什么，以为他是约他一起去下套子的。可糟蛋带着他进了洞子。

　　白椿一进去就被洞里的情景吓呆了：那个找他爷爷白秀讨要猪心肺的女人敞着白呲呲的怀在朝他们笑哩。白椿明明看着那女人又是朝他们招手又是朝他们笑的。可是一到跟前，那女人看清了有白椿，却一下子变了脸，大声詈斥道："哪来的不要脸的，看我洗澡哩！"

　　"姨啊！"糟蛋求饶似的喊。

　　可那女人根本不听，拢了上衣，依然大声呵斥糟蛋道："你带了白大爷的孙子来欺负我啊？山里的人老少不分像畜生哩……"又说，"分明是英雄的孙子，这是你打的猪给我捞的猪心肺呀？骗人的！"

　　上来就掴给了糟蛋一个耳巴，然后风一样地跳出了水洞子。

　　糟蛋被那一扇铁掌给打懵了，嘴巴立马就肿了起来，就大哭："狗日的姨！狗日的姨抽鸡巴不认人呀！……"

　　白椿知道是怎么一回事了，他朦胧感到是怎么回事，也往外跑，脸红红的，就像被太阳烤了两个小时。

　　白椿没有出卖他。这事情捅穿是在多日以后。糟蛋的爹舒耳巴见儿子无心稼穑，整天神神鬼鬼在山里下套子或拿着枪游荡，人却变成了一张糨子糊的纸壳子。有人给舒耳巴说你家糟蛋没让猪精迷了，小心让老狐狸迷了呢。舒耳巴就起了警觉。

有一天，舒耳巴就跟踪儿子。来到水洞子，果然看到自己年轻的儿子和那个与鲁瞎子同居的老女人抱在了一起，当即一声大吼，取下自己腰间的粪袋子就向那女人砸去。那女人顶了一头人粪尿，抓住衣裳就跑。舒耳巴满山追赶，大骂那女人道："老妖婆！你这老妖婆，装妮子来勾引我儿子啊！"

那女人一脚踩进了糟蛋套猪的钢丝套子，勒破了脚踝，爬起来解开套子又往村里跑。

这天正好是包胜假释出狱（文所长包庇了他），怀里还揣着文所长示意他买的一大堆雷管。文所长说：只管在棚里埋雷管，炸死那些盗贼。包胜看到师兄舒耳巴在追赶一个陌生的女人，甚是好奇，就一把将那女人逮住了。可那女人的劲也不小，好像有拳脚之功，挣脱了他的手。包胜庆幸没撞上他怀中的雷管，否则又是一场大案。

舒耳巴追到鲁瞎子家里，被鲁瞎子山一样挡着了。鲁瞎子说："你听我唱一段。"鲁瞎子就阔声唱给舒耳巴听：

> 自然生成有妙用，
> 分开阴阳配五行。
> 阴阳交媾二气化，
> 才使万物来赋形。
> …………

舒耳巴要进去，鲁瞎子不让进，还想唱。舒耳巴说："你这死瞎子甭唱了！这阴阳交配要般配啊，你屋的那老狐精多大年纪了？我儿是个童男身咧！"

鲁瞎子心平气和地说："我自会来整她的肘拐。"

当天晚上，鲁瞎子那千脚落地的剪夹棚里，就传来了女人的另一种叫唤声。是挨揍的叫唤声，惨哩，就像杀年猪一般。鲁瞎子唱一句，打一掌。他唱的是《荒唐歌》：如今世界大不同——叭！媳妇拿棍打公公——叭！公公拿着拐棍拐——叭！媳妇拿着奶子甩——叭……

七

长话短说。到第一百一十四天的时候，即闹猪过后的三个月三星期又三天，白家的新花母猪下了一窝猪崽。八只，一律坡形嘴，长腿，身上有着惊心动魄的一条条灰白色花纹，缀在那一身麻栗色毛的身上。

——这不是野猪吗！

猜想应验了。那新花母猪正是第一代杂种猪，只要这猪与野猪交配，三代四代就完完全全是野猪了。具体示意如下：

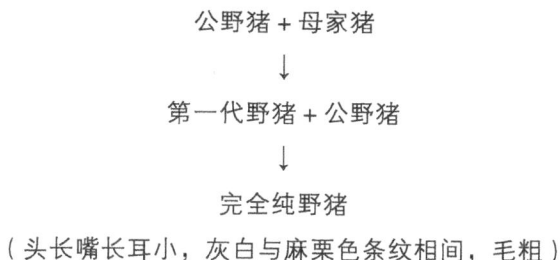

公野猪 + 母家猪

↓

第一代野猪 + 公野猪

↓

完全纯野猪

（头长嘴长耳小，灰白与麻栗色条纹相间，毛粗）

白秀白大爷家生了一窝野猪的消息很快就在坳子里传开了。

第二天早晨，白秀打开猪圈门一看，两只猪崽倒在血泊里。那死猪被人剖了，刀口划得笔直，而且一刀下来，两边的皮肉光滑异常，齐整整的。有人早从里面取出了心肺。白秀便要中秋去鲁瞎子家看。哪还有那山外女人的影子，早跑得没影了。

于是白中秋与舒耳巴加上包胜带了猎狗去追。没追上那女人，猎狗追着追着就追迷糊了，四山咬。十几里路，空荡荡的。

这么算来，应是农历的五月了。天热似火，天干如灶。自打春节以来就没下过一场正经雨。在舒耳巴的强烈要求下，白秀只好将这剩下的六只猪崽交与他赶快背到镇上去卖掉，好去医院继续治疗。

可怜的舒耳巴，与师傅交了恶，翻了脸。即便是这样还得背上那臭腥腥的野猪崽，翻山越岭，也不知道这野猪崽有没有人要。师傅家就这个样子，你也只能这样了。如果师傅不认这个账，你还只好自认倒霉呢——谁叫你不小心摔下去的，又不是他推你下去的。这么想就觉得师傅太好了，太宽宏大量了。背上猪崽，就像割了师傅身上的肉一样难受。师傅这大的年纪了，是在替儿女们受罪啊。想到今年的猪害，背篓里清汪鬼叫的小野猪，这就是猪害闹下来的孽债，老子一狠心，恨不得把你们一只只在石头上摔死。这么想那猪崽就他娘的在背篓里拼命拉屎撒尿，把舒耳巴父子身上都弄得臭不可闻。

在旁边的白椿不让舒耳巴背，要自己背或让糟蛋背，说："舒叔，您还是个病人呐。"舒耳巴哪能不背，自己的药费哩。

天气热着哩，天空上红云滚滚，山道上热风呼呼，人走在山里就像是在石灰窑里一样，林子里的鹩鸟伸着小舌头在喘气，峡谷一阵一阵冒着青烟，就像大祸临头的那种征兆。

上了大界岭，舒耳巴在腰里换着他的粪袋子，突然一阵狂风刮过来，山尖上就出现了两头野猪，一眨眼就到了他们跟前。三个人一点都没防备，手上又没有家伙，连腰里的开山刀都来不及抽，两头猪就生生地拱倒了他们三个人。背篓翻在地上，六只小猪吼吼闹闹地钻出背篓，就像有预谋一样，一溜串儿跟着那两头野猪而去……

三个人看着那猪们隐进灌丛，雷打痴了一样，半天回不过神来，一切如梦中一般。

八

猪啊，你是欺我年老了吗？竟敢这么欺负我！白秀的心里因悲愤一阵一阵滴血。

"上山！"他对儿孙们说。

可他的大儿子白大年面对着神龛却一声不吭。你指什么呐？——张五郎，猎神，四山爷。

"你背上。"他爹白秀以为这大儿子是怕了，很轻飘地说了一句。白秀要整理他的枪，那杆老铳，往里面滋熊油。

可白大年又指着两个卦板。

这都是驴年马月的东西了，放在神龛上没人管。今天白大年为何死盯着它们呢？

"大界岭上的这日子也没啥可吃的啊。"白秀嘀咕，"未必是截了道儿把它们的六只猪崽撕了吃了？"这么想就惦记着那六只懵懂无知的猪崽，是一笔不少的钱哩。

白中秋就去甩卦。

当然先得作个揖，信不信礼数到堂。看哥哥白大年把你吓的。于是把他爹的枪、把白大年的"一把捏"都一股脑放在张五郎的像前。张五郎是倒放着的，这是敬猎神的规矩。倒放着的张五郎多年来已被油烟熏得五官不辨，七窍不分，倒立在那案上像个玩竖蜻蜓的放牛娃，怪滑稽的。这打匠的祖师爷倒立，两手在地，左手拿的是桃木棒，右手按的是报晓鸡，口中还含一把飞手剑。据说提鸡是祭五猖的，桃木棒和剑当然是驱魔劈凶的。

白中秋抓过两块卦板，丢到地上，那两个卦板却直立起来，像两个小偶人！只听当嘟一声，白秀老人的那杆老铳倒了下来。白秀心一阵紧缩，不信这毬事就没事，早就已经走出门了。就去扶那枪。可两个卦板要么顺要么不顺，咋直立起来了呢？这可是很奇怪的事儿啊。白秀也不信邪，就自己捡起来再甩。

两块卦板依然又直立了起来。

"走吧走吧！"白秀恶吼着，还踢翻了那卦板，又对白中秋说，"火牙子也拿着。"火牙子是打鸟的短铳。他自己的铳——倒了的铳再拿起来就沉了。那是心沉。他摩挲着那铳，没有温热，不亲切，仿佛是久违了的，陌生得就像今天他出猎的路。把小手指头在铳口里捅了捅，捅到老伴的头发。那是些白晶晶的头发，塞住铳口，防已灌进的火药和滚珠、钢筋头溜出来。如啄了火，头发燃得很快，火一过就没了，不影响射出的速度。一直以来，几十年，都是老伴梳下的头发塞铳口，现在没了，没几根了，看样子，这杆铳真撑不住了，要倒下了，或者有什么不测……心就像在云雾里打鼓一样发虚。他要想想灌药的程序，检查火药囊的塞子，子弹袋的收口，等等。这铳虽灌药慢又没有准星，可就算白秀这个年纪了，灌一膛药也不会超过五秒的。文寇所长来验证过，绝对五秒，眼都看花，啧啧称奇。这样敏捷神速的手世界绝对没有第二只。他的最好的徒弟扈三板也要八到十秒。一秒就是一条命啊，舒耳巴就是灌慢了，未一枪打死的熊就过来了，把他的脸扯得稀烂。野牲口是要拼命的，你第一枪打不死它，它就要扑过来打死你，你死我活，没什么客气好讲。你要它的命，它不要你的命啊！在山里，你必须练就一剑封喉的本领，一枪致野物于死地。你脸贴着枪柄，全凭一颗心找感觉，一枪放出去，就是对手的致命处，歪了可不行。脸颊紧贴枪柄，是一种绝对信任的依托，那枪的后坐力把你的脸咚的一撞，脸就撞瘪了。几十年，白秀的右脸颊就没了，只剩下骨头。可这半张瘪脸却刻着他用生命换来的猎经：来熊去虎横打猪；上打脊，下打蹄，横过要打嘴角皮；猪打眼，虎打额，熊打胸……

大儿子白大年倒背着装五郎神的木盒，祖孙四人向大界岭进发。

到了岭上，白中秋对白秀说："爹，不忙，还是你念开山咒吧。"

白秀一听有些火了，说："什么？啊？！"

"您老念念吧。"

白秀望着手拿猎叉的孙子白椿：沉静的眉头拧进去了一些大人才有的东西。白秀挺着腰，脸上没有表情。锯齿形的群峰在天空下默然排列着，猎人峰在它们之上高高地闪耀，在灼热的空气里露出冷冰冰的胸膛。

祖先们的暗示由弱到强，在他的心里揎卷、丛恿。人老了就会惶惑，甚至不相信自己，看世界是虚幻的。过去上山，每一个毛孔都是自信，敬什么香甩什么卦念什么咒啊，填了火药子弹，啐一口，"吓"的一声，满山震动，跺上一脚，百兽都要发抖。现在，山莫非要害我不成？

把枪给火气旺盛的孙子白椿攘着。就从香签筒子里拿出了三炷香——那是无味的，怕野牲口闻出来。他让中秋点燃，就一边对着猎人峰小声地、虔诚地念了：

　　　　开开开，盘古老祖下凡来，手执一把开天斧，要把此山大打开。一开东方甲乙木，豺狼虎豹在此出；二开南方丙丁火，野猪老熊莫惹我；三开西方庚辛金，獐鹿兔麂无性命；四开北方壬癸水，四山牲口莫捣鬼！各种野兽摆成行，脚踏地上，到此受死！若还不开，盘古老祖一斧砍开！

他抽出大砍刀，其他儿孙三人也抽出了腰上必携带的开山刀，齐朝一棵巴山冷杉砍去。那树冠倏地飞出一只雀鹰，扑棱棱飞走了，落下一根黑油油的翅翎，白椿捡了起来。

砍刀就是命令，两条赶山狗紫花和石头飞身窜上岭上的老爷寨——那是个土匪老寨堡，断壁残垣出没在灌丛和芭茅中。

"猪！"

说声"猪"，猪就高高地站在了一道残墙上——好大的胆子！你看它：两耳尖竖，长嘴如刀，小眼奇诡荒寒，獠牙如铁似钢，两肋肉墩像磐石，身上箭毛似针锥。紫花石头一跃而起，想是去咬野猪的颈子。这是神农架赶山猎狗的绝招，盯住你的颈子，也学了主人要一剑封喉。可那野猪只将头一摆，就避开了危险，再将獠牙一戳，正好挑上再次跃起的紫花。那紫花飞上墙头，被重重甩了下来，一声嚎叫，肋骨叭叭断了。那猪也跳下墙头，又避开了猎人的发射。伤狗紫花和石头见了猪哪有退却的道理，再次跃过断墙，白秀他们也一一爬上断墙。这里视野开阔，猪就不怕暴露在几管枪下，让人遍地开花居高临下挨打？

猪不见了，狗嗷嗷跳跃。白秀估摸猪逃跑的路线，叫白大年快去坐"仗口"埋伏。

等白大年坐好仗口，打回暗语，白秀吹起牜筒，那两匹狗又把猪咬出了亮处。白秀喝唤狗避开，狗也熟了，让开一条眼线，白秀就把那火啄燃了。枪一响，那猪的屁股就冒起一大蓬烟子。不对啊，我打的分明是猪眼，为何屁股冒烟？

伤了的猪带着烟子就跑，好，正是往白大年坐仗的路口狂奔而去。白秀忙用凤头鹃的叫声告诉白大年："苦、苦克、苦！苦、苦克、苦！"却没有应声，就让白椿再打暗语。白椿的鸟语也学得酷肖，就"苦、苦克、苦"地连叫了四五遍。依然没有应声。那猪时隐时现，白秀再爬上断墙，又啄燃信子，一枪过去，这次瞄的是百分之百的眼珠子，滚珠火药就像唧筒里的水，你挤我攘地亮闪闪直飙而去，就听一声惨叫："我的娘耶，把我打着了！"

硝烟散处，一个浑身熏黑的人抱着脚在林子里又跑又跳，衣裳筋筋缕缕，分不清个面目，边跑边大声哀叫。几个人就去逮那个人，抱住一看，是白大年，已经成了血人。

九

村里的人说：白大年就是个山混子。他年轻时打跑了媳妇，听说弟媳妇，即中秋的老婆在崖里摔死也与他有关。这人去很远的山里找过打跑的老婆，听说遇见了红毛野人，野人也是山混子——在山里混了几千年，混成山精了。这野人把白大年捉去，给他脑壳里安了根山混子筋。这就让村里遭了罪。他用他爹的老枪打过家鸡，用挠钩钩人家的腊肉——听说与鬼脱岭的小哥哥们一起在山洞里烧过腊肉吃。前两年，又不知在哪儿遇见了山精，回来就要给政府献宝，说可以奖赏女人。这家伙捉过九香虫、绿臭蛙，还听说逮到过麒麟、双头蛇、太岁。后来，猎人峰上的一个老郎中把他绑着，给他脑壳里下了一根筋，说是山混子筋，给村里人看过，白呲呲的，一拃多长，铁丝那么粗。

这根筋被村长拿着说装在白大年的档案袋里了——村长那儿据说每个人都有个档案袋子。抽了筋的白大年老实了几天，但近来因频繁的猪害又有山混子筋长回大脑的迹象。可这一下，他爹的枪就像是长了眼一样的，就像是天意，把他的脑筋打坏了，脑壳里钻进去不少铁砂子，估计打断了山混筋。只是，也把一双好腿给打断了。

不能去医院。没钱医治。白云坳子的人又不是国家干部，不能吃公费医疗。在今年之前，县城的医生从来也没听说有个白云坳的。白云坳的人从不去医院。今年三番五次往医院跑，有死的，有伤的，伤得还挺怪挺稀奇哩。

白秀的老伴白娘子因为记性不好，去给猪喂食时，见猪圈里爬着个人，与猪争食，就记不起是谁，高兴地说："猪下了个人崽！"

见没人理，就细看那人。母猪失了一群崽，变得很烦乱，有个人去嗫它的奶子，它就用嘴拱咬这人。白娘子把这人从猪胯里拉出来问："你是哪个？阿弥陀佛！"

白大年望着他娘，头打坏了，说不出话来，只是像猪一样哼哼。

他娘又问："你吃的啥哩？"

白大年又哼哼。

白娘子看着看着就认出了是自己的大儿子，丢下猪食瓢就大喊："死老头子，还不快去请郎中！"

白中秋白椿都说不清这事。村里人更说不清。说反正老天长眼把大年给打坏了，成了废人，救活也是个废人。白秀迟疑着没请，老伴白娘子就闹了，就与他大吵，两人在房间里打了起来，白娘子又踢又咬。白椿就急了，给两位老人劝架，就给白娘子说："奶奶别咬了，我去请。"

这白椿就去了山里找郎中，就是给白大年摘山混子筋的那个，也是给白秀年轻时治过泥肺的那个。

白秀的泥肺是在洪湖染的。

很古老的1931年，那时的白秀还是个百事不晓的少年，还叫戴秀，在鄂西北房县戴家湾给大地主崔咬精放牛。有一天他舅舅杨夺水从县里背回了一块"房县戴家湾苏维埃政府"的牌子，就成了杨主席。他舅说："秀娃，你革命吗？"于是秀娃就革命了。这革命就是去洪湖，苏维埃的干部只有十来人，要多凑几个，杨夺水就打上了外甥的主意，还诱惑说："等从洪湖回来，杨丫儿就大了，你与她成亲。"杨丫儿是舅舅的女儿，才四五岁，拖着一挂鼻涕，胸前的油腻闪闪发光。这戥秀也没想什么，就在出征前夜杀了崔咬精，割了他的头系在裤带上，跟舅舅杨夺水走了。

　　走到神农架，要翻越一架又一架大山，那是一个半年都在风雪中的世界，当年的雪可大了，树可多了，兽可恶了。浓林如墨，鸟飞难通。到了山上，山上下的不是雪，全是冰雹子，像石头一样，砸得人头上大包小疖。最可怕的是当地的"扒狗子"，就是神农架独有的老豺，前腿短，后腿长，身子小巧，专门掏肛然后钻进野牲口和人的肚子里去，把里面的内脏吃空。这种兽就跟蚂蟥一样，只要粘到你身上就下不来了。还碰见土匪、杆子队和国民党挡道。戥家湾革命小分队就与大部队打散了，迷路了。在山里转了几天，舅舅杨夺水的一只手齐崭崭地让老虎啃了，小鹧子王品贵让扒狗子掏了肛——他一个人去林子里拉屎，粘上了那恶兽，肛掏了，肠子流了一地，小鹧子王品贵用草塞住肛门还随队伍走了两天。无数的扒狗子在地上跟着他们，无数的夜鸦子在天上跟着他们。只等扒狗子吃空他们，夜鸦子就要来啄他们的残肢断掌了。这些生人的气味一闻就能闻出来，连禽兽都欺生呐！"同志们，戥家湾的革命战士们，我们一定要冲出神农架，要走到洪湖根据地，不能退缩，不能回头！谁叫有钱的人这么少无钱的人这么多呢？谁叫穿棉鞋的人这么少打赤脚的人这么多呢？谁叫吃肉的人这么少吃糠菜的人这么多呢？谁叫有田的人这么少无田的人这么多呢？现在，大家跟我唱：要杀就杀得人头滚滚，你一条命我一条命！农友们起来，农友们起来，杀尽贪官污吏土豪和劣绅！苛捐杂税把我们欺，我们要出这口气！农友们，农友们，杀尽压迫我们的人……"唱着歌的那十二个人跟着云彩一起飘走了——舅舅杨夺水留下戥秀看守路口，其余的人去峡谷里寻路找吃的，结果一去不复返。

　　那个冬天置身于神农架寒野的少年戥秀孤身一人，手上拿着一把猎叉，腰上挂着地主崔咬精的头。他是怎么走出神农架到巴东又过长江的他全忘了，木头木脑地走着，那崔咬精的头张大着嘴巴跟他说话，埋汰他。可戥秀用猎叉挑着这个头要他叫，头就叫。面对着扒狗子和夜鸦子和豺狼虎豹和杆子队国民党——这颗头就是开路的邪神小鬼啊！这就壮了胆。

　　到了洪湖，山里人不习水战，倒在湖里呛成个泥肺，在瞿家湾红三军医院住了半年院。又碰上肃反，团以上干部都被说成是"改组派"。戥秀恰好只混到副营长，不被杀，反倒让他帮助去杀人。戥秀不忍心，就借故说死了父亲奔丧，找一个老乡买了套衣裳，开小差溜啦。

那一年，戢秀在松针、椴芽、火焰草一股脑嫩生生钻出世界的春天里，回到戢家湾子。春风像母亲的手抚摸着他，绿雾像薄薄的丝绸缠绕着他，一路从崖上跌下来的忧伤的瑞香草香气温暖着他。因为想家戢秀把头发都快扯完了。回到家里，戢秀大叫一声："妈呀！"见到火塘上的鼎锅里吊一大锅煮熟的肉，正咕噜咕噜冒着热气，捺起来就吃。蓦然，一个邻居出现在门口，对他大喝道："还不快跑，这锅里煮的是你三个兄弟的肉！崔家的还乡团杀了你父母你三个兄弟你们全家啊！"

犹如当头一记闷棍，戢秀愣了几下，取过那把爹的老铳就往山上跑，连气也没喘一口就跑进了神农架深山老林。人吃了人肉两眼就会放红光。戢秀眼睛爆发出红磣磣的光芒往大山里走，走到哪儿哪儿的野牲口逃之夭夭，怕呐！人吃了人肉就馋了，吃啥都没了味，老想着那人肉的香，嘴里呼噜呼噜流哈喇子。可那是兄弟的肉啊。每每想到这些，戢秀就用火刺扎舌头，扎得血淋淋的。这样就晕晕乎乎走到了猎人峰北坡。那个晚上，冻雨霖霖，寒气如刀，戢秀背着枪正蹚着黑道儿，就见前面影影绰绰一个人。心想这里哪会有人，怕不是鬼或什么野物吧？再一看，那影子结结实实地倒了，摔在地上吧嗒一声。走近去打了火镰一看，还真是个人，脖子上有个洞，咕噜噜地往外冒血。再往前看，还有一个人，蹲在路边。戢秀就喊："你杀了他啊！"就将枪对准了过去。那黑影见戢秀走来了，呼地立起身子就往旁边林子里跑去，一闻气味，是头老熊！老熊咬死了这个人！戢秀就开了枪，熊就打着了，从坡上滚下来，戢秀怕不死，用老爹那枸骨过冬青的枪托一顿猛揍，正揍到兴头上，几个人打着杉树皮火把来了，还有个女的见死人就哭。那女的就是白娘子，被熊咬死的是她男人。后来，这女人成了他老婆，他也成了白秀，成了神农架打匠啦。

改姓白，并不是白娘子的白，是白山财的白。白山财是白云坳的地主，无儿无女。山外来了个打匠，替他侄女把咬死侄婿的熊打死了，还能说牛经，就让他帮着放三头牛。戢秀委曲求全隐姓埋名放起了牛，把那牛喂得膘肥体壮，三头牛像三只老虎，吼声震天。是巴山黄牛，金黄色的毛蓊蓊闪闪，拉出屎来噼噼啪啪。牛喂好了，可人还是个泥肺，躺不能躺，卧不能卧，每夜就坐靠在牛肚子上睡觉。这就引起了白地主老两口的同情，就寻思着给这外乡娃子找个郎中来治治。郎中找来了，两个黑黑的眼圈，神情像白云飘远，一把长胡子，也是个山精，说："我不用毛药用大药——我用血三七、田三七、破血七、雷公七、肺痨七；用鸦雀还阳、打死还阳、太阳还阳。雷公七也就是逼血雷强行开道通路——瞧你喘得像条蹦上坡的鱼。我用血三七、肺痨七拨你的病薮。然后呢，用太阳还阳草和打死还阳草来激你体内乾阳之气，人有气浃浃乎浩浩乎，气厚以载德也……再然后，用六月还阳草给你身子烧一个夏天，人就完全与天地相通啦……"

郎中说得神是神点，可药不假，果真效力奇特，药吃到肚里，一阵雷鸣电闪，闹腾了五天。第五天夜里，戢秀觉得肺里一阵躁动，便开始呕吐，吐出一盆淤泥，里面螺蛳蚌壳全有。这就好了，能卧了，能躺了，能安稳睡觉了。

一天放牛回来，见白地主家八仙桌已上了酒菜，等戢秀进屋，一起举拳祝贺道："你娃子糠盆跳到面盆里来了！"

一百二十亩好孬地加五十亩耳山（砍香菌木耳棒的花栎林山），加三头牛加三间瓦房，日后全是你娃子的啦！——白山财老爷子决定收你为养子啦！

　　立合同字人白秀今因父母双亡家贫无亲日食难度兼之又无祖遗业产在外漂泊做工更无力完娶恐误后事愿将本人过继与白山财二老膝下承接香烟缵续宗嗣改名换姓从叫父母依听二老教训日后成立毕婚完娶异日恐有族间刁唆俱有媒证某某某一身承耽至完娶以后倘若心性改变不由老的吩嘱仍然飘风浪荡不行正道不顾老的饮食好吃懒做只有投明地面绅首与二老格外敷补安厝费用钱贰佰大洋任子还姓归宗二老亦不曲留若是安分守己勤俭孝道家具业产不与户族侄子侄孙相涉应付此子长守二老毫无异言空口难凭特立合同一纸白山财收执永远存照为据
　　同媒证×××、同公亲×××、同在场×××、同家族×××、同亲笔白秀

戢秀强迫成了白秀，有缘就是有缘，一个不知你身份的人，一个外乡人，死活都要你做他的儿子，硬要把万贯家财塞进你荷包，老话说得好啊：是你的财，对你来；运气来了门板都挡不住。

这与世隔绝之地，山外发生了什么他哪儿知道。他只知道他结婚，白娘子成了他的老婆，于是热火朝天、紧锣密鼓地生娃子。生了不少，活了不多，最后剩下白大年与白中秋。有一天就听说要解放了，解放军要进山了。这白

秀的原形就是戢秀——洪湖红三军的戢营长。白秀欢喜，连夜踏雪去迎解放军。解放军迎来了，却不进他的屋。瓦屋啊，三头牛，还有红漆八仙桌，桌上几个铜酒壶，地主！怎么说也没有用，十二个战友在这山里失踪了，你在这儿落了户。你就是找到了他们他们能证明又有什么用？你不过是个红军逃兵，开小差回来的。还没找到做地主的感觉就成了地主成分——老地主白山财说他不死是不会把财产给白秀的。后来，老地主死了，让土改队给毙了，财产没收了。白秀在老地主死后就住进了千脚落地的茅棚。棚子深处是个岩洞，里面冰水四季淌滴，人与猪在里面哈冷气，冻得像疟疾鬼。一个洪湖来的泥肺最后成了这番模样。在深山老林中，一个人是微不足道的，就是三辈子打成地主，就是全家被杀过十次，那也没什么波澜，脸上也显示不出什么来，该笑的笑，该吃的吃，该看天的时候看天，该打鼾的时候打鼾。老天爷用隐忍的大德暗示他：无所谓啊，到什么山上唱什么歌，走到哪步算哪步。

　　如今走到这步了，在这禁山之后，在这野物稀少之际，在他快死之时，野猪突然疯了，突然攮上了他。他无意之中——打野猪却打断了大儿子的腿。老伴白娘子用嘴咬他，像狼一样。鲁瞎子说：白娘子吃了太多的兽肝，这兽肝兽体穿过了人的身体，兽性就留下了。人吃了兽，比兽更疯狂。白娘子年轻时好流产，挂不住娃子，有人就开出了个偏方说吃兽肝。这白秀只好一次次作孽从山上取来各种兽肝，将打死的兽在一个时辰内取肝，热噜噜地炒了吃。白娘子吃过除人肝之外的所有肝，豺狼虎豹，麝獐鹿麂，野猪老熊，鸦雀老鹰，毒蛇石蛙。那石蛙的肝只雀屎大，炒一碗要剥一百只。白秀晚上一夜夜在石崖上捉蛙，不知摔下来多少次。可自己造的孽自己受了，老婆身体内的兽性在晚年发作了，不止一次咬他。看着看着手肿成个浆粑馍。俗话说最毒不过人毒，人的唾沫据说能杀死最毒的眼镜蛇和烙铁头蛇。

　　请来的郎中见白秀手肿老高，红得像炭火，就问是不是治手的？白秀往猪圈一指。那郎中就走近去，对着猪粪中爬行的白大年说："伙计，你有房不睡睡猪圈，有饭不吃吃砦糠，呵呵！"

　　说了笑话，与白秀商议后，认为只有锯掉白大年的双腿才可保命。因那打断的双腿已发黑发肿了。白秀死活不同意。他不能让这大儿子保了命没了腿。自己风烛残年，一伸腿也就算了，落下大儿子这般年纪，以后靠谁来把与他吃呢？

　　拿过白大年脑壳中一根山混子筋的老郎中就不愿治了，说我锯了他的腿省得他到处乱窜，有什么不好？这人若治好了，说不定是一大灾星。老郎中两个黑眼圈，像有夜视眼的毛冠鹿，他还说出了"天地闭，贤人隐，恶兽出"的古训。白秀说是野猪恶兽啊，又不是我儿。老郎中说：人如今与兽比，已是凶残万倍了，所以今日说的兽就是人，人就是兽，你还不懂吧？

世界已经颠倒了，难怪鲁瞎子总是唱《颠倒歌》。老郎中给劝了一些时，喝了两口酒，才答应给治治。只见他眼珠子骨碌碌乱转，伸手向空中抓去，口中念念有词："九死还阳兮，九死还阳，九死还阳虫来兮，九死还阳虫到！"

老郎中将那药褡裢在空中甩了两圈，伸进手去，抓出一个东西来。白秀一看，是一条脆骨蛇，药名正叫九死还阳虫。这蛇只要摔掷地下，就会断为九节，在地上蹦跶蹦跶，蹦跶一会儿，遂又自动聚拢，重新整合为一条完蛇。治跌打损伤正骨，是百药之王。

老郎中将蛇掷于地下后，蛇果然断为九节，不多不少。待蛇正要聚拢时，老郎中将九节蛇拾于掌中，一运气，俩掌嗞嗞冒出青烟，一合掌，一揉搓，双手就一堆黑糊糊的粉末了。然后取出酒葫芦，用酒调和，敷于白大年的断腿处，绑扎起来。老郎中说："如果三天不退肿，神仙也无法了。"

老郎中走后，白大年在屋里躺了三天，肿就消了，乌黑的腿有了肉色。有一天揭开一看，那蛇药还敷拔出了十几颗铁砂子。断腿就愈了。不到一个月，村人就看到白大年挂着根拐杖能在村里走动了，可是人却直直地傻笑。

十

舒耳巴从县城医院扯下粪袋子回来的那一天，走到大界岭。一进大界岭的森林，陡然一股凉气往头上蹿。想到两头大野猪拱翻了他们带走的六只小猪，心就发虚，不由攥了块石头。树深草荒，野风飒飒，他捏了一手冷汗往前走，就看到半山腰里有个人影，心就宽爽了一些。看那人还熟，就打招呼唤那人，那人"嘿嘿"地在砍什么东西，一闻空气里有血腥味。走近去一看，是白大年，正在用刀剁野牲口。

这大年腿刚好就来山里蹿了，而且还打死了什么野物。舒耳巴一细看，那兽是只幼兽，虎不像虎，豹不像豹，是虎与豹的杂交种，叫"呼"。

这年头，兽越来越少了，能逃过千百万劫的都是精怪兽。虎没了同类，豹也少了，虎与豹只好胡乱交配，于是，生出了怪种呼，这呼全身长满一尺多长的白毛，什么都不怕，寿命忒短，也不会生育，不雄不雌。

"大年，就（做）……就啥呐？"舒耳巴声音都变了。

"可以换回个媳妇，稀罕物啊！"那白大年自个割着呼的脖子，呼的血就喷泉一样射出了，那血半红不白，散发出一股苔藓味。白大年身上、脸上、眉上被呼血喷得到处都是，像一个披着鲜花的人——他拿着的是一把割漆口的刀。他本来是上山给漆树划口，只等秋天来收漆水的，碰到了呼，见弱小，就杀了，去向政府献宝。

这多危险，白大年还浑然不觉。舒耳巴感到要么是豹，要么是虎会马上来寻呼的，白大年完了！舒耳巴拔腿就跑，半路上跑掉了鞋子，滚烫的石头烫出他一脚血泡。

白大年完全没在意舒耳巴的出现和逃遁，他割死了呼，把刀在那一身白毛上荡了几荡，让毛舔干了刀上的血，将刀插进木头的背叉子里，就听得一声大吼，一只老豹出现了！

那老豹瞪着两颗愤怒而悲伤的眼睛，扑向那死去的呼，秃爪子在那身上抓了几抓，好像是想推醒它的孩子呼。可呼脖子已经断了，流着血，眼珠子像两颗星星白瘆瘆地望着自己的母亲。那老豹明白了一切，向白大年扑来。白大年突然从痴呆的状态中活了过来，不愧是打匠的后代，在山里生活的，身手敏捷，蹿上一棵漆树，坐在枝丫上，大喊："不是我！不是我！是舒耳巴！"

老豹哪管得这些，去爬树，可豹太老了，爪子秃了，爬上两步就滑下来，爪子在树上磨出了烟。它一而再，再而三地想爬上去，无奈年老体衰，于是就用爪子摇那树，树叶哗哗往下掉，白大年吓得抱着树干缩成一团。那豹子见摇不下人来，又用头撞，再用牙齿啃树。树是漆树，毒大，老豹啃着啃着嘴就肿起来了，可老豹不停，树皮一块块啃下了，要不了多久，那树定会啃断。白大年知道，如今的山兽十有八九都懂人语，便对老豹说："真不是我，豹子呀！哪知道是你的娃子，我就不让那舒耳巴杀了，舒耳巴说是虎儿呢……你这可怜的豹子，满嘴漆疮，还不快去沟里用凉水洗洗去毒！"

那豹果然能懂人语，停了啃，把眼皮往上翻了翻就跑下石沟，把嘴埋在了水里。白大年是想把豹引走，可人还来不及溜下树，豹就回来了，恶狠狠地吼着，用血红的眼睛瞪着他，又要张嘴啃树。白大年就说了："难得有自己的儿，如今山上的兽少了，舒耳巴剁了你的儿，我晓得你失子的悲痛，我跟你回村捉舒耳巴去？"

那豹摇着头，因痛苦拧着一张惨兮兮的脸，面前是那血淋淋的呼。这呼是我的！这呼我若背到城里，定是个特级宝物——这神农架山里有几个人打死过呼？心想我一定要把呼背到镇上去。摸摸腰间带上山的荞麦炒面，就心生一计说："豹啊，反正我今天也是跑不了了，这样，我现在若被你吃了，是个饿死鬼，你让我成个饱死鬼吧，等我把这袋炒面吃完，你再吃我。你若同意，请把头点三下。"

这豹也骚怪，果然把头点了三下。白大年知道兽比人守信用，还没有学得人这么坏，就大大方方地溜下树来，坐在离豹有一丈远的地方，开始嚼那干嘣嘣的荞麦面。那荞麦面苦，掺了蜂蜜，吃起来就香甜了。可白大年在那儿拼命地嚼咽，怎么吃怎么苦。就想着怎么磨蹭时间，等我慢慢吃了这袋荞麦面，若有路人经过，或者那舒耳巴去村里喊了人来，我就可以脱身了。

这白大年苦巴巴地吞咽着，被爹打坏的脑子一阵阵发疼，却找不到好的办法。见了沟里的水，就对豹说："豹啊，这炒面吃了口干，硬像是往喉咙里塞石头。你让我下沟去喝几口水，行吗？你若同意，请把头点三下。"

老豹就把头点了三下。

白大年两股颤颤地下沟去喝水，估算着与豹的距离，想跑。一看水里，让他大吃一惊：水里的影子哪是他白大年，是一只麻羊子（斑羚）！天，怪不得这豹今天非要吃我。在神农架，人们都知道并且笃信人一天有两个时辰是牲口。那被野兽吃掉了的，刚好那时候是牲口，躲过两个时辰，人又变回来了，兽就怕了。兽是怕人的，不吃人，吃下的人，其实是牲口。白大年看着水中自己的尖嘴、长胡子、大弯角，心里骇然。那时林子里白雾漫漫，郁闷的植物气息让人难受，豹时隐时现。他就想，我在这里熬两个时辰吧，熬过了，就躲过了。我活了五六十岁，才知这一传说是真的哩，人还有另一个面目哩，人就是一只牲口。人有两个模样：一个是人，一个是畜生。

白大年在这荒凉的山岭上，望着水中自己的影子，嚼咽着苦荞面，欲哭无泪，几快发疯地想对策拖时间。他对豹说："豹啊，我给你讲个古，讲你虎丈夫的事……"

那豹摇摇耳朵。

"……鬼脱岭一肖家丫头，上山去挖药，一老虎拦住了她的路，抬起爪子向她求情。丫头一看，虎爪下扎了根刺，就帮它拔了。这事就过了。他们村里的支书，是个五毒俱全的家伙，凡村里的媳妇婆娘都被他睡遍了，这下要打肖家丫头的主意。刚好他又死了老婆，就要强行娶这丫头。丫头哭得像个泪人，就在入洞房的时候，突然从外头窜进来一只老虎，把那丫头衔了就走。虎背人就像背褡裢一样，往背上一甩，人就横在虎背上了。那支书吓得当时就不能言语。可肖家找他要女儿。这事闹到县里，县里认为这事不可能，哪有虎背人走的，认为肖家是无理取闹，加上支书又串通了县公安局，就把肖家的人关进了号子。哪知在给肖家人上铐时，一只老虎闯了进去，叼起铐子就跑，一直跑到鬼脱岭支书家。支书见了，一声惨叫，七窍喷血，当即呜呼了。这天正好支书家牛下崽，下出一条犊子，浑身黑色，肚皮上却有三个白字，正是支书的名字……"

那老豹这时吼了一声。

白大年说："不是诳你的，全是真事！还有下文哩——说是过了年，那肖家丫头突然回家了，怀里抱着个金发娃娃，跟洋人似的，额头上还有个'王'字……"

老豹一连吼了几声。

"全是真事，全是真事！豹与虎能相配，人与虎就不能相交吗？人与虎相交生出的是人，也有个名儿，叫'号'。这号聪明万分，可也是个短命鬼，跟你那娃儿呼一样。豹啊，你留下呼干啥哩？又不长逼又不长屌，一个石人。你送把我，我还能换个媳妇——政府有这个政策哩。豹啊，可怜可怜我吧！"白大年就咚的一下朝老豹跪下了，"咱们山里人，穷啊，娶不起媳妇，娶了也跑了，就想着拿什么东西找政府换媳妇。山里有啥稀奇的东西呢？都打干净了，好不容易见了个呼，我能不动心吗？我也是个人啊，长了屌，一辈子空闲着，老虎没了母老虎，还能找你这个豹捅捅生个怪种传个后，我找谁捅生个娃子传后哩？找猪啊羊啊牛啊去捅？咱还是个人呐，又不是畜生，咱山里的日子苦哇……"

这么说着心里真悲苦起来，眼泪哗哗地就像大雨落下来了。正呜呜地哭着，见一轮月亮蹿出了山林，像个探头探脑的乖巧女子。再看月影下自己的影子：头上的弯角慢慢变小了，弯角变成了头发。呀，两个时辰终于过啦，白大年又变成了他自己。这时只见他扔了炒面袋，抽出割漆刀，大吼一声："打死你，豹！"那老豹一愣，撇下了呼，就往林子里逃。白大年赶快过去背上呼，就往山下跑去……

十一

有人说头脑混乱的白大年是跑错了方向,往山里头跑去了。山越跑越深,白大年就此失踪了。或是成了野人,山混子,或是被什么野牲口吃了。

可是在镇上却传出来另一个版本:

这一天,水布镇在燠热的阳光里煎熬着,深黑色的屋顶上,一片红闪闪的火光。镇政府摇摇欲坠的石楼里,少有人在上班。镇长崔无际刚从乡下回来,就听说那个四岁的畸形发育的儿子老拔子,打跑了家里的保姆,正为这事烦恼,就听办公室主任闯进来告诉他:白云坳献宝的那毬人又来了。

据说,白大年将那血水未干的呼丢到台阶上时,呼还直起了脑袋,并且睁开了眼睛,可喉管里咕噜咕噜往外冒血泡。斜刺里冲出来镇长的儿子——树一般高大的身材,挥舞着玩耍的木刀,就将那呼狠狠地砍了一刀,呼就永远地闭上了眼睛,随即发出一股恶臭,成群的绿头苍蝇挥舞着翅膀就落在了呼身上。

"把他捆起来!"

在崔镇长的指令下,派出所文寇所长和三两大汉,便将白大年扭住,用麻绳将他捆了起来。那白大年在绳索里大喊:"这次不是假宝了,这次可是百年未见的呼呀!政府不能不识宝……"

崔镇长的汗衫被白大年给抓破了,一只长毛的乳头露在外面,就像是与人打过恶架的。

"我想说什么呢?"他在这天的党委扩大会议上,神情沮丧地说,"这事情看起来荒唐,却是我们的过错。不就是一只小豹吗——我建议,文所长将这只小豹尽快送到县科委去制成标本。豹出现了,大家都见着了,豹又回来了,这当然是喜讯,应该尽快上报宣传部,赶快写成新闻发出去……可是,豹却被人打了,且是个疯子,神经病……但说到底,这是我们的过错……"

台下的人都看着他,看着这个满脸青色、衣衫褴褛的领导人。

"我们没有给他们创造娶老婆的条件,这就让他们想女人想疯了。是怎么传出向镇里献宝可以奖老婆的这种谣言?也许是有人逗弄他。可事情一点不假。咱们乡镇五个行政村十九个村民小组,老少单身汉就达一百多人,占男性村民的百分之三十!我为我自己感到羞耻!我在这里当镇长,连村民起码的生理需要都不能解决,算什么狗鸡巴镇长!"

镇长在这儿荡气回肠地痛骂自己，杯盖在桌子上来回地滚动。他淌着泪，情不自禁，脸可怖地抽搐，可他忍着。忍耐着，像一块铁："咱这不是祸国殃民！石膏村石××一家，我给他算过账，全家财产才几百元，一家四口睡一张床，大闺女十九岁了，与父亲在一张床上，像什么话！可人家就是这个生活水平。家里只有四个碗，五个没有。四双筷子——还有两双半白的，一双半红的。这样的家庭咱们镇何止一家……有人说他们是懒惰，这山里的人懒。暂不说这个，还是说单身汉。今年我已听到有太多的笑谈荤经，都是说一些傻蛋、放牛老头奸羊的、奸牛的……当作笑话在传。想过没有，有女人奸他不去奸人，奸兽干什么？都说如今人越来越像兽，比兽还恶；兽如今越来越像人，比人还精。这是为甚哩？天地颠倒，人兽颠倒，这是为甚哩？社会出了问题，还不明白吗？唉！"

镇长用激愤的忧郁洗刷着淌泪的眼睛，心中好似万般无奈。他像一个毫无遮拦的朋友与大家推心置腹，不知道把这个世界怎么办才好。他的心里一定是非常柔软的——大家想。这样才似乎是第一次结识他。就是这个人吗？一个矜持的、冷傲的、不太吭声的、文里文气的镇长，有时候会耍一些权术，有时候很卑鄙，很下贱，很会对领导说话（譬如对来镇上检查工作的县里干部）；可有时候又会很正直，很善解人意，慷慨激昂，铁骨铮铮，像个持不同政见者。他的泪是真的，他绝不会傻了吧唧地说这些话，为一个神经病疯子而突然掏心掏肝，他说的是真话。接下来，他要去县里为这个猎杀国家一级保护动物的傻瓜要一张患有精神病的证明，他说："谁也不许出卖他。他是个疯子！明白吗？"

十二

老书记覃放羊现住在县城的一栋石头屋里，石头缝里开满了鲜花，爬山虎枝繁叶茂。有一天他看日历，就突然中风了。现在，他拖着两条腿，也不能言语，以唯一可活动的右手，艰难地在纸上写下了：恩人、仇人、好人、坏人、人、人、人……

"人"是一个十分尖锐的问题。提到白秀，崔镇长发现他十分激动。可老人无言以对，口角流涎，脑袋好像被人打了一闷棍似的。

"你，曾经被他救过，是吗？"

覃放羊点点头，小孩子似的善良的眼里噙着衰老的泪水。没有谁相信，他曾被人称为"覃老虎"，是个敢作敢为的水布镇土皇上，在 20 世纪七八十年代，有人家小孩夜哭，一声"覃老虎来了"，小孩必会噤声。可生命是无情的，再伟大的人也会落得个皮枯毛落的残破境地，成为人们伤感的镜子。

　　"他可被您整得够苦啊！他一家如今凄惨的状况，莫非与您有关吗？"

　　"啊……啊……"老头说，两只眼睛嘀嗒嘀嗒地流着浊泪。

　　"为什么不能认定他是失散的老红军？为什么不能每月补他个几十块钱？莫非您这个样子了还记恨着他吗？这不是太可耻了吗？"崔镇长有点厌恶起这个前任来了。他知道这个人已经没有了任何抵抗，就像是一只蚂蚁，他可以任意踩捏。

　　"啊……啊……"老头说。他在四处寻找手帕。

　　"您不是塞进这个荷包里了吗？"崔镇长把手去引导老头的手。

　　"啊啊……"

　　"……公元 1946 年，白秀老婆的表哥白贱，替老地主白山财从宜昌买来了一个死囚。这白山财想打个房子与白秀一家分开住。打房子要烧窑制砖瓦，按神农架的老规矩得找个活口祭窑。当土匪的白贱就花了三块大洋在宜昌买了个死囚，谎说五十大洋。白贱那天晚上与老地主白山财对酒时，白秀去了猪圈，想给那个扔在猪圈的死囚吃点东西。哪知那死囚见他心软，就说出自己是解放军。白秀一听是解放军，这不是自己日夜梦里想找的人吗，即刻把他给放了。此人就是你覃放羊是吗？好。1949 年的寒冬腊月，你覃放羊带着土改小分队进入神农架，在猎人峰一带碰到一股顽匪，那些顽匪倚仗着孤峰深洞，拒不投降，你覃放羊就在对面山上架了两门迫击炮轰土匪寨子，可久攻不下。这时候，一个本地农民腰里缠了一大堆猎具，背着一杆山里打猎的老铳出现在你覃放羊面前，像一个官儿那么批评你道：蛋毬！这是打仗啊！乌拉稀！要智取！这人可不是一般农民啊，有点当过兵的样子。你再一细瞧，浑身的筋就抽搐起来，突然朝那人双膝跪下，大喊一声：恩人！那人就是白秀。白秀使劲儿想啊，想起了那煤炭一样的死囚，说：何必呢，我是红军战士我不救你？这个自称是红三军营长的人带着你们夜里爬上了一条后山险道，把土匪一窝端了。你覃放羊还要赶路还要解放其他村庄，不能带着这些顽匪，就要把他们一一干掉。可红三军营长白秀说不许杀俘虏，这是咱红军的纪律。你覃放羊说：鸡巴蛋，我自己都没吃的还得给他们吃吗！白秀说：你杀俘虏你还是工农子弟兵吗？你覃放羊说：这些悍匪我不杀杀谁去？杀你这恩人杀山里农民？他们不晓得杀了我多少解放军战士革命群众。对他们，不是杀不杀的问题，只有两种选择：一是吃花生米，二是自己跳崖。土匪们选择了跳崖。一人吃了一大碗红烧肉，二十几个就跳了崖。可是此事后来让白秀给抖搂出去，让你覃放羊受到了党内严重警告并行政降一级处分对吗？是这样吗？"

现任镇长接着说："你覃放羊恨哪，发誓要报复一下这个自称红军营长的家伙，就算你救了我的命，你爹那个老地主白山财该要枪毙吧。白秀说：老子一个营带三百多人，你说是个连长，连排长都不如，十几个鸟人，凭什么杀我养父？那天你覃放羊喝高了，一张羊脸摇摇晃晃，脖子硬起一尺长，说：不杀，那不反了？你养父仗着你的狠，说他儿子是红军营长，比我官大多了。你官大，你的三百多号人呢？老子总还有十几个人十几条枪。你是什么鸡巴红军，就是个逃兵！还做了地主的孝子贤孙，背叛了自己的阶级，真是恬不知耻！你说你养父为人刁钻古怪，放手整那些可怜的长工短工。你家有一百多把锄头，人家的五寸宽的锄口，你家八寸宽，薅得快。看长工手上的草汁颜色给饭，草汁颜色深的给腊肉火锅，浅的吃懒豆腐。说是好"地封子酒"，掺了蜂蜜。可你家那铜壶有机关，嘿嘿！想得绝啊！做活多的给好酒，差的开关一扳，下来的是孬酒。这样的毬人不毙毙谁？更有甚者，把他押到镇上去交代，你的两个战士找他讨点掺蜂蜜的荞麦面吃，他就在荞麦面里撒几滴尿，让人吃不成，嘿嘿，你说毙不毙！你覃放羊对两个行刑的战士说：此人只有一枪的罪。两个战士想到押送路上的羞辱，就给了他三枪。白秀收尸见了三个枪眼，就去质问你覃放羊：你这号共产党，说话不算话，是放屁？你覃放羊噎得脸红脖子粗，说：好，那两枪，哪个打的哪个受。两个战士只好去死人沟，一人朝对方开了一枪。为这事，你覃放羊又行政降一级，到了退休时竟还是个副科是吗？这就与白秀结深了孽。"

崔无际镇长咽了一口涎水，再说："'文化大革命'开始后，你覃放羊这只老虎恨白秀不过，白秀早已被你划为地主，听说他养母那老地主婆死了，正好，死人活人一起批。阶级斗争总要抓啊——在这里，在这鬼不生蛋的老山旮旯里，你覃放羊挖出过一个反革命组织，镇小学的二十几个老师没一个逃脱，有十五个打断了腿捆断了胳膊，牵连到农民五十多个；在更早之前，'反右'时，这样的烂镇也弄出了八个右派，其中有镇政府食堂的鄂师傅，鄂师傅因为说了：旧社会我们吃马铃薯，新社会吃土豆，在你覃书记领导下终于翻身吃上了洋芋。一句笑话就成了'右派'。在更以后，80年代，一个外地的药材商来此住旅社，因收听收录机，没见过这玩意儿的旅社经理马姨给没见过耳机的你罩放羊汇报，你罩放羊把那人当发电报的台湾特务抓了起来，严刑拷打，终于打死了。这事竟没弄出一点处分来。因为那商人不知何方人氏，也无人找上门来……还是说那次让地主分子白秀背着他死去的养母的尸体，手拿一把钢叉出发了。那几天白秀听说大界岭上闹虎。走到大界岭，已是二更时分，想下岩沟找点水喝，刚放下养母的尸体，就见老林耙子里一道红光一闪，一条斑斓大虎就出现在他面前。这虎吃了人，眼也是红的。幸亏白秀拿了钢叉——虎只服钢叉。虎见了钢叉，却不害怕，扑了过来，衔起那死尸就跑。白秀想：丢了死养母与你这不讲情义的罩老虎怎说得清楚？再者养母待他也不错呀！就握着钢叉向那老虎刺去。老虎的钢鞭尾巴一摆，就将那钢叉打飞到一丈开外。白秀心中怒火万丈，镇上的罩老虎欺负咱，你这山中的野老虎也欺负咱。飞过去拾了钢叉，就去追赶衔了养母的老虎。老虎跃下一道冈子，白秀也跃了下去，不偏不倚正好坐在老虎背上，将手中钢叉卡住了虎头，老虎就不能动弹了。白秀再一顿老拳，打得老虎七窍喷血，再剁下四只虎爪，背上养母连夜赶到镇里。到了镇上，你罩放羊一见四只虎爪，就以为白秀是剁了你自己，就没收了他三只虎爪，让白秀背着他养母的尸体站在公社批斗台上。那太阳忒毒，晒得背上的死尸一阵阵发臭，站到中午，白秀终于支持不住了，一头栽倒在台子上。你罩放羊说：好了，终于将他们批倒批臭了！嘿嘿，是不是这样，我讲的有没有水分？……"

崔无际镇长拿着罩放羊签字的一张纸：证明白秀是经过甄别的红军失散人员。罩放羊写得歪歪扭扭辨不出啥字，崔镇长几乎是抓住他的手给他代签的："西早罩，罩、放、羊……很好，罩老，老虎，望您早日康复，长命百岁……"

流着哈喇子的罩放羊傻笑着，紧紧攥着崔镇长的手，叽里咕哝。细听了，还是一个字："人……人……人……"他现在像一只羊，而不是老虎。

我要成为贤人！崔无际走上熙攘的县城街头，心中洋溢着一种青春的、健康的、干净的、正派的情愫。为什么贤人隐去而恶兽出来？恶兽是否是指某一些人呢？一些恶人？我起码要明哲保身，成为一个渺小的能称之为人的人……

十三

　　村里人去寻找白大年的努力失败了。只有白椿拿着他爷爷的老铳继续在山上搜寻。

　　这是白雾茫茫的一天，猎人峰云遮雾罩，人像踩进了云彩一样，恍恍惚惚。突然下起了一场大雨，白雾变成了黑云。事后白椿说：他看见一颗太阳在黑云里翻滚，一会儿拉长，一会儿变扁，像六指铁砧上的铁泥。这之后，太阳就狂乱地钻出了，天气热得像给人颈上搁了个火锅。汗在白椿的脸腮上脖子上抹了一层盐粒，眼也溚得睁不开了。这时他听见一阵人语。荒山野岭，哪来这么些人呢？睁开眼看，分明是人，是些背着大包探矿的山外人。那些人像山野的精灵，没发现白椿在林子里，谈笑风生，并蹲下去用一窝潭水洗脸洗眼睛，手上拿着拂水的杨柳枝。

　　那几个人洗过之后，走进了林子深处。白椿等他们走远，也跑了过去，在那潭泉水里洗了眼睛和脸。可是洗过之后，双眼异常刺痛，就像有人在眼睛里撒进了一把盐，想睁开眼，眼前一片漆黑。白椿陡然想到传说中的"神农隐水"。那可是灵水，是毛冠鹿常喝的，人一般发现不了。喝了这水，毛冠鹿才能晚上看清东西出来觅食——毛冠鹿跟所有鹿不同，是夜里寻食的一种怪鹿。它若几日不喝这种隐水，眼就瞎了，因寻不到吃的饿死。因此，毛冠鹿会使法将这水隐了，故名隐水。

　　到了傍晚，白椿果然看到有许多毛冠鹿来此喝水。那些毛冠鹿一律黑色的眼圈，当月亮升起来时，那些毛冠鹿一只只如行走的月影，轻盈不知重量，飘忽几似山风。白椿看着这么多从未见过的鹿群在山间饮水，一时竟看呆了，感到渐渐把它们全看得清清楚楚。那一夜啊，他看到：神农架夜空似碧玉宫殿，群山森林如童话世界。烟岚漫长，流水叮咚。无数的毛冠鹿无忧无虑，高昂着白色的嘴唇跳跃在林间的空地上，口里衔着鲜嫩的青草。他看到：那一夜蓝枭飞腾，凤鹊漫舞，鹊鸦从梦中掉落地下，又啾啾飞上树梢。他看到：林中穿梭着千千万万的萤火虫儿，像整个世界布满了破碎的水晶；野丁香和大朴兰在夜里浪送奇异的芳香，湿润的空气就像三月，让人舒爽得禁不住热泪盈眶。"这隐水如果洗了能像毛冠鹿一样，如果这真是隐水，爷爷那眼中的翳子就可以洗去，岂不是可以重又明亮了吗？"想到这里，一阵惊喜，悄悄看了方位，做了记号，连夜赶了回去。

白秀听到孙子白椿讲了这天山中的奇遇，认为这是不可能的。总是听说有这种隐水，可他在山里蹚了一辈子，也打了不少毛冠鹿，喝过神农山里千千万万的水，却没有见到这种传说中的隐水。

　　晚上。在黑暗里，白秀问孙子白椿："你能看到什么吗？"

　　他伸出一个指头。

　　白椿说："一。"

　　他伸出两个。

　　"二。"

　　他伸出一个巴掌。

　　"五。"

　　他让白椿看手掌上的滚珠："这是几颗？"

　　白椿说出了是九颗。

　　这就奇了。也许白椿的眼睛天生就好，年纪又轻。白秀仍然不相信孙子的说法。再者，山上哪有这多毛冠鹿？除非它们是金刚身，漫山遍野数百年的追杀，下套子，就算有也应不多了。在山上麂子成堆的岁月，也没见毛冠鹿像白椿讲述的这么多呀？

　　"如果能洗掉您眼里的翳子呢？"白椿说。

　　"你可是制种专家。你不能信这个。"爷爷说。

　　白秀看着自己头发柔软的孙子，他这是爱他。老人有些感动。但老人依然不太相信，或者说压根不相信。他要再试试。晚上，他又试了几次，发现自己的孙子的确眼力比过去好了。那一天晚上，竟然在枕头下掐死了一只老鼠。

　　真有这种让人明目的隐水？白秀老人躺在蚊帐里想到村里有二十几个老人和中年人都跟他一样，眼里起了翳子，有的更严重，几乎全瞎了。如果真有这潭隐水，那就能解除村里人的一大痛苦。

　　他要去看看。于是第二天就跟白椿进了山。

　　走到白椿所说的那个山谷，找到了他做下的记号，令白椿也懵了：哪有什么水呀？也没有毛冠鹿，连毛冠鹿的影子也没有。

　　"也许是毛冠鹿的魂哩。"白秀想。他于是给白椿说了。他说："那些过去咱们打匠杀死的毛冠鹿魂还在，还在这个山里。它们是不会消失的，也许你就凑巧碰上了……"

他这么一说就感到他说得不对，一种巨大的后怕让他打了几个寒战。看到这野牲口的魂是什么人啊！莫非白椿火气太低？火气低的人就能见到那些山中秽物；火气低的人那可就要遭难……

"咱们走！"白秀果断地说。他要离开这个地方，这个鬼地方。山里鬼了，如今的山里鬼魅横行，也许这是一个信号：所有过去被打死被吃掉的野牲口的魂，都要现身了，都要出现在他和那些打匠及打匠后代的面前了，给他们带来灾难……

"也许没找对呢。"白椿不想走，继续拨草丛寻找。

一股阴气从白秀的脚心一直刺入心窝，可这正是日头当顶的毒辣时辰，连树木都晒出汗来，草蔫在石缝中，老鸹的叫声喷着火。

这时候，白秀一抬头，看见有个巨大的影子在远处晃动了一下。他看不太清楚，喊白椿："椿娃，那是个啥家伙？"

"猪！"

猪啊？白椿你是不是没看清楚——昨天，昨天看的人啊鹿啊是不是猪精怪……白秀把早已灌好火药的枪端上了，并把白椿扒到了身后。

他看定了还是能看清东西。他看到，那的确是一头猪。只有一头，而且是一头皮包骨头的猪。这猪病了？是头老猪？就是他上次看到的那头？

那猪满眼都是眵目糊，苍蝇一群群围着它飞腾。猪的獠牙也断了，只剩下四个秃秃的齿桩子，尾巴像几根草一样摇摆，因为站立不稳，四条腿都呈外八字一样斜斜立着。

"爷爷，打呀！"

白秀没动，因为这猪奇怪，他得留个心眼。如今古灵精怪的野物太多，他要想想。想想这猪是过年时咬死同类的猪吗？是拱他们墙、咬死他们猪又强奸他们母猪的猪吗？

猪被猪群抛弃了。猪是成群的，至少三头五头一起行动，没有孤猪，只有孤狼、孤虎、孤豹，或者孤羊——在偶蹄动物中，只有羊可不成群，其他是成群的。

猪开始跑了。

"跟上它！"白秀命令白椿。

白椿疑惑地看了看他爷爷。爷爷总是对的。白椿双手上攥着猎叉，那是根五齿猎叉，闪闪地透着嗜血的寒光。

白秀看着孙子。看着孙子的眼睛。那所谓隐水和毛冠鹿也许是野猪使的幛子吧？

孙子白椿在前，爷爷白秀在后。他害怕后有伏兵。

天气酷烈地热。跟着那猪在崖路上行走，空气里冒着熊熊的火光，所有马铃光树和红桦都像是一根根火炬，燃烧着。老鸹的叫声也绝望无奈。石头上到处是烫得难忍而蹦跃的蚱蜢。

除猎叉，腰里还别着把开山刀。这种刀敲野牲口的脑壳式好，沉手。爷爷说："椿娃，你也大了，山里的什么也不要信。如今是如今。你是个大人了，你要学会对付野物。"爷爷不把枪给他，却要他对付这头野猪。你看白椿，发红的眼睛盯紧那脏兮兮的老猪，嘴上一圈细黑的胡须衬着那紧抿的厚唇，紧巴巴的脸上毫无表情。腰上背叉子里的开山刀在他快步行走时有节奏地蹭着他。他跟着那猪。

这叫"跟叉子"，本是猎狗的事。白椿当了猎狗。所谓跟叉子，是指野猪的脚印是叉形的。今天，一个叫白椿的青年要跟着这野猪到灭亡。这是一定的。

猪结群行动，又有三五个窝，每个窝两三天小住再转移，以防被人掌握。它们还有个老窝，在最紧急时，总会回到老窝看看。猎人找到了这种规律，总是在老窝里把猪最后干掉。白秀想到了这些，连白椿也在这么想。如果跟出更多的猪，又能怎么样呢？爷爷的眼不好使了，连猎狗都没带上一条……

白秀在想着怎么给村里的徒弟和儿子白中秋递信。山里没有人。

猪隐隐地、不声不响地走着，时不时拿一双小红眼睛回头望望。这情景持续了至少五里地。上坡、下坡、进林子、出垭子、穿山谷、进峡谷。

"跟上啊椿娃！"爷爷在后头大喊。

猪终于敌不住了，开始在前头大喘，体力不支，嘴里发出恶吼，像是绝望的、痛苦的吼叫，并且拼命地往外拉屎。可那一副骨架子能拉出多少屎来？白椿没理这个茬，绕过猪屎，埋头紧紧跟着，并抑制着喘息。他相信他比猪强壮。

经过了十几个山头。干旱的林子一路上都落下枯焦的树叶，鸟们的叫声沙哑怪异。

过了老虎嘴。

往常，过了此山嘴后就可以听见河谷里巨大的流水声，然后遇雨行崖，雨行崖是雨布水帘，苔重石滑。现在，猪走到这里绝望了，白椿走到这里也绝望了——没喝到一口水啊！

嗓子愈发冒火，白椿咽着干干的唾沫看后头的爷爷。爷爷不知是走不动还是故意落在后头。

老猪停下来，把头钻进路旁的石头里去。白椿感到猪是在舔水，大吼一声将叉掷去。猪惊得一跳，快速地跑了。白椿走近一看，果然石缝里渗着水。顾不得许多趴下来就用口接水滴。嘴里一阵快意，接了一会才接了半口，咽下去，抬起头一看，猪却踅回来拱他的叉，要将他的叉拱下崖去。

"打死你！"白椿在山里大声呵斥，同时向猎叉扑去。却猛然见到那猪没走，前肢向他跪下了，并且压着他的叉柄。——这以后，当白椿变成瞎子后，曾在无尽的黑暗中想着这天猪朝他跪下的事，但他始终想不明白。

以白椿的年纪，还没有学会与一头通人性的野猪打交道。他火气正旺，热血喧腾，脸上的骚痘一颗颗都在喊"杀"。要缴我的械可不行——他当时心里想着的就是这个，他不管猪怎样（也许是前蹄走乏了软下来哩），就去夺叉。那猪没有朝赤手空拳的白椿扑来，见哀求无着，只好爬起来一阵粗吼就开跑。

这下人与猪都加快了脚步，几乎是拿生命来拼的，白椿看到猪的心脏猛烈地击打着肋骨，快要爆炸了，他自己的心脏也快要爆炸了。他已把爷爷甩到老后。

过了大坪，上了鹰窝尖。那猪停下了，估计是不行了。白椿朝后瞄了瞄，那时容不下他多想，只身一人就要与猪见血了，不是它的血就是自己的血。他慢慢走近猪，盯紧着它那辨不出颜色的脏身子，刺头就刺头，最好是刺进它的那个丑陋的鼻孔。那猪的坡形嘴往下拱着，四个残齿桩，两只阴森的眼睛，以绝世的仇恨望着他——这个山冈上的新杀手。它也许活了一百年，也许活了一千年，但最终无法战胜人类的钢叉。可它的眼里在算计着，没有绝望啊！这让白椿不仅发虚还发怵。他从喉咙深处聚集着这一天憋出的力量，大喊一声"杀死你"，就向猪刺去。

那猪突然将身子调转了方向，将屁股对着他，四肢奋起，刨出一股飞沙走石来！

这鹰窝尖光秃秃的，连石头都吹下了山，哪来这么多沙石灰土呢？可沙子石头打得白椿不仅疼痛难忍还迷住了眼睛。眼睁不开。强行睁开眼一看，风沙飘散处，没了猪的影子。

沙子在眼里磨他的泪，还占了位置，让眼珠子没处活动。泪水哗哗地流，又没喝水，又没吃，流出的泪是红的——流血了。这是血，猪让他先流了血！

天色渐渐地暗了下来，凉风习习，月亮像搁在大青石上的南瓜糊盆子，冒着热腾腾的香气。就在这时，一股排山倒海的嘈饿感在肚里闹腾起来，胃里有一万个抗议的拳头擂着他的五脏六腑，人就抗不住了，顿时虚汗滚滚，要气绝一般。他虚脱了，双腿一软，坐到地上，夜就把他死死地罩住了。这是我第一次一个人猎杀，是爷爷有意让我杀死一头老猪。我莫非连一头老猪的脚力也不如吗？我可是猎王白秀的孙子。我才二十岁啊！这样鼓励自己，拄着猎叉站了起来，洗过"神农隐水"的眼四处搜寻，终于在树丛里发现了那老猪的一双绿荧荧的鬼火眼睛。

现在，夜已深了，冷风一吹，人渐渐清醒。他有一种前所未有的新奇感。没有任何亲人在身边，只身一人拿着那把五齿钢叉，与一头来历不明的老野猪在恐怖、黑暗的森林里较量。这个世界充满着新奇和危险，如果没有这么明亮的月光，当然，说不定也加上那双洗过隐水的眼睛。黑魆魆的山冈，鬼蜮似的森林，陌生险峻的山道……爷爷不知是否转回程了还是遇到了不测，比如摔了跤，掉下悬崖或是让猛兽截了道儿……

一个大草垛！不知到了哪一个村庄的边缘，猪绕过了一个大草垛。他摸了摸，是农人堆的大草垛。小心地跟着。撞到了一棵树。那树齐眉的地方刚好被人剁了几根树丫子，就像一束利剑朝他刺来，要是他躲闪不及，一双眼睛就要捅穿了！好险呐！他暗中惊叹。走着走着，又是一棵树，又是一排树枝桩子，刚好砍到人的眼睛那儿！又躲过了，脸却划开了一道口子。定神一看，就是那棵树，猪牵着我在草垛边转圈哩！毒呀，这老猪！就知道了，就停住了，躲在垛边，只等猪再转过来。

等了一会，没见猪转过来。猪呢？猪早跑得没影啦！

十四

第二天。

奇怪的事情终于发生了。那头又被白椿盯紧的猪，大约快走到生命的尽头了。猪不停地哼叫，时常爆发出一两声凄厉短促的怪啸，歪歪欲倒，但即便这样，白椿也不想过早地向它刺杀。他决定将它的气力拖尽，拖成个活死尸，再一剑封喉，这样胜算大些，免得猪垂死挣扎伤了自己。他发誓：愿与老猪拖到最后一口气，看看谁先倒下。

猪越来越有倒下的征兆。

可是，白椿突然感到胸中一阵憋闷，一阵浓郁的草药和植物的气息像汽锤一样向他砸来，他一个后仰，舒了一口气，发现到了闷头沟。这可是迷魂塘啊，听说三十六个山头一模一样，许多采药人都是在这里没走出去失踪的。可这里到处是珍奇草药。

他听到爷爷在后头喊（他是怎么出现的？）："走错了！"可猪分明在前面，踩得几尺厚的腐殖质冒出一个个气泡。那腐殖质上生长着神农架巨大的兰花虾脊兰，还有开口箭、八角莲，那辛辣的香味中还夹杂着汹涌的辛夷、石斛、忍冬、鹤虱草、鬼桑、雷公藤、苦参的气味。天蓝色的醉醒花一蓬蓬开得正旺，上面红烟袅袅，那上面浮现出一个红衣女子，竟驾着烟雾跳上了白椿的猎叉尖，端坐在那儿！

白椿看傻了，抽出猎叉就朝那团红烟雾上的女子刺去，可烟雾散去，女子也没了。

"爷爷！"他喊，浑身起了一层黄豆大的鸡皮疙瘩。

这女子再次跳上他的叉尖，跳起舞来，一细看，竟看出有那要猪心肺的金牙女人的嘴脸。女人脱着衣裳，四仰八叉地躺在了叉尖上……白椿猛地朝一块石头上跳去，挥舞着猎叉，把那女子甩去，甩得越远越好！再去找那前面的猪，猪还在，还在腐殖质中艰难地跋涉。他忍不住了，决定与猪一拼高下，因为他听到爷爷的声音，有了种依靠，屏息真真切切地朝猪刺去，可猪却变成了一个骨架子。他抽出叉一看，叉尖上挑着三四个兽骷髅！

叉尖上的骷髅时隐时现，往前冲去，闷头沟越走越深，林子越走越密，古藤盘亘，犹如千万条怪蛇攀缘舞荡，红桦、珙桐、岩栎、青扦、香果树，都被那藤子缠得大喊大叫，兽骷髅在这阴暗的林子里飞来飞去。白椿命令自己清醒，再看那猪，猪正在啃吃一种草。白椿也跑向前，去抓猪吃的草，拼命往嘴里塞，一顿猛嚼，辛苦的汁液浸得舌头和口腔惊跳难忍，头却骤然清醒了，好像头顶卸下了一块石头。再看那草，是钩藤叶子。

他嚼着草叶，手里拔着草叶，看到他爷爷歪歪扭扭像梦游一样在林子里蹒跚，手指着什么。就在这时，白椿听见一种奇怪的声音，从山的背后轰轰地向这边涌来，一望天，天上顿时混沌一片，乌云蔽日，又似乎听到了各种野牲口的叫声，惊惶不安，由远而近。山被什么震踏得抖动，像犯了山崩和地裂，他终于听见他爷爷声嘶力竭地朝他大喊："椿娃，趴下，瘴气来了！"

白椿一听说瘴气，就知道是怎么回事了。他没见过瘴气，但听说过，听爷爷、爹和一些老年人讲过那骇人的神农架瘴气，说这瘴气很难碰到，很多打匠一生也不会遇到一次。白椿看准一块岩石的凹处，像一只石蛙飞快地钻进去。顿时，树木乱吹，草叶狂舞，飞沙走石——那可比老猪刨出的沙石多一万一百万倍了。整个世界陷入了狂乱和黑暗中，瘴气摧枯拉朽地过来了。树木向一个方向拼命地弯腰、枝丫咔嚓咔嚓地折断了，凡是能飞起来的：树叶、苔藓、鸟巢、腐殖质，全被卷入半空。鸟在瘴气中翻滚，像利箭一样摔跌下来。会飞的在奋力扑翼：燕隼、鹰、枭、山椒鸡、灰雀、松鸦、喜鹊、山喳子……会跑的在惊蹄狂奔——白椿歪头一瞧，天哪，大羊、岩羊、麻羊、毛冠鹿、豹子、灵猫、豪猪、狼，树上的山魈、猴……都一股脑地从山缝里钻出来啦！白椿从未见过这么多的野牲口，加上上次他看到的成群的毛冠鹿，这奇景总为何叫他见着？平时它们扎在哪个岩，哪道岭呢？而且它们有感应，在瘴气袭来时，就先一步奔逃了——如不能逃出瘴气，百兽们则九死一生！

这些大小野牲口越过白椿的头顶，像狂浪大潮一样，山林间一片哀叫之声。白椿就算趴伏得很深，可他分明感觉到了瘴气横扫一切的力量。他抓着岩石，想把自己贴成一张纸，屏着息，耳听着天翻地覆、河水倒流的号叫声，心里想着：快过去吧，快平息吧！那些声音终于渐渐偃息了，世界好像平静了。白椿睁开眼睛，从一堆落叶沙石中钻出来，发现全身的衣裳被瘴气撕成条条缕缕。天空突然亮得像玻璃，太阳像一口钢精锅挂在头顶，远处的猎人峰清晰可见，直插云天，宛若一个少年。森林已经不叫森林了，好像遭受过浩劫，到处是雷击过一般的光秃秃的树木。

白椿看见他爷爷背着枪向他摇摇晃晃走来，衣衫褴褛，面目黢黑。

十五

一个彤云密布但安静的下午，村里有人给白秀报信说，一个骑着高头大马的人来找他了。白秀听到后心里陡然一阵惊奇：骑高头大马的？一定是我那十二个战友中的哪一个当了大官，终于找我来了！这一天他白秀可是等了七十多年，他期望着他余生能有这么个惊喜——总会有人来找我的！他无数次，无数个日子，无数个季节站在村头的垭子上朝那条唯一通往外面的小路观望着，希望走来一个人，一个他熟悉的人，背着枪的人，舅舅杨夺水、大葫芦、二山龟、刘锄子刘锹子兄弟、赵子贵、谢山狗……他就是他们中的一个。他相信，他生前一定能见到他们，这个信念是不会熄灭的！

白秀拉出一件褂子就朝外头跑，因为兴奋差一点摔了一跤，他往村头跑去，远远地，他看到一个的确骑着一匹大白马的人，威威武武地从那险峻的山道上朝坳子里走来。

坐在那宽大座椅上的是房县戢家湾的一个表叔，新近当上了副乡长，可谓是要风是风，要雨得雨。这表叔至少小白秀五十岁，只是辈分很高。表叔满面春风，刚从宜昌开会回来，上了发胶的头发即便大汗滚滚也丝毫不乱，一件梦特娇 T 恤只解开一颗扣子，衣裳和白皙的皮肤都光彩照人。进山因为不通公路，只好买了一匹大马。一路上他听见鲁瞎子编的歌谣在到处传唱——那是关于"神农隐水"和瘴气的传说，全与表侄一家有关：

> ……一日来到黑山林，一眼清泉水灵灵，白椿洗罢一双眼，双眼炯炯有了神。老少神王打猎去，祖孙上了猎人峰。天干地渴黑森林，日积月久瘴气生。瘴气滚滚杀万物，圆毛扁毛难逃命，杀得山冈尸遍地，杀得河水黑烟滚。千神万怪都死绝，独有大小猎王得生存。白椿回来一双眼，一双眼睛通了神……

呵，表侄的孙子有了一双毛冠鹿的眼睛，这可是稀奇。还听说这表侄早就变成了一只飞虎，长出了金色的翅膀；更听说这表侄以九十高寿上了猎人峰，带着一帮子人啸聚山林，成了草头王啦！这还得了，我顺路来看看他，看看他究竟是怎么一回事，成了什么精。

表叔的马鞍上挂着两瓶神农御酒，两条红金龙香烟，一包萨其玛是给没了牙齿的表侄的——一个九十岁的人，定没有了牙齿。他坚信这一点，他不相信什么毯子金毛大虎和古怪传说。只有穷地方才会产生古怪传说，还说这是一种山野文化，蛋毯的文化，就是落后愚昧的东西挖掘出来搞旅游，的确无聊至极。

一路走来，森林险恶，头上的一顶帽子被猴子抢了去了；一对去山外搞结婚登记的男女，女的爬百步梯时跌下山崖摔死了。为将那准新娘子的尸体驮一段路，他耽搁了一天。驮了死人的白马，在路上暴躁不堪，哀哀哭嗥，常让他一阵阵心惊肉跳，鸡皮疙瘩像山丘一样布满全身。

"秀娃子哥！"这是按戢家湾人的老叫法。戢家湾的人没有谁忘记他，这个神农架的猎王。

这个猎王垂垂老矣，可气势还有，比方胸前的那个虎爪烟袋，比方他一双阴沉的眼睛，高大的身材，一挂白胡子，满脸沟壑。这个表侄唤来他的孙子白椿牵去了这匹白马，让它到凉爽的树荫下喘气。那白椿就是被歌谣神化的洗了"神农隐水"的神眼白椿吗？穿得破破烂烂，头发像一窝茅草。走进白秀的屋子，家徒四壁，一屋光棍，石磨上搭几件衣服。那个患老年痴呆症的表侄媳白娘子像一团土坐在角落里，桌子上有两坨鸡屎。

"还不快解开放了！"

表叔命令表侄的孙子白椿。他觉得他中气十足，在他们面前。什么狗鸡巴猎王、飞虎、毛冠鹿眼睛。一只被他们的"铁猫子"夹断了一条腿的猴拴在神龛上，像一个农奴，睁着两只人样的褐色眼睛，一副铁链比它重十倍。这是野蛮人的搞法。这多么野蛮。请你们善待动物，它也是一条生命啊！就算——就算它的同类中途抢去了我一顶帽子，可你们不能这么对待动物啊。你们是想把它养着等它死了喝猴骨酒——治风湿的是吧？

"当兵去吧，当兵去。得往山外走！"副乡长表叔伤心地说。他对白椿说。

这位表叔正在劝说神眼时，一个披头散发、几乎赤身裸体的人闯进门来，竟是失踪的白大年！

那表叔看着白大年，以为进来了一个野人。说实话，这位表叔之所以不顾山路崎岖来看望白秀一家，就是被神农架那传说中的野人迷住了。爱屋及乌，这才不惜粉身碎骨钻进山里。突然见了这么个人，骇得嗓子哑了，两只眼睛就像石雕一样。

有人给他说这是侄孙白大年，刚从山里归来。副乡长表叔就快疯了，神经出现了错乱的征兆，把白秀从虎爪里抠出来敬给他的一撮兰花烟吞进了肚里。

"噢……噢……嗯……噢……"

表叔瞪着两只石头眼睛，准备狂跑着离开这个稀奇古怪的村庄，到有公路和汽车的地方去，到有电视机和有剃头铺（或者发廊按摩）的地方去。

"今年冬天，让……让椿娃去找我……"副乡长表叔哆哆嗦嗦地说。

这位表叔就匆匆地跑了。他还想抄近路回房县，及早逃离这噩梦一样的地方。

你看那白大年，从山里背回了一块树疙瘩，说是什么宝，什么大药，这不是神经兮兮是啥哩。

表叔走小路，过了冰垭子天就黑了。那小路走几十里也少有人家。前不沾村，后不靠店，到一个岩屋（洞）里过夜，碰上了一只豹子，把他吓得半死。马吓疯了，惊跑了。第二天徒步行走，一路上险象环生。又遇上两个坏人，抢去了他身上的所有钱物包括一个手机、一张身份证、一件T恤和两颗万艾可（伟哥），还把他刺了一刀。只因他说"请留下身份证"，多一句嘴多个窟窿眼。这些坏人也未必先前是坏人，都是些进山采药或打兽的农民，见你衣着光鲜又单独一人，在这种环境中，很容易见财起意心狠手辣杀个把人简直是好玩。流着血的这表叔终于被一个农民救了，背出山林，到吊岩子湾养了五天伤，又让人扎了个滑竿，把他抬出雷火峡谷，才上了公路。这段经历让他如陷梦魇永难忘记……

十六

白家热闹，一是因为大儿子白大年从山里回来了，还背回了一个树疙瘩，说是什么千年党参；一是白家来了个大官亲戚，因白椿有了一双毛冠鹿的夜视神眼，批准了他冬季去当侦察兵。

这两件事给白云坳带来了喜庆般的气氛。白秀大骂大儿子的荒唐，一个烂树苑，怎会是千年党参呢？可这大儿还振振有词说：咱神农山里这事不是没有过。新中国成立前吊岩子湾一个人就是挖了个树疙瘩，放在屋檐下没管，哪知第二年，这疙瘩长了新叶，一股药香。那人不知是啥宝，就背到宜昌。还没走到宜昌，到晓溪塔就被接货的人接走了，到了宜昌城里，好吃好喝地招待，天天坐上席。这人觉得奇怪，药铺老板也不同他谈那树疙瘩。这人憋不住了，就问是咋回事。那药铺老板只是笑而不答，最后问他愿意出什么价卖掉。这人老实巴交，就伸出一个巴掌。老板当即就答应了，让他到账房去领钱。那人只想卖五个光洋的，可领到手一看，是五百光洋。五百光洋背了半背篓，这人祖宗八代都没见过这多钱，背起就跑，还以为是别人发错了钱哩。其实，那是根千年党参，往柜台上一放，满药铺都是香的，百屈百味的药都让这党参王香气熏得药力倍增，治啥病好啥病。于是这药铺就发了，金子银子滚滚来……

没人信白大年说的，那疙瘩怎么闻，也是块朽木。白大年将那树疙瘩壅了些土，天天蹲在旁边等它发芽。

　　倒是说白椿去当侦察兵的事有些当了真。那个骑高头大马的人不是假人，是真的，一般人骑不了高头大马，骑这么高的马进村，安排个亲戚去当兵也不是什么难事。白云坳子的人虽然封闭，也知道如今有权能办事的理儿。而且有人来问，白家也不否认。这事本来就是白家人自己说出去的，白椿的爹白中秋就常在人家里"赶麻雀"喝酒时说他儿子要到北京当兵去了。

　　白椿今冬要去当兵的消息一经传出，给他说亲的就踏断了门槛。也不知那些人是怎么晓得的，外村外乡甚至四川的妮子都由人带着，来让白家过目。

　　这可就急坏了舒耳巴的儿子糟蛋。村里真正想当兵的是我啊。见那些光鲜的妮子只往白椿家跑，就急得哭了，在家里哭得止不住，就缠着他爹去找白秀白大爷说情，让他跟白椿一起去当兵。

　　他爹舒耳巴见糟蛋这么个哭法，只好从地下挖出埋了三年的"地封子酒"，提着到了师傅家，求师傅一定在今年冬天征兵时，去给他年轻的表叔说个好话，也让糟蛋与白椿一起去。那糟蛋真是心切，朝白秀跪了下来，说不答应不起来。好说歹说把他拉了起来。他爹舒耳巴也说，让这狗日的去部队锻炼锻炼，省得再与流打鬼一起偷鸡摸狗与老妖精一起鬼混。

　　几个好的孬的妮子来相亲，有人叫白椿"侦察兵"了。候在屋檐下等树疙瘩发芽的白大年有些稀奇。这侄子哪天就有了一双神眼，又被老家来的表叔公相中了去？当侦察兵听说专门晚上去美国侦察呢。这家伙就想窄了，脑壳里的山混子筋就开始乱动了。就想，树疙瘩不发芽，侄子的一双神眼不也是一宝嘛？那可是神奇的宝物，一双神眼，我抢着献给了政府，政府这回不给我个老婆呀！说不定与白椿说亲的那些年轻妮子们会朝我屋里跑哩。

　　一觉醒来，想得差不多了。第二天晚上，月黑风高，白大年就撺掇白椿去老林耙子里，说那儿发现了毛冠鹿。

　　尽管白椿声称他晚上无法打毛冠鹿，可大伯也是个能把死人哄活的人，连哄带捔，进了山中。

　　那天晚上，白秀被老伴咬过一口后手肿得老高，疼痛难忍，吃了两杯酒就昏昏睡了，他的枪被白大年偷出去也没察觉。那一夜，据白椿日后反复回忆：群山如吼，森林如哭，娃娃鸡（灰雉）的叫声铺天盖地，好像要变天了的征兆，山的寂静给尖锐地打破了。天幕上黑压压的乌云，夜像一口煎锅，白椿被他大伯拉拽着来到咕噜峡谷，指着前头说："那是不是一队毛冠鹿？"

白椿也想练练枪法，到了部队你枪法准就会混出个人样来，爷爷就是这么说的，他说他在洪湖十七岁能当营长，还不是因为他枪法准，在房县山里打野物练成的。这么白椿就接过了大伯硬塞给他的枪。

白椿躲在树丛后面，他没看见什么。他大伯就说：你还是神眼哩，狗屁！毛冠鹿晚上能看见你看不见？月亮往哪边走你看见了吗？

白椿说没有月亮。

他大伯说月亮讨天狗啃了。

这时候白椿果然看到一个被天狗啃了半边的锯齿月亮，像一排野牲口的牙齿在云中隐约一现，就没了。他听他大伯说：看到了吗？白椿还是摇头。就听他大伯一声喊："毛冠鹿！"白椿顺着枪管往前看，他看到他大伯的脸出现在枪口前面，脸已经变成长长的狼脸，两只铜铃般的眼珠子一闪一闪，歪歪扭扭的大暴牙中间伸出猩红的舌头，一只癞蛤蟆的爪子就朝白椿飞快地闪来，一阵风就插进了白椿的眼窝。

白椿一阵剧痛，一阵窒息，感觉两个眼眶里有人在翻地挖土，在里面又搅又抠，像抠蜂巢里的蜂糖，一阵灼热的液体就从眼睛里冲出来。白椿的双手去掰他大伯的手，手上全是自己那滚烫的液体。他一声惨叫，就倒在了地上痛苦翻滚。

他听见他大伯大喊道："老天啊，神眼！神眼！"

那一夜，夜雾漫漫，群山如栅，树木像一具具僵尸，夜风的手像温柔的祖母抚摸着一个失掉了眼珠的人。可这一切白椿都看不到了。

无数的山蚂蟥爬满了他的全身。

第二章　人就是个草命

一

白大年捧着侄子白椿两颗血淋淋的眼珠子，叫开崔无际镇长的办公室大门时，那眼珠子在他的手上因为疼痛还一跳一跳，像两条从水里捞起的小鱼。

"这是个什么东西？"

那挖侄子眼珠的庄稼汉暴着眼睛上气不接下气地说："神眼……千里眼、夜视眼……能看到美国去……"

崔镇长在那个衰老的办公桌后面，吓得像个呆木鸡，想去拿电话却拿起了一支笔，点着那个神经病的鼻子连连说："还……还不扔……扔了……"

崔镇长像所有能处理突发事件的地方官员一样，迅速准确地拨通了派出所的电话。几个乡警在文寇所长的带领下，把企图逾墙逃跑的白大年逼到厕所里，将他扑倒在那拖着尾巴的蛆虫中间。白大年被绑缚后一点也不怵，倒是说话口齿清晰、沉着镇定："我这是大义灭亲啊，为了咱中国打败美国……"

文寇所长给白大年又上了一层铐子，还剪掉了他在山里蓄得至少三寸长的指甲，那指甲里满是腥味扑鼻的血污。

"这是你侄儿白椿的眼睛？"

"正是正是。这天下顶呱呱的神眼，可是咱神农深山一宝啊，我献给政府……"

叭！崔镇长狠狠地甩了他一个耳刮子，顿时把他的脸打得铁紫。不这般打不能解恨，差一点把咱吓死了。

"为什么打我？"白大年喊冤。

"想打就打。"崔镇长说。

崔镇长吩咐人赶快去白云坳将白椿接来，再火速送到县医院去，看能否把这对眼珠子装回眼里。一个镇卫生院的五官科医生泼冷水说这绝无可能，器官离体二十四小时即彻底死亡，这眼珠子更不可能，抠出来时巩膜角膜结膜视网膜视神经都破坏殆尽，以为是车毂轴承里的滚珠么，掉下来放进去就行了，没这回事。

可崔镇长不信，执意要卫生院连夜兼程去接白椿，并通知县医院急救车赶快赶来接病人。

县医院的救护车在那只有一车轮宽的简易公路上颠簸了十多个小时才赶到水布镇。崔镇长荣幸地看到了至少半年未曾露面的夫人黄一婵护士长。

去接白椿的人遭遇到了今年的第一场雨，一个个淋得像落汤鸡。连夜抬到镇上的，也就是一个瞎子，一个年轻的瞎子。被放在卫生院冰箱的两颗眼珠子，一见热空气就化成了一滩黑水。

救护车甩下黄一婵原路返回；关于救护车四十元钱的出车费问题在镇政

府引发了巨大的争议：谁出这个钱呢？是白椿还是镇政府？抑或是派出所？一致的结论是归白大年出。可白大年是个杀无血剐无皮的人呀。崔镇长让办公室主任打了个欠条，派来的司机骂骂咧咧咕咕哝哝地发动车走了。

晚上回到家，崔镇长就要拉着黄一婵进房。黄一婵像一匹雄壮的母马用高亢震撼的声音说："现在不是性交的时候，镇长先生，现在是讨论我们的儿子应该怎么办的时候！"

"作为母亲，你认为怎么办？"镇长压抑着杀人的冲动说。

"我的儿子没有病。"

"那又怎么办？"

"不是他一个人，而是加上你，你们，一起离开这个神经错乱，乱杀乱砍乱抠眼珠的地方。"

"那又怎么样？"

"你这混蛋！"黄一婵因激动两片嘴唇像两块随时要掉下来的肉飞快颤动，大脸盘上全是乌紫的丘疹。他们的儿子老拔子手拿着把木刀，靠着墙像一截大木头惶恐地看着他们。

黄一婵一把就夺过来儿子的木刀，亮出膝盖，从中一挺，木刀断作两截。她儿子当即哇啦啦大哭起来，疯了一样扑向黄一婵又扯又打，要她还刀。

"你也想当土匪呀！"黄一婵边拦边吼，泪水哗哗地流淌出来。这可是母性无奈的泪水。

黄一婵虽是大人，儿子虽只四岁，可疯狂生长的儿子比她更高大，她几乎无力与这发疯的儿子对抗。儿子也哭叫着，要她赔刀。还是崔无际一巴掌解决了问题，将那憨大的儿子打得噎了半天，眼睛发直，好像中了蛊一样。最后哇哇地哭出来时，已是一个悲惨的、伤心的小娃子了。

"这里的农民太穷。"崔无际说。

"胡扯！所有穷人都要去挖亲人眼珠子换老婆吗？"夫人反驳。

"换亲。换亲你知道吧，又能比挖亲人眼珠子好到哪儿？把自己十几岁的妹子嫁出去，嫁一个老光棍或一个傻子，自己换回一个老婆，这不相当于挖眼吗？"

"这都是你们的政绩嘛，你们这些官员们干得好嘛！"

"你给我闭嘴！"

镇长深一脚浅一脚地在镇子的街巷里走着，踩着黑暗，心情郁闷伤感，恨不得大哭一场。镇子像个死的，百业凋零，万物暗哑，连狗都不叫一声。古老的墙壁散发着古老的气味，还加上年深月久的畜便的气味。水布河不舍昼夜疲惫地流着，发出令人烦躁的声音，山影沉重，又高又大。整个镇子不论是白天黑夜，仿佛永远都在梦中。

些微醉餐馆的门半开半掩，有些黄色的灯光跑了出来，跌落在路中。崔镇长推门走了进去。做牛杂碎的巴东老板就冲出来向他打招呼："镇长镇长，快坐快坐！"

一张桌子上坐着两个人，一老一少的两个庄稼汉。老的是白中秋，白大年的弟弟；少的正是那个被抠瞎了眼睛的人，白中秋的儿子。

"他们的账我结了，"镇长对店老板说，"再炒一个菜，来一壶酒。"

被生活折磨得满脸忧郁的崔无际面对着两张失魂落魄的脸，久久不能言语。他找不出什么话来安慰这一对比他更可怜的父子。

"我们怎么活啊？我儿椿娃还小呀，怎么活呀活祖宗！他要当兵去的，这下断了路了，黑了天啊哇嘿嘿……"

那个男人竟号啕大哭起来，伏在油腻腻的桌子上抽泣着，昏暗的灯光像糨糊糊着他的身影——两个肩膀都有大块的补丁，那是背背篓磨破的。那个瞎子一动不动，没有表情，或者还不知怎么办，像一尊被烟火熏坏的檀木菩萨。他的疼痛期总算过了。

怎么活可真是一个问题。对每个人都是问题，对每个活着的人，在生活中受难的人。莫非每个人不都是在生活中受难吗？生活有多少值得赞美和回味的？生活从来就不是享受，生活是隐忍，生活是干吞药片，生活是令人发疯的苦刑。"怎么活啊……"这凄凉的庄稼汉子的声音此刻正环绕在水布镇死气沉沉的上空，如警世的黄钟大吕，直击人们的痛处。让那些苟活者醒醒吧，听听这样的话吧！话又说转来了，虽然怎么活是个问题，如果你不去想，也就不是问题了。就这么臭鸡巴活呗，活一天是一天，活到哪算哪。活就活着，死就死了。这猎人峰一带，活跟死在人们的心目中也没多少区别；无声无息地活，就像无声无息地死；冷冷清清地活，就像冷冷清清地死；苦巴巴地活，就像苦巴巴地死。不要想很远的未来，怎么活的事儿是可以忽略的，比如这个瞎子面对的未来，当兵呀娶媳妇呀，车到山前必有路，船到桥头自然直。我一个镇长不能只关注一两个人怎么活，我考虑的是全镇三千多号人怎么活，怎么增加收入，怎么奔小康，怎么没有禽流感非典狂犬病……过了一些年之后，当你彻底地忘记他们，他们再出现在你面前，一定还在，还是这个样子，还活着，有哭也有笑，冷静地喝着酒或者赶集。生活是能包容一切的，他们像什么也没发生，戳瞎的眼就像是天生瞎了一样，没有抱怨，没有诅咒与号啕，该怎么活还怎么活。

"莫非这之前没一点征兆么？小白你也没一点防备？"镇长问。

白椿摇摇头。他爹白中秋抬起头来，也摇摇头。

"他究竟有什么病呢？"镇长嘟囔道，"可他神志清醒，说话条理分明……这真是怪事啊，亲伯伯……"

"我敬你一杯吧，老白……"镇长把自己的那杯喝了，再斟满，递了过去。

白中秋另一只拿着草帽的手放下草帽。他觉得不够慎重，两只手搓了搓，好像要搓掉脏物似的，端起镇长敬他的酒，一饮而尽。还杯时，想了想，撩起衣角，将镇长的杯子沿杯口擦了一圈，再放好，斟满一杯，再端起来恭恭敬敬地递过去——这叫回杯，神农架酒规就是这样子。

镇长完全不在意自己的杯子被一个农民喝过，又被一个农民脏兮兮的衣边擦了，很高兴的样子端起酒就一咕嘟送进了嘴里，很飒辣干脆。然后笑眯眯地对白中秋父子说："前天我学了个敬酒歌，在八王寨学的，我唱给你们听——"

‖: 2 2　2 3　5　5 ｜ 6 6　5 3　2　2 ｜ 5 3　5 5　2 3　2 1 ｜ 6 2　1 6　5—:‖
小的　来敬　酒　啊，　大的　来接　杯　呀，　喝了　这杯　心欢　酒，　　明日　再相　会。

镇长的嗓音极好，喉咙里就像奔流着一条清澈的小溪，而且很亲切，很近，带着农家火塘边的热味儿。他说："这歌可以改词儿，可以唱成：儿子来敬酒啊，老爹来接杯呀；可以改成下级来敬酒啊，领导来接杯呀；老婆来敬酒啊，丈夫来接杯呀；媳妇来敬酒啊，公公来接杯呀……"

"政府，替我们杀了白大年吧！"白中秋突然惊天动地地狂吼起来，像一匹失去了伴侣的老马。

这声音委实太大了，竟然震掉了屋顶上的一盏电灯，叭的一声掉下来，粉碎了。那声音还在绕梁，嗡嗡直响。

"我就这个儿子啊，天杀的！就一个啊——"

崔镇长的心又一下子回到了百丈深的冰窖。他知道自己正坐在一个崭新的瞎子面前，一个悲恸的家庭面前。完了，彻底完了，对于他们一家来说，这一天就是完结的一天，以后，悲哀将笼罩在他们身上，永无欢乐的日子……

现在，文寇所长已经启程，带着白大年去宜昌进行精神病鉴定。崔镇长这时突然想：可千万不能鉴定出一个精神病来啊！——过去我希望有这么一个结论，那白大年就可以逃避法律的制裁，免受牢狱之苦。何必再让这种可怜虫去蹲几年大狱呢？不就是剜了一个豹儿嘛。自由是可爱的，自由万岁！可现在，如果真有精神病，他可就是个武疯子了，而不是个文疯子。他对咱治下的水布镇这平静的世界就有了侵略性。那么谁替他治病？谁来养他？当社会保障体系还没有在这深山老林里完善的时候，当镇福利院还无法全部收齐孤寡老人的时候，精神不正常的、痴呆儿、残疾人，我们的政府还鞭长莫及，只能看着他们在各自的地方自生自灭，与命抗争。活着本来就不易，活着是残酷的，生存是艰难的，在这样的鬼山里。但是，一个有侵略性的武疯子，我们不可能睁只眼闭只眼装着视而不见啊，他会让我们受不了的！

这事必须尽快行动。他想到了曾在宜昌读过卫校且有许多同学在各大医院的老婆黄一婵。

回到家他就急切地问起这事，希望她帮上一忙。在得到"可以一试"的回答后，护士长因为手机的信号不好，就顺理成章地提出了连夜回县城去打电话，这样也就避免了一次与崔无际的交欢。她讨厌崔无际，这家伙有性虐待倾向，在床上有充足的歪能量。

谢天谢地，事情办得很顺。经宜昌精神病院的专家权威会诊并鉴定，白大年没有精神病，只是"轻度精神发育不全"，而且"完全可以承担刑事责任"。

这就要向鄂西第七监狱表示深深的歉意和慰问了——

一个被判有十年有期徒刑的神农架服刑人员白大年，在服刑期间，因"死不悔改"，又抠瞎了一个同监犯人的眼睛，被加刑两年。监狱到许多年后，还蒙在鼓里，还不知道此人是个精神病患者，有强迫性神经症、妄想症、癔症和躁狂症。

二

白椿成天在山上乱窜，寻找活着的理由。他爷爷他爹苦苦地望着他，喊他回。他不回。他用手捏核桃，捏得满手是血。他说，让我到山里走走，我心里好受些。

这娃子往山上走,摔了一跤。

"是什么啊?是一块岩古唧,整我啊,嘿嘿!呸呸呸呸!"白椿爬起来,拍打着被石头锉开的血肉和沾上的沙土,爬起来。

"可怜的椿娃儿。"过路的人扶着他坐到石头上,说。

白椿往山上走,又摔了一跤。

"什么东西呀?树根,长到道上来了!绊我哩,我又没害你,凭什么害我……"白椿把脚从树根里抽出来,脱下鞋子揉着卡疼的脚。

"椿娃子,瞎子,还没去部队?前天还有个相亲的妮子,长得跟秋柿子似的,跟她睡没……"说话的是放羊的二愣子。

"滚!滚你个苕砣二愣子狗日的憨货!再不滚,我一竹竿劈死你!"

白椿手举新砍的探竿,那二愣子就噔噔噔地往山下跑了,羊一阵骚叫,也呼地跑了。

白椿第三跤摔下了悬崖,可抓到了一根树,吊着秋千,就有人死活把他拉了上来,说:"白椿,你可不是个明眼人了,以后千万不要乱跑了,否则,连尸都收不回来的。"

白椿发现牙齿摔断了半颗,另半颗还栽在嘴里。

"谁,请谁帮我找找牙齿啊。"

一个人就过来,给他找来了牙齿。他摸摸,又放在自己的嘴里,不对,不是牙齿,是一块石头。

"山不属于你了。"他爷爷给他说过。他爷爷说:椿娃,你命苦啊,山不属于你了,林子也不属于你了。这枪也没个人接了。不接还好些。咱们家,败就败在这枪手里。

白椿坐在一个山洞口,这时候云一定散了,因为有热辣辣扑来的阳光气息。阳光像一张马嘴在往他身上熨着热气。这时候天空一定嫣红一片,远处的猎人峰一定碧蓝碧蓝;太阳像天空烫出的一个洞,晃悠悠地燃烧着。干旱还没有结束,山冈却依然充斥着浩大的植物气息,甚至还带着胜利的果实甜味。他手拿着那颗不是牙齿的石头,执拗地想他活着的理由——他是要活下去的,即使悲惨的日子才刚刚开始。他得说服自己。怀着小心翼翼的希望,在这神农山区的某一个角落里悄悄地活下去。

"人就是个草命。"他不知何时听谁说过这话,也许是爷爷。可像他们这样的草命怎能杀死老熊、老虎和更多的野猪呀岩羊呀,甚至怀着歹意去扠瞎人的一双眼睛？草可没有这么大的能力啊！人就是棵植物……他得好好想想。人的确是棵植物，吃得少，用得少，随便多大的苦，也不叫唤，能忍就忍了；生的生着，死的死了，生生不息，掐断了、踩瘪了，还能活哩。有的草每年发芽，那就是有儿女哩，有的草到秋天就死毯了，那就是一生结束了。人生一世，草木一秋，不是有这个老话吗？对，对呀！你看，我断了半颗牙齿，我还是活的；我剜了两只眼睛，我还是活的。就像一根草被雷击，被火烧，被雪压，被霜打，还是活的。

"怎么都能活下去……"他开始慢慢能说服自己了。人是棵能行走的草。你看，人也有根，根就是家，就是林子，然后行走。草也吸收养分，我赌气不吃东西是不对的。草也吸水呀。那就喝水。找到一处泉水，咕噜咕噜喝了个饱，笑得鸟惊飞远去；草呀苞谷呀雌雄授粉，人也结婚哩，这就跟草更像了，找个人就结了婚，草是风传花粉。可苞谷是雌雄同株。苞谷结籽了，人也要生子，都有自己的乐趣。就这么活下去！对，活下去呀。反正都是棵草，我是草你也是草，谁又比谁好许多？有一双眼没一双眼不都是草吗？！……

三

回到家里，妹妹白丫儿来了。妹妹一阵心疼就叫哥哥，叫椿哥哥，就呜呜呃呃哭起来，是真哭，柔嫩的小手摸着白椿的眼睛，说哥呀哥呀你真的看不见了吗？真的看不见我了吗？这妹子吹气如兰，哭出的泪都是香的；泪抹在白椿手上——白丫儿抓着他的手，一阵一阵地摇个不停。白椿就劝她，说："妹妹，没事的，人就是个草命，怎么都能活的。"

妹妹白丫儿是叔叔白端阳的女儿。白端阳是爷爷白秀的养子。白端阳的爹也是个打匠，被熊啃吃了，妈是白秀那个失踪舅舅杨夺水的女儿杨丫儿。白丫儿哭着，她爹白端阳就站在旁边。白端阳在林场上班，多年前被一场山火害了，为救国家财产（就是一种051油锯），被火烧成个火烧粑粑，眼睑都烧没了，一只眼鼓着，嘴唇皮是割自己的屁股补的，所以这棵草是被车马践踏过的草，是火烧的草，可又活了。叔白端阳说："椿儿，可亏了你。害不死人的大年，下如此毒手，杀一千次还有多的！"

白椿新拜的师傅鲁瞎子这时打门前经过，手拿铜锣，唱一句敲一下：

混沌头破似天开，

化一老祖有气概。

混沌老祖初出世，

无有天地五行势，

一气三化将人置。

站住仔细四下现，

举目抬头看一看啊，

四方都是黑暗暗……

"死瞎子，不要在这里烦我哥哥好不好哦！"白丫儿骂。

"这妮子，不是端阳的丫头吗？咋这没家教哩。我跟你爷爷是一辈的。"鲁瞎子狠狠地敲了一下铜铛子说。

"我哥痛苦哩，你还在这儿死唱活唱寻快活不是。"白丫儿一气就又要哭了，鼻子尖全是汗，嫩红的耳根像染了层胭脂。

"他是我徒弟哩，我教他唱《黑暗传》，我唱的是'混沌出世'，祖师爷传下来的，又不是我瞎编的，这妮子……"

"就是你瞎呱！我爸都说了，说你总想有人接你的班，你就盼天下的明眼人都跟你一样瞎了，世界变黑！"

"又不是我把你哥抠瞎的，这妮子，怪人不知理哩！总有人要瞎的，就像这日子，有白天就有黑夜，娃呀，上天定的事，你是犟不脱躲不掉的，人都是个命……娃，我看你伶牙俐齿，给你算个命咋样？"鲁瞎子粘住白丫儿不放了，想逗逗她。

"我才不要你算咧，你算算你自己，几时死呀？"

"说话这恁挖苑，杀人哩！呸呸，童言无忌，童言无忌，只当放个屁！我看你啊，一身的火气，妮子，你要走火了！端阳，你妮子要走火了！"

被火烧得疙里疙瘩的白端阳从屋里应声出来，笑着对鲁瞎子说："鲁叔呀，又咒咱们家呐？我这一身走的火还不晓得么样办啰，唉！"

鲁瞎子说："别叹气了。说走火就走火，她走的火不是你走的那个火，菩萨保佑，菩萨保佑，阿弥陀佛！……"

"走你的火去！"白丫儿拾起一块土坷垃就朝鲁瞎子的铜铛子砸去，那铜铛子发出很突然一声，把鲁瞎子和两只觅食的鸡吓得跳了起来。

"哪个砸的？啊！"鲁瞎子护着他的铜锣子，敲起探竿气咻咻地走了。

白丫儿在后头一阵银铃般的大笑。

"让你找个发横的男人打不死你……"鲁瞎子小声数骂着那调皮捣蛋的白丫儿。白椿家的两条猎狗冲着远去的鲁瞎子咬得可欢了。鲁瞎子走得急，差一点撞在一个人身上。

"鲁瞎子，叽里咕哝个啥啊？"毛村长给鲁瞎子赶忙让道。

"如今的年轻人，都是没有教养的！"

毛村长走进白秀家，给白秀送来了这两个月民政局补贴的一百二十元，像个老流氓一样看着白丫儿。

"嘿嘿，端阳，妮子这大了！好好！"毛村长像落枕一样脖子是硬的，转不过筋来，"愿不愿意去镇上打工？最好的事儿，镇上最好的事儿。"当问过白丫儿已经下学后他这么说。

白端阳就问是啥事儿。

毛村长便从放在桌上的光灿灿的一百二十元说起，说这是镇长崔无际的功劳，就说到他的儿子了。

"就照看那小娃儿——块头有点大，这也没啥，才四岁呀！就做两顿饭。崔镇长就不要你管了，人家镇干部哪个不是餐餐酒馆进餐馆出。洗几件衣裳对白丫儿也是小菜一碟。管吃管喝一个月给你一百五十元，那就比上你爷爷两个月的老红军补贴了，也差不离，啧啧！可你爷爷是牺牲了全家五口人的性命才换来的啊！这下还有什么话说，端阳？白丫儿？——不光鲜的妮子我还不介绍去哩。"

可白端阳高低说这事非得他爹白秀拿捏——崔镇长就算给爹解决了多年未解决的老红军问题，也是糊里糊涂，就一月六十块钱，一个真正的老红军可不止这点钱啊。不过这也不错了。但崔镇长是那个崔咬精的亲侄子，爹杀了他大伯提着他大伯的脑袋这才去洪湖参加了红军。如今，他的孙女要去仇人侄子家做小保姆，这世道咋这样流转呀？

白秀在他的虎爪里掏着烟丝往烟锅里捺，高低不说话不表态。毛村长还在唆使："就两三年，等镇长那儿子上学了，白丫儿就解放了，在镇长家干了几年，他不管你的工作啊！人家不会是这号不讲感情的人。只要你好好在他家干，让大人小娃满意，平时干活溜飒一点，机灵一点——你这妮子一看就是个精明相，我看人准的。甭说一个工作，人家喜欢你了，帮你在县城哪个单位介绍个对象，白丫儿不就一下子鲤鱼跳龙门，成了城里人了！以后还干打柴挖药寻猪草这样的粗活？那时候找个科长局长男人，把你爹你妈你爷爷奶奶都接到城里去，那就是享不尽的荣华富贵，吃不尽的山珍海味……"

晚上，为这事白秀还是不表态。他不表态就是否定。但白中秋很火躁，说："别人家想巴结镇长也巴不上边，咱们家有个人在镇长家干活，是件天大的好事，不是贴本的买卖。"还数落他爹说，"你这个老红军，咱们几兄弟哪个沾过你的光，跟着你净受苦，以后，说不定咱们还能沾上白丫儿的光哩。"

白丫儿自己也坚持要去。说她一月吃了喝了干赚了一百五十块钱，等赚了钱，就去帮爸爸整容。

"可那是当下人啊！过去，我就是给崔家当下人放牛，现在，转去转来又转回几十年前啦！白丫儿还小……"

"我不小了，我是大人了，我要挣钱养爸妈！"

就说起了如今林场的难处，都发不出工资来了，买断工龄也就是一两万块钱，生老病死都不管了。不准砍树了，只准栽树。那当年伐木队的油毡屋如今一年不如一年，漏水，屋顶上爬满了百足虫，一股怪臭气，那虫一坨坨一堆堆纠缠，看着就恶心肉麻，怎么办呐？

一个国营林场的伐木工人，大家看到，如今不仅仅是一脸的火烧疙瘩，穿得还不如庄稼汉。大家还听到了令人不可思议的事：如今这些林业工人，为了生活，只好帮当地的农民种地打短工，比如收庄稼啊，挖地啊，放牛啊。大家不相信工人落到如此地步，但老实人白端阳的话不可不信。可以想想当年曾十分牛逼的伐木工人白端阳吧。白端阳背着油锯，戴着柳藤帽，扎着大毛巾，每次回村来都是得意洋洋，口里叼着烟，兜里揣着钱，放着工人阶级的光。当年是白端阳负气出走成全了他啊（当然也害了他）。白端阳也是想当兵的，可那时是个地主子弟，连报名的资格都没有，这就在一个晚上负气出走了。虎啸猿啼的夜晚，白端阳糊里糊涂就走到了迷魂岭。当年的迷魂岭浓雾诡谲，老林森森，比柱头还粗的大钩藤缠着比牛身子还粗的大树。碗大的菌子，磨盘大的兰花，门帘一样的云雾草，在树上飘飘荡荡。他不知道他走到了一个伐木队的伐场，这就改变了他的命运。他听到机器轰鸣（那是油锯和集材机的响声），一些人高喊着"顺山倒"和"上山倒"。简易公路正向山外飘去，路上传来炸山的炮声，惊天动地。白端阳第一次看到一种红色的大锯子，只有几下，千年的大树就拦腰锯倒了。森林霎时变成空地，阳光终于挤进来，惊吓的獐子在那些倒伏的大树间乱窜，留下奇异的麝香；一只豹子被人用石头砸死；一群鬣羚受不了人的追赶，冲下万丈悬崖，跌入湍急的河流，惨死的声音在山崖畔凄厉长鸣……

这就是伐木队啊，这就是雄壮的伐木工人，比山混子还狠，比豺狼虎豹还狠的一些人，村里的那些打匠算得了什么！打匠只打兽，不能把山像待诏师傅（剃头匠）剃个精光，把野牲口赶得无家可归，把它们的老巢刨个底朝天。

小小的白端阳被伐木队收留了，因他勤奋好学，很快成了伐木队的骨干，入了团，入了党，找了老婆。可在一场伐木工不慎由烟头引燃的特大山火中，白端阳被烧了个半死，成了如今这模样，又成了给农民收收种种的"打工仔"。山啊，山满目疮痍，伐木者自食其果了。你们栽下的日本落叶松好是好，一场雪水一下，山就变绿了，可这些妖冶多姿的日本落叶松就是更阴险的杀手，它的下面会寸草不生，连苔都不长，羊吃了它的叶子，会中毒而死。这就是过去山上巴山冷杉、秦岭冷杉们的替代者，它们蓬蓬勃勃，可窒息了咱山冈的生机，成了独霸一方的枭雄，让神农架的所有植物都气绝身亡，溃逃他乡。更有甚者，山洪泛滥、雪线抬高、气温骤升、田土硗薄、泥石流横冲直撞……你们这些遭天杀的伐木工人难道不活该给农民打工吗？！……

四

白丫儿就走进了镇长崔无际的家。

白丫儿兜里悄悄藏了一把哥哥白椿送她的刀子。那刀子是白椿给人胡诌算命别人送他的；白丫儿的手腕上戴着哥哥白椿给她编的瑞香草镯子。哥哥说：草镯儿是保福的。

被个人生活折磨得苦不堪言，双眼浮肿的崔无际镇长，像一只惊警的麂子，瞪圆双眼瞧着那个妮子，因幸福感的突然降临让他手足无措。

"毛村长，你带来的是白大爷的孙女啊？"

"不信？嘿嘿，不信？快叫崔叔！白丫儿，叫呀，以后叫崔叔亲热些，行不行啊崔镇长？"

"崔叔叔……"

"哎哎哎……怎么不行，怎么不行……"

我们的崔镇长碰倒了一把椅子，还差点摔了一跤，并且胡睃着眼让儿子老拔子放下那木刀。

那小女子笔直地站在那里，真像是一只刚出窝的小羊羔，两只怯生生的大眼睛惊怕地望着他，像受了天大委屈似的。

"咱们可是老乡哎，你亲奶也是戡家湾的。"镇长语无伦次地说起这个，就说他去烧水喝茶。这一说就让白丫儿活了，就机灵地说"我去烧"。毛村长就向镇长称赞说"这丫头机灵，比岩羊子还机灵"。毛村长说这话时从镇长坐着的藤椅扶手上摘去了一个蛞蝓，扔到窗外的雨水里。

雨开始在久旱的大地上下了，真是久旱逢甘霖啊，崔镇长的心里湿润润的，就像冒着蓝色雾气的雨后土地。崔镇长说："好喝，这茶不错。"

崔镇长品着白丫儿烧的开水，开水里泡着据说是白丫儿她爸白端阳在林场自种自采的茶叶，一旗一枪，是绝对的好茶，毛村长还给取了一个雅名，说叫"碧山尖"。这是高山茶，有机茶，无公害无污染的绿茶，海拔三千米，这茶采撷了山川雨雾之灵气，吸收了朝暾夕岚之精髓，可涤荡这龌龊人间的污浊，灵魂深处的秽气，其香可攀至巍巍云天分，浩浩大宇乎！

"我从来也没喝过这么香的茶……"崔无际镇长心里洋溢着滚滚的春色，这么说后一阵刀割般的伤感袭击了他。我是不是本应该享受这样的生活？——美女香茶，轻声细语，安之若素，淡泊平静。生活是美好的。这个想法一蹦出，把他吓了一大跳。过去我怎么没觉得？怎么活怎么都是一个苦字。我，崔无际，一个乡野小吏，在茫茫大千世界，充其量一颗蛆虫，我有多少气吞山河之志，经天纬地之才？不就是个打点小牌，喝点小酒，受点小贿，当点小官，过点小日子的小人物吗？我虽认命，我虽如此，也更应有追温逐暖之心，怜香惜玉之情。我有享受生活的权利！

说着说着，竟说起了白丫儿她不读书不对，替父母节约分担忧愁是不对的，不仅应该继续读书，还要到城里去上大学。"就是成教、函授也要念一个文凭。"镇长很严肃地说。

五

送别了妹妹白丫儿的白椿从林场往白云坳走，就下起了黄豆大的雨点，砸在背上又滋润又难受。没个雨具，没个躲雨的地方——他看不见，知道哪儿有树哪儿有岩洞呢？有树，树也扎不住行人挡不住雨，就对着路大声问道：

"这儿哪里有躲雨的岩屋（洞）啊？"

没人答应，只有更密集的雨声回应。白椿全湿了，山风一吹，人就发抖，就想热乎，就跑，就一个跟头接一个跟头。从沟里爬起来，人就成了泥人，还四处冒血，就鼓起劲扯起喉咙唱歌：

> 人穷唱歌心也酸，
>
> 喉咙管被苦水淹。
>
> 唱了三年六个月，
>
> 一个苦字唱不完，
>
> 苦楝树下栽黄连。
>
> 太阳落土满山黄，
>
> 哪有银钱讨婆娘……

正唱着，感到有个"物"跟着他。是人，还是兽呢？

"谁呀，是人说个话，是兽吼一声。"

手上就一根探竿，是野猪或者什么大兽，他还能有活命？左手在荷包里就抓了个观音菩萨，是爷爷给他的。他知道，这是爷爷的养母——那个老地主婆留给爷爷的。爷爷新中国成立前后去四川背盐，就带着这菩萨，说是还香木雕的，越摸越香，抽出手来，满手都是香味，如遇热气或在火塘上烤一下，则香气四射。白椿抓着那菩萨，只是抓着，能不能退兽，全在自己的命了。

见了兽，站着不走，也是一智。就不走。那"物"却说话了："往镇上走走看。"声音说熟也熟，说不熟也不熟。

"我没雨具，淋得这个样子，凭什么要去镇上呢？"白椿觉得此人的话很奇怪，又问，"你是哪一个？"

那人说："甭问我是哪一个。我看你年轻，又有劲，帮我背点东西咋样？我给你牵竿。"

"我不要人牵竿！"白椿喊，像受到了侮辱。

"好好，爽快！猎王白秀的孙子，就是爽快！"

那人说着，就将一个沉重的背篓压到白椿肩头，把白椿压矮了一截。恁沉哩，啥？石头？就问了："石头？"

"嘿嘿，石头要你背呀。"

白椿就闻到了一股腥味，是鲜货哩，还有酒味。这是啥哩？

弓背上了肩的白椿被压得喘不过气来，身上湿了又冷，就问："多少钱呀？"

"少不了你的。"那人说。

"你说准了我再背。"白椿才不干这种傻事咧，就把背篓放下了。

"五十。"那人想了半天，像割了自己的肉终于说。

"一百。"白椿叫价了。

"杀人啊，一百，钱这么好挣？你给我一百，我背两背篓。"那人说。

"至少八十。"白椿站起来欲走。

那人就拉住了他："先给五十，到了镇上再补三十。"那人就数钱给白椿了。白椿接过钱，一张五十的。他说不行，要给一起给。那人就又给了白椿三张十块的。钱都皱得吓人，像丢在厕所里的手纸。

"有没有假钱啊？"

"假钱敢给瞎子！什么人都能骗，骗不了瞎子，瞎子最知道钱的真假。"

"没有眼睛啊。"白椿说。

"瞎子的眼才厉害。瞎子的眼睛长在心里，"那人说着就从白椿手里抢走了那三张十元的，说，"背到了再给，说话算话。"

"这鸡卵毬人！"白椿在心里笑骂，就蹲下去重把背篓背起来。

上路了。

天上传来三宝鸟嘎嘎叽叽的叫声，单调、粗粝而喜庆，这是天晴了。山愈加静谧开阔。云肯定从山谷里腾起来了，山更好看。凤头鹃在山背后隐隐诉着"客苦客苦"。岂止客苦，哪个人都苦。空气清新，平坦开阔。白头翁在天上问着："明天搞什么？"蓝雀子嗲声嗲气地答："滚蛋！滚蛋！"

"你是林场的李八棍。"白椿突然说。

"李八棍？我不是！瞎说！"

"你是李八棍。"

"我呸！李八棍是什么东西，我是他？李八棍不是得了'百鸟朝凤'吗？李八棍该死。"那人说。

"他吃百鸟朝凤？"

"吃！吃得背脊骨都烂完了，"李八棍摸着自己驼了的背，背上大窝小坑，"就是毛鸡子（雉鸡）加麻雀，有时那家伙太阳鸟也打。把麻雀剥了塞到毛鸡子肚里卤了吃，李八棍这狗卵会吃啊——这就叫百鸟朝凤。后来，他就得了那该死的百鸟朝凰病——背上一个大疮加周围几十个小疮。这病磨人呀，去宜昌医院里挖肉，背上的肉挖完了，医院忒黑呐，把你榨干了才会把你放出来，我……不，不，李八棍那狗卵背了一身的债，就差卖老婆娃儿了，唉……"

白椿听见那人嘤嘤泣泣像小儿一样哭起来。

"百鸟朝凰是个绝症。"白椿说。

"瞎呱，治得好的，只要有钱，没有治不好的病，就是这钱，乡下人难挣呐……"

那人说话时白椿就听见了背篓里有些"螃螃"的叫声，是石蛙。把石蛙醉了去山外卖的。

"那是李八棍该得的报应……"

"瞎说！你爷爷杀了那么多生，活到九十了还不死，咋就没报应呢？"

"我的眼睛瞎了这不是报应啊？他大儿子白大年疯了坐牢了那不是报应啊？"

画眉子叫起来。

画眉子关山十八遍。

就是说画眉叫到十八遍时，天就要黑了，山门就要关了。

叫到十一二遍的时候，已经到了镇子的边上，叫狗子坪。一路上白椿一口气都没歇一下。这时有人在坪上喊："八……"就听领路人说："别鸡巴认错人了，寄放点东西在你这儿，我娃子背不动了，又瞎又跛。"

白椿确实走跛了脚，脚上打出了血泡。他想他要给自己买双好球鞋。辛苦赚来快活吃。

放下背篓，喝了一碗凉茶，再上肩，那背篓轻多了。

"瞎子，只有十块钱的路了，你一趟划得来。"李八棍说。

画眉子叫到十八遍的时候，进入了黑暗的镇子。水布镇像一条懒狗趴在水布河边，昏昏沉沉地睡着了。过了河上的吊桥，悄悄来到一个听说是旅社的地方，白椿卸了载后就躺到一个统铺里，滚在湿漉漉沉甸甸的大被子里。一夜奇痒难耐，估计沾上了虱子。

早上起来，浑身疼痛，两个肩膀全肿了，被篾背带勒肿的，手不能摸。就去找待诏师傅，找到了在河边墙角里剃头的老头，要老头给他刮干净了事。

那老头刮了白椿的头，白椿又脱掉裤子让他刮下身。老头还没刮过下身，问怎么刮，又说这要加钱的。白椿问加多少钱，老头想了想说："五角。"

"五角就五角。"

那老头拉着白椿的肉毯给他刮阴毛，刮得乌爽爽了，白椿穿上裤子，老头吐出一口气说："骚臭！"

白椿去了百货商店，给自己买了双松软的球鞋，又给白丫儿买了条红围巾。特别说了要红色的。

"瞎子相亲啊！"售货员是个男的，打趣白椿道。

白椿笑着默认，怀揣了红围巾，就去镇长家。

镇长现在心情很好，就喊白丫儿说你哥来了。就给白椿打招呼："白椿，精神不错呀，准备出家当和尚？"

白椿说："哪个庙里要瞎和尚！算命的。"

镇长是在说自己——镇长的精神不错，妹妹白丫儿的精神却很差，好像哭过，好像受了委屈。从声音里听出来的。

"我给我妹妹送来的围巾。"

"还没到冬天呐，你这娃心真好。兄妹的感情很深啊。"崔镇长这么酸溜溜地说。

没等白椿回答，头上就遭到一记闷棍。好像是钝刀子砍的。白椿不知是谁所击，崔镇长？妹妹白丫儿？却听见一个嘻嘻哈哈的恶作剧声音："杀死你！"

还唱道：

冲冲冲，杀杀杀，

杀得你们像狗爬……

白椿一进镇就听见了一个捣蛋的嫩娃子声音，到处在喊"杀杀杀"。这一下杀到自己头上。白椿脑壳木了半晌，再一摸，起了鹅蛋大个包。

"老拔子！"那嫩娃子被崔镇长喊住了，还传来叭的一声巴掌响，那嫩娃子脸上受了，捂着脸就恶声恶气地反抗，好像根本不怕。

"哥哥不怪！哥哥不怪！"白丫儿上来就帮白椿摸头。

镇长也叫："白椿坐下，白椿坐下。"是赔礼的意思。

白椿手端着白丫儿给他的一杯茶，另一只手摸着头上的大包，嘿嘿地笑着。

"快给我算命，白椿快给我算个命。"镇长说。

白椿的眼都砍酸了，想往外冒泪花。可他咽下去了，就去摸镇长伸过来的手。

"您有一双执掌官印的大手，该当镇长……"

"你娃子逗我……"

"您有神人相助，至少有两回，您这辈子……"白椿就说了。就说镇长有一天在山里行走，到一个洞里躲雨，说了一声："我的妈耶！"却有个人在洞里应了一声："哎！"镇长寻声去一看，应声的竟是个叫花子女尸。这让镇长好生奇怪，仔细观察，那女尸光着下身，刚好洞顶有一线泉水滴到她阴部。这不是传说中的阴福地吗？女尸躺在这里，不仅自身不腐，子孙后代还要发达。可女尸生前是个叫花子，无有后代，就在这洞里天天盼着认个干儿子，镇长那天恰好路过躲雨，叹了一声"我的妈耶"，就等于是认了个干妈，于是，当年还只是一个辛苦跑乡下的通讯员崔无际，就一路高升，当上了一镇之长啦。

镇长说这是外头瞎传的。白椿摸着疼痛的大包又说了一件：说是镇长当上县政府的科长后，与人竞争水布镇的镇长时，下乡，遇到风雪，这时就见上山的路上有两个人在推一个大雪球。一路上雪被推走了，崔无际科长就好走了。上了山坡，去找那两个人，人不见了，大雪球还在，雪中又无有脚印。原来，是两个鬼领了女叫花子的令，来专为崔无际开路的。果不其然，回去后，就接到了去水布镇上任的通知……

这个小瞎子把两件传闻说得绘声绘色，把镇长大人笑岔了气。白椿摸着疼痛难忍的头上大包，心里却只想哭。

六

我的妹妹呀，我的妹妹挨了十八刀。仅仅来了两天，我的妹妹就挨了那个小混蛋小杂种十八刀。那小混蛋小杂种在这之前砍跑了四五个保姆。这小杂种下手狠，一把木刀虽被崔镇长包了橡皮，可这个一米七〇的小杂种居高临下一刀下来也是让人承不住的啊！这小杂种小混蛋小土匪什么也不要，就要这把木头大刀玩具，若给他折了，他就不吃饭，绝食，让崔镇长伤透脑筋，只好顺了他。这不是姑息养奸，助纣为虐，仗势欺人，胡毯乱搞是什么！我妹才十五六岁，小小年纪就出外打工，当小保姆，洗衣做饭，伺候你两个男人，她还是一个娃子哪！两天十八刀，砍得她头上大包小坑，身上五青六紫。

在家她可是她爹妈掌上明珠，一棵独苗。她上有一位兄弟，可惜在读初中时去学校过河被山洪卷走了。这独苗含在口里怕化了，拿在手上怕碎了，背在肩上怕飞了。你们两个大老爷们好意思过那饭来张口，衣来伸手的地主老财生活。一天九刀，干个一年，那不千刀万剐了我这小妹？咱爷只砍了镇长你伯伯一刀（一刀也可厉害，砍掉了脑壳），你儿子要回敬我小妹多少刀啊！这可叫一报还一报……

白椿一路走，一路这么想着，手上和心上都甜丝丝的。为啥？妹妹白丫儿让他摸了脑壳，让他摸了她的脸，摸了她的背，还摸了她的前胸。

这可不对吧，她可是我妹妹呀，我是她哥，怎么能摸她胸奶呢？白丫儿胸奶就像棉絮，软绵绵的，不，不，像刚出锅的浆粑馍，又软又硬，热噜噜的哩……呸呸！我这像什么话呀，这不就跟那猪狗不如的舒糟蛋一样了！糟蛋胡毬乱搞，我不能胡毬乱搞。可妹妹也不是亲妹妹，她是杨家的人。杨家的人与爷爷是老表。一代亲，二代表，三代四代就拉倒。白丫儿妹妹，你是大人了，我还老以为你是个小娃子，我现在晓得你是大人了。可你又是小娃子，再怎么，也不能让我这哥哥摸你的胸乳呀。唉，只见你遍体鳞伤，也是孤苦无助，想找我这哥哥倾诉倾诉，分担一下你的伤痛。小土匪前胸后背、脑壳屁股瞎乱砍，就没个王法？没人能管住他了吗？我给白丫儿妹妹说：趁他老子不在，狠狠拿棍子敲他；趁他半夜睡着，拿竹签戳他！人不犯我，我不犯人，人若犯我，我必犯人……

天晴了，白椿听阳雀子叫就唱了起来：

> 洪水泡天路难行，
> 兄妹两个喊救命，
> 水上漂来一葫芦，
> 兄妹里面藏了身，
> 当时天昏地也暗，
> 洪水滔滔如雷鸣。
> 飘飘荡荡不计年，
> 随着波涛到处行，
> 亏得老祖来搭救，
> 兄妹两个忙谢恩。

老祖便把男童叫：
"我今与你取了名，
取名就叫五龙氏，
如今世上无男女，
你们二人必成婚。"

反正是瞎唱，黑漆漆的眼前就浮现出了白丫儿妹妹的笑脸。妹妹问："兄妹咋能成婚呢？"白椿答："又为啥不能？那世上只剩下他们两人了，人都死绝了。就像如今。"妹妹说："如今哪人都死绝了？"白椿坚持说："就死绝了，死绝了，只剩下咱俩了。"白丫儿就笑嘻嘻过来打他，说："椿哥哥你好坏！咋扯上咱们俩了呢？"白椿说这是《黑暗传》中'人祖出世'的唱词。白丫儿妹妹人小鬼大，什么都知道，就纠正："那男的不叫五龙氏，男女是伏羲女娲，以为我不知道！"

妹妹白丫儿就亮起清亮亮的嗓子唱起了：

生下双胎男与女，取下伏羲女娲名。
长大兄妹成婚配，又是五龙来托生。
女娲出世一美女，身高一丈有余零……

白椿也跟妹妹和了起来，一唱一和。等回到现实，和他的是阳雀子，一群一群在海棠树上，叽叽哇哇叫个不停。

白椿心情好，腋下生风，就忘了自己是个瞎子。竟在山道上跑了起来。一脚踏虚，坠入了万丈深渊……

七

一轮郁闷的月亮鬼鬼祟祟从山缝间爬出来，又鬼鬼祟祟地看着白椿。白椿看不到月亮。不过他知道自己还活着且在夜间。因为山风凉，夜枭恶，万物无声，只有那呼呼大作鬼哭狼嚎的北风在剥他的衣裳抽他的热血要把他再一次打下地狱。

浑身疼痛的他仔细分辨，又听见了宗七爹的梆鼓声，这就离家近了。只有宗七爹的梆鼓才敲得这么有力这么急促。宗七爹的梆鼓是用一根整木雕的，敲起来发出的声音如夏日雷鸣，百兽会吓得远离此地，夜不成眠，这秋就守住了，庄稼就旺势地成熟。宗七爹这一百多岁的梆鼓手在最高的山上，有统领千军万马之势，让万水千山皆栗。

秋天到了。可我在半山腰里，命悬一线，生死未卜。就这样吊着，我会冻死的！

于是就喊，就拼了老命喊，绝望地喊："救人呀！我是白椿！来人呀，来人救我啊……"

一只鸟扑噜扑噜地从崖壁上飞起来，尖叫一声，跑了。是只岩鹰。再喊。两只野物又奋蹄远走，大约是两只麻羊。

人真是个草命！人就这么丢了，无声无息地丢了，然后被风雨剐成一副骨架子，再让风一吹，飘落崖下。人就这么不值钱吗？昏过去醒过来。醒过来再喊。山高云深，何人能够听见！

也怪，这天无绝人之路。放羊的二愣子救了白椿一命。二愣子放羊，看见两只小野猪，就去抓猪。猪没抓住，回头一看，西天一片怪云，云呈金橘色，一圈圈往上飞去，像人的指纹。那指纹云彩是二愣子第一次见到，就看呆傻了。看那云中，还有一圆溜溜的东西，正在反射着傍夕的阳光。"是个大野瓜哩！"二愣子说。心里却想着搁在山上的一坨金子。常有人在这山壁上找到金子——金子是土匪藏进去的。二愣子想这下要发财了，有了金子就可娶老婆了。二愣子快四十岁了。

二愣子就拴了羊，把羊鞭插在腰上，往山壁上爬去。正爬着，盯紧的圆溜溜东西却开口说话了，发出狂乱的呼救声："爹啊！救命啊……"

二愣子拔腿就跑，以为撞上了鬼。跑到村里，叫大家往山腰看。大家看到是个人，那发光体是个光头。毛村长就安排了几个会荡绳采药的人去施救。

施救的人荡近看到是白椿，身子已经凉透了，像一块冰。就把他吊上去。可人已经不能讲话。就架火将他猛烤，像烤腊肉。嗬！一个死人，竟烤活了！

白椿醒来听到的第一句话就是二愣子的。他听见二愣子说："嘿嘿，你是个金光灿灿的大野瓜哩！"

八

白椿捡回了条命，他爹白中秋天天给他喂吃的。他已饿得皮包骨头，在半山岩上五天五夜没吃没喝。白椿能吃，吃时发出猪一样的呱叽声。他爷爷咬着烟袋看着他吃，叹着气。

"这么跑，迟早要死在山里的，给他找个媳妇吧。"他爷爷对他爹说。

"我那个苦荞四十了咧！"白中秋叫冤说。

"我不是说苦荞。"

"过去踏破门槛，现在他一个瞎子，还有哪家姑娘要他呀！"白中秋摊开手，一脸晦气。

他就去找苦荞。

鹞子峡的苦荞说："我早听见说你儿子吊在半山崖的树上五天五夜，还活过来了。"

"麻烦你给他找个媳妇吧。"

苦荞说："你家两双筷子打架——四条光棍。一条坐牢了，一条瞎了……"

"就当是你儿子。"

"我晓得。"

"就找个瞎子瘸子，他那样在山里瞎窜，不是讨兽吃了，就是摔死，哪还有第三条路。"

"问题是，哪来的这多瞎子瘸子呀！苦命哟椿娃，这么标致的一个娃子……"

两个人死活商量来商量去，没个明辙。望着白中秋苦巴巴抽烟、流泪，苦荞也陪着流泪。陪着流泪到天明。

苦荞也是个苦命，有过丈夫，也有过娃儿。丈夫害病死了，娃儿十岁时，在山上放牛，为保护自家的一条犊子，与野物搏斗，让野物啃吃了，还不知是什么野物。找到他时，就剩下一条大腿。

"主要是没钱，有钱的人家，傻子哑糊也能找黄花大闺女。"苦荞说。

"有钱又怎么，有钱你也不认识。"

这白中秋就取笑她。取笑苦荞是有个故事的：苦荞自打守寡丧子后，婆家就把她赶出来，她只好回娘家鹞子峡跟单身的哥哥苦瓜同住。县扶贫办的人来了，听说她的悲惨故事，就给她"扶"了一百元的"贫"。苦荞拿着一百块钱没个感谢的话。扶贫办的人就给村长说这女人不识好歹，活该命不好。

这话让村长很恼火，就来批评苦荞。苦荞恍然大悟说："这是一百元钱啊？有一百元的？"可怜的苦荞，这辈子见过最大钞票是十元的，她哪会知道有这么一天，有人给她送一张百元大钞呀！

白中秋笑她，她也笑。两个人就倒在了那芭茅铺垫的床上。一顿亲热，缠绵万端。白中秋后来就说他一定要去搞钱，不仅给儿子找个媳妇，还要尽早把苦荞婆回白云坳去。苦荞脸红红的，说："我就等着了。到时，这床就让给我哥睡了。"

家里就一张床，苦荞睡床，她哥苦瓜睡牛棚，与牛一起滚在草堆里，一年四季如此。

苦瓜、苦荞兄妹俩看着白中秋离去。白中秋觉着那后面未来亲人的眼光是很重的，像铁链把他拴着。

白中秋在回来的路上看到树上两只雀鸟在交配，看到两只灵猫在山岩上叫春，看到癞蛤蟆在爬癞蛤蟆，就在心里大喊："我们是人啊，我们要有个女人啊！"

路过铁匠六指的门口，心里还翻腾着悲伤的情绪，听到铁锤叮当，就想找六指赊点铁砂子、滚珠。想钱想得头破，还是只朝山上盯——看有没有什么值钱的野物。听说林场的李八棍这几年偷猎发了大财，抓住了也就抓住了，罚点款又放出来了。那小子听说很会来事，把几个警察都买通了，逢年过节给他们提麂胯熊掌去。管他妈是猪啊羊啊麝羚啊老熊啊，老子打着什么是什么，怕个卵子！撑死胆大的，饿死胆小的。

枯瘦弓腰的六指被硫化煤熏得泪水淋淋，从黄烟中挣出头来看着白中秋，没什么好脸相——这六指一见到白中秋就是这副样子。又是赊账的，榨不出点油水来的顾客我凭什么笑脸相迎？

"不行不行。"六指说，一泡痰就从白中秋腋下射到煤槽里。白中秋恨得心疼，可拿他没办法，只能忍着。

过去以物易物，不叫"赊"，也不用赊。过去山上野物多啊，又允许打。打匠们从山上回来，就在门外头往六指铺子里丢一串串的毛鸡子、麂胯、野兔，然后，不用六指监督，自个去缸里舀滚珠铁砂子——这滚珠铁砂子是将铁烧成水，在缸里覆个瓢，铁水顺瓢背往下倒，铁水滚到水里，就变成了滚珠砂子。舀多舀少全凭良心，这东西又不能吃，全是上山害牲口的，大家也不会欺负六指。六指是个老实人。平时刀啊镰啊锄啊，要他打便给你打，有钱给钱，无钱也就算了，也是以物易物，酒啊苞谷啊浆粑馍、酸白菜，都是可以换的。天下最好的人可能是铁匠六指了，坳子里的大人小娃都这样说。可今天——对，就是今天，六指与白中秋摽上了，死活不干，说："不赊。"

六指说话又不会拐弯，话也少，话比锤声少。白中秋过去赊了，只是多看了他的脸色，今天，坚绝不干。也是，人家铁从镇上背回来，翻山越岭要两天，铁不是别人白给的，也是要钱的。又沉，六指五十多了，像个虾公，背一篓铁回来要睡三天。他不赊为啥村里人不理解呢？

白中秋觉得受了羞辱，梗着一脖子气，因一夜未睡，被六指气了，又被他铺子里的硫化煤熏了，就产生了残忍的幻觉，就听见另一个人在他耳边喊："炸死他！炸死他！"

那是另一个白中秋。白中秋在怂恿白中秋。

白中秋踅到包胜的党参大棚，包胜在棚里忙活，包胜的猎狗连人都不认了，朝他大吠。他赶走猎狗，就问包胜要雷管。包胜说："中秋哥，要雷管做啥呀？"

"炸猪。炸猪去。"

"秋天来了，猪扎了一个夏天，只怕是要出来了。"包胜给白中秋敬了一支烟，猛然看到他眉头间一团团黑气，就惊了，说，"中秋哥，与老熊打架了吗？"

"猪。"白中秋说。

"一肚子气哩。"包胜就摇头，不给雷管，坚绝不给，死活不给。

"我又不是炸你。"白中秋说。

"炸谁都不行，中秋哥，我寻思你是要报仇。与谁结了仇？告诉我，我给你化解。"

白中秋愤而走了。包胜还在后头喊他："别给人结仇啊中秋哥，我师傅一家子今年是撞到啥鬼了……"

白中秋恍恍惚惚踩着棉花不知不觉就走到了死人沟。白中秋对着沟里腾起的腐败臭气大吼了一顿，心里才好受些。那沟里因过去土匪火并杀人，到处是死人的骨头，灌丛通红，在灌丛缝里有人点种的苞谷，不知在被什么掰着，反正总有响动。冷杉站在高处，倒是寂静无声。愈往深处走，愈是雾霭沉沉。爹的那个老地主养父就是在这儿毙的，那两个行刑战士，也是在这儿各自向对方开的枪——他们的坟头就在山坡上。低下头，用脚扒寻，就找到了一个弹壳，再扒拉，扒到了一颗子弹，又一颗，大的，是机枪弹。白中秋在沟里扒了许久，共找到了三小两大五颗子弹。

"六指，你这忘恩负义的人！想想你家两代人是谁养活的？不就是我爹养活的吗？还有我爹的几个徒弟。你天天喝酒啃熊掌麂腿，是吃谁的哩？我爹他们不上山打猎，你吃个鸡巴，只能啃自己的卵子。现在山上没啥东西了，你就翘皮子了，欺负咱英雄末路，把我不当人，就是把我爹猎王白秀不当人，有你的好……"

白中秋在兜里捏着几颗生锈的子弹在心里奋勇反击，很解气，有了火药就解气，就踅回六指铺子里，趁六指没注意，把那几颗子弹丢进了煤槽。

过了一个时辰，六指的铁匠铺里，就传来几声连续的爆炸声，一个男人的凄惨尖叫也就响起了。

六指炸掉了两根手指和半边鼻子。

九

《白云坳再次响起爆炸声》，这是一份水布镇派出所治安简报上一篇报道的标题。

文寇所长的心里滴着血，他在街头的一个拐角处看到两个做小生意的人打得头破血流，身边的那些看客一个个吸溜着被北风吹出来的鼻涕，在大声叫好。文寇所长系好被人踩松的鞋带，紧紧抓着他腰里的枪。想向街上的饿狗或者人开枪。那些拍手叫好的人究竟是被什么充盈了大脑？现在，山上野兽们的争斗没了，剩下的是人的打斗，人自身，人自己，自己与自己打斗。这种情势的转移让他还来不及思索，究竟是因为什么，人取代了兽，人开始蛮不讲理，动不动就是爆炸、凶杀，比野兽们的争斗还多了个家伙哩。野兽们只用爪子，用牙齿，人还有其他一些东西。人比兽凶狠，也恶劣。人不讲理了。在这片山上，在这个地方，暗杀之风正在横行，疯狂地扫遍村村寨寨，坪坪坳坳。

文寇所长抓起苏老倌那个测量身高体重的机器就跑，让那老倌子不知何事。文寇所长恶狠狠地说："老子不信就抓不到凶手！"

那东西发出与警笛一模一样的瘆人声音："呜——呜——呜——"就是这声音吸引了他，让他有了高屋建瓴的奇想。过去，他曾警告过苏老倌，别猪鼻子插葱装象唬人，警笛是你这号烂人随便用的吗？现在，警笛啊警笛，我老子正要石破天惊地唬一唬你们打匠遍地凶杀成风的白云坳，白云坳子里的刁民！

两个协警气喘吁吁地背着那个刷过漆改装过的体重身高测量器，拉着这铁家伙里的警笛，向白云坳进发。

两个跑得上气不接下气的协警说到了，前面牵着狼狗的老警察胡彪就勒住了狗绳说："所长，我看咱们先歇歇，把气势憋足，然后冲进去，一家伙放倒他们。"

两个协警因为没走远路的经验，鞋是皮鞋，脚上都打出了鸡蛋大的血泡，此刻正抠着脚上的血泡，手上血水淋漓。狼狗舔着他们手上的血迹，尾巴摇得像木材加工厂的机器。

"我说，必须狠狠地整治他们，把他们整服，不是挖一个凶手出来就了事，是要为以后咱们别再来了，别再走这趟地狱路……"所长说。

黑暗像一个寡妇笼罩在前头，阴郁的村庄飘动着吊儿郎当的炊烟，漫不经心地恭候着他们的到来。天空无比明亮，云彩划过苍穹，使得这些人异常渺小，把他们的雄心壮志，雄才大略亵渎得狗屁不值，滑稽异常。

一开始就是一出滑稽剧。

"小心坳子里的狗啊。"两个协警提醒他们说。

白云坳的狗可是有名的，一色的猎狗，又叫赶山狗，紫英英的毛，粗嘴头，狼尾巴，高架子，牙齿比一般菜狗多四颗，常常啃人的脚后跟。为此，文寇所长已将脚严严实实包好，还在两个脚踝那儿插了铁片。

一切准备就绪，胡彪将那警笛声调到最大，将狗一声喝唤，几个人就神速地占领了毛普通村长的房子，前后下了哨，狼狗被文所长锥了几针，叫得像唱花脸的戏曲演员，让坳子变得兵荒马乱，毛骨悚然。

"……这是世界上最先进的测谎机，谁讲了谎话诓弄警察会被它电死的！"

彩灯闪闪的"测谎机"卧在毛村长的堂屋里，嚣张着，被喊来的人在屋场上排成一行，等待着那世界最先进机器的测谎检验。

"快！快！快！一个一个上……"

警察们吃五喝六的，将老老少少男男女女的村民赶上测谎台，让他们先解开衣服，脱掉鞋子，一人喝一大碗清水，然后由耳戴耳麦，眼戴墨镜的文寇所长在旁边操作、询问，其他警察大声呵斥帮腔。

"快说！快说！六指是不是你炸的！快！说出来！说出来……"

毛普通村长已经看出了这东西有点眼熟，他常去镇上。他觉得今天不对劲，文所长干吗发这大火，干吗他们今日杀气腾腾的？白中秋一上去就被用针锥了，说是验验他的穴位。白中秋被人按着，嗷嗷大叫，两个协警出手（日后要查刑讯逼供文所长就可以脱干系啰），扯着他的头发，把那白中秋扯得眼往上翻，牙往外龇，眼泪簌簌往下掉。

"够了吗？够了吗？啊！"

两个协警合力扯着白中秋，又拧他的裆里，再拧他的脚趾头。这家伙哑哑地叫不出声了。文寇所长这时按动了一个按钮，机器就发出一阵惊天动地的嚣叫，好不骇人！

"说，是你吧，马上要电死你了，红灯亮了！只有你亮了！说！说！"

几个人一起吼，那白中秋就是一个坚定的地下党员，咬着牙，只号叫着，却一声不吭，一字不吐。

又泼他的凉水。四个人将他四仰八叉地拉劈四肢，像五马分尸的大动作，只差把他撕成两半了。回去，白中秋的卵子肿得像个南瓜，自是后话。

这一趟下来，吓翻了六个人，两人小中风，一人完全疯了，说出了二十年前往生产队猪槽里投毒毒死一头母猪的事。

就像在麻将桌上小和了一把。也算无意插柳柳成荫，东方不亮西方亮吧。

十

治爆缉枪的专项斗争开始了！

白云坳子的土匪，打匠们，你们的末日终于到了。你们无恶不作，把山冈杀得血海深仇，你们偷猎炸人，寻衅滋事，枪支是这一切之动乱根源，现在，你们也该束手就擒了。从此，天下才太平无事，社会才安定和谐。

镇长崔无际亲自出征，他带领着文寇所长在内的一行八人，加上协警和从县局借来的两个持枪警察，三条大狼狗，星夜出发，去白云坳打它个措手不及，将枪支最多的村子收缴干净。名单已经掌握了。

夜空使森林和山冈泛着青光。雨已停了，石蛙在秋意中螃螃、螃螃地叫唤，蟋蟀的声带还来不及晾干，哑哑呻吟着。倒是夜不肯歇的娃娃鸡像些没娘的孩子，在林子里固执地哭泣。山溪的娃娃鱼也尖声应和；夜枭向天空呼叫。空气湿漉漉的，浸着寒意。星星像偷情妇的眼，往外喷着欲望的光芒。

消息究竟是怎么走漏的，事过几年后人们还是没有弄清。这队想给白云坳的人一个下马威的荷枪实弹的警察，还没走到村口，就已经被愤怒的村民和三十几条猎狗给结实堵住了。

现在，可以说说白云坳子的地形。它其实是在一个峡谷中，只有一条浓荫密蔽的小路。拐过一个叫杀坪的巨大明岩，才能进村。而杀坪——就是数十年或者数百年白云坳打匠们剐兽宰禽、开膛破肚的地方。这儿哀魂遍野，野牲口的骨头摞起有山那么高，连蚯蚓都是红的，鼓鼓胀胀的像人的血管，野草散发着血腥气，周围树上的乌鸦一个个膘肥体壮，鸦巢密密麻麻。有人说白云坳就是夜鸦子的老家。远远看到鸦巢累累，就到了白云坳村。

崔镇长和文所长望着那夜空中像一片果实的鸦巢。鸦巢下的村民紧守着那块巨大的明岩。明岩有一夫当关，万夫莫开的气势，守住了它，你就是千军万马又把这村子奈何？

村长是逃出了，村长是镇里发工资。村长告诉了他们一切。

可怜的干警们和镇长所长一行走得筋疲力尽，在路上掰的苞谷把他们的口里打出了血泡，连一口水也没得喝，更不消说有一口软香香的热饭吃了。

队伍中连续发出响亮的打屁声。饱嗝饿屁。狗们挣着铁链，爪子把石子刨得火星直冒，哗哗作响。

"咱们怎么办？"文所长问崔镇长。

领头的正是大家一致推举的猎王白秀。他的徒弟们，徒弟的徒弟们，徒子徒孙，加上不明真相的村民，手握着千奇百怪的枪械把守在杀坪的巨岩上，枪械有土铳、火牙子、垫枪、老套筒、单管猎枪、一把捏、猛一搂。还有各家各户的猎叉、挠钩……

面对着那猎栅似的枪刺的影子，面对着怒吼和犬吠，崔无际镇长感到他缺乏一种应变能力，并且觉得因自己的幼稚、冲动，犯下了一个让自己无法下台的错误。他现在把责任全推在"走漏风声"这个环节上。

"就是进驻嘛……"镇长嘟囔着，手里折着树枝，"……我是想给这些打匠们一点压力，我还是想先做思想工作，发动群众，让大家自愿交枪，仁至义尽之后，如果不听劝，我再采取强硬行动——这几乎是不可能的最后手段。你给个笑脸，又加上有这么多警察、狼狗，谁能承得起咱的大兵压境……欲速则不达……"镇长崔无际不由想起一句古训。他把目光投向令人生厌的文寇所长。在暧昧无味的天光里，那文所长的一张脸让人……怎么说呢？还不是听信了他的撺掇，说以白秀、白中秋为首的白云坳山民全是一群刁民，我恨不得整死他们！文所长的咬牙切齿和对水布镇因为打匠甚多、案件频发的担忧，也是他想一举捣毁这个凶窝子的内心理由。可如今……

被阻在村口那个狭窄的石缝中的警察们跃上了村头的山坡制高点，也抢占了一两块嶙峋的险石，躲在后头，并且将子弹上膛。只是他们饥饿难耐，寒冷异常，口干舌燥，满嘴都是胃液分解的蛋白酶臭味。在对峙的凶险宁静中，能听见各自腹中雷鸣般的饥肠声。

夜色越来越压抑，大树像巨人一样无端地站在四处。娃娃鸡满山恸哭，夜鸦子厉声叫唤，这些吵吵嚷嚷的神经质生灵，莫非也在预测一场血腥的战斗即将开始？

空旷而荒凉的山冈啊，愚顽而可怜的山民啊！

崔镇长听见了自己的一阵牙磕声，是冷，或者惊惧。

"文所长，你喊话吧。就说是派出所工作组。万一不行让毛村长快回去，做做工作。我们万万不能开枪——开枪性质就变了。万万不可强行进入，一切要显示我们的诚意。我们是政府啊。退一步海阔天空，对政府也是一样的道理……"崔镇长谆谆告诫说。

文所长喊了一通话。

毛村长也喊了一通话。

后来崔镇长又喊了一通话。

不行，闹哄哄的，大家也听不清楚那些人在说什么，有什么条件。毛村长回村后就不见了。崔镇长多么希望毛村长有能力化解这一场误会——对，是误会，一定有人误会了。我们只收枪，不抓人。毛村长是村里的老干部了，他有着丰富的对付村里人的经验。

崔镇长这么想时，山上突然响起了一阵惊天动地的梆鼓声：咚咚咚！咚咚咚……

这是驱兽的。是不是有兽下山来害秋了？

郁闷、横蛮、警醒的梆鼓声越来越大，像催征的战鼓，仿佛调遣着藏在山中的千军万马向崔镇长这一干人扑来。人和狗都一下子虚脱了，大家惊惶地问道："我们怎么办？"

有人已经带起了哭腔，有人说冲进去，有人说你这几支枪不敌他们那霰弹枪，他们那不起眼的土铳，一膛出来把你打成筛子眼。

"请老红军白大爷白秀同志把枪放下，要大家把枪放下，你可是跟咱们一个党的人啊！"文所长声嘶力竭地拢着双手喊。

"你们赶快离开！快离开！离开咱坳子！"下面一片喧叫。

文寇所长可真的火了，他大吼着跳上一块石头，一点也不怕，向村里发出最后通牒："放下你们的枪，赶快散了！警察只抓坏人，不抓好人！我喊一二三，你们一个个把枪丢出来，不然，我这十几挺机关枪可就不客气了！"

崔镇长拉他也拉不住了，他就要站到石头上，他横下了一条心，把这个所长的赌注也赌上了。

"我喊一——"

"我喊二——"

"文所长哎，请听我唱一段——"

鲁瞎子的声音从黑暗中飘了出来。

　　兵马如流不休歇，

　　忙坏多少名利客。

　　寸土俱服皇王管，

　　万里江山一点墨……

"鲁瞎子，你瞎唱什么！交枪吧！"

叭！一条狼狗跃到了文所长身边，这时枪声就突然响了。冷枪，是从村里射来的，那滚珠像一朵盛开的金菊在文寇所长的脚下掷碎，打着了狗啦！狗活该遭殃，打在它的肚腹上。狗跳了起来，又重重地跌下，开始汩汩地流血，悲惨乱叫。

崔镇长担心的擦枪走火事情终于发生了！

第一颗射向警察的子弹是谁干的？狗杂种，这真是些不怕死不怕官府的打匠啊！狼狗在地上拼命抽搐。大家把狗拉到隐蔽处，就听文所长说道："我也中了！"

"打伤警察啦！哪个是凶手？快出来！快出来自首！"

崔镇长扯起喉咙就朝村里猛喊。他要制止矛盾激化——现在已经激化了，而且无缘无故。他感觉他不应该来。他强烈地感到了这些打匠们的嚣张、野蛮、愚昧。这些人一辈子就是跟野兽打交道的啊，怎么敢惹他们呢？怎么没想到来这儿的难度？他们就是一群土匪，打匠就是一群土匪！那白秀忘恩负义，或者说不晓情义，年轻时砍过人头的，带出的徒弟还有什么善货？一个个不都是恶神？难怪有传说说他扯杆子造反带着一干人马上了猎人峰的。还说要杀了县长当县长，杀了镇长当镇长。

村里一阵骚动。

好在文所长只擦伤了一块皮，这是不幸中的万幸。一个警察竟找出一根缝衣针，要给那伤狗缝伤。几个人将狗按着，缝伤缝到一半，许是那狗疼痛，挣扎起来，人按不住，狗朝缝伤警察猛咬了一口，带着针线狂叫着跑进了山林。

进退两难的崔镇长如果说撤，这当然是对的，而且很容易把局面化解。可他的威信就完了。当他试探着问文所长时，文所长不置可否，一个劲儿骂骂咧咧，骂他们混蛋、臭虫、土匪、狗、杂种……

但村民又向他们嚷上了，说的是："你们开枪呀！""开枪呀！""开呀！"

在黑暗中，村民喊成一片。

山上，宗七爹的梆鼓还在加紧擂打，敲得人心狂乱。那神农架特制的大树鼓，就像森林的吼声，沉沉地向他们飙来，大地在微微抖动。就像是整个群山和森林的敌意。

僵持到天亮，村长仍不见人影。那白秀也不见出面。太阳红喷喷出来了。警察们拼命地用烟头烫爬满双腿的山蚂蟥，还有竹虱。这些针尖大小的竹虱往人毛孔里钻，只剩下一个尾巴。你若是用手去扯，断了尾巴，虱身还在体内，会让你痒上三天三夜不得休眠。你用烟头烫，那虱就自动退出来了。

警察分成了两拨，一拨人以崔镇长为代表认为退到鬼脱岭村去为宜；一拨认为强行冲进去，杀一儆百，不信这些打匠不怕手枪和自动步枪。文所长的眼睛已经红了。他有些兴奋。倒不是因为负伤后的愤怒，而是——这群人，白云坳子的这种打匠，手拿着原始或半原始武器的打匠们，激起了他的热血。敢和咱们对着干——那些枪支、钩叉从山石间隐隐若若竖起来，仿佛一场革命风暴的前奏，这些遭千刀万剐的伟大的山野猎人，胆真大啊！

"胡搞！我说撤，撤！农民愚昧，莫非你们也愚昧？他们没理性，莫非我们也跟着一起发狂？"崔镇长全力说服和阻止。

就在大家准备后撤时，村里的骚动突然暴烈起来，一枚用竹筒装的土制炸弹无端飞过来，在崔镇长他们的后头爆响了，一棵树当即炸成两截——那地方正是他们刚才隐蔽的位置，好险！这时候，突然卷过来一股紫铜色的狂浪——三十几条白云坳子的猎狗，向警察们扑来。剩下的两条狼狗早吓呆了，崔镇长他们拔腿就跑，被那些聪明的猎狗逼到一个断崖处，往下看，那悬崖没有百丈，也有十丈。滚滚而来的猎狗像一堆石头朝他们砸来，它们训练有素，步调一致。在早晨绚烂的阳光里，它们的眼珠子冒着血光，亢奋异常，龇着噬咬野兽的粗嘴，竖着钢叉一样的耳朵，高高的尾巴卷着匪气。

狗在一步一步逼近，一条半人高的猎狗差一点就一口咬着了一个警察，那警察是从县里借来的，火了，一枪就打了出去。只听枪一响，那狗就像一根弹簧弹向空中，再跌落，血就像唧筒射出腹部，在阳光里挂出一条七彩虹霓，久久不散，煞是好看。

一条狗在地上挣扎，其余的狗就踟蹰了，全都后退了几步，汪汪狂吠，猩红的舌头一排散开，像盛开的山茶花，在岩畔间腥臭地摇摆激荡。

就在狗们彷徨的时候，干警们用石头、用树棍对狗一顿猛砸、猛打，冲出了包围圈，一直往鬼脱岭跑。跑到水洞那儿，洞口留下两个哨和两条狗，其余进洞，生火，喝水，大家这才喘一口气。

十一

但是村里的人并不知道荷枪实弹的一队警察加上镇长已经撤退，还以为他们耍什么花招，依然坚守在杀坪的隘口那儿。这时，白秀让包胜从后山翻出去，去县里问问情况，万一不行就到三峡度假村去找扈三板，让扈三板赶快回来商量对策。扈三板见多识广，定会有主意。

这次要把警察隔在村外，就是对着文所长来的。上次二儿子白中秋被文所长整得裆里稀烂，卵袋肿了十多天，人都快撕成两半了，这让白秀看不惯。又听说来了一大群警察加几条狼狗，徒弟们一烧，他也就火了。他并不知道镇长也在其中。他当然有些昏聩了，他年事已高，只是心疼儿孙们。在村里，当然他的威信高过村长毛普通。毛普通拿村里人的话说，不就是个政府的听差吗？拿了政府的钱，当然得给政府说话，不会给村民说话。收钱有他，罚款有他，帮派出所逮人更有他。这次还要白秀把那杆百年老枪交了，到老了要我缴枪？要缴我白秀的枪？国民党不敢缴我的枪你们敢？这说什么也是让白秀老人无法接受的。还说不交就抓人。莫非九十岁的老人还要去牢里走一遭？政府和警察都欺人太甚，把咱山里人不当人哩！

情绪是日积月累的，总有爆发的一天，用什么点燃并不重要。反正，白云坳子这一次是拉下了脸了。而让镇长崔无际和文寇所长感到吃惊的是，传说真的要变成现实——白秀这个飞虎，在猎人峰果真有一呼百应的架势，看来，传说不是笑话，有一天果真会出现……

包胜捏着两个雷管从后山爬去，下到一条阴风惨惨的无人沟谷。沟谷里腐殖质深厚，苔滑路险。被一根藤子一绊，他人往前拼命一掼，不偏不倚摔在一块石头上，手上的两个雷管就炸了。

这一声爆炸当然很微弱，不及六指铁匠铺的那一次。这一次在深深的山林里，只惊吓了几只鸟和一些树叶，但那红淌淌如巨兽大口的两团火光，一左一右，吞噬和撕扯他双手的印象，将让包胜一辈子噩梦不断，惊悸连连。

包胜还没能感觉到疼痛，手上的十个指头就像十张风筝飘荡在手上，像一串烂肉，把过去能抓山握石的手取代了。

"我的妈呀！"

一声喊，痛感就尖锐地出现了，锥子锥心，手上血流如注，到处可以听到汩汩的淌滴声。一声"妈呀"之后，包胜就昏死过去。

醒来时山林里出奇的寂静，像什么事也没发生过的，突然一想手！手啊！不看则已，一看就不想活了，手上血滋拉呼，指头摇摇晃晃，一下子就记起了疼痛，疼痛又把他打翻在地，让他大哭大叫起来。

"救救我呀！我挨炸了！哇嘿嘿……"

林子里哪有个人，那雷管本去炸别人的，偏偏炸到自己了。站起来就跑，血流得差不多了，一阵阵晕眩，跟跟跄跄。手上爬着许许多多的嗜血山蚂蚁，还不能打，那手一触就疼啊！怎么得了哟，跑了一截，支持不住，又昏死过去。

醒来再跑，再走，再爬。本是往鬼脱岭跑的，那里有人。还没爬到鬼脱岭，就见到了鬼脱岭出坡干活的人。见是白云坳子的包胜，举着两只血淋淋的手向他们求救，却见死不救。说："炸过咱们村娃子的包胜啊你，咋啦？大棚埋的雷管炸到自家啦？"

包胜点头，又摇头，说："不是，不是，是派出所，十几个人，围着咱村啦，他们，他们……"

派出所把他弄成这样的？那些人一阵尿噤，一阵唏嘘，又一阵愤怒。把他抬到村头，给他包扎，就问是咋回事？

"收枪，收枪……"他含含糊糊地说。

"收枪也不能炸人哪！喂，乡亲们，咱们得帮衬他们一把！"

有人号召，大家就七手八脚拿来木杠和椅子，扎了担架，准备赶快将他送往镇上。

可是有人提出没有钱，那还是得叫上包胜的家人，带钱去人家才给诊治的。但听说派出所包围了白云坳，还炸伤了包胜，没谁敢去送信。但人命关天，包胜看着看着脸越来越黄了，人像要死了。有两个人就在一根竿子上绑了件白褂子，往白云坳跑去。

跑到水洞那儿，果然看到有警察和狗，两个人就摇着包胜的血衣大喊他们是鬼脱岭的，说被你们炸伤的包胜在他们那儿快死了，怎么办？

崔镇长他们一听，不对呀，我们何时炸过包胜？只打了一条狗。文所长说："胡说，我们哪炸过包胜？是他要炸我们，炸到了自己吧？"

一问，是炸了手，那不是捏在手里的雷管炸了是什么呢！包胜有许多雷管，文所长最清楚。就要那两个送信的去村里。两个人发现包胜说的有误，警察是多，都藏在水洞里，离村子还远着呐。

不一会，接到恶信的包胜老婆就赶来了，一边跑一边悲恸呼号："包胜啊，该死的包胜在哪儿啊？"

包胜老婆拿着个人造革包，里面塞着大约是包胜的换洗衣物。鬼脱岭把信的就追问包胜老婆带钱没？带了多少钱？包胜老婆说党参长在大棚里，哪来的钱啊。包胜老婆就双腿一软向镇长、所长跪下了，大呼道："政府，救救我家包胜吧！"

"先把你家的枪交出来，让大家都交枪！"老警察胡彪跟她坚决地说。

包胜老婆听清了意思，转过身就朝村里跑去，刨出嗓子就喊："交吧交吧，交枪了救我家爷们包胜吧，他快死啦……"

村长来了，白秀也来了。白秀带着他的两条猎狗紫花和石头。他的枪他背着。

"老红军白秀同志！"镇长喊道。

"本人红三军九师二十五团七营副营长戢秀……"

话没说完，一脚绊到，俯身倒地，像摔一根冻萝卜。毛村长手疾眼快去拉，却迟了半步。

"白大爷呀！"毛村长费了好大的劲想把他拉起来。可白秀像有千斤重，怎么也拉不起来。拉起来，又一个前跪，软在了路上。

第三章　死而复生

一

白秀死了。

他的儿孙们跪在地上。

白秀死了，大地把他收走了，阎王把他召走了。千疮百孔的山冈将接纳他。这山冈就是被他这样的人糟蹋成这个样子的。枪声、杀戮，腥风血雨的蹂躏。那一夜，听说山吼地哼，整整一夜，有人说那是在哭白秀哩。可大地在说：那是我用巨大的胸腔在笑哩。这种人终于死了，好啊！大地是会记仇的，大地不会饶恕那欺凌它的人，最后，他被沉默无声的大地打败了。大地胸怀宽阔仁慈，将把他抱在怀里。

白秀躺在土布蓝花的尸罩里，头枕着祛风通窍的獐毛枕头。他的老伴白娘子在他的胸口放上一个鸡蛋——人心填不满，心窝子那儿有个凹处，死时一定要填满，让他无欲无憾而去。他的儿子白中秋给他手上捏了根打狗棍，以防阎王殿前恶狗咬——因为这人杀生太多，恶狗定会咬从尘世来的恶人，他的瞎眼孙子白椿将两枚明眼铜钱压在他眼皮子上，莫让他再见钱眼开。

二十四支香烛哗哗哗哗地点起来了！二十四支卷成筒状的黄表纸竖起在八个米升子中！二十四个大大的野山桃端上来了！做法事的道士歌师们已经酝酿了情绪，额上冒出滚滚大汗，二胡、火炮、火钹、锣、木鱼、牝筒、梆鼓，凡能发出响声的响器都从白云坳狭窄的峡谷里冲天而起，哭泣声、号啕声、绿毛猎狗的狂吠声卷成一道秋潮，遽然间暴涨起来！

他的徒弟们从远远近近的地方都赶来了，送来了大批的挽幛、塑料花、活鸡活鸭、陈年腊肉。那些幛上绣着青龙也绣着金虎，绣着猎枪也绣着山上的飞禽走兽。

村里人来吊唁，说，真是红丧啊，今年，野猪闹，灾祸笑。牢狱之灾，来了；血光之灾，来了；人殃之灾，也来了。白秀一家可就惨了。全怪那白中秋了。死前好在与镇里干了一场，替村里出了口恶气，可也让包胜没了手（还让舒耳巴没了屁眼，让白椿没了眼睛），莫非这白中秋或是白秀父子是咱这儿的大灾星？

为了白大爷，为了包胜枪算是都交啦。崔镇长托毛村长给了白大爷丧事三百元，还送来了用镇上的文明纸扎的五颜六色的花圈，上写他是"老红军、同志"。这样与政府作对的事儿就一笔勾销了。还听说——听毛村长说：县民政局也要送唁函来。家人等得可急了，一俟县里派干部来吊唁我们的白大爷，丧礼就到了高潮，棺就要送了。

可毛村长还想把一个好东西抢过来——这就是放在白大爷枕旁的那个虎爪烟袋。那可是真的虎爪。在咱神农山区抓过石头、抓过人抓过兽、走过咱这山里道儿的真虎爪子。虎早就没了，远去了，远去的东西你死活也不会相信，虎曾在咱神农山区肆虐，到处都有它们的影子。现在，还有啥？就人，只有人，满山都跑着人，再就是干旱、洪水、泥石流。这么金贵的东西，可不能让白大爷带到阎王地府那儿去。借着瞻仰遗容的机会就俯下身摸到了那个虎爪，手伸了进去，有黄爽爽的烟丝……奇怪的感觉……手全伸进去时，手竟然突然发热，就像掏进了一只老虎的腹部，啥都不怕了，一股英雄之气顺手指往臂上爬，顿时全身走蹿，下达睾丸，上至囟门！这么神奇啊，这虎爪！一个衰老的老人就是这么掏成了一个永远的金刚战士，山冈猎王的！

毛村长暗自惊诧，决定不顾一切将它拿出。就这么他拿出了，对白中秋说："咱这一辈子，还没抽过你爹的这袋烟，中秋，上火呀！"

毛村长将那烟丝装模作样地拿出来揞进烟锅里，满像回事的——或者说学着白秀生前的样子端着那烟锅，要白中秋点火。毛村长靠在棺材上，他也许只想抽一抽，尝尝死人那口烟的味儿——有人会这么想。

"这烟丝香啊，白大爷会享福啊，"毛村长嗞地吸了一口，发出长长的陶醉声，"嗯，这个……这个就不要埋了，留给村委会。枪，那是通过了的，只管埋掉，让白大爷带走。白大爷，这个就留给咱村委会一个纪念……想你是没有意见的……"毛村长转过身去给躺在棺材里的死人说，已将那吊着的虎爪绾在那烟杆上，准备装入口袋了。伏在棺材口守灵的白椿这时过来就准确地抓住了那个烟袋，那个虎爪。

"不许，毛伯！不许！"

瞎子白椿硬是夺过了那烟袋，抓在手里，紧紧抓着，生怕谁再把它拿走，两只空洞的眼窝里带着失落和愤怒。他爹白中秋见毛村长的脸上有了些铁青的愠色，闹丧者们的眼光也投到了村长的脸上，以及他被抢夺空了的双手。

"白椿，给你毛伯，不就是个烟袋吗！"白中秋说。

"不能。爷爷，不能，他在那边要用的。"白椿说，泪水又从那空眼窝里涌了出来。

村长讨了个没趣，那点燃的烟丝还在白椿怀里燃着。村长只好走了，假意去安排全局。那鲁瞎子这时扯着喉咙唱他《黑暗传》的歌头：

> 鲁班先师一句话，先造死，后造生。生生死死根连根，万古千秋到如今。哪一个，白头不老得长生？哪一个，神仙不是作古人？想昔日，神农皇帝尝百草，中毒而亡无药医。想昔日，老君不死今何在？想昔日，八百寿命一彭祖，到头来，骨化形销一堆土。黄金若能买活命，皇王要活万万秋……

外头突然一阵骚动，狗狂吠，就从门外跨进来几个人，一个女人，和一片摩肩接踵的哭声："秀哥呀！我那秀哥呀你咋走了！哇嘿嘿……"

白端阳的亲妈，白丫儿的亲奶奶。这老女人由白端阳扶着，见了棺材就往上扑，哭成个泪人。那屋外，阳光突然灿烂，向日葵黄喷喷的，苞谷金亮亮的，树木红艳艳的。山坡上果实呼啸，山谷里糖分泌涌。吊丧的老女人哭得山河变色，人们为之动容。可那个坐在角落里的白娘子，突然从失忆中醒了过来，眼睛像一块红炭盯着那个恸哭的老女人——她记起来了，四五十年的仇人！她像一只潜伏了几十年的豹子，荒凉无几的牙齿像一把锅铲戳出来，像拿着一把武器，两只兽爪样的手就向杨丫儿刨了过去："打死你，狗东西！把你和那端阳娃儿一起烧死！"

这老婆子冲进厨房，从灶膛里搂出来一大抱燃烧的柴火，朝那堂屋里乱撒一气，撒到棺材里，神龛上，人们的头上。这么大家就都去抓她钳她。可她像一匹垂死挣扎的老豹，一定要烧死杨丫儿，挣脱了那么多人的手，儿孙的手。顿时治丧的堂屋里烟火大爆，乱作一团。

"烧死你这不要脸的骚逼！呸呸呸……"

白娘子手举着燃烧的芭茅，冲了出去，一直向那牛棚跑去——她要点那牛棚了！

二

在很久以前。

在很久很久以前。

白娘子一把火就是在牛棚点燃的。那是半夜，白娘子下了老手，要真的烧死在牛棚阁楼上住的杨丫儿和端阳母子俩。

那是一个月黑风高好杀人的夜晚，吃了太多兽肝的白娘子恨杨丫儿不过。这杨丫儿，虽是丈夫白秀的表妹，虽全家被崔咬精的杆子队杀了，也不该与她白娘子一起来争这个瘦皮拉筋的地主分子白秀呀。一夫二妇，像什么话。白秀不承认，不承认也是这回事了。不是你白秀满山野寻找把你这个表妹寻到的吗？可怜你表妹命不好，到人家里当童养媳，找个丈夫也是打匠，那打匠绊了自己下的垫枪死了，留下母子，被白秀领进了白云坳。表妹杨丫儿美呀，一条黑油油的辫子像马尾巴，在她那水一样的腰里左一下，右一下摆荡着，满脸忧郁，却如墙壁一样白净，那娃子也被她收拾得干干净净。白秀给他们在牛棚放草料的阁楼上搭了个铺，那牛棚也就让白秀给亲近了——这事谁不知道呀，一个什么开小差回来的红军在这神农架的白云坳子里有两个女人陪侍他哩。不要脸的杨丫儿！白娘子就闹了，有她无我，有我无她。白秀给了白娘子两个嘴巴，将她打落尘埃，还说狠话道："杆子队都没把我舅舅家杀绝，你还想斩草除根不成？你动她一根毫毛，我枪崩了你！"白娘子肿着嘴巴哪信这个邪，就放了一把火。要不是那娘俩跑得快，就烧成一把灰了。这白娘子也是条好汉，手举着火把像一杆旗子直通通站在那里，说："是我烧的！"那不又是一顿好打吗？直打得白娘子像乌龟满地乱爬，牙都打落了。又怎么办？最后只好将杨丫儿遣走，将她儿子端阳留下，收为养子，跟了他姓——那姓也不是他的，是别人的。

今天，白娘子又举着芭茅要烧牛棚，却被一个从屋山头出现的妮子一把死死抱住了，并大喊："奶奶耶！"那个机灵妮子从牛棚草垛旁将白娘子拽将出来，大家一看，竟是白丫儿。这白丫儿穿一身紫色休闲装，足蹬白色旅游鞋，头发上夹三个鲜艳的夹子，红扑扑的圆脸蛋，两颗向外突出的俏皮的门牙，像是笑，却哇地哭起来。泪水飞扬，搀扶着她白奶奶就往停棺的堂屋里奔来。将白奶奶交给她爹白端阳，就扑向那高高的、放在板凳上的棺材，就用双手去够棺底下躺着的白秀。

"我爷爷呀……"也许是哭急了，也许是一路走来水米没沾，一口气没接上来，便昏厥在棺材边。

刚才又是两个老太婆打架又是放火的，现在又一个孙女昏死了，这个丧事办得可让人惊惊惶惶的。大家七手八脚把白丫儿抬到床上，给她掐人中，灌羊奶，把她整活了。白丫儿活了过后就要爬起来，指着她背回的一个双肩包。她爹白端阳打开来，取出东西，抖开，是一套化纤西服，上面还有吊牌。白端阳说："这妮子，给我买这个干啥，我又不是干部。"

一比试，衣裳偏大。白丫儿就连连摆手说不是给您的，是让爷爷穿的。

原来是"装老的"，白端阳就笑自己。白中秋对那一套新西服倒是有些眼热，因为这合他的身，就说，衣裳已经换了，我看就算了。但白丫儿说那是崔叔叔带给爷爷的。

一听说是镇长送的，白端阳就说："好好，二愣子，帮帮忙去山上再喊宗七爹来给我爹换衣服。"

三

山上，村长安排去挖土屋（就是坟坑）的人，碰上了奇怪的事。

领头的是糟蛋。这娃子也本不情愿，丧家给他的两包烟都铺完了，那几个年轻人却起不了劲来，挖一锹歇两锹。不停找糟蛋要烟抽，又说喝了酒口干，一个个借故溜回了村。到最后，就他家的狗炸弹陪着他了。

太阳西沉。挖着挖着炸弹就猛地向坑里吠叫起来，叫得甚是荒烈。糟蛋心紧，挖得就慢了，一锹挖下去，有硬家伙，怕是石头咬了刃，就用手去掰，拉出来，是个兽的骷髅。那时暮霭浮上来，再看那兽头，不太认识，从里面爬出些肥嘟嘟的白虫来。糟蛋就把它扔了，扔得远远的。又往下挖。又挖出个兽头，还挺大的，就像做梦一样，锹越往下去兽骷髅越多。心惊骇得不行，边挖边捣边砸，把那些兽头砸得碎片乱飞，粗看啥都有，越挖越多了，直往外钻：豺、狼、虎、豹、獐、麂、鹿、麝、猪、猴、羊、鼠、獾、鼬、獭、兔……那白磣磣的骷髅在暮色中龇牙咧嘴，空洞洞的眼窝藏着黑煞煞的阴气，紧咬的牙齿仿佛有万般仇恨，仿佛要朝他大吼一通。糟蛋挥锹猛砸，猎狗在旁跳腾狂咬，可这个砸了，那个又冒出来；那个破碎了，这个又完整出现……

糟蛋想跳出那个坟坑，可他被骷髅包围了，脚下哗哗啦啦全踩着那些歪歪扭扭的头颅，爬出坟坑，朝四下里一看，这坟山里到处滚动着年代久远的野兽骷髅。糟蛋不知如何是好，手上只有一把锹，只有踢、打、砸，并喝唤狗去扑、咬、阻。那时月牙升起，天已麻黑，冷风飒飒，成群的鸦子在树上乱聒，搞得他魂飞魄散。头醒了点神就欲往村里跑，却听见后面一个人朝他说话："侄子呀，跑啥哩？"

这声音硬是把他吓死了，转头一看，一个女人挤着蓝雾从林子里走出来，嘴里的金牙闪着幽光。

"姨……"

这一喊，那女人就用两手揽住了他。他在女人怀里筛糠似的。就听女人在嘤嘤泣泣哭着说白大爷死了，猪心肺就搞不到了。

糟蛋抖着说："人有两个时辰是兽，兽有两个时辰是人。我挖的这些兽骷髅就是人的骷髅……"

那女的抱着他说："你说些啥呀，侄子？什么兽啊人啊？"

这时糟蛋的那狗却疯狂地咬起那女人来，在前，在后，好像要把她扯开，不让她近糟蛋的身。女人赶狗，糟蛋也叱狗。

"坑也挖得差不多了，够埋白大爷的了……"

那女人就将他带到不远一个护秋的棚子里。可狗不让他们进，守住棚门张开白森森的犬牙要把他们咬走。特别是那女人，狗除了粗暴严厉的教训恫吓外，还跳起来要咬那女人的脖子。这狗把那女人弄得趔趔趄趄。最后还是糟蛋发了狠，一脚朝狗裆里踢去，那狗卵被严重踢伤了，嗷嗷叫着跑向一边去疗伤，糟蛋与那女人才进去，并将门关上了。那狗在外头又狂叫狂咬起来，死劲地刨着棚门。那女人说："赶紧，赶紧！"

可糟蛋就是抖，棚里冷风直灌，外头恶狗直咬，那东西就起不来，无论那女人怎么揉搓都不行。糟蛋急了，就自己揪拽，可那东西越拽越缩，最后一点没抓住，竟缩到体内，完全不见了。

糟蛋恐惧得不行，一堆骚茅草下没了东西，跟那女人的阴部一个模样了，到处找自己的家伙，说："我的鸡娃子呢？我那鸡娃子哪去了呀？"

那女人还发脾气呐："真不中用，才二十郎当的小伙子呢！"

女人赌气坐在芭茅中双手拍打，两个奶子一上一下暴跳。糟蛋寻东西不着，就想到鬼脱岭去年曾发生过男人的缩阳症，自己不是得了那缩阳症吗？一阵发冷，惨叫一声："呀！"抱着衣服就往外跑。

糟蛋一直跑回家里，就钻进被窝，还是冷，就叫他妈给加了两床被子。他爹过来摸他额头，额头炭火般发烧，便问老婆道："焦（糟）蛋上山挖土屋的，希（是）不希撞上鬼了？"

糟蛋在被子里哆嗦，把床震得山响，眼前幻觉迭迭，到处是野兽狞笑的骷髅来往穿梭，发出咯咯嗒嗒的笑声。一忽儿那骷髅变成了金牙女人，一会儿女人又变成了骷髅……

糟蛋眼看就要疯了，口里喃喃胡语。他爹舒耳巴就把耳朵拿去听他说什么，只听见儿子说的是："鸡娃子……鸡娃子……"

鸡娃子？舒耳巴一个激灵，掀开被子就看儿子的下身，天！真没了，鸡娃子不见了，成了个女人身，光板一个！娃呀，那东西可是为咱舒家传宗接代的呀！便问糟蛋究竟是怎么回事。大声问了几遍，儿子嗫嗫嚅嚅发胡话，完全没说出个所以然来。舒耳巴叫来老婆，又检查儿子下身，东西不见了，也没见刀口，也没见流血，两颗卵蛋却好生生在着，只是小了，像两颗没成器的核桃。舒耳巴老婆对舒耳巴说："他爹呀，好像有个头头，你往外拉拉看啥！"

舒耳巴抓住了一点小包皮，就往外拉，拉得糟蛋大叫起来，像狼一样惨嚎。舒耳巴没了主意，冷汗滚滚直下，丢下糟蛋就跑出了门，向村子里喊道："焦（糟）蛋完啦！死（缩）阳症到咱青（村）里来啦……"

四

舒耳巴报丧一样地闯到白家，那鲁瞎子正在杀鸡作法。作法的千眼筛盘里放着茶叶、米、火面、桃条等一些乌七八糟的东西。一阵响器敲打过后，鲁瞎子唤那白中秋道："刀！"

白中秋递过去刀，鲁瞎子将那鸡头拉在手里，手上夹了鸡的双翅，将鸡颈的毛拔干净，说声"杀"，一刀送去，鸡颈就切开了，鸡血往那神龛上的令牌飞一样飙去。鲁瞎子大声唱念道：

> 此鸡本是非凡鸡，太上真君报晓鸡，在天上号为金鸡，在人间乃为五德。只因白大爷杀生太多，必以你这鸡血祭之，才为白家后人除恶驱秽，为我白云坳解除五厄……我金刀一下，尔等快快随缘往生无界耶……

鲁瞎子将事情做尽了，当啷一声丢下屠刀。可鸡血糊了他一手，他心中知晓，便将那热黏黏的鸡血往白秀棺材上画去，画的是几个谁也不懂的符，端起徒弟白椿送来的清水，含了一口，朝棺材噗地喷去，喷了死者白秀一脸。口中念念有词道：

> 大师金轮王，法水到此了……天尊言，仇人冰泮，冤家债主自消自灭。孤魂等众，九玄七祖，四生六道，轮回生死。出离地狱，去往东极天界救苦门庭。救苦地上好修行，只有天堂无地狱。奉请天官解天厄，奉请地官解地厄，奉请水官解水厄，奉请火官解火厄。解结，解冤结，解了亡人冤和孽。亡人有罪罪消灭，亡人无罪早超生哪……咿……

正念着，鸡却复活了。鸡从地上站起来，扑腾着翅膀，颈子口冒着一股股的鲜血，有干的，有稀的，竟走了几步。尔后，还没等看傻的人们反应过来，就振开双翅，飞翔起来。鸡扑扑扑扑地在堂屋里满天乱飞，人们就去捉。鸡飞上神龛，打翻了令牌和蜡烛，又飞向夜壶吊灯，把那火焰扑打得满屋乱掉，溅到人们的眼里，让人乱喊乱叫；又咚咚咚飞到了棺材里，哗哗拍打翅膀，也把那残存的血水溅到了死者白秀满脸满身——那一身镇长买的化纤西服已是血迹斑斑。鲁瞎子听准声音就去抓，可鸡又飞到他头上，把血洒了他满脸，站在他肩头还屙了一泡屎。鲁瞎子慌乱大喊道："魂兮归来！魂兮归来！——捉住鸡子！"

"鸡娃子没啦！鸡娃子没啦！我家焦（糟）蛋鸡娃子没啦！"闯进门来的舒耳巴也着力喊着，与捉鸡人撞了个满怀。

发早丧的仪式开始了！

人们已经把白椿和白丫儿绑在了门前的树上，怕这些后人的哭声惊扰了亡者上路。

开始撒米……打火炮……响器一起敲响……赶仗围猎的牜筒一起吹响！这深山深深的白云坳子里，再一次传出了让群山万物万兽再一次打战的牜筒声。这也许是最后一次了，再没有人能享受到如此浩大的葬礼——猎王死了！

有人把白秀的獐子毛枕头换成了"鸡鸣枕"，把他手上的打狗棍换成了火烧粑粑，将他平时所用之物：虎爪烟袋、牛卵子皮火药囊、脚码子、牜筒、香签筒、猎刀、挠钩、百年老铳、子弹袋，等等，一一丢进棺材。天欲五更，鸡鸣沉月，那华幡五色，五方童子就要来接引亡魂了——他们在白家门口已等了三天两夜。

铁匠六指一手拿着扁钉，一手拿着锤子，只等棺材盖盖上，他就要下锤了。

"别忙别忙！我是县政府通讯员！"

一个年轻人突然跌跌撞撞，上气不接下气地闯进屋来，脸色像一张白纸，大呼大家住手。一屋子的人看他喝下水去，缓过一口重重的、艰难的气来。看他拿出一个大信封，又从中抽出一份有大红圆印的纸张来，大吸一口气，背着手，沉重地向棺材鞠了一躬，照着纸张沉沉念道："神农县政府办公室、县民政局唁函：惊悉水布镇白云坳村打虎英雄，红军失散人员白秀同志不幸逝世，我们……"

"焦……焦……焦蛋……"吐着恶臭的舒耳巴扒开人群向那个细脖子光脑袋的通讯员喊道。可被人拉开了，示意让他听。

"……我们深感悲痛，谨致以深切的哀悼……白秀同志永垂不朽！"

"啊嗬嗬——啊嗬嗬——"十八个盖棺的汉子抬起棺盖正往他们师傅的棺材上盖去，手却停在了半空中，他们看到——

那个死尸，那个在棺材里睡了几天几夜的白秀白大爷，腾地从棺材里坐了起来。

五

还是感谢小儿子白端阳的那碗金钗酒——那可是根百年龙头凤尾金钗（石斛）泡的酒啊。小儿子知道我就好这口，硬是在发丧时用火钳撬开我的嘴，将那碗黄灿灿的酒倒进肚去。我本来无有死去，只是动弹不得，心气虚脱，有了这百年金钗酒，血管就开始叭叭地膨胀，心肺扑扑地腾跳，肠子啪啪地蠕动，胸腔突然泻进千万道黄灿灿的阳光，烤得我体内热气腾腾，呼呼乱响。又能清晰听见那儿孙、徒弟的哭声，尖锐混杂的火炮声，鲁瞎子做法的念诵声，还有蚯蚓拱土的窸窣声，果实炸裂的嘣嘣声，禽兽奔跑的嗒嗒声。秋啊，秋，秋风无垠无涯，秋水浩浩荡荡，秋叶飘飘洒洒……我这老头又被起死回生的金钗酒给逼活啦！

金钗本是神农架山中罕物，这龙头凤尾钗又是罕物中之罕物。这钗比一般金钗长许多，头似龙头，尾如美凤，煞是好看，这钗只生长在人迹罕至的悬崖峭壁之上，下临一口万丈深潭，那潭上反射的日月之光恰好照到这崖畔金钗之上，因汲了山川雨露、日月精华，它才有神奇药力。白秀家中这一支龙凤钗，已有数年，所泡之酒，天天喝，天天斸，依然金黄闪闪，色泽不变。钗泡枯之后，拿出放在瓦片和石上露一夜，再丢入酒坛，又如刚采模样，泡出的酒还是金黄可人，诱你三两的量喝半斤，半斤的喝一壶……

第四章　野猪群

一

就在白秀老人死而复生的那天晚上，一个寒蛩喁吟，果实炸落的秋夜，山上的宗七爹家遭到了齐天浩劫。

领了村长旨意，一天补助五角钱敲梆鼓驱兽的宗七爹，喝了点小酒将那梆鼓抬到檐下，就听见一阵跑匪般的足音，零乱而混杂，接着一队气吼吼的黑野猪就闯进了他家。猪们一路拉着臭熏熏的稀屎，上了阶檐，一阵黑浪卷来，宗七爹和他的梆鼓就被掀翻在地。宗七爹忙喊老伴。可猪堵了门，不让他进去，七婆在屋里发出了汪洋般的叫声——她的床给生生掀翻啦！接着屋里的火塘被猪们扒拉开来，烟火满天。宗七爹想这房子烧了可就完了，到哪儿去住呀，又看见猪们合力拱着他那整木砍出的大梆鼓，加上架子，往崖边推去。宗七爹想这梆鼓一月可挣十五块现钱，不能让猪给糟蹋了，就拿起门边的一把锄朝猪们大打，想夺过那梆鼓。猪昂着闪闪的獠牙，朝他一顿猛戳，差点戳断了他的腿。宗七爹紧紧抱着他的梆鼓，不让猪推。老伴这时冲出屋来，手拿着猎叉，大喝一声，朝领头的大野猪刺去。那猪被刺中厚脊，竟没反抗，突然一哄而散，老两口转过头来，屋里的火焰已蹿上了屋顶。

山上一片噼噼啪啪的失火声，火光冲天，宗七爹老两口只好敲梆鼓找山下坳子里求援。可人们何曾听见。那蓬勃向上的火光，别人还以为是七爹在烧火粪或者燃火驱兽哩。

因捡橡子迟迟回家的二愣子，看见山冈上有一轮像美人洗澡的月亮，这二愣子爱看天上景物，竟一下子看呆了。看着看着，一头黑煞煞的野牲口走进那月亮中，细看是一头野猪。又一头野猪，又一头野猪……一头小的……又一头大的！二愣子虽脑子不太好使，还是能数清百十个数，就一直数了一百零八头。等数完了，那轮出浴美人的满月也下了。又刚巧月与猪隐去的地方燃起冲天大火，心想那可是宗七爹七婆的家。听见一阵急促沉亮的梆鼓声，就知道山上出了事。就开始喊："猪来了！火来了！"

猪已经靠近他。跟着的几只羊发出咩咩不安的叫声，一下子被野猪冲散。

猪们势如破竹冲上杀坪，发出奇怪的哼叫。接着就冲进苞谷地、洋芋地里。一听说猪来了，村民反应还是忒快，立马守秋的棚子里、屋场上、田头，燃起了驱兽的野火，敲锣打鼓，点鞭放炮，敲起脸盆、梆鼓，一起来驱赶野猪。

枪收了，刚刚收。这下好了，猪是灵牲，好像闻到了气味，人们奈它们不何。于是晾在山坡岩垴石缝间的庄稼地，苞谷、红薯、洋芋，甚至药材党参、独活、冬花，都成了猪们狂啃疯噬糟蹋的对象。连村里几十棵杜仲树，也让猪啃光了皮——杜仲就皮值钱啊！

野猪们在田间地头狂欢作乐，拼命蹂躏报复，根本不怕鞭炮，不怕火烧，守秋人只能缩在棚子里不敢出来。躲在一棵树上的黄姓村民将挠钩甩下去，猪没钩到，树却被猪连根拱倒了，那人摔成了半身不遂。

白秀这从棺材里爬出来人还很恍惚虚弱，就听说猪来了。走出门，看到自家的那头母猪异常兴奋，冲撞加高了的猪栏，仰着脖子恶声哼吼，烦躁不安。他要儿子中秋护着猪。可中秋要夺他手上的枪。这时村长敞开衣襟急哈哈地跑来说："白大爷，天不让你死，也不让你这杆枪死，还等什么，去打呀！"

白秀只感头沉如石，泰山压顶，被几个徒弟加上村长架上就走。

到了坡上地头，猪已经扬长而去，地头上，庄稼七零八落，地里留有一拃厚的猪屎。

庄稼毁了，猪屎可是好东西。这高山上土地硗薄，本来就没有肥力，只长杂草，不长粮食，猪踏过的地方全是上好的猪粪，也算是一点补偿吧，于是家家出动，来收拾猪屎了。这东西怪味，像些死猪烂肠子的恶臭，可村民们也管不了这些，踏着满坳子的怪臭味去找，往粪筐里扒。咦，这屎哪来这么沉，还这么硬？人们扒开来一看，里面全是圆溜溜的石头。

"怪哩！怪哩！猪都成山精了哩！"

"人也想不出来呀！"有人说。

"可人还来收拾。猪跟了人一样，人跟了猪一样，换了个个儿。"有人丧气地说。

"怎么办？""怎么办？""我们怎么办啊？"

大家围在村长和白大爷身边，忧心忡忡地问。

"咋办哩，你们说？"村长吃着烟，好半天说。

空气里臭味愈来愈重，愈来愈恶心。

"就师傅一杆枪了……"有人嘀咕说。

"六指不能打些管子吗？管子不是枪？"有人说。管子是指那种猛一搂、一把捏、垫枪之类的短筒子。

"管子是不是枪，那要镇上定。再则，六指也不能瞎造子弹了，那是犯法的晓不晓得？"村长提醒大家说。

秋风在树丛呼叫，到处是萤火虫的闪光。草发出枯干的声音。

有人说："不是咱跟政府作对，杀野猪不仅没枪，还要批指标，这不是不让人活吗？野猪是啥保护动物？好笑！猪是恶兽，猪都保护，咱活生生的人谁保护了？咱有孤老谁管他们了？咱生了病政府管了咱？没吃没喝今年大旱，谁管咱是死是活？猪跟咱夺口粮啊，猪还是大爷！……"

有人说："包胜炸了手也是恶兽掰的？他自己炸了自己。人才是恶兽哩。"

有人说："包胜是为咱们。"

"只管打。"村长突然说。他划着火柴点烟。手一劈，火柴就划了一条金线，暗落在草丛里。

"枪呢？毛爹，你不是伙同镇里全缴了吗？"白中秋说。

"胡说，那是为了救包胜。"

"可包姓（胜）的手还希（是）没了。"舒耳巴说。

"你们真正才是恶兽呐！"村长气愤地说。

"村长你说打，不是鼓励咱再一次跟政府作对？上次的事还没完哩……"有人说。

"不打行吗？伙计们！不打没了活路。这次断不可听政府的，白大爷，你既然活了，就给带领咱们打猪护秋！华山一条路！这是猪逼咱。这次，大家不必把我扣着吓政府。白云坳是咱住的，不是镇长所长们住的……把屎往你脸上涂，让咱没吃的，还保护啊？"村长激愤地说。

"至于枪嘛，咱去想办法。"村长最后说。

二

毛村长背着十五个裹满猪屎的苞谷去了镇里。

其实各地关于野猪为害的消息，已经源源不断地传到了镇里。猎杀野猪的紧急报告已向省里林业厅打了。各地已采取了千奇百怪的行动：下套子、挖陷阱、做法事……

又来了一个要枪的，且是那个白云坳的！

那时候，镇政府门口聚集了一大帮子人，大家要枪，要枪，要枪，保护秋收……"今年的秋收一定要保护，老乡们，我们一定要千方百计保护今年含辛茹苦得到的一点收成！今年大旱啊，整个夏天没下一滴雨，人民群众的苦乐冷暖我们是挂在心头的，是我们政府的头等大事。请大家一定先回去，我们会组织一支强干的队伍把猪害控制住……"崔无际镇长双眼通红，两片强大的嘴唇不停地开合说着话，可他的头胀得像灌了两瓢水，腮帮子发酸。好歹把一拨人打发走了。

"崔镇长，想请你去参加咱们的出征仪式。"毛村长说。他的身后站着文寇所长。

"算了算了，文所长去就行了。"他像平时搪塞着。可他想想这位鬼头鬼脑的村长说的啥活动？参加啥呀？

"你说的参加啥呀？"

"打猪的仪式，完全按古制，这是一场硬仗哟。"毛村长说。

"胡说什么！"崔镇长听明白了，他咆哮道。突然血涌向囟门，刚才平息的情绪又被这个向他献上十五根猪屎苞谷的白云坳村长给搅乱，就像喝高了酒一样难受。

"你同意了？"镇长斜过眼来问文所长。

"为什么不？群众是真正的英雄。"文所长挑衅地说。他的声音有些稚嫩，两只脚蹭着地。

"枪也批了？给了？"镇长很痛苦，口很苦。

"猪就在白云坳、咕噜溪、薄刀岭、清风寨、鬼脱岭一带。猪过去就咬死过不少人，这下上百头，甭说几颗粮食，人民群众的生命也难保。"文所长有理有据地说。

"只当我不知道……"镇长看着窗外的空白说。

"这可不行。我也是为镇长维护秩序呀，安全生产。"文所长说了一句不合时宜的笑话。

"听说你新近加入了个什么学会？"

"县民俗学会。"

"刚加入？"

"正是，刚刚。"

"古老的仪式也是一次民俗活动，那你可就大开眼界了，左边是枪，右边是相机。"镇长像一个很深沉的虚伪的官僚，又转过来笑眯眯地对毛村长说，"你这回该满意了吧，毛村长？"

"枪并没有批啊。"毛村长一脸委屈，道出了真相。

"你们可有大量的雷管，你们可有死而复活的传说，有成精的猎王，你们可以大张旗鼓地抬出古制来搞出猎。那就是山下旌旗在望，山头鼓角相闻啊！好一派战地风光！"

"我曾经愚弄过百姓，这次万不可再愚弄，猪可不是好玩的，一猪二熊三虎，上百头林中之王下山来为害乡里百姓，镇长，这可不是闹得玩的。您不是在乡镇干部扩大会上带领我们呼过口号吗？——稳定压倒一切，和谐社会万岁！这不是为了稳定吗？不是为了和谐吗？请您支持。"

崔镇长一看，文寇所长用修长的双手递过来一份申请：那是批三支土铳给毛村长的，签字的地方已经给崔无际赫然留出来了。

崔镇长没想到年轻的（至少比他年轻）当过兵的文寇所长会出这一招，把他逼得没了退路。散发着化学气味的水芯笔已到了他的手边。他还有什么话说呢？

他只好签下龙飞凤舞的"崔无际"三个字。

三

鲁瞎子穿着一件县民俗学会的红色印字 T 恤，手拿着尖尖的令牌，头戴着道士帽，脑后还拖几条彩条，在那宗七爹门口的悬崖之上，跳着他的瞎舞，熊熊燃烧的大火把他的影子投到深不可测的崖下甚至更远的山林上、咕噜瀑布上。他的身影占领了半个天空。火星飞舞，宛若千万只金色的蝙蝠在深邃严峻的秋夜里乱撞乱扑。

这一次，鲁瞎子的刀就快了，手起刀落，公鸡的头就齐整整地掉落火中，那鸡头在火里发出咯儿的一声，腾出老高的火花来，血又嗞嗞地淌进火里，烧得蹦豆一样噼噼啪啪。鲁瞎子不知哪儿被火灼了，跳起来就将刀抹在鸡身上，然后扔进火堆，向空中空手一抓："来兮！来兮！"

一头用芭茅扎成的野猪给抬了上来。那猪还真像：血盆大口，弯弯獠牙，浑身蓬耸耸的，透着土匪般的野气。鲁瞎子接过一个火把，触到那野猪身上，顿时那猪就成了一团火球，毕毕剥剥燃烧起来，人们都笼罩在烟火里，十几只梆鼓就咚咚地敲响了，几支铳一齐向天空放出，呼啸的铁砂子滚珠像猛禽蹿向苍茫夜空，地动山摇。鲁瞎子大唱：

> 炉焚三炷香，
> 香烟达上苍，
> 上苍来保护，
> 护佑降金光……
> 出邪秽心存畏惧，
> 一忏悔猪虎远去，
> 身体一力行，
> 力行心要诚，
> 诚心猪虎去，
> 去后悉清平……

火钹、锣鼓、镲子这时一起响了起来，鲁瞎子仰头面对黑魆魆的茫茫群山，再提高了嗓音唱念道：

> 游山捕猎围山大神，
> 七路草神换狗二郎将军，
> 拖山逐虎套猎大神，
> 梅山七怪十二花园姐妹，
> 迷魂山上遣猪土地，
> 放箭收箭取命无常老爷，
> 拿魂执票左右判官……

本部山王救众生，

驱猪逐虎痛肝心，

不是缘坛夫妇苦，

万不飞鸢度苍生！

道言，山王天子在芦山大殿之中兮，苦山老岩之处兮，日与禽
兽同居，食毛饮血，夜与星斗作伴兮，人畜不分矣。迨至尧王出世舜
帝登基，命虞掌火悉焚山泽兮，禽兽逃匿，禹出九河天下平治，人民
得安出入山野，禽兽不敢逼人兮。迨至年月久远兮，末法之世，人民
不忠不孝，伤害天理兮，作恶多端，故上苍发怒兮，束命山王土地放
出百怪，五谷田禾受害兮，鹊鸟猖狂，山中豆子芭谷四季无收，不能
结米兮，山猪野虎，尽行耗散兮，不惟五谷受害，人畜并亡，全家死
绝兮，小则牛马清亡，人命非灾矣，盗贼抢匪到处横行兮。山王心见
不忍，普度人民兮，劝民早做善事，莫夺人之口业兮，莫放人之大利
兮，莫使大秤小斗，莫唆讼告人挑灯拨火兮，莫使人父子不和兮，莫
怂弟兄不睦兮，莫欺神灭像兮，莫养贼养人兮，野猪害兽远遣去，百
虫不生谷丰登，家家念吾山王经，春满乾坤福满门。

这个瞎眼的老头今日唱念得异常投入，两只瞎眼甚至冒着热气，稀疏外
露的牙齿饱含着对山神和其他一切鬼神的敬畏与乞怜。那声音像一种哀鸣，
一种绝望的哀鸣；他唱得天鹅绒般的天空更高旷，唱得万古的森林更昏沉，
唱得荒凉的山冈更寒凉。在火中添柴的人披着烟火发出呜呜的啜泣和诅咒：
"烧死野猪！烧死山上的野牲口……"

草野猪在鲁瞎子的祷歌中烧得坍塌了，大家一起高呼："好！好！好！"
几个比山更老的老者就各端了一碗酒献到他们推举的头领白秀面前。那些酒，
竟被白秀一碗碗接过，一碗碗饮尽，他硬戳戳的白胡子上酒珠串串，在火光
中焕出五颜六色。没喝完的余酒倒入火中，火又蹿起来。大家看到，白秀老
人脸色像一块石头，像背阴的、被苍苔爬满的石头。

鲁瞎子又换了一把抹过鸡血的猎刀，喝了一口酒，用嘴巴在刀刃上舔了
舔，一口向火喷去，吐出的是一条长长的火龙。那火龙又倏地变成一团老虎，
跳跃几下，卷进火堆。鲁瞎子将那刀交到白秀手上，就面朝群山，大声呼唤道：

"天地兮——勿闭！贤人兮——勿隐！恶兽兮——勿出！"

这一唤，天空霎时白雾纷涌，星辰坠落，夜枭凄鸣，远远传来山吼地哼的隐雷般的声音。

"勿出啊！勿隐啊！勿闭啊——啊——啊——"一时群山呼应，秋风猎猎，黑乎乎的大地满是村民们呼喊祈祷的哭叫声。

这是真的吗？这是真的，真的仪式和真的人的感情！文寇所长感动了，他不由自主将自己的制服扣好第一颗扣子，不由自主地让鼻头发酸。在听到让他讲话之后，他向司仪者鞠了一躬，又向大家深深鞠了一躬，看着那瞎眼的法师和白秀，诚恳地说："在你们面前，我感到自己很滥很卑鄙，很卑鄙……我说的是真话。今天，作为一个派出所所长，我觉得我有责任……对，我有责任来保护你们，保护田里的粮食不受野兽的糟蹋和掠夺。我向你们保证，只要是灭害兽，我是支持你们的，派出所站在你们一边！警察站在你们一边！"

他说完后感觉自己轻松了一大截，两眼泪光闪闪，人变得无比庄重。

"……我，县民俗学会会员。可这一切并不仅仅是民俗，人民要吃饱肚子，这才是当前最重要的，顶顶的关键！我相信，在生命力极其顽强的老红军白秀同志的领导下，我们一定能打一个护秋保家的漂亮仗，让大家能过上安居乐业的日子。现在，我宣布：出发——"

四

咕噜溪。

八条壮汉抬着村里最大的梆鼓，一百多岁的宗七爹操槌，拼命地敲打着。三十几条紫铜毛赶山狗一字排开，像波浪一样推进；四个路口已经埋伏了二十多人和大量猎具坐仗。人们挤进白涯涯的茅花深处，在清晨的寒意中，白茅灿烂地摇曳，壮丽无比。溪水像扰人的蛙鸣，好似宣告打猎队的到来。

猪们已经被逼近溪里。白秀在谋划着他复活之后的第一场硬仗——这是迫不得已的。他已经酒精中毒，大脑被牤筒和老铳指挥着。他想的是怎么将野猪咬出来——用狗，咬到亮处。他横过身子时一把挠钩闪到他的眼前，正好齐眉，一看是孙子白椿的家伙，他把孙子拉到身后，将挠钩按下说："跟着我。"白椿顺从地退到后头。

从来就没有见过这么多的野猪。这是咋回事呢？我这个年纪了，我多大岁数了？白秀总以为这不是现实，这是他死后发生的事，在另一个世界。可是，人，儿子孙子、徒弟村长、村里的人、镇上的警察，全是活生生的；冷风活生生，猎狗活生生，山坡、溪沟、峡谷里的植物树木活生生。

现在，我扛着枪，枪里依然装着六指造的子弹，腰间的刀、火药囊、香签筒、牪筒，全都一如既往地跟着我，仿佛我从没有离开过这里，我从没从棺材里爬出来，从没有人为我念过悼词做过法事一样。

冷啊！他感到那杆老铳的沉重，端它时两臂酸痛，手发抖。抬到腮前瞄准时眼前模模糊糊，像起了雾。可徒弟们、乡亲们拥戴他，拿眼看着他——众望所归啊。可加上文所长拿回的两支铳，加上他手上的那把五四手枪，再加上叉啊钩啊，能对付得了这滚滚而来的野猪吗？白秀老人不禁一时心怵，感到被人摘了胆。

"不要敲了。"他小声地示意那梆鼓。

有人就传话："不要敲了！停了！"

梆鼓终于从吵吵嚷嚷中停下来。

早晨的空气里弥漫着植物成熟的芳香和猪屎混合的臭味。蓝色的三宝鸟在树上亮翅，八色鸫咯咕咕咕狂叫，戴胜鸟也发出扑扑、扑扑扑的惊怪声。其实这些鸟们都很警觉，它们知道出事了。白秀再一次接过中秋给他的金钗酒——酒已过八巡，脸喝木了。金黄色的液体由扁壶倒入喉咙，空荡荡地滑进体内，有一点点热辣辣的激灵，但身体无法像箭一样唤起，仍然有许多地方在沉睡——睡在棺材里了。跟叉子的狗也像在梦游，它们的身上被露水打湿了，紫毛像癞皮狗的疮疤。紫花依旧是头叉子，可它怀有身孕，但舒耳巴家的那狗炸弹却不放过它，一路往紫花的背上爬，又被石头狠狠地咬下去。因为紫花肚里的狗崽是石头的。石头咬，白秀不让它们出声。这样石头就闷头咬，咬得发情的炸弹炸不出来，张着嘴仰天长嗥的样子，只能发出咿——的尖细可怖的声音，像在梦魇里。这种状态的狗能跟着什么？又怎么可能撵猪搏斗？

炸弹在不停的骚扰中两颗卵子已经憋得金瓜那么大了。

东方的云缝中闪射着橘黄色，山冈已经醒来，溪水流光溢彩。

猪这时候突然出来了！

猪们正是从溪水里一跃而起，像浪里白条——原来它们像鱼一样潜藏在水草中，水底下！所有的打匠都没见过从水中冲出来的野猪，它们裹满黑泥，嘴上牙上挑着水草，突然两条在前的狗一声惨叫，眨眼之间那两条狗就倒在地下，一阵抽搐，就一动不动了。

猪是作好了准备，要和人与狗决一死战的！

白秀的反应慢了，是他的徒弟舒耳巴一声"嗖"地喝唤，紫花、石头、炸弹就带领愣呆的狗们冲了上去。马上，几条狗围着一头猪，就将其分割。但场面已是一片混乱，加上雾气渐渐浓密，只听见开阔的溪边灌丛茅丛里，狗与猪互相厮杀、逼咬的嚎叫声。

狗们还是如过去多年前一样训练有素，没多一会，一头猪就被咬到了光溜处。白秀适时地打了一个口哨，狗就散开，给打匠让出视线。白秀这下对准了那猪水淋淋的肩胛，一按香签，一条火舌就喷吐过去，硝烟还未膨胀，就听见打匠中发出"呀"的一声，白秀看见那头野猪，那头并未倒下的野猪，瞪着泼血的眼睛，挺着弯钩獠牙就向白秀排山倒海撞来。后面还有他瞎眼的孙子白椿哩，那平时闷声不响的徒弟罗大拐这时疾风落叶般，一手拽一个，将白秀爷孙二人拉了过去，白秀正揭开火药囊往膛口灌药，这下药撒了一地。文寇所长一枪射去，舒耳巴的铳也响了。这大小两枪，铁子、铜子，把猪竟打在一根半截树桩上，让什么给绊住了。那猪左冲右突，不知是绳子还是藤子，欲逃不得。有人看清了，喊："是它的肠子！肠子缠在树桩上啦！"

那猪可不是头孬猪。那猪是英雄豪杰，临危不乱，浑身淌着鲜血，就用自己的嘴咬自己流出的肠子。把肠子咬断了，脱出树桩，向高地上跑去。

打匠们看到：有十几头猪在不近不远处策应这头落入打匠阵中的伤猪。当伤猪拖着断肠开始跑时，十几头猪一阵吼叫，一路向打匠们的仗口突围。

夺过了几个仗口，到达一个开阔的隘口，猪像冲溃堤坝的洪水，绝尘而去……

大家知道白秀不行了，师傅不行了。他眼里有翳子，手脚在棺材里搁了的，好像不再溜飒，一枪没打死，猪就呛着硝烟来要你的命，不是旁边人多补枪，不是猪把肠子缠住了，谁知道师傅会怎样，有没有人伤亡。大家又议着那些猪，伏在水里的猪，咬断自己肠子的猪。不是毛村长领人凿了十几只大桲鼓来填补枪的空缺，猪会跑吗？大家就找文寇所长要枪。文寇所长说：我带了人带了枪来了。都把你们武装起来，那叫打猪？那叫造反！

中午，追赶的打匠们跟着血上了山冈。

六头半糙子猪赫然出现在人们的眼前！

这六头猪，明显地是来阻止打匠和猎狗们的步伐，掩护受伤的猪和大部队逃窜的。

白中秋一眼就认出了是自家的猪。

他说："咱的猪在呐！"

他这一说，其余人也过细一看，看出了些许不同，有圈养过的痕迹，但一色的栗麻加淡蓝条纹，带着浓郁的山野气息，在它们野猪父亲的调教下，在与其他野猪的生活中，已具有了生硬的、响当当的野性。它们完全不认旧时的主人，它们用六个在山里长大的坡形嘴抵地，对着打匠，显出不怕死的野蛮劲头；它们一个个肉滚滚的，百十来斤，山野的滋润让它们激情飞扬，目空一切。

"不要打！"

白中秋上前几步转过身来，两手张开，站在人与猪之间。可是他这也就成了目标，一头猪拱来，也不管是不是先前的主人，将白中秋拱了个嘴啃泥，头当的一声摔在石头上，顿时血流如注。又是罗大拐反应忒快，正举枪要打时，白中秋却一个鲤鱼打挺爬起来，按下了罗大拐的香签，没让啄到捻子。

狗一起扑上去的时候，文寇所长也扑上来了，举着手枪咆哮道："为什么不让开枪？老白？你找死呀！"头戴着许多树枝的文所长没用自己的手枪，将罗大拐的那"猛一搂"夺过来，就是一枪，那头拱白中秋的猪被打得跳了起来，身子麻花一般一扭，就口吐鲜血四仰八叉摔在地上死了。其他的五头猪就往后退。文所长哈哈大笑道："老子当年在部队也是神枪手！"

文所长得意忘形，陡口一阵黑风卷来，他觉得风声寒飕，五头猪原来哪里是跑，而是重新集结，再一次向他们冲来。这些猪被驯成了猪中敢死队呀！罗大拐这下顾不了那多，"猛一搂"就搂中了，一根根指头粗的钢筋头，打熊的火力，那头半糙子猪的脑袋就炸裂开了，白花花的脑髓四处飞腾。那猪就地一滚，像一袋石子把另外的猪撞出五尺开外。这一枪厉害哟！被救的文所长伸出拇指大声向罗大拐叫好，而陡口的猪群突然齐刷刷出现在制高点上，一声吼叫，屁股对着打匠们，立即刨出弹雨似的石头土块及猪屎，向打匠们砸来。一时间烟尘滚滚，打匠们猝不及防，或者说根本没想到，就被砸得清汪鬼叫，抱头鼠窜，你撞我，我踩你。狗也被砸得乱咬乱跳。

文所长正叫着要大家镇定，有人一掌将他推倒在地，压着了正在爬行的毛村长。文所长撑起头一看，是白秀，以为是在保护自己哩，透过尘埃再瞧，那老人怒目圆睁，一头犟劲。文所长明白了，是在恨他哩，恨他开了枪。既已开枪，就无回头路可走。文所长得意地在毛村长身上笑了起来，上下牙齿一合，满口是沙石和猪屎。

"野猪就是野猪！"文所长大声对白秀说。

五

这白大爷不让人打猪，猪已如此疯狂精怪，让人不好想啊！猪打一个少一个，有什么不好呢？

不止文所长，大家心里都疑惑：这老人是不是昏聩了？这是一定的。文所长已经发现，他的徒弟们也没对他作多大指望，他的存在不过是一种精神象征。他受人崇拜，是猎王呀，可他已经死了，就算从棺材里爬起来，也已经死了，已到了神龛上，或者说是活着的神像。可沿途的百姓认他，打到哪个村子，村子的人听说是白秀的打猎队，就箪食壶浆，大肉大鱼接待。加上他死而复生，传说连连，更有了神力。对那些精疲力竭，只揣着村里发的几个火烧粑粑的打匠来说，满足了口腹，也满足了虚荣。而且，白云坳子在白秀的带领下，将全县收枪的公安局警察（瞎传）打退了，这最让山里人伸出大拇指啧啧称奇。有人竟拖着未收净的枪来敬献给白秀——这不，沿途已收缴了三支枪：一支铳，两支管子，这就无形中武装了打猎队，有六七条枪了。

要是往常——据打匠们私下给文所长说，早就应该打死七八头了，逢着白家作梗硬说猪是他们的还说要活捉。那猪又成了精怪，哪能活捉，不发疯来噬人就不错了，又是在水里像鱼一样，又是刨沙石打人，这哪是猪啊。

作为象征的白秀还招人恨了，给打猪队办吃喝后勤的村长老婆繁英从村里回来告诉大伙说：舒耳巴那活宝儿子糟蛋，在田里头用刀剁着骂白秀哩。白秀一听不信，想这小子不是还想求他当兵的吗？为何骂他呢？繁英说骂你今年春上招惹了红丧，把猪引来把他家苞谷弄得颗粒无收还把鸡娃子弄没了。众人就哄笑。白中秋说：那不是他自己栽在老腌菜罐里给腌蔫的吗？舒耳巴说：我家糟蛋绝不会骂白大爷，繁英款些鬼话。再说，糟蛋鸡娃子慢慢长出来了，这些天，天天在吃海螺蛳。村长也说繁英，别在这里挑灯拨火了，影响大家打猪的士气。

那舒耳巴还是有些不放心，心里又气，就连夜赶回白云坳，走到自家田地里，果然看到糟蛋一个人还在月光下剁骂白秀。舒耳巴冲过去把儿子的刀缴了，一块好桦木砧板也给剁成木渣子。糟蛋说："你总不能缴别人的吧？"舒耳巴往糟蛋手指的地方一看，二愣子的地头有个人也在剁骂。正是二愣子。二愣子哭着说：他一只羊让野猪给拖走了。舒耳巴说这是瞎鸡巴谎话，猪拖羊，天下奇闻！二愣子说得有鼻子有眼，说两头猪，一头在前衔羊绳子牵着，另一头在后头赶羊。二愣子再怎么编也不会编出这等稀奇来，舒耳巴就一阵毛骨悚然，好像自己也得了缩阳症，两个卵子给齐崭崭地缩进了毬窝里。

舒耳巴打着火把回到打猪队，就给大伙说二愣子的羊让猪捉走的事。大家不认为这是诓语谎言，说猪既能扎进水里，能刨沙石，就能抓走村里的羊。可大家又狐疑不解：猪未必吃羊？那不成豹子了？"猪不吃猪吗？"有人这么提醒，大家就想到今年红丧月发生的事及白大爷家弄到的那无头猪。

"跟这个没有关系。"白椿说。

"有没有关系反正是猪，是今年的猪。你还说猪把你带进迷魂阵哩。"有人说。

"岂止是迷魂阵，还带进那瘴气里，要与人同归于尽，这不就是猪的歪经吗？"

"还收枪！应该派解放军来围剿。"

文所长哈哈大笑起来："围剿保护动物？哈！说洋话！咱跟你们一起，是偷猎，晓得啵，偷猎，乱捕滥猎，哈哈哈！"

白中秋就讨好地说："文所长说是跟着咱打匠学习的，你这背了黑名了。"

文所长说："批猎杀指标的事，有崔镇长办，咱就不操这个心了。现在嘛，反过来了，我说要杀，你们不叫我杀……"

几个打匠说："那是师傅。"

一直抱着虎爪烟袋抽着闷烟的白秀依然不吭声，大家以为他要争辩一下的。他不作声，大家明显感到白大爷有了些痴呆。他不作声，有人就说别的，老弱病残要回去，鲁瞎子和宗七爹等。宗七爹说他老伴还住在山洞里，让猪烧过的房子村里还没给盖好，问村长何时盖，村长说：保证能过冬。

又说到猪的精怪，能烧屋，还掀掉了宗七爹的梆鼓。看来梆鼓是个好东西，猪怕哩，文所长就给宗七爹做工作别走，大家也说别走。宗七爹敲的是老点子，猪和百兽听了都怕的。

见人心浮动，毛村长给大家说："再坚持几天，人多枪多，文所长督阵，咱一定能把猪灭了!"

可有人说到天天吃火烧粑粑拉屎困难,村里的补助又不兑现。村长说,少不了你们的。猪肉是你们的。有人说不给食猪都不长肉,镇里也不表示一下,这不是给我们一个村除害呀。文寇所长见形势不妙,只好咬牙拿出自己的四五百元钱,交给毛村长发给大家了,这才皆大欢喜。

六

已经气喘吁吁。已经不行了。生命快到尽头。白秀望着山冈。这是我们的山冈?垂死的苞谷像患了黄疸,向日葵也像驼背的老人,褪落掉金色的裙边,露出苍老的脸。荞麦在连天摇曳的野草深处,想藏起它们疼痛的红色。一路追赶的路上,哪有丰收景象?夕阳照在核桃林和花栎林子上。那些退化的花栎树长得怪头怪脑,在山冈上像鬼鬼祟祟的流窜犯,没一点儿亲切感。这些树是蓄着砍香菌木耳棒的,被称为耳山,退化严重。山冈像一个癞子。没有肥力,成堆的巨石像打破的天体横亘在人们眼际。奔流的泉水从山洞流出,宛若一个拉肚子的病妪。蹚过落水河,跃上清风寨,猎狗和人都疲惫不堪。而白秀更甚。猪牵着他们在打转转哪!一连三天,大家吃不好,睡不好,披星戴月,餐风宿露,在山里头与猪们周旋。

"我的气数已尽。"白秀突然这么想。他几乎是被人抬着行走的。先是搀扶,可他摔了一跤,总算站了起来。当他这么想时,一阵深厚的悲哀像千年苍苔从心上泛起。苍烟落照,苍山滚滚,这新起的林中之王,百余群魔,我还能将它们消灭掉吗?俱往矣,枪也不许农民持了,连鸟枪、管子都不许。山已不是我的,剑吼西风、顶天立地的英气也不是我的了。就像我给我瞎眼的孙子白椿说的:山也不属于他了⋯⋯可山究竟属于谁,今天?

莫非阎王爷弄错了,我只配睡在棺材里?

狗在互相撕咬着。它们的身上爬满了竹虱和山蚂蟥,还沾满了许多果球。它们叫喊着,蹭同伴的身子,想把那些果球蹭到别的狗身上去。它们痒得狂吠,就像看见了野猪一样,其实不是。山蚂蟥吸着它们的鲜血,在毛深处,一只只吸得通体发亮,可狗把那些东西毫无办法,只能任其疯狂饕餮。

上了清风寨。清风寨过去是个美丽的村子,在猎人峰二级大台阶上,现在因为猪害人们不能活下去,都搬到别处去了,留下荒凉的杂草断墙和夕阳。

这个村子在白秀第一次踏上神农架翻越猎人峰时是没有的，几十年，有了，又没了。白秀记得七十多年前这里是阴森茂密的森林，没有人烟和田地，只有成群的扒狗子和老狼。

大家正在接近村子时，从石寨的口子处，突然扔过来几块石头，砸到了人也砸到了狗。人是毛村长，当即倒地，口吐白沫，有人把白秀的金钗酒拿去给他灌了一口，他好半天才醒过来，醒过来就喊他老婆繁英，要吃放了辣子的懒豆腐。

大家以为又是猪搞鬼，正要开枪，这时从寨子后头闪出个人来，是个老倌子，头发深长，满嘴燎泡。有人就认出他是谁谁的爹。他是寨子里最后一个人，就等着收了这茬苞谷就离开这里。可他说这几天野猪把他害得可惨了。听说是白秀的打猪队来了，高兴得要命。说猎王啊！听说你活过来了，从棺材里爬起来的时候，新鞋底都破了洞——你说你走到四川酆都，阎王说朱笔把你点错了，就放回来了。白秀一听哈哈大笑，说没这个事。他让大家到他的土屋里，点燃火塘，给大家讲了几件恐怖的事。

他说：猪会下幛子，晚上，他无论怎么睡，一睡着就是几个花花姑娘，走近身就一股子猪屎臭。那几个花花姑娘把他往深魔里引，他就误了事，等醒来，苞谷啃去了一大块地。

他说：前天他拿着猪叉去守地，碰见了一个老倌子，比他还老，满头白毛，一个劲说肚子饿了，我把生苞给他吃。他一口一个，吃得到处是渣，又往田里窜。我说你可别往我苞谷地跑，这可是我一年的口粮。咱地就是让野牲口糟蹋，过不下去了，大伙搬走的。那老倌子哪管这些，掰下苞谷就啃，把秆儿都踩地下，后来竟用嘴拱地。我寻思这可是个老猪精，就大吼一声，放了几个鞭炮，那老倌子就不见了。

他说：最吓人的是昨晚他守夜，在地头的棚子里。因怕老熊，棚搭在架子上。他看到一个大青猴踩上了他下的一个套子，正准备去取那猴，却被一群猪堵住了，不让下去，啃他棚子的四个桩脚。十几头猪去攻击夹了脚的猴，猪却无一踩上他的套子——他下了二三十个套子。猪把那猴打得嗷嗷直叫，然后用嘴衔了石头去砸猴的头，砸破了，就喝它的脑髓——难怪猪这么聪明的，敢情是喝了猴脑。喝猴脑是掰了竹子做成吸管，一猪一口。后来猪把猴全部吃掉。他在棚子上又是放鞭炮又是敲锣，眼看四个桩脚要啃断了，他就落入猪口了，也是上天保佑他，凭空一个炸雷，这才把猪吓跑……

老头说这的时候，雷又打起来了。天要变了。天上乌云滚滚，树林哗哗有声，天地间如此闹腾，大家就松了一口气，今夜也许不会闹猪了，可以睡个好觉，明早起来再说。于是大家就睡在了这个废弃的村庄里，与过早冬眠的蛇一起入眠。

那夜显然有些怪异，大家直犯困，一蓬火就慢慢熄了。突然听到有人在黑暗中说："我，我没且（踩）你的脚呀！"是舒耳巴。有人撺亮电筒，照见两眼通红像酒缸里出来的舒耳巴。舒耳巴又糊里糊涂地睡下了。另一个在黑暗中喊冤道："我没压着你的身子！"又一个角落里大叫："我没踩你尾巴！"

不一会大家就都醒了，都说听到了有人奇怪地喊说踩到他什么了，压着他什么了，闹得人睡不着。白秀也听见了，他先是梦见孙女白丫儿在崔镇长家受气，哭哩，说你年轻时给崔家打长工，我这辈还是给崔家打长工。后来就听到有人在他背下面抽腿说：压着我的脚了。

有人就说这里有鬼，一定是猪下的幛子。在荒凉的村庄里，在这高山上，出现怪事是不足为奇的。猪也不仅是一种孤独存在的东西，这么多的猪，你这一干人要打它，就有让你不顺畅的奇怪事儿。就说过去白秀师傅最早打猎时，碰到的怪事儿更多，就要求白秀讲，反正大家也睡不着。

把火重新点着了，白秀就讲了一件他至今不得其解的怪事。他说那还是新中国成立初期，与几个人去打羊子，睡在一个山洞里，正在烤红薯吃，洞口突然出现了两个红毛大野人，伸出手来找他们要吃的。白秀他们丢给了野人两个红薯，可吃了之后那两个野人还不走，还找他们讨要。这可不行啊，白秀他们打猎还带了个小挖锄，碰到有好药材也顺带挖起来。见野人不走，白秀就把小挖锄烧红了，当红薯甩给野人，野人接过去烫得哇哇乱叫跑开了。可那天晚上，他们睡在洞里，几个人都无事，白秀却被老鼠咬得难睡，一只脚趾头都咬掉了。早晨起来，别人的鞋还在，就他的一双鞋不见了。罗大拐也说了件很奇怪的事情，说他有一年打猎从八里荒回来晚了，忽然听到成百上千只猪娃儿叫，他一个人，没狗，心中恐惧，就大吼。一吼，就不叫了。走了一段路，见山上有火，又听见成千上万只蛤蟆叫，后又有猪娃儿叫。他朝天开了两枪，还是没镇住，还是叫，把身上打的野物全扔了，还不行，后来想到吃烟可以退鬼，就把烟点燃。走回坳子，一包烟都吃完了。

有人说：只听说狐下幛子的，猪做么事能下幛子？就说到薄刀峰小学发生过这么一件事：学生反映说晚上都感觉到有人跟他们睡觉，且是女的。那时是 70 年代，这事反映到公社，公社说是阶级斗争新动向，就开始查是谁搞的鬼，就是下幛子放蛊了。一查查到一个老师成分不好。可老师声称与他无关，还答应此谜他来破。他把男学生放一边，女学生放一边，把所有窗户插紧，那老师就手拉电灯开关绳站在门里。熄灯后，一个黑影顶开窗户爬了进来，老师把灯一开，是一只狐狸，就和学生一起把它打死了。狐狸身上有股子怪香味，能把人迷住，使你产生幻觉。那狐狸趁人睡着后，专吸你口中的唾液，把气味一放迷糊你，你就以为有女人陪睡哩……

正待大家又进入梦乡的时候，突然一个人大声喊起来："我爷爷不见了！"

大家借着打火机和电筒光，看到是惊惶的白椿，站在茅草上，双手摊开着。

领头的不见了，大家就急了，披上衣服到外面去找，一直找到地头那老头守秋的棚子里，都没有。狗带走了一条，枪和子弹带走了，衣裳穿走了，烟袋带走了——本来就是挂在胸前的。

七

峡谷里一片秋汛的轰响和雷声的爆炸。黑夜茫茫，冷雾滔滔。白秀老人是怎么醒来的他完全不知道。他只知道，他被魇住了。他咬着说是猪或者徒弟们说的狐狸下的幛子，在山里头，这种事常常有。他就跟着一只羊出来了。是羊，后来他又说是猪。他听见了歌声。这是可怕的，歌声的指引把他引向了凶险万端的峡谷。可他没摔下崖去落进河里也是又一次万幸，就像俗话说的：大难不死，必有后福啊。那歌声一路诱惑着他，他听得清清楚楚：

> 我们辛苦的农友们，
>
> 大家振精神，
>
> 唱个歌儿听，
>
> 不用悲不用哭，
>
> 死里去求生！
>
> 压迫我们的，
>
> 土豪和劣绅，
>
> 可恨那官僚，
>
> 残害我农民，

杀尽那压迫我们的，

那时候你我农民才有出头天！

　　他说，那不是他和十二个战友唱的歌子么？紫花闷闷地跟着他。那狗一声不吭，只是咬他的脚和裤腿，把他往路里边赶，不让他走到崖边。一失足而成千古恨。他走着，那随着风声雨声雷声漫上来的妖人般的歌声像雾气一样把他吞没了。

　　这可是死去的村庄，曾死去的人，死去的歌声，在这猎人峰山腰的荒凉半夜。长满青苔的、白茅摇曳的路，灌丛像史前的世界，秋虫喁语，几乎没有人生活的痕迹。它叫牛下水？那一线涼涼的水流，从石缝凹处流下，像母牛拉尿。在冬天的时候，它就挂成了一片冰瀑。那时候，雪多大啊，冰子儿像子弹砸在人身上，雪过膝盖，万木森森，整个世界都是肿的。舅舅杨夺水砍掉自己的伤手，他含着蓝玉石烟嘴止疼，牙齿咬成了碎片叭叭往下掉。小鹞子王品贵被扒狗子掏肛后用草塞住屁眼还在唱"我们辛苦的农友们"……

　　"你唱什么呀，白大爷？"

　　白秀老人被一声叱喝给唤醒了。他发现他站在雷电之中，离悬崖只有半步之遥，他的儿子白中秋将他拽住，他的孙子白椿拿过他的枪，他的狗在叫着，告诉他他不是在人家废弃的屋里。我如何站在这里？这是哪儿？

　　"这是哪儿啊？"他说。

　　"牛下水嘛！"舒耳巴有些不耐烦地说。

　　接着他就听见一片叹息之声，好像他是累赘。

　　"我听见有人唱歌了……"他这么说。

　　"我们听见您一个劲在唱哩。"众人很怪地看着他们的师傅。

　　"你还想造反不成？"文寇所长要把他唤醒，要把这个梦游的老人彻底唤醒，也要把自己内心的惊恐压压，把那个心魔压住。

　　"你老要造反你就开枪！有种的开枪，朝我开！"文寇所长咆哮着，喷出子弹一样的唾沫，那牙齿在蓝闪闪的闪电里像一排野兽的牙齿。他大吼大叫，还要唤醒这一群昏寐的打匠，这些成为山冈恶兽的猎人。

　　"你们装神弄鬼，你们消极怠工，不想打是吧？那是护你们的秋保你们自己的平安啊！不打就把枪还来，还给我行吧！"

　　"应该是这里……应该是这里……"他们听见白秀老人依然喃喃地说。他还是没有醒来。

雨哗哗地下起来了，雷声隆隆，闪电像山怪们你来我往厮杀的古老兵器，凌空向大地和森林劈砍，峡谷里，山冈上，到处是蓝荧荧的幽灵。一条闪电像一条巨大的裂纹爬向天空的最高处。雨从山壁上滚下来，立马变成了浊流。

"爷爷！"白椿哭颤着喊。

这是很伤心的时刻。徒弟们看着白椿去他爷爷腰里摸酒壶——那是个军用铝壶，已经歪歪瘪瘪了，里面是空的，晃荡着轻飘飘的声音。

酒把他害了，文寇所长这时突然想到，是酒害了他！

"他应该怎么办？"文寇所长忧心地问大家。

他的孙子，为找到他，已经将膝盖摔破了，正流着血，还流着泪。

这时白中秋一把扯过他爹就说："爹您来干什么的呀？"

白秀直瞪瞪地看着自己的儿子，看他气歪的嘴和一脸苦瓜相。

"你个狗日的，你咋能管我哩！"白秀大骂儿子。

"您这一失蹄您就分文没有了！"白中秋指着他爹脚下的悬崖恼怒地说。

"钱？你说的是钱吗？我说的是歌……让我走一走。我没事的……"

白秀老人不回去，不跟他们回到村子里，他挣脱了他们的手，冲出来向峡谷的深处跑去。

雷电在山崖上劈杀，一团一团的天火在头上翻滚。狗跟在他身后狂吠，崖下的秋潮滔滔。打猪队的所有人跟在他身后追赶，竟不是他的对手，他把所有人都甩到身后。

八

一阵骇然的围猎牦筒声大爆起来，两边峡壁发出巨大的嗡嗡回声。白秀抬眼一看，东边的山缝已拉开了靛青色的帷幔，诡谲的雾气像云彩一样在山腰奔涌，有似无数潜行的兽身。再往那山崖上一看，高大的鲁瞎子蓝光毕现，手举探竿与令牌，高声吟唱：

> 奉请降龙伏虎神，
> 左提金鞭金灿灿，
> 右提铁锁响铮铮。

差下金伶儒，

捉虎大将军，

先锁龙头并龙尾，

后锁老虎脚后跟！

………

白秀怔在那里，浑身冒着湿漉漉的热气。雨彻底地住了。峡谷里滚滚的乱石间突然血红一片，太阳像一个火球弹出山脊，无数漂亮的锦鸡子出现在乱石上，展开金羽，狂肆地跳起了艳舞，嘴里焦声急鸣：茶哥！茶哥……

狗龇出牙齿狂吠不已。

那乱石缝中，突然拧起了无数个黑煞煞的猪头，长长的秃嘴像炮管，一支支直视天空。

白秀还没反应过来，就听见一阵铺天盖地的杀声："杀呀！杀呀！"他的徒弟们仿佛从天而降，猎狗也像是长了翅膀的流氓，一下子飘了过来，与猪短兵相接了！

"师傅！"

白秀看到了他的爱徒扈三板。扈三板也回来了？又是梦游？可分明是扈三板，拿着红得发紫的双筒猎枪，稀朗的头发上露光四射，宽阔的暴牙威风凛凛，绑腿紧凑，球鞋新崭。

"师傅啊，咱们又会合了！"

原来，镇里和县里对白秀都不信任，还不仅仅是说他年老体弱，而是对白云坳子里的那批"刁民"十分警惕，就暗中请回了是党员的扈三板，由他组建镇的打猪队。这天半夜，文寇所长爬上清风寨的山顶，竟撞大运一样地收到了微弱的手机信号，于是报告给崔镇长说猪被堵在了清风峡谷，而白秀失踪了。刚被请回的扈三板就连夜赶到了这里。

师傅明明在，那就肯定让师傅指挥。

"师傅，我来支援你了！打呀！"

一头猪就在前面，要朝这师徒扑过来，扈三板将上了膛的双管猎枪递到白秀手上。可白秀使不惯那家伙，还是把自己的老铳贴上了脸，他还没点捻子，双管猎枪就响了，一头猪就应声倒地，喷血死去。

扈三板的枪真是快枪啊！枪法也好。这一下子激励了大家，正吼着欲开枪时，却见一个身影披着灿烂的霞光冲向死猪，手上还举着一把明晃晃的菜刀。大家一看，坏事了，那个要猪心肺的金牙女人是从哪儿蹦出来的？如虹的气势就被生生掐断了，打匠们勒狗收枪站在那儿。只有舒耳巴不顾一切地冲了过去，抓住那女人就把她往前一推，同时口中高声詈骂道："骚货！老妖精！让局（猪）啃你的心肝五脏……"

一头野猪就从大蓟丛里跃出来，一口咬住了那个女人，那妇人却不示弱，挥刀就朝那野猪乱砍。舒耳巴的狗炸弹也扑上去，朝那猪咬去救人。并把主人舒耳巴挡在了它的后头。人、猪、狗搅作一团，乱草横飞。那猪的獠牙寒光闪现，像新砍的桦树橼子，猪身上的所有箭毛都沾着露水，在太阳的反射下透出恶狠狠的铁红。

那女人拿一把菜刀猛砍，刀口都砍卷了，自己的腿也被猪咬得鲜血淋漓，这可是个不怕死的女人，邪女人！因为人、狗、猪一堆，打匠们不敢开枪，文寇所长面对这不相识的疯女人，也不知如何是好，都在看她和一条狗与一头猪搏斗。舒耳巴因为气急，摔在石缝里。一爬起来，就准备开枪——将那猪与女人一起崩了。这时候，扈三板大喊一声："耳巴，别开枪！"

一声过后，上百头野猪突然像溃口喷涌而出，三十多条猎狗想都没想就像三十几块紫色石头，与那"黑浪"交汇了！黑、紫两条巨浪冲撞出一丈多高的"浪头"，猪摔狗跌，山谷里终于响起了久违的厮杀声，野兽与家兽展开了浩浩决战！

"闷（命）！闷（命）！"

舒耳巴不知怎么身上到处流血，提着枪搜寻那个金牙女人——今天他豁出去了，他最大的敌人就是对准那个女人，让儿子糟蛋得了缩阳症的女人。可他定眼一看，在一片惊呼声中，两头猪一头一脚衔着那个女人跑了，女人身子离地，手上还拿着砍卷刃的菜刀，嘶声乱叫"救命"。他以为自己看花了眼，转身去看师傅白秀，白秀和师兄扈三板以及文所长，却张着嘴巴看呆了。

的的确确，猪衔人跑了。白秀活了快九十岁，只见过熊和虎衔人，没见过两头猪抬个人走。就是活了一百多岁的宗七爹也绝没见过啊！宗七爹在山上拼命地擂梆鼓，身旁的鲁瞎子就高声地喊着退猪的歌：

立起五台山一座，蛇见不抬头哪，虎见不伤身，蛇隔千层草，
虎隔万重山！一隔红毛老祖，二隔扫路土地，三隔妖魔鬼怪，四隔

山精木魅，还要隔你这吃糠咽菜啃虫蛇蚂蚁放瘟屁拉臭屎一生一窝个个凶丑怪相身披野鬼蓑衣黑煞煞的野猪呀……

人已衔去，如何能隔，死了人那可就事情大了。文所长急得直跳脚，站在一块高岩上朝扈三板大喊："救人要紧！给我救人！"

扈三板哪敢朝猪打，猪等于是绑了个票挟了个人质。何况还有那狗与猪正杀得难解难分。

文所长喊叫没人听，他抬手一枪，打中了一头猪，没死，猪扎进猪堆里不见了。一杆火牙子搂响了，一阵拼命的硝烟子弹就像狂风朝猪们卷去。野猪闻到硝烟，更加疯狂，毫不退缩，迎着硝烟向打匠们扑了过来！那搂火牙子的回头就跑，边跑边填着火药滚珠。滚珠簌簌地往地下掉。

又一杆铳响了。扈三板的双管猎枪也响了。文所长看到，他们是在护着有些呆笨的白秀老人，把他拉向文所长站的高处。

就在这节骨眼上，那舒家的糟蛋小子不知从哪道石缝里蹦了出来，手举着一杆锈迹斑斑的土铳，大喊道："姨！我救你来了！"

就见这不要命了的糟蛋逆向猪潮，一张脸像个扭曲的大红薯，几根稀软的头发像菜叶子，眼珠牙齿突出三尺开外。可猪们一下子把他抬起来了，又淹没了。他爹舒耳巴一见此景，魂都吓没了，抱着头喊唤道："我的儿呀！"

好在几个人把舒耳巴拉住了，不然又一个人将被滚滚猪潮吞没。

打匠们打不能打，只有吹起惊天动地的牯筒，唆唤着狗与猪搏斗。

狗是天底下最烈性的狗，赶山狗，山都赶得动。狗知道主人们遇到了麻烦，就要献身了——那也不在乎！狗们在冲入猪群中后就要拼了命救出那个糟蛋，那个被猪蹄猪嘴蹂躏的糟蛋。舒家的狗炸弹现在完全像一颗炸弹，又抓又咬，想排开一个保护糟蛋的空档，其他狗此刻都跟上了它这个叉子，那紫花倒不见了。一排救人的凶狗与一群恶猪狂咬，得气势者得天下，得气势者得性命！那猪哪甘示弱，你咬我戳，你戳我抓。狗有牙和爪子，猪有两口牙——本牙和獠牙，天下罕见的恶兽！狗啃猪皮，啃猪卵，啃猪眼，猪屎；狗被猪咬成了皮筋，咬成了棕丝，咬成了葫芦——没了耳朵，断了爪子，舌头落地，肚皮开花。狗肠、猪肠，搅和缠绕在一起，在石头上、树枝上挂拽着，扯绊着，一片呜咽，一片惨叫，一片狂吠……

一头猪咬瘌了，没了方向，跑过来倒在地上抽搐。打匠一拥而上，用刀乱砍，砍得那猪嗷嗷乱叫，鲜血迸溅，身首异处。打匠们又去敲那凶残的獠牙，敲断了，就朝猪掷去。

舒耳巴狂喊救他的儿子，白秀已将那无准星的老枪贴上凹陷的脸颊，大家看到师傅终于要下枪了，白中秋却在拦他爹，爹误伤了糟蛋更是不得了。白秀哪服中秋，好像横了心要打出这一枪来救糟蛋，还听见白秀在向糟蛋喊："闪开！糟蛋！"

"还不如把白椿啄！"白秀听见儿子白中秋恶声讽刺说。白中秋就将白椿的手引向爹的那枪管。也许白秀还真不敢打了，就真的半推半就把枪让给了瞎眼的孙子。祖孙三代一起摆弄这枪，你拉我扯，枪就响了！瞎眼的白椿手上的枪说话了，火药像一条毒蛇游去，一头猪应声倒地，打在眼睛上，从喉咙里发出了带血的哀叫。有人高声欢呼："打着了！"

这时糟蛋从猪群和石缝里爬起来，手上竟举着一团血糊湖的东西——那东西高挑在一把猎刀上，喊道："姨！药有了！药到手了！"

他一边喊着一边向那被猪衔去的女人奔去，就像一匹发了情的驴子。

奇怪的景象这时候发生了：也许那女人听到了糟蛋的说话，突然从猪嘴里挣脱出来，精赤条条的，就向糟蛋迎来——这可真是死里逃生啊！

糟蛋手举那血淋淋的还在跳动的猪心肺，野猪群闻见了同类的惨烈血腥，等于是自己身上在淌血，自己被剜开了胸膛，不用喝唤就向糟蛋和那光身子女人撞去。几十头猪啊！那些披坚执锐的古代武士般的猪，每个背上像背了黑棺材，就是来装人的亡魂的。

更神奇的一幕出现了：糟蛋家的那只狗炸弹，这时一跃而起，将糟蛋手上的猪心肺叼了过来，衔上就跑。——这是在引开猪群，好忠义英勇的狗！

果然，猪就跟着那血淋淋的心肺跑，管它是人是狗。狗叼着心肺往峡谷深处奔去，糟蛋这时跳上一块石头，脑壳好像清醒了许多，又往树上爬。紫花带着一群狗去增援炸弹。

炸弹往哪儿跑啊？聪明的炸弹，往罗大拐和扈三板设的仗口跑。扈三板他们早就埋伏好了，炸弹将猪引入仗口，双管猎枪一打一个准，猪倒下了几头，就炸了锅，不知道这枪为何如此厉害。就拢了猪群往一个隘口跑。可那里峡谷逼仄，还要上一道坎。文寇所长与白秀一起带着人就去追撵。

猪进了一个山洞。山洞口荆棘丛生。大家集中了一下电筒，再扎了几个火把，将药和子弹填满了枪膛，并且不紧不慢吸了支烟，就劲抖抖地钻进洞去追击。

洞越追越深，越追越开阔。洞中有山，有水。最后，越追越亮——洞穿啦，是个穿洞子！一道蓝幽幽的光像一道瀑布泻了过来，猪全跑啦！

文寇所长悔死。作为县民俗学会会员同时也是省洞穴探险者协会会员的文寇所长，痛心疾首，捶胸顿足。他的努力白费了。自己掏出的四五百块钱激励起来的斗志完鸡巴蛋了！

第五章　雪山咒语

一

白云坳的打匠们从清风峡谷铩羽而归的当天，白中秋发现他的患健忘症的母亲白娘子因为忘了做饭，已饿得皮包骨头，牛因为放养，还能吃到一点草，而圈里的那头母猪，已经把柱子啃穿了，腰下的两排乳头像两排绳头子，看见人，就张着牙齿要来嗞咬。

父亲白秀梦游，他就想着快去请郎中来配药，并要儿子白椿去镇上把白丫儿叫回来，让她伺候两个老人一下。

话分两头。

先说白椿摸摸索索往镇上赶去，路上走着，就见前面一个人在骂骂咧咧，全是骂白云坳子打匠的话，什么混蛋、鸡巴、毯子、卵弹琴什么的。听清楚是文寇所长。白椿害怕路上遇见野猪，现在就不担心了，就说："跟所长走就不怕野猪了。"

文寇所长说："还有蛋毯的野猪，都被你们哄闹跑了！没一个是东西。"

白椿脸就红了，有些尴尬，说："就为这骂哩？猪确实不比往昔。"

文寇所长把手上拿的一些东西丁零当啷往白椿背篓里放，说："什么鸡巴东西，就算我对你们崇拜得五体投地，也不能这样作践我呀！回去我就等着受处分咧，带领一群打匠猎杀省二级保护动物……"

"哪个处分你，崔镇长？"

"他有这个权力！听说省林业厅已坐镇宜昌，研究捕杀方案，整个鄂西都在闹野猪。他们杀才叫杀，咱们杀不叫杀；他们杀是为民除害，咱们杀是犯罪——真倒霉，跟你们这一群乌合之众，卵的用都没有，只见识一下场面，个鸡日的，场面还是蛮壮观的，差一点咱把小命都赔上了……"

白椿背上有些沉，便问文所长拿些啥。文所长说："还不是缴获的猎具。光钢丝套就几十条，铁猫子三副，垫枪两支。嘿嘿，撞上你了，有个背篓……"

到了镇上，去镇长家一打听，镇长去宜昌开会去了。带那个疯狂生长小儿的是另一个大妈，说是临时带的，白丫儿回家休息去了。白椿就又往林场赶。

一路艰难去了林场。一问，三伯三妈告诉他，白丫儿并没有回来，那去了哪儿呢？三伯三妈着急得不行，心想怕不是半道上出事了？三伯白端阳立马就与白椿去白云坳。回到家里也没白丫儿，白椿的爹白中秋去请郎中还没回，白秀尚好，在田里收拾没被野猪啃干净的零星苞谷。白端阳又和白椿一起往镇上赶。

在镇长家询问那代班的保姆和那憨儿子老拔子，保姆猜想白丫儿是跟开会的镇长一起到宜昌玩去了。这更急坏了白端阳，明明是与镇长到宜昌玩去了，为什么给那保姆大妈说是让她回家休息？这妮子该不是……就不敢想了，一个没老婆在身边的男人，又是个胆子忒大的乡镇干部，这不要出什么伤风败俗的事吧？白椿也这么想，而且还更强烈，预感更强烈——瞎子总是有特殊的嗅觉的。就说快去镇上看联不联系得到崔镇长，看白丫儿是不是在他身边。可走到镇政府门前的那座晃晃悠悠的吊桥头，白端阳就踌躇了，就说："那这么一闹，不就公开了吗？事情就会大了，他镇长完了，咱白丫儿也完了。"白椿问啥完了，白端阳不作声，就在街上来回逡巡。碰上了文寇所长。白椿就说问问他，白端阳拉住白椿说死活不能问的。叔侄两个束手无策，唉声叹气。白端阳就拉着白椿再去了镇长家，想找出镇长的电话来，却在保姆大妈口里掏到了一句意外的话，那保姆大妈说：白丫儿走时说过她可能要去宜昌读书了，还是什么职业学院呢？说崔镇长也打过电话，好像是为她联系读书的事，还是三峡大学哩。

这可是空前的喜事，又是三峡大学又是职业学院，白端阳是读过初中的人，老初中生，这个他都懂。莫非我姑娘真要读大学？崔镇长发善心？不对劲儿，喜忧参半，决定去一趟宜昌，自己去找。凶多吉少啊，自己这老来得子的水葱样、嫩茶叶尖的十六岁闺女。听林场过去在县里待过的人说，崔无际在县政府干通讯员时可是像狗一样的人，见了领导就鞠躬。在台下是条狗的人，上了台就是狼。没人格的人都如此。在我姑娘面前像狼……这不敢想了，赶紧找回我女儿！

再说白中秋。

白中秋这一趟可差一点丢了性命。一路走一路都听农民惶惶地说猪又要下来了，说猎王白秀不行了，死而复生后猪就不怕他了。满眼荒寂，饿雁声声，到处是被猪耗散的零星粮食，到处是猪的传说和恐惧，到处是关门闭户，守秋的锣鼓、破盆与梆子。成群的乌鸦因为啄食不到秋天的收成，发出愤怒的怪叫，听起来就像是村长发脾气。

请到郎中后，白中秋就顺道去了一趟鹞子峡，去看看苦荞。说实话，他还真有点想她哩。思念心切就抄了个近路，过吊鹰岩、百步梯的险道走。

浑身带着打兽的气味，又没带枪，与儿子白椿想的一样，可别碰上猪啊，只身一人。可人横了，想苦荞心切，龙潭虎穴也敢探。到了吊鹰岩下，就听见老林子里传来野牲口撕咬的声音。心想说不碰到不碰到，还是碰到了。不过是牲口与牲口在打架，声音还蛮大的，不是小兽。这白中秋好奇心使然，就凑了过去。不看不知道，一看吓一跳，是一头野猪与一头老熊在打架。那老熊是快冬眠的熊，身上脂肪丰厚，身坯巨大，那猪好生熟悉，就像是见过的，虽然老熊雄势，猪却是山中之王，与熊在林子里你来我往打得死去活来，不分胜负。可不知为何，一见到白中秋，那猪调头就跑。白中秋正在纳闷，瞅瞅四周，没有其他牲口，又瞅着那野猪逃跑的方向，回过头见老熊一身血淋淋地站了起来。当即把白中秋吓得半死，就想也跑了。可那老熊晃荡了几步，又一头栽倒在地上——估计它受伤太重，被猪咬得只剩一口气了。白中秋见它趴在地上，胆就大了，就靠近观察它的伤情。也是贪心害了这白中秋，心想今天我可以割两对熊掌加一颗熊胆。熊掌一对就可卖到上千，我这是啥运气啊！两对熊掌，心里掂量了一下，至少四十斤。就不由自主地摸腰上背叉子中的开山刀，准备抽出来下手了。

还没等他下手，那老熊却又一下子坐了起来，一阵风飙来，就抱住了白中秋的腿。白中秋心就嗖地凉了，心想这下送把阎王了，猛然觉醒：好阴险的猪，是故意脱身，让这老熊来结果我的性命啊。最终杀我的杀手就是那猪！人总会急中生智，生死关头人与牲口也有一拼！白中秋虽不算正宗打匠，可在山里也有对付野物的经验，就一把抓住了老熊的头，见旁边有个树丫，就将那熊的头摁在了树丫上，不让熊吃到他。

白中秋死死摁着老熊的头，可不能松手啊，松了手就是我死，不松手还兴许有条活命。他摁着熊头，又不敢腾出手来去抽开山刀，只好在山林里喊叫："救命呀！快来人救命呀！老熊要吃我呀……"

这岩谷之下，荒无人烟，哪有人来救他。白中秋用全身力气摁住熊头，与它僵持。可熊的爪子却是自由的，乱刨乱抓，树皮一块块地给刨飞了，又刨白中秋。隔着树，刨烂了白中秋的衣服，刨到了肚皮，肚皮差一点刨开了，又刨到颈子、脸。好在头不能动弹，熊爪发挥威力有限。白中秋肚子疼得山呼海啸，没手去捂，脸上血淌淌的。白中秋一边抵挡一边喊叫，还真是怪事，竟叫出了几个人来，手拿着大棒和砍刀杀叫过来。白中秋见来了人，用手去捂肚子，那熊趁机就跑了。

几个人忙来看白中秋的伤势，给他找草药。白中秋一问，原来是在这岩底下偷偷烧炭的四川人。一个窑主，两个砍树人。再一看，他们手上拿的棒子都是铁匠木、刺叶栎，全是烧炭的好木，不让砍的。这两种木头烧出的炭叫金子炭，都偷偷卖到日本去了，听说比金子还贵；用它烤火，一天只要两三块，放在手炉里，二十四小时不熄火。

那几个人救了他，他也不会去检举告发他们，倒是他们教会了他胆儿是可以大一些的。那几个人说，烧一窑的炭，起码可卖到三四千元。这就让他动了心。

浑身抓伤的白中秋到了苦荞家，苦荞的老哥苦瓜在给苦荞颈子上刮痧，并说准备去白云坳喊他去的。原来苦荞照秋在田里受了风寒，老是腹痛，腹痛还泻得慌，就想到了白中秋。刚说到白中秋，白中秋就来了。听说白中秋与熊打了架，都不相信。当他拿出身上仅剩的几十块钱来时（还是文寇所长发的），他看到了苦瓜兄妹那淡然的、怜悯的目光。

"我要搞到钱！"白中秋在内心里狂烈地呼喊道。这种意念越来越强烈，意志越来越坚定。

二

白丫儿的父亲白端阳一路火忙火急地赶到宜昌。那宜昌远不是他小时候跟养父白秀和两个哥哥白大年白中秋小时候来过一次的宜昌，也不是他在伐木队跟车时经过的道路。路已好走了，平坦的柏油公路一直通到宜昌。宜昌人流滚滚，大得像星空，到哪儿找他的姑娘白丫儿去呢？只好在三峡大学周围乱窜。因他的脸、手被山火烧过，疤疤疖疖，像鬼一样，宜昌的城里人见了他就害怕，连问路也不给他指，逃命地躲开他。

再说他的哥哥白中秋，此刻也在赶往宜昌的路上。

白中秋瞒着爹和儿子，在死人沟打了口窑。他把苦荞说动了，还让她投资了一百块钱。白中秋虽未读过什么书，可有一张能说会道的嘴，他一共投入了三百多块钱，树砍得差不多了，窑也打了，只等点火，烧成后一窑的三四千块钱到手，他什么不能做？把苦荞娶回白云坳，再给瞎眼的儿子娶个媳妇。当然，不止这一窑。只要一窑出了炭，再来第二窑。我说苦荞啊，这年头，山上不长庄稼，加上兽害，庄稼人活得无滋无味，就像一块洗得干干净净的石头。那就只好饿死胆小的，撑死胆大的。林场的李八棍，贩卖保护动物，发了大财，起了三层高的楼房。四川的人都来这山里冒险烧炭，钱让他们赚了，我一个本地人，为何不能赚呢？岂有此理！咱是个贱命，生性胆大，小时候坟山都敢睡的，红丧月敢背猪回，就不敢烧炭吗？命是赌出来的。去年，咱打只灵鬃羊，罚去了五百。要是没抓到呢？光肉也能卖五六百，还加上一张皮子，上千块钱还不是归我了。事没做好。今年一定要做好，赚回去年损失的五百……我把窑打在无人敢去的死人沟，那儿白骨累累，瘴气沉沉，你到哪儿发现我去！剩下的就是窑的好孬了。防窑塌，防提前熄火，防熄不了降不了温把咱的一窑炭真个烧成粉……当然，只要先把窑祭好——祭个活口，这是第一重要的事。已请了师傅教，说用鸡用条狗来祭也行。可白中秋不放心。一只鸡、一条狗是压不住这死人沟的阴气的。这不是在咱村子里哪道明沟里烧，这死人沟过去土匪火并，解放军剿匪，加上闹土改，"文化大革命"，不知杀过多少人，血流成河。一到夜间，鬼火荧荧；一到阴天，鬼哭狼嚎。要祭活口，就要祭个大的——旧社会，往前推去五六十年，咱这一带烧窑都是祭人——都是到四川、宜昌买来的死囚或是土匪绑票后要撕的票。人一投进窑口，那窑必定大红火，窑主定发大财。于是白中秋就想，这次老子不搞就不搞，搞就搞好，祭个活人！祭了活人后，就是降温退火了——这他也找师傅学会了雪山咒语。他给苦荞说："你给我守着，我回村去弄个活口，弄条狗来。"

他说的是最多弄条狗，这就出来，取道凉盘垭、响水河，悄悄从密林深处来到了兴山县的地界。

他想不花钱弄个人去烧了。

那还不是去宜昌当年要走的路吗？当年——他想到爹白秀带着他们三个要吃猪油锅盔的儿子，背着药材到宜昌去卖的情景。那是多少年前？他不记年月。他只听说爹老叽叽咕咕说他的战友刘锄子刘锹子兄弟，就是说因为能去宜昌吃猪油锅盔才跟着他舅舅杨夺水出来革命的。结果他们在神农架就走不见了。爹说：宜昌有大轮船，宜昌有洋灰马路。爹说，结果是他一个人从巴东过的江，宜昌连见也没见着。好在跟上了别的部队。过江时，风急浪高，又死了不少人。

爹那时本来是不想让端阳去的，那时候他还小。可在筹集药材的时候，这小子运气来了，在一天放学回来的山路上，碰见老虎赶獐子吃。老虎吃了獐子，咬碎了獐子身上的麝香，让刚好路过的端阳捡到了。还是个白獐的香囊，白獐黑獐，麝香都是黑褐色的，细砂一样。就这样，爹就答应了端阳也去，并许诺他两个鞋板一样大的猪油锅盔。

又是一个好秋天啊，当然是指天气。从凉盘垭子到响水河谷，一路上山花烂漫，百果累累。秋天该熟的野果猫儿屎、八月炸、猕猴桃都散发出一阵阵朗朗甜味，引来嗡嗡的蜜蜂和苍蝇。吊钟样的蔷薇果和一串串海棠果也不住地往地下掉，仿佛要争先恐后钻入地下去一样。白中秋坐在蔷薇树下，鲜红的吊钟果满地都是，随便抓一把塞进口里，酸酸甜甜满是味道。五味子果是紫色的，一嘟噜一嘟噜挂在灌丛中、悬崖上、河坎边。山里说冷就冷，冬天会突然而至，一些动物嗅到了冬天可怕的气息，正在拼命补充营养，或者晒着太阳以吸收更多抵御寒冷的热量。比如一些黄褐色的蛇就像树枝一样攀援在树枝上，一动不动地晒着太阳。走到河谷的时候，白中秋听到一阵凄惨的叫声，刚跟老熊过招不久的他，一个尿噤，仔细一瞧，是一只猴子，正在拼命甩手，最后从树上掉下来，号叫着，不一会就死了。

白中秋走过去，看到猴子肿大的脑袋，就知道是被那晒太阳的毒蛇咬死的。他凭空捡了一只猴子，塞进背篓里，突然觉得这一幕似曾相识，在哪儿经历过的。对，就是那次跟爹去宜昌的时候，也是秋天，也是猴，也是蛇。还有那令他突然回忆起的深夜的山林恐怖。

那个蓝色天幕笼罩的山林的夜晚，星空宛如万双生冷的鬼眼。爹因背了太重的药材而睡了，要他们兄弟三个给火里添柴驱兽。大哥白大年老念叨着猪油锅盔，吮着黑黑的手指也呼呼睡了，弟弟端阳也歪在草棵中睡去，就剩下白中秋还睁着两只眼睛，拼命往火堆里添柴。那个深夜啊，那个通往宜昌的少年的深夜，树冠在头顶岔七岔八地编织成一张网，柴火发出燃烧的噼剥声，夜枭和鬼瞪哥（猫头鹰）不时发出惊叫，就像被大人呵斥后忍泣的哭童。远处传来凄凉的麂子呼唤，娃娃鸡一阵一阵地恸哭，狼或者扒狗子在仰天悲噑。他心中的惧怕是那么深广，只盼着天快点亮。终于，天边出现了一线曙色，可以看到爹活动胳膊和腮帮子了，一只晨雀跳出岩缝吱叫了一声，哗哗轰响的响水河又现出它流水的姿态，白中秋才把绷紧的神经和肌肉放松……

今天，响水河依然流淌着。白中秋走在这条曾走过的山路上，伤心难受。爹老啦，哥白大年抠瞎我儿子的双眼坐牢啦，弟端阳也烧成了一个"树蔸"。爹老糊涂了，我也老啦，可身边连个知热知冷的女人也没有，生活艰难，在土里刨食就像刨金子一样难。我心有不甘啊，心有不甘！

这又是一个蓝色的森林的夜晚，白中秋已没有了恐惧，拢着火坐着，思前想后，不禁鼻头发酸。泪就扑簌扑簌地流下来了。咱山里人像个啥哩？咱这个家，像个啥哩？还有啥指望哩？那不就破罐子破摔了吗？不能像爹这么吃了一辈子苦终老，变成老糊涂啊！

远处的猎人峰像一个传说站在夜幕之中，在烟云迷茫的最高处。白中秋摸着脸上被老熊抓过的伤痕——已经结痂了，口里念着窑师傅教给他的雪山咒语：

奉请雪山玉龙王，
急急打马降坛场。
一更之时雪下地，
二更之时下大霜，
三更之时雪子下，
四更雪上又加霜，
五更金鸡来报晓，
山中树木响叮当，
龙来龙现爪，
虎来虎退皮，
山中百鸟退毛衣……

念了这个咒等于给自己驱了睡魔壮了胆。心想现在可不要等下雪下霜，我要弄个活口祭了再说。

三

白中秋走到古夫，一个深山里矗立起来的童话般的城市出现在他眼前。那里的每一栋楼都是新的，马路宽阔，车水马龙。过去这是个小公社，现在咋就……一打听，才知兴山县城从高阳搬至了这里。因为修了三峡大坝要将高阳镇淹掉。白中秋坐在昭君广场上，看着绿的草、红的花、美的人和蜃景般的大厦，恍若梦中，也感到自己在山里大门不出真是白活了，外面是花花世界哟。有戴着大盖帽的人在前面出现，白中秋想到自己背篓里还有个死猴子，不敢多待，就去了街上一些餐馆。哪想十分顺当，不敢开口的他一开口，就被一个老板相中了，提起来嗅了嗅，还没发臭，也没理会那死猴肿得像南瓜的脑袋，就给了白中秋一百块钱要他快走。

白中秋死死捏着那一百块钱，心想只要这钱是真的我就划得来。走到没人处，掏出钱来照太阳，掸、摸、揉、搓、抠，全面检查了。又到了一个卖烟的商店买了包两块五的红金龙烟，店主找了他九十七块五，这才检验了钱是真的，又喜滋滋地吃了一碗牛肉面，叼着烟美美地想：只要干事腿勤，还是能挣钱的。

吃饱喝足的白中秋在这个三峡库区的新县城游弋，想到哪儿偷个人。死囚？撕票的"叶子"？这年头只怕不好偷奶娃子（婴儿）？都让人看护着。小娃儿？弄得不好让人抓住打一顿咱也是受不住的，还得投进监狱，跟哥一样吃牢饭。他就把目标投准了那些叫花子、收破烂的呆傻儿。

他终于逮到一个在古夫河边拾荒的半拉子傻儿。

"喂，给你这个。"白中秋给他一颗棒棒糖。

那叫花子见有人给吃的，就接过去，将糖含进嘴里，响响地吮着。

"跟不跟我去？有吃有喝，山里头。"

哪知那叫花子拉出棒棒糖，朝他咧着嘴傻笑："嘿嘿，嘿嘿，跟你有吃有喝？鬼才相信，你穿得比我还破！嘿嘿……"

那傻叫花子不傻哩，飘飘然走了。

白中秋朝那叫花子一看，再朝自己一看，真的，咱山里人走哪儿就是这么穿的，在山里头大家都一样不觉得破旧，可一出门，连叫花子也瞧不起，比他们还破烂。蚀人哩！就扇了自己一嘴巴。唉，哪个跟我这叫花子不如的人走啊！哄鬼都哄不到。

白中秋自卑地在新县城走了一圈，就是个叫花子啊！咱就是个叫花子。在白云坳，咱还不是最穷的，穿得也不是最破的。这世界的差距咋这大呢？心中郁闷，就听人喊："到高阳，到高阳的上车了，三块钱，三块钱！"

高阳是兴山的老县城，可还有车，就想反正是没指望了，到高阳看看长江水是怎么淹了那县城，也等于是怀了次旧。

三块钱坐上中巴车到了高阳，老县城果然一半淹进了水里。香溪河已成了宽阔的深深的大河，河面上跑着高大的游轮，那轮船就像一座水上豪华的城市。从船上下来许多高鼻子蓝眼睛黄头发的洋人。这是来旅游的。他慢慢才弄懂大洋船、洋人与这条宽阔的香溪河和水淹过的县城相互间的关系。他一路跟着那些洋人队伍往岸坡上走。那些洋人穿得十分洋气、汗毛很长，手上拿着稀奇古怪的照相的玩意儿。上了岸坡，又碰见拉人去宜昌的中巴车，三十块钱一个人。一问，只要三个小时。白中秋以为是开玩笑。心想开车的不会开玩笑，分明有许多人在上车。他想起去宜昌走了七天七夜的艰难的情景，就是为了吃上两个猪油锅盔。只当这只猴没捡。他一鼓气，就上了车——他要去看看小时候见过的宜昌；如今他已经老了，一只猴子竟让他能去看一趟宜昌，有什么不划算的呢。

四

有一句老话叫冤家路窄，现在让崔无际镇长真正领教了。那天他开完会先去三峡大学找熟人问白丫儿上学的情况，从学校出来，一下子就发现了白丫儿的爹白端阳，正坐在一块石头上东张西望——那张脸他记得太深了，那曾经是一张让人学习的英雄的脸，在当年，那是有光芒的，而现在，它已经黯淡成本来的面目，像一颗烧煳了的大红薯坨，现出它丑陋悲凉的现状来。

他的家人已经知道了？这没有什么，仅就事情本身来说，倒是可以给他们一个惊喜——能让这初中就辍学的妮子来上大学，且学费全由我负担，他们会多么高兴。高兴之余他们会想崔镇长为什么会这么慷慨是不是要与我家妮子……我要花一万多块钱才能让她来这儿学三年拿个专科文凭我为的啥呢？也许我在宜昌已租了一间房子有了个安乐窝与这妮子同居了——我要娶她！我要离了婚娶她，就算大二十来岁，那算什么呢？我还不老啊，我还不到四十，我年轻有为，我要有我身心俱全的爱与婚姻生活！美是不可战胜的，年轻也是不可战胜的。美是一种夺人魂魄的魔手，我被美击中，被一个才十六岁却发育得相当成熟的乡里美妮子击中了。她让我否定了过去一切的生活。与黄一婵护士长的生活那不叫生活，那叫苦难。猜疑、防备、折磨，这么一个不男不女的人，竟与他生出了一个超常生长的娃子真不可思议，一个男人一个妇人怎么会有这种悲剧一样的奇异结果？我爱这个女娃子。疯狂的欲念（包括占有欲）像松毛虫一样啃噬着他的心，有时候，卑鄙无耻的他会情不自禁地从洗衣盆里捞起她那廉价的小胸罩，拼命嗅吸着那上面的体味儿。是汗馊味，又脏，他做过后为自己的举动而羞愧难当。我就是一条狗，一个猪狗一样的人，兴许连猪狗还不如呢。一个正当壮年，一年多没有性生活的男人，上帝呀，原谅他肮脏的欲念吧！

有一天，他的手在她滚圆的、豆腐一样有弹性的肩膀上拍抚了一下，只有零点五秒。

有一天，他想进她的房中去，在她甜睡时看看她或是摸摸她的胸脯——在她完全不知道的情况下。

有一天，他快发疯了，在月光下手淫——这可是第一次，真正的第一次。过去，那儿死了，那个东西死了。他把什么都忘了，只当自己是个庙里的和尚。

有一次，他在梦里大喊：我要和白丫儿结婚！白丫儿，我的小老婆……

现在，他看到了他的"小老婆"的爹。因为钱太多，读书的钱太多，他一下子无法承受。就算交了，如果那妮子不从怎么办？他父母全力阻止怎么办？还有她爷爷，那个越老越横、常和政府对着干的猎王白秀阻止怎么办？——白秀老头肯定会阻止，因为他不会让我占到白家的便宜。这老头杀过我伯伯，他心里横着块石头呢。

心里还是虚虚的崔无际，空手走出这所想把自己未来的小夫人培养成一个大专生的学校，八字还没有一撇，八字可能没有一撇，就无意中碰上了她爹，告诉他，今夜他必定不成，必定阳痿。

他是怀有这种企图的。这已是第三夜。灭害兽保秋收的会议开完了，他刚刚从会议上搬出来，以极不在意的样子与白丫儿登记了一个标准间。他说：你睡你的，我睡我的。这是麻痹她以让她放松警惕。可是，她爹却……

这个晚上。关上房门，就剩下他和她了。

他当然没讲碰上她爹的事。关于读书的事，已勾起了她的向往——这在水布镇家里已说好了。他说他就是要让她读书，不能再像她家上辈和同辈的那些人，那些神经质的、没有文化的野蛮打匠，偷猎、给政府献宝、抠亲人的眼睛……说到底了，就是没有文化造成的，她应该过一种更好的、更清醒的、更文明的、更有知识的生活，不能再在这种愚昧顽劣中煎熬。

"慢慢来吧，希望还是有的。要找一种不考试的院系。考试你考不来了。"他是这么给她说的。他给她买了一套很好的衣裳和一双皮鞋（都不贵，主要是她都没穿过的很洋气的式样），让她快去洗了换上。

关上大门，他将和她睡在一个房里。

"你去洗啊，没哪个动你的，我见着都烦了。"看着木木地坐在床上的她他就说。他真的有点烦了。这个在家精灵一样的妮子，一旦防范起男人，惧怕，就很令人生厌，鼻了不是鼻子，嘴不是嘴，眼睛不是眼睛，让人提不起兴趣。

好久，当她从卫生间洗完之后出来，散发着一种从热水中泡过的松散气味，他才恢复了一点点对她的好感，会把她当一个人看待。可这时，他发现他和她都不是人了——

他先是看到白丫儿投在墙上的影子，两个小辫儿一跷，就是一对羊角，灯影斜拉着她的头、嘴、羊头、羊嘴。再一看自己的影子，一只额骨高耸、龇牙咧嘴的大老虎！他内心惊骇不已，再一细看，她本就是一只小羊儿啊，你看她：通红的羊嘴，通红的圆楚楚的鼻子，羊眼，可怜扇动着待宰的耳朵，无处可逃的绝望、嫩生生的眼睛，下巴上还有一挂柔软的白胡子！他不由把眼睛去看电视机前穿衣镜里的自己，天！我，我啊？——红爆爆的阴险眼，吐气的鼻，大尖牙，心怀鬼胎摇动的小耳朵，额头上有个"王"字，身上全是扁担花！崔无际镇长猛然想到神农架的人世世代代笃信人一天有两个时辰是野牲口的说法。这不会是空穴来风，肯定有人见过的！

他的心一阵暴乱，神经快崩溃了，人晕眩，恍兮惚兮。他感到他真的是一只兽，一只肉食动物，正在向一只年幼的草食动物扑去。

"老拔子已经砍了你很多伤吗？"他这么说，让他掀开她的背部。

她就让了。因为是老拔子的爸爸要心疼地为她检查伤。他掀开她的T恤，那少女的背脊就现在昏暗的灯光下：真是一道道的伤痕，像一道道梯田，像患了严重荨麻疹。他摸着，骂着自己的儿子，诅咒着，手就向白丫儿的胸前移去。可是白丫儿的双手臂紧紧护住胸前，让他进展不得。这种僵持和相搏是在说话的时候，一句话说完就没有了任何再行进的理由。这妮子的手臂非常有力，没有让崔无际有任何成功的苗头。他遭到了强烈的抵抗。一头大老虎与一只小山羊。他拍拍她，是在慰抚让她继续放松警惕他再行偷袭。他说——他愤怒地绝望地说："你唱个山歌子看，你不要这么紧张，谁又不能把你吃了。"

他说："你就唱那杨二姐梳盘龙你怎么这样啊你唱歌的时候才最可爱你怎么咬牙切齿啊是冷吗？"

……阳雀子叫叫得凶，杨二姐梳盘龙梳子往上飘。阳雀子叫叫
得快，杨二姐出坡来锄头往上飘……

崔无际听到白丫儿用颤抖得像打摆子的声音唱这个歌，他突然大笑起来："哈哈哈……你像冬天在河里洗澡，牙齿打莲花闹哩……你是咋的啦嘿嘿嘿……怕真让我吃了？我不吃人啊，你是不是白丫儿？那个唱起山歌子来声音像溪水一样的亮汪汪的白丫儿……"

他大喊。他愤怒。他发狂。他不能自制。

"一个苞谷一个窝，一个妹子一个哥，苞谷长在窝窝里，鹰子啄来也不脱，铁链拉来不挪脚……"他唱道。他想哭。他把她扳倒在床上。他终于从她那紧守的胸前摸到她的扭动的、反抗的乳房，小小的乳头。他说："你以为我是假的骗你？不会对你负责？我要娶你的，娶你做老婆，你还不明白啊？你亏了啊？"

那妮子说："崔叔叔，崔叔叔，我就跑的，我就喊的……"

"我就唱——太阳落土又落坡，哥到妹家讨茶喝，心想留哥吃晚饭，筛子关门眼睛多……"

未来的崔无际现在的大老虎踌躇地退缩着对自己说："就是两个时辰的兽性！两个时辰，我要忍耐到十二点一刻！"

他看了看手表。

他不知怎么没有关灯。所有的灯开关都在床头柜上。女人们反抗也许是因为灯光，如果我关了灯，那种在灯光下的拼死反抗就会土崩瓦解。黑暗里，再强大的女人也会乖乖地投降、堕落，最后变成什么也看不见的野兽——羞耻看

不见，危险看不见，最痛苦的蹂躏变成了快乐和享受……他这么在白丫儿的继续反抗中抓着她那十六岁的乳房，并且克制着，竟然一下子看到自己的双手变成了长满黄毛和铁青长指甲的兽爪——这不是她爷爷胸前吊着的那个虎爪吗？它将要把一个纸一样薄的妮子抓破，抓得稀烂。他的嘴里涌出一股虎腥味，黏黏的，他的舌头变得又红又大——它要接近那张妮子的嘴了……巨大的森凉的兽爪！它伸出去时好像要把整个世界掳到自己的嘴下，要把猎物撕开，把它们变成滋润喉咙的血和一条条塞满牙缝的肉。

"请你不要害怕哟白丫儿，你为什么还叫我叔？你什么都不要叫，不要叫您，不要叫，什么都不要叫……"

痛苦万端的崔无际镇长盯着自己的一双手，那双罪恶变异的山野中的手，爪子。他干咽着喉咙，不让自己向野兽滑去，他要看电视——那是真家伙，那才是这个世界里的真实世界：电视在播送着伊拉克和以色列的新闻，熟悉的播音员、主持人。另一个台是凤凰台，几个人在分析今天发生的台海事件，今天是二〇〇×年×月×日，屏幕下方拉动的字幕新闻告诉大家，山西又有一起矿难，死亡三十四人；伊拉克发生三起自杀式袭击事件，炸死美军一人警察六人平民五十八人……

他盯着电视，他控制住自己的意识，看看表，已是十点半钟。西陵峡的江水发出奔向江汉平原的沉闷流淌声，江上夜航的汽笛像森林的叹息。他听见他的血液也这么流淌着，在秋天的血管里悲凉呼号……

那个妮子在惊恐中竟然睡着了，眼角上挂着一颗晶莹的泪珠。他看着她那印泥一样的小嘴，白嫩光滑的脸，突然觉得下面的东西坚硬如铁一样地挺立起来，这可是生命的欢呼啊！一种强大的信心让他关了所有灯不顾一切地向她扑去，掀开她的毯子，扯开她的内衣。这时，妮子醒了，一个尖锐的东西划到崔无际的手臂，一阵深切的疼痛在他身上蔓延开来。他立马闻到了自己身上的鲜血味道。那是人血。

他摸到开关，打开一个灯来，就看到了白丫儿手上攥着一把刀，一把带血的刀。

他搂着自己长长的伤口，他彻底冷静了。他看了看镜子里的自己：头发蓬乱，满脸忧郁，鼻子委屈地抽搐着——他又变回来了，他重又变成了人！他看看表，正好十二点一刻。

五

白中秋穿行在宜昌的大街小巷里，看了西洋景，喝了瓶装酒（扁瓶二两装的三峡小曲）。这天刚从一个肮脏的小馆子里喝了酒出来，就发现巷子拐角处有团活物在地上蠕动。一看，是个活人，小小的，没屁股，屁股上有个小板凳在挪动着——他就这么走路。白中秋突然想：这不就是个活口吗！这人也不是个人，烧了就烧了。喝了酒，胆大，见前后无人，就走过去弯下腰看那人，那个软骨人，有脸，脸很小，无肉，嘴，嘴也很小，耳朵就像一块木耳，头发又黄又稀，头就一拳头大，有下巴，下巴上还生着几棵胡子，喉咙很短，估计说话没力。就问他："你姓什么？"

这是试探。那人果然没什么声。答是答了，发不出声来，或者说声音很小很弱，又是宜昌话，让白中秋听不明白。或者是他心虚吧，耳朵里只是自己脉管突突突跳动的声音，像开拖拉机。

"跟我到乡下享福去！你这多可怜啊？走，我买吃的你去。跟我上福利院去不去？管吃管喝啊……"

白中秋不费吹灰之力就让这事做成了，没有反抗，就把那人连同小凳子一起抱进了他的背篓，再用一张雨布一遮，人就不见了，成了他囊中之物。喜滋滋的白中秋想宜昌可真好，就小跑一样地逃离这个地方，往来路走去，拦了一辆客车，神速地离开了宜昌，事情差不多就办成了。

连个死猴都不如。就是个死猴。不吃不喝，不屙不叫，就偎在背篓里，狗也要叫几声拉一泡尿啊。

第二天就把那人背到了死人沟，往地上一倒，还是活的，还笑，还眨巴眼睛。

"中秋，这是啥呀？这是咋回事呀？"盼着白中秋回来的苦荞见了这地上的一团人就讶异地问。

"嘿嘿，活口，不容易，从宜昌搞到的。"白中秋得意地说。

"你要杀人啊，这是个人，不是只狗，不是只鸡咧！"苦荞说。

"甭大声嚷嚷的，这死人沟杀了几多土匪。"白中秋说。

"他不是土匪啊。"

"他是个人？你看看他是个人？"

"你与他前世无怨，今生无仇，你心是狼心狗肺是咋的？犯法呀，要砍头的！"

"苦荞，我求你了，没事的，我把他往窑里一塞就没事了，这里连鬼都打不到一个，哪个能发现？一路都没人管，你还管啊！快烧快变活钱，咱们不能耽搁。"

苦荞护着那个软骨畸人死活不让白中秋点火开祭。

"你若把他祭了，我就走人，你永远不要找我！我说得出做得到！"

"苦荞，苦荞你是为什么哩？"白中秋苦苦哀求，可苦荞不管。白中秋急得一嘴火泡，喘着气哭，口里念念有词说我好不容易弄来的你又不让，你是不想让我赚钱娶你啊苦荞……他后来竟发了牛劲，夺过去那个软骨人死活不给苦荞，苦荞就想给他打拖延战术，去找个人来劝白中秋，就说："等我去庙里问菩萨，算个卦，卦说行就行。"

苦荞走出死人沟，感到孤单无助。找谁呢？外人是不可找的，找本家哥哥苦瓜，那是个大闷杠子，砻子也压不出个屁来。找中秋他爹？听说已糊涂了。她急急走着，却漫无方向。看到山上开始泛红的树，就猛然想到中秋在林场的弟弟端阳。

赶到林场，白端阳正在发女儿白丫儿的脾气哩。

白丫儿赌气走了。白丫儿是回来了，他前脚从宜昌回来，女儿就后脚回了林场，背了一大背篓东西，有吃的喝的穿的。给他买的衣服，给妈买的衣服。

"你真不要脸，你不要脸咱白家杨家也不要脸了？我白端阳也不要这块老脸了？"

那些衣服丢了一地。他老婆就拉住他说你发丫儿的火做什么？她好心好意给你带回来这些东西。

白端阳就发了疯，把那些东西踢得乱飞，踢到门外，哭了起来说："咱杨家白家祖祖辈辈没有卖逼的，你要卖逼你就不进我家门啊！"

小小妮子哪承得住这样唾骂冤屈，当下就要寻短见自杀，又是找绳子又是找刀子又是找水塘。她妈就拉住她大骂白端阳不是东西。白丫儿边哭边喊说她是清白的，她没做什么坏事，镇长也没做什么坏事，这衣裳是我的工钱给你们买的。她妈把哭哭啼啼的白丫儿关进房里问了一通，开门就出来给白端阳说：白丫儿确实没做见不得人的事，那崔镇长也没有欺负她。去宜昌崔镇长是去开会，帮她问了下读大学的事，没对她瞎来。她顺便去玩了一趟，有很多人，不是与崔镇长两个人（白丫儿这上面说了点假话）。

白端阳心里信了口里也不会信，抽烟、喝酒，满脸的火烧疙瘩都在扭曲、抽搐、紫肿。他摔着杯子不听她们的解释述说，狠命地流着泪，朝她们吼道："滚！不争气的！你们都给老子滚！滚！"

他踢门，踢罐子。白丫儿母女俩果真就"滚"了，不回来了，不知上哪儿去了。

可马上门口又有女声在说话，一看，是哥中秋新近好上的那女人苦荞，一脸汗湿，敞着怀，浑身冒着白色的热气，就给他说了中秋要烧人祭窑的事。白端阳听到这事后，不禁仰天长叹，白家戚家祖宗前世都做了些什么，养出这等荒唐的畜生后代。咱这家人咋就这般命！大哥是畜生你跟他一样成了畜生，比蛇蝎还毒啊。他想了想，在林场小卖部买了五斤地封子酒，便与苦荞一起赶往死人沟。

一路闷雷阵阵，天上地下都像有石头错动的声音，像有个巨人要把这天地之间的万事万物磨碎了，恨不过，将它们碾成齑粉。山在撕裂，猎人峰要垮下来了，路会断……白端阳心里惦记着赌气跑了的老婆女儿，心中想老牛还要啃嫩草呐，这个姓崔的快四十了，我妮子才十六岁还是个半大的瓜苞子呐。可恨啊可恨，你仗着这官场当狗摇尾乞怜溜须拍马弄来的一点官，强占民女，乱搞男女关系，共产党就不管吗？畜生也还分大小，但愿她们说的是真的，但愿我妮子留个清白身以后好嫁人好找婆家……

一路上净想着这事，死人沟就到了。白中秋看到苦荞引来了弟弟端阳，大为吃惊，说："啥事儿来这里呢，端阳？"

白端阳说："寻白丫儿和她娘，跑了，就走到这儿了。"

白中秋见弟弟东瞄西看，就嘿嘿笑着说："烧个窑，也不是砍你们林场的树。"

白端阳说："那也是，林场离这儿远着哩。"

天上雷声连连，白端阳将酒蹾在石头上，说："山要塌了，山哼得厉害，咱就带着这壶酒，这下好了，哥，咱们喝了这壶守天亮。"

白中秋说："端阳，你把我稳住，等派出所的人来抓我呐？"

白端阳说："哥，咱就算不是一个爹妈生的，也是几十年的兄弟，一口锅里吃饭的，我坏你的事干什么？"

"是啊，这个家也不像个家，这你不晓得体不体会得到哥的苦处？白椿明明可以去当兵的，这下也完了，田里差不多颗粒无收，全让猪糟践了……"

白中秋又去问苦荞，"算的卦呢？"

苦荞拿出一条鱼来，煎得焦黄，上了葱花，却还蹦跶着尾巴，说："这。"

白中秋见了酒鱼，肠子就翻动了，口水就往外汪。这一天他等着苦荞还一颗米都没吃。

白端阳说："哥，咱喝隔山杯。"

就要苦荞站中间，两兄弟就举起了酒杯，把酒往胃里倒。去了一斤酒后，白端阳又说："哥，咱来连珠杯。"

白中秋怎么喝怎么好，左一杯，右一杯，一斤酒又没了。

两斤哪，可白中秋纹丝不动，眼珠子还蓝闪闪的，就像秋高气爽，神闲气定的天空。眼里却是对白端阳的猜忌和嘲笑："弟，红了！红了！你泪汪汪个啥哩？"

"想起大哥，俺亲爹，还有你我老去的爹妈。"白端阳说。

"倒酒啦，苦荞！"

苦荞也泪汪汪的，看着歪歪欲倒，一脸火烧疙瘩和一双烧成干苔的双手的端阳，不忍哪，手悬了那壶，不敢倾出。

"倒啊，苦荞姐，难得碰到你，碰到你们。"白端阳一抹沉重的眼眉，伸出杯子。

"三响炮！"他说。白端阳说。

"三响炮？"白中秋都愣了。

"弟，白丫儿和弟媳妇究竟是咋回事呢？"他哥白中秋问。

"别管她们，咱管自己，咱兄弟俩，从来到你们家，我就是跟哥你睡一个床。这雷啊雨啊下得瘆人，鬼火重重，得喝好了退鬼，窑我帮你点火，哥，我被火烧过的，火气重，一点就着。"白端阳说。

"端阳老弟啊！"

三响炮就三响炮，难不倒白中秋。白中秋先抽了三杯，全是满当当的酒面。

白端阳喝着，心里拔苦拔苦。中秋中秋，你究竟是何方怪物？酒也灌不醉你，鬼也吓不走你，天不怕地不怕，你未必是牛魔王托生？

"咱……咱……咱喝急流水……"白端阳还这么自咬着卵子撑好汉。话没说完，自己溜到地下去了。苦荞和白中秋把他拉起来，两兄弟又喝。又赶去了一斤急流水。白中秋毕竟年岁不饶人，也渐渐晕了，听见那闹哄哄的雷声说："怕不是文所长来捉我吧？"

"你还有个怕惧的，哥！"

白端阳就一杯酒向白中秋泼去。白中秋脸沐在酒里，就木了，结着舌头说："端……端阳，你……你发酒疯？"

"烧我呀，来烧我！端阳我反正是被火烧过的不是啵？"白端阳气得脸像秋茄子，眼像火漆果，下巴骨像碾苞谷的碾子。

这时候，那个软骨人就从棚外滚进来了。白端阳也不惊，明知故问道："哥，窑子里养着精怪啊？"

白中秋说："祭……祭窑的，不……不碍你……你的事。"

白端阳摔了酒杯，说："胡说，这哪是宜昌捡来的活口？分明是咱死人沟里的肉芝！"

白中秋也糊涂了，问道："肉……肉芝？"

"咱这神农架老山产灵芝你也不知道？灵芝分几色？六色——紫、赤、黄、白、黑、青。这六色灵芝又分几种？五种——菌、石、草、木、肉。肉芝就是肉，人肉，人的鼻子与眼睛，吃了可长生不老啊……"

苦荞故意说："端阳，这不就是肉怪？"

"芝与怪你们也分不清楚！芝就是芝，怪就是怪！中秋哥，你这禽兽不如的家伙，你可知肉芝是国家保护的植物，你还想拿它烧成一块栎木炭？不识货的东西！还不交给政府！"

苦荞护着那软骨人，就朝白端阳跪下来，哭诉道："端阳，他可是个人哪，你也糊涂了？"

白端阳一脚蹬开了苦荞，一时泪水滚滚，冲出棚子，外头是瓢泼大雨，漆黑一团。白端阳对着山喊道："塌下来吧，塌下来吧，塌死他们吧！这些禽兽不如的家伙，畜生，你把他们都埋了吧，老天爷！"

在闪电的光线中他看见那高远的猎人峰，像一个悲愤的巨人。等他回过头来，那软骨人两粒亮闪闪的小儿般的眼睛望着他，眼里满是求生的渴望和乞求。

云塌下来了，天更黑。沟里满是奇怪的吼叫。

六

活口被弟弟端阳和苦荞背走了。留下白中秋一个人守着那冷生生的窑。

我还得祭活口啊，我得点火啊。因为大雨滂沱，他也不能回去，就砍藤子做了十几个套子。不出一天，就套住了一只毛猴。可猴是个死猴。因为它两只脚都套住了，又没有人的智力把那简单的套解开，这烈性的猴为了活命，就咬断自己的脚想跑出来。还没有咬断第二只，血估计流光了。看着那断脚，看着那一滩黑血，心想野牲口也不都像猪那么聪明。野牲口还是蠢的。套子简单得令人发笑，将那套绳一端系在一根树上，另一端打个活扣，野牲口最后束手就擒。上苍没给野牲口们传授这么简单的求生术，是想让咱两脚人把那四脚兽杀光捕光哩，不是这个理又是哪个理？

山里连日大雨，死猴又不能去山外换钱，越看越想越觉得晦气，就将猴扔在了坡上又去套别的。果然又套了只果子狸，活的，就扔进窑里点了火。守着烧窑，却听见山坡上一阵猴叫，声音怪惨的。一看，就看傻了：一群毛猴正在那儿埋他扔掉的那只死猴。猴子们闹着嚷着跳着哭着，用手刨坡上的土石，刨了个坑，将那死猴埋进去，像人埋人一样，堆出了一个土包。那死猴的尾巴太长，就没埋进去，竖在土堆外。那时雨已经停了，猴们都守在那土堆周围，就像人们守灵。一阵风吹来，那留在土堆外的猴尾就像杆旗帜摇晃了几下，猴群一阵欢呼，去刨那猴坟，把死猴拽了出来，你递给我，我递给你，把死猴抱在怀里，又摇又打，又抚又抛。不一会，猴们又呜呜哇哇地将那死猴重放回坑，重堆上土石埋了，尾巴依然露在外头。可又一阵风次来，那尾巴又飘飘摇摇起来。刚静下的猴群又喧腾了，又去扒拉土堆，抱出死猴，你传我递，又摇又抛……

白中秋终于看出了门道：原来那尾巴一摇，猴们就以为土里的死猴活了，就挖出来。如此一而再，再而三……白中秋看到这里，一阵心酸，猴们也是有情有义的啊，比人还重情义，人不认人了连自己家里人的眼都敢抠……人啊猴哟！白中秋就抽泣起来。后悔不该套死这只猴，又想到自己要拿人来烧了祭窑，自己也成了比牲口都孬的家伙。幸亏没烧，那真是伤天害理，禽兽不如。

白中秋赶跑了猴群，重新将那死猴的尾巴埋进土里，这样那群猴才依依不舍地散了。

窑烧到第五天的时候，看着看着快好了，要封窑口闭炭了——这就要退窑火念咒了。而这时，天果真变了，有些昏暗，有些冷。白中秋心想事也就成了，一只果子狸也行，能压住阴煞气。就在心里开始念那雪山咒语退火，最好是下雪下雪子，那雪粉往窑上一壅，慢慢退了火去，炭又干爽，背出去也轻省。坐在窑顶上念了几遍咒语，还真的飘起了稀稀朗朗的雪花来。白中秋想，好神呐，这咒语还真灵验哩，莫非这财该我发了？运气来了你门板都挡不着。正念着，突然出现了三个人，那三个人不看不打紧，一看吓一跳，是巡山的护林队员。虽不是拿枪的派出所警察，可也穿着一身的迷彩服，一个个五大三粗，皮肤黝黑，胡子拉碴，一看就是在山野里窜的狠人，什么都不怕的。

那三个人见了他只当没看见，竟嘀咕着钻进白中秋的棚子，吃起烟来。白中秋心里虚，见他们招呼都不打一个，正念到"龙来龙现爪，虎来虎退皮"，心想该不是什么山精木魅吧？白中秋心乱如麻地进去时那三个人在找水喝，找到弟弟端阳的那个壶，摇了摇，他们说："还有酒哩。"又从自己的背包带子上取下杯子，往杯里倒酒，说，"怪呀，这深山老林，未必是红毛野人酿的酒？"

白中秋就说："我的酒，尽管喝哩。"

那几个人只当没听见的，自顾了喝，说："有点菜就好了。"

白中秋就从一个岩洞里掏出半碗腌黄瓜来，呈递过去。

那几个人还是没看他一眼，倒是把那碗接了过去，一人拿了条黄瓜，呱唧呱唧地吃起来，满屋的酒味和黄瓜的酸味。白中秋以为他们会感谢他的，他就要收买他们了，想着兜里还有多少钱，也不多了。可那三个人吃了，打了嗝，还是没给他说话，只当他是空气，只当这个世界他不存在。

"还有三个雷管啊。"一个人给另两个说。

三个人就都拿了雷管。

白中秋预感到大事不好，就看他们怎么干。那三个人就出去了，走到他窑口那儿，拉开堵窑的石头，一忽儿大火纷飞，火舌卷到空中有几丈高，像一条火龙！炭见了空气，又燃了，要烧成白灰！白中秋见此景，就扑向那窑，却被三个人紧紧抓住，并且把他按倒在地。白中秋真真切切看到他们把三个雷管投进窑里，一阵惊天动地的响声，窑飞了，满沟里都是热气腾腾的炭灰，就是炭灰。白中秋一声惨叫就哭了起来，可回头一看，那三个巡山员不见了。

"我娘耶！我完了！这辈子算完了！叫花子讨鱼胆，穷苦的命哟！"

七

苦荞答应了要将那软骨人送回宜昌，这就动身了。没钱坐车，就走小路近路，穿山越岭。好在软骨人又小，充其量四五十斤，山里人背惯了，也不算什么。那软骨人坐在苦荞背柴背猪草的背篓里，还是安静如初。苦荞就诅咒着天杀的白中秋。山中有秋雨，只好用雨布将自己的头和软宝的头盖着，也就盖住了整个背篓；那软宝的头搁在她背颈窝里，左摇右晃的，吹着丝丝热气，算是个活人，走路就格外小心，怕滑倒了，把那软骨人摔了。人家可是城里人哩，宜昌在哪儿咱也不知道，没去过，但方向还是知晓的，穿过兴山，再穿过夷陵，不就到了宜昌市吗？如拦到个便车，就更快了。

到处是淋湿后阴森森潮乎乎的树，乌桕的红叶一蓬火从雨中冲出来，还是无力，呛着烟子。山楂红串串的，像树淌着鼻血，疯长的山荷叶还是很茂盛，在溪沟边摇摇曳曳。苦荞见旁边林子里有响动，就拍拍那背篓说："有野牲口，我就把你喂着吃了的啊！"

有个人说话，人还是胆大些。那"人"虽不能说话，又小，毕竟是个四肢俱全的人。

"宜昌有大楼房和大洋船吧？"

"宜昌的女人都很漂亮吧？宜昌人吃啥喝啥？长成你这么个蔫不拉叽软宝相，未必宜昌没苞谷吃吗？咱神农架山里，男娃女娃都长得敦敦实实的，打得死老虎，都叫苞谷墩子……"

这么说着，到了傍晚，雨的翅膀收了，有晚霞钻出来，山上又有一派爽气，路也干了，听到远处的山上有歌声和牛哞声，就唱了起来：

> 送郎送到床挡头，
> 撞破灯盏泼了油，
> 破了灯盏不打紧，
> 油了衣裳要丢丑。
> 送郎送到房屋门，
> 双泪难忍哭一声，
> 你也哭来我也哭，
> 哭来哭去走不成。

送郎送到道路口，

伸手拉住我郎手，

舍不得丢也要丢，

奴手丢了心难丢。

送郎送到大桥头，

手扶栏杆望水流，

莫学江水无情意，

但愿天长与地久……

　　唱完，那背上的人竟拍起手来。还能听哩，也能吃，给了他个火烧粑粑，就吃完了。走到一家住户，想讨歇过夜。可那家人说："背个啥哩？猴娃？"苦荞一听就气了，说："咋说话哩，这是个人，人家还是城里的，宜昌的。"那家人就说："人不像人，猴不像猴，不是猴娃是什么呢？"就朝她打量，看那眼神，好像这背篓里的人是她和猴子配了生的。就气愤地走了。回过头又问了一句："这里闹不闹猪？"那家人说："猪啊猴啊鬼啊都闹的。"

　　苦荞心想吓不住我，就往前走。走到一个路边岩洞，就把背篓卸下，点燃一些火，又用开山刀砍了些芭茅，塞进背篓里，自己靠在火边，太累，一闭上眼就睡着了。梦中梦见了自己的儿子春鹊，这春鹊咋就跟这软骨人长得一个样呢？软软地走来，却能说神农架的话，用神农架的口音喊："娘哟！在这里歇么事啦？"春鹊死后，苦荞的一头好秀发全掉光了，两年后才又长起来。用手去抱春鹊，春鹊又变成了猴子，说："娘，我还要去树上摘云雾草吃。"醒过来见自己坐在火边，竟搂着那软骨人的头在胸前。冰凉的水咋就往手臂上落呢？自己哭了，泪滴在那软骨人脸上，把软骨人也惊醒了，向上瞪着一双单纯的猴眼看着她。不就是个猴子吗？人家说得没错，就是只山猴：猴脸，猴嘴，猴牙齿，猴耳朵，还猴叫声哩，咿咿呀呀的，是在问她为啥子落泪？

　　苦荞就想抹泪，把那背篓放一边去，心想我还真怕他被野牲口吃了不是，又不是我的儿。看人小，可年岁估摸着也不小了，脸上有了褶子哩，还有几根稀黄的胡子，小老头啊！

　　"你甭看，我梦见了我儿哩，不关你的事。"

　　一宿无话。

　　第二天早上起来钻出洞子，晴霞高山，红叶薄雾，顿时太阳就沸沸扬扬，顿时山里就果实噼啪炸裂一片。秋天欢呼雀跃，人的头上热汗滚滚。

身子虚，没吃啥，又没睡好，身上又背着个活人。那无人的路上还时常看到野猪的蹄印、遗落的臭屎和拱过的土石。走到一条河溪边，卷了裤腿就要过去，看见河对面山壁边一排亮闪闪的长齿猪！猪呀！

"妈呀！"苦荞心里叫了一声，还不敢叫出来，就收了脚，手上抓着根过河的棍子，就交给了背上的那个小人儿，又从腰里抽出山里人个个出外都有的开山刀，心想：你们要过来，咱就跟你拼了！

山里人都知道，当你与野牲口遭遇时，又没能力打败它，你千万别慌张，站哪里还是站哪里，别跑，眼神不要游移，不要东张西望，脚也别挪动，就直勾勾地盯着它，管它是猪还是熊，是虎还是豹。听说野牲口虽比人厉害，却不敢看人的眼睛。人的眼睛里放出的光，让所有野牲口发寒。苦荞就那么盯着河那边的野猪。心想反正隔着一条河。河虽不宽，水却湍急。看着看着，竟发现脚下与河对岸相连的路不是条人行道，是条兽道——野牲口来来往往的。而且那群猪（少说有十多头，有大有小）丝毫不怕苦荞的眼睛，不但没退缩，反而有跃跃欲试过河的企图。

猪群中有两头白猪，有两头大猪，嘴有两尺长。那两头大猪估计是头领，它们把长嘴杵到地上不动，发出低沉的哼哼声，身上的硬毛直竖起来，这是要发出进攻的信号！

苦荞背着那软骨人站在那儿，眼盯着，身上都麻了，心想逃不脱了。万般无奈之时，感谢猪群中的几只小猪，这些猪娃们不知道大猪想过河要攻击人，它们的天性开始跑动了，并且是往下游山坡上的灌丛里跑。小猪一跑，大猪吃不住劲了，就去撵小猪。冷跑一个，热跑一个，不一会，猪群全部跑掉了。等没了猪影，苦荞还站在那儿，腿直发跳。

好一会，她才把那背篓扔到地上，自己脚一软，倒在了河滩上。

背篓一摔，可能摔着了那软骨人，一阵猴被狼吃了的咿咿叫唤，那软骨人就从背篓里爬了出来，身上冒着滚滚的冷汗，像一条软虫。他什么都看见了，他吓出了一身汗。

"软宝，就是你！咱为送你，差一点讨猪吃了！你叫唤个什么啊，摔不死你！让你活着就是天大的人情！"

拎起那软骨人，就朝河里扔去。那软骨人被丢进河里，哪会水，就扑腾起来。苦荞不是要淹死他，是去抱他时，闻见一股令人作呕的酸臭味——这家伙自被白中秋背来就没洗过，就像一团粪。她是要给他洗个澡。

"淹不死你！淹不死你！"就将那软骨人的衣裳三把两下扒下来，扯了把蓝韭草便在他身上搓。

那软骨人在水里扑打扑打，身上搓得红起起的，还没忘了用一只手护住私处。

"你那也叫家伙！"心里这么想，就扯开那手把下身也给他搓洗了。那东西果真不是个东西，就是个小田螺，可茅草还不少，真是个大人呢，小老头哩。

洗干净了，洗出个人样来了，就扔到河滩上。太阳正好，不大不小，卵石热乎乎的。苦荞再为他洗衣服，洗了，摊到太阳下晒。可自己身上也湿了，汗湿加水湿，干脆脱了衣裳也把衣洗了再洗自己。转过头来，那软骨人一双老鼠眼滴溜溜地盯着她的身子看，就忙钻进水里，朝那软骨人厔水道："把头转过去，闭上你的眼睛！要死啊，再看我让你喂猪！"

那软骨人就转过头去，又转过来，朝她眨眼睛，还笑哩。这狗日的，小卵泡！苦荞就赶紧洗了，护住胸前，爬上岸躲到远远的一棵大树边，等衣裳干。

衣裳干了，两人穿上了，再背上他，往哪儿走呢？还只得过河，往前面走啊。心里这么想，泪水就涌出来了。默默地揩干了，还得走呀，硬着头皮往前走，谁叫你给这软骨人说了，给白中秋也说了，要把他送到宜昌去。

横了心涉水过河，泪水扑嗒扑嗒往下掉。哪知道一只手就伸过来了，替她揩泪哩。转头一看，那家伙也好像在流泪，眼红红的。他是为哪般？

好在，过了河，又上山，再下河，再爬山，没碰到野物。只是，快到傍晚时，下了一场秋雨。这雨在山上一下，就是剥皮沉水的感觉，前不沾村，后不着店，看来又得在野外待一夜了。好在洞多，就进入了一个岩洞躲雨，有些行人打的茅草、柴火，也是有人睡过的——她嗅了嗅，是人睡过的，不是野牲口躲雨的，就放心进去，生火，把那软骨人和自己的衣裳又扒了烤。一触到那软骨人的身体，咋冰凉的？想是伤风感冒了，又没吃的，就干啃了一个红薯，还是在人地里扒的。这人冷，还打战，牙齿像打机关枪，哒哒哒哒地磕。就是块冰！只有出气，没有进气。快死了？这人快死了！心里怕得不行，只好把那团"冰"抱进怀里，用自己的体温暖他。

边暖边嘤嘤泣泣哭着，哭自己死去的男人和儿子，哭该死的白中秋，哭自己的命……

哭着哭着，竟搂着那"冰"昏昏沉沉睡着了。一阵冷风吹进来，惊醒了，山里是熊吼狼嗥，怀里的那软骨人有了些热气，人大概也活了，还有个东西顶着她不舒服哩，往下一摸，抓到那家伙的下身，就是下身，由小田螺变成了根大黄瓜。就像火烫了一样，苦荞立马爆起来，将那使坏的软骨人扔到草堆里："邪！邪！你想干什么？啊？"

那软宝也从混沌中摔醒过来，一声"咿咿"，就在草堆里疼痛地挣扎起来。

"摔不死你！看你邪气！"苦荞两个大白奶子气愤地跳跃着，"你是狗子坐轿，不识抬举！给不得你一点好，来——"抓起一把草就往他嘴里塞，不让他叫，这是惩罚。

那软骨人虽然口里塞了一把草，可脸上一脸的愧赧色，那样子，是恨不得找个地缝钻进去。

苦荞不理他，他难受，就到火旁扒拉他的衣服自己要穿。还真能穿，那衣裳也干了。可苦荞却在一边越哭越好哭，越哭越想哭。那软骨人在那儿不知如何是好，晓得自己做错了。唉，也算不上错，遇到暖热，生理自然反应，也不能怪他呐，他虽是个畸人，那东西不畸。他待在一旁不知如何是好，连道歉也不会。这时，苦荞就见他上来拉她的手腕。苦荞看着这个小猴样的人，不理。那猴人又拉，并且指着她手腕上那块表不放。

苦荞那表都一年多没走了，戴在手上，也就是个摆设。丈夫的，丈夫的遗物，见了表，就是个怀念。

那人要她将下表来，很固执，不放。又见那猴人去背篓里，费了好大劲拿出他行路的板凳来，从板凳横档抽出个小抽屉儿，里面还装着不少的东西，一个包，摊开来，全是修表的工具。苦荞虽未见过修表，可当那软骨人把那小小巧巧的一大堆工具摊开时，她就感觉到这工具与手表有关。

软骨人捡出一块无表带的电子表，又指了指她的表，又拿出一把小起子，苦荞就明白了六七分。就疑疑惑惑把那表摘下来。

那软骨人拿起她的表，示意她把火再添一把。火烧大之后，那软骨人就把那个带玻璃的塑料软圈往右眼上一贴，就贴住了。就开始拆苦荞的表。

三把两下就把表拆开了，就开始修，就三把两下修好了，一上发条，表就嚓嚓嚓嚓地开始走了，走得好稳沉好雄健。那软骨人按电子表上的数字对好时间，将那表递过来，一脸孩子笑。苦荞就接过表重戴上，哈哈，真修好了，嚓嚓嚓嚓，秒针赶分针，分针赶时针。那软骨人摘下那红塑料镜，捡起根烧过的树枝，在石头上写起字来。苦荞凑过去看——她多少认得几个字，那石头上软骨人写的：

北京时间

字还写得很好呢。这城里人，定是上过学的，还是个修表匠。哪能想到啊！这么个残疾人，却有这么好的正当手艺，比起那四肢健全却走邪门歪道的白中秋，人家就是高山，白中秋是一坨狗屎。

苦荞开始重新打量起这个人来。虽不像个人，可怎么看怎么亲切，怎么看怎么心疼。

"小猴猴儿啊，你这个小猴猴儿……"苦荞在心里颤颤地说，泪水又叮叮咚咚流出来了。

天亮了。

第六章　阎王塌子千斤榨

一

"你说什么啊？"

白中秋一听说苦荞嫁到宜昌城里了，就像一条狗一样气疯了，并且打狗，打得家里的紫花和石头嗷嗷乱叫，狗急跳墙，跳到屋顶上，朝天上的乌鸦乱吠，一声铳响传来，白中秋他爹白秀朝狗开了枪。有人就说：白家一屋的疯人疯狗。

白中秋那个气呀，心想，我还是你们俩的介绍人哩！心里对苦荞和那个人不像人猴不像猴的软骨人那个恨呀。苦荞哩苦荞，那又不是个人，你咋喜欢上了他呢？不就看上他是宜昌大城市的人，有个城市户口？咱神农架的人咋就生得这么贱！

心里恨不过，又步行了几天去了趟宜昌，站在东山大道上对着宜昌大骂了一场，人流匆匆，车流滚滚，噪音隆隆，没个宜昌人理他，只好自己干巴巴地回了家，蒙着头睡了三天三夜不吃不喝。把他儿子白椿倒吓住了，怎么劝也不吃。三天之后，心里就想成熟了。说到底，还是一个钱字，没钱休想讨到女人喜欢。

白中秋丢下一屋的老弱病残，自个去了镇里。他想买老鼠药，毒死天下的野牲口，把山里的活物杀完；他想买敌敌畏，把河里的鱼毒它个片甲不留。他想杀人。走到街上，迎头就被一个人杀了一刀。那是个木刀，好在没危险，扯起那人就要劈巴掌。有人就拉住他：这可打不得，崔镇长的相公！白中秋想，这就是那个长成屋山头了的老拔子。白中秋气无处消，看那傻大个小儿，口中高念着"冲冲冲，杀杀杀，杀得你们像狗爬"。后头就赶来了侄女白丫儿。这个白丫儿还是到崔镇长家来了，她爹拦不住。白丫儿一来，见是二伯白中秋，就喊："二伯！"白中秋头上生疼，眼还冒着金花，就说："白丫儿，这是个啥牲口？老熊啊！"白丫儿说："二伯对他要顺毛摸。老拔子！老拔子！回去！回家去！"

叫老巴子啊，那不就是一只虎吗？虎在神农架就叫老巴子。老巴子这虎占着镇子，还有老百姓好日子过吗？

摸着头上鹅蛋大的包骂骂咧咧地撞进了些微醉餐馆。餐馆的巴东老板就问："师傅，吃什么呀？"

"有啥呢？"

"就牛杂锅仔。"

"多少钱？"

"十二块，一大锅，包你吃得汗直流，全货真价实，咱不做假的。"巴东的牛杂碎师傅鼓着腮说。

"那就没点野味？比方野猪肉？"

"那东西能存着？三天两头停电，放就臭了，就这东西，哪打得到啊，猎王白秀都打不到，听说今年的猪都是精怪啦！如今的人，都想吃活的，恨不得敲猴脑吃脑髓……"

"你是说，活的才值钱？"白中秋压低声音问。

"那可不是，皮、肉都值钱，哪儿弄去！"

吃着牛杂碎，一股牛屎味。手上还捏着一张刚在庙里求的签，签是个下下签——马超追曹，签辞上说："得宝醒来在梦中，自是南柯一场空。苦求婚姻并问病，别寻条路为相通。"那老和尚追出来找他要签钱，他边跑边骂："老秃驴你坏了我的好事，不找你赔钱就是好的！"

酒还是很滋心的，酒让人泪眼汪汪，思前想后，枉托了一场人生！十二块钱一锅的烂肠臭肚锅仔呀，煮出一股牛屎味的锅仔，我哪点得罪了这世界，这世界这么看不起我……想起"活的值钱"那句话，心里便有了谱。

跌跌撞撞往山里走去，到处是湛蓝的天空自由的秋色，野蕨和蕙兰闪闪发光，溪水滚动着金链一样的身影，山顶的雪痕像神仙摊晒的盐——敢情山顶上都下了一场雪啦，雪一下，那金丝猴不就要下来了……想到巴东老板说敲猴脑吃的话，肉与皮都值钱，听说一张金丝猴的皮要顶台拖拉机，这话是听谁说过的……

山越走越深，口里越走越有一股牛屎味道——全是他妈的巴东人的牛杂碎弄的，看准咱只配吃最便宜的牛杂碎锅仔，欺负人哩，一个外乡人还欺负你。正走着，忽然听到了森林中一阵响动。抬眼望，红桦林子全翻开了卷皮——一到秋天就要换皮哩，哪有什么东西！没猪也没猴，是榛子在风里叭叭往下掉，木通在风里咚咚往下落，海棠果在风里唰唰往下溜，鸟啄的，一群不出声的黄嘴大蓝雀正拼命啄食。

风一吹，天就凉，到了哪儿啦？这不是清风寨的牛下水嘛？我知道我走到这里了。牛下水密不透风，高寒荒凉，一到秋冬，就是金丝猴们的栖息地。果然——

但见一阵狂风卷起，一团团金色的火焰出现在远处的林梢，宛若一团团烧红的铁泥从六指的铁砧上飞了起来。呀！看，金丝猴们披着长长的披风，闪着蓝蓝的圆脸，霓虹般飞卷的尾巴，宝石般含情的眼睛，神情镇定自若，身影超然物外，活脱脱一个个宜昌城里的美女子！这定是城里美女的精魂所变，依恋咱神农山水，才托生到此的。这群至少有上百只，它们驮儿带女，采食苔藓松萝。这些仙人仙兽仙女呀，它们张望着，逗闹着，依偎着，互抚着，煞是好看啊！

白中秋心中一阵激动，手无寸铁，只有一把开山刀一个背篓，如何能……

"咿耶——啊儿——啊儿——"

一只哨猴在树梢瞭望，发出尖锐的叫声。白中秋赶快闪到树的背后。就听见那猴群一起发出了呼应："喳克！喳克！"

国家一级保护动物啊，宣传了的！口里就泛出了那野花椒籽味和牛屎味来。辛辣动人的野花椒籽味和恶秽杀人的牛屎味在这山野里即刻搏斗起来。野花椒籽味说：滚开！滚开！你这没洗干净在牛肚中肠子上沾着的牛屎味！

牛屎味说：滚开！滚开！你这野娘们生的野种野花椒籽，牛屎乃我牛杂碎的本分！不装我这牛屎，这牛肠牛肚又有何用？既没有用，就没得吃，哪还有你后来烹煮的机会？你想压倒我的锐气，休想！野花椒籽味说：你这龌龊的东西，我乃神农山上心性高洁性格强烈之调味品，烹煮你这不干不净的东西，算我瞎了眼！牛屎味呵呵一笑说：不干不净，吃了不生病。没有我这牛屎味，哪有我们主人的恶心，没有他的恶心，哪能记起我这一介草民来呀。野花椒籽说：恬不知耻，你算什么草民，你是屎民！牛屎味说：草民是屎民的前生，先为草后为屎也，你说我是屎民，到后来你也不与我一样成了一介屎民，从主人的粪腔里喷出来了吗？所以，你我没有什么高雅低俗之分，最后同奔粪缸，成为肥料，滋润万物。说不定你最后的气味还没有我深厚浓郁绵长持久，还能放进锅仔里烹煮呢……

生性高傲的野花椒籽味与涎皮赖脸的牛屎味在这傍夕时分的山野争斗了半天，打了个平手。白中秋就想到了些微醉餐馆，那油腻腻的桌子，四处飞舞的苍蝇，咕咕欢叫的红辣水锅仔，那尖嘴猴腮的老板给他神秘的递话：现在活东西值钱……

他盯着金丝猴看着，看得可贪婪了。这活的……活的，远在天边，近在眼前……

一只小鹿来到了溪边，开始试试探探喝水。暮色把它渐渐吞没了。白中秋看着，眼泪唰唰地流了出来。

高傲不驯的花椒籽味与涎皮赖脸的牛屎味在这高山上奋勇铿锵地争斗了半天，白中秋也苦想了半天：干还是不干？

"干！"他说。

二

白中秋背篓里背着一个小金丝猴回村，就碰上了他的老克星文寇所长。这个瘦瘦的，像小孩一样笑，像狗一样发怒的派出所所长，又摸到咱家，莫非发现了我进山……

好在他没进屋人就给他说了文寇所长在他们家，真是天助我也，我得赶快把那东西藏起来，就闪到后头竹林，再下到一个岩坎，藏进一个小山洞，用牛草堵严实了。他是想把这东西先放着，再找下家。听说林场李八棍是倒腾这个的，他有路子走这野牲口，价钱也可能公道些（熟人嘛），没想到先碰上了煞星。

进了屋，才知文所长不是为他。是为一种阎王塌子千斤榨的大猎具来的。白中秋一进门，毛村长借着文寇所长的狠就朝他一顿狂嚷——是批评他哩："你让你家爹妈吃啥哪？让白椿瞎摸灶门？把屋烧了你就好了？让他去放牛还捡漆树籽，你是个什么东西！唉！你一路游山玩水搞女人……"

说到搞女人，白中秋就要打断村长的话了："我牛鸡巴日的搞了女人，女人跟人跑了你不晓得你讥笑我哩村长！"

本来心里有鬼，搞了野生动物，可说他搞女人是最屈他的，就跳了起来，差一点与村长动了手。文寇所长就说算了，你们放一放咱还是讨论阎王塌子千斤榨的事。

几个徒弟都说这东西难做，简直没见过，现在山里的大兽少了，哪用得着这种让山兽断子绝孙的猎具。他们的师傅白秀老人有些糊涂，说见是见过，旧社会见过，砸老虎豹子的，还砸那种大独角兽和林豚。林豚是啥？就是棺材兽。有人见过，砸棺材兽最狠——那棺材兽，一口棺材那么长，一头大一头小，头上还顶个"奠"字，枪子不能伤，真是刀枪不入，只服这阎王塌子千斤榨，当年，是秦岭下来的打匠鼓捣这玩意儿，要几千斤大石头，几千斤芭茅，几千斤树筒，还必须是杉料，一般粗的，弄得不好，打匠塌死在里头，这东西危险大，不是打大兽的老打匠，谁都不敢摆弄那玩意儿。

为什么要搞这阎王塌子千斤榨，白中秋听着听着就听出了一点门道。原来镇里县里发大头症，说要变害为益，不光要捕杀野猪（崔镇长从省里争来了二十头猎杀指标），还要搞野猪养殖。县里的领导说："野猪养殖，可是大有可为的阳光产业。"崔镇长说："到宜昌开会，谁不说，咱神农架泛滥的野猪是个宝啊。把那野猪全收到圈里来，家家养殖野猪，那不要发大财农民就富起来了吗？——城里人就好这口呀！野味呀！"有的外地乡镇长说："你们还怵什么，这是丰富的自然资源，老天爷赏给你们的，不收白不收。那就搞呗。"可如今这猪都成了精，枪打不到，套子套不到，陷阱下不到，你有再大的本事千军万马又奈它何？还是文所长懂这个，就想到了那失传的猎具阎王塌子千斤榨——这是一个浪漫主义的想法，一个浪漫主义的人，一个民俗学会会员和洞穴探险者的奇思妙想：弄些阎王塌子千斤榨，砸死几头猪砸伤几头猪，那不就都有了吗？猪什么都见过了，这种猎具没见过，它就会往里钻。

白中秋倒是对这个很有兴趣。他想起小时候听爹讲过这种猎具砸那棺材兽和大羚羊的故事。可他惦记着山洞里的那个小猴，就没了心思。文所长逼着白秀要他带领大家把这个东西搞出来，继续把猪打了。白秀只是咳嗽着，几十年的泥肺又犯了——是在山里受了风寒。他话也说不清，几个徒弟包括村长都摇头。要徒弟们搞，舒耳巴因肛门做了手术有问题，便秘，成天叫唤，包胜手炸成两块生姜样，还能做什么传说中的阎王塌子千斤榨，就是做个鸟笼也不行了。

这让文所长很恼火，脸色很不好看，像患了痛风。没人接手做这个，人们对养殖野猪发家致富的兴趣也不大，叫文所长那个恨啰——恨铁不成钢。心里想：你们这群懒惰鬼穷酸猪，你们过的哪叫人过的日子啊，整个村里充斥着一股人畜便味，一个个家徒四壁，破衣烂衫，最好的鞋子就是黄力士鞋，最好的上衣是冒牌的有肩章的黄色警察制服，以为背个肩章就威武了。你们睡的枕头是荞麦壳枕头或塞的破棉袄，你们盖的被套是到处起球的化纤织物。你们的家里酸臭扑鼻，你们的厨房烟熏火燎，老鼠蟑螂成群，你们的窗户用塑料纸蒙着，你们的桌子上跳跃着鸡子，揩了鸡屎摆筷子请客人上桌吃饭。你们一家两个袱子（毛巾），黑黢黢的，公公媳妇用一个毛巾洗屁股下身。你们啃啃了十几年的筷子，你们的牙刷毛都趴得像老母猪的毛。你们不知道世界究竟怎样了，一个连什么叫枕头都不知道的人不是连畜生都不如吗？可悲啊，可悲。

"可是，"他在那儿大喊，"白大爷，你们跟政府作对倒是很积极的哟！为何跟政府合作总是这也不愿干那也不肯干？"

"那哪是对着干不肯干？"大家七嘴八舌地说。

"……咱这信息不通嘛。猪又鬼精，能打谁不打……政府对咱师傅不错这大家都看在眼里，老红军终于定下来了……"

文所长心里说：你这老红军、猎王也就这般能耐，有人还怕你成为传说扯杆子上了猎人峰让社会不安定农民暴动呢，什么鸡巴本事都没有，完了，完蛋了！

被文所长内心蔑视的白秀白大爷左右不吭声，只是在虎爪烟袋里抠烟丝填烟锅抽，吧嗒吧嗒的，两腮凹进去荒了。

白秀后来说话了："做这样的千斤榨，那是要短寿的。"

这一句话，就把所有人的路给堵了。那鲁瞎子也附和道："是折阳寿的。

想想，枪打一只，千斤榨砸一片，断子绝孙这也是断打匠的活路么。没想到政府说保护，还鼓动咱做这号猎具……"

文所长当即反驳他，说这与保护无关。二十头猪的指标你还没打一半，我弄几头猪了见好就收。

说服不了别人。

三

文寇所长只是在白秀的家里围着火塘听到了一些稀奇古怪的传闻。比如说某人要搞女人，女人不让搞他就闭女人的尿，咒一念就闭了，女人三天撒不出尿来，来找他，只要答应跟他睡，尿就排出来了；比如木匠使坏，在人家新婚床上钉钉子，原因是没招待好吃喝。钉了钉子新婚夫妇床上爬上爬下就是搞不到一块去，钉子一取就成了；还比如做房子使坏的，在门上画凶符你不知道，等等。气呼呼地回到镇里，镇里还在大张旗鼓地宣传把水布镇变成野猪繁殖基地，并将活捉野猪的悬赏提高到五百元，将倒闭的木材加工厂改造成野猪良种养殖场，还不知从哪儿请来了一个说话不利索的广东人来传授野猪养殖技术（听说是联营）。母猪是家猪，就是"鄂西大黑猪"，繁殖力强。已经将木材加工厂过去的职工宿舍改造成了比较规范的猪圈，上面用铁拦网（据说公野猪可以跳过四米高的墙）。并且将蔬菜队划出了一大片土地种野猪喜欢吃的白三叶、红三叶及高羊茅草。听那个广东人说，一头野猪一天要吃两块钱的饲料，如果加些草，就可省五角钱，而且草可使公野猪母家猪健壮，不会便秘，发情期长。两年能生五次崽，一次至少十二三个。一个月哺乳，断奶后就又可发情。家猪肉十七八块钱一斤，野猪肉到了城里的超市，就要翻一到两倍。而且野猪与家猪杂交的这种野猪肉啊，皮薄肉细，吃起来不腻。

三头母猪已经开始发情，只等捉来的公野猪配种。真是万事俱备，只欠东风了。

可领受捉猪任务的文寇所长却急得像热锅上的蚂蚁，到哪儿逮猪去？还是公猪！我的天啊，天啊，天啊，母野猪呢？死的呢？母野猪也行呀。也有了方案，让镇上高三驼子的公猪（当地叫脚猪）来配，也是一样的，一半家一半野血统，一样皮薄肉细，瘦多肥少，野味不减。

长篇小说
153

在贯彻执行上级交给的任务方面，崔镇长可以说是不遗余力的，而且道理还都冠冕堂皇，说起来还能催人泪下哩。

当然，文寇所长之所以愉快接受了这个任务，也与自己的隐秘有关。作为民俗学会会员，他在猎俗搜集整理方面做了些什么，全镇子的人没有谁知道，连派出所的人也不大清楚。反正，借着治爆缉枪，他的欲望得到了空前膨胀，他的由此而滋生的宏伟计划，正在一点点实现，并且迅猛发展，离胜利几乎只有几步之遥了——阎王塌子千斤榨呀，我爱你，我渴望弄到你，我渴望复原你，这失传的伟大猎具，在神农架这个打匠辈出，野兽成群的山岭中，你应该在我的手上重现，成为一种象征，一种猎人精神的象征，气吞山河，吸海垂虹！它就是猎神，就是猎神啊！

有一个人正在悄悄向他走来，那就是猎王白秀的儿子白中秋。

不过那是在数天后，绕了一个弯子向他的拘留室走来的。

四

白中秋背着那小金丝猴到林场找李八棍，他弟弟端阳说李八棍哪在场里，满世界到处跑。去问李八棍老婆，李八棍老婆说她都两个月没见他了，谁知道死到哪里了。那就只好去找那个巴东卖牛杂碎的。

大雨呐！几个村都出现了泥石流，雷打得人惶惶不安，心里一跳一跳。该不是为这一只猴吧？不不，听说青龙潭的青龙醒了，前天听到山吼，走到哪都听说山吼了，地哼了，是"黄安"。黄安是一种蛇，到咱神农山区修炼的，五百年后就修炼成仙，就要借道出海，腾空为龙，这就叫起蛟。听许多人说，今年要起蛟了。是起蛟哩。

走到鬼脱岭休息，剃头的夜壶鼻子老范说：八里荒一棵天师栗前天晚上一雷劈出条大蛇，劈到半空中，落到河滩上。镇上昨天派人去看，可蛇不见了，尸骨无存，有两丈多长……

白中秋滑滑溜溜背到镇上，来到些微醉餐馆，已是傍晚。那巴东老板已不记得这吃过牛杂碎锅仔的顾客，热情招呼他想吃点什么，白中秋站在那里，难以启齿。老板很诧异，盯着他看。见餐馆里没人，白中秋就鼓足了勇气把老板拉到后头厨房里，老板不知他要干什么，或者知道他要干什么。白中秋从背篓里拉出一个蛇皮袋子，又从蛇皮袋子里拉出一个东西，提到一半，老板已经看清了：是个死金丝猴。

老板"咿呀"一声，倒退了两步，一脸恐惧说："搞这个啊！"

连连摆手，并将那死猴摁进蛇皮袋子里。白中秋拿出来时自己也一愣：咋就死了呢？不就套断了一条腿，路上还咿咿叫唤的，咋到了却死了？心疼，那老板又不收，像对待瘟神地对待他。

"没事的，没事的。"他说。

"这要杀头坐牢的！"老板说，"蛇、雀子、花面狸、螃螃（石蛙）还差不多……还是个死的。"就把他往外掀。

白中秋重回到雨中，一脚的湿泥，还冷。这秋天的雨，在山里一入夜就像万把刀子割肉。他徜徉在小镇的街巷里，湿鞋咕叽咕叽地踩在高低不平的石板路上。可以说他那时完全是饥寒交迫。口袋里没钱，是等着卖给李八棍或者这个老板后，兜里才有点响动的。现在，兜里瘪瘪静静，牙齿冷冷清清，鼻腔寒气袭人。

一脚踏进旅社门前的泥水，也闻到了一些食物的气味。那儿，几家挨着的小吃店和简易餐馆都开着门，有煮卤菜和蒸包子的气味漫漶，还有炝锅的声音，辣味。噢，闻到辣味暖意汗意就来了。也有带牛屎味的牛杂碎。

白中秋走了两家，不敢问人家卖那死猴。失失落落，可可怜怜想着今夜该到哪儿歇个脚，就见后头一声喊唤："这不是中秋吗？"

白中秋急速回头，天！救星！救星来了！救星就是李八棍！

李八棍一脸病相，手上端着烟，腰是弓的。听说他在宜昌割了背上的什么恶疮百鸟朝凤，就是癌，身子就薄了，腰就弯了，没了生意人的雄气与喜气。

"八棍！啊，八棍！"

恨不得抱上他。过去恨过他。不就是去年吗，要他去打鬣羚，说收鬣羚皮。白中秋不就去下套子套鬣羚吗，还未出手就被派出所逮住了，关了十五天。

"我正找你哩。"白中秋声音有些发颤地说。

"走！"

李八棍就把他带进一个餐馆，进了一个苇席夹的包间，里面霉味扑鼻，可这是温暖的霉味啊！

火来了，很好。白中秋就把脚上的破解放鞋脱下来烤脚，脚都让雨水泡白了，像死尸的脚。

"你找我啊？"

"是啊是啊，我还去了林场，我……"

"喝两杯再说。"

就上了牛杂碎锅仔，散装苞谷酒。

酒、火、故人，还缺啥哩，就把背篓打开了，说弄了点东西。那李八棍是个老手，瞄一眼就行了，什么话也不说，就从肮脏的裤子里搜钱，大的小的毛角子一大把搜出来，放到桌上，选了张大的，最大的，一百的，递了过去，放在白中秋搁酒杯和瓷调羹的面前，掸了烟灰，说："我弄出手了，再给你五百。"

"那活的呢？"白中秋急切地问。

"那就高多了，负责你不会吃亏，乡里乡亲的，胀死你的荷包！不过这要稳当。别出麻纱哟。再则，你咋让它死毬呢？给吃的它，再多加点草护住，伤了就给包扎啊。"

白中秋连连点头。吃了，跟李八棍滚了一个铺。第二天，神清气爽，衣裳也干了，拿着那一百块钱，买了双新解放鞋，又买了二十袋方便面和二十根火腿肠，就回村去叫儿子。

五

枪，套子。白椿以为他爹是要他一起进山套野猪去的。听说镇里的悬赏涨到一头活野猪一千了，成年公猪更高。

天气十分晴朗，太阳一出，潮气走了，山冈上晒满了阳光和鸟雀，当然还有野花，泥土冒着热气。

山走了很深，白椿依然不知道此行的目的地和究竟要干什么。反正他爹白中秋不肯回答，只要他跟着走便是了。

走到第二天，白椿听到一阵叮叮咚咚的响声，是不是到了清风寨的牛下水嘛？上次爷爷梦游的地方，还是与野猪遭遇的地方，可能还在更里头呢。因为植物的气息令人窒息，这是个人迹罕至的地方。

"咿耶——咿耶——"

这不是金丝猴么？是金丝猴！再侧耳细听："咿耶——啊儿——啊儿——"

"爹，是金丝猴哩！"

"甭说话，咱还没下套子哩，这里猪多。"他爹白中秋说。便开始下套子。

"爹，做不得的，这可是金丝猴哩！"白椿喊。

可他爹一把拽住他，把他拽了一个趔趄，并将他按在草丛中，不让他动。

白椿贴在石头上，感觉到有个活物从手上向手臂爬，大约是个蜥蜴。他在听着，耳朵分外敏锐。他听见他爹在扳弄爷爷的那枪。他还来不及叫唤阻止，就听见一声清脆巨大的声响，子弹炸药放出去了！一声金丝猴的凄厉叫声——肯定有猴打中了！

白椿连喊也喊不出，喉咙是硬的，像被竹竿撑着一样。

"哦喳！哦喳！哦喳！哦喳……"

满山里都是猴群的叫声。

白椿看不到，这时，他爹白中秋看到一只母猴中了枪，顿时山林就乱了，树上的猴群山呼海啸一般向远处逃去，像金色的狂风，狂乱地掠过树梢，一片哀恸的喚叫。

"爹！"

白中秋摆脱白椿的拉拽向前跑，他要赶快逮住那受伤的金丝猴。就在这时候，白中秋看到那受伤的猴子站了起来，双手举着，腿流着血，胸前两个女人一样的奶子。白中秋不知它举手是为何，那伤猴又用手指了指一块石头背后，再指了指自己胸前。白中秋好生诧异，看这伤猴怎么搞。那伤猴闪进石头背后，一会，又跑了出来，又举起双手，又指指石头、胸前。这样往返三次，最后，爬上石头，拖着一条断腿，用手招呼白中秋，大约是要他去抓它吧。

白中秋疑疑惑惑地走了过去，那伤猴果然没跑，往石头后面一看，还有只小猴，嘴上沾满了白色的汁液，肚子已经凸出，估计是吃饱了奶，再看石头上，用一张芭蕉叶圈成的一个碗，碗里剩满了白色的液体，还冒着袅袅热气——那是奶，猴奶啊！刚才这母猴原来是在给小猴喂奶，并且给小猴挤了一碗奶搁着，然后等打匠把它抓去。看着那奶"碗"，看着那"碗"边一滩滩的血迹，等白中秋明白一切之后，他的心一震，手上的枪差一点掉落地上。那受伤的母猴虽然断了腿，淌着血，可一派平静，那张天生的蓝色的脸上，没有疼痛和赴死的恐惧，只是护着身后的小猴，用手向白中秋摆动着，要他别伤害那只小猴。白中秋鼻子一酸，就要哭起来。可还是把酸压了下去。心不能软啊，它再有人性，也是畜生，我要靠它活下去的，它就是咱的银行啊。他狠了心，就去抓伤猴。这时，儿子白椿一阵风一样扑了上来，一把将白中秋压到了地上。儿子大声说："爹，别打金丝猴啊！这不是一般的畜生，爷爷从来也不打的。再说它是顶级国家保护动物，要掉脑袋的啊，爹！"

白中秋被这一惊吓惹恼了，且腰给硌在石头上，一阵生疼，断了一般。那小子还不松手哩，紧紧把他箍着，使其动弹不得，还用手抓住了白中秋手上的枪管。

"椿儿！做啥哩？疯了吗？疯了吗？"

"爹，不能，您可不能疯啊，家里人都疯了，您不能再疯！"白椿喊。

父子两个在草丛里滚作一团，一个要出来，一个不放手，两人滚来滚去，挣挣扎扎。天上的鸟就叫了，远处的猴群也狂叫。

"你懂个屁！你知道你眼是咋瞎的吗？还不是因为没钱你大伯才疯的！没钱人才疯咧狗日的！我这辈子算完了，你不找个媳妇给咱传宗接代？生娃儿不要个女的，你一个人能生啊？女的就要钱！一只猴子李八棍说了，活的五千块，胀死你的荷包！狗日的！"

"我不要老婆！我不要老婆！您别打猴！"

父子在地上滚着扯着，又一阵风卷来，十几只壮年的猴突然从天而降。白中秋转过头来，那伤母猴和小猴都被抢掳走了。可儿子的双手还死死不放。

"放啊，放啊，狗日的，猴早跑了！"白中秋沮丧地朝儿子一拳，把他的双手打脱了，站起来，衣裳也扯烂了。山里一片寂静，桦树林兀然屹立，落净了叶子。只有那血迹，那一碗冷却的猴奶。

"喝吧，狗日的。"白中秋小心地端起那"碗"猴奶，送到儿子燎泡累累的嘴前。

"啥东西？"

"猴奶。狗日的。"

"我不喝猴奶，我不打猴，我捡漆树籽去，漆树籽也能卖钱咧！"

"那你捡去，滚！狗杂种！"

白椿果真就走了，背上空空的背篓走了。

"你回来，杂种！你到哪儿捡啊？讨牲口吃了！"

可儿子不回，儿子不回头，用探竿摸索着往峡谷走去。

"你这个犟糟瘟！狗杂种！"白中秋骂。

山影如浪，山林血红。

白椿往前走着，心想哪儿来的一碗猴奶呢？

白中秋没唤儿子，他不想唤了。他感觉到儿子这回在这高山里，一定会被野牲口吃掉。他颓然地坐到地上，呃呃哽哽地哭了起来。

六

那是个大集。逢九。

白中秋背着满满当当一背篓麻羊子肉。他在山上守了三天，下了二十几个套子，吃方便面。这次想搞个大的，却让儿子给搅黄了，金丝猴无影无踪。他先是打死了一只黄麂，麂子太小，一顿烧烤就给它吃了，皮先放着。第三天套了只麻羊子，掂了掂，有四五十斤，肝让他趁热吃了，增加了点热量。想着先把它出手，就奔下山来。

集上人山人海，白中秋瞅了瞅周围，找了个空位置就开始卖肉。刚开始大家不敢买他的肉，以为是死猪肉，他先是没吭声，后来急了，就说了出来，就是说麻羊子肉，八块钱一斤。买肉的闻闻，是内行，说是的，也还新鲜，一传十，十传百，肉就卖得很快，并且打抢了。谁都爱吃野味儿，这是没办法的事，而且还便宜，比猪肉还便宜一半。白中秋是急着脱手，也不晓得行情，乱开的价，准备把钱弄到手了找李八棍卖两张皮去（麂皮和麻羊皮）。白中秋卖到兴奋了，就告诉镇上的人怎么个吃法，说煮党参、牡丹皮或者牛蒡，或者野山药、山枣、榛子、锥栗，红烧、煮汤都好，天下第一美味……白中秋正说着，轰的一声，就齐齐地被两个人压倒在地上，爬不起来，刀也收缴了。白中秋以为是吃黑的，定眼一看，用腿跪在他身上的两个人分明眼熟——派出所的！白中秋一声呜呼，就整个身子软了。

再说白椿。

他没被野牲口吃了，背着一背篓沉沉的漆树籽下了山来，不过他头上、脸上给划了无数道口子，都是树枝给划的，膝盖破了，结着血痂，两只手也是，指甲都翻在外头。刚把漆树籽卖给一家山货店出来，手攥着八十三块钱，就听到街上乱哄哄的有人叫"让开，让开"。白椿问是什么，有人给他说派出所抓到了一个打麻羊子的，白椿问是哪儿的，有人就说是白云坳白秀的儿子。

"爹！"白椿脸就红了，就躲在那路边的礓磋坎子上，手捧着脸生怕别人认出他来。

"蚀人！"家里又抓了一个。爹又抓了一次。家啊，家。这个家怎么啦？

白丫儿啊，白丫儿妹妹，快救救我那可恶可恨的爹吧，快给镇长说说，放他出来，家里爷爷奶奶还没人管哩……白椿几乎是跑着去了镇长家，瞎眼又被戳了一次——被那做生意的人搭凉棚的竹竿。眼里流着红艳艳的鲜血，上了那镇长家的楼梯。妹妹白丫儿就惊叫起来："呀！哥呀！哥呀！咋搞的呀？"

白椿眼里汩汩流着血，嘴里啊啊哭泣着，抱起他的白丫儿妹妹就站立不稳了，就晕倒了。这几天在山里头摸摸闹闹，吃没吃的，喝没喝的，是怎样把个身子撑着背上百斤的漆树籽来镇上卖的，只有老天爷知道一个瞎子的苦楚。

白丫儿把哥哥扶到椅子上坐下，给他灌了一瓶老拔子的牛奶（豁出去了），哥哥白椿才慢慢苏醒，便把他爹的事给白丫儿说了。

白丫儿听着，看着他哥白椿这一副可怜凄惨满是伤痕血痂的样子，也放声哭了起来，兄妹两个抱头痛哭。哭过白丫儿要哥哥白椿别急，她自会给镇长崔叔叔说的。

这时那个手拿木刀的混蛋老拔子回来了，见人喝了他的牛奶，朝白椿乱砍。白丫儿只好要哥哥白椿赶快走掉。

七

派出所后院那个死气沉沉的围墙就横亘在那里，它圈着死亡和寒意，它圈着生命，圈着天下最厉害的警察和号子里最凶的老鼠、臭虫和虱子。虱子一个个像蜘蛛，鼓着红沉沉的肚皮，朝白中秋瞪着毛刺刺的眼睛。天下有这等可恶的地方啊！几只夜鸦子站在那蒿草墙头，哑哑歌唱，像几个唱丧歌的巫师，像鲁瞎子。他现在开始怀念起村里的家了。家比狗窝都不如，可毕竟是家，有火塘啊。在干草里冷得簌簌发抖的白中秋，用手背揩了一把清鼻涕，手上还留有分解麻羊肉后的油腻、血迹和羊骚味。他看看自己空空的双手，想哭哭不出声。我这个命啊！假如——假如卖给那个巴东的牛杂碎老板，假如让李八棍参考一下……就是看那么多人，想立马换成钞票，心急吃不得热豆腐呀……悔死。

还有什么可悔的呢？到了这个地步。正在想日后怎么办时，就有人喊他了："白中秋！"

派出所最高长官文所长蹋门进来，迎头就朝他两耳光："我操你妈！打不死你！我操你妈！"

文所长愤怒地叱骂着他，手还在捏着，还想抽。白中秋脸被抽麻了。心想如果所长把气出了，放了他，这脸挨几下也是值的。

文所长把他带到办公室。他提着裤子（因缴了裤带）磕磕绊绊地跟到那个昏暗的、空旷的、透风透亮的办公室。办公室空荡荡，一桌二椅而已。文所长不给他坐，让他站在墙角，踹了他一脚，又开骂道："我操你的妈！说，还杀了什么？杀了金丝猴没？"

"杀了。"这嘴顺了，就顺着说了。

"什么？"、

"没，没杀呀！"歇斯底里地纠正。

"咱们的崔镇长要我问你，杀了虎没？"

"没！"

"杀了豹没？"

"没！"

"杀了人没？"

"没，没！没呀！"

"我操你的妈，尽给我添乱。你这个老不清白的东西，要你逮猪的呢？逮活猪的呢？"

"我是逮猪呀所长，我是听您的逮猪，可麻羊子撞到了我枪口上，您说……"

"没要你用枪打啊！"

"那我用什么？"

"阎王塌子千斤榨！千斤榨！千斤榨！"

文所长脖子粗粗的，因血胀得发黑，头发一根根竖起来，两只耳朵像两只锅耳，蜂眼豺声，甚是恐怖。

"您让我再去逮猪啊……"声音是乞求。

"你们乱砍滥伐，乱捕滥猎，乱采滥挖，专跟政府作对啊！你们是些什么东西？是哪一种野牲口？你们咋就不死绝呢？死绝了省得害我找我的麻烦啊！你们这些狗打匠，猎人，你们要翻天不是？"

文寇所长要他跟着自己往一个乱地方走去。白中秋磕磕绊绊走那坍塌台阶断砖碎瓦，就进了后院中的一道隔门，进了一栋破败的房子。文寇所长用钥匙把门打开，门吱呀一声开了，霉气就冲了出来。白中秋心想给我换地方哩，让我更遭罪的地方哩。可是灯一拉开，豁然开朗。金黄色的灯光照着那四壁：哇，全是猎具，全是白云坳子的打匠们使用过或很久没见到了的老猎具。这么多枪啊，你看，火枪、鸟枪、铳、自响枪、管子、垫枪、猛一搂、一把捏；短枪、一丈多的长枪——打鸟的；笨重的、轻灵的，胡桃木柄、红桦柄、枸骨过冬青柄、五脚槭柄、枫香木柄、野核桃木柄；有精美的，有粗糙的；有刻了人名的，有刻了花纹的；有山牛皮做的背带，有兽筋背带，有拖拉机皮条背带；有钢箍、铜箍、铁箍；有拴了小链，有拴了铜钱的，有拴了民国镍币的……

再进一个门，墙上是各种猎刀，各种刀鞘；刀口缺头凹脑，沾满乌黑的血迹；刀鞘大多呈暗红或黑赭；牛卵子皮的火药囊、狗卵皮的火药囊、羊皮缝制的火药囊；有圆形、椭圆、方形、不成形；有蓝布子弹袋、黑布子弹袋、绣花子弹袋——绣着山椒鸟、八哥、喜鹊、荷花、梅花、牡丹、杜鹃；有香签筒——箍铜皮的、不箍铜皮的、楠竹的；各式牝筒，大大小小，数十个之多；还有脚码子、挠钩、猎叉——二齿、三齿、五齿、七齿、九齿，钢丝套、绳套、藤套、地弓、驯鹰眼罩、手套，铁猫子；这铁猫子大的达一米，重如石磙，机关重重、弹簧巨大，抓耙抓爪如巨魔之手，铁都可以抓断——这是谁的啊，这是文所长从哪儿收来的？好阴沉的铁猫子啊！真是强中更有强中手，一山更比一山高，咱打匠村也没见过这大的铁猫子，咱爹猎王也没打造过这般铁猫子，难怪难怪，难怪山上野物绝迹了，难怪逃脱的成了精，这样的猎具大海里，跑出来的还不成精成啥哩！

再一间屋子，那就是地狱了：各种野牲口的头栩栩如生，恍若隔世地挂在那石灰剥落的墙上：狼、扒狗子、野猪、獐子、灵猫、虎、豹、青羊、麻羊、岩羊、大羊、黄麂、青麂、梅花鹿、毛冠鹿、豪猪、獾、石龙子、熊、猴、貂、狐、鼬、狸、兔、竹溜子、飞鼠，还有一个个鸟的标本：鹭、鸢、老鹰、金雕、苦恶鸟、大斑鸠、鬼瞪哥、松鸦、红嘴蓝鹊、山凤、乌鸫、歌鸲、树莺、鸦雀、山雀、太阳鸟、绣眼鸟、白腰鸟、红腹锦鸡、娃娃鸡、长尾雉、灰雉、骨顶鸡、啄木鸟、腊嘴雀、松鸦……这就是昔日的山林，这就是那阳光灿烂，百鸟争鸣，万兽奔跑嬉戏的山林，可突然之间一下子在这里冻住了，喑哑了，仿佛是凝固的一瞬间，让白中秋惊骇得呆怔在那里，睁大眼睛望着这一切，这墙上的景象。而墙上的千千万万双牲口的眼睛、野鸟雀的眼睛，都好奇地看着他，充满了孩童般的、单纯的善意。它们并不凶啊，它们像是与我们同路的路人，它们与我们擦肩而过，也是去赶集的，也是去吃酒的，也是去走亲戚看大戏的，可它们……

"这是被你们杀死的！被你爹他们杀死的，全在这儿了！一屋的冤魂！一屋的鬼！一屋的血海深仇！你们干的好事！你们伟大啊！你们把山林杀得鲜血滚滚血浪滔滔，把野牲口全杀成了皮张、骷髅，让山上安静了。你们这些杀人不眨眼吃人不吐骨头的魔王、凶手……"

白中秋想躲都躲不了，文寇所长揪着他的衣服就往外扯，拨开后院里的藤蔓和荒草，随手摘起一个枕头大的冬瓜，嘭的砸到地上，顿时白中秋眼前出现了一个大坑，白中秋欠过身朝坑里一看，那深坑中躺着的冬瓜已被无数根竹尖穿了洞。

"绝后窖！"白中秋不禁脱口而出。

再一抬头，看到文寇所长站在一堆整齐的木料和芭茅垛上，甩给他一捆铁丝，道："给你！限你一个星期给我做成阎王塌子千斤榨。不做好休想我放了你！"

说完拂袖而去。

八

白中秋站在那一堆材料面前，突然想到他爹躺进棺材的那天，天空曾出现的异兆——这事他跟谁也没讲，他以为是个梦，一个幻觉。那天早晨起来，他去林场给弟弟把信时，看见乌鸦凄鸣，松鼠乱窜，天空中漂浮着一个巨大的木架子，那木架子像崩岩一样地砸下来，天地中出现了奇怪的啸声。顿时，千万个野牲口的身影像水花一样飞溅向天空，天上布满了猩红的舌头，森白的牙齿，黑洞洞的喉咙——它们扭成一团。天上红霞如血，大地万物似幡。那是一个初秋的早晨，霜打着通红的柿子，溪边的熊耳草瑟瑟发抖，向日葵发出金黄色的呼叫，溅起一片温暖的秋潮……一忽儿，他又看见路边林子的腐殖质中，陡然钻出一具虎或羚羊的骨架子，扑上来就要咬他。他抽出开山刀劈杀。那骨架往土里钻去。他去挖，挖出一些白森森的碎片。他记得他揣着几块碎片去问鲁瞎子，鲁瞎子摸了摸说是龙骨，一味好药，治小儿惊厥和热疾的。

白中秋，一个打匠的后代，他自己并没有打到多少野牲口，可自己的脚后跟却被打了。小时候跟爹一起上山，不知谁的枪走火打了他。至今一只脚穿四十码的鞋，一只脚只能穿三十六码。不过这个秘密谁都不知道，连苦荞都不知道，在人前，一样像正常人走路，没人时才会打点瘸；鞋子里塞一把茅草也就一双脚齐了。这个悲惨的猎王后代现在被逼得没了退路。他要搞出那歹毒的家伙来，那断子绝孙的阎王塌子千斤榨来，否则就只有在号子里忍饥挨饿滚茅草。

他陡然想到，那天爹抬进棺材的早晨，天上飘着的，就是这个巨型的猎具阎王塌子千斤榨。这是老天要传我！他就开始回忆，那木架子的做法，每个细节都竟回忆起来了！天助我也！

想一想吧，什么样的架子可以承受几千斤重的石头，门，能让避风的野牲口特别是那些野猪钻进去，机关怎么布置，钩在哪，哪儿一拉动，哗——轰——这千斤榨就砸下来了，榨干这猎物身上的血，榨断它的喉管，榨碎它的五脏六腑！让这些在山里如今横行的猪精们乖乖地钻进去，把它们斩尽杀绝！死的活的，一大窝，猪是成群的，进去就是一大窝，然后……

这就要说到白中秋鼓捣出的阎王塌子千斤榨竣工的那天。

文寇所长牵了两头半糙子猪来，赶进那黑暗凶险的门里，不一会，就见山崩地裂的一声，一座伪装得十分巧妙的茅棚子就轰然倒塌了。石块纷飞，烟尘滚滚，冗长的余音结束后，派出所七八个干警一起将那木料、茅草、石头搬开，一头猪已成了肉饼，另一头猪也哀哀叫唤，已不能动弹。

九

本章附录（可跳过去不读）：

文寇所长给白中秋摆的庆功宴上（白中秋第一次吃到了地地道道的黄牛肉火锅），以下是白中秋喝酒时给文寇所长"吹"的猎经——

"……说到这打猎呀，打匠是一听，二察，三看，四访。像我爹这种打匠，把山势一看就知道出什么牲口。听是听声音，察是观察草啊、地上树上的痕迹。看是看路线，山势。访主要是访当地人。上山一看，半山腰出什么，山顶出什么，心里有数了，再看兽迹，那兽是进去的，还是出来的。进去的可能有收获，出来的你就别指望了。我爹出猎最迷信这红丧日了。红丧日对野牲口明凶暗吉，对打匠明吉暗凶，最后都是大凶。首先要请张五郎，就是猎神了，您那屋子里挂着有，用檀香木雕的最好，有的打匠就用南瓜蒂雕个小五郎神，也灵验。猎神盒子背着走，还要念咒，念开山咒和收山咒，念咒要念七七四十九天，满后再念才有效，临时上山围猎念咒，那是无效的。念了开山咒，就能打到东西。念了收山咒，这山上的野兽别人就打不到了。一个麂子别人打十枪八枪也打不到，打到了你自己也捡不到，被别人捡去了。上山还得问卦，用三个铜钱，也有用两块竹片的。是顺卦，顺背上；倒卦，倒背上。不背五郎神四山爷，那你就要倒血霉了……我爹有个徒弟，仗着年轻胆大，不信五郎神，上山下自响枪打熊。第二天与小舅子一起去清枪，下的三个枪，只找到两个，另一个死活找不到。他找啊找啊，就听一声轰响，他小舅子去看他姐夫，听到了他姐夫乌鸦一样的叫声，声音全变了。跑近去一看，他姐夫衣裳全剥光了，在老林子那个跳呀吼呀——大腿中了自己下的枪啦。还有一个徒弟，也出门前忘了背那四山爷，与好友一起去打熊。走着走着，那徒弟看到树上一阵摇晃，以为是熊在树上呢，一枪下去，从树上掉下个人来，正是他的同伴，同伴就喊起来：'你打到我了，你打到我了！'他去摸同伴，肩胛上血直滴，就把他背出山去诊治，刚上了公路，人就断气了……讲到打熊，我爹的徒弟舒耳巴最惨了。他爹过去是土匪，杀人越货，万民共愤，也活该他报应。有一次他上山去清坝，就是收套。套子套住了一头小熊，正解小熊的套时，母熊来了。来不及开枪，赤手空拳与母熊搏斗，这舒耳巴年轻时很有一把力气，保了条命，可母熊把他的脸扒去了，没了下巴，从此以后那口里的恶涎就这么流啊流啊，胸前的衣裳都沤烂完了，一辈子围小娃儿的涎兜儿，这辈子可造孽了……熊么？我看您也谋了个熊头，熊可是独心独肝的，公母不同道，母的带小的。冬天它就不下山了，躲在山洞里。天暖和些就在树蔸下、石头下面掏蚂蚁窝吃，山蚂蚁、白蚂蚁都吃，也掰竹笋吃，还吃地泡子。逢上有人家养蜂蜜，它就偷吃蜂蜜。夏天就吃马桑果泡子，秋天吃苞谷啊黄豆啊，冬天就吃花栗树的果子，青冈栎果子。咱猎人峰有好多大青冈栎，熊吃不完，所以熊冬眠时饿不过，也出来寻吃的，特别是咱神农架白熊，干脆就是不冬眠的，反正有吃的。可惜现在难见到熊啦。熊跟好多野牲口一样，都是独心独肝，像豹子呀，老虎呀，都是这个德性，不团结，所以灭得快。熊冬眠就舔前掌子，如果掌子舔薄了，它就要出洞吃麂子獐子了。那熊掌为啥右前掌好吃又金贵又值钱呢？就因为熊冬天舔那掌。吃熊掌先是把毛刮掉，只剩下白筋了，刮出来以后，跟人的脚一模一样，刚吃的人看了就不敢吃。熊掌也就那个味，城里人、当官的把它抬好高，煮不烂，跟虎肉一样。煮一天还像牛筋。这些东西，上苍不是让它们给人吃的，否则那不是蛮好煮吗？吃了熊肉熊掌，人很来劲儿，力气大，搬得动山。吃过之后浑身皮肤像要裂开似的，性燥呀，是大补的东西……说到熊冬眠，我爹有一次在山中走着走着，掉进了一个石坑。刚踩下去，石坑底下一个东西跃起来，一掌就把他打上了坑顶，您道是怎么？那坑底有头冬眠的熊，熊趴在坑底，身上落了一层又一层落叶，我爹哪知道这样的朝天坑也有熊过冬呢？——这自然是往年喽，老熊没了冬眠的地方，凡是山洞树洞，全睡满了熊。冬天抓熊，那是十拿九稳的，我爹有一年冬天抓过九头熊。那熊活生生地抓回来了，还睡在你屋里，跟抽了筋似的，没一点力气，也不吃你。人冷了，就睡熊胯里，暖和得狠。

"……您说熊跟虎比哪个厉害？还是熊，不是有一猪二熊三虎之说吗？虎吃牲口从来不蛮干，是有头脑的。它先是拼命追，然后就悄悄藏在草丛和灌丛里了，那些羊啊麂子啊鹿啊，总是恋自己的草场，见追杀停止了，过不一会它又会回来的，于是老虎在路上等着，然后扑上去将牲口吃掉。熊跟虎斗，起码两天两夜才分胜负。有一年我们山上的老林子里，一头熊与一只虎斗。那老虎想吃那熊，那熊也有劲反抗，就这么两兽在老林子里声震九霄地吼，那是个白丧日，打匠们也不敢上山，听到那两兽相斗声，村里好多人碗都吓掉在地上。两天以后，声音停止了，人们才上山去看，那块地方刨出了几尺深的坑，都是熊和虎刨的，树皮都刨掉了，那是壮胆刨的。地上血迹斑斑，但没有尸体，估计都受了伤，又都跑了，打了个平手……我爹打熊的事这您知道……嗯嗯，我爹打熊从不失手。打熊要打两枪，第一枪打了，它就站起来了，你就得快换药。我爹换药不超过五秒钟——这您都验过，知道。那熊站起来，胸口就有个白三角印子，你照那儿打，保险一枪完事。照屁股打？可不行啊，除非你打断它尾脊骨……说起打虎，您也听说过我爹的那点事了，我爹刚开始到白云坳做抵门杠子（上门女婿）时，还不认识虎，跟别人一起上山赶仗打虎。那虎衔了个人走了；老虎衔人把人往背上一甩，就像搭件衣裳，悠悠荡荡地走，根本不怕人。就听前头响起了枪声，我爹赶上去一看，果真有一只虎坐在大雪里，一身的扁担花，两眼瞪得铜铃大，威风凛凛像个将军。我爹拔腿就跑，后面上来个有经验的打匠说：它早死了，虎死就是这个样子，坐着的，虎死余威在。就用枪头一推，那虎就倒了。虎死是不倒威的。那时候，虎骨不值钱，我爹分了三斤虎肉，煮了三天三夜还煮不烂。虎肉最难煮了，比熊掌还难煮。它一寸膘一寸精肉，不是给人吃的。虎吃了人两眼放光，跟人一样。你没听说咱白云坳有个叫王四块的娃子吗？那是个游手好闲的人，整天喝酒。有一天，他喝了酒，倒在山道上睡觉，被虎发现了。虎没想沾惹他，从他身上跨过去，这四块就用手去扯虎腿，还不放过那虎，虎扯急了，就把他吃了衔着他的头往咕噜崖走。虎吃了人两眼放红光，被王四块的爹发现了，知道虎吃了人，就去追杀那虎，那虎丢下人头就跑。王四块的爹一看虎嘴里滚出个人头，那人头还喊了声'爹'！王四块的爹一看，这不是他娃子吗，就叫上几个人去追那虎，没追上。虎难打啊……哪里哪里，我爹算什么英雄，撞上了，有山运。我再讲个有山运的奇事儿把与所长听。我爹一个姓罗的徒弟，一回去围猎赶仗，他是坐仗口，坐着坐着，突然觉得后颈窝一股凉气，扭头一看，一只老虎的嘴巴触到了他脑壳上了。他一个跳步，上了一棵水青树，老虎不会爬树，围在树底下跳着咬他。他正准备继续往上爬，娘呀，头上的树丫上盘着一条大花蛇，吐着红森森的双叉舌头，这徒弟把火药囊取下了，折了几根水青树叶把火药顶在头上，然后用燃着的香签把火药一点，火药嘣地往上喷那大花蛇，蛇被火药灼伤了，扑通掉在地上。老虎见有个花花绿绿的长东西掉下来，也没看清楚是啥，就是一口，咬住了大花蛇。大花蛇拼死挣扎，缠住了老虎。那蛇至少七八尺长，碗口粗，老虎哪还动弹得了，就像遭绳子五花大绑了，虎与蛇就往沟里滚，那姓罗的徒弟下树来，充充裕裕地用枪照蛇与虎一膛铁火子儿打去，谋了张虎皮，还谋了张大蟒蛇皮，您说这山运得的……山运这东西，你不信不行，打匠最怕碰到什么？山精。有一次我跟我爹上山，下了雪，雪地上出现了一些小娃儿光脚丫子踩的脚印，我爹顺着看，有几十个，后又突然没有了。我爹说：今日遇到了山精，赶快回去。遇到山精后，你就什么也打不到了。再是遇到野鬼……迷信？那我不说了，还怕遇到瘴气。您说我亲眼见到了什么？我见过虎，可没打过虎。我弟端阳倒是见到老虎赶獐子吃，吃了獐子，咬碎了獐身上的麝香。端阳捡了一火柴盒子，后来我把麝香放到烟锅里抽，最差的烟叶，因放了麝香，抽起来异香扑鼻呀！这麝香黑褐色的，细砂子一样，我抽了几次，发现上了瘾，跟鸦片一样。没抽了之后，我那些天又是打哈欠又是流清鼻涕，好难受啊……驯野猪？您讲要驯野猪？野猪难驯，野猪你能驯它？没听说过，一身的毛也要扎死你。驯山雉那倒好驯，山雉温顺，那叫媒子。主要是逮母山雉来，养大后把它拴着，在山里头搭个棚子，叫春棚，做得蛮隐蔽，棚子有个小眼，称千里眼。母雉已经训练过了，你扯它腿上的绳子，它就叫。

母雉一叫，公雉就来了，咯儿，咯儿，你在棚里看见了，枪口伸出棚外，用铁砂子打，一天可以打六七只山雉……驯鹰子啵？鹰子您别看凶，驯起来也好驯，就是时间盘。驯的鹰子主要是金雕。金雕一身的金毛，弯嘴喙，黄眼珠子，黄腿杆，白色的四爪——您刚才那屋里不是有个金雕的标本吗？这驯了的鹰子有的会抓猎物，有的也就成了媒子。驯鹰子说穿了就是熬它，抓到的小鹰，脚上拴了绳子，放在横木上，底下放一盆炭火，不让它眨眼，几天几夜下来，威风就打掉了。也有的给它戴个眼罩，让它不分日夜，给它吃的肉，可别用新鲜的，用山泉水泡，泡它个三五天再给鹰子吃，吃那种肉，鹰就没劲儿了。驯了公鹰，就让它抓黄鼠狼啊，兔子呀，花面狸果子狸呀，小麂子它也能抓。母鹰呢就当媒子。到鹰鹫往南方飞去的秋天时节，你把这鹰子拴在山上，旁边放一张苦网，它一叫唤，那天上的鹰就下来了，沾到网上，就跑不脱了。打匠有顺口溜的：'家有一只鹰，顿顿不离荤，吃肉不长肉，跑得血潜心。'……您说为什么要打那些野牲口，哪有什么仇啊，人穷了呗，靠山吃山呗，有话说：要吃肉，上山打，要用钱，上山挖（药材）。人哪生成就是要杀野牲口呢，我们家在 1960 年就养过一头小熊，在山洞熊窝里捡的，那小熊捡起来好可爱，跟小狗似的，可看着看着就长大了，还得吃肉。想想，咱们饭都没吃的，天天上山挖野菜。我那时还小，十几郎当岁吧，一点点把它喂大的。我爹说只好把它打死了，不然咱们吃的让它全吃了，咱们得饿死，于是就让我打。我拿起斧头就去打，先打了它一下，它见是主人打它，双掌抱头，竟一点反抗也没有，一动不动，就这样把熊给打死了。你看这熊对主人……我为这熊哭过好几天哩，煮了的熊肉我也不吃，吃不下，自己喂大的嘛……您问我，我这人哪还有人味，都头上长疮脚底流脓，坏透啦。我哪还有人性，见了野牲口就想打，现在不打啦，不打啦，改邪归正，在您文所长的教育下，我是幡然醒悟，决定重新做人……您说的阎王塌子千斤榨我算是完成了，真是世上无难事，只要肯登攀，敢上九天揽月，敢下五洋捉鳖……酒您不喝，让我一个人喝了？恭敬不如从命，我也不客气了，那就喝了……我哪算个人才，棺材！……"

十

白中秋获得自由的这一天，霜风飕飕。在文寇所长搭信要毛村长将白中秋领回之前，白中秋就溜之大吉了。

又一座阎王塌子千斤榨在派出所后院建成之时，文寇所长怀着恐惧的心情带着崔镇长来参观了。崔镇长便要求让毛村长一起与白中秋回去。逮猪的阎王塌子千斤榨做好后，一个千斤榨必须要三个人看守，严防误伤其他野牲口，只能砸野猪，出了事由村长负责。对野猪的渴望已经让崔无际镇长快发疯了，发情的三头母猪日夜悲号。可是当文寇所长力主鼓捣出这个庞然大物矗立在崔无际镇长的面前时，又让他惊悚，再看那一堆肉泥的猪，那砸断了四条腿满口牙的猪，这威力不是太大了点？得压缩一点，降低力量，全砸出死的，那不只为餐馆贡献了一点力量吗？当然，砸死猪是好，今年的猪害不捕杀，会贻害无穷。至今还不知道这猪是咱神农架自长的还是从西面的巴山、北面的秦岭下来的。这些猪来无影，去无踪，还没办法治它们了！现在，克星找到了，就是这惊天地、泣鬼神的阎王塌子千斤榨，传说中的猎具。必须慎重，必须慎重，制出来是福，放出去是祸。

白中秋何曾想到这些领导先生的感受和担忧。在割面的冷风中他内心热切地扑向深山，只感到自己在一寸寸、一尺尺、一丈丈地长高：他成了——他终于将成为一个站在高山上的人，因为他制造出了那久已失传的阎王塌子千斤榨，而当之无愧地成了神农山区的新猎王。爹已经黯淡失色了，是他的天地，他的世界了。他像一颗闪耀的新星，蓬勃燃烧着，冲腾而出，所有的打匠都要向他朝拜，所有的女人都要向他而来。阎王塌子啊，千斤榨啊，我砸死你们！砸死这鄙视我不把我当人的世界！我拥有了阎王塌子千斤榨，我不就抓着了这山冈的命脉，哪一天不都是捏住了野牲口们的咽喉？你总有管不住咱的一天。咱怕个毬？咱一无所有怕个毬！面黄肌瘦，两个肩膀扛个饿骷髅，不让咱有枪，下套子，设地弓，咱还不能做个阎王塌子千斤榨，你看都看不见！咱砸死他个狗日的，欺负咱的，轻视咱的！咱有了这家伙，咱就是阎王爷，是现世的活阎王。咱才不会跟村长回去，把那咱研究出来的技术传与他人，让他们与咱分享。死猪活猪，都是钱。文所长说了，猪只吃这个，什么都制服不了它们了。也是，猪被人类教乖了，油盐不进的铜豌豆。可这个，猪们还得学几年认识它。等你们会认识这东西，怕早就被我白中秋砸光了。

霜迹慢慢变成了薄雪，已走到雪线之上，白中秋意外地发现了一行老豹的脚印。这个他多少知道一点，从小跟着爹看兽迹。这豹踏下去雪迹中间起凸，就证明此豹掌子下没了肉，干枯了，就是只衰老的豹子，且见那几个指甲印很深，指甲一长，豹就老了。见了这老豹脚印迹，心里一阵高兴，先做了几个套子，套点小兽作诱饵，然后，他就挥起开山刀，砍树砍藤，做起他的阎王塌子千斤榨来。

砍了两天树，做了三天，这五天里白中秋睡在一个避风的山洞里，可是不知为什么一闭上眼睛就出现幻觉。幻觉中有男有女，还有持着老铳汉阳造的军人，甚至唱着"我们辛苦的农友们"这些爹经常唱的歌。后来干脆进进出出的就是那些禽兽——在文寇所长那库房里见到过的禽兽，豺狼虎豹，雉鸡鸦雀，还有那断了腿给小猴喂奶的母猴。这些幻觉折磨得他整夜整夜失眠，烧多大的火也不能把它们退去，后来他用套子套住了一只山猫，喝了它的血，才觉好一点。将这山猫作了诱饵，挂进阎王塌子千斤榨。

又等了两天，又开始做第二个家伙，一鼓作气，又将一个小点的千斤榨做成了，只是石头搬得少些（要下河谷去搬）。因为他已经精疲力竭，白天都会产生幻觉，老看见有野牲口张着血盆大口要吃他。好在这一天晚上，一个千斤榨塌了。第二天去搬石头清理，好，那头老豹终于见了阎王。剥着血淋淋的豹皮，那幻觉越来越厉害，将豹头割掉之后，白中秋披起豹皮就跑，跑出了密林和峡谷，跑到山路上。

十一

当白中秋披着一张豹皮在大街上奔跑的时候，他何曾想过这就是他的末日。感到一只血淋淋的豹子正在他身后追赶他，他听到有人在后头喊："豹子！豹子！"白中秋为了摆脱这只豹子的追赶，左冲右突，飞山过涧，穿街窜巷，可脚下一个绊子，他就重重地摔在了石板路上，眼珠子都快震出来。几个人把他按倒在地上，剥了他的豹皮，发现是鼻子淌着血的一个人，鼻子里爬出几只山蚂蟥来。

十二

文寇所长的梦想就是：建一个在中国独一无二的私人猎具博物馆。现在，他在白中秋离去后，自己又搭建了一个小型的阎王塌子千斤榨。

小的也是大的，也堪称巨型。建造的过程就是一种自我创造力迸射和欣赏的过程。阎王塌子千斤榨啊，你这失而复得的神物，拥有你，我就拥有了一个完整的猎具博物馆了，就缺你了。过去我曾被你弄得神魂颠倒，夜不能寐，我想我之所以不能拥有你，是因为我这个卑微的乡警缺少了你胸中那横扫六合，高屋建瓴的气势，现在我已养了胸中浩然之气，借着猎野猪的战斗，我终于如愿以偿。

为试验自己独自完成的这个千斤榨，文寇所长找了条野狗放进去，狗没啦。文寇所长喜滋滋地拖着条死狗在大街上大摇大摆地行走，一路引来好多路人观看并给他让路。

"它中了所长您的枪啦？"

文所长也不说话，叼了根烟，仰着头朝餐馆走去，中午就是这条狗犒劳所里的兄弟们了。

那狗颈上被一根粗麻绳给勒着，两颗眼珠子已经给砸了出来，圆滚滚地拖在地上。狗舌头也拖在地上。身上的黄毛里浸着黑红的血水，肚子挤出了一坨肠子，像长着一个巨大的淋巴结核。一群苍蝇在这条狗的身上翻翻起落着。

"文所长！文所长！狗哩！"卖牛杂碎的巴东老板用巴东话恭迎出来说。

"这狗该死了！肯定阻碍了您执行公务……"

巴东老板从里面衔了一把快刀出来，将那死狗吊在礓磜坎子的一棵楠树上，正准备下刀时，眼珠子滑溜溜一转，将刀朝文所长递过去道："请文所长剪彩。"

文所长有些自负又羞涩地接过刀子，在众目睽睽之下，一刀向那死狗的肚子划去，那狗的肚皮就分清出一条楚河汉界，一堆臭肠肚喧腾而出。看客们一阵叫好声："快刀！快刀！"

文所长正被这热火朝天的杀戮弄得亢奋飘然时，就见两个手下的警察张舞着一块豹皮过来，推下一个犯罪嫌疑人到脚前。文所长一看：血糊淌流的白中秋。

十三

"饶了我吧！饶了我吧文所长，是它撞进去的！"

"你说什么？"

"是它撞到我千斤榨里去的！"

"阎王塌子千斤榨？"

"是啊，是啊！饶了我吧文所长，我家里三个废人等着我呀！"

"呸！嘿嘿！"

等吃了狗肉，文寇所长就扯了白中秋脖子上的绳子往山里走去，指认犯罪现场。

既已反背双手上了铐子，为何脖子上还添根绳子呢？这就是乡警们在深山老林办案摸索出来的经验。山里头的犯罪分子都是亡命之徒，跟野兽一样凶猛，又熟悉地形，只要能跑，中途跳崖了也跑，往密林一钻，你就逮不着他了，所以勒根绳子在颈上，叫双保险。

"……咋不把你塌死呢？你这下还能出来？不跟你大哥一样吃一辈子牢饭？"

"可我家里三个废人呐文所长……"

"你自作自受。想想吧，给人你不做做鬼，你咋跑到山里头去当野兽吃豹子胆呢？你果真吃了豹子胆？瘟猪！什么狗鸡娃子打匠，都是瘟猪！大便！狗卵！不把咱整死不放过咱的……"

天气十分晴朗，太阳追着人的汗往下淌。空气里蹒跚着浆果成熟的甜味。天一晴，甜味儿来了；天一雨，霉味儿来了。秋天就这两种味。今天还加上汗臭味。山高，天也高，黑鹰在天上翱翔，翅膀闪闪发光。森林静谧不语，屦气疏朗散淡，红叶逼人眼窝，种子四处飞扬。

"……我要拉尿。"白中秋喊。

"往裤子里拉。"

"我憋不住啦文所长，做做好事。"

文所长向手下的协警小王使了个眼色。小王就把白中秋的裤子往下一褪，这家伙叉开双腿就往路坎边尿，顿时一股浓郁作呕的老陈尿味蹿进两个警察的鼻子，文所长和小王往后退了几步，忍住鼻息。

天色渐渐地暗了，啄木鸟发出笃笃的啄虫声，红腹锦鸡像一道晚霞滑过林隙，留下空旷的鸣叫。

"你有劲道啊！伟大啊！你说你一到山里头就产生幻觉，像做梦一样，说你爹也是——那我咋不这样？那是你们父子被鬼缠身了，你们杀了太多生命，全是冤魂，你们不为它们超度脱离鬼道，它们那还不死死缠着你们……"

"那咋个超度啊？"

"到庙里求观音菩萨甘露法水，念经啊，念《心经》《大悲咒》，念观音赞偈、六字大明咒……找鲁瞎子不得啦。"

"他是个荤人，不是菩萨的，菩萨不认得他。"

"菩萨哪认得你们这号人，白云坳的人菩萨齿都不齿！全是些杀生魔王。说你们是英雄，其实是魔鬼，比魔鬼坏一万倍……"

夜来临了，天突然冷了，森林像一个洞窟。好在有月亮，像一张金黄色的油饼。两个警察押一个犯罪嫌疑人在山里走着，山道上是脚底踏石和裤腿扫树枝的扑扑声。鸟在不安地惊梦，小兽在慌张地窜动，山林潮湿，手电的光线鬼鬼祟祟。

"呀！"那白中秋一声惊叫，"我背上痒得难受。"

小王就去照白中秋的背，掀开衣服，背上一串红山蚂蚁，正在撕扯他的肌肉。小王把蚂蚁扫了，白中秋背上已是层层红色丘疹。

路越走越深，山越走越高。一会，白中秋又一声尖喊起来："我要拉屎！"

不是假的，这家伙噼噼啪啪地放起了响屁，臭气熏天。小王只好将他裤子褪了，牵到石头旁边去。那家伙像条不安分的狗挣着脖子上的绳子，小王说："行了，行了。"可白中秋还是一移再移，还说："臭哩，臭哩！"

那家伙稀里哗啦一顿好拉，臭得小王快窒息，可手上的绳子又不能放，还得拽紧。但太臭啦，空气凝滞，哪儿都是臭。小王就把那绳子放到了尽头，手远远拽着，捂着鼻子。

文寇所长这时坐在远处想打个盹儿，头沉身乏，心想着犯人，就给小王说："拉紧点儿啊！"可忽然小王一声"啊"，草丛一阵哗啦啦响动，就传来"姓白的跑了"的惨叫。是惨叫，就像遭了大祸一样的，文寇所长一个激灵就蹿到崖边，揿燃的两个电筒照着那崖，少说一两丈高，底下是密腾腾的灌丛。

"白中秋畏罪潜逃，罪加一等，再不出来就开枪了！"文寇所长拍着枪朝崖下喊。

两人商量着往下去追赶，就寻路往崖下蹿去。找到一条可下的路，就听见底下灌丛里一阵窸窸窣窣的响动。那家伙还没摔死，在哩！

"站住，再不站住就开枪了！"

叭——枪声像一颗钉子钉进夜的深处，发出啾儿啾儿的不祥回声。

长篇小说

灌丛太大，枪子儿太小，再打了一枪，也没见个什么哼哼。两人连滚带落下到了崖底，开始搜寻，哪还有个影子，白中秋逃脱啦！

十四

那个深夜，白云坳子的猎狗叫得凄惶，满村狗吠，又是兵荒马乱的日子。舒耳巴家的门一阵轰响，有人急切地拍他的门。舒耳巴手拿大棒打开门一看，是下身赤裸的白中秋站在门口，双手反剪着，进门就高声说："快给我砸铐子！"

背后的一双亮铐子在那儿，死死锁着白中秋的双手。手腕上血迹斑斑，下身也血迹斑斑，身上爬满了山蚂蟥，一条条肥累累的，在奋力吸着白中秋的血。

"你敢进亲（村）啊，到处丢（都）在喳（抓）你。"舒耳巴迟迟不敢靠近白中秋。

"下了铐子就好说了，耳巴，快呀，拿锤子钳子来呀！"

"嘿嘿，裸体哩，好美哩！"舒耳巴嘿嘿地笑着，像个傻逼。

"耳巴，我操你妈，快帮我下铐子呀！"白中秋气愤得血要冲出脑门子，就去踢舒耳巴。可舒耳巴躲闪着，还是一个劲儿笑，止不住。

这时他儿子糟蛋也在一旁，披着衣陪他爹傻笑。

白中秋狂怒道："笑个鸡娃子！快砸铐子，我四天没吃喝啦！"

舒耳巴看了看，要糟蛋拿来一条裤子，先给白中秋穿上，又摆弄了一会那铐，说："中秋，这东西冬（捅）不开啊，你还希（是）找六指七（去），他那儿有锤和江（砧）子。"

"我去送死呀！"

"你回来就希送洗（死），晓得吧，希（师）傅用枪打大家鸡鸭鹅，连羊也打，都等着你回来赔哩。你一新（身）的债晓得啵？"

"你说什么？"

"你芹（成）了大债主啦你在亲（村）里待不下去啦！"

白中秋急切切地跑到六指的铁匠铺，踢开门，要六指砸铐子。六指一脸泥塑的仇恨，牙齿咬得咯咯响。

"六指，旧账放一旁，你砸了我铐子我什么都依你！"

可六指一动不动。

去拍家里的门，门死活不开，像没人似的，只有两条狗紫花和石头大咬，猪在圈里蹦跳，吼吼的。白中秋撞着门喊："白椿，椿儿，狗日的，老子都是为了你呀！"

白中秋绝望之中跳上杀坪的大石头，对着村里一遍喊骂："你们这些忘恩负义之徒，不看僧面看佛面，我爹可没亏你们呀！他带着你们这些王八蛋狗日的，打了多少野牲口，有肉大家吃，有汤大家喝，让你们一次次度过饥荒，一次次保了秋收，你们如今墙倒众人推，就不救我一把呀……"

村民们都给吵醒了，像一块块黑石头挨了过来。

村长毛普通说："中秋，只当我没看见的，走吧，走远些。"

"什么话啊！"白中秋说。

"白忠英，三只鸡；白贱，两只鸡；王大勇，三只鸭；二愣子，一只羊；宗七爹，五只鹅……"

"念，念啥哩！"

"罗大拐，一头猪……"

"我就算了。"罗大拐抢过话说。

"你赔呀！"毛村长说，"村里不得安宁，下了铐子把你爹铐起来行啵？"

"行行！"白中秋立马应诺。

几个人就把白中秋扯去六指家里砸铐子。那铐子光溜溜的，双手卡在铁砧两边，不好砸，砸一下，白中秋杀猪样喊一下，砸得血淋淋的。砸了二十几锤，当啷一声，铐子才开了。

白中秋双手又回来了，一边一个圈还在手腕上，可生生地流着血。

"六指，你好狠啊，你报复我，不就丢了五颗子弹吗！"白中秋一亢奋，说走了嘴。

那话六指可听清了。"你炸了我？"回过神来就挥起锤要来砸白中秋的头。白中秋拔腿就跑。

六指挥着锤来到白中秋家里，对着那头发情的母猪就砸。门一打开，白秀端着枪，对准六指放了一枪，六指就倒在了血泊里，连哼也没哼一声。那母猪就势朝六指脑袋咬去，没几下，六指就成了无头鬼。

第七章　火光冲天

一

毛普通村长将白秀家的那头母猪赶来，让镇领导一阵欢呼，野猪抓到啦，还是头活的。

这母野猪——怎么说呢？六指是个单身汉，五保户，无亲无友，死了也就死了。白秀神志不清，九十岁的老人了，你又能把他怎样？这事就闷处理了。毛普通昧着良心说：是白秀家的猪咬死的，睁着眼睛没看见枪眼里流出的血啊，这是一场带枪的屠戮。面对一个弱者，持枪人竟能下手啊，这些泯灭天理的杀人犯，白家！六指何辜啊！

但是，六指的头确实是那猪咬吃了。去收尸的毛普通村长看那啃过六指脑袋的母猪，我的天，分明是一头野猪！你看那猪：锐利的牙齿叼着一个人脑袋，坡形的长嘴上鲜血闪闪，满身尖毛如刺，一双厉眼似鹰。似猪非猪，似鬼非鬼，这不是在山野里成精的野猪是什么！就以白秀杀了人为由将此猪没收了，几个大汉将这猪抬到镇上，镇政府还放了一挂鞭炮，并为此猪披红，送到倒闭的木材加工厂又火速找来了高三驼子让其牵来大公猪，迅速进行配种。

毛普通村长因为献野猪有功，被镇政府授予"和谐社会奔小康优秀村长"的荣誉称号；白云坳也被评为"先进行政村"，这自是后话。

那一天，在白秀家母猪被抬到野猪繁殖场的大门口，毛普通村长看到崔无际镇长头上紫气环绕，约有一尺的宽幅，就知道他要走两运：官运和桃花运了。"一定是县长的料！"毛普通村长心里说。这一养殖任务成功，成为全县致富奔小康的示范乡镇，这为人滴水不漏的镇长还不飞黄腾达向上爬吗。

话说那母猪被人抬到镇上，在绳索里震天动地地嚎叫挣扎，丢进猪圈后，竟一次次拿脑袋撞墙，撞得头破血流，惨不忍睹。这猪喝了人血，完全野了。高三驼子的公猪约有三百斤，见了这母猪就要爬，那母猪不让其近身，近了身，就张开血盆大口咬公猪。可怜高三驼子的那公猪，咬得乱跑，哪还有配种的心思，躲都躲不赢。那个晚上，整个水布镇就飘来了白家母野猪撕心裂肺的嚎叫声，跟地狱里冲出来的声音一模一样，就是锯身子、下油锅、剥皮掏心、上刀山下火海、铜汁灌口、碓臼磨骨……

值得交代的是，崔无际镇长的那老木楼宿舍，就在这木材加工厂即现在的野猪繁殖场旁边。崔无际镇长"拉郎配"不成，有些失意地回到家来，就见老婆黄一婵从天而降，横眉鼓眼出现在家候着他。

"……听说我儿老拔子成了全镇最有名的偷铁小偷？"黄护士长劈头就问。

"谁说的？"崔镇长吃惊地说。

"全镇人都知道，就你不知道。这事都传到县城里去了。"

"胡说！"

"这是你纵容、惯肆或是放任不管的结果。他一个四岁的娃儿，要这多铁偷去卖了干啥？"

"打电子游戏！"崔无际镇长猛然想到他好些次在电子游戏室里见过儿子，这才引起了警觉。

"那你请的这个小阿姨有何作用？是当摆设当花瓶的吗？——白丫儿，是吗？你是我们崔镇长的小花瓶吗？"

一点不留情面的护士长这时硬是把白丫儿从厨房里喊出来质问，崔无际看到白丫儿眼湿湿的，显然已经哭过了，眼睛已经红肿了。

"我……我没招呼好老拔子，是我的错……"

"哼哼，崔无际，听说你要花一万多块钱准备把她送到三峡大学去深造？好大方啊！大方到让儿子到处去捡铁偷铁。崔无际，说，是不是想把她培养成才貌双全的新小夫人？"

崔无际听到这里心里惊叫："完了！"到她嘴里去了，那一定也到县里去了。世界上怎没有秘密呢？一阵绝望，一阵寒彻。

"没有，没有，黄阿姨，没有啊，崔叔叔没有啊！"那小姑娘急忙否认。

"造谣！"崔无际从牙齿里蹦出这两个字。他的腿已经战抖虚脱了。

"无耻！"又蹦出了两个字。

那野母猪此时的惨嚎又像刀子一样飞进来。

"我无耻，还是你无耻？还是你——无耻？"护士长后是指着白丫儿说的，她的脸也白了，死白，整个浮胖的脸部都在抽动，浑身气得发抖。终于忍不住了，抬起右手，给了白丫儿那张小脸两个连续的耳光。

那白丫儿哪受过这等打击，当下就打得懵了，好半天想哭哭不出来。崔无际上去就喝道："你打她干什么？"

护士长的手也不知往哪儿放，行过凶的手高抬在空中，愣愣地看着在场的人。这时，倒是那个偷铁犯老拔子从房里冲出来，照他妈护士长的屁股就狠狠地砍了一木刀。

"啊！"护士长一声惊呼。

"呃嘿！"白丫儿拔腿就往外跑去。估计踏虚了楼梯，一声重一声急。

崔无际见状急了，这小妮子该不会想不开寻短见吧？

"黄一婵，出了人命你可要负责啊！"崔无际踢翻了一把椅子就下楼去追赶白丫儿。

白丫儿捂着脸哭哭啼啼在黑暗的街道上走着，羞愧难当，伤心欲绝。心里骂着你这毒妇，你打我，活该生出这样一个疯长的娃子，又大又蠢，活该让崔叔叔不喜欢你，讨厌你，想跟你离。可我冤枉啊，我小小年纪就受她这般欺辱，这么一传出去我名声不就完了？我无脸见人了，爸、妈呀！我没了脸见你们，我只好投河去，一死了之。爸、妈呀，我不能孝顺你们了，我不想活了，这家女主人诬陷我捆我脸哩……

见到了那水布镇的流水，就要往下跳，却被后头赶来的崔无际一把抱住了。好在是夜里，没人看见。崔无际还是压低声音对她重重地说："白丫儿，你这是作甚哩？没你的事，啊，我家的事我去处理，我会教训她的，你千万别想不开哟。我待你不错吧？也没欺负你吧？你放心，你安心……"

那白丫儿衣裳已经湿了，崔无际把她抱上岸来，见这妮子身子直战抖，就紧紧抱着，脸贴着脸。那妮子哭着，崔无际就去舔她的脸和嘴唇，全是咸的，泪水到处流。又去用舌头撬她的牙齿，并且双手去摸她丰满的胸部，解开来狠狠吮吸。

"……白丫儿，我要跟她离婚的，跟那个泼妇离婚的，连老拔子都讨厌她砍她，我喜欢你，我尊重你，我需要你，老拔子也需要你，别离开我啊，好不好？行吗？答应我，白丫儿，行吗……"

这小女子被镇长亲得晕晕乎乎，人因为这一场风暴已筋疲力尽，只能任由这个主人亲抚，死了一样的。直到那野母猪的叫声再一次像鬼怪一样卷来。

"不行！"白丫儿喊。

二

崔无际镇长那儿子老拔子的死是在第二天的晚上。

先说第二天。老婆黄一婵走了，白丫儿好说歹说，软说硬说坚持要走。崔无际只差给白丫儿下跪了，说："过去我说的话这就了了，以后绝不再提，那姓黄的不会再来了。你若一走，老拔子谁带呢？你已经带顺了。你就是要走，也得等到我找好了新保姆再走。等我忙完了这野猪的事再说。"并且扇了自己的嘴巴，保证再不挨她的身，也保证她再不会挨黄一婵的教训。小姑娘，一吓就镇住了，只好含泪先留下来。

这一天，高三驼子给他的公猪吃了些鸡蛋，掺了淫羊藿草磨的粉，强赶着让它爬白秀家的野母猪。高三驼子的公猪是一头绝对的好种猪，长期随高三驼子走村串户，脚力非凡，是纯种的"鄂西黑"——这种猪本身有野性，卵包葫芦般大小，四蹄紫红，双耳高竖，腹大嘴长，脊鬃粗壮，腰凹胸宽，皮厚如牛，没有母猪不喜欢它的。在水布镇十里八村，它是儿孙满堂，情妇如云。可今天，硬是征服不了毛村长牵来的这头野母猪。

广东人脚穿长筒雨靴，手拿大铁棍进圈里去拉野母猪，野母猪一口咬断了广东人的食指，广东人去找指头，哪还找得到，被猪几口就嚼吞了。广东人疼痛难忍，跳出猪圈，沿着水布镇主街跑了三圈才止住疼。后来，还是他想出办法，将野母猪赶进一个木架做的槽里，槽身刚好一个猪身宽，一个猪身高，做得很扎实，可承三百多斤重量，将母猪固定，再将高三驼子的公猪赶到木架子上，这样野母猪咬公猪不着，公猪也能与野母猪交配。

架子很快就做成了，野母猪也赶进了木槽子里固定了，把公猪也抬上了架子。公猪不知是累了，还是吓了，竟然早泄，一上架，东西还未进去，就一顿乱射，射到那野母猪身上，野母猪闻到这东西就又暴了，在槽子里乱撞乱咬乱踢乱叫。镇里的几个领导包括崔镇长文所长给弄得脚瘫手软，就像自己射了精一样。

不行，晚上，那野母猪还是叫，叫得比前一夜更加恐怖，整个镇子都笼罩在一种旷世的末日中。另外三头家母猪也叫，那是发情。可高三驼子的公猪已经无能为力。只好另等农民再捉一头公野猪来。广东人包扎着没了食指的手，好一会看了那野母猪，它也在发情呀，阴部红红的湿湿的。看着看着，怎么并不像野猪，有家猪相呢？可分明又是野猪，那毛，那嘴。还有我的一只手指呢，不是野猪能啃吃我的手指？

广东人死活不明白这其中蹊跷。只是叹自己运气孬，叹神农架这地方的神怪，趁人不注意，朝那凶狠的母猪暗暗使了几记闷棍，才解心头之恨。

三

那天夜里。

猪依然山呼海啸地叫。岂止这些！

——那一夜，月黑风高，镇上的狗一起狂吠，鸡吼鸭叫，餐馆里的巴东老板说，看见提前冬眠的蟑螂又抖擞着爬出来，在屋里乱窜，满屋都是；百货商店的人说二十几匹布那一夜让老鼠啃了，估计啃布的老鼠有三百多只，首尾相衔，被人瞧见了。还有人听见房屋发出咯吱吱乱响，像要翻身一样。

文寇所长是跟着狗吠声来到后院的。有人汇报说近来院子里的铁被偷去很多。派出所的院墙是很少有人敢翻进来的。可历年有收缴的破铜烂铁，吸引了盗贼，不足为奇。现在猪害一闹，农民歉收，盗贼增多，不足为奇。

文所长一个人借查看后院时欣赏着畏罪潜逃犯白中秋留下的那一架高大的阎王塌子千斤榨。这个，这个他将要复制到以后他的全国首家私人猎具收藏馆中去，并且将成为巨大的广告标志。你看他：在这小镇山脚下的飒飒秋风中，像一尊巨兽，踞蹲在荒草丛中，剪影无比威猛绝情，要吞噬那世间万物。阎王塌子千斤榨，你是阴险的欲望，虚怀若谷的暗器，巨大的陷阱和诱子。看起来你如我一般，深陷围墙之中，犹如人人不齿的废墟，可你有啸嗷山林之志，激荡云天之情。你这绝世无双的歹毒猎具，谁惹了你，你把它碎尸万段，碾成畜粉，让它魂飞魄散，身首异处。你看起来笨重如山，实则轻巧似风；你大智若愚，大巧若拙，大音稀声。你又有与猎物同归于尽的献身精神，对付那山中恶兽，甘愿粉身碎骨，灰飞烟灭。山中的禽兽虽被人类斩尽杀绝了，可总有漏网之鱼成精灵神怪，想与人类作最后一搏，譬如当今横行山区的野猪。你就代表了人类，代表了人类对山林的远古仇恨，将那最后的林中生灵，悉数擒拿，置于死地！你可是人类最忠诚的帮凶啊，你外貌原始质朴，内心凶残野蛮。你有如火如荼的激情，敢作敢为的秉性。你这狩猎时代的尖峰英雄，百兽的克星，山林的坟墓，最后的王者，山冈的奇景，让我向你跪拜吧。你点燃了我卑琐的灵魂，焚烧尽我的怯懦和郁闷。阎王塌子千斤榨，让我的胸怀晴空万里，精神气壮山河。过去我是个蝼蚁，是条虫子，是只狗，现在我终于又是个人了……

文寇所长百感交集，泪如雨下地好生哭了一回，也好生笑了一回，笑自己诗人情怀，风云气短，回屋就睡了。

没睡多时，一声地震般的轰响，把他惊醒。所里的狼狗嗷嗷地叫着。文所长以为是下雨多时，山垮了，泥石流冲下山了。拿起电筒就往外跑去查看，走到走廊里往后院看，如魅的山影并未有什么动静，倒是一股阴森的风向他袭来，让他向后仰了那么一下，这风好大！一股不祥的预感在心头升起。两个先他而来的警察见了他就喊："所长，所长，大事不好！"

"怎么了？"

"你那个猎猪大屋（他们说的）倒了，狗在那儿刨哩！"

"砸到了野牲口！"文寇所长当时的反应就是这个。

几个人赶快跑到后院里。狼狗确把那一堆倒塌的瓦砾扒拉得哗哗直响，肯定砸着东西了，是什么东西呀！猪吗？

几个电筒一起照过去，狗分明拽着一件衣服的衣角。

几个人就去往下面刨。

搬开了一块又一块大石头，拖出个人来！

——崔镇长那疯长的儿子老拔子！

人已经砸扁了，可手上还紧紧攥着那把木刀。另一只手上抓着一块派出所的废铁。文寇所长明显感到有一股很重的腥味，不像人的，是虎，是虎腥味。他猛然想到：老拔子老巴子，老巴子就是虎的俗称啊，这可怜的娃子，名字叫得孬哟！

四

埋葬了那个患有巨人症的儿子，崔无际镇长内心一阵轻松——他不能无视这个真实的感受。这全是真的。可自己的儿子啊，老婆黄一婵一点没管，自己一泡屎一泡尿把他带到四岁多快五岁的儿子啊！可我终于轻松了，我可以吐一口气了。他看着处理尸体的人把这四岁的巨人折叠着放进棺材，心想这个烦心事将一去不复返了。四岁，却没有镇上的一口棺材能装进去。阎王塌子千斤榨哟，砸下去把人抻成了面条，怪事！

尽管白丫儿这妮子因为自责，哭得泪人儿似的，哭得死去活来，可崔镇长没一点责怪她的意思。

"因为你要走了，因为他是去翻墙偷铁，这是老拔子罪有应得。"他说。

说是这么说。崔无际镇长回到那个曾有儿子跑来跑去让楼板快塌的家里，那个儿子手拿木刀大喊"杀杀杀"的家里，没有了儿子，屋里陡然显得衰败阴暗，好像无人居住一样。他开始一件件清理儿子的衣物。

白丫儿在自己的屋里，也在清理衣物，准备回家去。这个家再不需要她了，她的保姆任务到此结束。

过去，晚上清理、折叠着儿子的衣物时，会听到儿子呼噜呼噜的鼾声。现在没有了。他开始哭泣，无声地，掉泪。

"老拔子呀……"

那肥大的成人样的内衣，女同事给帮忙织的毛衣，那穿得松松垮垮的橡筋裤子；橡筋因没时间更换，就打了个结，勉强能把裤子挂在腰里。还有——还留着的一两岁时尿骚味扑鼻的尿布、衣裤……这一切，都是我每次给他换，给他洗，给他烘干（此地雨多太阳少），给他缝补。每一件，什么季节穿，是冷是暖，都在我的心头啊……

白丫儿的声音。她过来了。这妮子两天没有吃饭，饿得脸红红的。他望着她，发现自己眼睑冰凉，忙揩了一把残泪。

"什么事呀？"

"我……"

"别说了。去烧点水，你也洗一洗，我也洗一洗。"镇长手捧着那些衣服说。

"我来清吧？"

"不用清了。去烧火，我想喝水，还冷哩。"

那野母猪灰色的嚎叫声一浪高过一浪，持续顽强，不改初衷地充斥在小镇的上空，像是无休止的警告。

火点燃了，灶膛的火点燃了。

"白丫儿，过来。"镇长喊。

野母猪的叫声荒凉而痛苦，摇撼着窗子。

白丫儿迟迟疑疑地过来了，脚挪得很沉重。

"谢谢你。"他拉着她的手说，并让她坐到那放儿子衣服的藤椅上。他拣开了衣服。

"我对不起您……"白丫儿小声地说，又要哭了。

"别别，你别。"

他揽过她，给她揩眼睛，撩开她柔软的额发，看她。很陌生地看她。

白丫儿很紧张地看他，看镇长。

这不是一只羊，她是个女人。很好看的女人。我也许是一只野兽，可我要她。野兽也要女人，要小女人。他把脸靠近她，亲吻她，他知道她不会反抗。野兽也有心计。

他去抚摸她。

他决定今天要得到她。

他发现他的下身像弹簧刀一样跳了起来，挺拔不可摧，男人一切的精华表现都回到了体内，没有任何羁绊，他相信今天行。他去剥她的裤子，把她往里屋她的那小床上抱。

"火，火，崔叔……"

可崔无际听不见了，他的欲火左右了他此刻的一切，男人挺拔起来时就是要刺穿什么的，这没有办法。

"白丫儿，白丫儿……"他喘着气，心跳如魔，浑身高温，像一架疯了的机器。

"火，火！那火……"

可那枕头下有刀嘞，她要捶打着拼命着反抗嘞。可你面对着一个成了野兽的人是没有办法的。

一声尖锐的喊叫，鲜血几乎蹿上了崔无际的脸。那是女人的血，最珍贵的初血——他成功了！

他猛烈地动着，顺着一个窄窄的滑道。白丫儿喊叫着。窗外的野母猪嚎叫着。风越刮越响。屋里顿时明亮起来。是红艳，像许久不见的阳光突然涌进了屋子。

火烧起来了！火烧着了地板。

白丫儿压在下面已经被那个男人运动得快散架了，她去摸那把刀子，那把白椿哥哥给她的刀子，就是摸不着。手时常被那个人给拽住，动弹不得。她东抓西抓，竟抓到了老拔子留下的一把旧木刀，那木刀沉哩。正待上面的那个人想玩什么花样换个姿势时，白丫儿就一把坐起来，朝那个脑袋狠狠砍去，连砍三下，稳、准、狠，三下，那人就像喝醉了似的，倒在了她的床上。

白丫儿感到头沉，人被那男人欺散了，加上砍死了那个人（其实没死），一个人在那屋子里又惊又吓，头一晕，咚的一声，也倒在了地上。

不过她的头脑还是醒着的，还知道看那噼噼啪啪燃过来的火。她扶着东西想让自己站起来，终于站起来了，她要去扯衣服，从那昏死过去的男人身下扯出自己的衣服套上，再去灭火。她想喊，嗓子没了，喊不出。

火已经烧过来了。她慌乱得不知如何是好，她要唤醒那个男人。她要拖出那个男人。又拖又打，就是不醒。

烟雾已经涌进了屋子，黑暗沉沉，她呛得不行，使劲去拖那个男人。男人沉啊，她身子薄啊。男人全身都是从禽兽身上吃下来的肉。她是吃青草的羊，只有山水的清气，就像一只蚂蚁搬运一条大虫子。

这样，总算把大虫子拖到了门口，拖不动了，自己没站稳，一个跟头就栽下了楼梯。

火已经蹿出了楼梯，她不能再上去了，就往外头跑，腿瘸了。一瘸一瘸地往河边跑，再过吊桥，往山上跑去……

五

深秋的雷声叭叭地在林子上空响着，冷雨飕飕，下冻雨啦，山上冷啊，鸟在冻雨里哀鸣着远去，人在冻雨里滑溜着奔跑。

"妈——妈呀，我还有脸见人哪！我现在已是崔镇长的人了，崔叔的人了。火烧起来了，他们还说是我放的火的，火里还躺着个人……那人烧死啦？那个该死的烧死了倒好咧！烧死他！烧死他！火再大些！再大些……"

火就真的大了，透过林子，可以看到山下的小镇一片火光，火光熊熊，把整个夜空都烧红了，就像一片是白日，一片是黑夜。冻雨停，大火旺，烧！烧起来，把这世界烧了！把天烧穿！鸟扑棱棱从那小镇飞来了，不是躲冻雨，是躲火呐。火在烧，火弹在爆炸——每当失火，天上总有火弹，那不知是烧着了什么从火堆里腾起来，冲向空中，发出噼噼啪啪的声音，像放万字响的大爆竹；火弹升向了天空，划破了天空，消失了，又有一个一个高高低低大大小小的火弹往天上蹿去，划出明亮的红迹……我就是放火犯，他们要来抓我的，要我赔这烧的屋子和人……我可没了路，我被破了身，那还真不如死了好哩，崖，崖在哪儿呀，让我跳了崖就好了。

没有很高的崖。

白丫儿在黑暗里走着，树枝挂她的衣服和脸和头发，像有鬼在拉她，要她去坐牢，要拉她去枪毙。

雨，鬼，到处都是鬼，大鬼小鬼，绊脚的鬼。

　　　　五鬼五个头，

　　　　十个遇着九个愁，

　　　　金毛大虎五个爪，

　　　　十人遇着九个剐……

天上响起了一溜小娃子们的歌唱，嘈嘈杂杂，闹闹嚷嚷。一阵风一吹，声音又在空中消失了。

天上又有了拿梆鼓、火炮、镲子敲打的声音，鲁瞎子的声音，还有哥哥白椿的声音：

　　　　盘古奔波一路行，

　　　　往东方，东不明，

　　　　往北方，看不清，

　　　　往南方，雾沉沉，

　　　　往西方，黑森森，

　　　　黑黑暗暗四方连，

　　　　雾气腾腾骇煞人，

　　　　天地昏昏如何分……

"哥呀，哥呀！你可要救我呀……"

白丫儿木头树桩一样地在林中走着，摔倒了又爬起来，也没了眼睛，也没了路，摔摔跌跌地往山里蹚着。

"哥呀，哥呀，你带我走出去，咱们一起玩耍去，捡菌子去。捡松树身上的松菌去，捡朽木上的猴头菌去，捡路上的鸡油菌，草棵中的刷子菌，捡石缝里的重阳菌，腐土上的草菌、羊肚菌，捡箭竹林中的竹荪，牛脚窝的地茧皮……

> 黑暗混沌无史记，
> 盘古开天又辟地，
> 才有日月照九州，
> 才有三皇和五帝，
> 黑暗从此在梦中，
> 青天白日万民颂……

夜鸦子乱叫，娃娃鸡乱喊。树沉沉，山沉沉，雨沉沉，人昏昏。听爷爷说人有两个时辰是牲口，才会讨豺狼虎豹吃的。我不是牲口，我是人，我整夜都是人，从大火中逃出来，从镇长家逃出来我就是人了，野牲口就不敢吃我，鬼也不敢近我身的！

她死死地掐着中指——这是她妈教她的：走夜路掐着中指，鬼就不敢近你的身。

六

大火烧毁了小镇的房屋二十多栋。虽然镇里有两台人力水压式灭火机，后来又架了三台抗旱用的十二马力抽水机灭火，火势还是难以控制。好在一场冻雨从天而降，救了小镇，才使这个镇没从人们的记忆中抹去。

当人们冲上镇长的木楼将他从大火中背出来时，看到他已经烧得面目全非，满脸燎泡，人已窒息，拖到卫生院紧急抢救，才恢复了一切生命体征，并且发现，也仅仅是满脸燎泡而已。这镇长毬人命大啊。

虽然崔无际镇长一再解释是白丫儿做饭不慎引着楼板，但没有找到这个小丫头的尸体，文寇所长分明记得，背镇长出来时，他竟光着下半截身子。这让具有浪漫主义气质的文所长引发了无穷联想，何况他还是一个具有敬业精神的警察呢。

追捕令当日晚上就发出了，文所长带领几名警察，根据有人提供的线索追上山去。狼狗在前，警察在后。

追踪了一天一夜，脚印倒是发现了不少，可那小妮子总是若隐若现，却又抓她不着。

"不能让神农架深山老林成为犯罪分子的乐园，"所长反复说，"这一次，说不定能一举逮俩——连她和她二伯白中秋也意外逮住哩！"

说是这么说，人拉着狗，山路泥泞，忽高忽低，可要了命了。那狗瞎叫唤，总是让警察们跑空。一忽儿叫山洞，一忽儿吠深潭。上得洞去，除了几只燕子、蝙蝠，啥也没有；下到深潭，只有冻得簌簌发抖的癞蛤蟆。可警察们爬上爬下，可费了力了，心血耗尽，气喘吁吁，就咒那狗："就是一堆狗屎！局里驯的狗，还抓犯人喽，抓鬼都不成，不如牵一条本地猎狗来还强些……"

有人控诉说："这狗他妈前天还咬了我一口。"

"没打狂犬针吗？"有人问。

"打个鸡巴卵，死了还好些，做这等辛苦的警察，不如死了好呢！"

文所长说："不准说丧气话。"

可另一个警察说："它还爱赶骚呢，昨天就强奸了一个……不，一只，卖茶叶蛋的叶老五的狗，人家是城里亲戚送的狮毛狗……"

"操城里的小娘们为咱们解气呀，哈哈……"

正说着，那狗又不识趣地挣着铁链狂吠起来，声音异常警厉。

"前面跑的不像是个女的……"有人看清了，说。

"快追！兴许是盗贼或是偷猎分子！"

"站住！站住！"

"再不站住就开枪啦！我们是人民警察！"

话音刚落，一块石头从崖顶滚下来，正好砸在这警察的头上，他便立马双腿不稳，一头栽倒在草丛里，像个垂死的大蚂蚱蹦跶起来，口里吐出几尺高的血水。

文所长等几个赶快围过去，看到那警察睁着两只惊恐的眼睛，嘴里的血水越吐越多。大家看伤情，受伤者的颅骨已经凹下去一块。

气愤的警察就掏出枪朝崖上一顿乱射，却没一点动静。文所长安排一人看护伤者，然后分两拨向崖上爬去。

上得崖，崖上的林子里却全无动静。他与另一名包抄过去，会合了也没见一个人影。底下的狗却又一阵狂汪。文所长高瞻远瞩，就看见了底下沟里有个红色的影子一闪，定是那个白丫儿！于是两人从崖上跳下去，便向目标追赶。

白丫儿深一脚浅一脚迷迷瞪瞪地在沟里乱窜，听见枪声，人就有了意识，可沉重的眼皮仍很难张开。就听见有人朝她喊："白丫儿，朝左手东南垭子跑啊！"

这声音熟，像是二伯的声音。白丫儿就醒了，辨别了方向，转个弯上了左边的垭子。这一口气往上爬，力气就全没了，爬上一个梁子，贴在石壁边，一阵晕眩，就什么也不知道了。

再说文寇所长一心要抓到他心中臆想的纵火犯，或者说纵火嫌疑人吧，倒不是因为砸死了镇长的儿子有什么歉疚，想表现一下给镇长算一次弥补，而是——他已经知道自己的所长要撸了且有牢狱之灾（过失杀人嘛），他清楚姓崔的正好就汤下面，顺坡下驴让他倒霉，堂而皇之一脚就把他踢出水布镇，这才解恨啊。

"嗯，很好，我抓来白丫儿，倒想问问你是咋没穿裤子的。"文寇所长心里酸酸地乐着想。

追着那红衣裳穿过一片箭竹林的时候，听到一阵哗哗啦啦的声音，一抬头，一群猪截住了他们的去路。

文所长顿时心脏就麻了，脸上泼了一盆白蜡，五六头猪，一色阴森整齐的麻栗色，一色的翘角獠牙，一色的野腾之气。为首的那母猪咋就这么熟悉？脑袋飞速地回想，这不是繁殖场那头毛村长送来的野母猪吗？但见那猪：遍身箭毛黑乎乎，满头烧疤癫兮兮，一块残耳，淌着黑红干血，两只火眼，烧着烈烈灶口，蹄叉子张牙舞爪，长嘴巴急急吼吼。分明是经过火场又恶斗而来，带着历险的诡谲与阴暗，那几只猪在它身后，一个个激情澎湃，耳摇尾晃，就像摇动着兵器要与面前遭遇的几个人决一死战。

两支五四手枪的枪管直愣愣对着它们。

"从猪场跑出的，"文所长对身边的警察说。不解地在心里说："咋又有一群了呢？"

"稳住！"文寇所长又说，意思是没他的命令不要开枪。

明明对方已摆出了一副搏斗的架势，还犹豫什么呢？但文寇所长知道：两支手枪对付这群野猪，远远不够。我只能稳住，如果真是天要灭我，那也没办法。人心里可不能坏啊，我如今不就蛇蝎心肠？

两个警察与一群猪对峙着，比着镇定。文寇所长咬牙，屏息。心里想用意念退猪，向猪传言说：猪啊，我与你往日无怨，今日无仇，何必要与我过不去呢？可眼看到后面的猪，那野猪们，不是在咕噜溪、清风寨、牛下水交过手的？我是其中一分子，今日被它们逮着了，那不是复仇的好时机，正好将我置于死地！

与猪们僵持着，不一会，那母猪见文寇们没有侵犯它们的意图，便向其他猪给了一个信息，那些猪就向箭竹丛隐去，往另一条兽道跑上山了。

好好，我放你们走吧，上山去享自由去吧！文寇所长一阵舒畅，真想跳起来。

七

其实文寇他们在山上搜捕，根本不知道镇上刚闹过一场惨烈的猪害。

大火烧到养猪场，见了火那野母猪更加癫狂，竟然咬死了高三驼子的公猪和另外三头家母猪，跃过三米高的圈栏——变成了一头真正的野猪！

那个广东人正发出美妙鼾声，忽见火光熊熊，推开门就见他合资的野猪繁殖场卷进了一片火海。不知从哪儿窜出四五头野猪，正咬着那圈栏。广东人一时傻了，以为是看花了眼或是做梦呢，不知是救火还是去对付那猪。要是往常，要是有网，要是有猎枪，这群野猪不正是他梦寐以求的吗？

就在此时，一头猪凌空跃了出来，正是那头说不上是家猪还是野猪的猪。那猪一个呼哨，就与另几头猪扬长而去。广东人再回过头来，他那清贫的房里已流淌着火舌了。广东人揣上自己的身份证、暂住证和银行卡以及手机，拔腿就跑，边跑边喊："救火呀！救火呀！猪场着火了！"

岂止猪场，半条街都着火了。

几头野猪上了街，乱世英雄啊。广东人看到的四五头年轻力壮的野猪正是那母猪生下的一窝崽，不知用什么神功找到了它们的母亲（也许是这些天来它的嚎叫吧），这一群猪集合在水布镇，向人畜发动了狂烈的攻势。

几匹野狗正在路坡上观看冲天的火光和噼啪的火弹，几头野猪上来了，野狗不知道野猪的厉害，就一阵狂吠，那第一次进入人烟稠密的街市的野猪，一点面子都不讲，就把那些野狗一顿狂咬。没几下就咬死了。猪转头上到中学的门口，咬死了一个初中生，咬伤了三个，将他们的自行车也摔扭成麻花。以致家长们闻讯赶来时，还不知道是什么野牲口所为。

野牲口下山一般都是在冬天，在大雪封山，山上没吃的之后，野牲口为生活所迫，才会窜到镇上。这事好多年没有了。离上一次一只麻羊子下山也有五六个年头了。

有人说是老熊。可不一会，就听到说是猪，野猪。镇上捉的一头野猪从烧塌的猪圈中跑了出来，疯了。提水灭火的人们看到五六头黑墩墩的野猪挥舞着獠牙穿过火海，如入无人之境，进入到巴东人的餐馆后院，紧靠水布河，那里有一头他准备连夜杀了卖牛杂碎的老牛。猪先是掀翻了巴东人的餐桌以及装臭豆腐的坛子，就去咬那匹老牛，咬死了，掀到河里流走了。巴东人听见牛叫唤就去看牛，见一群猪咬那即将挨宰的牛还掀翻进河中，提起一把洋锹就砍，那猪又咬断了他一条腿，也掀进河中。好在巴东人会水，爬了起来，抬头一看，猪又把邻家一家做卤菜的鸡笼子咬翻了，鸡鸭扑棱棱乱跑乱飞。被大火映红的河面上，到处是浮游扑腾的鸡鸭，也被那火光镀成了红喧喧的颜色。

巴东人拖着断腿上街喊"猪啊猪啊"。猪又冲进了旅社。那旅社的老板娘马姨抱着钱箱子大喊"娘啊娘啊"，一绞绊在台阶上，猪朝她一阵践踏，马姨被踏得没了声息。猪为何跑进旅社呢？旅社有许多外地人，都是来给城里超市收购高山蔬菜的，见一群野猪跑了进来，就纷纷躲避。有人说是从火场里跑出来的。有人想看野猪究竟是什么样子，结果被野猪伤了。

一部分救火的人听说有一群野猪闹事，就跑来打猪，拿着棒子、叉、长刀。野猪跳过旅社的围墙，就进入了镇卫生院。

先说说卫生院。卫生院也是一个年代久远的地主老宅，东厢房是中医，西厢房是西医，后面是一溜住院病房。听说有野猪进了卫生院，一个待产的产妇当即就吓得早产了。猪们先是在中药房大闹了一通，将十几个老瓷坛掀翻打碎，又将熬膏药的炉子推倒，将铡药的铡刀、碾子等东西都扒拉了一地。一个坐堂的老先生吓得跑进天井大声呐喊，并且想关起门来叫人打猪。可猪还是冲了出来，又直奔西医。那时候——就要说到那时候了。在手术室，几个医生正给镇长崔无际进行心肺复苏，注射药水，进行心电监测。突然听到手术室的门一阵急促的打门声，副院长——一个女同志，姓屈，是崔无际老婆黄一婵在卫校的同学，就去开门，一开门，一群又脏又黑的野猪冲了进来，吼吼哼哼。屈院长是参加过野猪繁殖场人工授精方案研究的，一看见就喊："繁殖场的猪！"几个年轻的医生就各拿了手术室的仪器包括手术刀，与猪展开了肉搏。那猪在手术台腿缝里钻去钻来，但几个医生各使出了撒手锏，有的往猪身上泼福尔马林，有的泼酒精，猪许是怕闻这种气味，加上身上被那锐利的手术刀划得大口小口，又被心肺复苏的电击了，最后被驱逐出门。奇怪的是，崔镇长这时候竟一下子复苏了生命体征，心电指示曲线又蹦跶得欢了。屈院长一看崔镇长怎么都没弄活的，让这猪一闹，大家一起大战了猪，把他也给激活过来，不禁脱口而出道："功夫在诗外啊！"

而这时，猪又雄赳赳地上了大街，浩浩荡荡踏上摇摇晃晃的吊桥进入政府大院。大院里的人因为都去救火了，只有炊事员老王喂的两头肥猪，结果被全咬死。除了这，就是在政府留下一滩滩猪屎，也没造成多大的损失，猪就上了山，钻进了茂密的森林。白秀家的母猪成了地地道道的、不折不扣的野猪和山林客啦。

八

白丫儿昏倒在山壁前，一阵冷风把她吹醒，看看天，又是晚上，孤星冷月，萤火阵阵。她梦见了火，可火不是什么好东西，烫手还烫心呢。一想到火，什么都想起来了，就开始哭。又怕哭出声。因为昏倒前听见了枪声，那定是来捉拿她的。

正感到一阵冷似一阵时，天上又飘起了雪花，一团一团停在脸上，脖子上，一摸就知道是雪花哩。

我要冻死了。我被人强奸了。我放了火吗？她忽然想到鲁瞎子给她算过命，说她要走火的。这就是走火吗？我凭什么走这种火？这么胡乱地想着，天就无路了，就踌躇在山壁旁，山壁冷冷的，滑滑的，是冰水哩。雪越下越大，到哪儿躲去？就往山壁前摸，想摸到一个山洞就好了。摸到一团火就好了。火，火，害人的火啊……

这时候，听到消息的白椿来山里找她了。因为派出所有人去林场搜过。白丫儿的爹白端阳回白云坳子问事，白椿才知道因为镇上失火烧坏了镇长，白丫儿跑了。

白丫儿跑到哪儿去了呢？当然是在林场后面的山上。那山白椿眼睛没坏时，与白丫儿妹妹经常一起去采蘑菇，拾橡子和榛子，捡鸟蛋。

白椿拿着竿子四处喊着。

天上飘起了雪花，白椿没有停步。他要找到白丫儿，找到妹妹白丫儿，就是走遍神农架的山山水水，他也一定要找到她，要她不要怕，他要保护她，天塌下来要活下去，有哥他什么也不要怕。

白丫儿在迷迷糊糊间忽然听到了很亲切唤她名字的声音。那是在唤她的名字。有亲人来救她来了。白丫儿从泥浆里爬起来，手向前伸着，声音哑了，被冻哑了，饿哑了，心跳都快没有了。生命快要结束了。她想回答："救救我啊！"可她只说了两个字"救救"。

"白丫儿！白丫儿，妹妹白丫儿——"

这声音在雪雾茫茫的老林子里是战栗的，热切的，固执的。白丫儿真的听见了，不是做梦，或者说是做梦。

"椿哥哥！椿哥哥……"

她这么喊还真喊对了，心中只有那个盲哥哥的影子，在风雪弥漫的山林里，盲哥哥用带着三齿叉的竹竿探路，不分白天黑夜，四处喊着，找着，永不停下来。

"……是白丫儿妹妹吗？"

"哥！哥呀，椿哥哥……"

有声音就有人，就不远了。就慢慢靠近了。找到了！

"白丫儿妹妹，你在这里？你……"

摸着白丫儿的手是冰凉的，身上湿漉漉的往下淌着泥浆儿，脸上淌着泪珠儿，泪是热的，可一下子就被风吹冷了。

"椿哥哥，抱我……"

白椿解开他的棉衣，又解开白丫儿外面湿黏黏的外衣，将她揽进怀里，将她紧紧裹住，抱住，暖她。

"我冷，好冷啊哥，冷……"

"不冷了，有我，抱着你裹着你就不冷了，我们快回家去，回家就不冷了……"

"派出所要抓我的……"

"你为什么要逃跑，白丫儿妹妹？"

"我不知道，我不知道……"

"火是怎么烧的？"

"我不知道，我不知道……"

"那就回家去吧。"

"我不能回家，我怕……"

"有我哩，有家里人哩。走啊，现在是白天还是夜里白丫儿妹妹？"

"我不知道，我不知道……"

"往家里走，没事的。"

白椿搂着白丫儿抬脚往回走的时候，就听见一声喝令："不许动，举起手来！"

又听见两声喝令："举起手来！举起手来！"

又听见三声五声喝令：

"不许动！不许动！不许动！……"

这时有了些电筒的光，有了光亮。这时光亮照着白家的两个孙儿女——他们紧紧抱着，像两个白人，雪落在他们身上。他们抱得很紧，没有动。一动也没动。

白椿说："妹妹，不要怕，我们回家去。"白椿又问警察道，"警察叔叔，现在是白天还是黑夜呀？"

九

现在，纵火嫌疑人白丫儿就坐在文寇所长的面前。文寇所长摇摇头，为她，我们重伤了一个警察。可她说她没有掀石头。文所长还有什么好说的呢？面对着这么一个迷迷糊糊、细皮白肉、腰窄乳大、哀哀怨怨的妮子，他连问也无法问了。

"我没有放火呀！我冤枉呀！放牛娃儿赔不起牯牛啊！"

"那你恨崔镇长吗？"

"我恨！我恨你们！我全恨，全恨……"

"你晓得崔镇长是死了呢，还是活着？"

"我恨，我恨你们！恨你们……"

"好。恨，很好。呵呵。他……他……我们发现崔镇长时，我们在大火中发现他时，你猜我们看到他……"

"我恨，我恨！"这娃子竟死命地摆着脑壳。她发疯了。

"你受惊了。"他说，文寇所长说。这妮子为什么总说"我恨我恨"呢？

"这几天你孤身一人在山上吓怕了，其实没什么，我们只想问问情况，你不要怕，好不好，白丫儿？你也不要恨我们。带你去卫生院打打镇静针，输输营养液——你几天没吃没喝，命大啊，是别人早冻死饿死在山里了，这冷的天，还有那么多野牲口……你命大啊，不愧是猎王的后代……"

说是给她输营养液葡萄糖的。可是，文寇所长进了医院就要医生给她检查处女膜。

白丫儿糊里糊涂地进了一个阴暗的房间，让她躺在一张床上，医生就要她脱裤子。这妮子被人脱怕了裤子，噩梦还在心中，又让她回忆起来，扯住自己的裤子不放。可医生说："是注射葡萄糖的啊。"

又是那个地方被侵入了。两个男医生把她摁着，就像摁一只待宰的羊。一个冰凉的东西就伸了进去。白丫儿哭喊道："不，不，不啊！"

"好了，好了，好了。"一个女医生安慰她说。

这个女医生就是屈院长。这个女医生看到这个小妮子处女膜有新鲜的撕裂的伤痕，就知道完了。因为从大火中拖出的崔镇长没穿裤子，并且私处还沾着血迹。她突然想起来了。那血迹，就是这小妮子的血。她也知道文所长与崔镇长之间的关系。她知道这个文所长居心何在。她都明白。作为崔无际镇长老婆的同学，她会怎么做呢？作为一个真正的、富有同情心和怜悯心的院长，女医生，女人，她会怎么做呢？

当文所长看到那份诊断结论时，上面这么写着：

处女膜完好红润，无撕裂伤痕……

"好，很好，谢谢。"文所长对屈院长说。

"她现在真需要打点滴。这妮子精神受到了刺激。"屈院长说。她把白丫儿留在了医院，亲自看护她。

她把白丫儿安排到了另一间病房，又在另一间病房叫来了已经恢复得差不多的崔无际镇长。

他让崔镇长从窗外看了看注射了镇静剂而睡着的白丫儿，叫到天井里，给了他一个耳光。那可是一只有力的手。她说："我保护了你。你这东西，下得手啊。我还是保护了你。我替黄一婵抽你一耳光——"

她又抽了他一耳光。

"你还是个人吗？人家未满十八岁啊！"女院长哭着走了。

两天以后，白丫儿从卫生院跑回了林场。

第八章　老枪

一

冬荒。

饥饿袭击神农山区。

即将"双开"的文寇所长在白云坳看到的，除了满目被野猪蹂躏过的荒凉，就是鸡飞狗跳的狂乱。

想得到白秀那杆枪让其成为他猎具馆镇馆之宝的渴望像白蚁噬着他的心，让他夜不得寐，据他的判断，岂止"双开"，三五年的牢狱之灾也是极有可能的，必须在逮进去之前，弄到白秀的那杆老枪。一路想着各种对策，进了白云坳子的阴森峡谷，就听嗵的一声突发沉重的枪声，那枪声绕着梁子久久地回旋，山中黏稠的空气被残忍切开了，人的惊呼，畜生的闷叫也夹杂在一起。就见一个农民跑过来惶惶地给他说："白秀又开杀戒了！"

"他现在什么都打。"他听见农民说。

这是一个泥泞的晴日，人畜行走的山道烂泥翻腾，就像走往地狱一样，郁闷霉毒的空气中飘来一缕火药的气味。枪声在无望地流淌着。就见几个农民从山上抬下来一头牛，几个人将那衰老的猎王白秀押着，有人高举着他那杆枪说："又是它！又是害人的它！"

"文所长，把他交给你！"

文寇退了几步，连连向他们摆手说："没见我没穿警服吗？我不是警察了，我不是所长了。"

"为什么？这样的人还不配给抓进去吗？咱们村天上飞的地上跑的除了人，几乎都要被白大爷枪杀干净了。"

"可这是为何呢？这又是为了啥呀？"

文寇问大伙。他看着那绑着双手，被村民们骂着的老头儿，那个可怜的老人，老得像一棵干柴，两只眼像猴子机警地转动着，充满了不能动弹的痛苦。他挣扎着，想摆脱那些人。他满脸的无奈，身上稀泥缠裹，像一个疯子。那胸前的虎爪烟袋也沾满了泥巴，也装饰着加深着白秀的疯子样。已经没有了什么英气。

他就是疯子！

村里人就是把他当疯子搞的。

"他打死了一头牛。"有人说。

"猪！"白秀老人说。

"是猪！"他说，他喊，他委屈。

有人要给他捆嘴巴了，气愤不过。

"是猪是牛你也分不清啊！"有人给他的耳边喊吼着，那是被枪杀的牛的主人。

稀泥和牛屎在他的踢打中飞溅着，有人去扯他的腿。有人抓他的上衣。

"看吧，看吧，造孽哟！这老狗日的！"

可就在这时候，从人缝里冲进来一个人，与人拉扯着说："别动他，别沾他，你们不要沾他……"

文寇一看，是瞎子白椿，手拿竹竿，背上的背篓里因拉扯时散落出一些漆树籽。他摸到他爷爷，就力排众人，要把他爷爷带走。可死了牛的主人不依，说："你赔牛啊，白椿？我家的牛咋办？"

"我赔，我赔。"白椿哭喊着。一伙人就扯成一团。

"你用什么赔？赔个呵欠！"

这时村长也突然出现了，显然很不耐烦，不想管这臭事，一把将白秀的那杆老分分的枪夺过来，强行递到文寇手里："你要枪的，给你，给你，你缴了！"

文寇没有一点防备，那沉重的枪就把他推了个趔趄。加上溜滑，差一点坐在石头上。

瞎子白椿耳灵，一听说枪，就扑向文寇，差一点指甲挖翻了他的脸。那枪就被豹子一样压来的白椿给拿上了。

"爷爷，跟我回去吧，爷爷！"

白椿眼窝深眍，头发老长，脸窄瘦得像根刀豆，衣裳又单又破，膝盖有两个大洞，里面露出茄子一样的瘢痕——那是长久摔磕的。

"这一家不完了吗？"文寇在那儿自言自语地说，喃喃地说。

"那还不完了！"村长在一旁说。

二

这一家。

文寇看着这一家。

即将"双开"且要走进牢房的派出所所长文寇看着这一家。

"我是来买您的枪的，白大爷。"他故意把"买"字说得很重。

"那肯定是卖马不卖缰，卖铳不卖绳啦！"毛村长阴阳怪气地站在门口的棺材旁说。那棺材是老早就为白秀老人或者他老伴白娘子准备的，看谁先死，先死先睡。后来白秀睡过，可他又活了。现在，他被村人制服后，坐在火塘边，眼珠子直发呆，一副失魂落魄景像。他的老伴白娘子也只是一具干尸了。"这样的长寿又有什么意义呢？与其这么活着，在汉口宜昌活二十岁也比这强啊！"文寇想，"一棵树可能比他们更幸运。"

"滚！"

白秀老人从牙齿缝里射出了这个字。

"已经到两百五了，不好听，再加一十，两百六！"文寇不死心，他说，一只手伸出食指中指，一只手伸出大拇指小指。

"他把他命根子卖给你啊，命根子给你了，他就没命了。"毛村长说。

"那总比他害人好呀。"文寇所长说。

"你还能打什么？白大爷，你不能这么打了。猪去了哪儿您知道吗？猪去了……"

"猪去了该去的地方。"白秀说。他好像突然清醒了。

"还会来吗？"

"没个准。"

"按你以往的经验？"

"那会来，一定会。"

"您还能不能见着啊？"

"我不晓得。"白秀说。他现在真正清醒了。

白椿摸索着做饭。一个瞎子伺候两个比瞎子更糟的老人。

毛村长说："所长，到我那儿吃去吧。"

文寇说："我就在这儿吃。"

他去给灶口添火。

"你给你爷爷说说。"文寇给白椿说。

白椿用刀削洋芋，那刀刃在他手指上擦来擦去。削了，他丢进锅里。

"他不会答应的。"

"收了枪你爷爷就安定了，村里就安定了。我不强行，我用钱收。"

文寇又问："你爹就没回来吗？"

白椿没说话。

"我只问问，我不会抓他的，我不是警察了。"文寇说。

他们吃着洋芋，喝着酒。

后来他们又坐回火塘，喝茶。一切像没事的，白秀没射杀人的牛犊子。

白秀说："这枪啊，我每天都要上油的。刀和这枪，我每天都要晒的，刀枪吃阳光，不吃就没力了，就咬不动野牲口。"

"您卖给我好了。您知道您射杀了牛犊子和鸡鸭猪还有二愣子的羊吗？"

"这叫捆枪，"白秀说，"它就叫捆枪，捆了以后钻的。"

"人家问你卖不卖枪，"毛村长在白秀的耳朵前吼说，"你家还有几十斤粮几斤油了？"

"没了。"白椿说。

"所以你就捡漆树籽。"

"我那六十块钱呢？"

"鬼！你杀了多少鸡鸭猪羊牲口？你说说，你快死了还手痒啊？"村长又对文寇说，"做了它吧，把他的枪缴了它！"

白椿给他爷爷将脸与脚洗了，白秀就在火塘边打起盹来，但嘴里还嘀咕说："它叫捆枪。"

管它叫什么枪，文寇确已爱上了它，疯狂地爱上了它，那种如火如荼的渴望已让他不可遏止。暗红色的枪托，连疤疖都磨得像镜子一样明亮了。粗糙的铁管也黝黑透亮——这枪管就是白秀所说捆扎起来钻的，在一百年前，房县的铁匠钻的，那就是金刚钻，这么长的管子，稍钻歪一点，枪膛厚薄不匀，那就会炸膛。可事实证明，这膛钻得非常正，喷吐了一百年的炸药和滚珠子弹，也没有出现过爆炸的意外，这真是奇迹啊！他说的捆枪：就是三个铜箍捆扎了枪管与枪柄。有一根铜箍松弛了。松弛也就是先衰老了。松弛的空间填满了野牲口们的油脂。就是这些油脂，累积成白秀们的传说。那夹香的香签夹子也衰老了——三颗固定的铁钉摇摇欲出，它们钉在已有了裂纹的枪柄中间，弹一下，就发出老年人喉咙的哑音，它已经中气不足。令人触目惊心的是，在枪柄那提着以平衡的部位，清清楚楚印着几个捏进去的手指印，就像刀刻的一样。可这是年复一年捏出来的，这柄却是比铁还坚硬的枸骨过冬青木。伟大的杰作，伟大的人的杰作！在离枪柄两尺远的地方，那原来穿背绳的孔，现在只剩下一根百年的绳头——断了。这绳子是他的父亲背断的，是一百年前的故事，只剩下这一点点绳头了。这枪沉，再坚韧的背绳也会断的。十三斤半，沉的枪才能打沉的兽。后来，在这个孔旁，又钻了一个眼，这定是白秀所为，是三股芝麻绳，再系上如今这根废机器皮带——这就是村长说的卖铳不卖绳的家伙，它打着死结，毛毛刺刺，肮脏不堪，充满着人汗和动物油脂的光滑，就像一个叫花子背的枪！

但是，枪，枪啊，老枪啊，百年老铳！嗅一嗅，那枪管里奔流着深厚的火药味，好闻啊，这英雄灵魂萦绕的枪膛，火药的魂魄总是充沛的、高亢的，它警惕地躲在里面，在汹涌澎湃着、呼号着，只待泡子点燃，你就是让群山打战的神物。一个猎王正是用你的简陋和直接来成全，并且完成了人对山冈的野心，让人的威力发出冲天的光芒，让回声在山林里，在夜半久久回荡，像那经久不息的林骚，像民歌，在这块神秘无比，寂静深远的土地上奔窜！

文寇抱着那杆枪陪着白秀在火塘边打了一夜盹。早晨醒来，不是被鸟和鸡吵醒的，死了牛犊的那家人又找上门来了，要白秀赔牛犊子。文寇已管不了这多了，他去村里转转。听说舒耳巴的儿子糟蛋因为不能当兵，自己戳破了一颗卵蛋，他想去看看这个娃子后就离开。哪知被白椿拦住了，对他说："我卖了。"

"什么？"

"枪啊。"

"你做不了主，是你爷爷的。他不是说，谁拿了他的枪他就要跟人拼命吗？毛村长都不敢拿。"

"我卖了。"白椿说。

白椿说："不肯给钱？那你就拿了走吧，不要钱，你带走。"

"不行。我不能干这种事。"

"这枪害了我啊。"

"你说什么？"

"它害了我们。"白椿说，瞎眼里滚出了泪珠。他哭了。

"我不能干这种事。"文寇觉得他很卑鄙。觉得他这些年，小半辈子，真是太卑鄙了，干过太卑鄙的事。对白家，他刚刚干过忒卑鄙的事。那枪像火一样烫他的手，他决定不能要这把枪了。他甚至有一种预感，谁得到了这杆枪，谁就会有灾难。

他走了。他听见糟蛋因为损失了一颗卵子在那低矮的垛壁子屋里号叫。听说破卵皮是他爹舒耳巴用缝衣针烧红了缝的，就像缝一个火药囊。

三

文寇回去是与白椿一起走的，白椿要到镇上卖漆树籽。作为即将卸任的派出所所长，他总算为白云坳子最后干了一件好事，处理了以后白秀不再乱开枪的事——这便是监督将六指铁水缸里存放的枪子儿全化成了铁水，不给白秀滚珠、子弹的便利，又没了火药，一个空枪，想害人也害不了了；继承六指老铁铺的他的一个侄儿给写下保证书，签字画押：只能制造农具。

一路走，白椿坚持要将那枪偷出来送给文寇。可文寇坚持不要。说到最后，白椿说出条件：只要文寇所长说的真的不再抓他爹白中秋。文寇说："别人抓我。"他的神色顿时阴沉下来。他拿出一个册子，点了点唾沫翻开，说："你爹那阎王塌子千斤榨也害了我。别再打牲口了，都不要再打了。我这里有一个神农山区历年猎获的数量——"

白椿听到他翻书本纸页的声音。他说："这是我们县收购门市部的权威统计……先说虎豹骨……1973 年是六十七斤，1974 年四十五斤，到了 1978 年，有二十二斤，1981 年只有六斤了，1983 年只有两斤；麝香，1971 年一百五十七两，1972 年三百三十五两，1978 年还有二百七十八两，到了 1982 年只有一百六十九两，到了 1984 年只有二十两了；野生动物毛皮，1970 年六千四百四十三张，1972 年七千六百六十七张，1978 年收了有七千零七十四张，1980 年达到八千八百三十张，到了 1984 年只有三千七百三十七张了，1985 年竟只有一百五十九张……如今，没啦。不准打。就是打，又能收到多少？菜狗子皮、竹溜子（鼠）皮，还有山羊皮，这算皮吗？不值钱啊！"

"山上什么也没有啦。没啦……"白椿听文寇喃喃地说。

"一说有，就会有成群凶猛的野猪，不正常啊，这世界疯了。这是世界疯狂的象征。我们生活的这个世界，无论城市还是乡村，无论平原还是高山，都疯狂了。都接近疯狂的边缘。谁知道哪天猪又会汹涌下山，像山洪暴发……不过，我已管不了啦，我走啦。再见，神农架，再见，猎人峰……"

这个人可能在向那高耸入云的猎人峰敬礼呢。白椿想。

文寇看到的是：猎人峰在雪线之上，被冰雪覆盖着。

白椿听到文寇所长用哽咽的声音对他说："等你爹回来，你与他商议，喂几头牛犊子，好好侍弄它们。牲口也有思想有感情，牲口就跟人一样。你们不是相信人有两个时辰是牲口吗？牲口一天也有两个时辰是人啊。你活着，得让山上的野牲口也活着。人的内心不可有兽性。你反复与野牲口作对，欺凌它们，山也会发怒的，山也会反抗的，瞧瞧吧，今年的冬荒，不就是后果吗？"那个人说，"让马放南山，刀枪入库……"

白椿感到这人的话此刻特别亲切，他不再是一个与民作对的派出所所长，倒像个兄长。白椿想着他的话，天空一阵呼啸的鸟叫，太阳突然射到他的脸上。天晴了。

四

白椿去山里找他爹白中秋。

文寇所长说了，他不会再抓爹了，爹可以安然回家了。白椿相信文所长的话，这话令人惊喜。爹肯定在山上，他相信。他要赶快告诉爹这个消息，让爹快回来。家里要爹啊。爹有一天晚上来过村里，并且拿去了挂在屋门口墙壁上的背叉子和开山刀，并且扒走了放在牛栏屋竹楼上的半畚箕洋芋。有人说看见白椿爹在山上的坡田里出现过，掰人家的向日葵。还有人不见了棉袄，估计也是白中秋偷走了。反正，说他爹没死的信息很多。只是因为他爹怕再被抓到，就没敢回家，没敢见白椿。难说哩，白椿眼睛不好，爹在暗地里注视他，也不是不可能的。

白椿急切地去了山里，他到处呼唤，并且问有人看见他爹没有。

他爹真的在山上。

藏在一个山洞里。

因昼伏夜出，几个月躲着，全身就长满了白毛，加上他又深又长的白发，跑跳起来飘飘欲仙，疾如野鬼。

他专门偷吃人家山上放养的鸡，也偷吃山里的毛锦鸡、苦恶鸟，抓到后就生吃，用牙齿拔毛。后来他又下套子，套到了一些山鼠、竹溜子，也就生吃鼠肉。因为在山里披风沐雨，与树木山石为伍，渐渐就有了些苔气，而且跟树木一样，渐渐地就生了苍苔，脸是绿的，手脚爬满了青色的苔藓，有时候身上缠着云雾草——就是松萝，与那古老的松树一样，站在山顶上，就是一棵树，就是个树精。

这样他就不怕野牲口了，人长期在山里与黑夜和鬼怪为伍，胆就大了，或者说人就不是人，无所谓胆，一块石头怕不怕鬼？一棵树怕不怕兽？有一次，实在饿昏不过的白中秋就去土蜂洞逮蜂蛹吃。他无师自通地把土蜂的两个进出洞用泥巴一堵，就伸进手去搅蜂子。因为几个月在山中皮越来越厚，蜂蜇他他竟没有反应。等蜂子撞向了稀泥巴，一个个动弹不得后，他挖开蜂洞，里面一窝白生生的蜂蛹，抓到口里就吃，就像吃豆腐一样的感觉和味道，入口即化。蜂蛹的香味引来了一头白熊。这白熊不冬眠，白熊又温驯，白中秋就与白熊打起了架来。白熊也想吃蜂蛹，吃着吃着，白中秋记起自己有刀，就抽出刀一刀朝白熊砍去。白熊见这"野人"伤它，就怒了，一巴掌打过来，白中秋差一点被打闭了气，肩头的衣裳撕烂一块，露出了红瘆瘆的肉来。白中秋这才记起自己是个人，不是个野物，拔腿就跑。因在山里攀缘奔跑，身手敏捷，爬上一棵大树，朝白熊一阵恶吼，吼出的声音也像野牲口的声音，白熊有几次想去扒树，但被白中秋那可怕的吼声吓住了，只好跑掉。

白中秋想起他是有家的，有父母，有孩儿。父亲还有一杆打死过九头老熊的枪，如果把那枪偷来就好了。可是，他晚上溜回去过几次，都没能偷到那杆枪。那枪他爹白秀总是背在身上，晚上都枕着睡觉的。

白熊还会来的，来吃蜂蛹。白中秋把阎王塌子千斤榨忘了，记不起自己鼓捣过那玩意儿。有一天走在山坡上，在一块田里寻到了一把别人忘了拿回去的锹。于是就想着挖一个陷阱——绝后窖。

他来到与熊打架的地方，土石松软，正好挖窖。于是挖了起来。挖了两天，挖出一人多深的坑来。挖着挖着，白中秋感到他比野牲口还是强多了，还下了十几根竹桩。就是把竹子砍来削尖了钉在坑底。这时他突然想起了竹桩穿着一个冬瓜的场景。他后来又回忆起来是在一个关他的派出所看到的，绝后窖里的竹桩穿冬瓜这事儿是一个派出所所长干的，姓什么他实在记不起了。白白胖胖的冬瓜，就是白白胖胖的白熊！白中秋在窖上盖了树枝，并把挖到的蜂蛹放在上面，少说有一斤。白中秋忍着饥饿，想把白熊抓到。

第二天就抓到了。

他在山洞里正睡着，听到熊的嚎叫，就跑出去看。绝后窖掀开了盖子，那头白熊正在里面挣扎着，身上都在往外喷血，就像一个漏斗。那熊凄惨地嚎叫了一会，血流尽了，白熊变成了湿漉漉的赤熊，就成了一团肉。

白中秋下去将那熊取出来就开膛破肚吃肝。吃了一些，想起自己有个老娘是爱这口的，娘也不知怎么了，就把肝留着了，就想，何不把这熊肉背一半偷偷送回去。

白中秋藏好了另一半熊肉，背着另一半，就往家里走。走着想着，把这些肉送回家，一定要把爹的那杆老枪偷出来，在山里有枪就有个胆，有枪就有个伴儿。

走到半道上，就有人喊他"爹"。一看，是自己的儿子白椿。白中秋机警地躲在灌丛里，看他后边有没有其他人。一看到自己跌得鼻青脸肿的瞎儿子，泪就下来了，就说："椿儿，你也不怕给野牲口吃了？"

白椿对他说："爹，快回去吧，文所长不抓你了，他塌死了崔镇长的儿子，要'双开'了，还要吃牢饭。"

白中秋这就想起是有个派出所所长姓文的，他正是在他手上逃脱的。他听说不抓自己了，就问："是真的吗？不再有人抓我吗？"

想到塌死了崔镇长儿子，那儿子也砍过他一刀的，便觉得这事一定与自己有关。一问，果然。是阎王塌子千斤榨塌死的，他这下全部想起来了：他是做过阎王塌子千斤榨的，在派出所关他的后院里。

"老拔子呀老拔子，我那东西塌死了一只老虎，也是为民除害。"

就与白椿一起兴冲冲地回到坳子里。

浑身长着白毛的白中秋像一个正常人回到了村里。天气又矮又冷，许多人家都很安静，炊烟在那个傍晚正混混沌沌地升起，蔓延，狗在含混而幸福地吠。一些邻居见白中秋像一个雪人回来了，都在大门里张着黑幽幽的眼睛看着他。他分明与他的儿子白椿背着一块新鲜的牲口肉回来的，并且面带着微笑。

他没有受到阻挡，这和他想象的一样，和他期望的也一样。这使他十分轻松。回到久别的家，且昂首挺胸，这种感觉真好。不过他忘了，那天傍晚有些阴暗，因为寒冷，许多人都在火塘边打盹，那些想撕碎他的人，想找他算账的人并未发现他的归来。

爹清醒着。那一天他爹白秀意外地清醒着。等他进屋后就对他说："你妈走了，还不替她洗洗。"

白中秋听到这话，一下子人就硬了，怀里揣着的那副熊肝，哗啦一声掉了下来。

还有呢，清醒的他爹白秀正在喘气，身上沾着猪屎，手拿着那枪对儿子和孙子说："我把刘细娃家的老母猪砸死了。"

五

白秀是用枪托把猪砸死的。

那天他又爬上了山梁，在山坡上，看见了刘细娃的那头老母猪，可幻觉中，这头老母猪变成了一头满嘴獠牙的野猪。老母猪哼哼叽叽地在山坡上吃草，白秀却看见的是它要向他攻击。于是用香签啄燃引信，枪却不响，才知自己的枪管里是空的，于是挥起枪托就砸。这老母猪正怀着崽——它已是第五次怀崽了，每次下崽不下十五只，是个挺有能耐的"英雄母亲"。那母亲怀有身孕行走不便，三把两下就被白秀砸得七窍喷血，屎尿失禁，悲惨死去。

刘细娃就上门来阻止白家发丧，点名要那口棺材。棺材葬猪，也是奇事。可刘家非要如此，他家的母猪是他家的生活来源，今年收成全无，猪就更金贵了。再者母猪死了也不能剥了吃，谁敢吃母猪肉？吃了就会犯"母猪风"，母猪风就是癫痫，一犯病就口吐白沫，突然倒地。神农架人都说犯这病的是不小心误吃了母猪肉的。

刘家不仅要棺，还要白家给赔八百斤苞谷。

就在四更发丧入殓之时，鲁瞎子高唱着"古往今来，厚土之葬；扫场，扫场，化为吉昌"，他拿着钉锤，绑在树上的白椿和白丫儿大喊："奶奶，躲钉！"刘家的人就出现在丧场上，两个刘家的亲戚一把掀开来不及钉棺的棺盖，将里面死气沉沉的白娘子拖出来，就将那棺材往外抬去。这时候，不仅是白家第二代白中秋、白端阳，第三代白椿和白丫儿也从那被绑的树上挣脱出来，与刘家抢棺的展开了抢夺。白丫儿横躺在门口，白椿一头扎进棺材中去，白中秋本是从山野回来，又加上吃了熊肉，浑身摇晃着长长的白毛就与刘细娃厮打在一起。

有人喊来了村长，村长见那死人扔在地上，一口棺材在双方的打斗下滚来滚去，也没见过这阵势，有些傻愣，还是鼓足勇气恶吼着去拉两边，让大家坐下来好生商议。

那死人被拉拉扯扯快踩成烂泥，好不容易快把现场平息了，只见六指的侄儿也打来了，一边跑一边咒骂着："白中秋，我替我叔找你报仇来了！"

这六指侄儿也是个不讲道理的呆铁匠，听说白中秋回了村，牢记着叔叔的仇恨，便拿着铁家伙打上门来。半路又杀出个程咬金！大家又去拉六指侄儿。那家伙一身铁匠肉，哪拉得住，先把门口的灵屋、纸幡砸得稀烂，就要来杀白中秋。白中秋手拿着他爹的那杆老枪，别人以为里面有子弹，就去抢他的枪。六指侄儿说："嘿嘿，没有了，只有老子清楚，中秋狗日的，有种朝老子放一枪。"白中秋放不出，六指侄儿就不顾一切奔向他，有人就要白中秋快跑。可白中秋不跑。人像山墙一样，往哪儿跑啊。白中秋迟疑了片刻，六指侄儿的一把铁钎就下来了，直击头上。白中秋雪白的头发倏地被自己的血染成了烂漫山花。众人把六指侄儿拉住。六指侄儿已打红了眼，见了白家的人就打，并踢了死尸白娘子几脚。

刘细娃家这时正好趁火打劫，几个人抬起那口好杉木棺，一声"啊嗬"就跑。等白家人后来赶去，已经连同棺材将那母猪埋掉了。

白家的母亲白娘子总要下葬的，就找人临时做了口薄棺，很小。反正白娘子只剩下一副骨架子，轻得像块树皮，没有刘家的死猪重，也没有死猪长。就这么把白家母亲草草下葬了。

白中秋将吃剩的熊肉送给他爹打死了禽畜的人家，可没一个人要，那些人家看见他来了就关门，像避瘟疫地避他。

"我给你们赔熊肉来了，开门呀！熊肉啊！"

"喂，我是来替我爹赔你们家鸡鸭的，用肉赔！"

白中秋背着熊肉，站在村口杀坪的大青石上，百思不解，浑身的白毛一阵阵发痒。村里人不接纳他，他是个逃犯。他背着熊肉返回家里，爹的几个徒弟在坡上拉住他，将他叫到树林里。

罗大拐要他坐下来，包胜用没了手指的手给他卸熊肉，说："你别打了，会玩水的水上死，会玩刀的刀上亡，我这不是教训吗？自己害自己。"

舒耳巴将一口臭气喷到白中秋脸上，算是叹息，又不说话，看了看其他几个师兄，交换了一下眼神。白中秋知道他们有话说，就说了："有屁就放。"

舒耳巴抓着自己胸前的涎兜儿，欲言又止，却对罗大拐说："大拐，你说吧。"

罗大拐说："你是大徒弟啊，这事咱们商量好了的啊！"

舒耳巴一阵不自在，几个人沉默在那儿，还是他说话了："中秋，借（这）样的。希傅借样几（子），记（治）不能记，好不能好了，在清（村）里，希（是）一大祸害了。人老就希借样，讨人厌啊，几（只）有暂且在外清（村）避避……"

白中秋大脑里一片嗡嗡，有似山崩地裂之后的感觉。他终于听清了，这几个家伙是要急切地想把他师傅也是他的爹白秀除掉哩。白中秋看着他们，看着这几个笑眯眯的禽兽。禽兽不如哩，我爹是你们师傅啊，你们跟他学了一门养家的手艺，把你们喂肥了，你们今日要将他一脚踢出去。

"我来说，耳巴讲话费劲，"包胜接过去说，"村里再也受不住啦，村里全光啦，苦哇，都被师傅打完啦，村里是念着师傅几十年的好，过去为咱们村打兽赚了吃喝还除了害，现在……说白了吧，他成了村里的一大害……"

"就是要我大义灭亲。"白中秋说。

"哪能这么说呢。师傅要昏过去嘛，不醒来也好，在村里乱搞，村里没法平安啊。"罗大拐说。

"是啊是啊。"那几个说。那几个人，一个没了下巴，一个没了手，一个像只秧鸡。三张鬼脸，笼罩着山林里的霉藓气。

"扼死他？"白中秋狠狠地问，还做了一个双手掐喉咙的动作。

"哪能这么做呢？"

"下毒？"

"哪能，哪能。"

"刀捅？"

"瞎说！"

"反正，你把希傅弄出清（村）弃（去）……"舒耳巴阴险地笑着指点说。

"要开杀戒了……"白中秋喃喃地说。

"不是的！"他们说。

"你要村里人原谅你的啊！"他们说。

他们期待着。

这基本是全村人想好的想法了，让我把爹弃了，然后就接纳我，这也可能是这几个爹的徒弟给我解套，拿爹做牺牲品……世道险恶啊。

六

白中秋像醉汉一样地回到了家里。

他的娘在油灯下闪闪烁烁。那是一张画像。他爹又糊涂过去了。爹躺在床上，像一堆杂物。杂物中露出个枯树蔸样的脸，衰老的喉结像只鸟喙，鼻子呼吸着乱气流。虎爪烟袋像一件从坟墓里挖出来的古物，闪烁着荧荧的磷光，胸腔里是咕咕哝哝的声音。

"爹，不怪我了，我要把你背走了。"白中秋扯着自己身上的白毛，心里说。

"爹，他们说，我要在这村里过，你就不能过。"他说。

他倒出了最后一壶金钗酒。

他又烤了些火烧粑粑。

第二天早晨，他背着昏昏沉沉的爹就动身了。他给白椿说趁天气好，到山里走走，让爷爷散散心。枪挎在他的肩上，他爹挎着虎爪烟袋。天气可能会好，有薄雾，还有霜。霜在路上。

进了山，太阳出来了，气流平缓，云淡风轻，常绿树林中，岩花子、黄杨、虎皮楠、马醉木都一派生机，简直像夏天，荚迷果、膀胱果和火漆果，都挂着耀眼的红色，像燃烧的木炭。

一只鹰叼起一只兔子，在天空中滑翔。

"看，爹——"他指给他爹看。

他爹白秀睁开眼睛，又闭上了，他爹白秀老人还在昏睡中，没有清醒。

汗直从腋下、后背往外淌，他能闻见腋下爆发的狐臭。他爹打了一个类似牲口的响鼻，把他吓了一跳。再一侧耳细听，灌丛哗哗乱响。白中秋就停下了脚，往腰里抽刀。

"哪个？"

一点亮闪闪的光从灌丛里射出来，对着太阳。一张人的脸，一张女人嘴。一颗金牙。金牙女人。在这样的地方见到这女人，比见到一头野牲口还让他惊吓。

"你女人去了宜昌。"那女人说。

"你咋知道？"

"瞒不过我，我就是那边的人，我见过她。"

白中秋看着她，像看一个妖怪。这女人敢在这山里窜啊，这女人是啥精怪？还拿着一把刀。满脸山野之色。

"你可是猎王的儿子，你现在背着枪，你成了新猎王？"那妇人盯着他挎着的那枪说。

白中秋总是找不到话说。

"我就要一副猪心肺救我儿子，他现在真快死了。吃了几副还没有效，我还想弄几副……"

白中秋一听说猪心肺，过去的许多事就翻腾出来，愤怒也就无由冲出脑门："你不是要猪心肺，你是要我的命！要村里人的命！你要了鲁瞎子的命，要了糟蛋的命，现在又跟上我要我的命！"

他把他爹放在石头上，与她对峙着。

"大哥，你别这么说啊！你家里缺个女人，如果你不嫌弃，我会好好伺候你们父子的，等你把你爹处理了咱们一起……"

"我不是处理，我是背他来山里散散心晒太阳的！"白中秋心虚地高声说。

"嘿嘿，鬼才相信。我是什么也不信了。"

那女人说着，从腰里抽出村里人见过的那把大刀，嗖嗖地甩了几把，一刀剁进树干上，说："实话给你说了吧，我原是想，来投靠你老爹，跟他扯杆子上猎人峰造反去的。我们村的村长可是个恶棍，把我丈夫打死，霸占了我又强占了我女儿。这世界没了理了，没王法，我逃出来，只想落草为寇，与山中好汉一起，杀尽天下的恶人，杀死我们村长……"

"你想杀人才到这儿？"白中秋看着面前这个枭首鹄面、失魂落魄的女人，背脊一阵阵发凉。

"正是，杀人！杀人！杀人！人比畜生还不如哩。可如今，你爹已不是什么猎王了，背在你身上，不过是堆马上就要被你遗弃喂野兽的骨头。可悲可怜啊，猎王有这么可悲的下场……哇嘿嘿……"这女人大哭着就往林子深处跑。白中秋像截腐烂的木头看着她的背影消失在树木背后。他把他爹重新背起来。扭头看他爹，他爹白秀依然半闭着眼睛，依然还没有清醒过来。

一会，那女人又跑回来了，说："我还是愿意跟你过，谁叫你是猎王的儿子，有条狗熊的胆哩！"

那女人狠毒的眼光淫荡地盯着他，又盯着他背上那个昏迷不醒的人。白中秋感到这女人的话是在讽刺他，是在刻薄他。

"不，你不要胡说！他是我爹！我背他散心！我不要你，你这个害人精，天下女人没一个好的！"

他用锥心泣血的声音狂呼。那女人吓得簌簌发抖，往一边退去。可那女人的身子还是勾住了他。他陡然想起了苦荞，恨她，但苦荞的好又翻上了心海，温温热热的。想起女人，总是会被温热覆盖。

"你回来！"

他把他爹，把枪，一股脑扔在了草丛里，赶上前去一把抓住那个女人。那女人抱着浑身长满白毛的白中秋像一条冬日的落水狗那么战抖。白中秋扯开女人的衣裳，就像饥饿的土匪吸她，跟她做。

后面的草丛里传来了响动。白中秋红汗白流地抬起头一看，他爹从梦中醒来了，睁着两只红淌淌的眼睛看着儿子和金牙女人白花花的身子在草地上翻动。

"他快死了。"白中秋在上头说，他相信他爹看不见，什么都看不见，爹快死的人了。

身子下的女人也没了声响。他一摸，女人身子冰凉。女人被寒冷的山风给浸泡得四肢僵硬不能动弹了。

七

天气确实有些冷。越往上去，山越高越冷。猎人峰顶已经白头了——那是在雪线之上，那儿总在十月即要飘雪。

"小子，你做了什么呀？"他爹白秀梦呓般地问，仍闭着眼。

"我没做什么。"白中秋答。

爹在他背上，像坐着驴车一样慢慢颠腾着，晃晃悠悠，太阳虽然远，可景色还是令人沉醉。

"咱们这是在哪儿？"

"在山里让您散心不是，爹。"他说。

"若是牲口来了呢？没有了子弹啊。"

"哪来的牲口，不都是被你打干净了吗？"

"猪呢？"

说着猪，天气就变了，突然一阵雨，把父子两个驱赶得像猴子跑着寻躲雨的地方。雨来，又一阵青雾，把路给迷住了，天就提前黑了。

"苦荞呢？"他爹白秀问。

"哪来的苦荞？"他说。那女人走了。走时抽了白中秋一嘴巴，打得他满嘴是血。女人的手重，一看就是习过武的。

可他品咂着幸福，没有被雨和夜晚吓倒。

他点火，给他爹烤粑粑吃。

那天晚上他爹不吃，也不喝那金钗酒。他爹手抓着虎爪烟袋，也不抽。山里传来了深沉警告的吼潮声。

"山在吼，地在哼呢。"他爹白秀闭着眼靠在石壁上，说。

"活久了也累，山活得太久了。"白中秋啃着粑粑说。

"它有苦说不出……"

就是在这时候，山洞口出现了我们常听说的神农架野人！

——一个高高大大的野人披着三尺长的头发在洞口一闪！

白中秋不相信有野人，野人就是山魈，山魈就是山混子。山混子是专给人脑袋里装筋的，装些邪筋，大哥白大年不就是让山混子给装了根邪筋，把自己儿子的眼给抠瞎了吗？这一闪而过的山混子盯着我了，要在今日给我装根邪筋？

白中秋拿着枪，又没有子弹，只好把刀握着，不让自己睡。把火加大一些。

夜，你快过去。白天，快快来到！金牙女人，你为什么不陪我，还是要跑？怎么办……不是山混子，就是匹野牲口……五鬼五个头，十个遇着九个愁……

人就快疯了，就挥舞着刀跳到洞口，对着黑黝黝的森林和山冈狂吼："山混子！来呀，给我装筋呀！山混子，我日死你娘！"

白中秋咆哮着，像狗一样咆哮着，像狼一样咆哮着。人有两个时辰是牲口，我现在就是牲口，我剩下的半夜就全是牲口了，什么也不怕了！

白中秋声嘶力竭地大喊大叫，狂砍乱剁，天就亮了，人也全泄了。有了与女人交欢的结果，人有活下去反抗一切的冲动。

天亮了。他坐在熹微的洞口，他想今天他得把爹丢掉算了。

他要结束一件事件。再去找那金牙女人。

可这一天，他爹白秀紧紧抓着他的肩胛，两只手像两只鹰爪，抓得他肉像锥子扎，生生地疼痛。

"好景致啊。"他爹白秀说。他爹眼睁开了，精神好了，彻底清醒了。白中秋暗暗叫苦。

"上了清风寨吗？好景致。"他爹白秀说。

他们在清风峡谷里转悠。

清风徐徐，人生哀哀。

他爹白秀将两只手绞在一起，缠在他脖子上，就像一个胆小怕事的小孩子，紧紧抓着大人……白中秋突然想到了自己的儿时，紧紧趴在他爹的身上……有一年，他突然得了浮肿病，是爹将他背到镇上去求医……还有一次，他跟爹进山打猎，脚崴了——是自己上树掏鸟窝摔下来崴的，脚背肿得像浆粑馍，是爹将他背回家的，到家时已是四更……还有一次……

"下雨啦？"

"没没，爹。"白中秋腾出一只手来揩了满脸的泪，泪珠子吧嗒吧嗒掉在了爹绞着的手上。

"一点冒纱雨。"他搪塞说。

有一次……

可我得狠心啊，我不能想那过去的事，我要活呐，村里没我的立足之地，我要活下去，爹，就不能让您活下去了……可爹紧紧箍着他，箍着他的脖子……

前面是一个天坑。天坑张开着血盆大口，坑沿的灌丛黄黄红红，怪好看的，坑底一片葱茏，仿佛是一个地狱中的森林——它就是地狱中的森林啊！白中秋想我怎么才能把爹甩脱……他一个前摔，往前一冲，想把爹掼进深不见底的深坑。他在摔倒时飞快抓到了一根树根，身子往前狠狠送去。

爹没有甩掉。爹依然像壁虎贴在他身上，双手绞着他脖子，双腿紧紧夹着他的腰。

"我儿，摔着你了。"他爹白秀在他背上说。

"没事，没事……"白中秋要顽强爬起来，他的脚在发颤，他不敢看，眼前，就是天坑沿，风像绳子一样拽他。他只好一点点后爬着，一点点站起来。

"嗯，"他爹说，"就差一点咱爷俩就同归于尽了。儿啊，难为你了……"他爹这么说。

黄昏的天空里充满着悲壮的黄，黄得有些壮丽，有些动人心弦。寒鸦在向世界尖叫着，山冈僵得像个脊椎炎患者，森林低着头。

　　"猎人峰。"他爹说。

　　猎人峰沉浸在晚霞里，像一块大海中的嶙峋礁石。它高仰着头，好像在吃着自己的泪。它伤心着呐。

　　就在这时，在爹傻傻地向猎人峰呆望着放松警惕时，白中秋突然掰开他爹绞在脖子上的双手，旁边就是个悬崖……

　　一个长发飘飘的野人这时候从一块石头后冲了上来，在白秀老人即将被甩出时一把抓住了他，并将他顺势逮过来，三个人一起倒在了悬崖边。

　　"大年！"白中秋对着那个"野人"突然喊出来。

　　"中秋你好狠心，你要杀爹呐！""野人"说话了。

　　"大年！"白秀也认出了"野人"。

　　"野人"白大年满手上长的苍苔，指甲有三寸长，头发上缠满了果球，两只眼睛闪着荒野的寒光，牙齿锉得咯咯直响。

　　"中秋你好黑心！"白大年抓住白中秋的衣领，把他抵到石头上。

　　"你放屁！你这个野鬼！你还没死哩！你抠瞎我儿的眼睛政府没打死你，你逃出来了？"

　　白中秋抓他哥白大年的手臂，手臂是空的，左手臂。

　　"我，我不是逃出来的，我手在干活时残了，放出来了，不敢回家，只好在山里做了野人……"白大年给他爹和弟弟说。

　　"我打不死你！打不死你这个狗东西，抠我儿眼的野牲口！"

　　"中秋，别打我，中秋……"

　　"好了！别在这儿打了！"他们的爹把两个打成一团的儿子拉开，"大年，背着我，把枪也挎上。"爹白秀说。

　　"看着中秋点，他头有些发昏。"爹又说。

　　白大年背起枪，又背上爹。

　　"爹，爹呀，我跟着你哩，中秋没安好心。"白大年说。

　　"胡说！杂种！不许这么说你弟弟。你这个东西才没安好心，世上能找出第二个像你这么没人性的哥哥吗？"白秀老人恶声喝道。

　　"天黑了，咱还往哪儿走呀？"白大年说。

　　"只管走，黑夜有黑夜的景致哩，中秋领路。"白秀老人说。

流水哗哗，像是哭泣。娃娃鸡像死了无数亲人，在号丧。

"我妈还好吗？"白大年问。

"你妈走啦。"

"哇……"

白大年就扯开被磨子压出的喉咙唱起来：

> 人生阳世有什么好？
> 好比南山一苋草，
> 十冬腊月霜打到。
> 草死年年根还在，
> 人死永世不转来，
> 永远不吃阳间饭，
> 而今上了望乡台。
> 望乡台上拜三拜，
> 舍不得阳间花世界……

找到了个山洞。白秀老人要他们拾柴生火，说："火伴火伴，有火就有个伴，走到牛下水啦。"

八

晚上睡觉发生了许许多多的事情。

这天有月光。白中秋将三块石头烧热了，分发给他爹、他哥，自己也抱了一块睡觉。睡着睡着他哥白大年就惊叫起来，说有个人压在他身上。闹腾一会儿后等都睡了，白中秋闭上眼睛一打盹就看见眼前一群人在洞里又是跺脚又是操练又是唱歌，睁开眼睛又没了。石头在怀里冷却了，冰凉冰凉。他以为是石头作的怪，将石头丢了。刚睡着又听见他爹在梦里喊起来："他们来了，在唱歌！"

两兄弟醒过来问他们的爹咋呼的啥，他们的爹白秀说看见舅舅和刘锄子兄弟大葫芦二山龟了。白中秋一回忆起来，梦里看到的全是些鬼和唱阴间歌曲的人。白大年也说，他也听到唱歌了。

他们把火拨大，看到他们的爹白秀靠在洞壁上，像截木头呆愣。

"他们真的走来了。"白秀老人说。他旁若无人地叨念着，攥着虎爪烟袋，又沉沉地闭上眼去。不一会，白大年也昏昏地靠着他爹躺了下来。

白中秋想睡却无法睡进去，一迷糊耳边就是那些稀奇古怪的歌声和纸片一样在眼际晃来飘去的人，全穿着草鞋、破棉袄，拿着汉阳造、老套筒、大刀。唱的尽是杀气腾腾的什么"我们辛苦的农友们，大家振精神，杀尽压迫我们的人，死里去逃生……"白中秋知道自己被鬼魇住了，就死命掐住中指，并念起避鬼咒语："观请红煞得到呀……不正之鬼，不正之神，天精、地精、古木妖精，吊死鬼、饿死鬼、迷魂鬼、落崖鬼、山混子、车辗马踏枪崩刀砍死鬼、虎豹虫蛇糟啃之鬼，弟子恭请你们莫动莫动……"

念了几遍，依然不行，干脆大咳两声，捆了自己两耳光，出外小解。忽见黄澄澄的月光里，两头黑毛高竖的野猪向他挑着白呲呲的獠牙瞪着他！白中秋以为还是延续刚才迷糊间的幻觉——这牛下水的山洞里到处生些幻觉。可猪分明是猪，猪如炬的眼光直射着他，似有千年的仇恨与敌意，是准备将他撕扯得七零八落的。白中秋一下想到今年正月背回无头野猪的事，心想，莫不是那两头野猪堵住我了，找我要它们的那头无头野猪呢。

"猪啊，猪啊，也不是我一个人吃掉了的，我……我到哪儿给你们还一头猪呢……"

白中秋左瞄右看，四处无助，苦胆都破了，还是在心里给猪递话："猪啊，猪啊，有人吃得比我多，那就是洞里的两个人，我爹白秀和我哥大年。他们两个可是你们山兽的死对头哩！我爹白秀，神农山区一百零八座山头最有名的打匠，凡天上飞的，地上跑的，水中游的，没有不被他斩尽杀绝的，他枪法忒准，心地歹毒，狡猾无比，被神农山区的打匠称为'九眼狼'。这九眼狼收了徒弟成百上千，数不胜数，专干伤天害理之事，教他们打豺狼虎豹，野猪老熊，还总结出了一套一套口诀，凡按照他的口诀去打的，野牲口纵有八条腿六对翅膀，也难逃他们的枪口。他们一个个握着百年前传下的老铳，连准星都没有，全凭一种感觉，闭上眼睛也能把猎物击毙，人人身手不凡，百步穿杨。我爹白秀那九眼狼犯下了累累血债，滔滔罪孽，杀生就是他的生活，剐肉剥皮就是他的爱好。你们的血海深仇可要对着他啊，莫认错人了！你们是不是就是对着他来的？他死老头子如今成了咱村里一大祸害，人人恨得他入骨入髓，天天烧他的纸人，扎他的木像，咒他早死早托生，落入畜生道。

这个人绝对不得好死，我今天背他出来就是要把他解决的，我跟你们是一个战壕的战友，目标一致的兄弟。我就算造了几个阎王塌子千斤榨，挖了几个陷阱绝后窖，那也不是对着你们猪来的，我是对着金丝猴，对着豹子，对着老熊，对着比你们更坏更值钱的家伙来的！苍天在上，我没有打杀你们之心，不想夹断你们的胯子绝了你们的后代。前些天，我分明搞死的是一头老熊，也是你们的生死对头，你们应该感谢我才是呀……再说我爹九眼狼旁边的那个人，我亲哥，也是个猪狗不如的禽兽，心比毒蛇还毒，手比青鼬还辣，这狗东西整天想着在山里找罕物给政府献宝，结果向我的儿子白椿下了毒手，将他一双明晃晃乌溜溜的眼珠子抠掉了，让他成了可怜的瞎子，我儿是神农山区有名的苞谷制种专家，现在却只好瞎着一双眼给人说福消灾，掐指算命，干些骗人钱财的勾当，现在已经改邪归正，在家里养牛捡漆树籽度日，一辈子就这么毁了。我哥这狗东西也遭到了报应，在牢里断了一只胯子，现在只剩下一只手啦，你们进去啃吃时，一只手臂的，就是那个狗东西……我且让开一条路，你们进去复仇啊，趁他们现在梦见周公，云山雾罩，人事不省之时，一口一个，不就报了你们的仇吗？……"

"中秋！"

后面一声喊，中秋三魂吓掉了两魂加一魂，人差一点跳起五丈高。

"你个死狗杂……杂……"

猪也受了惊吓，两头猪在灌丛里跳了几跳，就急吼吼地逼了过来。可白大年这时猛然从黑暗里掷出一块大石头，这石头又沉又猛，将一头猪的坡嘴砸中了，或者砸中了眼睛，猪哀叫一声就跑，另一头猪瞪着眼没走，可那头猪跑了，一头猪也没了趣，就飒飒地跑了。

"哈哈，中秋，我盯着你哩，你想搞死我和爹。"白大年说。

猪都怕他，一块石头就砸走两头猪。白中秋转过头来看他哥，他哥披着齐腰的乱头发，在黄澄澄的月光里，青面獠牙，双眼鬼闪，就是个无常鬼！

白中秋有些畏惧了，说："哥，我这是在洞口替你们退猪哩，猪缠上了咱们。"

"狗屁！鸡巴！分明是想暗算我们！"

"刚才不是猪吗？"

"猪被我打跑了。"

"是两头野猪啊！"

"野猪咋的，我在山里三年了，见过的猪比见过的人多。"

"那明天再碰见猪咋办？今年的猪凶哩。猪是对着爹来的，找爹报仇的。"

"你借刀杀人，故意引到这里的。"

"不是，猪碰上了，"白中秋说，"明天你背着爹，猪来了，你跟爹一起死；我背爹我跟爹一起死。都是爹死，你是孝子，哥，你说咋办？"白中秋老奸巨猾地绕圈子，让白大年钻。

白大年果真钻进去了，说："我在前头引猪，把猪引开啰。"

"孝子，孝子！"白中秋夸奖说。

天就渐渐亮了。

爹还没醒。白中秋就背起爹，让白大年在前开道。

白大年手舞足蹈，大呼小叫，走到一个山坳，猪却没有出现。白中秋往四周一看，这不是我挖陷阱跌死老熊的地方吗！

天气突然阴晦，雨下了起来，白中秋因为晚上没睡好，心跳慌浮，四肢乏力，喊他哥大年，要大年背爹。白大年手拿那杆老枪咋咋呼呼的，白中秋要他背，就只好将枪给了白中秋，背上他们还似乎在梦魇中的爹。

这白大年因为在荒野中待了两三年，步履矫健，不吁不喘，仅有的一只手揽着他爹的屁股，依然兴冲冲地走在前面——他们是在寻路下山。

白中秋刚拾起那无用的枪来，抬起头就看到林子里钻出了昨夜遭遇到的那两头野鬼般的猪。

"哥，猪！"白中秋失声惊叫。

那白大年还在兴冲冲往前蹚，白中秋又大喊了一声，白大年才听见，机警地转过头去，也看见了远处山林边的那两头猪，那两个恶兽。白大年随即招呼白中秋快过去，他将爹放到地上，对白中秋说："我把它们引走，引到那边去……"

那声音飘飘曳曳的，白中秋甚至没听清后面的话，但意思已经明确了。这个"野人"，几乎不怕猪，不怕山野之兽。这几年，他在山里窜来窜去，也有了一股山野滋养的霸气。他就走了。

他在那儿挥舞着树枝大喊小叫，还唤着猪："喏喏喏喏……喏喏喏喏……"

白中秋护着他爹（他没把爹背起来，他留了一手，待猪若回头来追他，他就可以单刷刷地跑了），看着他那"野人"兄长白大年逗撩着两头黑煞煞、恶沉沉的野猪。白大年东走几步，西蹿几步，一会没入灌丛深处，一会又跳上一块石头。长发飘飘，身如鬼影，活脱脱是个野人，山混子。那雾蒙蒙的山间，山混子白大年时隐时现，又唱又跳。白中秋看得有点贪婪，看得雷打痴了一般。再也没见过如此之潇洒的山中身影，就像梦中，而且这山混子身后还有两条紧紧跟随的野猪……正呆看着，就见他哥的前头出现了一个屋子……这儿哪有什么屋子，这深山老林、野兽出没之地，除了鬼和山混子，还会有什么人家？正觉诧异时，突然看那房子很熟悉，好像是……是自己搭建的啊，咱搭造了两个，一个砸死了两只金丝猴，还剩下这一个。这就是咱复制出的那神农山区失传的巨型猎具，精巧的、阴险的、机关算尽的猎具阎王塌子千斤榨啊！

一切都想起来了，这儿。白中秋一阵兴奋，却见他哥白大年径直朝那"棚子"走去。他去干什么？他要钻进去？他好像要钻进去！他以为那一定是采药人搭的药棚子哩（可以住可以烤药的）。

"哥！"

他想喊，想制止他，制止那个疯疯癫癫的哥哥白大年。可他只是在心里喊，并没有喊出口。嘴巴紧紧拦住了那个冲动，那个提醒的冲动。他捂住嘴，看着他的哥哥钻了进去。他想干什么？不，不，那是因为两头猪已被他激怒了，正在没命追赶他，他慌不择路，前头一个棚子，就顺势钻了进去。马上，两头猪也冲了进去，再马上，一阵轰隆的山石铿动声，好像整个山都炸裂垮塌了！白中秋看到石头树木溅到半空中，看到野草灌木突然伏地，雾气沉浓的空气被爆破了，刺穿了，一股粉尘夹杂着人与兽的尖叫夹杂着血腥味朝他扑来，朝四面八方激荡而来。白中秋看到他爹白秀突然惊醒了，睁开了死尸般的眼皮，望着那撼天动地的声音爆发处。

"中秋，咋的了？"

"哥被野牲口吃了，"白中秋说，"那个狗日的，哈哈！报应啊！苍天在上，苍天有眼啊！苍天有眼啊！白椿，我报了仇啦……"他喊。

忽然，他的头上遭到了一记猛击——他爹白秀老人挥起那杆没有子弹的老铳，朝白中秋头上砸来。白中秋浑身一软，就不省人事了。

九

清醒过来的白秀老人唱道：

唱起神农来出世，
生下三天能说话，
五天之中能行走，
七天牙齿俱长齐，
便问父母名和姓。
神农出世生得丑，
头上长角牛首形。
父母一见心不喜，
把他丢在深山里……

他依然伏在白中秋背上。白中秋头上淌着血——可是已经干了，揽他爹的一双手也十指流血——他爹要他硬是用双手在山中刨了个坑，将被阎王塌子千斤榨砸成扁肉的白大年埋了。而且这一天他们迷路了。白中秋再也记不起出山的路，他爹白秀老人在他背上高声唱着，转到下午时，突然发现一只全身雪白的麻羊子。麻羊子哪会雪白呢？可神农架山里有许多白化动物，这也不稀奇。稀奇的是，这白麻羊子在他们前头走着，他们快，它快；他们慢，它慢。一部长长的白胡子，与白秀老人的白胡子极像，也像个老人，口里含着一绺马胡骚，转过头似在等待他们，白秀父子都看到那羊的眼晶莹、纯净，像用山溪水洗过一般。

"这羊子亲人哩。"白秀老人说。

"我们且跟着它看看。"白秀老人说。

"心凉哩，它什么也不怕我们了。"白秀老人说。

"枪是空的。"他说。

父子俩跟着那羊。

"前面是烂船岭吗？"白秀老人问。

猎人峰在它的后面，高耸入云。

那羊一头钻进了一个山缝，不见了，无影无踪了。白秀老人用脚踢儿子白中秋，要他快跟上去看个究竟。

白中秋爬上一个陡岩，钻进灌丛中，再上了一个陡岩，到那白羊消失的地方扒寻，就是个山缝。

"扒。"白秀指挥说。

白中秋两手已经血肉模糊了，只好再扒。那缝越扒越大，越扒越大，人就能钻进去了。白中秋扯了些树枝扎了个火把，点燃，把他爹白秀老人扶进去。

等眼能看清那隐蔽的山洞，正在搜寻那只白羊时，一排十几个人的黑洞洞的眼睛正看着他们！

白中秋一声"哎呀"，白秀老人也看到了，十几个骨架子人坐在洞里，排成一排，十几个骷髅无声地支撑在骨架子上，骨架子们个个怀里抱着家伙，白秀父子铆着胆子上前去看，那些家伙全是武器：汉阳造、老套筒、猎叉、挠钩……十二个，整整齐齐的十二个。

白中秋看到他爹白秀老人浑身都在颤抖着，手在颤抖，嘴在颤抖，胡子在颤抖。他看见爹走近一个骨架子，从那骷髅嘴里取下一个东西——一个蓝玉石嘴的烟袋，拿在手上，仔细端详着，摩挲着，突然一声说："舅舅，我可找到你们了！"

这白秀老人抱着白森森的骨架子就号啕大哭，骨架子轰然倒塌。

他抱一个，倒一个，说一个："……大葫芦……刘锄子……赵子贵……二山龟……谢山狗……"他把那些骨架子里的枪啊刀啊捡过来，让白中秋也捡，竟从一个保存完好的牛卵子皮火药囊里倾倒出了黑爽爽的火药，又从一个子弹袋里，倒出一颗颗铁砂子。让白中秋把他自己的那杆枪给他，颤颤抖抖地灌进膛口，走出山洞，点燃信子，朝天就是一枪，嗵——嗵——嗵——嗵嗵嗵——

那火药竟是崩脆响的。

"七十多年啦！"他说，他喃喃地说，"七十多年了，我可找到你们了……"

悲凉的尾声一　冤魂

白中秋要去宜昌找他的两个女人：苦荞和那个要当土匪杀村长的金牙女人。

现在我们可以轻轻松松地叙述了。

白中秋偷出了他爹白秀老人的枪卖给了"双开"并判刑三年缓刑三年的

警察败类文寇，筹到了一笔盘缠去宜昌。而他的爹白秀老人呢？白秀老人因找到了他十二个战友的尸骨，被收进水布镇福利院，由国家养了起来。不过他的老年痴呆症时好时坏。病好一些后白端阳唤来了他亲妈也就是白秀表妹杨丫儿，来照顾白秀老人。

这是一个春天的夜晚，夜色像新茶一样浓酽清香。白中秋在宜昌靠江边的一个小旅社里，耳中可以听到葛洲坝电厂发电机转动的声音。江水响着早汛的信息，夜涛拍岸，激荡人心。室内的蟑螂开始活跃了，正在灯光下重新练习振翅。一条壁虎爬进来，瞅着墙上的飞蚊。

春天无比美好，他却黯然神伤。他一路找来，从郊区找到城区，两个女人总要找到一个吧。不过他最想找到的当然是苦荞，还有那个从宜昌背去的、差一点当活口烧了的软骨人。他心疼的是，竟给自己背回去了一个第三者，一个情敌。这怎么可能呢？这令人不敢相信，那个家伙连骨头都没有，就跟条狗似的，充其量不过三五十斤，怎么可能做苦荞的丈夫呢？苦荞怎么会看上他呢？就因为他是个城里人？白中秋在他依稀记得的捡到软骨人的地方转悠了三天，再由此扩大到宜昌市的大街小巷、角角落落，都没有一点结果。城市太大，一个山里人一走进来就被它淹没了。白中秋遇上了一些坏人，坏人对他恶声恶气，还想骗取他的钱财。白中秋把山里的一切东西与城里的进行比照——那么，这种人就是恶兽了；城市里的女人香喷喷的，那就是爹和爹的徒弟们打死的香獐魂跑到城里来了；她们穿着花花绿绿的美丽衣服，花枝招展地闪烁在街头，她们就是那些有着五颜六色羽毛的彩鸟了，如红腹锦鸡、长尾雉、蓝喉太阳鸟、山椒鸟、戴胜，还有像金丝猴、花面狸……晚上那些未眠人，在街头上走来走去的人，在练歌房大喊小叫的，喝酒的，吸毒的，就是些夜鸦子、娃娃鸡、枭鸟、鬼瞪哥、山混子……也有一些憨厚的、本分的、安静的人，如旅社的大妈、妮子、守门的老倌子，他们就是些温驯的禽兽，如珍珠鸟、老岩羊子、小黄麂、青麂、梅花鹿。白中秋这么比照看城里人，渐渐就看出了城里人确是咱神农架山里的野物变的。怪不得山里的野物越来越少，城里的人越来越多呢，原来他们都托生到城里由畜生道轮回到人鬼道了。鬼鬼祟祟的人真是很多，他们在街头的每个角落东张西望，游手好闲，窜来窜去，干些打打杀杀，偷偷抢抢，坑蒙拐骗的勾当。接着白中秋就能一眼看清谁是虎，谁是狼，谁是豹，谁是老熊，谁是野猪、灵鬓羊、麻羊子、蛇、叽溜子（蝉）、大癞嘟（癞蛤蟆）、扒狗子、大青猴、狸、山猫、灵猫……他吃惊地看着这一街一街的禽兽，甚至能回忆起哪个是被爹打死，哪个是被舒耳巴打死，哪个是被扈三板、罗大拐、包胜打死，哪个是被自己下的铁猫子夹死（夹断了腿的）、陷阱刺死、绝后窖跌死的。会跑的，善走的，瘸的，拐的，痴笨的，灵巧的，各式人物，都有似曾相识的感觉。

有一天晚上，白中秋在一个江边的小酒馆里喝了点散装酒出来，在一条没有路灯的街道上走着走着，一脚踩进了一个无盖的窖井——盖子让捡破烂的小偷给偷走了。白中秋感到自己失重了，往下一坠，跌入一个深坑，许多汹涌的臭水把他吞没了。那水他咕噜咕噜地吞咽着，还没有闻见过这么臭的臭水哩，就像野牲口腐烂了的肠肚。山里人又不识水性，他就那么扑扑打打了几下，连喊都来不及，就淹死了。就算他识水性，那么深的窖井，比他下的那些陷阱又深又窄得多，他纵有天大本事也难爬出来。

第二天路人才发现了他的尸体，打捞上来，臭不可闻。搜遍他的全身，也没能找到证明他身份的东西包括身份证。这具无名尸的照片就登在了《宜昌晚报》上。认尸启事说：此人年龄在 50 到 70 岁之间。

苦荞的丈夫那软骨人在修表店正翻阅着报纸，一眼就认出了这具无名尸是背走他的那个白中秋，就要老婆苦荞来看，苦荞也看到了死者有点像白中秋，但不知他为何跑到宜昌来，死在了城里。有些疑惑，就去殡仪馆看，一看，果然是白中秋。就想法联系到了白中秋林场的弟弟白端阳。

第二天，白端阳带着白丫儿和白中秋的瞎儿子白椿三个人就赶到了宜昌。那时候，白丫儿决定了一定要嫁给她的哥哥白椿，白椿也等于是白端阳的女婿娃子了。

三人来后将白中秋的尸体火化。在办了领取骨灰的手续后，苦荞带着他们三个人去三峡大坝和三峡库区玩了一天，坐着大轮船。所有的开销都是苦荞出的。当得知白中秋是来宜昌找她之后，苦荞还是流了一些泪，红了半天鼻子和眼圈。她只有对白椿好了。听说白椿和白丫儿马上要结婚，就给他们一人买了一套衣服，是在宜昌最大的商场国贸大厦买的。

玩了一天，白椿捧着他爹的骨灰盒与即将的老婆和丈人一起回了神农架。

就在那个后来补好了盖子的窖井那儿，苦荞叫了三十五天饭——每天端一碗饭放在窖井旁边；三十五天就是"五七"。死人的"五七"之祭。

美丽的尾声二　情归

白椿和白丫儿结婚的那天，已经是成熟的春天了，春天轰轰烈烈而有理性。野桃花和峨眉蔷薇正在灿烂开放，杜鹃在山头已呈如火如茶之势。松脂、香椿、花椒、秃疮花的芳香令人意荡神迷。还有一些混合的、浓烈的、持久的、得意洋洋的香味像蛇一样到处爬动，弄得大地痒痒的。植物正在蓊蓊地生长，太阳鸟正寻找着杓兰的花蜜；一阵雨后，茶叶的香气沉郁地飘过来，让人不禁有些伤感。是的，春天是令人莫名愉悦也莫名伤感的季节。春天无比美好，阳光无比灿烂，雨水无比心烦。

山里的春天当然来得迟一些，因为山高寒冷嘛。但是春天还是悄悄地、不可遏止地来了，男人和女人充满了生命的汁液，一起与春天交媾，孕育秋天。白椿的师傅鲁瞎子告诉他，女人要有见红的时候，见了红，那才是忠于你的女人，棒打不散的女人。送走了客人，关上房门，两人的缱绻和上苍赋予他们繁殖的重任开始了，上苍给予他们作为人应享受的快乐也开始了，肉体的接触、摩擦、纠缠、搅动、进入、融化、哼叫也开始了，升华了。可是，白椿没感受到那种疼痛的排斥，鲁瞎子告诉他的没有出现。白椿感到白丫儿显得很顺从，顺利，并且很快地进入了美妙的高潮。结束后白丫儿在黑暗中感觉到白椿用手伸进被窝深处，在卧单上摸着，好像摸什么东西。白丫儿完全明白了。她之所以决定嫁给这位称哥的白椿，正因为他是个瞎子，什么也看不见，这样，过去的屈辱就会掩饰过去。如果嫁给另一个明眼人，她可能要经受一辈子的身心苦刑，在神农山区就是这样的。可白椿哥哥在里面摸着，甚至在她的私处摸着，并拿到鼻子下。血和其他的一些液体瞎子是能闻到的，也许闻不到。白丫儿就慌了，她害怕了，心虚，仿佛被白椿发现了巨大的秘密，她在黑暗中一口咬破了手指，放进自己的下身和卧单上，血在涓涓地往外流着，那种深邃的疼痛像从一条巷子里卷来，完全覆盖了刚才与白椿的交欢。

"椿哥哥，你在弄啥哩？"她说。她把白椿的手引导到那些沾有自己指血的地方，让血糊满他的手。

血腥味传来了，白丫儿都闻到了那种带着一丝甜味的血腥味儿。她疼痛着，可是她快乐着；她流泪着，可是她幸福着。她挤压着自己的指血，紧紧抱着白椿哥哥。她发现白椿哥哥身强力壮，每一个地方都紧凑、坚挺、宽大。她感觉白椿哥哥是她完全可以托付的人。

那一天晚上，白丫儿就怀孕了。

后来她生了儿子。

后来她跟着白椿学制苞谷种，学成了。这种杂交的苞谷种产量甚高，并且煮出来还有一股女人或者婴儿的乳香味。大家都知道是白丫儿跟着她瞎眼的丈夫白椿制出来的。听说制种授粉时，她将那些粉放在怀里——因为白丫儿在哺乳期间，奶水充足，如山泉一样暴涨，儿子吸不完，乳汁就流了一怀，这乳汁就浸入了苞谷种中。这种苞谷就叫"奶苞谷"。籽粒也饱满得像奶头，生吃水汁四溅。这种苞谷就生吃了。最宜生吃。

他们的生活非常幸福。

深沉的尾声三　绝唱

一个初夏的晚上，私营神农县野猪繁殖场的文寇经理正在他的场里呼呼大睡，忽然在梦中听见一阵奇怪的声音，那声音在他耳畔、脑子和房子里嗡嗡直响，神秘深邃，仿佛发自山洞或地底，忽大忽小，如暴雨前的远雷。他以为是要下雨了，爬起来看天，却感到胸口一阵揪心的疼痛。他坐卧不宁，心悸怔忡，他捂着胸仔细倾听声源，一切就在房子中。他循着那奇怪的声音走上二楼。空旷的二楼正是他自办的国内首家私人猎具收藏馆，馆名为新上任的县长崔无际所题。因为少有人参观，已灰尘满屋，蛛网遍梁。枪、弓箭、钩、叉、脚码子、子弹袋、香签筒、牡筒、刀、禽兽的骨架、爪子、标本，都静静地、乖张地悬挂在墙上，安放在玻璃柜里，木板台上；在电灯那冰凉的光晕里，镶嵌着玻璃眼珠的鹰张着巨大的翅膀作飞翔的姿势，那眼里是凶猛但虚幻的光。还有豪猪的眼、鼬獾的眼、猴子的眼、小野猪的眼、山猫的眼、诡诈的扒狗子的眼、温顺的白鹿的眼、狡猾的灰狼的眼……这些标本因制作工艺的粗糙和无人管理，皮枯毛落，填充物歪歪瘪瘪，嘴脸怪异，身体畸形，站姿僵硬，仿佛是被一个蹩脚的导演指挥的一出闹剧中的难看亮相。又仿佛是一群饥饿的禽兽死后的样子，全被饥饿折磨得龇牙咧嘴，失了光泽，共同死在某一个悲惨的瞬间。

他走过这些标本与猎具，依然追撵着那一直不停的嗡嗡鸣叫声而去，胸口的疼痛无可遏止，好似有一万把猎刀在搅动他的心脏，像一万只虎爪在抓挠他的肺腑。

他在一杆老枪面前停住了——那声音竟是从这杆枪里发出的。他陡然想起来：这就是那神农架猎王白秀的那杆老枪，他的镇馆之宝哩！

枪，枪管里嗡嗡直响。这让人好生奇怪。文寇把耳朵贴近去，枪膛里有如北风呼号，万马嘶鸣，千乘轰响，急切高亢，充沛骇然……文寇飞快地思想着，他记起了有一种传说中的龙吟剑，好像在古诗里也有提到过的——夜半龙吟：那久经沙场征战回来的利剑，会在夜深人静时，发出虎啸龙吟之声。因为刀剑也是有灵魂的，那是英雄之气在呼啸，在吟唱，在回忆着自己热血澎湃，金戈铁马，悲壮厮杀的过去……这就是龙吟之枪啊！这就是一个老猎人的精魂，一个森林和山冈的精魂，萦绕在枪膛里，回荡在枪口间，久久地、久久地呼喊着……

他猛然感到：白秀老人死了。

因为他听到，这是一支枪的绝唱。

事实正是这样。

几天以后他打听到，白秀真的死了。

那几天，白秀老人有些清醒，就回到了白云坳小住，发现自己的枪不见了，向老表妹杨丫儿和孙子、孙媳妇要枪。白椿只好说出实情：枪早让他爹给卖了。白秀老人就去白中秋坟头讨枪。叩遍坟头，白中秋不理。白秀老人又去山里找大儿子白大年讨枪。

没有了枪，魂就没了。

正是苞谷拔节的时候，白秀老人从山里回来，蓬头垢面，倦怠至极，就在白椿夫妻制种的种苞谷地里睡了一觉，发现有头野猪也在苞谷地里睡觉。可他没觉得那是野猪在睡觉，以为是头被铁猫子夹死或中了垫枪的野猪，就踢了一脚，那野猪腾起来就咬白秀。等人们发现老人时，老人已被野猪咬死，全身有六十多处伤。白秀老人死时，猎人峰挂了三条彩虹，这是那天的奇异天象和异兆。白秀老人给咬得千疮百孔，体无完肤，惨不忍睹。

白秀老人就埋在了猎人峰下，镇里给了一口棺材的钱。坟前有一块小小的墓碑，上刻着：

白秀同志永垂不朽

是水布镇委、镇人民政府立的。这片高山密林默默地收藏了他，就像收藏他的先辈和后代。就像收藏所有衰老死去或无辜死去的人。

山冈一成不变，生活一如既往。鹞鹰在天空中紧盯着河谷的动静，依然把它们的巢穴筑在悬崖的最高处；啮齿类动物在地底下掘进着；草食类动物在人迹罕至的高山上啃吃着坚硬的野草；肉食类动物依然在漫无目的地行走，寻找着所剩无几的食物。

一切都在那块土地上默然无声地生存着，生命在悄悄繁衍，偶尔把他（它）们的信息透露给山外的人或者走近这部小说的人们，告诉他们山里活着的真相。

有一天，文寇将那杆老枪灌满了钢筋头、铁钉和火药，将枪头对准他场里那头野种猪，轰的一声，将那野种猪丑陋的头打没了。第二天，那折磨得他死去活来的心痛病就奇迹般地好了。他知道，他必须这样，才能给那位老人的英灵以慰藉，才能解除他自己生命中的凶险——这本来就是一把凶枪啊！

2005 年 10 月 28 日写于神农架——武昌东湖
2007 年 10 月 28 日改于武昌东湖——神农架

附录：文寇在《神农县报》副刊上发表的《论狩猎》（摘录）

狩猎是人类最古老的职业，它比制陶、雕刻、屠宰都应该更古老，人为了生存，第一要义就是狩猎，猎杀生灵，茹毛饮血。因此人类自诞生之初就学会了残暴，但狩猎也使人类学会了一些优秀的品质，如英雄气质、征服的心态、狂傲；使人健壮、机智、狡猾、善于隐蔽、伪装、奔跑、算计、忍耐——比如耐心地等待猎物上钩，忍受着埋伏和寻找的饥渴与失败，还学会疗伤、认识草药。狩猎也诞生了神话和传说——只有要英雄的地方，就有神话和传说；狩猎还使人更加向着现代的人类进化，是狩猎加快了人类进化的速度。

狩猎是人类进步的阶梯，枪声是社会前进的鼓点。人类踏着无数野兽的鲜血，从胜利走向胜利。

猎杀是舐血者们残酷的游戏。一个叫海恩斯的美国人说：那些长时间的狩猎、动物的屠宰，都是这个地球上最深刻的人类经验的一部分。可是我无法凭意愿回到某些经验、心灵状态和生活方式之中。我们与动物分享的世界，其实并不平等，散发着血腥和被宰割血肉的气味，混合着分时不等的恐惧、危险和喜悦。我们必须屈服，虽然很少人会喜欢这种屈服。可是世界就是这个样子，它分清了泾渭分明的界线：这世界只有猎杀与被猎杀；强者与弱者；吃肉的野兽和被吃的野兽；放血与被放血；掌握枪和害怕枪的动物。

狩猎的本质是浪漫的，充满了热爱生命和自然的情调，俄罗斯有个作家叫屠格涅夫的写过一本《猎人笔记》，他说：扛着枪带着狗出去打猎，正如古话所说，fursich，确是一种其乐无穷的美事；即使您生来不喜欢打猎，可是您总归喜爱大自然和悠然自在吧；所以您不会不羡慕这些打猎的人……这是一个悖论，热爱大自然的人却在猎杀自然……

可是没有狩猎，人类不能进入到未知的危险的领域，这是人类疯狂的求知欲决定的。人类对美丽的追求必须以野蛮为先导。人类发明了兽骨的饰品，将动物的牙齿串成项链，然后奉献给他亲爱的女人；人用兽皮遮挡了羞处；用野兽和敌人的头骨挂在门楣上，炫耀胜利。如今的美术家们爱用一头牛的头骨和双角装饰他们雅致的客厅，这就是人类狩猎性格的返祖现象，美丽和丑陋、诗意与残忍同时迸现在我们的生活当中。当一颗子弹在这样的夕阳下划出明亮的弧线穿透动物的身体，那水晶般的血液飞溅成一道道晚霞，像流动的花朵，像黑暗时代的火光，荒野中的人会得到温暖——那是来自心灵的、感恩般的晚照……

人类因为过于聪明而在这个星球上变得分外孤独，于是变态成了嗜血狂，人类变态的心理加重了狩猎的美感，或者说装饰吧，或者说渲染吧，或者说恶狠狠的暗示吧。枪、机关，是改变世界也毁灭世界的人类童年时期的玩具。

那时候，我们的地球上到处生活着剑齿象和犀牛，人们为了对付这些庞然大物，组织起来，用手中的各种猎具来猎杀，这就有了一个群体，然后就是部落，然后就是民族，然后就有了国家。

狩猎是人类狂热时代的象征。人们充满着活力和高贵的气质，生命闪闪发光。在那种无所顾忌的状态中，人类是愚蠢而狂妄的，于是英雄主义诞生了。

孤独使人类变成了神灵和野兽的混合体，一种怪物。因为人类是由不停地喝兽类的血成长壮大的，他们的血液里混流着野兽的血，因此其血性必有了兽性。人们，要警惕呀！在最文明的时代有可能有最野蛮的事发生，这就是祖先的狩猎带给我们的无穷后患。

后　记

第一天开始写这部小说时，我焚了三炷香，并把我在神农架得到的那个老猎人的全套猎具拿出来——百年老铳、猎刀、牤筒、香签筒、子弹袋、牛卵子皮火药囊——放在前面，遥对着神农架。我心里默念着：神农架，请允许我写这部小说。没有回答，那就算是应了。我把该做的事做了。在我写完这部小说的时候，我又焚了三炷香。我发现，那锃亮的枪膛在我这三年的写作时间里悄悄锈蚀了。

我对神农架说：对于你，我只有崇敬，没有亵渎。我像一条山谷的喉咙——如果我的喉咙有这么深的话，我要向你致敬，永远，永远。那里有我这一辈子寻了多少地方准备着向你倾吐的所有赞歌，那里也有我这辈子经受过风霜雨雪后对人生的所有经验性总结。

我激情澎湃，心情优美。主要的是，一旦书写起你来，我就不再像一个城市的卑士，没有多少狂妄，也不再无耻，走上了山的高处和深处，我的心中奔流的全是晶莹的山涛，充满着童贞般的歌颂和了解愿望。这是多么美妙！

铳、猎刀、牤筒、香签筒、子弹袋、火药囊，如今你们都像一群衣衫褴褛的山里人，一旦进入城里，你们就不合时宜，灰头土脸。

可你们在我这里不必自卑，用不着我来美化你们，你们也是英雄时代的莽器。现在，你们依然如此——谁又敢藐视你们？你们是与整座山以及山上的植物、人、禽兽相关联的，一座山千百年的面目凝固在你们的形象或传说中。一座山可以是一杆老铳，一棵草，一块石头。

这个二十多万字的小说又怎能承载得起你们的伟大业绩？你们这些粗陋、怪异、勇猛、智慧的英雄，卷起一阵阵腥风血雨，山冈上一片片哀号悲嗥。声音终于消失了，山冈平静了，你们也平静了。可是，任何对你们的指责都是肤浅的，都是不够资格的。

小说写完的时候，一切都似乎结束了。那个猎人家族的悲剧在最后显现出了一些前所未有的温暖来——它可能代表了一座山的本质，一种生存的巨大诗意，像夕阳的暖照，又像朝暾的清冽。如果这座山峰在我们的文学中可以继续存在的话——它叫"猎人峰"，我的文字不过是它山腰间的一道烟岚，装饰了它，或者依恋着它。我将甚感欣慰。我的全部的幸福都将向它飞去……

这样的小说是十分难写的，但是我冒着风险将它完成了，并且相信人们会产生兴趣。原因在于，我或许超常地发挥了我的写作才能，它或许是一个饶有趣味的故事和传说，或者，它是一个巨大的寓言。我的野心也在此。

2007 年 10 月 28 日于神农架

中篇小说

豹子最后的舞蹈

我漫游在星星之间，我深知
即使它们都暗淡了
你的双眼仍能亲切地闪烁
　　　　　　　——蒙塔莱

（某年某月，神农架一年轻姑娘徒手打死一只豹子，成为全国闻名的打豹英雄。当人们肢解这只豹子时，发现皮枯毛落，胃囊内无丁点食物。从此，豹子在神农架销声匿迹了。）

在我生命的最后几年里，我整日徜徉在神农架的山山岭岭。我老啦，这种衰老是无法用言词来表达的。衰老就是衰老，包括我生命中的各种欲望。我现在唯一的欲望是进食，除了水，我需要肉，带血的肉，嚼它，品尝它，伏在某一棵天师栗树下，或是一处灌木丛中，头上悬垂着紫色的"猫儿屎"和通红的老鸹枕头果。然后，我舔食那些动物的血肉，带着满腹的胀意，美美地睡上一觉，不惧寒露和星星，在沉沉的山冈上，在山谷里，重温往日的旧梦。

我是一只孤独的豹子，我的同类，我的兄弟姐妹，我的父母都死了，我是看着他们死去的；有的是无声无息地消失了，像一阵又一阵的岚烟，像一片掉落进山溪的树叶——它们是不会回头的。

孤独，我们的天性。我们天生是孤独沉默的精灵，我们偶尔吼叫，那也是在没有同类的时候，用以抒发我们内心的心事，还有豪气。我们只想听听我们的回音，在山壁上的回音，在茫茫的夜空中的回音。那是我们期待的回答。也就是说，我们只喜欢听我们自己；有好几次，在我得意时，我看我喷

中篇小说
231

发出去的吼声是否震落了天上的星星。我以为，我总能震落那些高傲的星星的。后来应验了，在我的一声吼叫后，我看见西南角的星星像雨点一样滑落下来，半个时辰后还稀稀落落地往下掉。可是，我们的孤独是幸福的孤独，是知道在某一处山谷里还有着我们的族群，有着我们的所爱，有着我们的血亲……而如今，我的孤独才是真正的痛苦的孤独，没有啦，没有与我相同的身影，在茫茫的大山中，我成为豹子生命的唯一，再也没有了熟悉的同类。我有一天意识到这个问题时，好像掉下了一个无底的深渊，永远地下坠下去，没有抓挠，没有救助，没有参照物——那一定是时间的空洞，是绝望，是巨大的神秘和恐慌。在那种失重感的恐惧中，有一天我定下心来，我决定活下去。绝不决定无所谓，我总得活下去，吃、喝、拉、撒、睡。

我渴望食物，以及在饱食终日中的温暖，这已经是我垂死挣扎的日子了，我的游荡步履蹒跚。我渴望着温暖，然而现在是三月，是严峻的三月，山上的积雪还没有融化，到半夜的时候，偶尔会飘上一场雪，雪花轻盈地落在我皮毛上的样子，过去是抒情，现在是寒冷。对于季节的转换，我已经心如古井了。我听见了麂子们清长的鸣叫，那是对春泉的呼唤。在低山地区，农人开始了选种，他们要上山种洋芋和苞谷了。更多的南麦在早春的寒意中抖索着，生长着，稀稀拉拉。在陡峭的山地上，这些麦子还不及大蓟长得茂盛而体面。我看见了大蓟吗，噢，它们长着坚硬的刺，面色发亮，就是在这儿，我与一头豪猪遽然相遇。只有豪猪才敢在这儿穿行，它们的刺抵御着大蓟的刺。豪猪找到了这样的乐园，也是一个讽刺；它们应该有更温暖的家，可是，哪儿比这儿更安全呢？在树木被砍伐过的地方，大蓟从低海拔的地方开始疯狂地翻山越岭，占领那些只留下树桩和哭泣的空地，俨然成为了山岭的主人。

我看着那只豪猪，在这样多刺的山头，它也变得更加怒气冲冲了。我能征服它吗？看着它毛刺倒竖的样子，我压根儿就没想过征服它。可是，我想着它刺下潜伏的一身美味皮肉。我舔着嘴唇。可这头豪猪是如此鄙夷地看着我，慢慢吞吞地，知道我没有了力量，过去我没能战胜它，现在更加休想战胜了。

豪猪钻进了大蓟深处，接着惊起了一只红腹锦鸡，是一只母鸡。这曾是我的美味佳肴，我仰头望着它飞走了，我只能望着，并且不想等候它的飞回。我还知道，在大蓟中，也许有一窝蛋，一群嗷嗷待哺的雏锦鸡，但是我不能纵身进去。面对着大片的大蓟，你是无能为力的。

这是一个叫芒垭的岭子，我要到一个沁水的水窝去，我只好喝水。我小心地绕开猎人们下的套子，钢套和绳套，还有阴险的垫枪。我一共绕过了十几个套子。有一天，我经过一个叫凉风垭的地方，见到过一百多个套子。在这样套子的丛林里穿行，对我来说已不算一回事了，不然，我不可能活到如今，我的奇异之处使我成为了最后的见证，成为所有痛苦的集大成者，焦点，成为痛苦中的痛苦，孤单中的孤单，死亡中的死亡。

我喝饱了水，看着自己的影子。在小水窝的周围，布满了更多的套子和黑洞洞的枪口，猎人们知道这种地方会引来喝水的猎物，所以野兽们总是匆匆地喝完水就匆匆地走了。而我却想在此待上一会儿。我累了，我得歇歇，再说，我不再害怕死亡，面对着那些喷火的枪口、滚珠、钢筋头以及更迅猛的铜弹，我没有了惧怕，死亡是迟早的事，而我已经躲过了一千零一次。我看着自己的面容，它丑陋、荒凉、魂不守舍，因饥饿而多少有几分哀伤。我听见了一个农人的唱歌，那是农人，不是鬼鬼祟祟的猎人，猎人总是一声不吭，且心事重重，农人总是欢乐的，他在暮色中唱一首姐儿情郎的歌。我不知道这个季节他们在山上能收割到什么，只能是猪草吧。

"我要吃猪！"对猪的渴念使我不自觉地来到了一处我过去掩埋猎物的地方，我闻着那个地方依稀可辨的腥气，岩羊、青羊和麂子的腥气，甚至还有一只鬣羚的腥气。这只是臆想吧，这已经是多年前的故事了，雨水和时间早把它们美妙的气味冲得一干二净。我又爬到一棵古松上，这儿曾经挂过我的食物，挂过一只小野猪、一头小熊的后胯。

现在，我躺在古松上，刚才上树用力已使我气喘吁吁。我望着四周渐渐沉落下去的白昼，悄悄围上来的黑夜，我直发困，肚里饥肠辘辘。这时我想念起我的兄弟来。他叫锤子。他总是喊着我的名字："斧头，斧头……"我希望他是喊我的名字，而不是叫我"复仇！复仇"。可是，我听到的却是："复仇啊，复仇！"

老林里此刻又响起了这样的声音，我兄弟的声音。这是耳鸣吗？近来我老是梦见我的兄弟，老是听见他在梦中向我授意，要我复仇。这已经有几年了。

我与我的锤子兄弟很难说有什么感情，只是在母亲带领我们的那两年里，我们曾经亲密无间过，自从我们长大，被母亲驱赶着分离后，我们就各自占有了一个山岭，我们并不打招呼，熟视无睹，在发情的季节，我们甚至成了情敌，常常咬得鲜血直流。但是我的兄弟老是出现在我的梦里要我复仇，喊着我的名字。他是如此固执，他的阴魂是如此固执。可是他不知道，我是如此势单力薄，就是有三十只豹子又怎样呢？复仇的愿望永远是不可能实现的。

我的兄弟惨死在我们共同的敌人老关的枪口下。我说的"我们"，是指我们所有的野兽，不光我们豹子家族。我的兄弟的一只爪子被老关砍下来，将其掏空，做成了一个烟袋。这只"烟袋"的五只指甲完好如初，那是我兄弟的，它们张扬着，铁一样的，抓得死任何猎物，不然我们的母亲为何将他取名为锤子呢？我看见老关在我兄弟的爪子里掏出一撮烟丝来，放进他的烟斗中。那是一支很长的铜箍竹节的烟斗。在某一天黑夜的窗口，我在山头远看他吧嗒着，坐在火塘边，我的兄弟的爪子晃荡在火光里。

现在要说到老关的两条猎狗雪山、草地了。它们是人类的帮凶，助纣为虐。我兄弟的最后一口气就是雪山咬断的，草地也曾剜下我母亲的一只眼睛。这些凶恶的猎犬，它们简直像青鼬和豺，要剜掉所有猎物的眼睛。它们伸出爪子挖眼掏肛，手段极其残忍。难道雪山、草地也是青鼬和豺的杂种吗？

我的兄弟是一只凶猛的豹子，但他缺少脑筋。他对家畜的攻击是十分稀少的，主要在自己的领地与那些温顺的偶蹄动物们过不去。不过他就是不伤害一头家畜，老关和像老关一样面孔的人都将把我们斩尽杀绝。可以说，在这块地方，遍地都是我们的仇人。我们和人类的对峙已经有若干万年了，现在这种对峙愈来愈强烈。最后的结果是，我们失败了，我们的亲人，都带着仇恨闭上了他们的眼睛，他们至死也不明白，人类为什么会这么强大，会对我们恨之入骨。我们总是躲着人类行走，这是母亲教给我们的。母亲说，不要惹他们，他们有枪。别看他会微笑，他们的眼睛深处闪烁着嗜血的渴望。母亲说，有一年大旱，她看见人类相食，而我们这些豹子，就是饿死，也不会去啃另一只豹子的肉体。

说到我的兄弟惹祸，是因为他太自信太忘乎所以的缘故。那时候，他决定征服一只苏门羚，在当地，它叫大羊。这只大羊是从棺材山下来的。棺材山是青羊、岩羊和大羊们的乐土，甭说是我们，猎人也上不去。可是这只大羊出现在我兄弟的眼里时，我的兄弟产生了一股虚妄的激情。征服这上千斤重的大羊，我的祖先可能有过，我没有见过。

我无法阻止他愚蠢的举动。我在我的山头隔着一条峡谷望着他，我甚至不给他提醒，我不敢贸然闯入他的领地。在这一点上，我像我的祖先——对自己的同类冷漠无情。我知道大羊是不好惹的。

我的兄弟在第二次见到大羊后，就决定对它动手了。他潜伏在一片老林和草甸的边沿，在那儿，他企图切断大羊逃跑的道路，因为大羊是在老林藏身，而又要在草甸上吃草的动物。它跟一般偶蹄动物不同，它喜欢纵深到草甸的更远处，不害怕没有逃跑和藏匿之路。在我兄弟动手之前的几天，我看到了大羊是怎样将一头觊觎它的老熊打得落落大败的。这是难以置信的，猎人不是有一猪二熊三虎豹之说吗？我的兄弟对此一无所知。

我的兄弟第一次接触大羊是在一个燠热的中午，在夏天，我的兄弟战胜猎物的欲望尤其强烈。他靠近大羊的时候，大羊十分警惕。我的兄弟是没有见过多少世面的豹子，他在打盹的时候看见了一只庞大的羊子，他打量它，因为他并不害怕这山岭上所有的生灵，除了人类。他一定在想，今日的晚餐解决了。但是他迟疑着，他一定在想怎么下口，这么粗壮的动物，我怎么才能咬断它的喉管，怎么从它粗壮的肋骨下拉出五脏六腑来吃掉。可惜他没有捕获这种庞然大物的经验，然而经验落后于行动，对于豹子来说，不顾一切地行动是它们生存的魅力，是它们作为一缕绚烂的光芒辉映于山岭的独特风景。就在这时，一声寒鸦的清脆叫声打破了这儿的寂静，大羊警惕起来，扬起脖子四下望着，它看见了我的兄弟，那一团火，在蜷伏时也是危险的，它于是跑了，没命地向一面悬崖跑去。如此笨重的身体在它跃上悬崖的时候却又如此轻盈，简直像飞翔的石头。

但是，这片草甸是青翠欲滴的诱饵，大羊总会回来的。它吃了第一口，就会回来吃第二口。可以说，我的兄弟拥有了这山峦的一块草甸，他就丰衣足食，草食动物们都是一些要草不要命的笨蛋。

笨蛋又来了。这是第三天的下午，刚下过一场阵雨，到处的树叶和草尖上都闪着晶莹的水珠，空气湿润，暑热消退。我的兄弟扑向了再次光临的大羊。我的兄弟在一些几近枯黄的箭竹和开满蓝花的羊角七藤蔓间穿行时竟然没弄出一点声响，我的兄弟简直是一抹灿烂宁静的晚霞，他在接近他的敌人。因为饥饿，他要咬掉素不相识者的喉咙，看它汩汩地冒血。

我以为这将是一场生死追逐，疯狂地追赶与没命地逃窜。然而没有。我看到这只大羊只是在两个转弯后，在一块尖锐的巨石后面突然掉头对准了我的兄弟，出其不意地用它的犄角挑中了我兄弟的腹部。我看见大羊猛冲了！我看见了大羊的肌肉在阳光下鼓荡着！我看见了愤怒，看见了灰褐色的皮毛几乎覆盖了我兄弟那淡金色的钱纹皮毛！我看见大羊向我的兄弟压过去……如此凶猛的大羊，在这些羊类家族中，莫非还有抵抗的热血？我以为它们除了奔跑逃命就没有其他了。其实我清楚，这些大羊就是如此。我的兄弟却不明白。

我的兄弟的腹部显然是受了伤。可是他的英气和傲气不会使他退缩，这是不可能的，哪怕面对着一千只大羊，我的兄弟也会奋勇前进，以死相拼！

我看见我兄弟的血迸溅在那个山岭，这只是搏斗的开始。果然，我的兄弟迎了上去，他跃过尖锐的巨石，像一道闪电，在巨石后面，我看不见打斗，只听得见我兄弟的怒吼和大羊的嚎叫，大羊的嚎叫简直像一个生产的女人，这与它们的身躯极不相符。后来终于打出来了。我看见大羊的犄角高挑着我的兄弟，我兄弟咬着大羊的脖子。不知为什么，我看见大羊挣脱我兄弟的嘴，松开它的犄角，没命地朝老林里跑去，一下子就没有踪影了。刚才的景象像一场梦，独留下我受伤的兄弟，留下他口里正在嚼着的一块大羊的皮。

我的兄弟好像力气用尽了，他躺在草丛里，浑身发颤，他舔着自己的伤口，懒懒的眼神偶尔向远方望一下。他一定很疼，但他绝不表现出来。

那一夜，我无望地望着我的兄弟锤子。我朝那个山峦望着，黑魆魆的山峦上高耸着巴山冷杉和粗榧的影子，夜雾一阵一阵地漫上来，在早晨的时候变成了云海。我和我的山岭，都在云海之上了，而我的兄弟却在云海之下，在稍微低矮的地方。就是那个早晨，我听见了枪声。

是老关的枪声。接着吹起了牡筒。云海突然消散了，在牡筒气壮山河的号声中，整个群山开始一阵一阵地发怵、打战。这是赶仗的号声，老关和他的三个儿子已经跟踪了大羊整整七天。可是，循着血迹，雪山和草地最先发现的却是我受伤的兄弟。

雪山是一只雪白的母狗，草地是一只草狗，也是母的。雪山的叫声使老关的第三个儿子一跃而起，手拿着猎钩和开山刀向我的兄弟扑去。那是一把三爪猎钩，像锚一样，他们钩住了猎物，就用开山刀的刀背猛击它们的头颅。老关的三儿子是一个极其年轻而残忍的杀手，他才十五岁，我曾看见他敲击过一头猪獾的脑壳，两下就将那脑壳敲碎了，敲碎的脑壳还在发出凄惨的叫声。

这个十五岁的杀手把长长的绳子甩向我的兄弟，是那么准确地钩中了我兄弟的臀部。雪山和草地更是箭一样冲向我的兄弟。

后来云海湮没了它们，湮没了猎杀与被猎杀，追捕与逃亡。我的兄弟是怎么跑的我不得而知，在太阳当顶的时候，一群猎人抬下的不是我的兄弟，而是大羊。

我的兄弟逃向了更高的山巅，可是老关知道，我的兄弟是会下来的，他要下山来喝水，他流了太多的血。山巅上扎不住他，那儿没有水，在这炎热的夏季。

第五天，我的兄弟重又出现在老关的视野里。

最先出现的是大片大片的苍蝇，它们围着我的兄弟。我兄弟的伤口完全腐烂了，腹部、臀部。可他的举止依然有着豹子的尊严，多肉的掌子踏在地上时富有弹性和自信，但是那么多的苍蝇正在凌辱他，那些肮脏的小虫，它们知道了我兄弟的死期。

老关正在一个水坑边呼呼大睡，他的三个儿子至少有两个已经喝醉了，是一种地封子酒。而他的三儿子，正在全神贯注地将一撮头发捅进火铳的铳管中去——火药和子弹已被他填满了，这是最后的程序。

就在这时，垫枪响了，是老关早就安好的，我的兄弟绊上了垫枪的索子，索子上的引信拉响了，几乎在一秒钟之内，我的兄弟转过头去，那些钢筋头、滚珠就像碎痰一样向他飞来。老关的三儿子张大嘴巴将铳举起来，老关和另外两个儿子睁开眼睛望着天空。可恨的雪山记住了我兄弟的气味，在我兄弟踉跄着倒下又准备奔逃时，它早就蹿到了他面前，飞竖着尾巴，咬住了我兄弟的喉管。枪弹有几颗斜穿进腹部。我的兄弟的身子在倒地时是扭曲的，他看见苍蝇像烟雾一样散去，他的头触地，又扬起来，伸直，又转过去。他是想再看看那支阴险的垫枪吗？雪山的扑来遮住了他的眼睛。他是想先看一看，所以对扑上来的那条雪白的影子还没有认出来，他的喉咙已经堵住了，接着穿出一个大洞，从那儿流泄出血，也流泄出豹子的元气。扑哧一声，像轮胎漏气一样，我的兄弟的筋就被人抽走了。肯定是那样的！

我的兄弟倒在水洼边，倒在碧森森的水洼边。这时的雪山还在拼命撕扯我兄弟的脖子，草地也在一旁咬着他的后腿。我最后看到我的兄弟就是这样一副样子，无数的狗嘴和苍蝇正在啃噬着他。我的兄弟是渴死的，枪弹的痛感似乎都不算什么，我看见他的眼睛里映着水波的倒影，是那么碧绿，那么清澈。从此以后，我就拼命地喝水，那干渴的知觉传导给了我，我的兄弟告诉我的就是这些。我对水保持了特殊的爱好，在我以后的生活中，我找到了十几处水源，明的、暗的，高山的、低谷的。我想我一定是在替我的兄弟喝水。

中篇小说

除了那个烟袋爪子，我的兄弟的另三只爪子，一只老关送给了大队书记，两只送给了公社的武装部长。那个部长给了他一大把子弹。

我这么回忆我的兄弟的时候，"复仇"的嚣声小了，我的耳畔隐隐传来了麂子的叫声。现在，无论怎么听，这麂子的叫声都像在哭。虽然我明知道它们是在召唤同伴下山喝水。

我想去见一见这些我昔日的佳肴，逮住它们现在是很难了，我的步履不再轻灵、矫健，走路会发出响声，有时候会喘气，还会咳嗽。它们知道我是一只老豹，除了怜悯我，绝不会害怕我。有几次，我跟它们坐在连香树下，周围是浓郁的、散发着怪味的牛蒡子气息。它们望着我，我望着它们，相安无事。今天我下去了，我除了想喝水外，还隐隐约约地闻到了一点腐肉的香味。我的嗅觉还在。于是我下了山，在一个流淌着巨大山泉的峡谷里，我终于看到了半只正在腐烂的麂子。这可能是失足摔下悬崖，也可能是中了垫枪，也可能是被野物咬死的。我无法拒绝这一堆难吃的肉，它至少可以填饱肚子。在我吃它的时候，我终于看清它是摔下悬崖的，它的后腿都断了。山顶上的积雪还很厚，它一定是受到了惊吓，才从有雪的悬崖上滑落深谷。

味道的确不好。这只麂子使我想起多年以前我曾追逐一只鬣羚，也是在冰天雪地里。它黑色的尖角和棕红的嘴唇对我充满了诱惑。我并不饿，我记得那一天我吃了太多的食物，是岩羊，是角雉还是一只兔子？我记不清了，我只想戏弄它一下，我不想花那么大的气力去逮它，因为鬣羚的步伐也是众人皆知的。可是，勇猛的鬣羚，知耻负气的鬣羚，大义凛然的鬣羚，它竟跳崖了，舍身成仁了。我追到悬崖边，看到底下那雪地上正在痉挛的鬣羚，鲜血染红了白雪。我对它久久地致意，这样刚烈的鬣羚却并不是少见的。在所有的野兽中，连最弱小的兽类也从来没有束手就擒过，面对死亡，它们一个比一个刚烈。

我实在难以咽下那样的腐肉，在它的后胯那儿我扯下了两块，囫囵地吞了进去，这只能使我更加饥饿，更加唤醒了胃囊的渴望。可是我不能吃下这样的东西，我是一只豹子，不是獾，不是兀鹫或者一只苍蝇。

我蹿上一个山脊的时候见到了一只竹鼠。在洞口，我守着它，我想如果我不能迅速抓住它的咽喉，我的皮肉就会被它的两颗门齿深深地扎进去。我放弃了这种危险的打算。我还是饿吧，饿吧，我已习惯了饥饿。我头昏眼花地盲目乱窜，眼前甚至出现了幻觉。我不知道我何时走进了一个洞口，在两棵粗大的铁桦背后，我睁开眼睛时仿佛看见了我的母亲向我走来，嘴里叼着一只黄鼠狼。我看见了我的母亲，在淡蓝色的光线那儿走了进来，她的轮廓透着山林和草莽的气息，是那么新鲜。而那只黄鼠狼柔软耷拉的样子突然使我的眼睛湿润起来。

我站起来，像儿时那样迎向她，我心里欢叫着："母亲……"我会像可爱的童年时那样上去咬她的尾巴、耳朵，或者接过她的猎物，兄弟姊妹一起撕扯咀嚼起来，然后听着我们母亲的呵斥。我的母亲总是面目狰狞地呵斥我们，可她的心肠是最好的。有一次，她为我们抓捕一只岩羊，花了三天的时间，越过了几道大垭，还摔断了一只后腿，她瘸着腿将岩羊叼回来。五天以后，因为不能远行捕食，她用尚好的两只前爪，为抓一只竹鼠，竟刨出一米多深的洞，终于抓住了那个肥胖的家伙。

我本想去咬她的尾巴让她呵斥的，我还想吃那只黄鼠狼，可是我定眼看时，我的母亲消失了，洞外冰凉的风雾朝里灌着，发出怪罴。"母亲，你在哪儿？母亲……"

啊，我的母亲已经死了。在洞口，连她的魂影也不见了。

我重又软下腿来，蜷在石头上，枕着自己的前爪。一只老鹰飞进洞来，搅起一阵凉雾。洞顶有它的暖巢。

我想念母亲。这是自然的。

我的母亲是一只美丽的母豹。那时候，我们住在白岩对面的山上。白岩离我们有几十里远，可是白岩就在我们对面，它壁立万仞，像一座巨大的远古的城堡，在傍晚，西天的太阳直射在它的壁上，蔚为壮观。我的母亲说，白岩给我们以激励，它的灿烂，是我们明天更振奋有力地活着的理由。白岩就在我们面前，四野是漫山的红叶，我们的童年在那样的环境中锻造着灿烂张扬的气质。有时候，我母亲呆呆地看着白岩，她支起前腿，尾巴铺成一个圆形，围着腰脊。这样的姿势让我赞赏不已。我母亲对我们说："你只有咬住猎物的时候你才是祖先。"那是在我们问起我们祖先的样子时。另外，我们的母亲还说："你只有咬住猎物的时候你才是豹子。其他什么时候都不是，是行尸走肉。"然而我认为我的母亲在遥望白岩的夕阳时她也是豹子，而且是最优秀最伟大的豹子。因为那时候，她充满神秘和尊严。

在白岩的下面，峡谷的里叉河蜿蜒着，当它与黑河交汇，生出了一个奇怪的野种，它就叫野猫河，发出惊心动魄的吼叫声。在这样的吼声中入梦，不可能不让我们生出一股豪气。连一片树叶掉落下去的声音也像虎啸龙吟。这儿，人们惧怕老虎，总是叫它们猫，如大猫，就是大虎，猫儿岭，就是虎岭，野猫河其实就是野虎川。虎，早就是一个传说了，我曾见过虎，但是某一天早晨醒来，虎就无影无踪了。我的母亲和她的家族成了这一带的霸主。不过，我们的成员也十分厉害，那些呼啸生风的影子总是不明不白地消失了，等我们期盼着他们重现时，才知道是梦境。伐木的队伍，正在飞快地卷上山来，各种套子和枪口都在搜寻着我们，还有与我们共同逃难的熊、野猪、豪猪、九节狸、麂子、大羊和鬣羚（就是当地说的灵鬃羊）。豺和狼那些阴险的野兽也基本绝迹了。有一天，我看见一群修简易运木公路的人打死了一只豹子，它当然是我的远亲。我闻见了从野猫河的峡谷里升腾起的我的远亲肉汤的气味。那是痛苦的香味。我还闻见了酒，闻见了一些脏歌的臭气，一伙男人的梦呓和他们伐木、炸石的声音。

我的母亲的死真是一场悲剧。就在我兄弟死后不久，我有一次踅到野猫河的峡谷里去看我的母亲。我的母亲对我兄弟的死总是保持着沉默和镇定。对我的到来，她并不欢迎，并像过去无数次驱赶我那样；自从我们长大，她就不允许我们再亲近她，视她的孩子为仇敌，冷漠、躲避和怒吼。是谁让我们变得这样呢？孤独，像一种吞噬我们的病菌，我们的祖先就是这样吗？谁不希望帮助与交流呢？可是我们不需要，除了我们自己。是孤独使我们灭绝的？

我的母亲拒绝了我。我原本只想站在那一个山口，像过去一样，在白岩的金碧辉煌中重温我们的欢悦、激情和童年，可是，这已经不可能了。我们被远远地逐出了我们的故地——不是别人，是我们的母亲。当然还有其他的，比如炸山的炮声，树木倒下的哀鸣。不过，我怨恨的是我母亲，对她的恨已经远远超过了那些山林的破坏者。我知道，我们一代又一代在这些怨恨中生活，隔绝了亲情，使我们更加孤独和寂寞，孤立无援，像一个又一个分散的游魂，而这正好让那些捕杀者将我们分而击之。

大火是在我沮丧地离开我的母亲之后的若干天里烧起来的，那时候，干旱袭击着整个神农山区。两个伐木的工人爬上工棚的顶层——也就是楼上，去强奸一个因病未上山的女工，被那个女工打翻煤油灯。

大火就这样燃起来了。大火烧了整整两天两夜，那两个夜晚，整个天空都是通红的，好像涂满了鲜血，烈焰腾空而起，烧得星星砰砰地下坠，野猫河的河水咕噜咕噜地冒着沸腾的气泡。到处是动物们烧焦的气味。在白岩，有几百只野兽跳了崖。那不是因为壮烈，而是因为疼痛。

我疯狂地奔逃是因为我年轻还加上我大约有一点感知未来的灵性。我跑上一座山头背向大火的时候发现我的嘴里还叼着一只半熟的青麂。我嘴上的青麂是从哪儿来的呢？我浑身觳觫，已经失去了记忆，在这种旷世的惊恐中我用咀嚼青麂的肋骨来平息自己。当然，我无法啃动肋骨，我不是狗，不是老关的雪山和草地，我却必须不停地啃，啃。那时候，我只有一个信念，或者说只有一个意识：啃肋骨，啃它！我什么都不会做了，傻了，我想起我母亲告诉我们的：只有咬住猎物的时候你才是一只豹子，否则，什么都不是，是一堆行尸走肉。我现在咬着猎物（捡的？）却感觉不出我是一只豹子，而是一堆可怜的肉，喘息的肉，死里逃生的肉。

这时候我看见了我的母亲！我的母亲也在拼命地逃命！她在大火中腾跃，她就是一团火！可这团火在漫山遍野的大山里太微不足道了，这火将被那火吞噬。

我的母亲突然生下了我的一个妹妹！我看见她生下来那个鲜红的幼体，那是我的妹妹！但是我的母亲朝后看了一眼——是在大火之上调头看的，我那妹妹就被大火烧着了，缩成一团。我的母亲再跑，她跑下了山坡，于是，我听见在野猫河谷里响起了此起彼伏的芜杂惊呼："豹子！豹子！"于是，有一百多个人开始追赶我的母亲，他们拿着火把和棍子，有的还端着救火的木盆，用煮沸的河水向我的母亲猛泼。"豹子！豹子！豹子！"

悲惨的野猫河谷，我孤独的母亲疯狂地逃窜着！我看见她又生下一只幼豹——那是我又一个早产的妹妹！我那妹妹一落地就被狂呼乱跑的人们抓住了。我的母亲尾部淌着飞溅的血水，没命地跳入野猫河，在冒着团团热气的河中，越过一块又一块溜滑的巨石。

如果她能顺流直下野猫河，她就有可能逃出人们的围歼，在那儿河谷愈见空旷，火势弱小。然而救火的人们放弃了救火，擒拿一只豹子正能刺激他们莫名其妙的激情。他们围了上去，站在河边用石头砸，用棍子打。雨点般的石头和棍子就这样落在我母亲的身上。那些人喊："打死它！打死它！"我的母亲在水中沉浮着，在石缝里腾挪着。我虚弱的母亲终于被他们逮住了。

谁都没有上去，人们只是用棍棒卡住她的头，又击打她的头。他们不敢上去，整个河谷是黑压压的人。我听见乌鸦开始了鸣唱，它们闻见了血腥。我的母亲被人们制服了，像一张纸那样趴伏在河滩上，石头和棍棒依然投向她。有几个人拿着一捆绳子来了，另外几个人用粗大的树干压住我母亲的头，使她不能动弹。可我的母亲，只要能呼吸，她就会咆哮，呼吸就是咆哮，微弱的呼吸就是轰天的咆哮。她的后肢在不屈地掘地，尾巴像鞭子一样左右抽打，刨出的沙石打在周围的人脸上。忽然，一个干部模样的人来了，戴着大草帽，高卷着裤腿，手上拿着一根扑火的松枝。所有的人给他让开了一条路。促使我母亲逃脱的还不是这位干部。在人们传诵着××书记来了的时候，两个压杠子的人手突然软了，松了。人类总有着无缘无故恐惧的时候，他们害怕了？他们压不住那个龇牙咧嘴的豹子头，那猩红的舌头，凸起的眼珠和锐利的牙齿使他们胆寒？人类就是这样的一群东西，他们坚持什么都不能持久，他们总有惧怕的时候。我的已经一只脚踏入地狱的母亲——我相信她的肉体已经死亡了，未死的是意识和精神。就这样，未死的精神拖着已死的肉体，一跃而起，人们像软泥一样地给她让路，不是让路，是闪开。我听见那个尚未走近的领导大声说："好啊好啊，好啊好啊！"

对于那一次大火的记忆，我一回想起来就是那种毕毕剥剥狂烈燃烧的声音。我甚至记不起那是哪一年，哪一个季节。在大火和人声渐渐平息之后我见到了我的母亲。那时我还在啃青麂的肋骨。那还是一种机械的啃，枯燥的啮啃声并不是其他野兽的噩梦。我看见了我的母亲，她死亡的肉体和她清醒的精神出现在我的眼前。她身上的毛已经全部烧焦了，伤痕累累，头皮开裂了，牙齿也打掉了两颗，尾巴短了一截，两个后爪血肉模糊……她完全是一团被大火和人们重新搓揉过一遍的苦荞面！我说："你是我的母亲吗？你不是我的母亲！不是的！！"

这不是我的母亲，不是那个望着白岩的灿烂辉煌的母亲，她没有了神秘，没有了尊严，甚至没有了那一种温情脉脉的伤感——当她舔舐着我们，让我们扯着她的尾巴时，那壮烈激烈的母性。

我在内心里大声喊着。我的母亲却十分平静，我看见她流出了眼泪，泪水全是血。我们在远远的地方默默地注视着。我的母亲眼里的血流尽了，她没有过来分食我的残羹，她艰难地站起来，向另一片没有燃烧的高山丛林走去。我记得，那片丛林里盛开着比烈火冰凉得多的杜鹃花。

在若干天之后，许是我母亲伤好了些，她开始想念她两个早产的女儿，于是她再一次冒着生命危险，走进了烧焦的野猫河谷。虽然一场大雨使另一些植物又从焦土里钻了出来，展示着新的超越疼痛的希望，但依然是满目疮痍。

我的母亲在那儿失魂落魄地寻找自己的孩子，在过火林中，在无遮无蔽的河谷，她完全忘记了保护自己，她已经神思恍惚。有时候，她呆呆地望着某一处，望着几根还顽强站着的烧成木炭的树干，漆树、锐齿栎和山毛榉。这样的时候任何侵犯都会使她陷入死亡的绝境，可她全然不顾。她不知道，我的被活捉的第二个妹妹，早就被卖到了城里，在铁笼中，在遥想自己的山林故乡时，供人观赏。

神农架最老的猎手出现了。那一天，老关在他八十五岁生日的喜庆日子即将到来时，带着仅剩的两个儿子最后上一次山，猎获到更多野兽，圆毛（兽）扁毛（禽）。他的二儿子在扑灭山火的战斗中死亡了，他们家因此成为了光荣烈属。

发现豹子的踪迹对老关来说无疑是一剂强心针，我们看到这位优秀的老猎人——我们的死敌是如此雄赳赳气昂昂。他的胡子迎风摇摆着，突然因亢奋而变得发硬；他用牛卵子皮制作的火药囊里装满了黑色的火硝，小布袋里装着的是滚珠、钢筋头和头发。他的大儿子拿的是一条半自动步枪，他的小儿子依然拿着那个猎钩。总之，我们看到老关在劫后的山冈上没有减少丝毫的威仪，身板硬朗，除了脸色有些发灰以外。失子的悲痛没有一点残留在他的脸上。我还记得他穿着"干部兜"，那是他儿子的服装，因此，穿在他日渐枯干的身上犹如一面旗帜，空荡荡的。可以这样说，老关只不过是一个猎人的符号了，他跟我的母亲一样，肉体已经死亡了，而精神与意识还在。他的肉体是被岁月，是被无数的爬山、射击、下套子、剐皮、硝皮和肢解肋骨而消磨掉的。现在，它们已经遗失在风中，吹着牛筒的老关是他儿子们心中的幻影，也许他早就不存在了，突然出现的一只豹子唤醒了这个幽灵。

我的母亲被那牛筒叩击崖壁的嗡嗡回声拉回了现实。那是死亡追赶我们的声音，万山皆栗。悲惨呀，这样的声音总是轮番蹂躏我们的美梦，每响彻一次，就会使山上少一些生灵。啊，这是我们的丧钟，它是如此无情而漫长地在我们心灵的黑夜里不息敲响，使我们夜不能寐。我的母亲像无数次逃亡一样，惊惶使我们获得了速度，而无边无际的仇恨使我们获得了冷静。瞧瞧吧，我的母亲，她才是一只真正的豹子，她伤痕累累，她面目全非，缺齿断尾，可她依然是一道黑色的闪电，在雪山草地的夹击中，在猎钩中，霰弹中，在牛筒无孔不入的恫吓中，她向白岩跑去！在我的记忆中，白岩是无人能上去的地方，是远古的童话，是一片永远挂在那儿的天堂的风景。我的母亲要逃向那儿吗？她要跃上去？一级又一级的石头砌成的城堡，被岁月和风雨雕刻的城堡。她知道自己的死期已经来临了吗？因此，她要投向白岩的怀抱？

我看见老关的脸胖了起来，那个没有准星的老铳以强大的后座力撞击着他衰老的面颊，可是我看见老关的脸通红了，头上的白发一下子变得猩红，连胡子也是。英武的老关，他不愧是一个好猎手，身手矫健，在山岩上如履平地，这是八十五岁的老关吗？我看见在他的怀里抖出了一只豹爪——那是他的烟袋，是我兄弟的爪子。他因为扣子跑落了，那干部服的胸前已经敞开，这使他看上去更像一个杀手。我兄弟的爪子击打在他的左胸、右胸。

我的母亲被钩到了，逃脱了。

我的母亲中弹了，逃脱了。

我只能说，我看得惊心动魄。更加惊心动魄的事在后面，在我的母亲跃上一个又一个悬崖之后。大约在白岩半山中的一块野生芍药地里，那时候，那儿摇曳着一片让人眼酸的芍药的白花，仿佛是悼亡的花圈。我的母亲站在那儿，头顶是无法可上的千丈悬崖，脚下也是陡峭异常的峭岩。她是怎么出现在那儿，她是怎么跃上的，现在想来都是不可思议的事情，可是，面对着死亡的猛扑，什么奇迹都可能发生。

已经没有路了。我的母亲知道，那几个欺凌手无寸铁的弱者的猎人也知道，没有路了，无路可逃了。

我的母亲站在那个岩上，这时所有芍药的花都开始翻飞起来，是风，风让它们翻飞的。风吹着我母亲身上的皮毛，它们虽然变色，残损了，可还是那么高贵，有着不可侵犯的威严，隔绝了任何下贱的企图与阴谋。那三个猎人和他们的猎狗望着她，止住了脚步，端着枪，像几块石头站在那里，仰视着我的母亲。连那两条总是因狐假虎威而躁动不安的狗也没有了狂吠和喘气。他们在我的母亲那儿发现了什么？他们打量的是一个什么东西？是一只豹子？一个人？还是一棵树？或者是一尊从未见过的山神的雕像？

猎人永远是猎人，他们的枪是不会吃素的。我的母亲在他们开枪的一刹那，飞身下岩——我看见我的母亲跃下来啦！我的母亲扑向老关，她一定看见了她孩子的爪子，那是她的骨肉，她认识，她熟悉她孩子的气味，复仇的烈焰将临死前的抗争搅成一团。她落下的冲力将老关结结实实地压倒在地，而这时，枪响了，一股血液冲天而起，那是我母亲的血！我母亲的两只前爪下地时，一只抓到了老关的脸，一只抓到了雪山。

雪山的嗥叫真是一只癞皮狗哀哀的嗥叫，但是草地成了这次杀戮我母亲的帮凶，它在两次狂咬过后，嘴上就衔着了我母亲的一颗眼珠，那时，我的母亲再也无力反抗了，她受了重伤。草地把那颗眼珠吞下肚里去了，草地嚼了我母亲的眼珠，在那只眼珠里，该映着多少美丽的愿望和仇恨！是的，她的仇恨是美丽的，只有正义的仇恨才美丽。

在沉落的太阳里，在万山的寂静中，他们背起我死去的母亲走了。空气中还时时飘来一股树木和山石焦糊的苦味，整个山峦都在那种巨大的隐痛里迎来了又一个黑夜，它们不知道，我失去了母亲。

如今，我思念母亲，依然万山寂静，太阳沉落。烧焦的树木又长起来了，发出了新芽，但这并不能掩盖群山和我的疼痛。

昨夜，一场绵绵的细雨突然带来了温润，戟叶星蕨和石韦都开始大片生出了鲜嫩的叶子，在草丛中，蒿白粉菌和一些盘菌伸展出来了，针芽岛地衣和大叶藓使我的行走出现了沁凉的溜滑。我清楚地记得我听到一些兽类们求偶的呼唤。这表明，春天开始从低山向高山浸润了，它将不可抗拒地感染世上的万物，感染一切生灵，提醒它们，复苏和交配的季节到了。可是，这对我又有什么用呢？

我见到的最后一个我的同类，说来也巧，是我的情敌石头。那是一个十分可人的季节，是在流泉淙淙的夏季，溪水边到处开放着金黄色的龙爪花和蓝色的沙参花。我在那里喝水时像幻觉一样看到了水中走来的一个倒影。我以为这世上只剩下我一只豹子了，可是我抬起头来看到了石头。我看见的他是浑身沾满了灰土和草棍的一只脏豹，一只从头到尾都丧失了豹子威仪的流浪豹子。只是，我看见他还算健壮，步子并不难看，也有着玩世不恭的机警。他不停地舔着嘴唇和牙齿，打着哈欠。他的身上，有与我肉搏时留下的伤口，另外一些不知出处的伤口，有的好了，有的正在好。他一见到我，告诉我的信息是，在后山的那片山林里，三只猴已经掉在了猎人的套子里。

"我好歹吃了一只。"他说。

这是一个快活的精灵。我问他："你还看见谁了吗？"

"我谁都没有看见，我在心里念着斧头的名字时，我还以为撞上了鬼呢。"

我说："你才是鬼！"

"你才是鬼……"

"别争了，我们两人都是鬼好吗。"

我的情敌，快乐的石头，我们靠在一起，我们内心的话是通过眼神说出的。我们的交流靠的是眼神和心灵。我问起他红果呢。"她早就被人射杀了。"他说。红果，我曾经追求过她，那是我们共同深爱的母豹，可是她被射杀了。红果跟我生过一只豹儿，这是我在以后听说的，她在哪儿生产并抚养我们的后代，我一概不知，这不是我所关心的事了。我爱过她，短暂的爱，疯狂持久的搏杀——当然是与那些和我一样有着强烈欲求的成年公豹们。有一年，我打赢了石头，第二年，石头打赢了我。我看见，在我们用眼睛叙述红果时，我们流下了眼泪，我和石头，两个过去的冤家对头。

他告诉我他是怎样活到如今的，他向我讲述怎样躲过了猎人和套子，垫枪和陷阱，怎样从一个被砍伐干净的山头迁徙到另一座山上，然后再迁徙，迁徙，迁徙。他滔滔不绝，眉飞色舞，殊不知，活到如今是一个悲剧。因为活着的比死了的更痛苦。

"你想红果吗？"

"我想老虎。"

"你想斧头？"

"我想复仇。"

"你不是斧头，你是斧头的弟弟锤子。"

"我不是锤子，锤子早死了。"

"你想老婆。"

"我只想老虎……"

那时候，我们在野猫河谷里一个劲儿地说话。即使这个世界上只剩下我和石头，我们也不会团结在一起，只待了一天，友好、善良而开朗的石头给我叼来了一只林枭，就离开了我。为了抓到这只林枭，我知道他钻过恐怖的大蓟丛。我记得我还讥笑过他，说他是去找红果的。

"对，我找红果去啦。"

那是他留给我的最后一句话。在一个漆黑的夜晚，我走进一个无名峡谷，我意外地看见了石头的尸体。我分辨了许久，终于看清了他身边还有一些没有吃完的死鱼，我又看见了河边上漂着无数的死鱼，一种比藤黄更毒烈的气味从水里散发出来。石头是吃了剧毒的鱼中毒死去的。他是一只经验丰富的豹，可是最后却死在毒鱼人的手里，还是不明不白地作为间接的受害者丢了他的性命。

他是一只强壮的豹，他可以捕到更好的食物，他不应该吃这种死鱼，他难道没有闻到鱼身上的毒气吗？可是，如今捕食愈来愈难了，就像人们捕捉我们一样。捕到一只麂子就是一顿最美的牙祭。他说他是去找红果的，他留给我一只林枭，可他却饿着肚子。我的朋友，石头，你的死与我有关，是为了我能吃上一顿晚餐。

我用牙齿把他拖到干爽的高坡上，在卵石遍布的河滩，我守着他，石头，我的朋友，在满天星斗下，我独坐无言。

有一瞬，我突然明白只剩下我一个了，巨大的孤独感就向我疯狂地袭来。我向哪儿走呢？我坚持下去吗？无边的星空正在诱惑着我，可它在我的头顶上不去的地方。从此，我将孤云独去，谁是我活着和死亡的见证？我想喊叫，我想狂奔，我想把山掀翻。我坐在那儿，一动不动。

我恋恋不舍地离开了我的朋友和情敌。从此，我再也没有交流了，没有任何目光的注视，没有关怀，没有牵挂和向往，什么都没有了，我一个人。我哑了，我变成了聋子，我的表情已经僵硬，在茫茫的星空下面，我在想我活着的意义。

"我要复仇！"

我的兄弟姊妹，我的母亲就是这样暗示我的，他们在丛林的背后，在树丫上，在山壁上，在阴森恐怖的河谷里，在星空之上，不停地向我暗示，他们挤压我，敲打我，所有的影子都是他们的影子，所有的声响都是他们的声响。树、云彩、鸟的啁啾、水声和风声，统统是他们的。我不孤独。只要我复仇，我就不会孤独，他们就会跟随着我，出现在我的眼际，抓住我的意识，将我从绝望的深渊里拖出来。

我先是花了整整一年的时间，去了我该去和能去的地方，我抱着不存希望的侥幸，企图能寻到被遗漏的、被上帝遗忘的更孤僻的同类，我在半夜的呼唤只能坠入更深的星空，整个山野都麻木了。真的没有谁了。这就是现实。

我走的时候是风雪弥漫，我重返野猫河谷还是风雪弥漫，这是来年或是第三年的风雪了，我记不清了，时间对我已无任何意义。

我的复仇计划很简单：咬死他！咬死他们！

山里的冬天是极其美丽的，阔叶植物都落尽了它们的叶子，而油亮的针叶树在隘口上，任凭寒风摧折，始终是挺立着的姿势，头上盖着雍容华贵的积雪。野柿子一树一树的，真是像点燃的灯笼，给这残酷的季节增添了让人无比激动的暖意。暖意是从心头开始的，如果你望着那些冬日的野柿树。

我走在雪野之上，可是我的心里却充盈着齐天的仇恨。我在问这是真的吗，这的确是真的。我那天站在我童年和我母亲及兄姊曾生活过的山崖，那些熟悉的身影都成为了无边的往事，而垫枪还在，套子还在，新的套子与老的套子。下套人因为下了太多的套子而将其遗忘在某一处树缝里，山鳞中。它们套着的是一具小小的骨骸，是一个腐烂多年的小动物，钢丝已经生锈了，扎进了树皮中，但它们依然暗藏杀机，露着狞笑。当你看到这些，仇恨不会直撞胸怀吗？

我在山上仔细搜索着老关下的套子，没有。老关的套子是极其残忍的，他总是把树扳弯了将套子下在那儿，所有的野兽只要触到套子，就会被吊在空中，除非你挣断了脚爪，否则死路一条。当然了，就算不是老关的套子，任何人下的套子，简简单单的一个结，要想解开，所有的野兽也都没有这个智慧，因此，所有的野兽都无法逃脱人类的暗算。人类如此凶恶，而野兽又毫不设防，是不是上帝让我们注定了要灭绝在他们手上？

没有老关的套子，老关去了哪儿呢？

老关死了。

大约在我游历远山的某一天，年近九旬的老猎人老关，早晨从他的床上爬起来，借着强烈的窗外的光线掐着身上和衣领上的虱子。那些虱子们一个个都饱累累的，肚子里装满了从老关身上抽出的血。老关征服了整个神农架，征服了老虎、豹子、熊和野猪，却无法征服小小的虱子，虱子是唯一敢短兵相接与他作对的野兽——如果它也叫野兽的话。难道它就不可以叫野兽吗！老关吸着我们的血，虱子吸着老关的血，这真是卤水点豆腐，一物降一物。多年来，老关和他的儿子、媳妇、孙子以及那两条忠实的雪山、草地，都在经受着虱子的折磨。这大约是每天早晨的功课，他掐着虱子，对他的大儿子说："给我弄一碗熊油炒饭！"

他的大儿子说："爹，我们早就没有熊油了。"

"明明有一坛子，我埋在屋后的石洞里的。"老关说。

他大儿子笑了起来："爹，那是三年前的事了，你不早挖出来吃了吗？"

"放屁！"老关骂了起来，硬着脖子。他的身上，只有脖子是硬的，九十岁，他还是一个犟人。

可在一旁锯木头的孙子却说："老糊涂了。"

"放屁！"老关又骂，"你以为我的耳朵不中听了，你这个小杂种！"

老关在厨房的大媳妇擤着鼻涕出来了，搭上话说："爹，您在骂哪个呐？"

"我想骂哪个就骂哪个。"

他们给老关端来了一碗猪油饭，还是大儿子亲自炒的。可是老关把碗摔掉了："我要的是熊油炒饭。"

"这难道不是熊油炒饭？"

"猪油熊油我还分不清白！"

白天清醒的老关一入夜便犯起了迷糊，有一天他在自己的枕头边掐死了一只老鼠，对家人说："看，这是从我手里跑掉的那只大猫。"他说的是虎。有一天晚上他爬起来用斧头剁掉了自己的一只手，送到大儿子床前，说："书记，把它掏空了做烟袋。"

那天晚上，他的大儿子、三儿子和孙子把他抬到了大队的医疗室，走了三十多里山路，天亮时才赶到。医生给他包扎之后天就亮了，他也清醒过来，到处寻找自己的一只手。他的后辈们说："您不是送给书记做了烟袋吗？"醒过来的老关疼痛不已，号啕大哭，死活咬着说是他孙子给他剁掉的。因为他的孙子恨他，他的孙子与他同睡一床，他的孙子做梦都想让这个老家伙死掉，好独霸一张床一床被子，想怎么睡便怎么睡。

"莫非你成了人精？"他的孙子有一阵子用木头雕了个木人，正是九十岁的老关，他的孙子每天向木人扎一针，还用祖父的那杆土铳向木人射击。这事让老关发现了，唆使自己的大儿子把孙子揍了一顿，孙子老实了一段日子。

现在，他找他的孙子要他的那只手，他的孙子没有办法，只好逃到深山里去。三天以后才回来，回来先喝了两瓢凉水，就宣布了一个惊人的消息：他发现了一头老熊。

于是，孝顺的三儿子一个人背着浙江产的双管猎枪和他从小就使用的猎钩，独自上了山。他的三儿子长得五大三粗了，是一个十分不错的小伙子，头发硬黑，鼻梁端正得像烟囱，脖子上的肉简直就是些鹅卵石，把山都扛得动。

这大约是农历九月，山里的冬天已经来了，苞谷全部归仓了，老熊因为再也找不到吃的，只好过早地冬眠。落下的树叶遮蔽了老熊敞开的洞口，老关的三儿子跳下一个石坎时，刚好落到老熊的洞中。老熊刚刚进入冬眠，在微茫中见有人跳到他身上，怒火中烧，一巴掌打过来，就将老关的三儿子打出了洞。三儿子的腰遭到猛击，衣裳也全扯烂了，于是对着洞子打了一枪，又打了一枪，再打了一枪。

三四百斤的老熊，老关的三儿子一个人把它给背回来了。老关说："快下它的四个掌子给我！"他的三儿子就下了熊的四个掌子交给了卧床不起的老关。老关的大儿子赶忙割下一块熊肉来炼了给老父亲炒熊油饭吃。

当他们把一大碗热气腾腾的熊油饭端到老关床前，发现老关已经死了，一只熊掌给绑在老关的那只残手上。

老关的坟上还有几片没有落尽的纸幡，在风雪中飘扬着。当我端坐在老关的坟顶，我望着山下老关家的房子，在雪夜里好像坍陷了一般。我知道老关已经去了。他这一辈子，猎杀了无数美丽的生灵，使山林变得单一、沉寂、安全。可他的死竟是如此平淡。特别是当我看到搁置在他家门外一个蜂箱边的土铳时，我记得我当时心里不知是什么滋味，说不出的感觉。那把铳因无法使用丢弃在门外，任风霜雨雪和地气的侵蚀，沉重的铁管锈穿了，枪托腐烂了。那不就是一块简陋的木头和一根破铁管吗？它并不威风也不珍贵，它搁在蜂箱上什么作用也没有了。难道就是它，一次又一次在牤筒的激励下发出使群山震撼的声音，喷吐出辛辣的火药，一次又一次钻进那些无忧无虑、自由自在的生灵的身体中去，将它们击倒，让它们鲜血四溅，让山林笼罩在暗无天日的恐怖之中？就是这样的一个东西，就是这样的一坨东西，让人不敢相信。

我嗅了嗅枪管，依然还有着丝丝火药味，背绳断成了两截，带着老关身上的咸味。这就是全部，让山林中、山峦上美丽的皮毛和行走奔突的姿势消失的全部答案。在它前面，多少勇猛的不再勇猛，矫健的不再矫健，欢笑变成了杀戮，春天变成了陷阱，阳光变成了黑夜，生命变成了怀念。

那个晚上，我在愈来愈肆虐的风雪中平静地哀伤着。我坐在老关的坟头，想着整个山林往日的欢乐，这个老杀手已经死了，就埋在这样冷冷落落的黄土山石之中，就这么冷冷清清地睡下了，无数的血债仿佛因这黄土的掩埋就不存在了，掩盖了，山林似乎本来如此，世道就是这样，没有罪恶和正义，没有仇恨和复仇。不可一世的猛士如此草草收场，一痕不留。可是，不，我复仇的烈焰突然在风雪中吱吱燃烧，不行，不是这样！老关没死！老关正向我走来！老关戴着平绒的瓜皮帽子，垂着双手，背着沾满血腥的背篓，腰间吊着牛卵子火药袋和镶着铜边的啄火的香签筒；老关麻木着脸，颧骨像悬崖一样冰冷突出，牙齿咀嚼着对山中所有生灵的不信任；老关多疑，神经质，野蛮，狡诈，小聪明，大愚蠢；老关通红的眼睛好像吃过他的同类一样。老关向我走过来了。老关突然两眼射出绿莹莹的光芒，老关匍匐下来，雪白的绒毛像苍耳果毛一样竖起，老关摇着他肥茸茸的尾巴……

那是雪山！

雪山蹲上了老关的坟头，而我已经悄悄地退到一棵野核桃树后。雪山用鼻子嗅了嗅，它似乎嗅到了什么气味，不过它发现不了我，我在下风头。

雪山老了，它的主人已经死去，它是每晚来坟上为老关守灵的，它与草地轮换。

这条忠实的狗现在对着风中的野猫河谷呜呜地哭起来。每晚如此。它的哭诉是如此地真诚，跟狼的叫声没有两样。它老了，才这样无比深情地表达对主人的尽忠。它哭着，瘪瘪的肚腹看得见清晰的肋骨。它浑身发抖，四肢打瘸，牙齿脱落。我一阵又一阵地惊悚，不是因为害怕，而是，被它的哭诉唤醒了什么。

我不再那么柔情，我坚信，仇恨在风雪中会越煽越旺。我没有想什么，甚至连仇恨都来不及想，我就迅猛地扑了过去，一口咬住了雪山的脖子。

它不能再喊叫了，它还有气，它望着我，像我捕猎过的许多弱小动物一样，眼里充满了哀求。我把它压在爪子下。我不去想什么，我阻止了我想什么的念头，我只是看着深夜的群山，在风雪中喑哑的群山，没有声音，我也没有往常的喘息——因为制服它只花了我三四秒钟。我把它踏在地上。"我就这么抓住了它吗？"我朝四周东张西望着，我低低地怒吼着，我十分伤感和茫然。甚至我惶惑。

我放弃了它，雪山，我不想吃它的骨头喝它的血。我没有了食欲，我跌跌撞撞地走在荒野上，仇恨忽然被揪心的怀念取代了。我的同类，我过去恨过你们，为争抢食物和异性，我们大打出手，恨不得置对方于死地，现在你们都去了哪儿呢？你们回来吧！回来吧！

我爬上了一座山冈，在呼啸着北风和雪子儿的悬崖上拼命地吼叫着，呼唤着："你们回来吧！回来吧！你们不能撇下我一个！"

又是一个黄昏到来。

又是我们豹子觅食的时候到了。我从山上望去，老关的坟头出现了草地和老关的三儿子。大雪掩盖了我的足迹，北风吹走了我的气味，他们什么都不知道。然而他们警惕了。在老关的坟旁，又多了一道小坟，那是雪山的。

我瞄准了他们家的羊圈。

沉沉的风雪还在凌辱着这个山区，气温愈来愈低，我相信老关的三儿子和草地是抗不住这样的夜晚的。果然，在三更时分，老关的三儿子死拽着草地要它进屋去，可草地不干，高蹲在老关的坟头。这也是一条忠实的走狗！

我估摸着他们会在老关的坟周围下垫枪和套子，果不其然。四处都是套子。然后，我等着风向的变化，以便在进入羊圈时不被草地发现。我仔细观察，知道了羊圈被他们疏忽了。

一直到五更时分，风向还没有转的意思，而山里传来了沉闷如雷的声音，估计是山岩垮了。我无法再等待，我冲了下去，我跨进羊圈咬死了老关家唯一的一只母羊，叼起就走。

我跃过一个山坎就听见了狗吠声，草地发现了我，并且赶来了。

我跑。不是因为我害怕，我想把它引得远远的，引出那家人的视线，引出那周围太多的垫枪和陷阱。我虽然成为了一只灵豹，可在大雪中那些机关会让我防不胜防。

我的佯逃让草地中计了。草地是绝不会放过我的，绝不会放过一只猎物。可是它不知道，它的后头没有了老关，没有了老关的儿子们，没有了枪和猎钩。老关家的人在草地追赶我时，正在爬满虱子的被窝里呼呼大睡呢。

我只好放下了羊，向有利的地形跑去，向更高的山上和更密的林子里跑去。

我有过两次闪失和趔趄。因为雪陷得太深。雪也把草地陷住了。有一次它猛跃过来，咬住了我的尾巴，我只有那条尾巴在外面，但我的尾巴一甩，就将这条狗甩到更远更深的雪地中去了。我反过来去扑它，扑了个空。积雪下面的树枝撑起的空洞里，灵巧的草地正飞快地爬到了我的前面，冲出雪面，而树枝牵扯着我的躯体，我钻出来时，我们几乎同时跃向空中，在空中，我看见了草地不顾一切的牙齿和利爪。就是这些利爪，抓出过我母亲的一只眼睛。"我要杀死它！"我的利爪更有力，那里全冒着火。我的牙齿全是用仇恨磨砺的，因此它锐不可当。

我知道我出了血，而草地——这只本地山水喂出的草狗，流的血更多。好吧，就这么着，看谁的血流到最后！我想起了我母亲的话，只有你咬住猎物，你才是一只豹子。我是豹子！我是豹子！我时时提醒自己，我是一只豹子。虽然这很悲伤。我明确我的身份和遗传使我更加悲伤，我是得提醒我，因为我要战胜一切——凡是落到我手上的东西。这一点上，没有正义和非正义可言。

我们翻滚着，打斗着，撕咬着。拳头大的冰块砸下来，在这样的时刻，在白晃晃而又黑沉沉的雪夜里，鲜血和皮肉成了我们唯一看得见的东西。

我在一条一条地撕草地的皮。

它在一口一口咬我的花纹。

我从来没有见到过这样一条狗，它比老虎还凶猛，它究竟是什么做的？它与我搏斗的冲动来自于哪儿？它为什么会对我们这些山野的荒客产生如此大的夺命仇恨？谁教会的？人类。人，人们。

我终于咬死了它。胜利当然属于我。想到人类，胜利就会属于我。

我用牙齿啃出它的眼珠，再啃出它的眼珠。一共两颗，我数了数，只有两颗。我找遍了它的全身，再没有了。如果再有眼珠的话，有一百颗眼珠，我也要一颗一颗地啃出来把它吃掉。我宁愿撑死！

我的伤口疼痛欲裂，在风中尤其如此。

我向山上爬去。

在渐渐发白的天色里，我流下了眼泪。我叼着草地，望着山野、河流和老关那低矮的坟冢。我疼痛且寒冷，草地的一腔热血没能给我御寒的力量。我走进了一个避风的岩洞，躺在冰凉的石头上，舔着自己的伤口。谁能救我，谁来安慰我？只有我自己。

我在山洞里躺了七天，我把草地吃得一点都不剩了，只留下一个狗头。我不能停下来，趁我还有着没被冰雪横扫去的激情，我要找他们，直立行走的东西——人。

我跟踪老关的三儿子一直跟踪到春天来临。

可是，我看见他的肌肉越来越发达，胡子越来越硬，目光越来越凶鸷。

老关的三儿子叫太，老关的孙子叫毛。我听见他们这样喊的。毛喊他的叔叔叫太儿，太儿喊他的侄子叫毛儿。太和毛经常结伴而行。太的猎钩时时带在身上，我有一次看见他在河里甩钩，钩到了一条扁担长的娃娃鱼。我无法对老关的三儿子太下手。而老关的孙子毛更是了得。这个额头高耸，长着一个大耳轮的少年，因雪山草地死后，又喂了两条更狂暴的猎狗，一条叫黄土，一条叫高坡。黄土是一条黄狗，高坡是绿狗。高坡绿色的毛简直看起来就让人害怕。那是最好的猎狗，总是跑在所有猎狗的前面，而且咬住猎物绝不松口，且有献身精神。而黄土就差多了，比较懒惰。于是毛就总是拼命地打它，训练它，让它为一只鞋子十遍二十遍五十遍地跑进灌木丛去，寻找，叼出来，每次黄土身上不是有树枝的划伤就是有毛的鞭伤，而且浑身沾满了掰都掰不掉的牛蒡子。黄土躺都躺不下来，毛从不给它摘牛蒡子，一躺下，牛蒡子就扎着它的皮肉。因此，我看到黄土总是站着睡觉。这是毛对付黄土的办法。黄土看毛的时候，除了乞求，更多的是愤恨，可是毛看不到狗的愤恨。狗就是狗，狗愤恨他又怎样呢？再歹的狗也不会咬主人，你就是剁掉了狗的四肢，剜下它的眼睛，它还是忠于你，对你俯首贴耳，唯命是从。这是狗的本性所决定的。

太和毛上山种苞谷。

太和毛上山打猪草。

太和毛上山挖药材。

太和毛上山下套子，打野物。

春天的山上开满了如火如荼的杜鹃。毛肋杜鹃，粉背杜鹃，麻花杜鹃。高山的杜鹃是杜鹃树，是巨大的花树，不是一丛丛的，是一蓬蓬的，一蓬蓬的火，一蓬蓬的太阳和女人，一蓬蓬的跳动的心脏。

我想让他们分开，还有那两条可恨的狗。他们总会分开的，杜鹃之火不能烧退我的仇恨，我站在火的前面，他们手握着仇恨的火器，我要战胜他们。

我看见他们吵了起来。他们总是吵架。

太说："毛儿，你不要这样驯黄土了，是什么样的狗就是什么样的狗，难道你爷爷没教吗？"

"别提那个老不死的，"毛说，他的大耳轮在春阳里燃烧起来，像盛开的杜鹃，"我的狗肯定比他的好。"

"你骂你爷爷？"

"骂又怎样？骂了，太，你想把我怎样？"

"你这样跟你的叔叔说话？"

"我就是这样，因为我能超过你们。"

"你能有长辈的一半就不错了。"

"你算个什么东西啦，你打了几只老熊？那一只，洞里的一只，是瞎猫子碰死老鼠。"

"你跟你的娘一样，你不是我们关家的种。你现在独霸了你爷爷的床和房子，又想霸占我那套铺盖，让我无家可归。回去跟你的娘说，我不会分家的。你回去问问你的娘，问她，为何昨晚在我的酒里下了三块羊角七？"

"那是想把你毒死。"

"好哇，毛，你有种。"

老关的三儿子太背着猎钩走了，吹着口哨。而毛站在那儿。他还小，可他并不小。他咬着牙齿的声音就像在嚼一头老熊。何况还有已经成形并准备随时投入战斗的高坡和黄土。

我知道我下不了口，虽然他们互相间争吵不断，充满敌意，可一旦我出现，我如果下口，他们就会团结一致来对付我。

我现在的回忆实在理不清我当时冲动的理由了。我现在记忆力衰退。我只能解释：因为那时我年轻，被仇恨烧灼的旺盛的生命，总会做出些意想不到的事。当然，还有，那就是我无法忘记的老关孙子的一双大耳朵。那活脱脱是老关的耳朵，是猎人的耳朵。所有猎人的耳朵都是这样的，他们为了攫取猎物，谛听山林的动静，长久的鬼鬼祟祟使他们的耳朵变大了，变长了，竖起来，耳轮上的每一根神经都外露，恨不得伸出爪子来。那些神经像树叶的经络，像雷达，因长久的亢奋变得紫红，更加诱惑着我们的胃口。

我就直冲下去咬毛的耳朵，直截了当地咬，心无旁骛地咬。

只有半只耳朵在我的嘴里，黄土和高坡就扑向了我。而老关的三儿子太也调转头来。

"豹子——"

他的声音跟他的父亲老关一样，如此苍劲和肯定。"豹子"这两个字出自他们之口，不意味着惊赏和赞美，是子弹上膛的前奏。那一天，可惜他们叔侄二人都没有带枪，猎钩离我还遥远。一道白光一闪，是太的开山刀甩了过来，但没有砍着我，砍到了黄土的一条腿，黄土汪汪惨叫夹起尾巴从我的身边退却了。

这帮了我的忙，我挣脱了高坡，向早已窥测好的线路逃窜。而这时太和毛可着喉咙大喊："打豹子——"一时间，整个山梁上突然向这边涌来了几十人，都是扎在山缝里点苞谷和割猪草的人，他们手拿着锄头、镰刀，还有一些能下手和粗壮的东西，一起狂吼着："打豹子！打豹子！"

我跑啦！我快活地跑掉了，飞过一个梁子又一个梁子，一个垭口又一个垭口。我想起我嘴里含着毛的半只耳朵，等我停下来细嚼时，早就不知到哪儿去了，也许是因为紧张吞进了肚里。

我记得也就是那一年吧，我因为复仇的欣悦，心情说不清楚怎么一下就好了，至少看太阳是太阳，看山是山，看杜鹃是杜鹃。大群松鸦在树林上掠过的身影，短翅树莺清丽的鸣唱，都让我感动不已。我懒懒地睡在挑满紫花的还亮草中间，我看见树冠上一对依偎着的长尾雉，在另一棵山毛榉上面，一对豹猫正在暖融融的太阳里交媾。我还以为是两只小豹子呢，这种豹猫，皮毛上的花纹极像我们。但它们的样子更像猫而不像豹子。我看呆了，我看见它们呜呜叫喊着亲昵交配的场面，我直感到自己的浑身发躁，身体的某一个部位正在悄然觉醒。

这天晚上，我梦见了红果。

我梦见了红果投向我的怀抱，她衔着一朵最漂亮的红晕杜鹃，她在山谷的岚烟和云海之上，她跑着，跃着，步态优雅。我说："是你吗，你是红果吗？"红果并不说话，红果只是深情地望着我，将那朵杜鹃放到我的面前。然后她后退着，支起前肢，依然深情地望着我。不回答我问话的红果跑了，在我问了十遍二十遍"你是红果吗"之后，她摇动起美丽的尾巴就跑了，她逢山过山，逢水过水，我追呀追呀，总是追不到她，快抓住她，她又跑了。那么宽的峡谷她一跃就过去了，可当我也跃起来时，我发现我在往下落，落，落……我醒过来，我知道这是做梦，还未落到谷底我就醒过来了，以免摔得粉身碎骨。我的胸口发疼，我大口地喘气。刚才我梦到了什么？我听见远山近水有各种野兽的呼唤。它们在寻找着爱，被爱，缠绵的时刻。它们同时也在寻找着搏斗，显示，胜利或者失败。

搏斗啊，搏斗啊！我灿烂的皮毛，强健的体魄，正当壮年，充满着憧憬和遐想，我的热血要为我的所爱而洒，肢体为我的所爱而残，我哪怕走到天涯海角，也要找到她！

我在半夜时分就启程了。说是启程，并不理智。在这样的日子里，没有什么是理智的。我的皮毛就是火，眼光就是燃烧。我要烧掉我自己，让梦想熔化在另一个身影之中。

山重水复，征程漫漫。

我知道最后的结果是什么，我不过是把我的绝望重走了一遍。

我在情欲的发作中像一头瞎驴那么乱撞着，我怪叫着，怒吼着，龇着牙齿，爬上树冠，我要冲向云海，我要跃过高山，我要跨过河谷，我要跳涧，我要撞崖，我要把世界踏平。

一个又一个的晚上，一个又一个的白天，我在雨中，在雾气里不停地走着，我无法使自己停下来。为什么这世上只剩下我一只豹子了呢？为什么上苍让我如此强壮，欲火如此浓烈？为什么这样惩罚我？让我的身子不能绚烂一道山梁，而只能焚烧自己？让我的热情不能沸腾另一块红炭，而只能销损在我的自戕中？我撞头，我咬自己的爪子。我围着我自己的尾巴不停地转圈，直到把银河和星星全转入峡谷中，我倒地而睡。

这个春天我咬死了二十多头山羊和绵羊，还有一些小猪。我只是咬死它们，我并不吃它们。因为我的心头撞着火，它们的血只会把它烧得更旺。

对我的围猎是空前绝后的，我是一只害兽。这一年，大约出动了上千人，守在野兽必经的道口。人们谈豹变色，他们说，至少有十只豹子涌向了神农山区。有的人并且欢呼，豹的现身是一种吉兆，山林将重又充满活力，人们的枪声将更加清脆，光芒四射。

我能躲过所有的围猎，可我躲不过情欲。那些空守着我出现的围猎者并不知道，我一个人在更远僻无人的老林里，经受着多么痛苦的煎熬。

最后与其说是我战胜了情欲，不如说是世界战胜了我，还有季节。

在瓦蓝发亮的充斥着马桑果醉意和鸦椿臭气的夏季里，我已经被我无处发泄的欲望折磨得形销骨立。我遽然之间衰老了，我弱不禁风，呆傻了，双眼麻木，嘴角流着老涎。我多肉的爪子也已经凹陷，走路失去了弹力，视物不清，老是生着眵糊，讨厌的苍蝇围聚在我的眼前，赶也赶不走。

到了这年的秋天，我的精神和身体又开始恢复了。我补充了许多营养，特别是我抓到了一只青鼬，我尝试着追击它，虽然我的肛门被它划开了一道口子，但我还是把它降服了，让它成为了我金秋的祭品。

秋天洋溢着金黄色的激情，可是山里的秋天非常短暂，一晃而过。

树叶全都开始疼起来，它们全都憋红了脸。我要趁这个季节踏上白岩！

来日对我来说不多了，我清楚。关于我将怎样死亡我来不及想它，这也不是我想的事，死亡到来的时候，你怎么想都是无益的；我看见过太多的死亡，我知道死亡是怎么回事。

我要踏上白岩，这个愿望并不急迫。虽然它成了我此生最大的愿望。时间还有，总之，死亡不会太早到来，这一点我有足够的自信和预感。

我要一级一级地从台地跃上白岩之巅，我要弄清楚一个多年的谜：白岩究竟为何吸引了我的母亲，她的一生，她并没有去过那里，那个每天让她痴痴地遥望的、梦幻城堡似的白岩。

我在深秋的大雾中向白岩进发了。那儿当然可以躲避人们的围捕，那儿猿猴难攀。

我寻找着路径，这是一次苦旅。

说起来令人难以置信，我在一个相当陡峭的高台地上，遇见了一头老熊，熊瞎子，山林最笨重也最凶猛的黑影。它挡住了我的去路。

这头熊瞎子！它也许正在寻找着食物，也许它此生压根儿就不认识我，认识一种叫作豹的林中之兽。这是一个什么东西呢？这可吃吗？我要吃它！可怜的熊瞎子！可恼的熊瞎子！它挡住了我上山的路，它要吃我。它红棕色的鼻子和小眉小眼一看就是未见过世面的，它只会在白岩这块地方偷苞谷，偷蜂蜜，甚至捣毁山蚂蚁的窝，这样的黑贼简直太胆大妄为了。

它站了起来。它吼。它喘着粗气。它一点都不在乎我的眼神，它反正看不到。它是个近视眼，瞎了，瞎胡闹！

可恶的老熊，它逼近我，谁都知道它的手掌的厉害，它的手掌只要挨着你，你的皮肉就会像豆腐一样掉下一大块。这就是熊的掌子。它像一阵恶风，一巴掌就扒过来了，要不是我躲得快，我的脸也会像一些猎人那样没有了。它扒到了我旁边的一棵树，一棵冷杉，把它的皮扒掉了一大块。树皮粉碎四散飞射时，我的尾巴狠狠地抽了它一鞭子。哈，这一鞭子抽得痛快，抽得它疼，疼愣住了。"这是什么山兽，它握着铁鞭子？"它一定这么想。它愣住后转过头来，又站了起来，鼻子里气咻咻的。我已经站到了它刚才进攻前的位置，我直视着它，我在想着往它的哪个软处下口。

可恶的老熊又一次扑过来了。你别看它笨拙，那是表面的笨拙，它是无比灵活的，有时候——当它受到侵害，它的反击比风还快，没有哪个猎人不怕它的，只要它一枪没被打死，剩下的就该猎人倒霉了。这就是我们神农山区的猛兽。你要它的命时，它也会要你的命。野猪如此，熊如此，虎、豹、犳、狼也如此。

这一次它是无比恼怒地罩向我的，只要一发怒它就会没完没了，以死相拼。我当然不怕它。而它呢，它也不会怕我。我又从它的腋下钻了过去，我没抓住它，它没抓住我。它把另一棵树，抓进去几寸深的凹槽，那也是一棵冷杉，上面留下了它新鲜的夺目的爪印。我也抓到了树，在那棵被它抓掉皮的地方，重新抓了一把，抓出了树筋，我还以为抓到它了呢。

再一次，它抓到了我，我也擦伤了它。

到了第五个回合，我们才都认识了对方，我们不再贸然行动。我们站在各自的树下，中间隔着大约五米的距离，低吼着，有时候也带着一丝儿无法忍受的呻吟。

老熊在死劲地刨地，用以吓唬我。

我也刨地，刨脚下的土石，吓唬它。

它终于明白了，对方的这只山兽是无法打败的。

我也明白我很难让这头呼呼喘气的高大老熊投降。

我们的肉都不好吃。

暮色慢慢垂下白岩，我还没看上白岩的夕照一眼，暮色就在我们的肉搏中来临。

山风忽然加大了，呜呜地吹着，吹得我的伤口发疼，它也疼痛吧，这头大笨熊，它会疼痛。然而这样的僵持不允许我们疼痛，我们时刻警惕着对方，以防再次向自己进攻。

再次进攻是在荒林的鸡叫头遍时。这样的僵持总会爆发的，不是你死就是我活，不是你活就是我死。我们都抱着这样的侥幸开始了第二次战斗。

这次战斗持续了一个多小时，北斗西斜，寒露深重，地上全覆上了一层白霜。树扒了更多的皮，被我们的爪子深入进去了。这一次我们都没有增添新伤。我们开始了小心翼翼的回避，但是气势依然如虹，吼声没有止息。低沉的吼声要尽量引起胸腔的共鸣。

天亮了，我们的脚下已经刨出了半米深的大坑，它一个，我一个。

苍蝇闻到了血腥，还有蚂蚁，还有更恐怖的飞临的松鸦，松鸦的鸣叫是十分瘆人的，它以为又有什么死去了，它们将啄食。在这儿修简易的运木材公路时，松鸦就经常聒噪，因为在山壁上，经常有炸飞的人肉——都是哑炮和失手让炸药炸的。

松鸦的叫声让我的心乱了，它们黑色的翅膀比幽灵更可怕。我痛苦不堪。我想告诉它，我不想战胜谁，你放了我吧，让开一条路吧，我要上白岩，我只想上白岩，并不是掠食者。在这样的时刻我还称什么英雄好汉，没有必要啦。像我这样的命运我还争什么呢？我想告诉它，可它不懂，它不是我的同类，我说什么话都没有任何回应了，没有谁懂我，我的表达，我的语言，豹子的语言。无论我怎么说，那也是一个咆哮的哑巴，我就是哑巴！

又僵持了一天。

我们谁也不相让，谁也不能示弱。我想走开，绕开它。我看到它也想走开，到远处去。可是，我们谁都不敢先行一步。这是十分危险的，谁先走，就是开溜，另一个就会猛扑过去，咬住对方。就是这样，我们只是不停地刨土，打过来，打过去，虚晃一枪也可以，拿树干出气，扒它的皮，抠它的筋。

又到了夜晚。

我们没有进一点食，喝一口水。我们也偶尔睡一会，那也是头对着头，在对方的默视下打个盹，眼皮会时常地睁开，以免对方偷袭。

我们已经达成了默契，我们如果行动，必须出声，吼着，告诉对方，我要行动了。

我们有时是佯攻，有时是真打。因为我们在这种漫长的对峙中都已经到了愤怒的边缘，它会发怒，会的，因此我们就撕咬。

"让开一条路！"我说。

"让开一条路！"它说。

我们听不懂对方的语言。我们只能不停地打斗。打一阵，歇一阵，各不相让。

我真的痛苦。那样的时刻我是说不出的痛苦。何必呢，熊啊，我真的不想要你的命，你先走吧，我不会伤害你。我是想借一个道，一个便道，追猎的英气和贪婪和饕餮早就不属于我了，那样的豹子死了，死绝了，独剩下我，一道衰败的微风，一缕夕照，长着牙齿和爪子的树叶，徒有其表的枯涩皮毛，绝望的影子，流浪的尊严，渐渐消失的秘密，比天空还深的伤感。

我终于冲过去了！我想起我是一只豹子我才冲了过去。这已经有两天两夜。我从自己刨出的一米深的坑里冲跃过去，那头老熊也在自己的一米多深的深坑里往外探出头，但是它已经来不及对我下手了。它也轻松了，呜呜地吼着向低山走去，去掰农人的苞谷。

我是在这年的第一场大雪来临时爬上白岩峰顶的。我走了四四一十六天。我试图从东、南、西、北的四个方向往上爬。我爬过坡度平缓但人烟稠密的南坡，更登过荒无人烟但山势险峻的北坡。我更多的是从绝少围猎危险的北坡与西崖上山。一级一级巨大的台地是我的小憩之处。我滚落过，我又上去了；我颓丧过，我又站起来。

我在白岩高高的峰顶望着脚下及远处的千沟万壑，望着那深藏在岩缝里的蝼蚁似的人群、村庄和炊烟，望着一小块一小块补丁似的坡田，望着蓝色的河流和满头银发的群山。我的身边什么都没有，没有那巨大的城堡和想像中的在城堡里走来走去的人们，他们古怪的服饰，友善的面容和奇妙的音乐都不存在。我只是看到了两个鹰巢，一大群巫婆似的老鸹，一两棵在厉风中独自怒吼了千百年的巴山冷杉，一些杂草，一些光滑的石头。

天气极坏，风雪和泪水迷茫了我的视野。可是，母亲，你站在我们童年的故居望着我吗？假如有夕阳，假如你还存在，你会凝望着我，你的儿子。你一定能望见我！你看到我踏上了只有鹰才敢筑巢的白岩，看到我高昂着头，在你的目光所能企及的地方，在最高处，孤独站着。

我是真正地伤感。再没有一双眼睛了，没有了，没有任何一双注视我的眼睛。除了我。

我摇摇晃晃地下山又花了半个月。我找不到来路，况且我差不多气血衰竭了。我是连滚带爬下山的。我滚啊滚啊，有一天竟滚到了老关的坟前。老关的坟都塌陷了，它的旁边又有了一道新坟。这是他三儿子太的。我完全知道事情的来龙去脉。我是一只豹精了，这儿发生的一切这块土地都会暗示给我。

太有一天和他的嫂子去赶集，他们经过一个叫松冈的山垭时，走进一家包子铺。太的嫂子给太买了二十个腌菜包子，太的嫂子说："你若把二十个包子吃完，我的一袋烟还没抽完，你就不与我们分家。"太从来没吃过这么多包子，这么香的腌菜包子。他想，这些包子我几大口就吃完了，而嫂嫂的那袋烟至少要抽半个钟头。他咽着口水当即就点了头。

他的嫂子的那个烟袋正是他父亲老关的，是那只豹爪烟袋。铜烟锅，小酒盅那么大，太小时候经常被他父亲用来敲脑袋。这烟袋没有成为老关的陪葬，让太的嫂子也就是老关的大儿媳给继承了。

太吃着包子，他以为包子太好吞了，又泡又软。可是那一天他嫂子的烟丝燃得太快。他越来越嚼不动，下颌无力，两颊发酸。嫂子的烟抽完了，那二十个包子总算被太塞进了嘴里。他嫂子磕烟锅的时候，看到这个小叔子头一歪，就困在了包子铺肮脏的桌子上，死啦。他的嘴里至少还含着三个没下咽的包子，两只眼睛鼓鼓地瞪着面前的那个空盘子。

我已不再有报仇的意念。够了，一切都够了。过去，我的幻觉中对我的兄弟唤我"斧头斧头"，我会听成"复仇复仇"。现在，我的兄弟再在我的意识中唤我"复仇复仇"，我听的却是"斧头斧头"。是亲切地唤我的名字，与别人无关。

今夕何夕？如今，我饿坏了。我很难搞到食物，我——这地球上跑得最快的动物，却再也逮不到一只田鼠，或者一头小鹿了。我跑不动啦，我时常饥一顿，饱一顿。好歹熬过了又一年，又一次听到山里春节爆竹的响声，又一次看到春天不紧不慢地到来了。

实话说，山上的野物也越来越少了，有时走上几天，看不到一只，如果多，我说不定广种薄收，能抓到一只打打牙祭。没有了，山下有羊，有猪，可是对付它们就是与强大的人类作对，我不愿冒犯人类，我服了他们，我怕他们。

我恍恍惚惚地经过一条峡谷，是一条干涸的峡谷。我觉得有些眼熟，我努力辨认，才记起这儿是石头落难的地方。然而现在这河里没水了，更没有鱼了。

太阳很好，可它们射出来的光线令人头昏眼花。这么，我晃晃悠悠地迎着太阳走，再一睁开眼睛时，发现来到了一块平原上——我的眼前就是这样，我还站在山边，这块平地很大，被山围着。山上的树木并不多，到处是些灌木丛、马桑、海棠，还有一些不大的毛栗树，一些用来做香菌木耳棒的披头散发的栓皮栎，现在都发出了新枝，喷吐着绿意。

大约是人们吃中饭的时候了吧，山下散落的房子上空飘来的炊烟和腊肉炖土豆的香味勾起了我潜伏的食欲，我有多少天没进食了？我没计算过，反正，我的牙齿已经忘记了食物，很久以来就没有咀嚼过了，它只是在半夜磨砺着回忆。我先是看见不远处一家人家的后面有一只羊。我观察了半天，没有狗，也没有炊烟。没有炊烟就没有人。我慢慢朝羊接近。可是那只羊太大了，那只羊发现了我，拔腿就跑，还发出咩咩的叫声。我只好止步，伏在草丛里，以免惊动了人们，让我遭罪。

羊跑到了屋前，那是我不能去的地方，虽然我没发现有人。

我沿着山根走，一直没有人，这个村庄是如此寂静，甚至狗都没叫一声。这使我放松了警惕。就在这时，我看见了一个小孩。我抬起头细看周围时，看到了一处石头下，有一个坐在地上玩耍的小孩。他是谁？他在干什么？我来不及问自己。我只是看到他很小，大约也就一两岁的样子，他津津有味地玩着一块石头，还不时把石头送到流涎的胖乎乎的嘴里去啃。

我看到了什么？我看到了他的两个耳轮——我当然是先看到他柔软的头发和胖乎乎的脸，再看到那耳轮。大耳轮！老关的耳轮，猎人的耳轮。这是美味！我突然想起了一句话，我记不清是谁这么给我说过："你只有咬住猎物才是一只豹子！"我的天！谁在暗示我？我记不起是谁的声音，我却记起了我现在是谁，是豹子！豹子，两个灿烂的字！好久我都忘了我是什么，我是否还活着，我是谁。我咬住了小孩的耳朵，我的牙齿切到肉的深处，我才记起我是一只豹子！

几乎差不多在同一个时刻，在我咬、小孩叫的时刻，从旁边放土豆的地窖里冲出一个身影，像一头山兽扑向了我。我没有看清楚小孩的旁边有个地窖。我低伏住头，我放开小孩，我用牙齿迎向这个黑影，用尾巴抽它。我与那矫健灵活的黑影搏斗。那个黑影飞上了我的头顶的一块石头，然后飞身而下，我来不及躲闪，我的脊椎就被压断了。我像一张纸一样趴贴在地上，我想站起来，站不起来了，这里的人谁都知道，我们是铜头铁尾麻秆腰。接着，从地窖里又跑出来许多人，雨点似的棍棒砸向我。

我看见了我的母亲。

松鸦为什么鸣叫

忽然下起了大雪。伯纬已经踏上了雪线之上的公路。传说过去翻过皇天垭，再翻过韭菜垭，便有一条通往房县的古盐道，伯纬没有走过。那得走上几天，要经过杀人冈、打劫岭、百步梯、九条命——这是实实在在的地名；九条命是九个背盐工的命，而韭菜垭 20 世纪 60 年代发生的杀死七个人事件却是并不遥远。两个房县挑夫杀了来神农架踏勘的林业部和省林业厅的技术员们（有的才大学毕业，刚刚结婚），那两个挑夫就是沿着那条藏在原始森林的路，挑着抢劫来的钱财往房县逃窜的。现在，那条路已经湮埋在荒无人迹的深山老林中，眼前的这条大道取代了它。深厚的冰，还有路边石崖上的冰瀑，这一线，那一堆。雪花大且夹杂着生硬的雪霰。从这里四下望去，整个皇天垭露出森严的气象，遥不可及的山头和山坳间蒸腾着深蓝色的雾气，连枫杨树也因恐怖而竖起了干瘦的枝条。只有落叶松在舞蹈着，展开玉色的裙子。看久了，它们会成为一群树精。伯纬发现，公路上有影影绰绰的人正在冒雪砌护路的水泥墩子。

这是好事情。伯纬甩了一记羊鞭，怕羊群在人群和沙石堆里走散了。还有一些临时工棚。他很高兴。他看了看那些已经砌好的护墩，先用石头，再周边用一个框子灌水泥沙浆。因为那些木框子就摆在路边，很大很大的一个个，简直像些棺材。伯纬掂量这样的墩子是否能阻挡得了出事的汽车。小车马马虎虎，大车一样会把它们撞飞了坠下山谷。

山上没有草，雪线之上的山头，雪把草都覆盖了，羊没啥可吃的。他赶着羊下了山，他要把这儿的情况告诉家人。

"山上全在砌护路的水泥墩子。"他对他的老婆三妹说，对女儿、女婿和孙子说。

"羊还在叫嘛。"他的老婆三妹从厨房里出来，吃力地睁着被冬天的火塘熏得红肿糜烂的眼睛。

没有谁理他，没有谁在乎他说的这件事：砌护路墩。

他坐在火塘边，开始抽烟。从野外拉屎回来的狗顶开门进来了，伯纬还以为是一只因为饥饿窜进来的羊呢。狗的身上沾满了浮雪，爪子是湿的。伯纬呆呆地吃了几口烟，闻到一股焦糊味。是狗，把自己的毛给烫了。

"如果护路墩这么修下去……"可是他的心情并不那么美观，尽管那些影影绰绰的人和零乱的工地给了他整个冬天的惊喜。雪会越壅越厚，羊的叫声会更难听。砌墩子的工人们会龟缩在工棚里，将那些石头和沙料遗留给翻浆的春天，成为一桩有头无尾的工程……然而事情总在变化。但他已经老了。他吧嗒着烟，吧嗒着吧嗒着，一颗牙齿吐了出来。

早先的伯纬还是十分完好的，光溜的面孔像刚刚换了皮的红桦，两只手十个指头一个也不少，牙齿整齐、耐看，单眼皮，没有多少心思，劲很大。这大概是二三十年前的概况了。有一天，他研究着皇天垭通往村里的那个挂榜岩。油光泛亮的挂榜岩上面传说是一部天书，据说谁研究出来了谁就可能招为皇帝的驸马。这儿的人总爱谈论皇帝，但是他们不知道离皇帝有多远。千百年来，这个傻笑话还真让一些人上当。清朝同治年间，举人坪的三个红、白、黑举人，硬是在这里坐死了。伯纬这天终于看出了点门道。他看清楚了至少有两个字，一个是草写的"路"字，一个是草写的"缘"字。于是，伯纬跑回村里对人说："那上面我认出了两个字！"

村头的皇榜庙已经改成队部了，上头有许多毛主席语录和"大办民兵师"之类的标语。门口总是坐着一些老人和面相疲软而实质凶恶的狗，还摊晒着一些腌制的猪头皮，一些药材如升麻、扣子七、淫羊藿、头顶一颗珠等。狗和大胆的山猫、松鼠在那个小石潭边饮水。这时候，几个老人就笑他，并唆使狗朝他狂吠，他们看不顺眼他，以及他身上不知从哪儿弄来的绿军装。他们说："伯纬，你认得几个字？"他们手头拿着手抄的歌本如《七姐思凡》《黑暗传》，嗤笑这么一个敢胡说的不知天高地厚的年轻人。"草写的？草字不合格，神仙不认得。是怀素的草书呢还是张旭的草书？嗬嗬，哈哈……""如果你也把字都认出来了，皇天垭不知要出多少状元。"

第二天出坡之前，背着大挖锄的伯纬又偷偷地去了挂榜岩，那两个字——"路""缘"清晰地向他迎来。的确是这两个字。满壁都飞动着这两个字：路路路路……缘缘缘缘……

　　二十多岁的后生娃子伯纬背着挖锄并不在乎村里那些人的嘲讪，这没有什么。他若是没认出来，他也不会相信这种鬼话。

　　皇天垭村从山下牵来的路像一条汪亮的绳子，看着那条小心翼翼、大弯大拐的路，人们的眼睛有时会无缘无故地湿润起来。小路爬上了坡上的人家，可它不声不响。溪水跌跌撞撞地把路冲断了，而溪水却依然发出那种不卑不亢的、干干净净的声音。紧接着，路又蹿上了悬崖。一个在路边耕地的农民和他的牛一起摔下了悬崖。那一天晚上，伯纬哭了一整夜。他问自己："莫非我失恋了？"其实伯纬没有女人，没有接触过。

　　过几天，伯纬就要到红旗岩修路了。

　　这完全是一种巧合。

　　公社要人去房（县）兴（山）公路建设指挥部修路，每村至少要出两个壮劳力。队部的庙台上，正在议论伯纬和另一个地主子弟王皋去修路放炮炸石头的事，几个老先生恶狠狠地说，让伯纬去修路，让石头砸死他。

　　早先，神农架可没有这样恶毒的人，现在这种人出现了，他们就像伐木队的恶狠狠的斧头，见什么都想砍一刀，其实他们并无什么恶意。他们看见伯纬和王皋背着行李卷儿离开村子时，打着招呼说："去京城啦？你娃子真有福气，果然要当驸马了。"

　　伯纬和王皋懒懒地沿着山脊的小路走，这是一次寂寞的旅程。要过很多山，要过很多河。要不停地脱鞋，卷裤腿。要认方向，还要砍树砍藤子才能找到路。

　　天黑的时候他们只找到了一个岩屋（就是浅岩洞），只好在岩屋里铺了被子过夜。中午的糁子已经吃完了，再没有吃的，汗在身上作祟，山里全是野兽的嗥叫。伯纬燃起了火，王皋掏出一瓶辣酱来拧开盖子，递到伯纬面前，对他说："你吃这个吗？"伯纬知道王皋一天都没有拿出来肯定是珍贵的，他就在黑暗中把辣酱倒了一点在口里，真香，辣，辣得香。又趁黑暗往口里倒了一些，呱叽呱叽地嚼着。伯纬说你妈做的？王皋说三妹做的。三妹是他新婚的妻子，田三妹。伯纬说嫂子的辣酱做得这么好！看着看着就要辣出汗了，就要浑身通泰了，王皋却突然哭起来："咳咳，这回我死定了。"

　　"你如何能说这种话，怎么死定了？"

"他们不是说要砸死伯纬吗？"

"砸死伯纬又不是砸死你。"

"反正我死定了……"

山里的风像一把剐骨的刀子，卡在石头缝里的松树和冷杉，发出了野狼般的荒吼。伯纬发脾气了，他记得他那一天怒火中烧，狠狠臭骂了一通王皋，击退了鬼怪，以后才捡了条命。而鬼怪附了王皋的身。

"……你是在说屁话伙计！你饿昏了头吗？你趁早闭住你的臭嘴，好好睡觉！"

王皋说："我总觉得我这次是去死的，我真的有这种感觉。可我不能反对，谁叫我是子弟呢。"又说，"兄弟，如果我死了，就剩下一把骨头，你能够用双手把我捧回去吗？"

"好，好。这行，这没有问题。"

"如果你跌了一跤，把我的骨头弄散了呢？"

"够了！散了我捡起来不就得啦！"伯纬冷汗直冒。

"假如都掉下了悬崖呢？"

"我实在忍无可忍了，伙计！"伯纬说，"我把你背回去不就完啦，我死了卵朝天，我不找你。睡一会儿不行吗？你看月亮到哪儿了！"

"那我们起个誓吧。"

"睡一会儿不行吗？"

第二天继续赶路。走到第三天，到了工地。

报到后，两人就分到工程四队去炸岩了。

炸岩就是炸岩。男人炸岩，女人刷边坡、挖水沟、铺路面。炸岩，早晨背了炸药、雷管、钢钎、八磅锤出去，晚上带一身硝烟味回来。全在悬崖上吊着过日子。

王皋怕，他是个胆小鬼，怕炸药又怕悬崖，他曾经说过，我吓也要吓死。上了工地，系安全带、领雷管的时候，先是两个腿发颤，然后全身哆嗦。"我能不能唱一个歌呢？"他唱了许多的歌。王皋有一副好嗓子，可他唱歌就像打摆子。王皋本来想凭他的嗓子去宣传队的，但因为他是子弟，去不了，没人要。刚开始的几天王皋连唱都不敢唱，后来，他的胆子大了，开始唱歌了，先唱《好不过毛泽东时代》，又唱《做人要做这样的人》，再唱："妹妹住在对河坡，喂条黄狗恶不过，别人来了动口咬，哥哥来了顺毛摸，狗儿也爱有情哥……"这是偷偷地唱的，只与伯纬在一起时；神农架的情歌也像丧歌，是如此的哀伤悲切，味儿深厚，但不悠长，好像随唱随忘那歌中情感似的，好像不让人知晓，一个人偷偷唱给自己听似的。

伯纬找后勤组弄了个炸药箱装东西，上把锁就是很好的衣物箱了。王皋不要，王皋宁愿趁休息时去山上砍树，找木工组做了个箱子。他的那一瓶酱，自上工地就不给伯纬吃了，放在自己的木箱里，躲着伯纬偷偷地戳几筷子。

四队是专在崖上打点炮的，就是在崖上打了落脚点，炸宽了，让二队来放坑炮，也就是打竖井。四队干的是下地狱的活。四队差不多全是子弟，还有不少从宜昌来的劳改犯。因此工地上就流行一个歌子："洋二队，土四队，不土不洋是三队，久经沙场数一队。"

王皋学会了这首歌，就天天拉长喉咙唱这歌。他一定是在感叹自己的命运。有一天晚上，睡在另一头的王皋蹬醒伯纬说："我梦见了死人，全是死人。"

伯纬说："你是醒着的呐。"

"我梦见河里伸出好多手来，拉我们崖上放炮的人。要死人了。"

"你分明睁着眼睛说梦话。"

"我一眯着就全是那些手，肯定要死人了。"

"我看你要发疯了。"

"我估计也差不离……"

第二天，在竖井里放炮的二队，炸飞了六个人。对面的崖壁上到处贴着炸飞的肉，树上挂着炸飞的膀子和腿。

四队跟二队隔着一点距离，听到地动山摇的爆炸声王皋就吓软了。两人在悬崖上一个掌钎，一个甩锤。掌钎的王皋把钎都吓掉了，掉进了万丈深渊。那些炸飞的人伯纬他们都见了，看见一些人的肢体飞到对面崖上去，有一个脑袋——就一个光秃秃的脑袋，往崖上飞去，好像要啃那儿的一棵倒挂香柏。伯纬定眼看，那脑袋果真啃住了香柏，没有身子，切切实实的一个脑袋。接着，松鸦就铺天盖地来了。这些松鸦，它们先前藏在哪儿呢？说来就来了。

松鸦的叫声又嘈又乱，还有那些嗡嗡作响的爆炸回声。王皋的钢钎又掉下了崖，两人只好荡绳回到半山的一个凹处。

"伯纬我们还活着吗？"伯纬就听见王皋用几乎是被石头埋齐脖子的声音沙哑低细地说。王皋的手抠在一个石缝里，另一只手抓着伯纬背上的绳子。

"你唱，你现在正是号丧的好时候。"

"我不想唱了，活着比死了还可怜。"

峡谷里黄烟不散，一股股浓郁呛人的火药味让人忍不住咳嗽，风好像也突然没有了，风也炸懵了，松鸦们的翅膀在烟雾中扑腾，看得到它们灵巧的头，黑色的羽。渐渐地，硝烟散去，更多的松鸦正在石壁上寻找那些血腥和碎肉，它们四处乱撞，哇哇哇哇，你可以听出是一种慌慌张张的狞笑，一种不能自持的幸灾乐祸，哇——哇——

他们静静地、无望地听着。看着那棵香柏上的头掉下去了，一群松鸦利箭一样地跟着，笔直地插入峡谷深处。

伯纬那天听见王皋自编了一首用"哭嫁歌"唱出的歌子：

神农架山高坡又陡，

羊肠小道难行走，

一年到头修公路，

修到何时才出头……

伯纬说："你还不如唱'狗子也爱有情哥'。"这时候，伯纬看见王皋的腿不颤了，正拼命地伸出一只手往悬崖边挤！

王皋想干什么？王皋前面有一块花布，挂在悬崖边的一蓬匍地蜈蚣上。在这样的时刻出现一块花布，在这么荒僻之处，在上不沾天，下不沾地的地方。伯纬想阻止王皋去得到那块来历不明的花布，可是王皋的手已经攮到了那块花布。是从哪儿飘来的呢？王皋兴奋地说一定是头上砌护坡的女工掉下的，而伯纬想，说不定是咬着香柏的那颗人头上飘下的呢？

没有血迹，所以他高兴，也不发抖了，大嚷道："给三妹做件小褂子还有多的。做娃娃服最好。"娃娃服就是女人们当时穿的一种胸衣。

王皋把花布揣进了怀里，这天回到工棚，王皋就把花布悄悄放进了箱子。

追悼会和誓师大会是经常开的，不过像这一次这么多棺材还没有过，还出动了直升机，听说是从武汉飞来的，停在山顶把一些伤员运走了。王皋见死了这么多人，就不敢晚上出去尿尿了，找后勤班弄了根废板车内胎，剪断，从床边的棚壁上挖个洞，通到外面。这一下厕尿方便了，可是没两天，那日晚上厕着厕着，尿漫上了床铺，王皋在半夜时分大喊："是哪个坏蛋搞了破坏呀！"原来，有人开了个玩笑，在外头把他的废内胎打了个结。又过了两天，王皋打开箱子时，那块花布不见了，成了块桦树皮。王皋当时愣在那儿半天，脸白了，气急了，对伯纬说："我碰上了岩包精。"

那一天王皋就恍恍惚惚的了，丢三落四，上工去的时候竟然没穿鞋子，队长要他领五个雷管他领了八个。那天他的任务是挑竿炸石。就是竹竿上挑一包炸药，在隐蔽处贴悬崖炸，炸出石窝子能踏脚后，再去打眼。王皋用竹竿挑了炸药，荡下绳子就下去了。他点上了火后炸药不响，他以为自己未把引线点燃，从岩边伸出头去看竹尖上的炸药，头一伸出去，炸药响了，他的半个头也没了。

伯纬那天在崖顶作业，他伤了风，又腹泻，与一些姑娘运石渣。死人的事是经常发生的。工地大了，死个把人不稀奇。但死的是王皋，这就不同了。晚上他对木工班两个专门做棺材的师傅说："王皋的棺材就不做了，我背他回去的。"

他把事情的原委一说，指挥部就准了他几天假，要他把王皋背回去。

因伯纬与王皋打伙同睡，他留下了王皋的棉絮，拆了包单子，将王皋一裹，用麻绳捆得严严实实。这之前，木工班的师傅给王皋雕了半个木头脑袋安在他头上的缺损处，再用一条劳保毛巾一缠，也看不出缺损了什么。就这样，伯纬背着王皋的尸体就上路了。

太阳牛卵子热，农历九月的太阳为何还如此浓烈呢？不过你只有爬山，背个百把斤的东西才会觉得太阳还存在并且有夏季的企图。其实太阳是不动声色的，是你冒犯了太阳。只要你坐下，山风一吹，又凉了，背脊上、胯子里的汗变成了恶作剧的凉水，就是这样。

烘热的秋天是因为山要成熟，山要把东西蒸熟，只剩下最后一把火了，或者火烧完了，要焖一焖，要等它跌气，东西就能端上桌了。所以伯纬有时歇下来摘"猫儿屎"吃时还是发涩，五味子又酸，苦李苦，棠梨像木渣。能摘到一串好五味子，他就连籽带皮都吞进去。

进了河谷的时候，他数了数，至少有七八只松鸦跟着他，在他的前后右怪叫。它们闻到了死尸的腥气。伯纬不敢肯定，这些松鸦是不是从他启程时就跟上了，盯上了，还是在半路上招惹了它们？伯纬望着它们，比它们的叫声更响亮更悠闲地说着话："别开洋荤啰！我会把王皋给你们吃？"

九月，连老林子都是明亮的，空气里流溢着干燥的、带点酒味的气息，像谁的酒坛打泼了。山楂和红枝子、蔷薇都成熟了，一串串地打着他的脸，它们喧宾夺主的气势把空气都映红了，并且让人精神抖擞。第一天走得还算轻松。说轻松，是因为王皋已不能说话了，这使伯纬觉得他背的并不是一个人，而是一捆山货，药材啦，苞谷啦，门枋啦。想怎么背就怎么背，横着，顶着，扛着，夹着，都可以。过去背门枋时，一根至少有一百八十斤，可小小的王皋满打满算不过一百一十斤甚至更少。第一天下坝店，过响水河谷，再走庙垭，邱家坪，到了赵家屋场——不知不觉已经近晚了。他才想到，他得喝水，他得吃东西，烧两个苞谷也可以，最主要的是，抹汗睡觉。

这怎么睡呢？他在赵家屋场的山脊上看着那山坡上的两三户人家。没有炊烟，狗正在远远地朝他吠叫。我总不能背个死尸进门讨歇吧。我把他藏在人家菜园边，放在老林里？半夜被野兽啃了那我不白背了，我怎么好跟王皋家人交差呐！

正在犯难的当儿，他看见了不远的石崖下有一汪水，在暮色中泛着美妙的白，他先不想那些，就走下石崖去水坑里喝水。他埋头喝了一气，直喝得打出嗝来，再洗脸，洗身上的汗，人就轻松多了。恰好水坑边有人点种的矮苞谷，掰了几个，半生不熟，汁儿也是麻涩的。吃到后来，吃出点味来了，竟把个肚子撑饱了。再下面，有一个牛棚，他把王皋背起来，钻进去，找了些干草塞在自己的背下，一躺就睡着了。

年轻的伯纬一觉睡到大天亮，醒来时霜色镀银。他迷迷糊糊地不知自己在哪儿，回头看到那捆被被单裹着的东西，想了半天，才想起是被炸死的王皋。

"王皋！王皋！"

他赶快看王皋被野物啃吃了没有，翻来覆去后，总算松了一口气，心想，今晚一定放到人家里去，保险些。

早晨，依然照晚上的办法，吃苞谷，喝水，然后准备翻猴子垭。

再想背起王皋，背不动了。

我昨天背得动，而我今天就背不动了？伯纬十分诧异。我还是我，为什么我今天就背不动了呢？这样的问肯定会把他问得挺起腰杆来。背了几步，又背得动了。

天是晴的，而且是大晴天，晚上好像下了一场小雨。

"王皋，你不要吓我呀，我是把你背回去的，你不要耍鬼板眼，我晓得你喜欢开玩笑的。你再一用劲，老子就把你丢下崖去，让你喂老熊了。我把你丢下去，哪个晓得，给你妈讲，给三妹讲，说是把你埋在半道上了，死无对证，你把我有什么法！"

这样一说，王皋就不在背上作怪了，服帖了。趁着晨风背了三里地，就闻见了臭味。

昨天的七八只松鸦还紧紧跟着他，而且老飞在他的前面，好像知道他该怎么走。伯纬说："叫吧，叫吧，让你们饿死！"他放下王皋休息，发现被单里的王皋发胀了。"怪不得这么死沉的。"他说。

上猴子垭的路有时候陡，有时候平，有时候还有那么点儿下坡。喘口气的下坡，迂回的下坡，死尸在背上就很轻松，还有弹性，伯纬就会感谢他。再上坡，又沉了，伯纬就吼了："不要作法，啊！"伯纬想到兜里有王皋的一个酱瓶子，瓶子里还装着由花布变成的桦树皮，他是把它紧紧盖着的，现在他想把它打开——当然是在看到对面坡上有两个人干活的时候，他把树皮取出来，为了压邪，在皮上吐了口涎水，插在捆王皋的绳子里。

"王皋，我晓得你哪个都不怕，就怕岩包精。"

这么说着，浑身的皮肤有点发紧。他把桦树皮又抽出来，放在地上，狠了心，咬破了一块指甲皮，挤出两滴血，滴在桦树皮上。

没有什么变化，没有现原形。他对桦树皮说："我是不怕鬼的，你只管管好王皋这王八日的，他怕你。"

他这下狠狠地把桦树皮插进了绳子，拍拍王皋，扛起他来，分量的确轻了许多。

路时阴时阳，时阴的地方一色的高山栎和刺叶栎，青枝绿叶，长得比春天还好。时阳的地方混杂着灌木和小乔木，落叶的，不落叶的，浆果、核果、坚果，什么都有，都在加紧与太阳勾结，圆满自己的野心。

只有令人头晕的死寂留给了山路。伯纬就对王皋说："伙计，你唱点什么好？"

尸体没有任何动静。莫非他要激将？于是戳着包单子，说："几只鸦雀也比你唱得好，至少，它不会像你总是吓得屁滚尿流的。"

想到了什么，伯纬哈哈大笑起来。伯纬换了个肩继续说："我不喜欢你唱鸡娃子的洋二队土四队，洋二队又怎么样？死的人比咱们多。我还是喜欢你唱'狗儿也爱有情哥'……狗子也爱有情哥？那是想舔他的卵子……你个哑糊苕，唱出这样的歌来，我唱一首，包比你的有味。"

伯纬突然扯起喉咙就向山冈上喊了起来：

十八姐儿二十岁的郎，

一夜摇断九张床。

打一张铁床摇断榫，

开一个地铺蹬倒墙。

伯纬喊得青筋暴胀，声音是直的。伯纬发现泪水沿着他的面颊往下淌，伯纬腾出一只手来揩泪。伯纬稳稳地踩着石头。伯纬下陡坡了，伯纬说："王皋，你一句话，就让我今天要背你。昨天我也在背你，明天也要背你。明天背得到家吗？王皋，我答应的事我做了，我不骂你，算我倒霉了，臭得稀烂也要把你背回去的……"

伯纬越想越伤心，把王皋往地上一扔，指着他说："我臭了你会背我回去见我的爹娘？为什么我硬把你丢不下？听听吧，听听天上是什么在叫吧，已经两天了，我又没有枪。我用石头吓唬不了它们。你死了，我疯了。我前世欠了你八斗，还是欠你五吊……你还是个饱死鬼咧，你鸡娃子跟标致的三妹睡了，你还是个子弟都跟她睡了，我贫下中农没摸到女人一根毛。你鸡娃子今天给我老实交代，你跟三妹摇断了几张床……"

苍蝇出现了。他看见了苍蝇，在松鸦混乱持久的叫声中。那些个顶个的苍蝇，跟吸花蜜的蓝喉太阳鸟差不多大。

他重新背起了王皋。

从东南隘口吹来的风简直像一千头怪兽，横扫千军，把身体的热量一下子掏空了，人歪歪欲倒。怪模怪样的巴山冷杉吐出了怪模怪样的嚣叫声：呜——呜——头上的那些松鸦也在怪叫着斗风前行。它们因为无处下口被激怒了，加上这阴森的风，让它们突然变成一些可怜的小飞虫，没有吃食，疲惫，绝望，不耐烦了。

伯纬前倾着身子，他都扛不住了，背上还压了个死尸。他想今晚在这个鬼地方非得借宿了，不然他会冻死。前两个月那么炎热的天，几个四川来的采药人，就在凉风垭遇冰雹冻死在山洞里。神农架的夏天冻死人并不稀奇，何况现在已经到了深秋。

只有绕一里路到杨爹的家里去。杨爹一个人住在东坡，拐木为火，挖芋为食。听说他有个儿子，但谁都没见过。

一颗亮星出来了，猛一抬头，又看见了一轮满月。天空呈捱黑前的蛋青色，单调寥阔。天的确要黑了，还没有见着杨爹的屋影，就听见嘣的一声，麻耳草鞋的耳子断了，鞋散了。他把王皋放在一个坡上，四处去寻葛藤，用藤子把草鞋绑在脚上。走了几步，不对劲，硌人，比石子硌得还疼。只好停下来。一只有鞋，一只赤脚，伯纬欲哭无泪，走不了。此时冷月隐藏在冷杉林间，像一只鬼鬼祟祟的豹猫。伯纬对搁在树干边的死尸说："王皋，碰上老虎，我只好把你扔下了。"嘿，这时他瞅见了王皋脚上的一双鞋，是解放鞋，指挥部给死者发的寿衣寿鞋，不管三七二十一，就去扯他的鞋，"嘿嘿嘿，伙计，借我用一下，我背你，又不是背我自己，费鞋。"扒了王皋的鞋，两人互换了，让王皋穿上那双破草鞋，自己套上新解放鞋。耶，夹脚，蜷起趾头凑合，踏在地上舒坦，摸夜路也不怕鹅卵石子了。

一条疯狂吠叫的狗也无法阻挡他去拍杨爹的门。杨爹的门没有关，他一头闯了进去，并麻利地把王皋塞进了门旮旯里，神不知鬼不觉。

杨爹在吃什么或者已经吃完了，他放下筷子打量着进来的伯纬。他是一个五十岁，也许六七十岁的荒废了的老头儿，头发荒了，眼神荒了，动作也十分荒，牙齿外露，微笑，不停地咀嚼。

"喔。"他说。

"我从红坪来。"伯纬对他说。

于是伯纬坐下了，看着他的碗。碗是破的，筷子一支红，一支白。他的衣裳是破的，手也是破的，结着血痂，还有许多泥渍。他站起来，有点步态不稳，用巴掌的下部揩着鼻涕，同时唤狗。狗来舔他的碗，舔干净了，他收了碗放到窗台上，摇摇晃晃地钻进床铺睡下了。

没有灯。伯纬只好把火塘的火加大，吹火，又从墙角的一个畚箕里抓了几个洋芋埋进火里。

"你就这样睡了吗？"伯纬朝他说。

杨爹没有说话，好像在整理床铺和衣裳，发出木板压榨的痛苦响声。

"我莫非今晚要坐一夜？我也要睡觉！"

他赶紧翻洋芋吃，生的熟的半生半熟的就那么吞。然后找盆子洗脸，也不管主人的毛巾有多腻多脏了。他舒舒服服地洗汗，发觉狗盯着王皋！

"喊！喊！"他用毛巾小声而严厉地赶狗。

门没有闩，他索性把门大打开了，用手示意狗出去。

狗并不出去，哑哑糊糊地望着他，又看着那被单里捆着的东西淌涎汁。伯纬想着怎么把狗赶开，他跨出门槛，在台阶上故意褪下了裤子蹲下。这一招很灵，狗以为伯纬要拉屎了，赶快跟出去候在伯纬身边。伯纬瞅准时机，冲进屋里，把门关上，狗被关在门外了。

他摸索着上了杨爹的床，试试探探地挤出了半边被窝。他睡着了。突然，在洪荒烟云的梦中舒服解乏的伯纬感到身上的某一个部位焦辣火疼，醒了，抽着冷气想想哪儿不对劲，是卵子，喔，是卵子。可恶的杨爹把他蹬醒了。他听见那老头结结巴巴地说："你你你好臭……好……好臭……"

我好臭吗？伯纬完全清醒了。他妈的，我好臭？黑暗中，他也闻到了一股从哪儿飘来的臭味。伯纬只好坐起来，因为横蛮的杨爹将他快要蹬下床去。

这样的哑糊苔还能闻出臭味来，证明他过去是打猎的，鼻子跟狗一样灵敏。他抱着双膝，狗不停地在外面啃门，并发出求救的呜呜声。杨爹的耳朵是聋了，要不然，狗一进来，什么都完蛋了。

他听着狗啃门的声音，缩在床头的一角，再试着重返被窝。睾丸疼，迷糊了一会，天发白。他只好下床，喝了一瓢凉水，揣了一大兜洋芋，背上王皋，开门就走。

晨鸟的啁啾不一会被远远近近的松鸦声代替了。松鸦又与他会合了。这一口气走了几里地，穿过了阴魂岭、八人刨、锅厂河，又上了狼牙尖。嫣红的晨光全贴在狼牙尖上，灿烂夺目。因此群山向阳的一面该白的白了，该红的红了，该黄的黄了，该绿的绿了，袒露出它们坚硬的气派来。而在背阴的一面，一切似尚在沉睡中，被梦魇陷得很深很深。

"嗬嗬，"他对王皋笑着说，"我为你鸡娃子背了黑锅，害得老子差一点没得后代了。喂，听见没有，你说怎么补偿我吧，我没有别的要求，我不要你整十盘八碗，也不要你提烟提酒，借你的三妹陪我焐一夜脚……不同意？不表态……嘿嘿，小气鬼，一瓶酱都舍不得的，还舍得把老婆给别个睡……"

天又变了，下了一场呼呼啦啦的雨。天又晴了。但是雾气上来了，两米开外不知是人间还是地府。他在寻脚下的路，扑通一跤，跌了个嘴啃泥。在雾中摸那个长长的包裹，不见了。

雾越来越浓，一时半会儿摸不到那个人了。他喊："喂，王皋，你躲在哪儿了？你还有心思给老子躲猫迷！"

伯纬的膝盖不听使唤，破了，流血。雾慢慢消散了，他顺手就扯到了几根地锦草，又捋了几片南星叶，放在嘴里嚼烂，敷在膝盖上。血止住了。他又用一片南星叶盖住伤口，找了根藤子系住，再去找王皋。

王皋掉到悬崖下去了。

不过不是直陡的，又有树可以攀爬。就往下蹭去，从一蓬华钩藤刺蓬里扯出了王皋，扛起，往上爬。这一趟损失了伯纬的许多气力，上了崖人就虚脱一般冒黄豆大的汗珠。而松鸦的叫声现在变得更凄厉了。在这没人的老林中莫非它们要作法了，唤什么东西来加害我？

伯纬一定要甩开它们，伯纬发了狠，要走得比松鸦还快，要甩开它们，甩开它们！

老林的阴影只会越来越淡，天空会豁然开朗。他的腿有劲，像风钻一样要钻透恐怖的老林。

他跑，他拼了命。有时候把命赌上了，风就呼呼地向后面倒去，再沉的东西都没了分量。看不见任何东西：鬼、怪、老林子、野物、陡坡和河水。

松鸦在前面等着他。松鸦在出隘口的树林上叫得正欢，还有杜鹃的叫声，斑背噪鹛的叫声，长着红尾巴的林鸲的叫声。可是，它们的叫声为何如此狂乱？

他的眼睛在换肩时被王皋那破烂的身子挡住了，前面好像有个影子，一瞬间的揪心感觉让他抬头就直击到一头红鼻子的老熊！

"我的命苦哇！"他轻轻地叫了出来。

老熊站着。他也站着。他跑不能跑，动不能动。他背着那么沉的一个死人，可他不能动。他知道，他爹就是个老猎手。他爹反复告诉过他，见了熊你千万不要动弹。熊是不吃死人的，它不会吃王皋，它想吃的是背王皋的人，活赳赳的伯纬。可你不动，你只管盯着它也是有用的，野兽都怕人，没有不怕人的野兽，包括老虎。只要你不去先伤害它，它是不会主动攻击你的。爹曾经碰到过一群野猪，硬是一双眼睛把它们盯跑了，但老熊服这个吗？你盯着它，它是个熊瞎子，屁用！

伯纬还是要盯，不动，像一根树桩。熊也盯着他，熊站着就像个人，像个绅士，老林中的绅士。现在，绅士要走了吗？绅士没走，小眼睛眨巴地望着伯纬，温和，淳朴，憨厚，暗藏杀机。

伯纬快疯了，他的腿正在被什么东西掏虚，肩上的那个死人像一堆石头压着他。他要成为那个死者的垫背人，与那人一起到地府同游。

阳光从老熊的背后射过来，毛茸茸的影子就落在伯纬的脚前。它在移动吗？慢慢地，那个影子与他拉开了距离。红尾的林鸲正在啄一只松鸦，也许它也太紧张了，而松鸦的叫声让它讨厌。老熊在一棵被人伐倒后已经腐烂的大铁桦上斜斜地站着，歪过头朝伯纬最后看了一眼，就蹿进了一片冷杉林中。

伯纬依然一动不动，脚下像生根了一样。后来，腿一软，王皋把他压趴在地上。

伯纬送回了王皋的尸体，路就打通了最险的红旗岩，看着看着将要翻过皇天垭了。伯纬高兴了，春节也不回家，就在工地上值班。

晚上大家吃肉喝酒，喝多了酒，到了十二点，远近的村子里都响起了"出行"的鞭炮声，工地上没鞭炮，伯纬高兴，就摸出两个雷管出去甩。开了门出去，那天晚上下起了大雪，冻了凌，他一脚没踏稳就摔倒了，两个雷管在手上炸了。

伯纬在黑暗中绝望地喊："完了！"他爬起来围着工棚跑，双手疼痛，跑了一圈又一圈，手上的疼甩不掉，十个指头都炸得筋筋吊吊。值班的人跑出来寻他，拉他，拉不住，他疼，他说："娘耶，给我拿点毒药来喝吧！"

一辆指挥部的汽车到三点多钟才把他运走。这辆苏联嘎斯车的师傅大家都叫他阎王爷，专门收尸的。工地上死了人，都是他的车拖，且只有他敢走夜路，凌多厚雪多深他都敢走。伯纬一上了他的车就被他吼了一顿："我说你别号丧了，我跟你说，哭也要三个小时走，不哭也要三个小时走。那还得看车况和路况。"

伯纬不能不哭，这样的时刻一双手都没有了会不哭？傻子哑糊也要哭。哭到医院，四肢就冰凉了。伯纬醒过来是因为医生撬他的牙齿。他听见医生说没有血输，都在过春节。撬他的牙齿是让他吞一种强力养血丸，一颗又一颗，吞了一大把。那时他已经在手术台上了。一个医生说："这下麻烦了，这毬人醒过来了，又得费麻药。"于是要他坚持住，便往他鼻子里灌麻药。边灌医生边问："还疼不疼？"伯纬说疼。另外的医生就用一个铁夹子夹他的脖子，不让他摆头。灌麻药的医生又问："你的手是怎么搞的？"伯纬回答说是雷管炸的，医生问："你结婚了没有？"伯纬说没有。医生又让他数数字，一、二、三、四、五、六、七……三十三、三十四……大概数了不到五十下，伯纬就被麻翻了。

伯纬再醒来看到的世界很有点异样了。这源于他的手，他的两个手五花大绑，伸出四只角来，那就是手指，其他的手指没有了。这四个手指还是嫁接的；嫁接了五个，有三个没活。谢天谢地，活了的是右手的两个，一个能动，一个上部分能动，实际上是一个半，这是后来的情形。他看到了他的哥、嫂、爹。伯纬血流尽了，血管细得像头发丝，全瘪了。给他吊点滴，只好在脚踝那儿切开一条口子进针。

伯纬不让进针，蹬那个针头，喊道："让我死，死了好些！"他的哥和爹把他按不住，叫来两个年轻力壮的医生，把他捆在病床上。医生说："不进针你感染了烂死。""那也比活着好！"他在绳子里哀鸣。捆了他五天，把他捆服了，脸上渐渐有了一点人的颜色。针允许打了，也咽粥。

田三妹提了十二个鸡蛋来看他。六个没煮，六个煮了。没煮的要他早晨喝生的，说是补血的。田三妹说："是我妈让我来看看伯纬兄弟的。"伯纬躺在床上嘀咕说："只怕是你妈让你上街来换盐的吧。"田三妹说："绝没有这回事。"说到后来，她就哭了，她站在伯纬的床前，拿着他包得像一株包菜的手，只是哭，又不说话。这让伯纬难受，伯纬也就拍着床沿号啕大哭，谁劝都劝不住。他说："谁说王皋不是享福去了，我这哪还叫人哪！不就是一只鸟了吗？只能用嘴啄食了，我又没有鸟嘴那么硬那么尖，鸟吃那么一点点就饱了，我若再每天吃那么几大碗，谁给我吃啊！"

家里人说："我们养你。"那是宽他的心。

伯纬能端碗了。在手术台上医生就给他的左手残掌设计了一块平掌，然后用两个残指一卡，还行。

伯纬用勺子吃饭。伯纬穿橡筋裤。伯纬拿勺子拿一次掉一次，苞谷粥溅得他满脸都是。他后来笑了，他说："我像猫子舔食。"

伯纬出院回到了村里，村里人一见他那一双手，白净的脸上也没有了阳气，都说，伯纬要到宜昌讨米去了。

"伯纬怎么还没有走呢？"

他们后来看到伯纬上了山。他不是去修路的，他在砍竹子。

他砍了竹子，他研究砍刀。他最先研究的是砍刀，怎么抓住它，怎么用力。好歹砍了一捆，放在爹的屋山头。

砍刀的柄细些，能抓住它了，跑不掉了，还没让血痂掉壳，又去抓斧头，用斧头砍树。

伯纬在清晨的山上嘿嘿地砍树，砍得木屑四散飞溅。有人看见了，那些下地的人，看到的是伯纬在砍树，而不是别人，伯纬用什么攥斧头呢？他们左看右看横直看不懂，雾气和树枝挡住了他们，可的确是伯纬在砍树。一棵树倒下了，期期艾艾地让葛藤左牵右绊，倒了很久，总算倒下了。

伯纬扛着犁上了山。伯纬还能拿犁？莫非还能甩响牛鞭？牛鞭是在夕阳下山的时候响的，牛铃也响了，那是伯纬赶着牛回来了，犁尖上缠着新鲜泥土的气味，这表示，他耕过了。

他像一个什么也没发生的人，一个出坡、吃烟、喝瓦罐茶，然后回家弄点小酒喝喝，吃饱了，在门槛上抽袋烟睡觉的地道农人。他能干，残指、残掌、腕儿、肘、膀、腋窝，都帮他重新认识农具，一桩桩，一件件，漫长的认识，用血，用茧，用咬牙切齿。

他每次出坡都背一捆竹子下来，还背一捆茅草下来。

有一天他突然说："爹，我们分家吧。"

他爹他哥吓了一跳，"分家？你自己吃？"

"我当然自己吃。"

他要在屋后的坡上搭一间茅屋。家里只好给他搭了，全是他自己从山上弄来的料。然后，爹和哥给他一床被子，一张床，五个碗，一口锅，还有一个吹火筒。后来爹把自己烫酒的小铜壶也给他提来了，说是他变天时手疼，喝点酒活血止疼。

他开始刨洋芋自己打火做饭。可他抓不住洋芋。他练了很多天，还是抓不住。上山又把裤裆挂破了，不想给嫂子去补，自己补，可他抓不住针。他把很大的工具都征服了，但征服不了洋芋和针。

洋芋是生命中的生命噢，可是我奈它不何；没有针，我的体面就没有了，我不能强作镇静，出坡，到人家里吃酒，揣着手在裤兜里晃来晃去，我还是个叫花子。伯纬捧着针线，泪水簌簌地往下落。

三妹的公爹用儿子王皋的死亡补助款烧了一窑木炭卖给已经到了皇天垭的修路指挥部。第一窑没事，第二窑刚点火时，支书派人来给他的窑里丢了三枚雷管，然后说他家开地下工厂，没收了他家的房子，把他全家赶到村里一间四壁透风的锯木场里。

已经到了四月，可山上的雪还没有化，从垭口那儿吹来的风依然是雪风，不仅仅是半夜凶猛，有时白天也狂暴，锯木场里陈年的锯末被吹得满天都是，背阴的地方依然滴水成冰。三妹和公爹公婆及弟妹们一大帮子，还有王皋的一个哑巴叔叔，都挤在锯木场里，盖着单薄的被子甚至是稻草。

　　伯纬见了三妹，看着她已经出怀了，鼻子和眼睛冻得通红，偎在稻草里，就对三妹说："到我窝棚里避避寒行吗？"

　　他于是扶着手脚麻木浮肿的三妹到了自己的茅屋里。

　　开春了，挨了几次批斗又要不回房子的三妹公爹一家，要搬到巴东去了。巴东来的亲戚有十几个人，十几个脚篓来搬锯木场的东西，桌椅板凳，犁耙锅灶，还有两张矮床，一口三妹与王皋结婚时嵌玻璃的红漆柜子。十几个人要背着那么大的东西翻山越岭，要从鸦子口进去，要走大龙潭、小龙潭，过巴东垭、三十六把刀，再过长江。

　　三妹的哑巴叔叔来喊她，咿咿呀呀地比画说："东西都走了，你也要走了。"

　　四月莫非是搬家的季节？映山红在山岭上一下子全绽开了，推开腐叶枯枝，推开藤蔓浓雾，翻出了春的衣物，要晒一晒两百天漫长的冬季了。

　　三妹跟着王皋的哑巴叔叔走了，一步一回头，身上背着小巧的花篓，花篓里装了些伯纬给的洋芋。那是他自己种的。

　　可是到了晚上，三妹又出现在伯纬小屋的门口了。

　　"你怎么又转来了呢？"伯纬从火塘边拿着一把正砍柴火的斧子站起来迎接她说。

　　"我给你把洋芋都刮了，我给你煮洋芋吃吧伯纬。"三妹的袖子上别着一根针。针到了女人的手上，熠熠闪光，女人楚楚动人。

　　三妹留下来了。

　　那天晚上没有被子，两人只好滚在一床垫絮里。伯纬说："没一床被子，我过意不去。"

　　"这好。"三妹说。

　　"我也不会花言巧语，"伯纬说，"有一颗米，我掰半颗米给你和娃儿吃。我会凭良心的。"

　　"那就把你受累了。"三妹抹着泪说。

　　伯纬上了山，他要刨地种苞谷。他背着盛种的袋子，背着挖锄出门。三妹拉着他的手说："这一双手怎么挖得出土？"

伯纬说："我总要让你和娃儿有饭吃。"

那一天，伯纬烧了一块火田。他把看中的坡地四周砍出了一道防火墙，然后点火烧山地上的灌木、下木和葛藤腐叶。三妹跟着伯纬去了，她的镰刀也割倒了一些能引火的葛藤和枯枝。那一天把天都烧穿了，那一天的火真大。那一天三妹露出的歌喉让伯纬都惊住了：

> 口衔种子手扒窝，
>
> 上山种下苞谷坨……

伯纬说："三妹，你唱得好哇。不过我还是喜欢听王皋唱，王皋总是发抖，可他发抖唱的歌最好听。那叫什么……那叫颤音。"

三妹说："王皋的歌是我教的。"

"我早就知道了，"伯纬说，"不过还有一个歌你教不了：洋二队，土四队，不土不洋是三队，久经沙场是一队……还有一个：神农架山高坡又陡，羊肠小道难行走，一年到头修公路，修到何时才出头……"

"公路已经到挂榜岩了。"

公路的确修到挂榜岩了。炸石的声音轰——轰——从山隘口腾起的黄烟和碎石，一直溅到了他们的坡地边。伯纬边挖树苑边说："那都是我们修过来的。"他往手掌上吐了几星唾沫，三妹看到，伯纬的掌心全是血，他压根儿就没有掌心。

"你还能不能唱一点什么呢？"等炮声止息了，伛着腰挖地的伯纬对三妹说。

在地的另一头的三妹大声说："生个儿子长大以后让他来养你，给你还债。"

伯纬抬起头，他听清了。"难道不是我的儿子？难道不跟我传宗接代吗？"

"你是个好心人，伯纬。"三妹说着说着就哭了。

晚上挂榜岩那儿的锤声叮叮当当，三妹就在锤声里生了，生了个妮子。

妮子瘦得像根筋，除了眼睛像人，其他都不像人。

秋上，伯纬从山上背回了七八百斤苞谷，卖了给妮子去治病。在镇上治了五天回来，一家三口没了吃的。伯纬又背着背篓给道班去背碎石子。伯纬用在风雪中背上坡的石子换回了苞谷，磨了粉，做成了糁子糊糊，给差一点拉痢疾死掉的妮子吃。伯纬的手指已经扣不好扳机了，就挖了几个陷阱逮野物。他在山上的窝棚里守了三天三夜，总算逮住了一只青麂子。那一年的冬天青麂是怎样掉进他的陷阱里去的，简直是个神话。冬天里，麂子加糁子，还有什么话可说呢。

第二年春天，又烧了一块田。一场雨下来，火田里生出了一大片油亮亮的油菜。哪儿来的油菜呢？又没下种。这就怪了。嫩油菜掐了菜薹，再长成菜籽，收割了换油，三妹的肚子还是瘪的。

运木材的大汽车轰轰隆隆地开进了山了，又开出山了，一车一车带着树脂死亡芬香的大木头碾压着新开的碎石公路，好像要从山上栽下来一般往香溪河开去。一天，伯纬家的一条母狗也跑上公路，去看热闹，一下子压伤了屁股，两条后腿就没劲了，拖着爬了回来。

狗快死了，后来又活了，支着两条前腿。母狗有两只小狗，因母狗的后腿萎缩，哺乳的奶也干瘪了，两只小狗还是去吮，伯纬见了就踢小狗，说："就往裆里钻！"还踢那条母狗，"生这么一窝，好像就你能耐。自己都快死了。"狗被踢得嗷嗷叫，大的，小的。

那时三妹抱着妮子正在择野葱，看母狗被伯纬踢得拖着后腿去了屋后的蜂箱处。三妹哀哀地说："伯纬，我对不起你，给你生不来娃子，我们娘俩走吧。"

三妹说风是雨，就去堂屋的石磨柄上收衣服，从猪草堆里拿背篓把哇哇大哭的妮子往背篓里塞。伯纬冲进去一把抢过来妮子，说："三妹，你多心了。我从来没有嫌弃过你们。你走，走到哪里去？你若走了，我还有什么滋味？"

妮子要上学了，伯纬决定把她送到离家五里之外的学校去住读。学校在狼牙岩下，有一栋紧靠岩壁的房子，有一溜通铺，睡着二十几个住读的孩子，有大有小。学校门口有一条河，孩子们在河里舀水喝，洗脸，寒冬腊月也是。到了星期六，伯纬就赶着一头山羊去接妮子。那山羊是三妹从她娘家牵来的。原因是一次伯纬挖洋芋，残破的双手攥锄柄使不上劲，薅到了自己的脚，烂掉了一个趾头，三妹就不再要伯纬出坡了，她自己出坡干男人的活，让男人放几只羊，就这么，从娘家牵来了一头种羊。

伯纬放羊，腰里用背叉子插一把开山刀，还拿了一把手锄子，砍柴加挖药材，细辛啦，柴胡啦，蛇菰啦，独活啦。伯纬的羊越放越多。最多时达二十只，吃了，卖了，死了，总在十多只。他总是喜欢把羊赶到山顶上去，在皇天垭的口子上，看公路和公路上的汽车。有时候，往山下走的时候，车轮子就悬在他头顶。车是这山里唯一的活物，假如没有云彩，没有野兽，这静静的山冈上，公路就像趴在那儿喘气的蛇，没有一点生机，被人抽了筋。如果喇叭响来了，车来了，车满满当当地瞎响，嘀嘀，嘀嘀，路就活了，山也活了。羊开始惊慌地叫，嘴里含着青草。伯纬喜欢公路。他常常掰着自己那几只不能动弹的手指，摩挲着，想着它们与眼前这条公路的关系。在下雨的时候，雾气蒙蒙，他在想，王皋会不会从那隘口走下来，浑身湿漉漉的，说："要点炮了。"

公路已经安静了，不再有炮声。可是，有一天，下雪的一天，轰的一阵声音，过去炸石松动的石头大块大块地垮了下来，砸到了一辆安徽来这里拖木材的汽车。车跑得太凶，太沉，把路也压坏了。进山的是空车，出山的是重载，一车一车的松、杉、桦、栎，都是做枕木，做榨木的料，还有香果木、麦吊杉、青檀。有一个团的军人在这里砍树，团政委转业回家时，不仅带了好香柏家具，还带走了五斤麝香。一只大公香獐子只产一两麝香，小的产十克，也就是说，他要射杀近百只香獐。运木材的车源源不断，总会砸到车的。山的身子炸松散了，神也散了，团不住，只好往下狠狠掉。

伯纬看见在风雪中清理路基的工人，只清理了一些小石头，腾出一条路来，让其他的汽车可以勉强行走，更大的巨石和压在石头下的车，就那么撂在公路上了，雪往上落，撕扯下来的树和树根也哀哀伤伤地横竖在那里，雪一个劲儿落着，神农架的雪就是那样，没有一点声响，却很严厉，但是到了晚上，你听吧，那树林里冰凌炸裂的声音简直像鬼魅，对这个世界是不留情面的。那是因为树枝和树干不堪紧缚，穿透冰雪而拼命呻唤。

但是现在没有声音。快过年了，伯纬想到快过年了，他一个人站在那里，手握着羊鞭，去看那还未全被雪掩埋的石头和石头下瘪了的解放牌汽车。是解放牌。一车上好的山毛榉，根根水桶粗。喔，他看不见那个人，驾驶室的那个人，只有一个吗？可他看见了一只可怜的手！那手是在呼救吗？那手从车窗里伸出来，从一块深褐色的巨石缝里伸出来，是手，还是树枝？人的手，上面全是比石头更深的紫黑色的血！他看见了那人断断续续的身子，或者说是衣裳。现在雪越下越紧，好像雪知道了，不想让伯纬看清这一切。这不好，看这样的惨事毕竟不好，快过年了，不吉利。

可那只手！

他也曾经有一双鲜血淋漓的手！也是在年关里，在雪如飘絮的时候。

伯纬赶着羊群回家了，他魂不守舍，进门就对三妹说："给我烫一壶酒。"

当伯纬在半个小时后提着空酒壶回来，他的老婆三妹才问他到哪儿去了。他告诉了她公路上的一切。

"那你说了什么呢？"

"我说，我说师傅，你冷吗？你是安徽的车，安徽定没有我们神农架冷的，你喝点酒暖暖身子……我还说，我说了些什么，让我想想……噢，我说了我们这儿有酒规的，我敬你一个（杯），我就先喝一个，再给你一杯，然后你再回杯，回一个……回你就免了，我自己来，我斟满，神农架的人喝酒从不耍赖。我一杯，他一杯，看着看着酒壶就空了。"

"你是疯了吧？"三妹看着冻得鼻子发红的伯纬，他成了雪人。

"你说什么，你竟敢说我疯了？你这个狗杂种，你敢说我疯了！"伯纬喷着酒气。他骂人了，他指着三妹的鼻子，他从来没有骂过她的。后来三妹看见伯纬在那儿愤怒地流泪。

过年的那些天，伯纬都要提着一壶酒去公路上，洒在伸手可及的驾驶室内外。刚开始几天，他都能看见一只松鸦在岩石垮塌的山崖上叫着，在一棵落光了叶子的火漆树上，孤零零地叫。叫得人心里全是些阴暗、粘稠的东西，不知哪一天，他再抬头看时，树上什么也没有了。他对那个人说："山上越来越寒。快开春的这段时间，总是最冷的。你喝几口去去寒气。"

有一天他说："不是供销社卖的火酒，我不喝那个，自家酿的，地封子酒，度数低，不打头……冬天来的客少，酒还是有的，喝不完。这么寒冷的季节，哪个到咱们神农架来呀……"

又有一天他说："想你的亲人快来了吧，我反正会供你的酒喝，一直等他们来。要说错，修这路我也有错，我这双手还不是修这条路炸坏的！那时候天寒地冻，咱们也赤膊下河，筑路基呀，取河道下铁笼呀，靠啥，靠几口酒，所以，有酒了你也别怕了，阴间阳间我看差不多，一杯酒，什么都能对付过去……"

春节在那种持久的高寒中悄悄地过去了，太阳出来过几天，但山上的积雪不为所动，仍然占据着显眼的地方，掩盖了山区的真相。

吊车开上山了，死者的弟弟也来了。他们把死者挖出来后，发现驾驶室那儿一股浓郁醇厚的酒气，还有碗、菜饭。后来他们问明白了，这是一个叫伯纬的残疾人干的。他们把伯纬从看热闹的人里拉出来，大家看到，死者的弟弟一膝向伯纬跪下，在泥水中向伯纬磕了几个响头，说："我哥总算没冻着，他天天有酒暖身子。"

那些人看见死者的弟弟从手上将下一块表来，硬要给伯纬戴上，说是一点谢意。在推推搡搡中那块表硬是戴在了伯纬的手腕上了。伯纬说："这块表对我们乡下人也没有啥益，你们搞工作的人才用得上，又金贵，我是受之有愧。"

死者的弟弟在运走他哥哥的遗体时对伯纬说："我是不会忘记你这个好心人的。"

神农山区的山好像渐渐地矮了。那不是矮了，是因为参天大树都砍光了。没有砍光的是一些不成材的歪脖子树和小树秧子，路袒露出来，看得清清楚楚，在山壁上，在河沿上，先是拖木材的车，后是拖门枋的车，再是拖棍棒子的车，拖木炭的车，再就是拖树枝的车了，再呢，没有了。大车少了，小车却多了起来。那些小车呢，先是吉普，后是切诺基，还有拉达，再是桑塔纳，后来，沙漠王子也出现了，奔驰也出现了……名堂越来越多，还夹杂有许多小"轻卡"，拖点人、货的，还有个体户不知从哪儿弄来的破客车，摇摇晃晃，叮叮哐哐的。在夏天，山还是绿，绿得想再长成一个森林的样子，暴雨还是下，泥石流，也有把什么都晒枯的干旱。冬天的雪却小了，也推迟了。但是，在雪线之上，在皇天垭，风雪年年依旧。雨雪霏霏的日子车一样地横冲直闯，在厚厚的油光凌上，各式各样的车轮依然有人驱动，开过去，开过来，你追我赶，去房县，去兴山，甚至去更远的宜昌和汉口。吱吱的刹车声令人心惊肉跳。赶着一群羊的伯纬看着那些刹车声中的车轮擦着悬崖，心想，现在的司机咋就胆子越来越大了，吃了豹子胆吗？其实并不是的，那是因为钱。但当官的呢？坐桑塔纳和红旗、奥迪车的呢？也是因为钱吗？坐在山石上的伯纬想不明白：他们为何这么匆匆忙忙？他们是在赶杀场？——这当然是在公路上有人翻车，又听说死了几个之后。

有一天伯纬赶了头羊去镇上卖，在十八拐路边上，一个司机停了车在烧黄表纸。一问，是这儿翻车死了一对年青男女，在此合埋了一个长坟。司机说，车开到这里不烧纸，你的车上坡就熄火。司机告诉他，所有跑这条路的司机，经过这里总要带点纸烧的，你不烧，那小两口就作法，把你的车熄火，这叫留下买路钱。有的师傅不晓得,一到下雨夜,往这一带走,总会见一男一女拦车,你让他们搭车,他们就嘻嘻哈哈爬上去了,搭一段就喊停车停车,说到了。荒郊野地,两边都是老林,到哪儿啦!你若不让他们搭车,你的车不是抛锚就是滚下山去。

这个故事越传越完整,细节越多,谁谁见到过,谁谁不让其搭车,陪了小命。可是,伯纬经常在这一带转悠,有时夜里也到,却从未见到过那一男一女。坟上的草长得老高了,上面的打破碗碗花开过花了结絮,结絮了开花,坟上遗了松鸦、夹鼻乌鸦的粪便,藏着蓝喉太阳鸟小小的暖巢。就是在阴雨霏霏的扰人季节里,看走神了也没见到过那两个冤死鬼的魂影。

但是车祸却实实在在地多了起来。司机们烧多少堆纸也不管用。

有小翻的,有大翻的;有滚下几百米悬崖,有被树挡住了的;有死了,有没死的;有伤了,有没伤的。

有一个下雨的黄昏,一个农妇乘搭一辆解放军的军车,上面装有一具棺材。农妇披了雨布站在车厢里,车行至十八拐,天已经全黑了,农妇听说过这儿鬼魂的事,心情异常紧张,紧盯着车上那口水淋淋的棺材,突然,那棺材盖子移动了,从里面伸出一只手来,搭便车的农妇当即吓得掉下车来摔死了。其实棺材里是个活人,运棺材的那老头,下起雨来,没处躲雨,就钻进棺材里,后来,他伸出一只手来,想试试雨是否停了,他哪知道又上来了一个搭便车的人,结果把人吓死了。

可是,据司机们说,你要翻过皇天垭,不管你紧不紧张,耳朵里就会突然像打鼓一样,下坡时更厉害,头就大,像一团气化开了,眼睛看哪儿呀,脑壳就一团气儿,虽然一过性的,可方向盘一闪失,车轮就离了路,往下一栽,你还能知道是死是活?一切都靠天安排了。

海拔三千米的垭子,有人说是高山反应,大脑膨胀,也有人说,这儿的磁场可能扰乱了你的整个生物电波,也有人说,皇天垭是鬼垭子。

轰——咚——咚——咚——轰——喀——轰……

这不绝如缕的翻车声是在妮子满十六岁订亲的夜里。伯纬喝了些地封子酒,一觉醒来,清清楚楚听见了山上传来恐怖声响。第一下,滚下去了,第二下、三下、四下,是撞在石头上,再打翻滚,再被树或什么撕开了(或者劈开了树),再滚,再没声息了,躺进了山谷。从前后发生的响声判断,车大约滚下了两百到三百米。

那时候三妹并没有睡觉，在收拾着亲戚们吃过酒席后的残局。伯纬坐了起来，虽然是一个严冬，窗子紧闭，但跳闪的油灯似乎带来了汽车坠岩时卷过来的风。

他在黑暗中坐着，他比较熟悉汽车翻滚下的声音。如果你听到闷雷似的轰隆轰隆声，持续不断，忽大忽小，那就是装运木材的车，一车的木筒子散落后滚动的声音，宛似一列在老铁路上行走的闷罐火车；而尖锐的响声来自小车：哧——哗——叭——轰喳——哐当——个体户的旧客车摔下去的声音是最不中听的：轰——哐——哐咙——哐啷——间或夹杂着一种咪儿咪儿的奇怪嚣声。伯纬通过声音，知道车是在哪一个地段上出事的，哪儿的石头与树抗拒车子毁灭性的冲撞会发出什么样的怒吼。他知道，任何石头和树木，你若沾惹了它，它是会发出声音的，它们都有自己的个性，伯纬对山上的东西都摸透啦。车子和山石、树木的对抗时常会发出不共戴天的声音——人的喉咙在这个时候是微不足道的。面对灾难的沉默，是人的最软弱之处。也许是因为太远，他听不到。反正，只有当你走近现场，你搜寻，找到那些一息尚存的人之后，才能听清楚他们在微微地呻吟，命若游丝。

伯纬因为听这样的声音，脖子伸长得像桉树。他下了床，他穿好衣服。他从房里出来，对厨房里的三妹说："我去看看。"

"我怎么没有听见？"三妹知道他要去干什么，这么说。

伯纬已经往坎下去了，他在猪圈里拿了一把竹子，又上来，在火塘里点燃。竹子烧着，噼噼啪啪地响。

过去，车出事的不多，垭子口还有个小小的养路站，现在搬走了。所以，如果他不去看，也就不再有其他人看了。

他听见了松鸦的叫声。那是从呓语到清啼的过程，含糊的、直觉的叫声和十分清醒的、充满了暗示的叫声、应和声是不同的。在黑夜中昏睡的松鸦们除非闻到新鲜的、浓烈的血腥，不然它们是不会在这样的时刻惊起的。

天空真是出奇的好，星星出奇的多，月亮出奇的亮，山也是出奇的静。在这荒僻而神秘的高山上，月亮的光似乎刹住了整个世界向更深的寒冷坠去的脚步。冷是冷点，如果没有松鸦的叫声，人心绝不会打战，至少对于从出生起就在这儿生活的伯纬来说是如此。

在去现场的途中，他会突然蹦出一个感觉：什么事都没有发生，是一个惊梦罢了。当汽车完成了它的死亡之旅后，总会有一个沉寂的间隙，那时候，受伤的人连呻吟都还没有学会，疼痛还没有开始出现，也许膀子断了，肝脾裂了。

他从几块陡坡苞谷地抄小路上了垭子口，他很容易就找到了汽车摔下去的地方。他用残损的手高举火把，大喊道："喂，有人吗？有人没有？回答我一下！"

确切地说，是松鸦的叫声把他引向这样的悲恸之地。在这里，至少有一群松鸦，因为无数的夜晚从嗜血的梦中醒来，练就了一双夜鸮般的眼睛。

因为举着火把，所以他的视野极其有限，在一路往岩坡蹾下去时，寻找那岩缝里、灌木丛、葛藤刺棵中的人影是一桩难事，他只好走一步喊一声："有人吗？人呢，你们在哪里？"

在看到谷底下的汽车之前，他找到了一个男的。喝多了酒的伯纬现在知道他在干什么了。在这之前，他还在给客人敬酒，他面前的酒杯加上自己的门杯一共有十几个，一个杯子要喝两杯才能还回去。所有的人认为他入赘的女婿以后一定会孝顺的。"就跟自己的儿子一样。"他们这样说。这是恭维他。他的乱糟糟的脑子在听到翻车时早就平静了下来，对于没有亲生孩子的遗憾一上床便忘了。现在，他忽然想起这个事来，想到自己的家伙不行。他看到了那男的的家伙——那人没有裤子，私处缩得像棵枯蘑菇，头上、大腿上血糊汤流。

"还有没有人？"伯纬问那个男的。

"还有。一个女的。"那个还活着的男人说。

"噢。那我先下去找女的好吗？"

"你能不能给我找条裤子，我的裤子？想办法把我包包吧。"那个男的用很沙哑的烟喉咙在他后头求情说。

包包当然指的是下身而不是伤口，看来，羞耻心在这种时候也是很重要的。伯纬只好又转过身来，放下火把，思考着怎么把他包起来，天很冷，他的伤口的血已凝固了，赤身露体的确不妥。于是他与那个人商议，能否先把那人的工作服脱下来包包。那人答应了。可是当他去脱那人的衣服时，那人说："膀子断了。"

有一件毛衣，但伯纬隔衣已摸到了刺楞楞的骨头，的确膀子断了。伯纬只好脱下自己的棉袄，包住了那人的下身，并要他不要动弹，免得疼痛。伯纬说："我找到下面的那个了我再来背你，要得啵？"

伯纬探到坡底并不是一件轻松的事，虽然摔下去的汽车把好些树都压断了，但冬季那些坚韧的刺藤把下脚的空间几乎全堵住了，手上的火把弄得不好会引燃那枯黄的茅草、落叶，引发一场山火。为什么偏偏是在夜晚呢？他想，莫非真有岩包精和树精？还有那作法的阴魂？

一辆汽车庞大的躯体卡在岩缝里，它的前端耷拉在一个险隘上。菩萨保佑，一个朝天的车门口仰面躺着一个女子，好家伙，爬上石头又爬上车子去看时，女子也光溜着下身。

"喂！"他喊。

火星落在那个女人身上，他欠下身去看时，女的好像已经死了，脸煞白煞白。

他俯身去抱那个女的，还年轻，长头发，模样儿也不错，就是死了，软的，脸上有血，屁股、下身都有血。而且那女的浑身的骨头都似乎断了，像小时候他爹给他做过的翻筋斗的小木人。死了，就好说，他用手腕去夹那个女的，然后移到腋下，把她拖下石崖。他正在喘口气时，上面的那个男人却喊了起来："我的裤子，还有被子！"

喔，还有一床被子，在驾驶室里。湿漉漉的，有血腥味，全是血。那个女的爬出车门时一定没死，后来死了。他在那女的腋窝里触到了一丝热气，但那已经属于死亡了。

真是麻烦，他拖出被子，又要背那个女的，又去翻寻男的的裤子，的确没有。没有就是没有。他抱上被子，扛上女的，又拿着所剩无几的火把，爬上去。看到那男的已经靠着一棵树站了起来，吓了他一大跳。

"没有裤子？"那男的气呼呼地问。

"没找到。"伯纬说。伯纬心里说，你就不问问这女的死了没有。他背着那个女的，把被子给了那个男的，让他顶着。伯纬问："你可以走？"

"走吧走吧。"那男的说。

这人是人是鬼？他为什么这么不耐烦？他们是那一对……

伯纬感觉到了那女人的重量。他又背着死人了，那个男的顶着一床被子在向上移动，看上去像一个怪物，这使伯纬心里一阵阵发寒，虽然汗珠子从头发深处往外冒。

"车子是怎么了咧？"他问，他拼命问。

那个顶被子的男子却不再说话。刺和树枝总是挂他的裤腿。究竟是刺条还是鬼的手扯他?

好在,他们终于爬上了公路,那个男的没要他扶一下。在他拼命问话时他听见肩上的那个女人这里响一下,那里响一下,全是骨头断裂摩擦的噪音。他坐在公路的中央,他说:"我这就去捡树枝。"

他在公路边捡树枝了,那个男的用被子紧紧捂住自己。后来火升起来了,照亮了,照亮了一切,路、树、被子、死人和他自己。还有天上哪儿的鸦鸣,都照亮了。寒风劲吹。他说:"会有车的,会有车的。"他坐在那儿,口舌干燥,现在,他开始回味那些血腥味,他所见到的男人和女人的血腥味。他想喝水,或者吃花椒。

他拼命地想吃花椒时,车来了。是一辆手扶拖拉机慢慢吞吞而且声音洪大地开过来了。多好的声音啊,越大越好。对,最好是手扶拖拉机。他张开双臂,站在路中央,大喊:"出事了!出事了!"

手扶拖拉机像是从天而降,活生生的师傅开着它。他终于看见手扶拖拉机停下来了,只是机器还在隆隆地响,师傅问道:"又出了什么事?"

"翻车了。"

伯纬先把那个女的搬上车厢。车厢里只有几根门枋,然后和司机一起把那个男的抄抬上车。那男的从被子里扔出伯纬的上衣,说:"能不能把你的裤子借我用一下?"

反正是一条破裤子,里面还有件绒裤,伯纬就把外面那件沾了泥巴和血水的裤子脱下来给了那男的,并对他说:"车我给你照看着。"

伯纬把火堆移到靠山崖的避风处,又找了些树枝来烧。不知不觉,天就亮了。

他正靠着石头打盹,就听见了羊叫。那是自己的羊,他的老婆三妹赶着羊上了山,手上挥舞着鞭子。

早晨没有一点雾,天空很干净,现在透过山下的林隙可以清楚地看见那辆摔下去的汽车。

"你的裤子呢?"三妹问他。

"我给了那个男的。"伯纬说。

"他未必没有裤子?"

"没有裤子,那男的还活着,女的死了,两个都没有裤子。他们的裤子可能还在车里。"

一转眼，家里多了两个人，女婿和外孙。因是招婿，外孙成了孙子，跟伯纬姓。伯纬很高兴，有了把谱系传下去的人了。伯纬赶羊上山，也要把孙子牵着，"憨娃，跟爷爷捉叫溜子（蝉）去。""憨娃，跟爷爷打老虎去。"伯纬没有手，就两只不能动弹的怪头怪脑的指头，牵着孙子，赶着羊群上了山。孙子哭，不愿跟他，要跟着出坡的爸爸妈妈和婆婆，伯纬不干，伯纬就爬上树去捉叫溜子，但是女儿和女婿早把孙子抱走了。

　　伯纬总能把孙子抢过来，他才不管他哭不哭呢。"你再哭，红毛大野人就来了！"他吓唬孙子说。

　　有一次，孙子在山上摔了一跤，额角跌破了，脸上被石头划了好深一条口子，伤愈之后，脸上就有了条亮疤。老婆和女儿女婿就坚绝不让孩子出门了，于是伯纬也不出门，缠着孙子要给他讲古："……盘古的爹是哪个？是江沽，江沽咬死了浪荡子，尸分五块，落在水中，长起一座昆仑山，也把江沽包起了，像个鸡蛋壳，一万八千年江沽就变成了盘古。江沽的爹又是哪个？是幽泉，幽泉的爹是哪个，是混沌，混沌的爹呢，是混元，混元的爹就是黑暗……黑暗老母空中转，身怀有孕一万八千年……"后来他唱了起来，唱的是《黑暗传》。"你晓得岩包精吗？岩包精能把树皮变成花布……""红毛大野人其实就是山混子、岩包精、树精……有一天，一个打猎的人进山打猎，下好大好大的雪，雪地上有几十双小娃儿的脚印，到了一个悬崖那里，脚印不见了……"

　　他太喜欢他的这个孙子，每当这时，羊圈里的羊就会饿得直叫唤，没有人放出去吃草。

　　这样是肯定不行的，家里的人执意要他天亮后就出去放羊，家里的活有老婆三妹做了，包括带孙子，坡上的活有女儿女婿做了，包括打猪草。开山刀、手锄子、背叉子，他都放下了，他只是放羊。再说，山上如今已没药可挖，连柴胡都挖光了，升麻还有一些，党参、头顶珠是少而又少了。独活和杜仲都家养了，他家就栽培了一亩多地的独活，杜仲树已有十七八根。他干些什么呢？他在山上，羊吃着马胡骚，有时候也啃一些带刺的小叶淫羊藿，他一个人在山上，他想给谁说点什么，唱点什么，山始终不说话，羊也始终不说话。

　　他好几天都无缘无故地盯着皇天垭子的垭口。垭口像一张巨大的嘴巴。有一天早上他终于看见垭口动了，像山的两片嘴唇动了，垭口里伸出一条舌头——一簇密匝匝的树。山说话了，山发出了嗷——的低吼声，又像是打呵欠。山懒洋洋地开始说话了，那哪叫说话呀，也就是活动活动。他对山垭子说："老哥，你终于开口说话了。"

这不过是一种错觉。他在期待什么呢？

羊发展到三十多头了。他总是让羊吃马胡骚和淫羊藿，在垭子下的油桐包那里，背阴的地方大片大片的淫羊藿无人采挖，他让羊吃了这些东西不分季节地交配，跟人一样，羊就发展得很快。

这一年到了腊月，伯纬就熏了十六只羊胯子，也就是杀了四只羊。冬天的野花椒籽遍山都是，这种花椒籽压羊腥味很好。他想给在香松坪工作的哥和嫂嫂送两只羊胯去，还有羊骚、羊肝和羊肾什么的，给哥补补。另外，他打了一斤野花椒籽。他准备停当了，背着羊胯走到了公路上。

他想搭个便车，不花钱的，于是他选择了车招手。小车是不敢招的，那上面坐着干部，不会停下来带他这个又脏又破又残的农民，他招手的是货车。

他总算在寒风中截上了一辆拉木地板的货车，货车也在他身边停下来，司机把头从车窗里伸出来，伯纬看到，正是那个穿走了他一条裤子的男人。他又开上了一辆新东风。

"我到香松坪去。"他对那个司机说。

司机指着驾驶室的人："都坐满了，下次再带你。"

说完，车就开动了。伯纬缩着被冻硬的鼻子，他被丢在路边。明明还可以坐一个人嘛。他浑身的气都不顺畅。他无意间回头看到了垭口的那张大嘴，他对高远的垭口伤心地说："我其实知道这伙计姓嵇，他是个鸡娃子！"他那"子"字的弹舌音滑溜溜地向上走着："鸡娃子——"他大喊，"你还穿走了我一条蓝咔叽裤子咧，你们两个都不穿裤子，搞甚么哟！鸡娃子！"

给哥嫂送羊胯子的那一趟，他来去共花了四块钱，坐的小"面的"，挤死人。主要的是，他实在想不通，那个姓嵇的，救了他一条命，为何搭个便车也不让，这是神农山区的人吗？他想到他那冻得像枯蘑菇一样的下体，还有隔着衣服也能摸到的断骨头，现在他又攥上方向盘了。假如它又断了呢？从山头咕噜咕噜地滚下去，我还会半夜爬起来背他们吗？

夜里，老婆三妹锉牙齿的声音比呼啸的风声还大。伯纬听见的却是垭口说话的声音，山吼了。它在吼什么啦？老婆什么也不知道，山开口说话的事，还有那个箍师傅不带他一程的事，他已经不能在家里说这些了，她们烦他。

然而皇天垭又翻了两个车。是不是垭子开口就要吞掉一个车呢？一个大车，一个小车，小车是白天翻的，大车是半夜翻的，大车在半夜翻下了挂榜岩，只有结结实实的一声，没有铺垫，也没有余音，咚！一声山塌下来的声音，伯纬一听就知是从那陡壁直上的挂榜岩往下掉的，四百米的崖，伯纬想，人和车都报销了。

这太可惜了，我又得去背尸吗？

伯纬看了看堂屋的火塘里还有余火，还可以点燃一把竹子。他慢慢地坐了起来。被子里和被子外的气温是不同的，而屋外呢？

他在穿衣裳时把锉牙的三妹弄醒了。她在黑暗中问："你又听见了什么？"

"我总是睡不着。好像挂榜岩出事了。"

"那我陪你去。"

"算了算了，挂榜岩出事，神仙也白搭，我看看就回。"

在火把照耀的雪野，人好像是去进行一次犯罪似的，给人的感觉总是鬼鬼祟祟，畏畏缩缩。尤其是一个人。他咯吱咯吱地走在冻住的雪上面，到了公路，老远就看到一个黑影朝他走来。

那个黑影拖着沉重的脚步，还有长长的影子，穿得十分臃肿，看起来就像个独行的野人。野人穿过公路的镜头已经被许多人看见过了。伯纬喊："喂，你是哪个？"

"我的车翻了，我跳了车。"

"你怎么样？要不要我送你到医院去？"

那人说："我还好，就是不晓得车咋样了。"

"你人还活着吗，你人跑出来了，好，你到我家去把衣裳烤干，去喝口茶？"

他让那人走前面，他举着火把在后头跟着，又回头看了看没有什么东西跟上来，才为那人指路。

从阎王爷的腋窝下跑出的这个司机惊魂未定，脸上像涂了石灰一样，烤火时嘴里还发出嗦嗦的寒战声。

"过十八拐，你没有烧纸吗？"伯纬问。

"我烧了。"

"你是怎么跳出来的？"

"我完全记不清了。"

伯纬烧旺了火，让那人烤得鞋底发出难闻的橡胶味，又给他冲了一杯糖水。三妹也起床了，给那人烧苞谷吃，并对那人说："我还是第一次看见我们当家的带个活人回来。"

那人抓住满头的脏发说："不是我跳得快，现在不早成肉饼了。"

那人吃了两个烧苞谷，打了几个嗝，停止了寒战，站起来跺跺脚："我现在还能走，这不晓得托了哪个的福，我这就回镇里去报警。我想请你们帮我保护一下现场。"

那人丢下二十块钱，在走出门槛时又被伯纬塞回了他的口袋："阎王爷不敢要你的命，我就不敢要你的钱，我去帮你守守便是了。"

伯纬跟那个人一起出去，三妹塞给了他一壶酒。在挂着冰瀑的挂榜岩下面，车子已经四分五裂了。他依然先点起火，把酒放在火边，再去捡拾一些捡得动的东西，比如坐垫啦，挡板啦，轮胎啦，腾出一条路来好让其他车通过。然后，伯纬就坐下来拢拢衣裳喝酒。

他品着并不太浓烈的苞谷酒，自己酿的，刚好够自己要的那个劲儿。他就想到有自己的酒喝是一桩极幸福的事，自己种下的哪一颗苞谷变成了现在的酒汁儿，自己种下的，掰下的，搓下的，又蒸熟的，发酵的。总之不会像那个人一样深夜了从阎王手里挣脱后还要一个人摸黑走十五里路去报案。其实一个人只要有苞谷酒，你就会省下许多事儿，要那么多东西做什么，要车，要驾照，要汽油，要大把的票子，要木材通行证，最后要了你的命……

火星飞舞在空中，像一些四处飘散的萤火虫，到处闪烁着它们的趣味。伯纬抬头看看天空，星不多，气温寒阒，皇天垭的那张大嘴巴闭住了，黑魆魆的，它忽然好像暗示给伯纬：今天没有松鸦闹事。

噢，真的，一声那种不祥的叫声都没有，它们的翅膀和嘴巴也都像垭口的那张嘴给冻住了吗？冰瀑是凝固的气势，而岩上的树白森森的，没有鸟禽飞动的迹象。噢，没有见一滴血。就是这样的，今天没有见一滴血，于是，他感觉到十分清闲。坐在火边还是冷，公路上的积雪并不厚，但结成了硬壳；在火边的冰凌烧化了，又冻住了。伯纬只好站起来，围着火堆，然后又围着汽车的残骸跑圈儿。他还摔了几跤，不过他笑了。像他这个年纪，滑倒了以后是会笑的。

他后来在火堆边做了一个梦，梦中见到了他的爹，在老林的一间茅屋前晒衣裳。爹已经死去很多年了，后来又看到有一只毛冠鹿用白色的嘴唇舔他。

醒过来一看，他的老婆三妹在往他手里塞糁子，但是没有羊。

"人家都在忙年，我看你忙什么。"三妹说。

"嗬嗬，我忙什么。"伯纬嚼着老婆做的喷香的糁子，掺了蜂糖的。蜂糖是自家的蜂糖，还有一丝儿山里的百草香味儿。

不久，那个司机带着交警和保险公司的人来了。伯纬把他晚上捡的一堆东西交给那个人，然后说："那我走了，我要去放羊了。"那人说："你先莫走，你也是一个见证人。"又对保险公司的人和交警说："我就是碰见他的，我还到他家喝了杯糖水，他老婆还给我烧了苞谷吃。"

伯纬对交警和其他几个陌生人说："这个师傅是我看到的命最大的人了，嘿嘿。"

那人不让伯纬说话，一说就捣拦他："算了算了。"

伯纬只好沉默了，看那些人拉尺、拍照、记录。其中有一个对那司机说："你吃了人家的苞谷，我们今天吃什么呀，喝皇天垭的西北风？"

伯纬这下找到了说话的机会，他说："到我家去，到我家搞饭去吃，顺便跟我孙娃儿照一张相好吗？"

那些人就跟着伯纬去了他家。

伯纬家从来没来这么多有头脸的客人，穿制服，背照相机。伯纬和他的家人赶快刷羊胯子，用斧头砍，下锅，煮洋芋。

热气腾腾的羊胯子就放在火塘上，用一个铁架子架着，苞谷酒搁在一张矮桌子上。围着火塘的一圈人筷子碰筷子，吃得有人冒汗了，脱衣了，话多了，脸上的酒血也不自觉地走蹿起来了。

"……那可真是吓死我了，"那个交警说，"我在十八拐的下头走了一整夜，我想抄小路翻过垭子的，明明快到公路上了，又往回头走，心里想，走错了，可脚偏要往回走，直来，直去，直来，直去。那时我在派出所，有枪，我就记起我有枪，掏出来，连开了三枪，人就清醒了，上了公路。"

他讲的是他几年前的一次半夜迷路。

死里逃生的司机说："一翻皇天垭我就会听到敲锣打鼓的。"

他们问伯纬见到过什么稀奇事没有，伯纬说："我住了几十年，啥都没碰到过。"

后来他们问到他的那一双手，就谈到修这条公路死了多少多少人，有多少多少稀奇古怪的死法。伯纬没说什么，只是搓着一双残手给他们敬酒，他说："你们多喝点，这是掺了蜂蜜的酒，又不打头。"

保险公司的人说："一进你的屋就有一股蜂糖酒的香气，你还是蛮能干的啊。"

伯纬笑笑说："反正就这一坛子酒，你们今天要把它喝完。"

果然，一坛子为过年准备的蜂蜜酒喝了个底朝天。交警趁着酒兴在屋外为伯纬的家人照了几张相，说是在春节前一定洗好了搭过来。

伯纬想坐个便车去县城卖两头羊，那些人便牵羊的牵羊，撵尾的撵尾，把他带到县里去了。

过了几天，来了两个保险公司的人，没有给伯纬捎来他想要的照片，是来调查那晚车祸的事的。那两个人因为不愿意走这严寒中的路，其中一个加上被伯纬的狗咬了一口，一肚子火气，手上拿着爬山的竹棍，进屋了还没放下，倒是喝了伯纬女儿泡的茶水，没说上两句话就问伯纬：你是什么时候看到那个人的？你是何时见到那辆摔坏的车？你在车摔下来之前没有见到那辆车吗？车是不是早就停在挂榜岩上了？你真的不认识他？你总是半夜出来走动，一摔了车你就起来救人？是一碗糖水？两个苞谷？他当时的情况怎样？他的心情轻不轻松？你是几点几分离开的？你替他守车没要他一分钱？出事现场你看见破坏没有？

伯纬接待这样的两个没有好言语的人。他悄悄跑进厨房对三妹说："不要做饭给他们吃了。"三妹的刀正放在一块羊排骨上。但是，他出来后还是听到他的老婆把刀剁下去了，且发出很响的响声。

"他是骗保摔车。"那两个人对伯纬说，"你也没有什么好怕的，问一问，你照实说就行了。"

"我当然不怕。"伯纬掰着自己没有知觉的半截指头，"我怕什么，我又没做坏事，我怕什么。我只晓得车翻了，我应该去帮别人一把。我从来就是这样，不管是夜里是雪天。"

"嗯，"那两个人说，"就是这样的，你不知道，这当然不怪你，你一番好心，可是被坏人利用了。"

他们向他解释骗保摔车是怎么一回事，他们讲着保险行业的一些名词儿，让伯纬听不顺耳。后来留他们吃饭，他们走了，对伯纬说："请你把你的狗抓住，我还得赶快回去打狂犬疫苗。"

三妹是真心诚意地想留那两个客人吃饭，她张开两只油腻腻的手出来送客。送走了客，她埋怨伯纬应该把两个人留下来。

"他们把我当犯人一样在盘。我还惹了一身臊唰，好心当作驴肝肺了。"

"我在听，他摔了车，别人还跟他赔车？"

"那当然。"

"有这么好的事？"

"人家一年投保了两三千块钱，他们为什么不赔？"

"现在不是说不赔吗？"

"不赔总有他的道理。不过莫非硬要把人也摔死了就是真翻车，否则就是假翻车？"

"那哪个搞得懂。"

"莫非他真把坏车摔了？"

"他吃多了吗？"

"真骗保，那要坐几年牢，"伯纬抽了一口烟说，"刚从阎王手里逃脱，又要到公安手里去了。"

"为什么会出现这种稀奇事呢，这年头？"三妹问道。

她看见伯纬正在吃力地摇头，被烟火熏得像枣子的眼睛泪汪汪的一片。

"你总是见到一些鬼事。你早晨起来的时候把眉毛往上抹三下，火气就升起来了，你爹妈没告诉过你吗？"

伯纬是第一次听到往上抹眉毛就能避邪秽，于是他就听从了三妹的建议，早起的时候往额上抹眉毛。

松鸦的叫声在这一天还是出现了。公路上汽车来往如梭，似乎没有任何出事的迹象，可松鸦开始叫了，而且叫得很凶。一种短促的声音"哇"，那就是松鸦，而叫得很长的，叫得更恐怖的"哇——"是寒鸦或者秃鼻乌鸦。这一带，在松林、巴山冷杉和刺楸的密枝上，多是那种听起来寂寞而微微发寒的松鸦声，而且，它们的样子并不怪诞，你也很难发现它们，除非哪儿有了血腥或者即将有血腥。还有另一种声音——你若在床上不愿离开被窝时，听到好像捏着鼻子叫"要"或"娘"的鬼鬼祟祟的声音，是松鸦中的母鸦和雏鸦。它们在早晨的叫声，如果是晴天，晨光明晃晃地照在山崖或树枝上，天空的衬景显现出一种光溜溜的靛青之色的话，这些鸦声还多少给早晨带来一些活气；如果声音渐飞渐远，在另一片老林扒子里鸣叫的话，那就像隔山说话，没有事的，只当是一种平常的鸟叫，只当是一个人踏空了一块悬石，让它滚落下去；如果是在雨雾天呢，在将雪不雪的日子，在浓密的冰雪冻得人欲生不能，欲死也不能的时刻，松鸦的叫声，它们轮换地变幻各种腔调的表演，就暗含着一种命运的诡谲，好像你的一切都早已捏在了谁的手里，所有该发生的，都是上苍安排好了的。

没有事。

伯纬抹了抹眉毛，只是朝漫天的云霞打了三个喷嚏。牛在石坎边的水洼里舔水。水太冰冷，是它用蹄子把冰砸个洞才能舔到的，它不敢狂饮，只能一点一点地舔食。猪在垫圈沤肥的枯草中瑟瑟发抖，把它们的嘴拱在更深的草叶中。狗在跳跃着，追逐并凌辱家里饥饿的猫。那猫连在那早晨伸懒腰的机会都没有，哀哀地叫着，想说话，想申冤，有时竟能说出一两个与人一模一样的单音来。

女婿和女儿都到田里挖冬花去了，三妹正用腿夹着堵着调皮的孙子给他喂一种很稠的苞谷糁子。他们坐在火塘边，浓烟朝门外飘去。

"你听见什么没有？"三妹问。

"我昨晚睡得死。"伯纬故意岔开说。

"早晨唉！"三妹不耐烦地说，"你抹了眉毛没有啦？"

伯纬打开羊圈把羊们赶了出来，趁这难得的好晴天去把它们喂饱。羊群沿着山壁挨挨擦擦地前行，遗下光亮的羊屎，从翻起一层层外皮的红桦林间往里走，然后，这些羊群追着山脊的影子上山。羊们喜欢太阳，它们总是在山巅痴痴地对着太阳看上几个小时，白髯飘飘，像一些仙风道骨的老者。

的确没有什么事，公路上的阳光像银带子一样，比别处的阳光显得更集中。

"快过年啦。"他在说。他向更高的难以翻越的皇天垭口子说。

垭子的大嘴没有说话。

"老哥。"他又说。

有两辆车向那张大嘴爬去，像两只小金龟子蠕动。

什么声音也没有。他记起来，在他出来的时候，他听见三妹在给他说："你去多了，那儿就出事。"

他妈的，鸡娃子。我未必是个灾星！

他躺在已经化完了雪并被风吹干的阳坡上，有些草还真柔软，紫羊茅啦，老鹳草啦，蓝韭啦。

"可我喜欢公路。"他说。他自言自语地说。他看着自己晒在阳光下的手，那不是手，是个树苑子。

他现在是在山上，在人迹罕至的山上，冬日的苞谷地里只有一些茬子，没有人，一棵野棠梨上有什么在晃动，不是人在摘果，是两只毛猴子。一簇丛生的粗榾间飞出一只山凤，遗失下两支蓝色的长羽。

可是天麻黑的时候松鸦的叫声又像烟雾一样呛过来了，很凶。他听见了汽车喇叭不停的叫声，是小车的。他刚把羊赶回圈里。他对惊慌出来观察的三妹说："我没有到公路上去。"

他现在要去了，谁阻挡都阻挡不住的。这样的时候谁都不敢阻挡他。他是那么麻利，取竹子，点火，拢在残指上，精神亢奋，双耳赤红，连脚下的力士鞋也系得紧紧的，落地轻轻的，醉了，不醉，都是这个样子。

喇叭叫得急，是因为失去了控制，翻在了八字槽槽底。槽是个泄洪的槽子，只长着些小树，挡了几下，响声不大，也就轰轰几声便翻下去了，都是一眨眼间的事。

伯纬站在公路边朝下看，他在想车为何走到这边来了呢，除非它是上坡。上坡又为何开出了公路？那么慢，未必是个没出师的学徒小伙子？

松鸦在头顶上叫，它们还没来得及睡觉呢，那一定是死了人。在早晨它们就嗅出来了，它们为何有这么好的鼻子？如果它们能通知人们这儿今晚有血光之灾，那又会怎样呢？可怜它们不会说人话。司机和车上的人们也听不见，他们从老远来，自我感觉良好，匆匆路过，谁知道哪儿会要他们的命。

死了一个，伤了两个。

伤的两个一个是司机，一个是局长。司机被伯纬从喇叭长鸣的瘪车子里拉出来时，指着高处挂在一棵榛子树上的人说："那是我们局长。"

说话的司机，从一开始伯纬就没见到他的嘴脸，也没见到鼻子和眼睛。伯纬把他从车里拖出来就是这个样子。他的鼻子眼睛和嘴巴全被撕下来的头皮盖住啦。

伯纬说："你叫马山槐，你经常走这条线，我知道你的名字。"

"我是马山槐。你放羊吗，你就是在这条路上……放羊的那个瘸手啵？"

"我是不是身上有羊臊味？"

"嗯嗯。"

"你的鼻子好灵。"

"你帮忙把我的眼睛弄出来。"

伯纬正准备去弄他耷下的头皮，那个挂在榛子树上的人就喊了："你们在说什么，看我的姑妈怎么样了。"

伯纬说："您的姑妈已经没气了。我是先背您姑妈呢，还是先背小马？"

小马说："背局长吧。"

那局长朝槽下面的他们发脾气了："背什么呀，给我搞杯茶来，我干死了，我血都流光了。"

伯纬嘿地笑了一声说："这到哪儿弄茶去，凉水都没有。"

局长说："看看我的杯里还有没有。"

伯纬说："杯子在哪儿？摔破了没有呢？"

那个懒得说话了的小马指了指汽车。伯纬又高举了火把到四轮朝天的车里去找，一个杯子压在那个局长死去的姑妈屁股下，他的姑妈好重，好像故意压着不让他取那个杯子。取出来了，划了他的手，是个破的。

这时，那个局长却在黑暗里瞎叫起来："救命哪，救命哪，救命的为何还不来！"

伯纬拿着那个杯子说："我在给您找杯子，是个破的。"

那个局长喊他，要他去，但伯纬不好离开小马，小马明显比他的局长伤重些。他见得多了，他知道谁的命还有几分。

"您能不能先让我帮小马把血止住？"他伸长脖子说。

他的火光已经照到了小马白森森的颅骨，连皮带毛都扯下了，中间还有个小月牙似的口子，在一团一团地往外冒血水。

可是那局长依然喊救命，声音尖长，已经盖过了在他身边飞舞的鸦鸣。伯纬看到，有两只松鸦已经站到那吉普的轮子上去了，这让伯纬慌乱起来。他仿佛伸手就能触到松鸦，不是一只，而是成百上千只。那个喇叭的叫声也让人心惊肉跳；他钻进车里去找茶杯时也在找那个电开关，可惜没有找着，他不懂车。

他就只好去背局长。

局长被一根很有韧性的树枝托住了，这是他的福气，他的脚下，是比铁还坚硬的石头，还有个高坎，多么可怕！

局长伤也不轻，他的一条腿断了，手也断了，额上还有个洞，也在间歇地涌血。伯纬踮起脚去取他，局长呼出一股恶臭的血腥气加胃气来，差点把伯纬压趴掉下石坎去了。他哇哇地叫唤着，诉说着他的不幸："我什么都经过了，坐牢、被人砍杀、火灾、心肌梗塞，就差车祸了，我算是齐全了，我的妈那！"

伯纬说："您先不要慌，这么冷的天，越慌心越寒，血又流得多。我先给您把血止住。"

伯纬拿眼四下寻找，他记起好像看到了一株南星，叶子止血挺不错的，可是局长却说："你不要动我的包！"

噢，有一个包就在那株南星后头，黑漆漆的。

"那里面也没啥东西，你给我一下，哎哟，我的手。"

伯纬掐了两片南星，把包也拾起了，边拉拉链边说："有毛巾把伤口捆住最好。"

在局长发出厉声阻止时，拉链已经露出了嘴巴，里面是大叠大额的钞票，几千块，甚至上万块。

"要你不动，要你不动！"

"我是找毛巾帮您包扎。"

"你是个好人，我看得出来，你救我上去了，我会感谢你的，好不好？"

"我不会要钱"伯纬说，"我要钱，十几万我都得到手了。"他故意夸张地说，"这里翻车的，大老板，省里的干部都有，上次，有一个厅长……"

"你是好人，你是好人。"

伯纬用南星叶给他垫上再包扎时，局长一直絮絮叨叨那几个恭维他的字。他说："我是个倒霉货，我是个局长，你的衣裳这个样子了，我到时把两套新工作服给你，我的血都流到你身上了，蛮对不起呀。"

局长只有一只好手，又要拿包（包吊在腕儿上）又要抱住伯纬的脖子，同时还举着火把。

伯纬不能举火把，他要抓住局长，他又没有手，几个硬戳戳的指头还要去勾树，或者抓着石头往上爬。他呼噜呼噜地喘着气，可是局长已经没有话了，局长反正在他身上。

竹子熄了两支，又常常被树枝挂住，一条一条发烫的火屑飞到局长和伯纬头上、手上时，两人会同时叫起来，还有血，局长的血没有止住，往伯纬的脖子里流，流进去时像一条条滑溜冰凉的蚯蚓。

他跪着往上爬，局长的骨头断得厉害，不能帮他一点点，他的膝盖把冻硬的雪压得嘎吱嘎吱响，就像一路打破玻璃。

太陡了，槽子太陡。他们总算爬上了平坦的公路。伯纬要把火烧起来，这样才好拦车，又能取暖，同时还可以把熄灭的竹子点起来。伯纬的裤子连磨带挂，膝盖已破了。他又去背小马。他先前给小马留了条毛巾。现在毛巾正攥在小马的手里，他没有自救，头皮还耷拉着，还是看不见鼻子眼睛。

"喂喂，你冷吗？"

得到应声后，知道小马还活着，他就去掀小马的头皮，并揩他的脸，终于露出那张熟悉的脸来，是那个人，马山槐。头皮捆住了，但小马的眼睛依然闭着。伯纬问他哪儿不得劲，他说，全身都不得劲。

"那我们准备上去了，上面说不定拦到车了。"

"你不能正面背我，我的肋骨好像刺到肝里面去了，里面疼得很。"

说这些话的时候车喇叭的嚣声正慢慢地偃息下去，最后变成一线呜咽，取而代之的是松鸦，现在只剩下它们的声音了，在阴暗的角落里响彻云天。这使伯纬鼓起了劲一定要尽快把小马背上去。

"松鸦叫得好凶。"小马无力地说。

伯纬正把他从侧面扛起来，说："你不要这么想，让它们叫去，那是因为局长的姑妈。"

"我们局长还没有死吗？"

"你们局长还没有死。"

松鸦的翅膀包围了他们，形成一个圆圈。伯纬总是勾不住树，滑，伯纬差一点把小马摔下槽底去了，他一步滑下了十几米。他抓住了小马，可是他的手，他听见了自己皮肉撕裂的声音。他要冲出松鸦的叫声。背着活人总比背着死人强。不过眼下背上的活人跟死了一样，就一口气了，有时候还打出很响的嗝来，仿佛要把最后一口气呛出来似的。

他上了公路彻底软了，头顶上没有松鸦，只有几颗寒星在闪烁。松鸦的叫声、车喇叭的呜咽都和槽底下的风声混杂在一起。风声里有灌木和一些大树的惊怍。他又去背那个局长死去的姑妈。

他第三次爬上公路，看到他的老婆和女婿都在火堆边了。他的老婆三妹抱着一床破烂的棉絮。他听见他的老婆在埋怨："老鸹都飞到我们屋顶上去了。"

他们一共拦了三个车，车才停。前两个车有一个完全不理茬，另一个说到前面去调头，也一溜烟跑掉了。第三个车装一车橘子，是个面包车。伯纬说：

"我们帮你把橘子卸下来救救两个人，怎么样呢。"

一家人七手八脚把袋装的、篓装的、散放的上千斤橘子给搬下来了，把伤的死的三个人抬了进去。伯纬对老婆和女婿说："你们看橘子，我送他们去医院。"

到了镇上的医院，伯纬按医生的交代把局长的姑妈先背到后头的太平间里去了。太平间叫"后头"，医生都这么叫。"后头"伯纬很熟悉，没有灯他也摸得到，一个未锁的门，进去有几块大木板子，用砖搁着，能放一个人。

回来以后，他又背局长和小马去拍片。医生看了片，看了人，对里面的一张手术床说："哪个先上？"

小马说："局长先上。"

局长也没谦让，哼哼叽叽地进去了，门也关上了。

镇医院半夜没有生火，也没有人，所有的医生护士都到手术室里去了。伯纬陪着小马坐在冰凉的条椅上。门外的风又大，伯纬把门关好了，要把小马扶到靠里面的一张条椅上，说："里边风小些。"小马就坐了过去。他的一只棉衣袖子还剪开了，因为那只胳膊断了。他淌满了血的膀子就露在外面，一些骨头从肉里钻出来，看起来就像个跟人打过恶架的失败者，样子十分可怕。伯纬想同他说话，最好还多一个人，或者有点儿歌声就好了，自己唱的、录音机里、收音机里唱的都行。他自己的膝盖也露在外头，破了，也有血，也没有了知觉。两个残手冻得像紫茄子，他想起听到手上出现的撕裂声，他这才有时间看，是右手，过去的虎口与掌子连在一起的地方破了，他动了动那半截大拇指，虎口就生疼。

"都腊月二十六了，再过三天就要过年了。"他捏着伤口对小马说。

小马没出声，闭着眼睛坐在那儿，头上缠着湿漉漉的毛巾。

"也不知道你们局长的手术大不大，估计那鼻子上额头上的两个洞几针就缝了，手和脚上夹板。"

小马点了一下头，又好像没点，没动。

"你坚持一下，这儿条件有限，就一个手术室。这儿我蛮熟悉的，我当年手炸了，就是在这儿做的手术，现在医生都换了，又混熟了，凡是我救的人，我都要送过来，放心些。"

小马好像睡着了。好半天，他忽然说："我们局长的包……他拿着？"

"当然他拿着。"

"他死了也会拿着。"

伯纬看着小马："你说这话？"

"也会拿着。他的钱嘛。"

"他不会死的，进了医院，进了手术室，就放心了。人哪这么容易死呀。我当年血压高压只有二十，低压只有八了，还没死，活到如今好好的。医生说，我再晚来五分钟就没命了。我就是再晚来五十分钟，我也会活着。人就是这样，哪会那么容易丢命哪，不会的，你只要想活，你就能活。除非你不想活了，还有人帮你活呢。"

他不停地给小马说话。手术室没一个人出来，仿佛医院里没人，手术室也是空的。电灯又暗，伯纬看着小马突然害怕起来。他提高了嗓音说："喂，小马，你说点话看看，要不我喊医生来给你吊点盐水。"

"更冷。"小马说话了。

"你是说吊盐水更冷吗？不吊？那就不吊。小马，你饿不饿呢？你想不想喝点水？你上不上厕所？做手术时一针把你麻翻了，想撒尿都撒不好了。"

小马摇摇头。

"为什么有那么多钱？单位的吗？"伯纬在找话说。

小马又摇摇头。

"局长自己的？"

小马还是摇摇头，很不情愿似的。

"你不知道，你左右不知道。你们局长说，准备给我两套工作服……那么多钱，我总算搞懂了一个问题，我要是有这么多钱，我也会把车挂到四挡五挡往家里飞。我现在才晓得车祸是怎么来的了。"

小马还是在摇头。

"你蛮难受吗，小马？"他看到小马身子一阵阵发紧，"你是不是冷呐，我去搞床棉被来。"

伯纬就去拍手术室的门，他不停地拍，他害怕。他顾不了那些。

门终于打开了，一个穿着白大褂的女同志欠身出来说："有什么事？"

伯纬听到手术台上有敲打声，忙呐，但是他要说："外面的伤员冷，能不能搞床被子？"

女同志说："被子？除非做过手术了上床。那不行啊。"

伯纬说："你们还要多长时间呀？"

"马上完了，别急别急。"

他扶在门框上的手只好缩回了，因为那女的又要关门，当然是笑着关上了那扇手术室的门。

他只好又坐到小马的身边，抱怨说："都是些新手，新来的小医生，手脚又慢。"又对小马说，"医生手脚要快，你们手脚要慢。以后开车，你千万要慢点，跑那么快做什么，慢一点，图个安全，到头来受罪的是自己……"

他这么说着，劝着他，他好像觉得小马已经死了。小马还是坐在那儿，闭着眼睛，垂着头，一动不动，但像死了。伯纬不用去触摸他，一看就知道他是个断了气的人，他见得多了，瞟一眼就感觉出来了。

伯纬瞟着他，不知如何是好。他的脚往旁边挪了挪，想离开小马尽量远一点。他用手去试试小马的鼻子，的确没气了。

"外头的死了！外头的人死了！"他猛拍手术室的门。

门开后里面的医生终于明白伯纬说的什么，一个男医生和一个女护士跳出来，他们要伯纬帮忙把小马平放在条椅上，男医生捏起拳头砸小马的胸脯，又用手掌压。女护士拿来一个大针筒，一根粗针管，两人嘀咕了几句什么，女护士挦起小马的衣服就朝肉里面扎去。一筒药水推完了。男医生用手去摸小马的脉搏，又用听筒去听他胸前，然后站起来，摇了摇头说："不行了。"

伯纬站在那里，那一刻从头到脚颤抖不止，仿佛心里边残存的最后一坨热量被什么卷走了。他把目光停留在那张被他擦过，又被他包扎过的脸上。他看灯，看墙，看医生，又看那张悄没声息的脸，很年轻，又安静，好像遽然间缩小了，瘪陷了，归顺了某种强大的势力。伯纬哭了起来！伯纬说："小马，不是我不救你，我是把你送到医院了，只怪你的命了。"

他对医生说："我把他背到后头去吗？"

医生说："可以。"

伯纬抹了抹眼，用一双脏兮兮的手抄小马的腋窝，弓起身背上他，去了后头，才知外面正大雪纷飞。他在黑暗中把局长的姑妈挪动了一些，把小马放下来，挤上木板，放稳了，摆平了，再进医院的走廊。没有医生了，都进了手术室。在那个空荡荡的走廊里伯纬又一阵好哭，泪水简直像挖穿了的泉眼，就觉得今天让人一阵好哭。他离开了医院，摸黑往家里赶。

十几里路，雪又下得紧，风也刮得寒。好在，鸡叫了。

看到家就有了一股人气和温暖。天已经大亮，羊在叫，牛铃在牛屋里发出了骚动，牛又渴了。鸡在叫，孙子也在叫——他站在门口，单衣单裤地站着撒尿，尿把裤子也打湿了。

怎么没一个大人管他，寒冬腊月下雪天，一大早的，让他一个人站在门口？他迈开山里人的大步就上前去抱他，想把他抱进屋去。这时，在里屋的三妹丢下舀潲水的瓢飞快地一把从伯纬手里将孙子夺过去了。

"你不要碰他，腊时腊月的，你刚背了死人回来！"

说啥啦？伯纬愣在那儿，像一截糟木头。他站在自家的门口，看到了屋里的几个人：两男两女；三妹，那个头发垂落下来已经花白的，另一个，妮子，胡子拉碴、像根犁拐的女婿，孙子，四个人。

他们是谁？搞什么的？是他的家里人吗？这不是他的家！是谁的？他不愿意想，不愿在意识里让它明晰起来，就像他不愿细看那些变幻不定的云朵一样。

伯纬好伤心，伯纬的双手还没有放下，还是抱孙子的那个姿势，僵痴在那里。又一次，他颤抖不已。他本来不想说的，他终于说话了，他说："我这辈子就是个背死人的命。"

他说完，进屋，舀水喝，脱了衣服，上床睡觉。一屋的人，那四个人，都听他清清楚楚地说出这句话来，然后看着他把一身血壳的衣裳摔在糠柜上，发出很响的声音。

春节有两个人来看他。都是被他救过的，提了橘子酥食和火酒。火酒让女婿提回家去了，伯纬自己不吃火酒，商铺里买的火酒，总是打头，喝了又不容易出汗，闷得慌。

开春了，雪化了。又来了一个客人，是安徽的。伯纬差一点认不出来了，就是那个压在石头下的安徽司机的弟弟，说是路过，来看看恩人。那个人说："我现在算是下岗了，又没有发财。没发财也要来，我欠您一笔人情。"

"哈哈。"

伯纬笑着给了那人一拳，然后留他吃饭。那人也不客气，喝了半斤酒，吐着满嘴的羊胯子腥膻味对伯纬说："我给您钱，您会骂我；我不给您钱，您也会骂我，骂我忘恩负义，您先不要说话，听我说完。我想了个点子，我帮您在公路边搞个小卖部，卖点东西。现在人也多了，车子也多了，守着这么好一条公路，不生钱划不来……听我说，生钱是来路正大的钱，不是收费站的钱，也不是交警乱罚款的钱。"

怎么推脱，也不行，就这么办了，那人早就在村里叫了人，买了些木板、青瓦、檩条及椽子，不到两天，花了几百块钱，就把个小卖部拾掇得清清爽爽了。那人临走时又一膝跪下，涕泗横流，说："我哥生前也是个识好歹的人，他会保佑您发财的。"

伯纬说："我只求平安，不求发财，恭祝你也一样。"

伯纬进了些烟、酒、麻花馓子、鞭炮、洗衣粉、力士鞋什么的，还找人进了点蝴蝶标本、木制的刻有"神农架旅游"的小钥匙扣。他守着店子。有时，三妹来打打招呼，他就去放羊，他知道哪儿有好草。

生意不咋样，一天卖不出去十块钱。歇脚的人歇脚，还白搭上茶水。一些司机飞快地开着车在车上给他打招呼，没有闲空停车，忙着赶路挣钱。于是伯纬就在小屋后砌了个羊圈，把几十头羊赶来了，没生意就关了门伺候羊儿们。

这一天，他赶着羊群经过挂榜岩，就见一个老师模样的人正在给一群来这儿旅游的学生讲解："……你们中说不定就有谁能破解这神农架天书，我相信我的眼力。不管是我们的祖先留下来的，还是外星人留下来的……"

他走近去，他还听见那个老师正口沫乱飞地给那些年轻人讲什么神秘的北纬30° 文化带，什么野人啦，恐龙化石啦，金字塔、魔鬼三角区啦。听着听着，那些年轻人转过头对他的羊群发生了兴趣，有的男的学着羊叫，女的尖叫，然后和他的羊一起拍照，叽叽喳喳。

情形太乱了，羊到处挤挤擦擦地跑，他要那些年轻人帮他吆喝，后来，汽车发动了，那些人又雀跃般地往车上钻去，留下四散的羊，它们咩咩的叫唤声太让人激动了，伯纬好久都没有这么高兴过。他骂它们，骂羊，用鞭子抽它们，抽空气，抽这个早晨。

太阳直通通地照在岩上，现在他被温驯的羊们簇拥着，他手抚着头羊的角，他仰望着岩壁，是什么字呀？一个"路"字，还有一个是"缘"字还是"情"字？

他都记不得了，是二三十年前的事，他认出来过，现在，他恨不得把两个眼珠子伸出来，扒着那些天书的缝看个究竟，啥字呀？啥字？

这样眼就看花了，什么字都没见着，那些天书里是腾起的烟雾，是密密匝匝的老林，是一群扑打着翅膀四处飞散的松鸦，还有呼啸的手臂，深壑般的喉咙……它们全像蛇一样纠缠着，冲撞着，翻滚着，煎熬着。

这时，从岩壁的天书间弹出了一片歌声，怪清亮的，比犁铧的敲打还有刚性：

　　　洋二队，土四队，
　　　不土不洋是三队……

鸡娃子有点怪呀。今天洗懒（脸）我没有抹眉毛？
他抹着眉毛，说："王皋，你还在吓我！"
他赶着羊群上了山，山上有极好的草甸。

狂犬事件

疯狗进村了！

是两条。它们沿着清凉垭子的豁口一路急急而来，清晨进入忘乡村。它们是从郧县的石槽溪进入神农架的。一条是独眼狗，一条是金黄色的长毛狗。无论美与丑，它们都是疯狗，毫无自制，身带毒液。事情的经过是：独眼狗的主人家清理薯窖，其父下去了，没有上来。大儿子急了，下去寻父，也没有上来。其母再下去，又有去无回，儿媳呢，一样下场。这家还有个上学的小儿子，中午回家吃饭，见家里空无一人，薯窖口一片狼藉，十分惊悚，就顺梯子下去，下了两步，鼻中怪气，胸口刮闷。这读书郎乖了一着，忙爬上来，把自家的狗用绳子兜了，放进窖中，过了一会儿，提起狗，狗搐搦混沌，双目赤红，突然一跃而起，向外跑去，疯了；那金毛狗呢，是因为吃了有人仇杀后掩埋在山沟的腐烂尸体（据说是四川采药人内讧——为一株百年人形黄芪），钻进一片油菜花地里，撒了一泡尿出来，登时亢奋难忍，狂奔狂噬，啃人啃树……两条疯狗因气味相投会合后，就向清凉垭出发了。毒气攻心，火土当令，只好找有凉风的地方跑，这样，跑到了忘乡村，并由此拉开了一场疯狂的人狗大战。

最先遭难的是胡老幺的牛。胡老幺因为住在村口的半坡上。他的老婆本香早晨起来给牛喝水，把牛牵出来了，把水管上的木橛抽开了一点，让水慢慢渗漏，牛就舔水。女人勤快，长得也还不错，是山下一个茶场的，嫁到这山中峡谷里后，辛苦得要死。但辛苦归辛苦，脸上的颜色没褪，因此胡老幺才没去山外打工，他觉得家里安逸，还有个听话的儿子，七八岁了。喂几箱蜂子，几头猪，加上牛，加上几亩挂坡田，够了。有蜂蜜酒喝，够了。山中的日子安稳。可哪知道这年的春上他家的牛会被疯狗袭击呢。

他老婆本香让牛舔水后，就在屋山头的茅厕里撒尿，听见路上有细碎的声音，抬头一看，两条怪模怪样的狗，还以为是狼或是豺呢。分明是狗，可尾巴拖地，急走无定，嘴里嘶嘶啦啦。牛正在道边，那狗就顺势咬上了牛腿，俩狗各咬一口，再下口时，牛就发怒了，牛被咬时就在退下路坡，头一甩过来，两只巨大的角就寻对手复仇了，俩疯狗吓得呜呜大叫，快速退去，见没有多大油水，又调整步伐，向村中奔去。

本香感觉到是疯狗，至少是野狗、恶狗。她怕狗，没敢出来，拉住了茅厕的门。等狗一走，冲出来，跑进屋，又关上门，大喊尚在梦中的胡老幺："狗咬牛了！"

胡老幺一个鲤鱼打挺，跳下床来。他对自己的财产听得非常清楚，不要多问。他光着膀子，在门旮旯操起一把斧头，迈出门外，找狗，狗已无影无踪。再寻牛，牛呢，牛跑下路坡，到竹林子里，狂烈地摆着大头与犄角，疼得哞哞大叫，疼得受不了啦，它跳牛脚。

"等我穿了衣裳把那狗杀了，哪家的狗！"

他的儿子也睁着通红的眼睛爬起来了。

村子里开始大乱！

狗把张克贞的妮子小凤咬了。

狗把一头羊的脖子凿穿了个大洞，羊死在路上，脖子还在咕噜噜地冒血。

狗把蹲茅坑的汪家老头的鸡娃子咬掉了。

狗咬死了两只鸡，鸡头咬下来了，鸡身却在满村跑。

狗还咬狗——

村民汤六福最钟爱的一条狗，黑子，乌黑发亮得像一块焦炭，高大，威猛，忠于主人，并且目空一切。有什么样的人就有什么样的狗。汤六福这人也是如此。汤六福是个英雄。他怎么不是英雄，那年去四川背盐，他的膝盖摔破了，他就用斧头割开自己的膝盖，掏出破了的半月板，又放进去自己用牛骨头雕的一个半月板，然后用缝衣针缝合。这样的人还不能称之为英雄吗？后来虽然他走路还是瘸，穷得鸡娃子打得板凳响，但这样的英雄，天下有几个?

两条疯狗碰到了一条英雄豢养的走狗,活该是一场鏖战。黑子早晨起来,总是要爬到坡顶的路上面,对着日出东方狠狠地撒一泡尿并且狂吠几声的。那儿有棵百年漆树,是它的泄处。泄了,伸一个长长的懒腰,用阳光濯得猩红的舌头,便开始叫了,有生人,无生人,也要叫。向东边一扇巨崖的峡谷。可这时候,它一下子看见了两条生狗。哪儿来的狗呀,毛色这么可恶,到哪儿去呀?那两条狗像没见到它似的,垂着眼帘,只顾看自己的脚下,还呼呼啦啦地吐涎。想就这么从我的地盘过去,连个招呼都不打,这么牛逼!于是黑子先是捏势地从喉咙深处咆哮了一声,很低沉,是提醒,是警告。然而那两个家伙依然不理,视而不见。我操你的老妈!黑子再不想跟它们啰嗦了,候到后扑上去就是一口,咬住了前面的那独眼狗。那独眼狗已眼中起雾,肚里白炭焚烧,心想谁还敢有这大的胆子惹它呀,于是以牙还牙。另一条金毛狗也赶快助战,两条疯狗咬一条恶狗。三条狗咬成一团,黑子虽占着天时地利人和,可对付两条咬红了眼的疯狗,也叫它够受了。它狠狠地咬它们,它们也疯狂地咬它,三条狗咬得日月无光,血肉横飞。终于黑子还是占了上风,把它们咬出了自己的领地,咬到坡路的拐弯处,定住神一看,那两条狗正在狠命地啃一块石头!

两条狗牙齿叭啦叭啦地往下掉,黑子懵了,它直瞪瞪地看着,看傻了眼。后来,它呜呜地跑回家。

汤六福只听得狗在外头与狗打架,因为春天了,以为黑子又找到了情人,在"走草"呢。听见狗的呜呜的声音,出门一看,狗哪还是狗,一颗眼珠子都掉出来了,浑身血糊汤流。什么东西咬了他家的狗,该不是野牲口吧?他唤自己十二岁的哑巴儿子快去看看。哑巴儿子操起一根木棒,赤着脚就向坡上跑去。这时,他听见村里响起了一阵"疯狗来了"的喊叫。

"什么,疯狗?!"

村长赵子阶来不及想什么,急匆匆抓起村里唯一的一把枪,派出所特批的护秋的枪,就赶往出事的地点。这是他护身的法宝,心里的底气。他快六十啦,后劲不足啦,加上村里总有一些混账东西时常与他过不去。你就是堂堂做人,万一他们把手中的刀或者斧头砸过来,你总要有个自卫的家伙。谢天谢地,这种事至今还没有发生过。他与村民们还保持着上个世纪残存的互相微笑的美德。他是个微笑的人，尖尖的下巴，平坦温和的额头，一双粗大的手。走路的时候看上去像一只野雉。他过去是木匠，村里人所有使用的木器都出自他之手。那时候他是个细心的人，手拿凿子和斧头，两耳不闻窗外事。在一次选举会上，有人给乡工作组的人说：赵木匠经常耳朵夹一支红蓝铅笔，他有文化，这样就推举他做了这个大山腹中的、一个仅二十家七十来口村子的村长。这个村往东走二十公里才能到公路，往南走二十五公里才能到公路，往西走一百公里还是山和森林，往北走就走到四川去了。

赵子阶走着走着，有人夺走了他的枪，他没看清楚人，那人和另几个人说是去赶狗的，手上的枪就像一片树叶被风卷走了。一堆人正围着一头咬死的羊看。情况马上就汇总到他这儿来了，哪儿来的狗，往哪儿去了，咬死咬伤了多少人、畜，等等。

"人，赶快送到镇上去诊治，主要是打防疫针。哪家的孩子哪家抱。"他突然顺嘴使用了一句伍乡长经常教训村干部的话，他觉得这话用的时候和场合都太好了。然后他又说了一些治狗咬的土方，他说的是有六神丸的快献出来，老烟屎敷伤也行，最好加点红糖和蓖麻粉。另外有人献出了一个叫狂犬汤的方子，什么斑蝥雄黄茯苓双沟防风半夏之类。另外有一些人去追狗了。赵子阶分析了一下形势，形势并不是很严重，咬伤的牲畜杀了吃掉，不想杀就治治。因为狗没有抓住，他也没看见，也说不清究竟是什么狗，不是疯狗，那就算虚惊一场。疯狗怎么会跑到这个闭塞的老山沟来呢？尤其不敢相信的是把汪爹爹的鸡娃子咬掉了，这是个稀奇事，他得去看看。汪爹爹年轻时可是个花爹爹，老了总得在晚上握着自己久经沙场的那东西想点往事，这一下不是断了他的活路吗。正准备去几家看看时，汪爹爹的两个儿子忽然来报，汪爹爹死了，忘乡村的一个花爹爹就此结束了他的一生。想到这儿，赵子阶莫名地鼻头一阵发酸。死了人了，问题就显严重了。他对那些还围在死羊边的迟钝愚顽的村民来了火气，大骂道："妈劳个逼的，还不去打狗啊！"

大家一哄而散。

孤身一人的时候他就想到找枪。这是往年一个人长期走老林时形成的习惯。可是枪不见了，他的记忆力非常糟糕，有人提醒他是胡老幺拿走了，因为胡老幺的牛咬了。"那你们给我找根棍子。"他有些愠怒。他接过一根别人递给他的不太光溜的棍子，指挥大家按距离排开，沿着疯狗奔去的方向，涉过一条河，进入村子西南的一面大坡，那儿是个灌木丛生的树林。

乱找了一气，已近中午，没有狗吠声，也没有听见枪声，也没有人的吼声，树林、村子，都安静极了，似乎什么都没有发生过。赵子阶钻出林子，有了一头老汗。他揩着汗，他想去看看张克贞的妮子小凤。那个妮子是一个很标致的妮子，可就是衣衫破烂，头发花白，瘦瘦丁丁，是一个严重营养不良的妮子。赵子阶还记得妮子的妈是怎样热热闹闹迎进山里来的，因为她嫁了一个现役军人，所以她才进入这个光照不足的高山深处。但是复员回来的张克贞一直到把最后一套军装穿破，也没有让家庭有什么起色，并且成了一个懒惰的、好酒贪杯的、烟瘾极大的蔫男人。于是小凤的妈丢下小凤，离开了这个山村。现在，这个破破烂烂的屋里留下小凤的爷爷、小凤的爹和小凤。而现在她被狗咬了。她给咬得可惨了，狗拉去了她脚踝那儿的一块皮。她爷爷和她到山里挖了几天柴胡，卖了柴胡给她买了一双心仪已久的白球鞋，刚穿上一天，晚上家里的猫在鞋子里撒了一泡尿，让她心疼得不行，清晨起来到路边水沟里洗，哪想到与那两条狗遭遇了。

小凤躺在床上，脚上已被她爷爷用红糖敷好包了。小凤的爹张克贞在火塘边抽烟。

"小凤，你说说那狗看看。"赵子阶说。

小凤已经有十三四岁了，可看上去却是个不到十岁的孩子，没有发育。这孩子就讲了那两条狗是怎么回事，她讲得很清楚，赵子阶总算在心里给这两条狗画出了一个凶恶的形象。

"但是，是不是疯狗呢？"

小凤晃着脑袋，不置可否。小凤的爷爷也说怕不是吧。赵子阶盯着小凤，突然觉得她要死了，他大声说："快去打针。"张克贞不动，没有反应。一头茅草似的头发，一个脏脖子，一圈没有翻下去的破衣领。抽着烟，进入了洪荒。那烟味有一股霉味，他一定是在镇上供销社买的霉烟，那烟便宜。他时常买这种烟，听说镇供销社跟他熟了，总把发霉的烟给他留着。赵子阶知道他经常在门口翻晒霉烟。牌子本身就很次，谁都不愿接他奉来的烟，渐渐地，他也就知趣地一个人吸了，这么，越来越孤僻，越来越呆滞。谁都不会相信，他是侦察员出身。

让他出钱去给孩子打针（听说要一百多元呢），那不是说洋话，在虱子身上扒皮。

"是疯狗，一定是疯狗！赶快卖猪，给小凤去打。"赵子阶声音发颤，又补了一句，"没听说汪爹爹死了吗！"

张克贞懒洋洋地说："那是咬在了要命处。"

"你就这个妮子啊，我跟你说。"赵子阶走出来，仿佛在地府游了一遍。他为什么有这种奇怪的感觉，他为什么发冷呢。

外面才是人的世界。他想到张克贞。这儿，这个地方真让他没有了一丁点儿生活的动力了吗？他能不能振奋起来？阳光真的很明媚，但风很冷，这个地方，花倒是都偷偷地开了，还有油菜花，与山外的世界一样的黄，还有野丁香和秃疮花，有的在石头上开着，有的在牛粪上开着。杜鹃也在打苞，走到哪儿都是打苞的杜鹃，映山红。可是这么好的风光为什么不能给人以激励呢？村里最好的地方，最好的阳坡地，都给了他，因为他是复员军人嘛，他对咱们国家有功嘛。他这么想的时候脑子里猛然蹦出来一个想法：一定是疯狗。他又想到这个上来了。不是疯狗为什么狂咬乱啃？他要去说服张克贞，救那可怜的妮子一命。

他又踅回去了。

张克贞猪圈里的猪有三头，全是小凤喂的，这个小凤。张克贞看到村长赵子阶又回来了。赵子阶不想和他说别的了，像一墩木头站在大门口："克贞，你还不动？你是死的！"

没应声。

赵子阶几乎愤怒了，他说："要我动手吗？好，我就不客气了。"他一脚跨进了猪圈，顺手抓到一根麻绳。张克贞的爹出来了。赵子阶不晓得哪来这么大的力气，拽住一头猪，先抓猪耳，再扫腿将它绊倒，跪在猪肚上，就开始往猪蹄上缠绳子。张克贞总算出来了，横来一脚，使暗劲想撬开赵子阶："你，你不要。"小凤也来拉绳子了，父女俩与赵子阶对抗，拉拉扯扯。赵子阶毕竟是上了年纪，他哪是他们的对手。

"搞什么？！"赵子阶不放手，他不放。他的手上、身上都是臭熏熏的猪屎。他怒吼道："妈劳个逼，歪嘴巴吹火，邪完了！"

他捆好了猪。有张克贞的爹帮忙，他坚持到底了。他有劲。"背上。"他说。他的脸上都弄上了猪屎，后来在头顶捋了一把冬青的叶子，手上却突然蜇得生疼。噢，抓到了一只毛虫。他走上坡，回头望去，张克贞的爹已经将猪放到背篓上了，并在呵斥张克贞。

"这才是对的。"赵子阶被一种胜利的喜悦笼罩着。他坐在坡上，很疲惫。

没有打狗的人。坡叫卧虎坡，一边是张克贞的地，一边还有汤六福的地。汤六福就住在此。

非常肥沃的土地，最好的土地。可是那儿蹲着张克贞搭的一个茅棚，看庄稼也歇牛的。就像一个美女，穿了一双破鞋。

此刻，他看到了汤六福和他的黑子过来了！

我凭什么走到这儿来呢？我现在正在喘气。村长赵子阶手握着棍子冷汗直淌，那狗咬过他，那狗如今被咬了。咬了不也疯了吗。当年咬他，当然是汤六福唆使的，因为汤六福交不起这款那款，没有办法，赵子阶就带着乡清算小组的几个人去牵他的猪子，结果赵子阶腿上留下了一排光辉的齿印。

可怜的狗！他现在看到的那狗就是如此，它惨啦，它千疮百孔，丧魂落魄，浑身上下裹满了布巾。汤六福把狗往他屋后不远的一个山洞里牵去，那儿是他家的一个天然牛栏。

汤六福直桶桶地迈着腿，像一个军人，身板端直，一个残疾军人。你别看他胡子拉碴，那胡子长在他嘴上，就是一股威风和杀气，像剽悍的土匪。

"杀了它！"赵子阶说。他在风中大声说。

"又不是你的狗。"汤六福说。

"被疯狗咬了的狗也是疯狗。"

汤六福根本没听他的，还好，汤六福这次没唤狗咬他。唤不了啦，狗快死毬啦。

雾气一阵阵漫上坡来，天似乎要变了。老林子里传来了稀落的赶狗声。狗去了哪儿呢？他的枪又没了，他想先回家去等消息。他回过头猛一下看到了坡顶那张克贞的茅棚子旁，有一条狗，对天吠着。他的心咚咚直跳。又没有人，又没有枪，他喊汤六福吗？他攥紧棍子，铆着胆往那儿靠近。

"嗷！嗷！"他学狗叫，想把狗唤出来，前后没有，估计钻进了茅棚。

他先是用棍抽茅棚，抽了一会，拨了条缝，往里看，里面没有什么，就一堆未烧尽的柴薪，几块砖头，几泡牛屎。我该不是眼花了？他想起老眼昏花这个词。正在惶然四顾的时候，又似乎在不远的一座山梁上看到了女儿秀妮。

她跑出来干什么？

二

　　要走出老龙峡得过五次河，其实就是一条河。路在河这边河那边拐来拐去。

　　张克贞背着猪牵着自己的妮子前一阵还是很轻松的，过头道河时也顺利，父女俩挽着裤腿就下了水。小凤的脚伤了，可她过河时没要爹背，她自个儿走。她爹张克贞说："这也好，狗咬的地方被这河水一冰，毒性就去了一大半。""您的意思是不要去镇上了吗？"张克贞没有说话。四月的河水的确很冰，就像从冰窟里流出来的。上了岸继续走时，猪不干了，发狠地叫，不挣断绳索不甘休的样子。张克贞没了主意，他想，赵村长总是好心。把猪没法，看看天，太阳在哪儿还看不见呢，峡谷一线天，天色暗得像黄昏。小凤在后头抚摸着猪，哄它，那是自己喂的猪，见捆得这个样子，泪就掉下来了，就喊她爹："爹，回去吧。"

　　张克贞不回答。他放下猪，松绑。猪下了地，自由了，不吵不闹了，还寻路边的野草吃。张克贞去牵猪，他的意思很明了，走。小凤也没话了，弄了根树枝赶猪。这样过第二次河了。这水有些陡急，河面不宽。张克贞不知道怎么让猪过去，猪不可能游过去，它不是狗。水虽然不深，但淹过猪头是没有问题的。张克贞就去抱猪，也不管猪身上的脏物。张克贞当过兵，要真用力，还有一把力，走了几步，石头一滑，在水里摔了个跟头，猪也离了手。他去抓猪，哪还抓得到，眨眼间猪就顺水流跑啦。

　　小凤也去抓猪，父女俩都弄得一身精湿，凄凄惶惶地爬上岸来，绞着衣服，望着下游。

　　"唉！"张克贞想到刚才发生的事情，一拳砸在树上。他的一口猪没啦。小凤呢，她在那儿偷偷地哭泣。想奇迹发生是不可能的，追都没法追，下游是茂密的灌木丛，里面刺藤如织。

　　"走啊，回去啊。"张克贞说。小凤还痴痴地望着那河的下游，水雾腾起的地方。

　　这时村里忽然来了几个人。

赵子阶以为他们是来帮助打狗的，细眼一看一琢磨，与狗无关。

"我们是来捉人的。"乡里管计划生育的屈委员张着两颗锋芒毕露的龅牙说。

"你们不打狗？"

"我们先把人捉了。"

"你们来时碰见了我们去乡里送信的人吗？"

那几个人都摇头。那几个人中还有山那边高坪村的一个穿花衬衣的村长，一个大头妇女主任。事情是：忘乡村姚家大儿与住在高坪村的表妹同居了，而他表妹还未满二十岁。

"她堕了胎。"他们说。

在这样的山沟里，一个女子堕胎是什么人也瞒不住的，无数双晶亮的眼睛都盯着每个人的一举一动。

这事儿赵子阶无言以对。而且几个人都被门口的风吹干了汗，眼巴巴地等着村长烧饭给他们吃。"这是来添乱的。"赵子阶要寻找他的女儿秀妮，她的妈到房县一个什么地方给秀妮弄药去了。秀妮这么乱窜，疯狗咬到她了咋办？有一忽，他想干脆咬到了也好，咬死了也好。他为什么咒她，骂自己的女儿？他不愿说出女儿"疯"了。不愿在意识里凸显出它来。女儿不过有点神神经经的，还能知道自己的卫生，笑的时候还不至于太难看，太傻逼。他正焦头烂额时，这几个人跑来捣蛋了。

"那就自己烧饭吧。"那几个人说。家里没有女人，那几个人在大头妇女主任的吆喝下，就找米下锅了。有人开始剁腊蹄子。

开饭的时候人都回了，先是老婆牵着戴红呢帽子的秀妮回了家，后来是去乡里送信的转来了。再就是胡老么还枪来了。

"没有见着。"胡老么说。

"我见着了。狗还没有离开村里。"有一个人说。

"我们一直赶到老龙坪村。"另一个人说。

"算了吧，算了吧。"赵子阶一阵失望地赶他们各自回家去。他不想跟那几个客人闹酒。他没有情绪。天已经黑了，他提着枪去村里遛了一圈。汪家爹爹的屋里正是一片哭声。他觉得问题还是严重的。更严重的问题是，老伴给他讲，没搞药回来，那个郎中讲，只有给秀妮找个有火罡的人，冲冲阴气。那哪是郎中，一定是巫婆。到汪家爹爹那儿只吃了一支烟就溜了，这样的哭声把村里闹得哪来一点火罢？他当面就小声骂了自己的老伴一顿："信这种鬼话！"老伴有鼻子有眼地说：秀妮小时候被人退了眉火。

他胡转悠时，碰见了一个人，胡老幺，正在水沟边刷他的牛。

"它咬得重吗？"他问。

胡老幺说："它一只腿瘸了。"

赵子阶递给了他一支烟，他们对燃火，村子里无比寂静，云上来了，本来就没有月亮，星星遮住了，风也来了，橡树和山毛榉发出呜呜的声音。

"它们未必去了清凉堡？"赵子阶自言自语地说。

这样他们都在黑暗中把目光投向了村里最高的山峰清凉堡。它高踞在那儿，那个黑魆魆的古老的寨堡，在灰青色的衬景里，阴森、厚重而威严。

"寨子里吗？"胡老幺说。从他身上被风送过来一股热辣辣的体气。他还算个人。村里已经不多的年轻男人中，他让人有几分好感……赵子阶赶快煞住了这些想法，他有些羞愧，甚至悔恨。"老子不信这个。"他在心底里制止自己说。

"寨子里都说有鬼。"赵子阶这么说。

"那是树吼，哪有鬼。"

"树吼不是那样的，有人说是白莲教操练的声音。嘿嘿，也是鬼话，白莲教都两百年了，还能喊个什么，我也不信这个。那是扯鸡巴淡的。"他说，"全扯卵蛋。什么喊'杀呀杀呀，杀了官府坐江山呀，明王出世，官逼民反'呀！扯毬蛋！老子才不信这些鬼话。"

他恶声恶气地发泄着，他一路走一路骂，他要摆脱这个春天的秽气。

再次发现疯狗进村，是那清晨早起捉姚家男女的几个客人，他们上山时，因为保持着安静，只有几双脚板踏地的声音。姚家独一家住在山上的一个小坪上，由忘乡村会计带路，姓柳的会计手握棍子开路，天有些亮了，女贞子树的叶子格外明亮，这天的天气肯定不错，而且鸟叫了起来。这时候，走在后头的人见雾里有两只野物在潜行。"有野物！"他是这样喊的。

大家驻了足，开始聚拢，看是什么野物。

狗叫了。叫得生疼。狗从一条斜路朝山下呼啸而去。

"是疯狗！"柳会计肯定地喊。

于是一伙人就去打狗。狗跑得比人快，乡里的计生干部赶忙阻止大家说：

"回来回来，不要耽误了咱们的正事。"他们要去包抄姚家的房子。

疯狗再一次进入了忘乡村肆虐施暴。它们见什么咬什么，穷凶极恶，它们的死期也就快到了。

十几条狗组成了数道防线想把两条疯狗阻截，赶出村外。这些本地的狗也是些听了命令不要命的狙击手。三四条一队团结作战，前后夹击，却被咬得鲜血淋漓，落落大败。

疯狗窜进了一个猪圈，这家的狗为保护十几只刚出生的猪娃，紧紧拖住一条疯狗的腿，可十几只猪娃手无寸铁，娇嫩可口，还是被悉数咬死了。

忘乡村分上村与下村，中间有一大片松树与剥皮树林，里面有许多自由自在的松鼠和社鼠。两只疯狗在穿过松林时，咬死了一只受惊吓掉落树下的松鼠和两只挖洞的社鼠，于是愤怒的鼠们用它们锐利的啮齿展开了一场与疯狗的血战。鼠们跳上疯狗的背，轮番噬咬。鼠们像雨前的蚂蚁一样，它们采取了鼠海战术，前仆后继，疯狗陷入了鼠阵，了无方向，被那些野性的啮齿动物啃得如蜂窝一般，嗷嗷大叫。战斗持续了一个小时，几十具鼠类的尸体横陈，血光闪闪。狗呢，狗，被人紧紧包围啦。

村长赵子阶和他的村民在下村隘口的石崖上狞笑着，复仇的时机来了！大家看着村长先生叼着烟，一只脚踏在石头上，很吊儿郎当地搂响了火，一条狗噗地倒地，另一条也噗地倒地。枪声许久没在村子里出现过了，这一响，大家看见村长赵子阶又有了一些光辉。是他打死了狗，是他为民除害。村里腥风血雨的两天结束啦。人们松了一口气啦。

狗一倒下，所有的人都手举着大刀、棍子朝狗狂奔而去。"掏心哪！""砍它的脑壳啊！"

那些对疯狗恨之入骨的人除了想把它们剁成肉酱外，还想取狗心和狗脑去敷被咬的伤口，听说一敷就好，不会发疯病。

大事不好，打死的疯狗必须就地掩埋或者焚烧，以免疫情扩展，乡里有批示。并不只清凉垭子一带发现了疯狗，县里许多地方也发现了疯狗。这是怎么啦，这个春天怎么啦？赵子阶又一次朝天扣动了扳机，这枪声喝止住了那些人，他们回过头去看村长，看到了一张比疯狗还凶的脸。

"谁敢动狗？谁动动看，老子崩了他。"

"烧狗吧，烧了吧！"有人知道他的意思，这样说。

烧，好，烧就烧吧。但是有人不甘心，受害者的家属，朝疯狗砍着、踢着、踩着。火就架起来了，在太阳响亮地升起的那一刻，油菜花的浓香从山崖上一阵阵卷过来。一堆烧狗的柴燃起来了，空气登时被狗毛、狗皮和狗骨的骚怪气味所取代。

"看，他们来了！"

被焚狗的火烤得热汗直淌的人们循声望去，哈，那几个昨天来的客人已凯旋，他们押着姚家未过门的媳妇，赶着一头牯子。这牯子肯定没收了，因为他们说了，计划外怀孕是得罚一千元的。姚家的媳妇一脸的幼稚，她跟着他们走着，还牵了牛绳，那牛服她。

"哈，胜利了。"乡里的龅牙计生干部得意洋洋地说。不知是说他们，还是说打狗的人。

没有谁理他们。大家瞪着眼睛，冷冷地看着他们。

"嗬嗬。"龅牙说。他们绕过火堆，每个人手挡着袭人的火气。那一堆焚狗的火，仿佛是故意挡着他们似的。

"嗬嗬。"赵子阶在跟他们笑。

烧狗的黑烟弥漫在峡谷里，一只孤独的鸫鸟回应着另一只鸫鸟的叫声。人们的目光盯在被押走的那个堕了胎的女孩身上，跟着她。"哞——"她牵着的那头牛突然悲愤地叫了一声。

那个晚上，所有被咬伤的狗沉寂了半夜，到了三更天，便全吠开了。接着松林里出现了异常的响动，松鼠、社鼠和田鼠，还有一些小动物，烦躁不安，叽叽喳喳，到处乱窜。

再是猪、羊、鸡以及所有的畜禽，都回应着狗的叫声，仿佛兵荒马乱的日子来了。

恐怖的夜晚！

致命的毒素在空气里比风传播得还快。多年的经验告诉赵子阶，必须赶快把那些狗和其他有异常举止的畜禽打死，处理掉，否则后果只会越来越严重，天下大乱，他可担待不起。

一夜起来全村都是红肿的眼睛。大家围了上来时，赵子阶果断地说："杀，杀死它们，不要手软！"

有的一笼的鸡都是这样，都指望鸡养家糊口的。有的一圈的猪也这样，也要提前操刀吗？

"只有杀，不能手软。"村长就是那句话。

有一条狗已经先行疯了。事情很明显了，是疯狗，狂犬。那条疯了的狗跑进山林，先吃死松鼠，然后——据看到的人说：它与一只不知从哪儿跑来的青鼬对上了阵，青鼬已经被咬伤。

事情不像传说。过了几天，一个两岁小儿在山坡边拉屎，听到哭声，家长即跑去找小儿，小儿的肠子全被掏出来了。这是青鼬干的！青鼬掏人的肠子啦，青鼬疯啦！

青鼬，青鼬！

伍乡长突然来了信，要赵子阶速到乡政府去。赵子阶伤神不已，可还是得立马行动。他背上了背篓和干粮，把事情给柳会计交代了一下，踏上了去乡政府的长途。

晚上暮雾轻浮的时候到了乡政府。到了乡政府那楼梯嘎嘎作响的楼上，伍乡长正在虎视眈眈地等着他。伍乡长的嘴角带一点笑意，可那是难看的痛苦的狞笑。为这个送给赵子阶村长的笑意，他肯定准备了好长时间，像一颗炮弹，等到猎物了便放。

他要放了！他手拿着一份看起来很重要的文件。文件太多啦，为什么这么重要，甚至严重，问题严重，他那张锹板脸就透出这样的信息。

"我还钱给你呢，赵村长。"第一句话是这样的。

"你给我钱？"

"请你给郭大旺带回去，三十五元钱。"他努了努嘴，赵子阶就看到了桌上的确放着一些黑乎乎的钱。

赵子阶的脑袋差一点炸开了，郭大旺又闯了祸，可这钱……

"哈哈。"伍乡长用手指关节敲打着桌子，发出干燥的笑声，"他提去了两只鸡，两瓶酒，趁人不注意，丢到别人办公室了，省信访办将其折钱寄回来啦！你想想，什么酒？除去两只鸡二十元，还有十五元，是什么酒？村长先生，你猜猜看，是什么酒？"

伍乡长的逼问实际上就是在调戏他，嘲弄他，他是一个老人了，至少比眼前的这位乡长大，可乡长一个小伙子在尽情地嘲弄他。他无地自容，他如坐针毡，他饭没吃，水没喝，步行数十里山路就是来让年轻的乡长嘲笑一通的？

"可笑啊，可笑。"伍乡长可能看出了赵子阶的尴尬中透出的那紧紧压抑着的情绪。他的话是指向郭大旺的。可是，他突然把那份文件摔到了赵子阶面前。那是一份《对近期可能发生赴京赴省上访人员的排查情况》。乡长的愤怒就是为这个。

"看好自己的门，管好自己的人。谁家的孩子谁家抱，"乡长说，"咱还要吃饭的，咱还有妻儿老小，伙计！郭大旺就要让咱们完蛋了。"

事情会这么严重吗？一个上访人员就会弄掉乡长的饭票子？这是不可理喻的，乡长为什么这么紧张。我如何能把一个爱上访的孤老头子一天二十四小时管住？我总不能把他关起来，捆起来。赵子阶准备起身离去，他想我是不是该走了。他就说："伍乡长，没事我就走了。"

"你弄清楚了没有？"

"我弄清楚了。不过腿长在他的身上。"他想我得反抗一句，只反一句。凭我的年龄和我那已经不思进取的心态我也可以反抗一句。

"你说什么？"伍乡长的牛眼瞪得大大的，锹板脸变成了镐脸。

"我们什么事情都想法子跟他解决了，上头交代的每一件事情。"他说。他还想说说疯狗的事，死了两个人，可他不想说，乡长不问，他就不说。已经够了，他损失惨重，家里还有一个疯疯癫癫到处乱跑的病人。他抓着一把伍乡长给他的核桃，他咬不动核桃了，他想他可以不干了。

"你们为什么不给他吃五保？为什么不让他搬回自己的屋里去？为什么不归还他的山林？为什么没收他的那一千斤柴火？你们砍了树——乱砍滥伐，你们村干部吃吃喝喝，你们收三提五统这款那款牵人家的猪子，都给捅到省里去啦。好啊，你们那个鬼都不晓得的穷山村，这下在省里出名啦，老赵，你是一个名村的村长啦，对着窗户吹喇叭，名声在外呀伙计，飞机上打屁，臭名远扬呀伙计……"

赵子阶没有说话的空隙，他不能申辩了，他想说我给他吃了五保他又不吃了，现在又想吃；他想说不归还他的山林是他吃了五保，山林归公，再吃再给嘛；他想说那一千斤柴火是派出所没收的；他想说他轻车熟路，上访有瘾了，你拉得他转来？他还想说收这税那款的未必是我赵子阶定的，还不是你乡里定的。可是他没有说话的地方。后来夜风就吹进来了。

他踏上回程的时候窝了一肚子的气，他遭到了乡长的一顿猛攻。他是一个老人，这样对待一个老人是毫无道理的，要遭到报应的。况且，我这个村长在为谁办事？我辛辛苦苦一年上头得到了多少好处？

一个伤心的沉重的影子在夜路上痛苦不堪。赵子阶后来连走路的力气都没有了，没有了精神的动力来指挥两条腿。在春夜溶溶的月光里他一阵一阵伤心。他又骂郭大旺："你去死！老不死的！"

他干脆在路边的一个山洞里睡了一觉，那里面有几捆喂牛人割的芒草。他想村里的事老子就不管了，躲一夜是一夜。睡梦中听到有人喊"赶青鼬"，醒过来山岭寂静，冷风如雪。走到村头已破晓了。还没进村就有人告诉他：郭大旺被疯狗咬断了一根脚趾。

可以想到赵子阶听到这一消息该有多么高兴，这简直是一个喜讯。这天底下的事咋就这么巧呢？想一想你给我们操的蛋吧，想一想你这也要上访，那也要上访，今天要吃五保，明天又不吃；想一想我在那个狗乡长面前丢下的面子受的气吧，这真是善恶有报，苍天尽知。咬死了还好些，为什么没把他咬死呢。不过，要是疯狗，他不死也得死了。赵子阶在心里说："老郭，你死定了。"一股正义的力量好像遽然回到了他的体内，他突然精神振奋，双眼如炬，原来郭大旺才是我心中的钉子，这钉子将要拔掉了，我做村长的感觉就回来了，我看谁还能把村里的区区臭事捅出去？乡长也不会像训他的儿子这么训我啦。

在去看郭大旺之前赵子阶从背篓里拿出一叠纸来，全是打狗令，乡政府颁布的，盖着赫赫大印。他站在大青石上，迎着初升的太阳对村民大声念道："四月，本乡境内清凉垭、百草溪、老龙坪及忘乡村发生狂犬咬伤人畜事件。狂犬的出现，危害了人民生命安全，影响了社会安定和农业生产。为了维护社会秩序，保障人民群众生命安全，不使境内蔓延狂犬病，经乡政府研究决定，对境内所有家犬，通过检查，接受当地兽医站免疫注射，取得家犬免疫证和在犬身上做统一挂牌后，方可饲养。家犬免疫费用由犬主负担；凡无家犬登记证的，一律视为野犬，凡被怀疑有狂犬病的，不论家犬野犬，皆要斩尽杀绝，由当地民兵组织捕杀。凡拒绝者，处以二十至五十元罚款；有登记证之家犬，也应全部拴养，包括猎犬，不拴养者，也在捕杀之列……"

三

"郭哥，你好呀。"

赵子阶一行人低头迈进孤老郭大旺的垛壁子老屋。透过幽暗的光线，他们看到那个被咬掉脚趾的老头正躺在一把破旧的大躺椅里，那张被狗恐吓过的脸，已经扭曲得非常厉害了，简直像一根拧了两圈的苦瓜。他的皱纹深不见底，又厚又重，口里呼哧呼哧地发出求救的呼声。

"嗬嗬，还是一个活人。"赵子阶说。他先行查看了一下，这个孤老头子有自救能力，生活经验丰富无比，包脚的布里透出一股浓浓的中药气味。

"如果咬掉你十个脚趾，你爬也要爬到省里去吗？"赵子阶说。

那些人听他的喉咙里在发声。听了半天，他们中有人听到了，老头子说的是："我要打针。"

"难道你不可以忍耐一下吗？你坐一天一夜的车到省城，你需要的也是忍耐，车子颠得你一把老骨头快散架，所以说，你现在也就是个忍耐。"赵子阶的气还没有出完，他要把在乡里淤的气回敬到这个老家伙身上。他想起了什么，掏出那三十五块钱，拍到郭大旺那油腻乌黑的桌子上："打针去。这是省信访办托人给你的钱，三十五块，数好了，我没贪你一分。两瓶酒，两只鸡。是不是呀？是噢是，好呀，郭哥，到省里卖鸡去了，养鸡专业户了。我说，还不如把两只鸡两瓶酒咱们吃了，一样批你的要求。"

"那三棵……柿子树……米不够吃……衣服……不够穿。"郭大旺挪了挪身子坐起来说。

赵子阶看着这个独往独来的老头儿，这是个古怪的、意志坚强无比的人，村上好些人县城也没去过，可他经常手一拦，就坐车去了武汉。他已经快死了，他图个什么呢？他为何染上这种恶习，这种嗜好？

"想一想你坐车花了多少钱吧？这些钱可以用来买米，买衣，你可以监督我们的工作，你有意见就提，有屁就放，为何非得去省里呢？你成了举报英雄？神农架隐藏有世界上最大的贪污犯？我？柳会计？胡老幺？伍乡长？派出所长？你成了举报英雄，你得了多少奖金哪，你伸张了多少正义呀？你给上头写信说我招待乡长捉了群众的鸡，我家的鸡招待他们全吃完了，我不捉群众的鸡给他们吃青菜？未必你来客了就一碗青菜？你说我把集体的山林包给浙江人烧炭，我不包给别人烧炭，我拿什么给你这样的五保户买油买盐买棉被买衣裳？我又不开银行不印钞票。不就那三棵柿子树吗，给！给你，还不行吗，虽然过去是你栽的。你要吃五保，山林归集体，但那三棵柿子树，我今天表态永远属于你，死后砍了给你打棺材。"

郭大旺扭曲的脸正在正过来。他已经没话了。就这屁大点事，不就解决啦。然而柳会计终于找到机会说话了，他也想说，他就说了："郭爹爹，你向省里反映的情况并不属实。三十斤粮，细粮三十，而粗粮我们常常给你四十。油盐钱没有，全是胡说，油给你一年六斤，盐十二斤，不够，当然不够，也差不多少。就像村长说的，你省点坐车去省里的钱……"

"给他加两斤油，三斤盐。"

这简直是天上掉下的财喜，赵村长哪一天这么大方爽快过？这完全是没有想到的。胡老幺在一旁也说："郭爹爹，听清楚么，给你加到八斤油，十五斤盐啦。"

就在大家叽叽喳喳地议论这很合理了时，郭大旺突然说："现在就搬吗？"

他是指吃五保后，他得搬到村里的房子清凉堡上去，他的房子又得归公了。搬上去之后，等于是守了县的文物保护单位白莲教遗址，每月还可得十元钱的看护费。可赵子阶又表了一个令人十分吃惊的态，他说："你现在被疯狗咬了，你不是说想打针吗？哈哈，你还是怕死，人一百岁都还怕死。这就给你到镇上打针去。"

"钱，钱呢？"郭大旺问。

"放心，不要你出，有人先垫上。"

"哪个？"柳会计说。

"你。"

"哈，把我的卵子割下来，看能不能垫。"柳会计吐了一口涎水。

"臭，骚，"赵子阶说，"我先拿一百，余下的你解决。"赵子阶翻荷包凑了一百零几块钱，他逼着柳会计拿五十块钱出来，然后他说，"哪个陪他去？"

"我来吧。"胡老幺站出来了。赵子阶的眼睛也瞄住了他。他是个热心肠的人。

打雷了，有雷声。

送走郭大旺，打狗打青鼬的战斗就开始了。

擒贼先擒王，打蛇打七寸。赵子阶直奔汤六福的家。他有尚方宝剑，况且那已经是一只疯狗了。他要打汤六福的疼处，心肝。他要报仇。机会来了。

轰隆的雷声中，天空出现了大富大贵的紫色，这是什么样的一种预兆？杜鹃花突然在这一天满山开放了，简直是燃烧，是癫狂。这一天的天气异常暖和，花朵们狂欢的身影把人的眼睛都快灼瞎了。赵子阶想抓住内心隐隐的愉悦感，复仇的动力。他终于抓住了一个人，是胡老幺。胡老幺的为人，这种火热的胸怀是不是……火罡，他就是火罡！原来赵子阶在暗暗地观察、权衡、淘洗着村里年轻的男人，完成着老伴交给他的艰巨的任务。他必须治好他的女儿，这才是大事。

　　汤六福威风凛凛地在洞口等待他。面对着村长赵子阶的那支枪，他一点儿都不怵，门板一样站在那儿。赵子阶被他的样子弄得有些清醒了：我为何不多带几个人来？我有一个打狗队。可想了想来时的意念：我倒要最后看一看究竟谁狠。下面是他们的一段对话：

　　"我早知道你会来的。"

　　"你的鼻子好灵。"

　　"我闻得到你身上的血腥味。"

　　"我杀人了吗？"

　　"差不多。"

　　"就为一条疯狗。"

　　"不行。"

　　"一切行动听指挥。"

　　"鸡娃子。"

　　"狗就是狗。"

　　"你想公报私仇。"

　　"说得太对了。"

　　"今天看谁死。"

　　"你的狗死。"

　　"你想死。"

　　"这么深的仇？"

　　"就是这么深。"

　　"乡里乡亲。"

　　"鸡娃子。你是谁，我是谁？"

　　"我是村长，忘乡村十八年的村长，捉过猪，罚过款，骂过人的赵木匠。"

　　"少啰嗦，开枪吧，朝这儿打吧。不打是龟儿子。"汤六福手指着正中心的心窝子。

雷声非常大，电光闪闪。要下雨了。风来了。风和云一起来了，云像一群疯子，由西向东奔腾而来。

这是将赵子阶的军，这是一次考验。老子命不要了也要开这一枪。砰！赵子阶从汤六福的胯间搂了火。汤六福的双腿不由自主地往上一跳，石洞就爆炸了，黄烟滚滚，石屑纷纷。狗呢，黑子呢，给赵子阶留下过闪光齿印的那个家伙呢？没啦，死啦。

"我以人民的名义，打死你这条狗。"赵子阶吹着冒烟的枪口，故意扭起眉毛说。

嗡嗡的回声还在山洞里乱窜，汤六福现在去哭他的狗啦。赵子阶大摇大摆地走了。

血腥的黄昏就这么开始了。打狗队的猎钩和木棒扑向村里所有的狗。

"这是县里的指示，你们要恨恨县长去吧。"

雷声中狗叫一片，闪电扯得整个村庄像着了天火一般，好像无数天兵天将要下凡了，好像世界的末日到了。拉狗的，夺狗的，撵狗的，剁狗的，一片哭声，一片骂声，一片吠声。打一条狗抵两个义务工，以狗尾为准，不到两个时辰，赵子阶的背篓里就装了满满一篓狗尾。

见天色已晚，雨点也砸下来了，赵子阶安排了几个人晚上打青鼬，便收了手。

一篓的狗尾，那是秽气的狗尾，他把它们倒在屋前的坎下了，用背篓罩着。他背着枪，疲惫万端地踏进门槛。

屋里倒很安静。秀妮在唱歌。

"你们为什么不收衣裳？"

雨点稀稀地砸着，他恼怒地问老伴和女儿。

老伴一把把他拉到屋外，说："你还不找个人来呀！"

"你让我拉皮条？"

"你说什么……"

"你让我当爹的找个人来把自己的女儿给人捅。"

"放屁，治病。"

"治病上医院。"

"胡说。"

"我不信。"

"你是个畜生。"

"你才是个畜生。"

他干脆就淋雨。雨下来了，他在想，胡老幺和郭爹爹走到哪里了呢？

胡老幺牵着一匹牛，他的牛，他让郭大旺坐在牛背上。他想让郭大旺舒服些，可他想到的是让自己的牛也赶快去打针。不知打针还行不行。他想了想，一百三十元对一千三百元，一条牛至少值一千三百元，是划算的，反正他自告奋勇地要陪郭大旺去，也就顺路给牛治治。于是就牵上了牛。

牛被咬了之后表现出一种极大的隐忍，甚至麻木。它对灾难逆来顺受，它的表情从生到死都是一样的，像一棵草，像一块石头。现在它驮着一个人，走在风起云涌的山路上。这让郭大旺过意不去，走了一段郭大旺要下来。"你的脚趾没了。"胡老幺说。郭大旺一个劲说胡老幺是个好人，活菩萨。天就变了，飞沙走石，树木乱响，峡谷里的硫黄味呛得他们难受，连牛都打喷嚏。天就黑了，雨越下越大，他们只好找到一个岩洞钻进去躲雨。

生起了火之后，雷就贴着洞口打，两个人念避雷咒也赶不走。他们想是不是火引来了雷神，就踏熄了火堆，在黑暗中说着话，两个人的衣裳算是烤干了。就在这时，一个炸雷，把洞顶的几块石头一棵松树劈了下来，火星溅到他们的身上，两人的耳朵都快震聋了。郭大旺说，这雷是有来头的，这雷追着我们打，一定我们中哪一个惹恼了他。

"未必是我惹恼了雷公？"胡老幺说。

"我没说你，我没说你。"郭大旺连忙说。

"你不要怕，"胡老幺对他说，"你站里面去，雷来了先打我。"他站在了郭大旺的面前，像一扇石门。但是雷是一种尖脆的雷，一个接着一个。他何尝不怕，雷经常打死人，这样的天气，早知如此，就不会出来了，可事实上出发时雷就在打了。雨一下，山洪暴发了，谷底一片轰隆声。回去已是不可能了，硬着头皮也要往前走。可现在隔在了这里。暴露在雷电之下，这如何是好。

雷没有离开的意思，雷打在路上、洞口，贴着他们的身子打，猛烈、凶狠、执拗。在那样逼人的蓝光里你说什么也不能坦然，命被人罩住了，聚了焦，只等电光一把火，瞬间一堆焦肉。郭大旺不住地抖，口中念念有词："老幺啊老幺，你前世该不是恶人吧。"

"哎，您说话吉利点！"胡老幺感到牙齿发冷，"郭爹爹，我可是好心陪您来的呀，您要凭良心哪。"

"老幺，你那年打死一头熊，掏出它的心，放在石头上。你还记得吗，那心还能跳，跳了三天三夜。"

"您郭爹爹也不是没做坏事，有一次您剥娃娃鱼，娃娃鱼就像一个小娃儿叫。"

"娃娃鱼就是这个叫法，未必你没吃过么，你老幺什么没吃过，你吃过刚生下来的豹儿，你，还有你的爹，你的儿子，你的儿子生吞了一颗豹儿胆，你说以后儿子胆子就会大的，那胆还是热的，你儿子不遭雷劈才怪咧。"

"你咒我儿子，你这个老不死的孤老，你老婆女儿是怎么死的你只怕忘记了。"

"吃毒菌死的。"

"这不是报应是什么，你剥娃娃鱼的皮就是剥你女儿的皮。"

"好呀老幺，你剜我的心窝子！"郭大旺一头就朝胡老幺撞过来，胡老幺没防备，后脑壳碰到石壁上，登时眼冒金花。这可惹火了胡老幺，他一手摸后脑勺，一手给郭大旺一拳。郭大旺挨了一下，瘸着腿闪到牛的后面。胡老幺隔着牛还是揪到了郭大旺。一拳一拳地挥过去，有的打到实处，有的打到虚处。郭大旺只有招架之功，没有还手之力。牛在中间哞哞地叫着。郭大旺也是个不服输的家伙，一拳挨老了，拼起老命就回敬过来。只有中间的牛遭了罪，挨拳又挨脚。这当儿，一个惊天炸雷，一串火球咕噜咕噜地滚进洞来，牛受惊了，牛长哞一声，昂起头就往外冲去。那两个打得正酣的人哪管得了牛，又纠缠在一起了，滚进泥水里。一串火球还在洞里骨碌骨碌地滚动，撞在石壁上，发出叭叭的响声，闪着瘆人的光。还是胡老幺站起来了，他挣脱了郭大旺，他记起了他的牛。牛呢，牛去了哪里？他找牛。他在洞口左看右看，牛在前面。牛在电光雷霆、大雨哗哗之中，正沿着贴在悬崖上的山路疯狂地奔窜，胡老幺奋起直追，唤牛停下。牛受了惊吓，哪里停得下来，跑着跑着，在一个拐弯处，来不及拐弯，直直地栽进了悬崖，不见了。

"牛啊！牛啊！"

胡老幺在悬崖边喘着气干号。雷声并没有止息。雷雨更猛。

打青鼬的几个村民埋伏在几个路口。

青鼬是从清凉堡下来的，在滚滚的雷声中进了村。许多未杀尽的残余的狗还在叫，有的是因为疼痛，有的是因为嗅到了野物的气味。

青鼬也发出了狗的叫声，因为它疯了。忘乡村的夜晚从来没有像现在这样凄惶过，仿佛危机四伏，过兵跑匪。

有一个人指给赵子阶村长看："来了！"

是青鼬，你看它，翘起的毛茸茸的黑尾，像机敏的旗杆；宝蓝色的小脑袋，鬼里鬼气，东张西望；金色的皮毛，像贵妇人发怒时的披巾；尤其是那尖得像耙齿的嘴，冲锋在前，凶残毕露，所向披靡。它太敏捷了，像一阵风，以至于赵子阶来不及瞄准，它就窜进了卧虎石下的几家人家中。于是大家鼓起吃奶的力气大喊："青鼬来了！"

这声音在雷声的轰隆中太微弱。几个人一字排开，冲过卧虎石，到了那几家人家的后坡上，又大喊："青鼬来了！"

几乎在同一个时刻，哪家的猪发出惨痛的叫声。青鼬找到目标啦。张克贞的猪！哎，这人怎么这么倒霉。

"打青鼬呀！"

赵子阶带领人直奔张克贞的猪圈，张克贞早闻声跑出来了，手里攥着一把板锄。青鼬在那儿！青鼬口里有美餐啦，青鼬叼起了一长串猪肠子，臭腥味扑鼻而来。而肠子的另一头，是拉得狂摆头尾的猪。在亮如白昼的闪电中，他们看到那猪被拉得可怜兮兮地乱跑，接着又拉出了猪肚里面的肝或是肺，那猪哪能承受这般蹂躏，看着看着就倒地抽搐。

他们看见张克贞朝青鼬扑去，他挥着板锄，去打青鼬。可他挡住了赵子阶的枪口，赵子阶无论怎样都开不了枪。赵子阶急得跳脚，大喊"走开，走开"。张克贞的妮子小凤也不知从哪儿钻出来了，又哭又叫扑向那受难的猪。青鼬跑了。赵子阶他们去撵青鼬。这时谁又在夺他的枪，他死死抓着不放手。他在闪电中看清是张克贞。"胡搞！"他吼。挣了半天，挣脱了张克贞，青鼬却跑得无影无踪。赵子阶气得大骂。要人赶快搜寻。

青鼬跳上了卧虎石，大家都看见了那个魔影。魔影差一点跑进了汤六福的牛栏石洞。赵子阶分明听见了狗叫，他完全没有想到是汤六福的黑子，黑子不早呜呼了吗？他当时的反应是青鼬叫的，青鼬成了一条疯狗。

他们一直赶到下村，这一次把青鼬堵在了一个死巷子里。青鼬的末日到了，青鼬蹿上一棵并不高大的桦树尖上，两只眼睛在雷雨中贼亮贼亮。赵子阶的枪一响，青鼬就像一只熟透的瓜果从树上掉下来了。哈哈，真准，它的头已经没啦。赵子阶还有这么准的枪法，反应这么快，简直如神助。雨越下越大，下得四山昏暗。烟雾迷濛，炸雷如山崩。赵子阶要大家快回去，一伙人便作鸟兽散。赵子阶只好自己拖起那无头的青鼬，沿着泥泞的村路溜溜滑滑往家跑去。

他把青鼬丢进了粪凼里，进了屋，见了火，人就垮了。他瑟瑟发抖。雷在外头越来越大，把屋里的东西震得哐当乱响。他赶快擦了身子，换了衣服，上了床。

山垮了，响声怪异，泥石流，那是在峡谷。一个女人突然破门而入，进了他的房，披头散发，上床来了，钻进他与老伴的被窝。是女儿秀妮。她害怕了。她说："有鬼，窗外有鬼！"

哪儿来的鬼呀，赵子阶本来就冷，这下更冷了，可他是男人。他下了床。披衣，操起枪，慢慢地踏进秀妮的房，看那个窗户。窗户是用塑料纸幔着的，很薄，闪电透过窗纸，送来一些树枝的晃动的黑影。他还是壮起胆子，大喊了一声："谁？老子开枪了！"

手已经很酸，手臂，手腕，肩胛。他太累啦。可他不能睡在女儿床上，他只好到了堂屋，拨开底火，加柴，点烟，拢着衣服，斜靠在椅子上打盹。

又一个炸雷，好像打在自家屋脊上，瓦灰噗噗往下落，一只老鼠冻萝卜似的掉了下来，又叽叽复活了，跑了。赵子阶过电影一样地想着自己这辈子所做的事，没有做很缺德的事，肚子里有点坏水，不多，就算有，也不够被雷劈死。死就死吧，他就冷静地等雷来劈他。忽然，大门开了，好像一只无形的大手，粗暴地一把掀开他的两扇杉木大门。太突然了，赵子阶没一点防备，三魂吓掉了两魂半；风雨呼地就往里灌，他车过头来，我的老天，风雨中夹带着一只野物，冲进了屋子。那野物呈妖蓝色，狗？！狼？！豺？！那野物径直跃上正中的神龛，叼起一尊菩萨，转眼就出了大门。

这是一瞬间的事情，简直像做梦，赵子阶完全没有反应过来。再看神龛，那尊菩萨真的不见了，神龛空了。

这才是怪事呐，疯狗叼的，是疯狗！叼去的是一尊紫檀木菩萨，那菩萨至少有两百年了。哪来的狗，为什么独独叼去他的祖传宝物？为什么不吭声？这怎么回事嘛！

赵子阶死死地关上了大门后，心蹦得老高。他不解，这事太蹊跷。他想进房去喊老伴，他把一把砍刀插进门闩里，压邪。正不知如何是好时，我的娘，又听见了恐怖的敲门声。

完了，今晚我要疯掉了。不疯才怪咧！

"哪……哪个？"

"……我。"

"你……你哪个？"

"老幺。"

老幺，是老幺吗，老幺不是陪郭大旺走了吗？老幺不在村里，又来一个老幺？这村里有几个老幺？老幺的魂，装老幺的鬼？七十二化精邪鬼魅？和瘟教主匡阜仙师？黎山老母木精作怪邪王？

还是无神论战胜了这个老村长的胡思乱想，他想肯定是半路他们遇到了什么不测。就抽出砍刀高举在头顶，拉开门闩，闪在一旁。一个人就进来了。的确是胡老幺，胡老幺一个泥人，泥巴搓成的，就两只眼睛在泥巴外忽闪忽闪，水一层层往脚下淌。赵子阶关了门忙问："怎么回事呀，老幺？"

胡老幺先是啊啊啊啊地说不出一句完整的话来，后来调整了情绪，就说了一路的情况。他说牛栽下悬崖后不久，就碰见了三个县防疫站的人，两男一女，正是到忘乡村来的。立马给郭大旺打了针，而且是半价。然后五个人一起往回走。路上多有泥石流冲垮的地方，好不容易过了老龙河了，山洪暴发了，完全不能过，前不沾村，后不靠店，大家在大雨中束手无策。胡老幺就说，找个比较窄比较浅的地方过去，不然大家会冻死的，特别是咬断了脚趾的快七十岁的郭大旺。防疫站的有一个中年人就表示他可以与胡老幺一起先探路，他自称是副站长，找到一处有几块大石头的地方，好像可以爬过去，他们就脱了鞋，以防青苔溜滑，没想到，那个副站长还是滑下石头，被洪水卷走了。

"老幺呀老幺，死了县里的人，你我怎么交差？等着坐牢吧。"赵子阶欲哭无泪，"还不快去找人！"

一人拿了一根棍子，披了一件蓑衣，亮着电筒往峡谷中赶去。

走了一个多小时，雷雨渐渐小了。到了河边，水声惊心动魄，汹涌澎湃，河面宽得令人目眩。往下游看，水汽蒸腾，黑雾漫漫，哪来的人。他们喊，对河的人也没应声。

"你到底是不是老幺，你能过这个河？你是飞过来的？"

"我……"

赵子阶没辙了，一屁股瘫坐在泥水里。"我的老天呐！"

"我的牛啊……"胡老幺也在一边号啕起来。

四

第二天早上，村里发动了二十多个人，沿着老龙河下游寻找那个副站长的尸体，结果一无所获。哪儿找去？哪儿能找？估计已经顺流而下，流进长江去了，或是卡在了哪道石缝里。郭大旺和其他两个防疫站人员，在郭大旺的带领下，连夜朝上游走了十多里路，在一座吊桥上过来了。

赵子阶没有心情接待这两个防疫站的医生，况且家里又有个疯疯癫癫的病人。他把他们安排到柳会计家中去了。他想先睡上一觉。他老了，一夜之间他就瘦得像只猴子了，脸色蜡黄，眼窝深陷，像从地牢里拖出来的一样。天塌下来我也要睡一觉。他就关门睡了。没半个时辰，又来了事。张克贞的爹背着小凤上了门。进来就将小凤丢进椅子里，赌气地说："村长明断。"

赵子阶的瞌睡被人打断了，浑身不舒服，眼睛里像塞了棉絮，哪里看得清人。

"硬是要人死，还要死几个？"他打着深长的哈欠。

"小凤要死了。"

"她打了针的。"

"猪流跑了，村长耶。"

"诈我。"

"流跑了。又咬死了一头猪，村长这怎么办啰？"

这个张爹爹好一副苦相，嘴角扯到下巴底了，白眉毛里一团黑气。终于听清楚了，猪跟那个副站长一样，流下山了。张克贞就不想再牵一头猪？留着干啥，给青鼬掏肠子？张克贞哪张克贞，再打呗，找防疫站的人打呗，可超过了二十四小时，还鸡娃子用。张克贞被叫来了。赵子阶想说点醋话来酸酸他。他说："张克贞，等医生啊，你真会算，知道医生今日来。"张克贞一跳五丈高："我蚀了两头猪，我等鸡娃子医生！小凤可以作证。"

"那就去打吧，"赵子阶说，"去柳会计家，找医生吧，你找我干什么。"

赵子阶拍拍张克贞的肩，摸摸小凤的额。这妮子额头烫得吓人。

　　瞌睡搅跑了，再想睡睡不着。赵子阶抽了自己两嘴巴，干脆把自己弄醒了，找了一杯酒，倒进喉咙里，又在门口的缸里捞了一箸酸菜来压酒味，正嚼在兴头上，胡老幺就来了，惺惺松松的一双浮肿眼，可怜巴巴地望着他，就那么望着，也不说话。赵子阶马上反应过来了，这家伙心里有话，牛嘛，牛又怎么，老子又没吃你的牛。"嗬荷，你吃吗？"赵子阶说。他没把他让进屋里，他先自己含着酸菜到屋场西头的一块大斜石上坐下来了。石头很光溜，经常用来晒棉被、豆皮和药材的。胡老幺只好跟着村长来到石头边。"嗯，总算晴了，人也死了。"赵子阶说。他在石头上锉锉手，递给胡老幺一支烟。也不管老幺的火，自己点燃把火柴甩了。胡老幺捻着烟，他知道村长的规矩，村长是不给别人点烟的。你可以找村长接火，他于是找村长接火。赵子阶就把烟让给了他。赵子阶再接过烟就说："啊，嗯，唔。"同时擤了一腔鼻子，还想打一个喷嚏，可酝酿了半天，没喷出来，半途而废。

　　"天气是好了。"胡老幺说。

　　"可副站长找不到。你去山上看雪化完了吗？"赵子阶不让胡老幺表达，他说别的。他说："啊，肯定雪化完了，你的蜂子怎么样？"他在这时想好了，只要老幺提他的牛，他就说给他抵十个义务工。"你看我的蜂子。"他指着嗡嗡飞行的蜂群。这一刻，村里非常安静，太阳突然加热了。他们拿眼看四周，桃红柳绿。最后一点残雪从山的深褶里消失了，冬天的阴影悄悄溜走了，太阳稳稳当当地占领了天空，一花独放，用它热烘烘的大嘴巴亲吻着每一个活人。油菜花俯首称臣，灿烂地谄媚，同时向春天招摇着淫荡的欲念。到处蜂飞蝶拥，到处鲜花盛开！

　　赵子阶没有忘记老伴说的事，他忽然想跟胡老幺多说点话。这毬人可以，老子赔你一个女儿！一个白白嫩嫩的女儿不值你一头牛吗？他就这么决定了。事情总得有个结果，不能再拖了，谁的鸡娃子都是一个毬样，女儿舍就舍了。

　　可胡老幺不说话，赵子阶的瞌睡来了，挡不住，在石板上一下就睡着了，胡老幺什么时候走的他完全不知道。

　　三棵高高的柿子树，青枝绿叶，直刺天空。赵子阶拍打着一头老灰，指着柿子树对郭大旺说："是你的啦。"

　　这是第二次给郭大旺搬家了。他对郭大旺说："行了吧，郭哥，安安心心地过你的日子，你针也打了，家也搬了，总比防疫站的副站长强些吧。请你以后不要满世界乱跑了，留点钱打酒喝。"

清凉堡的寨子真是一览众山小，居高临下。赵子阶亲自动手帮郭大旺修好了窗子和院门。住在这样的地方，应该有一种成就感。整个村子，咱们这些人都在他的脚下啦。他是个孤老，这是最好的生活了。他应该像一棵树那样，站在那儿，变得安静，与流云为伍，而不应该是一个动不动就激动的老农，对世界不满的结果是被疯狗咬掉脚趾。他被咬掉脚趾，正是在去县里上访的路上，这是他自己无意中说的。

就在如释重负地下山的路上，赵子阶看见了一个小妮子，拼命地往菜花地里跑。她的头发飞散如马鬃，身轻似猿猴。

"好漂亮的头发！"

这么欣赏的赵子阶只愉悦了两秒钟，后头就出现了一个老头，拼命地追那妮子。是张克贞的爹！

接着，又一个人从他的腋下钻过来，把他吓了个半死，以为又是一条疯狗（村里的狗还未打尽呢），赵子阶一个趔趄，差一点头撞在一扇石壁上，但他紧紧抱着枪。又是一个抢枪人，这么多人抢他的枪，他妈的。是张克贞。

"村长，把枪给我用一下，我把妮子崩了。"

"张克贞，我日你的老娘！"

赵子阶一是受了惊吓，二是听那话不对味，为什么要崩自己的女儿？

"小凤她疯了，哇嘿嘿！"张克贞边哭边与赵子阶拔河，要那杆枪，那杆猎枪。赵子阶吼他要他放手，可张克贞哪能放手。

菜花田里，张克贞的爹在追抓小凤。路上，赵子阶与张克贞较劲。赵子阶说："张克贞，杀人抵命。"张克贞说："我这命值个卵的钱。"赵子阶就是不放，倒地上了，也紧紧把枪压在身子底下。张克贞狗咬刺猬下不了口，急得直踢赵子阶。看见小凤又渐渐跑转来了，他放弃抢枪的意图就去抓女儿。哪知小凤一个急转弯，奔向另一面油菜坡。

赵子阶喜滋滋地抱着枪傻笑，笑了一会，想到不对劲，莫不是小凤疯了？灰头土脸的他，口里就嘀咕出来了："又疯了一个？又疯了一个？"哪知有一个背背篓出粪的人搭了个白："村长，你是说六福的狗吗？"

"六福的狗？"

"疯啦，死啦，摔死啦，牛咬坏了，人也咬坏了……"

汤六福的狗的确没有死。

那天汤六福发现赵子阶那一枪只打断了黑子的一只胯子。他扑上去，见狗还有气，才没跑出去与赵子阶拼命。那时候他抱着那条狗，赶忙找来生甘草，煎了一罐水给它洗伤，包扎。狗跟猫一样，九条命，不要几天，它就自动把腿长好了。不过赵子阶的这一枪打得他的狗是粉碎性骨折，他给狗上了夹板，骂着赵子阶，一连几天都在伺候那狗。他与狗，同病相怜，都坏了腿啦。他对狗说："有我在，就有你在。"

他对狗的感情太深了，这黑子，在五年前大雪纷飞的腊月里，跟他一起去四川背盐。风雪交加，年关将近，在山里走着走着，一步不稳，踩了个空，连人带货翻进了沟里，膝盖骨摔坏啦。黑子硬是用一张嘴，咬着他的衣角，把他从沟里拖上来，拖进一个山洞，还衔来柴草让他生火。但是，林海雪原，没一户人家，生了火，早晚不是个死吗，他已经站不起来了。于是就对黑子说："狗啊，你若通人性，你就快回家去叫人来收尸吧。"黑子果然通人性，听懂了他的话，在腊月二十九的晚上，跑了百十里路，引来了汤六福的老父和哑巴儿子，终于救了他一条命……

现在，他要救这条狗的命了，一命换一命。他给它刮烟袋里的烟屎，炒蓖麻籽碾成粉给它敷伤，用甘草水洗伤。狗的腿就好了。前些时被两条恶狗咬的伤也结痂了，还长出新毛来了。他把它深藏在洞里，村里的狗差不多都死绝了，可汤六福的狗还有生命。这是一条比人还聪明的义犬，他要与它相依为命。

这天晚上，汤六福想把狗牵出来遛遛。可那狗一见洞外的光就叫起来，眼露惶恐。汤六福怕叫声又引来村长的枪，只好把它重新牵回洞里。那洞里是牛栏，潮湿恶臭，里面有许多蜥蜴和蝙蝠，甚至有毒蛇和蜈蚣。每隔几天，汤六福都得先把牛牵出来用雷公藤加艾草熏，以便把毒虫秽气熏出来。可那狗不让牵，也就熏不成了。但是，牛怎么办呢？牛可是家里的大劳力，哑巴儿子还小，自己的腿不得劲，老婆傻乎乎的也不中用，牛要拉犁，要养活这家子。他就想着找一个布套子套上狗头牵出来。然而狗不认人了，连主人也不认了，不让套，汤六福的手一上去就被狗咬住了。汤六福手还利索，抽出来到洞外一看，两个齿印，殷殷的血珠。"我这不完了，我的妈耶！"他赶快挤血，赶快用泉水冲洗。狗怎么办呢？狗在呜呜地叫。这可害了我，得要钱打针哪。我三年的合同款还是欠账，我腿没治，我又遭狗咬了。他坐在洞口只好想卸磨杀驴，兔死狗烹了。我要用你的心敷我的伤。我死了咋办？哑巴儿子，傻瓜老婆，他们咋办？他说："狗啊，我只好成全你了，你虽灵巧，有情有义，可还是一条狗，你怎么朝主人下口呢。"他在酝酿着对狗的仇恨以便拿起屠刀。

"狗啊，说吧，你加害于我，究竟是何居心？"他拿起柴刀，露出凶相。

他望着狗，下不了手。

"你说一句话吧，你只要说你是对的，我就不杀你。"

狗无声，伏在地上。汤六福将柴刀瞄准了狗头。狗知道自己的末日来临了，它嗅到了死亡的气息，它突然疯狂地挣扎，想挣断绳子。它左一跳右一跳。汤六福完全下不了手。他后来闭上眼睛照狗头就是一刀，用的是刀背。狗被打昏了。他蹲下来在狗身上拭拭刀刃，刀飞快。狗的心脏还在跳着，狗身一抽一搐，狗身大，四肢有力，狗嘴扯过他的衣服，还为他衔过柴草，这狗跟人有什么两样！

"狗，我背你到深山里去吧。"他含泪站起来，丢了柴刀，就去找背篓。哪知狗一触到地气，就又活了。汤六福刚准备装狗时，那狗突然一跃而起，又朝他咬了一口。他人蹲在地上，狗就冲出洞口，咬住了在洞口嚼草的牛，那匹牯子。

狗猛咬了牛，牛马上用角回击，去挑狗，就是这么。一匹更英武的牛，四膊四旋的牛，秤杆尾，双飞角的牛，紫蹄缎皮的牛，一声吼，四山惊的牛，能容一条狗逞狂？牛的角一把将狗挑出一丈开外，挑到坡边的卧虎石上，叭啦一声，狗摔得贴饼子一样，再想爬起来，只有七窍流血，龇牙咧嘴的份儿了。

"别哭了，汤六福！"赵子阶站在那儿，对那个伏在狗身上伤心的人高喊。

"挺起来。"柳会计也说。

"你还哭这狗！"赵子阶又说。

汤六福猛地转过头，一双泪汪汪的恶眼睛，说："我哭我自己。"

"英雄流血不流泪。"赵子阶说。

赵子阶又说："你是要人呢，还是要田。"对这种人要果断，出其不意。否则，他鄙夷你，你压不住他。

"你这是什么意思？"汤六福问。

"大前年的农特税还欠一百二十块，前年两百九十三块零四角，去年合同款加农特税三百二十三元零七角，还是未交，还唆使恶犬咬乡、村两级干部，并提出无理要求，要免你的三提五统、义务工、以资代劳款。你以为你是哪个啊。第二轮承包时你拒不交回土地。这是《土地变租合同》，现在，请你签字，我们送你到镇上打狂犬疫苗。"

"我不打，我不签。"

"英雄。"赵子阶说，"英雄不打针，神仙没办法。"又问，"你自筹资金吗？"

"好汉站着死，绝不跪着生。"

"嗯，好汉，好汉。"赵子阶说。他给柳会计使了个眼色，说："那我们走了。"

走了几步，就听后头喊道："且慢。"

"说。"赵子阶站住了，说。

"你们是逼我死啵？"

"胡说。以地换地，收回你的好地三亩二，郭大旺的挂坡地五亩给你。"

"我还是个死！"汤六福跳了起来，他被狗咬伤的手上，血痂黑油油的，他举着伤手。

"你换吧，六福。你换了，以资代劳款就没了，你又能打针。当然是借你的。"柳会计说，"那五亩挂坡地，你可以种草养羊嘛。你可以成为养羊专业户，小尾寒羊，马头羊，你以后说不定成万元户，我们找你借钱呢。"

"鸡娃子。"

"一分钱难倒英雄汉。"赵子阶蹾蹾枪，阴阳怪气地说。

"六福，你好好想想，签吧，这是村委会的意见，都替你想好了的。不然，我们跑来管你打针不打针干什么。"柳会计把那合同递到汤六福面前劝说道。

"这是赵子阶的报复，姓赵的，你乘人之危。"

"我就是乘人之危，"赵子阶说，"我就是这么个东西，又给你打针又拿你的土地，好人坏人一起做。我不拿你的土地，我的工资扣掉了三分之一；我不拿你的土地，我老在乡里挨训，乡长把老子当龟儿子杵。尊敬的汤兄弟，我累死累活为谁忙，我年近花甲，还遭人狗咬，你说我图了个什么？"

柳会计说："六福弟，村长刚才说的就是谋划的，又为你减了钱，又给了你以后养羊的饲料地。而且，村委会首先答应借你两百块钱，打针不要两百，你可以买羊回来，又借又免。再说，你这腿种地不行了，不如养羊。我们都不会害你的，你家三口人，我们不能不管，其实村长是口恶心善……"一支笔就塞到了汤六福的手里，"这里，这里……"

汤六福划了几个字，丢下笔，仰天长啸："我的命呐！"

"你这下也被狗咬服了。"赵子阶说。

柳会计把钱塞到了汤六福的口袋里，叹了一口气。

五

天黑了。

没有了狗叫，村庄就是死的，这山里的村庄，一到了夜晚，只有一些星星点点的鬼火，或者是灯火。如果没有一些响动，特别是亢奋的狗叫，这个村庄就荒了，就会漫上来一层苍苔，然后森林包围了它，把它湮埋了。

张克贞妮子的叫声。

那很微弱。因为是在一个破窑里。

可赵子阶要急于办成那件事，老伴交代的事。他现在手上握有三亩二分好地，汤六福退出的地。

他蹲在胡老幺的空牛棚里，胡老幺就来了。

"还有狗吗？"他问。

"我不知道。"

"要打干净。我托付给你了，我累趴了，上了岁数。我要到克贞家去，看看他的妮子。你这段时间……唔，辛苦了。"他在黑暗里说。他没等胡老幺说话，又接着说："汤六福咬了，谁知好不能好。汤六福的三亩二分地收回了，换给你吧。你那地，鬼不生蛋，又挂在悬崖上……"

"汤六福的地？"

"嗯。"

"我不能要。"

"要了鬼喊。村里是念你的热心。"

"他的地！可怜！他的血汗地！"

"算了吧，他又不能种，种一年亏一年，合理调配。这些天，闹狗，你帮了我的忙，"他说，"你喝芽茶吗？本香没给你炒芽茶？我老伴在炒，给你准备了一包，她就说你是村里的好人。今年的芽茶不错。"

胡老幺被他拍着站起来。

"三亩多地，一亩只打多收两百，什么都有了。"他说。

他没有去张克贞的家。他漫无目的地在村里走了一圈，无意之中走上清凉堡了。他站在荒凉的古堡上，看脚下的村庄。春虫叽叽，春风徐徐。他抽自己的嘴巴。他不想让寨子里的郭大旺听见，暗暗地，轻声地，狠狠地抽。他说："你都做了些什么啊，赵子阶！"那时候，派出所的那个小子就来了，他喝酒，他喝茶，他烤火，一来二去，赵子阶不就抓住他了吗。赵子阶没有办法，吓唬那些人特别是汤六福之流说：你们不交，我叫派出所来抓人。他要调得动派出所的人，他一个背背篓穿力士鞋的村长，一杯酒能调得动拿工资的民警吗？人家还要收他的那杆枪呢（全收，都要收），女儿秀妮喜欢玩那个人的五四手枪。可那小子就要玩女儿了。那小子只玩一玩，那小子就把她甩了。这是一枚苦果，像六月的梨，四月的桃，你咬了，你就得吞。那个拿手枪的人经常在忘乡村里现身，就像村长家开派出所，村长也有了特批的一杆护秋的枪。村里有汤六福、郭大旺这些刺头，他还能平平安安稳稳定定地统治着。就这么，女儿的肚子大了。就这么，女儿堕了胎。女儿发了疯。女儿退了眉火。女儿要火罡。火罡究竟是什么玩意儿啊，个婊子养的，我操这个世界的妈！

他简直有些绝望地去拍郭大旺的寨门。郭大旺喜出望外，郭大旺不相信这深更半夜的村长会摸到阴风惨惨的山顶古堡里来看他。

"郭哥，我想你。"他说。

"我来捉奸的。"他说。

郭大旺给他的烟是自制的，呛人，他给郭大旺一支金蝶烟，郭大旺给他泡了一大缸子陈茶。赵子阶喝着，说："吃什么啦？"

"鸡。"

"这就对了。把鸡给省里的人吃，人家什么没吃过，天天吃红烧甲鱼，人家感谢你！人家吃了，还笑话你，土鳖。城里办事现在送啥？送钞票，一叠叠没开封的钞票，你有钞票送？送鸡送酒是什么时代的事！算了吧，我看你是无事找事，老伴女儿没了，闷得慌。是吧，郭哥，你闷得慌，你才这么跑的。以后，你闷，就叫叫我，我来陪你说话儿。"

郭大旺流出了眼泪。赵子阶说："郭哥，我们唱个丧歌子吧。"他就起了个头，然后郭大旺就跟他唱起来了：

> 糊糊涂涂往前闹，
> 疤疤疖疖度春秋，
> 轰轰烈烈只到老，
> 急急忙忙苦中求，
> 烦烦恼恼熬冬夏，
> 忧忧愁愁几时休，
> 啾啾叽叽何日了，
> 闷闷沉沉白了头……

这情景总会让人伤心的，何况山顶的树涛在荒吼着，在堡子外，劲厉无比。

半夜时分他下了山。老伴一开门就把他往房里拉，附在他耳边兴奋地说："成了，老赵，成了！"

赵子阶一阵一阵地恶心，心疼，他故意促狭地问："什么成了？"

"成了就是成了。"

"你听了壁角？"

"我为什么不能听一听？"

"你听妮子叫唤了？"

"我为什么不能听一下？"

"过去，你也听过？过去她被人开苞破瓜你也听？"

"我不听你听啊？万一她大出血是你管还是我管？"

"呸，老不死的，你真不要脸，你配当她的娘？！"

汤六福的确打了针，回来时的确牵了两只羊，一公一母，马头山羊，没角的那种，一副马脸的那种。汤六福和他的哑巴儿子，父子俩，一人牵一只，走了一夜，回来又走了大半天。汤六福还带着另四针药。不错，他打了针，没超过二十四小时。还有四个一次性注射器，村里有人会打针，柳会计就会。他自己也能扎。他自己用斧头为自己开刀，填半月板，用针缝皮，麻药都没要，他为什么连针都不能打，小菜一碟。

他走得很慢，有一阵子，牛骨头半月板不活，他把皮又割开，滴了些猪油，才能勉强弯腿行走了。他不怕疼，疼算什么，后来他把疼的感觉当作人生本来如此的东西，疼就不是疼了，就稀松平常了。疼到最后，人会麻木的，这就是汤六福，疼不是疼。他征服了疼。

医生给他说，不要喝酒，不喝浓茶，不从事剧烈劳动。对，他听医生的话。一路上被羊的秀气的叫声弄醉了，羊吃草的样子也让人滋生出活下去的勇气。他很有力气，他就想，我打三针，我给牛打两针。牛也保住了。要那么多针干什么，医生的话听一半足矣。有一年，哑巴儿子得了肺炎，到镇上也说要打七天针，打了两天我就走了，回来儿子还是儿子嘛，没有死去嘛。三针杀不死那些毒！他就想，牛羊满山坡了，老子就可以堂堂正正做人了，赵子阶算个卵子，不就是几百块钱吗？他说得没错，一分钱难倒英雄汉，有了钱，谁难得倒我？三四个月，羊配种，来年一二月，有了羊羔，五只吧，就打三只母，再生羔，羊就成堆了。羊挤在村里，挤在村道上，到处咩咩地叫，清凉垭子上全是我汤六福的羊，白云一样的，我杀羊，我请村里的人吃羊骚，啃羊蹄子。我还吃金蝶烟，戴呢帽子。我有了钱，我要去宜昌，把腿治好，我还要治哑巴儿子，让他开口说话，我要给他娶一房媳妇……

两只马头山羊来到了村里，这是自闹疯狗以来村里看到的最安静最鲜活最可爱的两头家畜。这是忘乡村的转机，表明生活又开始步入正轨了，死的死了，该干什么的还干什么，大神小鬼，各归原位。新的生活又开始啦，新的希望也开始啦。

汤六福回到家里，就给他的牛下针。

六

生活的确在这个深深的山坳里又开始了，有一天，赵子阶听见了鸟叫，循着鸟的声音步入松林，嘿，他又发现了一只小松鼠，惊头慌脑的，正在掰咬一只陈年果球。过去，这些东西全都没有了，鸟们在崖上瞎撞并爆炸的情景犹如昨日，松鼠们横尸遍野的地方，旋覆花已开得黄英英的了，泥麦开始结穗了，苞谷长成了少女，洋芋拼命地挑起它的绿色，野苦桃突然在阴沉的树林里蹿出来，显示它一身垂挂如少妇奶子的硕果。赵子阶站在坡上张克贞的牛棚门口，他已经放下了枪，那枪太沉重，他渐感力不从心。再者村里度过了危险，他还在这场浩劫中顺利制服了几个顽固分子。虽说这浩劫死了几个人，那不算什么，死人的事是经常发生的，这是阵痛，对，这是阵痛，就像报纸上说的。在这里，这老山里面，所有的人都轻于鸿毛。灾难说去就去，多快呀，而当时，却有天塌地摧之感。阳光像马舌头舔在脸上和身上。他看见张克贞背着一篓粪上坡来了。他想给他谈谈。

他让他坐下，看了看他的粪，是猪粪，臭虽臭点，但散发着浓郁的劳动与生活的气息。他还是那么木头木脑的，若有所思的样子，口里叼着发霉的烟卷。

"你的牛棚到秋上，好好整整，可以成为护秋的中心。"赵子阶说。

"你可以护十几家的秋。"他说。

"然后让大家给你点粮食，你一个人照就行了，你枪法又准。到时，我把枪给你。"他说。他想给他增加点收入。如果这样的话，说不定可以把他的老婆再接回来。听说他老婆前几天来看过小凤，大家都看到她红肿着眼睛离去的。

"今年的野猪肯定很多。年成也会很好。听老辈子人说，闹了疯狗，庄稼就会疯长，人来疯人来疯嘛。"他说。他想起了张克贞的老婆。他说："你老婆真是个能干人。你知道吗，你结婚后探亲回家的那次，你地头的青桐开着蜡烛样的花，你穿着军装，你的媳妇穿一身水红的衣裳，你前后背两个拉链大包，一手接过你媳妇薅草的锄头，一手搀扶着你大肚子的媳妇，往村里走去的时候，好多人都说：克贞有福啊。"他说，"那时候，你家的地也是最干净的地，你媳妇生娃儿的前一天还在地里拔草。后来，你的牛棚里在歇晌时是最热闹的，大家都来看你的妮子，还找你媳妇描鞋样，一排一排的苞谷长在石头边上，大家看到，那个长得像你媳妇一样的可爱的妮子，在石头上爬来爬去，脸上歇着几只蜜蜂……"

张克贞眨着他深陷的眼睛，像一只老狼望着他长满荒草的苞谷地。好久，赵子阶听见他大叫道："妮子就要死了！"

然后张克贞就钻进了荒草中，没再理他。

赵子阶摇摇头。她真的就要死了，小凤？

这天半夜，张克贞家旁边的土窑里，就传来小凤嫩声嫩气的号叫。

早晨，她爷爷把她的眼睛蒙住，用背篓背出来，人们看到那妮子的一双手指甲全没啦，刨窑壁刨掉啦，真是惨不忍睹。

"妮子，你看，菜花谢了，杜鹃花开了，鸢尾也开了，山楂开的是雪白雪白的花，像下雪一样。"她爷爷就摘了几朵红蔷薇，插在孙女麻白色的头发上。

　　他孙女想看一看，掰开蒙眼的布条，一见到阳光，就像狗一样喊叫起来。

　　在村里，小凤的爷爷上村喊到下村，说："谁能给小凤治治？有什么方子给她治治啊？"

　　大家都摇头。

　　这病是不能治的，这病是绝症，谁染上了谁死。

　　晚上，村长赵子阶的女儿却哼唱着一些收音机里面流行的歌子。女儿秀妮脸上渐渐有了血色，有了正常人的神色，不往外跑了。有一阵子赵子阶真有些疑惑，古人说的采阴补阳和采阳补阴、阴阳调和是真的吗？

　　个龟儿的。

　　他送了两盅酒到胃里，看到女儿抹了雪花膏要往外跑，他正准备问话的，他老伴向他眨着神秘的眼睛，意思是不要拦她。一切都在老伴的掌握之中。

　　女儿头上红光闪闪，戴着那个红呢帽子。帽子是派出所的那小子送她的。

　　高山初夏的夜里，什么也没有，寒意像薄纱一样从峡谷升起来，漫进村里，家家的火塘依然在燃烧着。风在石缝和树丛间呼啸，显示着夜的威力。一道亮晶晶的泉水在森林里流动着，像一条隐隐的白蛇，在令人不安地蠕动。

　　突然，一个火把亮了，一个女人的尖声詈骂响起来了："抓婊子呀！抓骚货呀！抓偷人养汉的臭逼呀！"

　　这声音怪熟悉的，这声音是胡老幺的女人本香的声音。

　　这声音自郭大旺的垛壁子老屋那儿传来，郭大旺归公的屋，现被几家堆着陈年的苞谷衣壳子和草料。

　　一个女人正在疯狂地击打着另一个女人。另一个女人没穿裤子。

　　一个少年也在踢打那个赤身女人。

　　一个男人在发抖。

　　后来火就燃起来了，一把点燃了郭大旺那破烂的老房子。这是很好的，没有火更糟。火拉开了人们的注意力，来看热闹的人成了救火队队员，到处找水，找树枝扑火。

　　赵子阶放了火，这是他急中生智，然后在乱中把秀妮拽住赶忙往家里拖，他是从树林后头的小路回去的，进了门，他的老伴才呼哧呼哧地从外头回来。

　　秀妮面目全非了，被抓得到处是血，嘴巴肿得像一个裂开的大桃子，脸色煞白，赵子阶把女儿交给老伴让她赶快清洗换衣。老伴口里唤着："我的儿，你没烧死呀，我以为你烧死了呢。"他们的女儿吓得只是一个劲儿"啊，啊"，说不出话来了。

大门已经死死地关着了。火还在蓬蓬勃勃地燃烧，间或有膨炸的火弹射向天空，四散开来，就像春节的大雷炮。

热闹的村庄！

赵子阶受到的羞辱是空前的，一个女人和她吃了豹子胆的儿子完全不怕他，比汤六福更恐怖。这个女人手抓着屎蛋，一坨坨掷向村长赵子阶的大门，还掷向村长女儿秀妮的窗户。这母子没人敢管她们了，他们的家长胡老幺逃之夭夭，据说到宜昌打工去了。

接二连三地掷屎蛋，让村长家臭气熏天，在忍无可忍之下，赵子阶从门缝朝门外的一棵银杏树开了一枪，打穿了树身，把那一对母子吓得抱头鼠窜，边跑边还在骂："骚逼，老子挖你的逼！"

第三天的晚上，深夜，一个人悄悄地拍门，很细小，很慢，似乎并不求主人开门。赵子阶问哪个，回答后才知是胡老幺。

胡老幺已经不成人形了，饿得皮包骨头，浑身泥土。一个十足的逃犯！

"莫非你怕她用刀子砍了你不成？你怕什么啊，好汉做事好汉当，你看你像个什么东西，你在哪儿啊！"赵子阶气愤地嚷道。

胡老幺说他在山上，说他饿昏了，能不能先给点吃的。赵子阶从黄桶里拿出两个苞谷丢给他。他也没想到进屋烧烧，拿着就啃，像一头野猪在啃一块石头。赵子阶鄙夷地看着他，说："你就不能回去给你那女人一顿打两顿揍吗？"胡老幺说："我那个家完了，她带着儿子回娘家去了。"赵子阶说："你就不能跟秀妮结婚？"胡老幺说："我赶夜路走的，这里不是人待的地方。"这时候，秀妮突然从房里冲出来，对准胡老幺就是两个耳刮子，没一点防备的胡老幺脸上遭到了痛击，懵了，苞谷也掉落地上。秀妮扑上去就连抓带咬还尖叫着大骂："骗子！骗子！都是骗子！"

"打得好！用力！打得好！"赵子阶说。赵子阶的老伴就去拉秀妮，并要捂她的嘴。胡老幺总算挣脱了，立马落荒而逃，站在高坡上向他们说了一句："好啊，好啊，疯母狗！"

"一坨狗屎。胡老幺是坨狗屎。"赵子阶对她们说，"你们也是。"他恶狠狠地说。

郭大旺的老屋废墟上，青烟袅袅，在雾气蒙蒙的安静的早晨，有一个人在那儿啜泣。赵子阶走过去，是郭大旺。

他在哭老伴、女儿，甚至很早以前夭折的一个儿子。

"不要哭了。"他对郭大旺说。

烧得乌黢麻黑的残架子横七竖八，空气里有一股呛人的草木灰味。

"你把这些草木灰，运到菜地里去吧。"赵子阶对他说。

"我什么都看不见了，"郭大旺说，"我看不见她们了，她们走了。"

"你说谁？"赵子阶问。

"她们，"他指着眼前的惨景，又指着大片的山冈，"她们啊，走干净了……"他又哭了起来，老泪纵横。

赵子阶的心揪在一起。"给你把房子再做起来？"他说，他整个的心在冬天的深潭里翻滚，"你要吗？你……"

噢，那是他的牵挂和回忆，那个房子，是郭大旺最后活下去的支撑。

"喂，你要吗？我保证。"他说。赵子阶说。

"你要吗？！"

没有回答。郭大旺已经走了。

"你要吗？你要吗？你——要——吗——"赵子阶双膝跪下来，猛烈捶打着自己的胸脯。

不知过了多大一会，一个人背着背篓经过他的身边。是张克贞的爹，背着小凤。小凤在背篓里，已经是很瘦小的一团了，眼睛白多黑少。

"我想到山外转转，找郎中治治。我就不相信我家小凤治不好。"

赵子阶死了一样，没吭声。

"我小凤治得好的，天底下没有治不好的病，只是没有找准药……"

杜鹃鸟叫空了山。

赵子阶想重操木匠旧业。他想通了，他当然还得再想一想。他把老伴和秀妮赶到巴东的大女儿家去避避风头，然后他就一个人对着空了的神龛发呆。他抽着烟，想这块地方和这些年，想过去曾与他亲密无间的这些人。

他算了算，已经糊里糊涂地干了十八年的村长。他鞍前马后，日复一日地听差。这清凉垭子上的忘乡村，什么时候像现在这样被管理得井井有条？这地方 20 世纪 70 年代还有老家伙穿着国民党留下的军服出坡干活，60 年代搞单干没加入人民公社的不止一两家。他们在山褶里随便刨一块地自种自吃，山高林密，你到哪儿发现他去？跟野人有什么两样？现在哪一家不纳税完粮？连屠宰税都没一家敢落下的，计划生育谁都不敢瞎搞，是谁使我们的政权牢牢插在这深山老林里？难道没有我赵木匠的功劳吗？可是，我还是干我的木匠吧。我干木匠，在人家家里刨木器，东家就心疼地说，赵师傅，早点收工。就喝酒，就往你的碗里搛肉，说，吃，吃。说，这是腊肉炒黄豆。我最爱吃腊肉炒黄豆。我现在吃腊肉炒黄豆，却没有过去的味儿了。过去人家给我敬酒，是夸我桌子打得好，卯是卯，榫是榫。说我给人流了汗。"你看，"他们说，"赵哥，你这眼睫毛上都是锯末子。"当家的女人将起围裙就给你揩了，男人就说："这一杯说什么也要抽了，你不抽，我不给你结工钱。"我说，那就抽吧。我不胜酒力，可在一屋子人的殷殷注视下，就是一杯毒药你也要仰脖子倒进去。何况满屋子有我刨出来的香喷喷的刨花，还有成了雏形的木器，我环绕在那样的劳动里，是醇厚的、亲切的、与人为善的生活。我喝酒，我醉了，我第二天继续刨。我拉动大锯，嗤，嗤，蹲骑马裆，对我的徒弟骂。我弹墨线，把鼻涕揩在新解的木板上。我吃了百家饭，拉了百家屎，人就说，赵哥，这块柴还能不能做个小凳儿，我老爹坐在门口晒太阳的。我说，行啊，不就是几刨子的事吗，这个就不算在工钱里了。我把"行"字拉得很长，很肯定，很小事一桩。许多人就提起往事，郭大旺在妻女未死时，就说过，我妮子的摇窝还是你打的呢。后来我给他提起，他就说，鸡娃子，你这个伪保长。我说我不是伪保长，你老糊涂了。他说，我才不糊涂。有一天，我对汤六福说，你这张好犁弓还是我砍的呢，你道这杂种怎么说，他说，再好的犁弓犁出的粮食也被你收走了。我说，我可没吃你的一颗粮食。我吃的政府。我喝啤酒，我陪上头来的人喝，也不与你毬相干，你眼浅个什么。种田纳粮，杀猪交税，自古就是这个理，又不是共产党的发明。盼闯王，迎闯王，闯王来了不纳粮。鸡娃子，他不纳粮他吃什么，他是块石头？我说得头头是道，可人家就是家徒四壁，穷斯滥也。且住吧，我不说道理，我心里还踏实些，安逸些。我凭什么说那么多道理，道理是外面来的，这里没那多道理，卯是卯，榫是榫。我得了些什么好呀，我输啦，输惨啦。我还是趁最后一把力气，给大家打点木货吧。

赵子阶把斧头刨子找出来细细地磨着，忽然有人要他立马到乡政府去一趟，并且告诉他：郭大旺被县公安局拘留了。

这并不稀奇，郭大旺肯定总有一天会让那些领导同志烦的，一烦，送哪儿去，肯定是到号子里去。他已经遣送回乡过五次了。领导同志并不是总有好心情听他上访那些鸡毛蒜皮的事——那些事对于他也许是天大的事。这一次赵子阶就不急了，因为心理上作好了准备。他想到了乡里就可以顺便去一趟大女儿家，看看小女儿秀妮的病怎样了。他背了些蘑菇和腊肉，还背了刨子、锯子，准备给大女儿家修理一些家具、门窗。他慢慢吞吞地吃了些御寒的酒，带上换了电池的手电筒，打了七八个饱嗝才上路。

在他走出村的时候好多人都跟着他。他对他们说："别跟着我了，只要你们不冤枉我就行了。"

群情激愤，大家七嘴八舌地嚷嚷：

"关人家一个孤老是不对的！"

"缺德！伤天害理！"

"这是什么鸡娃子县长……"

赵子阶不做解释。他发现不做解释他就与村民贴近了。这个发现使他感到惊讶，甚至有一股莫名的快感，在那些痛骂的人群里头，有他的位置。

现在，赵子阶坐在伍乡长的对面，就没有那么紧张和可怜了。他神怪地微笑着，舒服地坐着，找茶喝，说渴了。并且吃着在一个熟人手里夺来的毛桃子。他喀叽喀叽地吃着，啰皮，沿核细细地啃，只盯着坑坑洼洼的桃子。

"请你嚼桃的声音小一点。"伍乡长说。他故意像猪吃食那么发声，乡长大人又有什么办法。乡长强忍着他的愤怒，说："你们那儿让副站长淹死了，你们那儿的人疯掉了，咬死了……（赵子阶插嘴道：'那还不疯不死的。'）你们的狗至今没有一条挂牌……（赵子阶插嘴道：'挂哪儿呀，挂我的脖子上？全打死了。'）你们作为郭大旺的监护人，让他闹得县政府不能上班了，你们清不清楚？"伍乡长像一只狼那么冷笑了几声，"哼哼！"又狂笑了几声，"哈哈，一个山旮旯的糟老头子，你们也管不住，他坐在县长的办公室不走了，在那儿装疯弄邪。这笔账记在哪个的头上？！"伍乡长敲着桌子，口冒白泡，样子其实也可怜也可笑。赵子阶想，你掉了乌纱你啃自己的鸡娃子，老子不当村长了当木匠。

赵子阶说："郭大旺反映悬崖上的茅厕，撒尿时被风又卷上岩来，臊他一身，那怪我吗？怪风，我不能叫风停。他还说他害怕白莲教晚上的操练声，他说古堡里到处喊'杀呀杀呀，杀了县令当县令呐，杀了皇帝坐天下呐'，那怪鬼，怪我？"

"反正你们那里是乱了，彻底乱完了。"

"这你就不实事求是了，乡长。不是我领导打狗打青鼬，治病救人，不知道还要死多少人。"

"好，你有功，你很有功，赵村长。你有功我到县里给你请功去。"伍乡长竟然丢下赵子阶，拂袖而去了。

哈哈。他想笑。赵子阶想笑。有功无功又怎样，有功我这快六十的人了还能有什么戏看，还想升个乡长干干？狗总得打，人总得救。好些事，能救的就得要救，救不了的就救不了啦。就像咱村前的老龙河，呼呼啦啦下滩往长江里流去，江河日下，你想救也是白搭。

汤六福的牛发疯就在情理之中了。

那么大一头牛，打两针，屁用，他的秘密试验失败了。

来说说那一天。那一天早晨无风无浪，云彩泊在清凉垭的山脊。汤六福把羊赶出来，羊就蹦跶起来了。羊是亲太阳的动物，羊一高兴，太阳必出。不一会，太阳就浮出了群山，云彩开始分化，运动。木梓树的叶子油亮嫩绿，并发出摩擦声，鸟在更高的云杉上大喊大叫，早晨娇媚的喧嚣里，马桑的花骨朵冲出一股呛人的芳馥，缫丝花不动声色，像一个满有心计的少女，对她的情人会心一笑。

羊找到了一处红三叶草，开始了它兴味盎然的早餐。汤六福抹了一把露水洗脸，眼睛亮了，哑巴儿子出现了，儿子与云彩一同奔跑。

儿子眨眼间到了他的跟前，哇哇啦啦地比画说：牛不见了。

牛呢，喔，牛呢？汤六福把羊拴在石头上，跟儿子一同下坡找牛。牛不在洞里，牛挣断了缰绳。汤六福解开绳索，唤自己的牛。他听到了牛哞，很沉闷的，很痛苦的声音。循着牛声，牛在一块明岩旁用两只大弯角抵着石头，蹄下的碎石泥土哗啦啦往下垮，同时屁股里射出水一样的稀屎，恶臭。它在干什么哪？汤六福看呆了，他去抓牛的嚼套，他让哑巴儿子拉牛尾。他很快地就把绳子接上了。牛不服拉，牛呼呼地吐着浓浓的涎液，两只血红的眼睛像灯笼，龇出一排履带拖拉机一样的牙齿，竖起犄角就要来抵汤六福了。这牛不认人了，这牛疯了！汤六福连滚带爬跌下坡坎，那牛一头抵在一棵松树上，喀嚓一声，碗口粗的松树断了。汤六福爬起来就对儿子喊："跑啊！"

牛追了几下，转了个方向，朝山上狂奔而去。

一个背木头的人被顶向一边，重重摔在水沟里。

一个挑水的女人一眨眼两只水桶就挂在了牛角上。

"拉住它！拉住它的绳子！"

路上的人没有谁能拉住它。人们躲都躲不赢，谁敢去拉一头疯牛。牛就那么跑着，突然又停下了，牛头对着来路，牛尾对着去路，原来它绳子缠在一蓬刺棵上了。它又拉又扯，鼻子快拉断了，鼻桊儿快拉脱了。这时候，汤六福那哑巴儿子飞快地赶上牛，拽住绳子，扑到地上，不让牛再跑。这孩子不是牛的对手，被牛拖着在路上匍行。牛拖了他十几米远，他只好松了手。身上、手上被路上的石子锉伤了不少。

牛跑上了崖顶，它在追赶一只鹰。起先鹰飞得很低，翅膀拍击着草丛与灌木丛，后来就豁然开朗了，牛也跟着那豁然开朗的方向，一头扎进深不见底的峡谷。

牛哞声还在，在群山之间，越飞越远。

赵子阶带着老伴女儿回来，就听说了汤六福的事。村里的人说，他自己的三针那有屁用，就等着汤六福发疯了。汤六福没发疯。有人给他献了一个偏方，他在吃偏方。有人说汤六福大难不死，必有后福的，大难是指他摔坏了腿被狗救了一命的事。

就在郭大旺从拘留所遣送回来的那天夜里，张克贞的爹也背着一个死了的小凤回来了。按老规矩夭折的孩子死了是不能进村的，小凤的爷爷就要人抬来了他自己为自己准备的一口棺材，把小凤放进去了。小凤躺在那口大棺里，好像牛棚关了只老鼠。小凤身上散发着一股难闻的狗腥味。小凤爷爷要张克贞把小凤那双白球鞋拿来，就是那双惹祸的白球鞋。张克贞有点舍不得，因为基本是新的。小凤的爷爷说："她不穿未必你死了给你穿！"张克贞就只好拿来了。可小凤的脚又肿了，穿不进去。张克贞说："穿不进去，算了。"估计也是想以后拿这双鞋换烟抽，小凤的爷爷就一把从张克贞手上夺过鞋子，塞到小凤的头下，给她当枕头。小凤的爷爷搬小凤的头时，大家看到小凤的头发全白了。可她还是个孩子！

第二天，小凤的母亲也来了，她揪了几把涕泪就在山上小凤的坟头唱了一段高亢的丧歌。小凤的母亲还真能唱呢：

> 人生好比一圆瓜，
> 先牵藤来后开花，
> 阎王好比偷瓜汉，
> 偷偷摸摸一把抓。
> 人生好比一把刀，
> 朝朝每每逞英豪，
> 有朝一日刀出鞘，
> 斩断阳间路一条……

小凤母亲好像歌舞团的演员，嗓子圆滑得就像河滩的卵石。那时村里好久没有听见歌声了。大家就出来听小凤的母亲唱。薅草的也没有薅草了，砍柴的也停了砍刀，连山坡上汤六福的羊也在侧耳聆听，水不流动云不飘散。多好的歌声啊，大家听着听着入了迷，也情不自禁地哼唱起来，脸上都挂着或咸或淡的泪珠。那一天，整个忘乡村都回荡着优美、凄伤的歌声，是该到了唱歌的时候了。于是，整个村子都汇入了歌声的海洋，上村，下村，男的，女的，老的，少的。

歌声到半夜还没有止息。每个人都在唱着，在床上，在梦中，在迷迷糊糊间，都在唱着。风带着温暖的植物的气息，拍打着每一个窗户，星空比往日要亮上好几倍，好像撒满了金豆子一般。

七

那一天晚上，唱歌唱得最久的应该数秀妮了。她后来唱的是《怀胎歌》，那歌子唱道：

> ……腊梅花儿开，听唱娘怀胎，还没怀胎人又来，想些故事来。

一想麦李子黄，麦李子在树上，又想酥糖打麻糖，花胡椒灌灌肠。
二想烧腊肉，黄焖如豆腐，又想猪油炒葫芦，香油烹黄豆。三想酸
白菜，又想大头菜，又想恩果梨不呆，桃子两瓣开……

秀妮怀孕了。

这可是难事。在一个月黑风高之夜，赵子阶把秀妮哄出了村，连夜去了
房县一家个体诊所，把胎儿打掉了。赵子阶的老婆却执意要让秀妮把孩子生
下来，说生就是升——升眉火。赵子阶说："此'生'不是彼'升'。"秀妮找
赵子阶要娃子，赵子阶气不打一处来，操起手掌就给了她两个大嘴巴，把秀
妮打跑了。

赵子阶和老伴四处去找，哪儿找得到。有时听见山里有唱《怀胎歌》的
歌声，去找，人毛都没一根。赵子阶的老伴整天以泪洗面，找赵子阶大吵，
大骂，大闹。女儿没了，可女儿为什么不可以把一个没老子的娃儿生下来。
一生下来有了娃儿，秀妮的病说不定就好了。这只是事后的话，马后炮，没用。
赵子阶说：咱慢慢找吧。赵子阶给村里的人说：秀妮又到她姐姐那儿去了。

可不久村里就有采药和打柴的人说在老林里看见了一个女山魈，满身的
苍苔，用云雾草做的衣裳，藤萝扎的衣裙，面如蔷薇，骑着一匹赤豹，见了
人就笑。此事说得有鼻子有眼。可惜村里没有枪，找村长赵子阶，又不借，
要村长去，村长去是去了，却不要人陪伴，独往独来，最后空手而归。有好
事者便下了许多套子，绳索、钢丝套，都没有套住。

有一天晚上，郭大旺和张克贞的爹双双出寨堡小解，见到了那女山魈。
张克贞的爹自孙女死后，就不愿跟张克贞住了，就搬到了清凉堡子里，与郭
大旺做伴。这老哥俩那天晚上喝了点小酒，半夜时分借着月光出来，就见云
雾里有一披头散发的年青女子。起先张克贞的爹以为是小凤的魂呢，定眼一
看比孙女大且唱着很古怪的歌，又是想麦李子，又是想酸白菜的。就联想到
这些日子村里传说的山魈，但又没见这女子骑一只赤豹，只是头上是红的，
好像戴着一顶帽子，唱着唱着就往悬崖下去了，踏进了云海深处。张克贞的
爹说可能是个人，疯子，可郭大旺却坚持说是白莲教教主王聪儿。他说："我
在这儿听得多了，我什么不知道。"

这事他们没给任何人说。郭大旺给张克贞的爹交代了的，千万别说。他
怕一说了，又是宣传封建迷信，又是破坏安定团结的大好局面，又被公安局

抓去拘留。郭大旺说：他什么都不服，就服公安局。

　　夏天就这么过去了，赵子阶寻女不着，只好慢慢等待着乡里对他的处理意见，辞职书早递交了。他也联系了几处外乡的木工活，准备随时携家什、墨斗出征。可是乡里似乎忘记了他，忘记了这个忘乡村，这个经受过一场春夏疫情的偏远的村子。

　　这天岭上姚家的儿子结婚，来请赵子阶，赵子阶不能不去。他是个有酒不要命的人。他先是推脱了一下，说我又不是村长了，我辞职了，反正我不干村长了。可姚家的来人说，赵村长你不是村长谁是村长，你老德高望重，这个证婚人非得是你不可。赵子阶就去了。

　　锣鼓响了起来，送新姑娘和嫁妆的人马从岭那边过来了，好长的队伍。嫁妆是什么呀？一匹金黄色的巴山黄牛。你看那牛：眼如铜铃，平角如钩，鼻似虎鼻，头上扎着红绸儿，膊上飞着涡旋儿，一走一迭的肌肉，一步一声的蹄壳，拉出的屎打得山道啪啪直响，让那些穿红戴绿的送亲人避之不及，你推我搡，哈哈直笑。新姑娘满面红光，眼含脂脒，腮如秋柿，嘴似辣椒。这秋阳太猛，新娘和大伙都油汗直滴，一路上有人撒着喜糖。新娘的娘家人说：这牛全是她挣的，男方的牛因她罚没了，她发誓攒不到一头牛钱就不嫁过来。于是她就上山拼命挖药材，摘绞股蓝，又听说挖兰草赚钱，独自到深山老林去找兰草，虎皮斑啦，三瓣寿星啦，复色花啦，有一株竟卖了一百。你看，牛又回来啦。

　　婚礼办得热火朝天。又是敲锣打鼓吹唢呐，又是猜拳行令放鞭炮。汤六福在山上放羊，他听见了锣鼓，这铿锵的锣鼓对他是久违了。许多天他都是不敢听，避而远之的。有经验的人告诉过他，最好一百天不要听锣鼓。他算了算，也差不离了，一百天没发病，也就无事了。他于是按捺不住，循声跑去，加入了抢喜糖的队伍。他想给他的傻老婆和哑巴儿子带点甜味回去，讨个吉利。

　　他在人堆里抢着，他似乎还听见了柳会计在喊他，要他去喝一杯。他手攥了一把夹有草和石子的糖，站起来时，忽然感到浑身的骨肉里有蚁行，千千万万只，接着就不能自已了，四肢打摆子似的发抖。他想给柳会计回个话，还看见了端着酒杯的村长赵子阶，但舌头木了，要发炸了，大叫一声，冲出人群，就朝苞谷地里狂奔而去。

汤六福的狂犬病终于发作了！

汤六福如何跑得快，腿不灵便。赵子阶和柳会计就放下酒杯，叫了一些男人，去逮汤六福。没几下就逮住了汤六福，人们看他的肚子，妈呀，肚子怎么这大呀，一按，硬硬的。有一个人给大家说：汤六福怀了狗儿。那人说：到时看吧，他怀了狗儿，又生不下来，狗儿就会把他撑死。

汤六福第二天就开始屙血块，呕血块。他被关在家里的一间杂物间里，他屙的血块，全是狗形，有鼻子有眼，呕的也是。这就奇了。怕他把人抓着，他的哑巴儿子就从门槛缝下送饭给他吃。汤六福的肚子果真越来越大了，大得像城里的厅局长。一天晚上，那杂物间就传来了一声巨大的爆炸声。他的家人打开门一看，汤六福的肚子爆炸了，肚里冲出来三块大血坨，每个约有十来斤重，细看就是三只狗，毛茸茸的，五官俱全。

赵子阶的老手艺这下派上用场了，他用村里剩下的木料，为汤六福打棺。赵子阶非常情愿，这等于是一次复习，把过去的手艺拣起来了。赵子阶花了两天，为他昔日的仇敌打了一口足有八寸厚的大柏木棺材，缝线严严实实，工艺清清爽爽。赵子阶满头的锯末裹着自己的老汗，后来又调和了最好的火漆，漆得金晃发亮。把汤六福和他怀的三只狗崽一起装了进去埋葬了。下葬后汤六福的哑巴儿子给赵子阶咚咚地磕着响头。赵子阶拉起哑巴，摸着他的头比画说：好好地喂你的羊吧。比画比画时，赵子阶也就流出了一些泪水。他像想起了什么，就对一边的柳会计说："你帮汤六福算算他的时间。"也就是被狗咬的时间。怎么算，都只有九十九天，一百天差了一天。就这么一天，就是一劫，且是生死劫啊。

唉，事情就这么古怪无情。

马嘶岭血案

我就要死了。活着也就跟死了一样，脑壳瘪瘪的，像一个从石头缝里抠出来的红薯。头上现在我连摸也不敢摸，睡觉不是坐着就是俯卧着，九财叔那一斧头下去我就这个样子了，当梨树坪的两个老倌子把我从河里拉起来时，说，这是个人吗？这还是个人吗？可我还活着，我醒过来了，指着挑着担子往山上跑的九财叔说："他……他……他要抢我的东西！"我是指我们杀了七个人后抢来的财物，又给九财叔一个人抢走了。医生在给我撬起凹进去的颅骨时说："撬过来了反正还是得崩。"还有一个消瘦的护士给我扎针时说："你还晓得怕疼，我的天，到时一枪下去，那么大的洞看你喊疼去。"我疼得天昏地暗，这不是报应吗？九财叔砸我，我砸了别人，别人都死了，我却疼痛地活着。

就这么等死的时候，前天老婆水香捎来了儿子的照片，一张嫩生生的照片，背景是红的，是在镇照相馆刘瘌子那儿照的。儿子在向我傻乎乎地笑着，咧着没齿的嘴巴，眼泡肿肿的，耳朵大大的，活脱脱一个水香，活脱脱一个我。

现在是深冬了，早上放风出去地上有凌。再有一个月我就要与这世界再见了。

今年的秋天，九财叔来找我，让我跟他一起去当挑夫。我当时想都没想，就答应了。一个月三百块钱呀，不少了！尽管是到很高很远的马嘶岭。

我记得那个秋天早晨的山路是多么安详，水香的声音在干爽暖和的山路上飘荡着，还带着一股子挥之不去的乳香，紧紧依着我的鼻扇。临走的那天晚上，我糊糊涂涂地就要爬水香，水香说，别压坏娃子哦。我说，不压，不压。我忍了几个月了，可这一走一两个月，我实在忍不住了。水香在下面说，别压坏娃子哦……那个早晨的山道上红叶似火，天空像一张豁然张开的大嘴，瓦蓝瓦蓝，温馨的风像狗毛一样骚扰着脸颊，水香的声音就在那儿荡漾着，像山岚一样娇软若无："别压坏娃子哦……"这声音只有我一个人能听见。我嗅吸着声音里的乳香，在前头快快地走着。我不想跟九财叔走一起。分别时，九财叔睁着那只没眼皮的右眼睛，瞪着我跟水香道："快点上路！"

九财叔也在死劲地嗅吸着，他是在嗅吸空气中霜打过的野柿子的甜味。我给站在石坡上的水香挥手，水香穿一身紧身红袄，肚子鼓鼓的。我在想，一个月三百块，这次去当挑夫，我是为水香挑的，为水香肚子里的娃儿挑的。

我们两天以后才到了马嘶岭。

马嘶岭是南山里面的野岭，燃烧得更加炽烈。茂密的冷杉林、鲜红的桦树、高挺的山毛榉、英气逼人的岩上松，还有那么多枫、栌、槭树和灌木的金黄色、喧红色，到处是秋花、野葱、兽迹，让人看得呆哑无言。五十多岁、戴着眼镜，头发谢顶的祝队长拿出一个仪器来，说："到了，是这儿。"另一个姓王的小伙子就拿出一张地图，指着说："正是这儿。"又问九财叔，"这是马嘶岭吗？"九财叔说不清，小王又问炊事员老麻。老麻也是我们当地人，他说这应该是马嘶岭，他说他听打猎的讲过，马嘶岭到处是野葱野蒜。"这就是了。"他扯了一大把野葱，说以后我们就有野葱吃了，特别好吃的，用盐滗了最好吃。他掐着野葱的根须，一根根把它们分开，放到鼻子下闻闻，又让那些人闻。小杜就接过去闻了，她是踏勘队唯一的女娃子，她说："好香，好香。"

我们就这么住下来了。他们住一块儿，我们住一块儿是三个人，炊事员老麻、九财叔和我。老麻后来嫌我们，住到厨房小棚里去了，在灶口柴窝里铺一床絮，比我们强多了。我们冷，头一夜就跟睡在冰岩上差不多。我一床被，九财叔一床絮，搭伙的。他的絮又破又烂又薄，怎么也隔不断冰冷的地气，第二天我去割了几捆芭茅垫在下面，才略微暖和些。我们的棚子是塑料纸的，而祝队长他们的是帆布的，还没有缝隙，完整的帐篷，像一个屋子，里面还有间隔，那女娃子小杜就睡在最里头。

刚开始我们知道他们是找矿的，第二天就得知他们是专来找金矿的，是为我们找金矿的。也许就是那个该死的"金"字，这黄灿灿的让人想到荣华富贵的"金"字，开始撩拨我们了。不对，应该是撩拨九财叔了，撩拨他心中早已枯死的那个欲望了。本来他都老了，两条腿虽说能挑个百八十斤儿的，但常也有蹒跚的样子，眼睛也没什么神了，内心快坍塌了，只等哪一天一场大病，或是喝酒喝死，阎王爷安静地把他收去。

第二天就听到祝队长说："这就是我们的踏勘靶区。"他指着马嘶岭和岭下的马嘶河谷，声音洋溢着一种喜悦和轻松，好像来这里是玩耍的。其实这里荒无人烟，崇山峻岭，巨大的河谷吞噬着天空，马嘶河和雾渡河在这儿汇合，流淌着的河水在秋天通体泛红，好像一头巨蟒吐出的信子。我听见小杜那女娃子说："好美呀，太美了。"还拿着一个很小的相机咔嚓咔嚓地给他们拍着照片，也让人给她拍。小杜这女娃子长得像山里的洋芋果，圆圆叽叽的，个头也不高，爱笑，爱唱歌，我就暗自给她取了个洋芋果的诨名。那个身子单薄的小谭长得像根峨眉豆，他的刀条脸和身子，不是峨眉豆是什么。我听见他们说着那周围的岩石，祝队长指着河谷说："这就是开门金。"他比画说，"河流骤然变宽了，流速减慢了，上游带来的泥沙、砾石、砂金都沉积于此了，看见了吧，开门金！"他说了几遍开门金，说过去这儿因为没有人烟也没被开采，可能有小量开采，因为这周围是土匪窝子，没人敢来，就算淘出了金子，也会被抢被杀。

我的心那时有一种豁然开朗的感觉——开门金！我忽然对这些产生了兴趣，仿佛也成了他们中的一员，完全忘了我不过是他们的苦力和挑夫。祝队长是头儿，他总是站在中间，那几个人站在两旁，听他手拿着小锤敲打着岩石讲解，那个常在他手上的有数字跳闪的东西我也知道了它叫 GPS，卫星定位的。后来洋芋果小杜给我说它是用十二颗天上的卫星定位的，我们现在站在哪儿，经度多少，纬度多少，海拔多高，它一下就显示出来了。她说我们现在站的这个地方，马嘶岭的海拔是三千四百零九米高。我问她这个东西值多少钱，一头牛钱吧？她当即就哈哈大笑起来，把我笑毛了。可我之所以敢问她，是那天大家喝了点酒后我在他们的怂恿下唱了几个山歌子。她说我的山歌子唱得好，当即就把我的山歌录下来了。我知道那是录音机，可没见过那么小那么薄的录音机。我还问过她关于剥夷面的事。她指着祝队长指过的河谷对岸，高耸入云的一扇巨大石壁，光秃秃的。我只能隐约知道"剥夷"是怎么回事。剥夷面上，经她的指点，我似乎看到了一条石英矿脉，因为在夕阳里，那儿闪着耀眼的光斑，还有云母。她说在它的顶上，也就是台面上的塔状熔岩，很好看吧，是一种碳酸盐岩。她说她们去看过了，那儿曾有炼过硝盐的痕迹，地图上有个地名叫晒盐坡，估计是那儿。她说你们这地方保存了第四纪冰川地貌，也就是七八十万年前的，那刃脊、冰斗、冰蚀槽谷，

中篇小说

还有漂砾。"你看，"她指指河谷中那些巨型的石块说，"那些石头不是原本在此的，是从别处搬运来的，谁有这么大的力量？就是冰川，冰川就是神仙，力大无比。你看那三角面，很清晰的冰川流动时削磨的痕迹，把巨石从远处搬来了。"

她轻描淡写地给我说着这些，我却觉得她的话撼人心魄，在那个晴朗无风的傍晚，无数玄燕和蝙蝠滑翔的河谷上空，我听到了冰川轰隆隆运动的声响，而当时的山冈是寂静的，旷古的寂静，这女娃子的话让我热血沸腾，浮想联翩，仿佛眼际滚过了那个壮观的七八十万年前的场景。我真的佩服他们。这女娃子跟我跟水香一般年纪。可我没读多少书，初中没读满就辍学了。我爹是个"八大脚"，八大脚就是抬死人的杠夫，他除了抬死人，挣几双草鞋钱，没屁的本事。

这天晚上，西南方的山坡上突然射出了一道强光，有如电焊的弧光，一直刺入云天，把周围的山坡、沟坎都照得如同白昼。那边帐篷就有人惊醒了，问是谁在照。大家都起来了。忽然，那强光变成了两个光点，一上一下。大家以为是野兽，五六只电筒一起射去，那光点一动不动，祝队长就叫大家操了家伙跑过去扑打，却不见了影形，也没有什么野兽，遂回到帐篷。而这时那光点又只剩下一个了，在帐篷顶不远的崖上直射我们。

"这莫不是鬼吗？"九财叔说。祝队长他们那一夜都没有睡着。早晨起来去山坡上查看，什么都没有。方圆百里无一个人，无村庄和电线，这么强的光是从哪儿来的呢，又是什么东西所为？这个问题困扰着我们，祝队长宽大家的心说，你们不要怕，长期在野外生存，什么神秘的事儿都有。这个地方，听说怪事不少。九财叔坚持说是野鬼，还说是什么独眼鬼，见了我们这些人稀奇。他说，南山里不仅有几丈高的红毛大野人，还有鬼市。你们不知道鬼市吧？有一年来南山采药的一群人，晚上在老林里看到了一条小街，好不热闹，什么京广杂货都有，买货卖货的人把衣裳都挤破。几个采药人也去买了些东西，有买鞋子的，有买衣裳的，便宜得不得了。第二天早晨一看，鞋子变成了草鞋，衣裳变成了棕叶，店家找给他们的钱全变成了冥钱，再去找那条街，哪儿找去，莽莽森林，除了树还是树，什么都没有。做饭的老麻也附和说，他们隔壁村也有过怪树的，有棵叫水洞瓜的树，是千年老树，从来只结籽不开花的，只要六月开花，这年必山洪暴发，开花的时候，树心里面就传出叮叮哐哐的锣鼓声，天一放亮就没了。说有个小娃子去上面掏鸟窝，掏出了三双草鞋云云。事情越说越玄乎了，说得大家脸色发白，倒抽冷气。祝队长就严厉制止道："老官，老麻，你们不要在这儿瞎说了。老官，你要是信鬼，今晚你跟我捉一个来，如果捉不到，你就走人。"

一开始祝队长就不喜欢九财叔，九财叔本来就不是一个讨人喜欢的人，所以祝队长就想赶他走，这是九财叔恨祝队长的始因。另外，那个一听九财叔说话，就从喉咙深处发出一种怪笑的姓王的博士也不喜欢九财叔。姓王的博士总是干干净净，头发纹丝不乱，油水很厚的样子，不过他那个头就像个大田螺。他说："别吓唬我们了，我们这些人都是久经沙场的，别看你们经常在山里转悠，但也比不上我们在野外生活的人。"

九财叔没有捉到鬼，踏勘队就响起一片嘲笑之声。我们跟在他们屁股后面，挑着一两百斤的东西随行。我们挑夫挺苦，一天十块钱，赚得很难。挑着一两百斤的东西，翻山越坎，过河上坡，他们徒步都困难，更何况我们这些挑夫。一头是他们刻槽取样的石头，剥离的石头，一大块一大块的，就往我们箩筐里丢。有时候，扁担上肩，腰却挺不起来，咬着牙，腰椎一节一节地压趴了，人站起来了，腿都在哆嗦，心想，这就是命。担子的另一头有石头也有一些贵重的东西，那个像夜壶一样的家伙，是个什么水准仪。水准仪不止一台，有一台是日本产的家伙。这些仪器常被分成几段拆卸后放进箱子里，再装入箩筐。祝队长虽然讨厌九财叔，可还是信任他的力气，认为让他多挑贵重的东西牢靠些。

两天后，祝队长和小谭去了一趟山外。为了防止野兽和坏人，他们上山来时配了一杆闪闪发亮的双筒猎枪，还给他们每人带来了一把跳刀。祝队长的绑腿里原来就插了一把美国猎刀，一尺多长，听他说，是一个外国同行送给他的。我慢慢才知道祝队长其实是替他们领钱去的，还买烟买电池买扑克，给洋芋果小杜买来了许多糖果和女人用的东西。小杜把祝队长喊祝老师，小谭把他喊祝教授。听说祝队长是小杜的导师，小杜是他的研究生。小谭不是，只是祝队长手下的一名工作人员。他下山是去给他在乡下读书的妹子寄学费去的。我听小杜问他："寄了吗？"他说寄了。这是与钱有关的事。每当这时，九财叔的耳朵就支棱得很长，好像是与自己有关的。他晚上忿忿不平地告诉我说："他妈的他那娃子一个月就能赚两千多块钱。"他说的是瘦小的小谭，我们都知道他是个山里娃子，与我们口音相近。我问，那祝队长不更多？九财叔说，听说他有好几个金矿。我说他有金矿？九财叔说是人家的金矿，他会找金子，人家就拉他入伙，叫技术股，那金矿他还不占一份？这儿若找到了金矿，他又有了一份。听说他光乌龟车就有两部，有一部现在停在县城里，是他自己从省里开来的。我不知道九财叔是怎么知道的，你别看他平时闷声不响，瞪着一只永远也关闭不上的可怕的眼睛，可他知晓起别人的事来，好像他长了好几个耳朵。

祝队长回来说到那怪光的事，说调查了，周围没有电焊的，说山下的人说了，南山山里是有一种奇怪的光，学大寨那会儿，山下一个村里有一块田也有发出过怪光，也是贼亮贼亮的，像探照灯。他说是否与我们踏勘的岩层有某种关系，比如是一种石英，反射了太阳的光或者别的什么光，透明石英也就是水晶。离这里不远据说有几个水晶洞，而且可能还含磷。在那个剥夷面上，你们看见没有，有许多水晶亮点，在早晨尤其清楚，已经可以断定，这是石英脉型的金矿。那边的剥夷面，花岗闪长岩与石英闪长岩与金矿关系最密切，所以，这是金矿给我们的强烈信息。他转过头来对我跟九财叔说："有了金矿，当地政府开始开采，你们这儿的经济就会大发展，农民就会富起来，公路就会修通，这儿，说不定你们说的那个鬼市就真变成了现实哟。"他对九财叔说，"你会顿顿有酒喝。"祝队长罕见地开了个玩笑。这种未来的憧憬把老麻说得一愣一愣的，老麻对我们说："祝队长是给我们做好事来了。"

晚上他的菜做得格外有味，野葱拌上了更多的香油和野花椒，加上祝队长与小谭提回来的两瓶酒，我们一人分了一杯。九财叔和老麻看到酒，眼睛就放光，他们眼里充满了对祝队长的感激。上山来的这几天，我，九财叔和老麻，跟他们六个踏勘队的人是分开吃的。我知道他们的饭比我们好，每顿都有肉，做的时候我和九财叔就闻着香味，直咽口水。我想要是我们天天吃上他们那样的饭，也就等于做上了城里人，跟他们平起平坐了。

下山了，我那想做城里人的想法，让那一担沉沉的石头压得无影无踪。

我们要挑出他们取样的石头，到山下一个地方交给后勤分队，然后再挑回大米、面粉、菜、油盐。下山就是出山，来去得三四天。当你挑着那么沉重的石头走无穷无尽的石头路时，你的心里就像压着一块石头，脚上绑着两块石头。石头缠上了你，百多里的路，峡谷、险峰、乱石滚滚的高地、龇牙咧嘴的悬崖，全是石头，石头，石头。我们上山时还行，与九财叔下去，两担石头，两个无声的人，走在茫茫的石头上，走在深深的石缝里。从出生以来，哪儿挑过这么沉重的东西呀，挑的是石头。九财叔一句也不吭声，我在苦巴巴地想着家里待产的老婆水香，欲哭无泪。我在想着人与人差别真是太大了，过去在家不觉得。原以为一月三百块的工钱，是抱金娃儿呢，而人家小杜、小谭、王博士他们一月就能轻松拿好几千。我们村长听说一个月才拿一百五呢，大家还羡慕得要死。今年天干，庄稼没啥收成，羊也渴死了几只，收农特税的村长上了几次门，威胁我爹说，你不交税就不让你家媳妇生娃子。八大脚的我爹是横了，叫嚣说我们倒要生生看，生下来你村长有种的把他掐死。我挑了石头就能生娃子，我挑了石头就能给家里交税，还能给水香和娃儿买吃的穿的。就为这，我也要挑啊。

那天晚上，我累得开始屙血。

我给九财叔说我屙血了，九财叔不相信。到草丛里一看，九财叔叹着气，说屙两天就好了，人的力气都是压出来的，不压不知道过日子的滋味。九财叔说，你知道祝队长有两辆乌龟车吗？我问他是听谁说的。他说总有人给他讲。他躺在葛藤攀附的石头上，望着林子上面的天空，用石头敲着石壁，说："村里的吉普是村长三千块钱买回来的，那他的两辆乌龟车不要几万吗？"我们那儿的人把小车都叫乌龟车，因为它们都像骚乌龟。我没有搭理他，我在想水香肯定不知道这会儿我在荒郊野地屙着血，对着一担死石头无可奈何。她以为我是到外头寻快活见洋广去了。没有我在身边，水香肯定是眼巴巴地望着念着我，被子里也空凉凉的。她嫁过来，我还没离开过她，她也没离开过我。我揉着自己已经开始磨烂的肩膀，看着箩筐里的那些石头，想着想着，泪就出来了。九财叔吃惊地看着我，那只没有眼皮的眼睛像一颗苦桃一动不动，突然，从他背着的垫絮里哧啦撕下一块棉絮，过来垫到我渗出血水的肩上，又抱出我箩筐里的一块石头，哗啦丢进了沟壑里。

我一见慌了神，喊："甩不得的，甩不得的。"我顾不了一切滑进深沟去捡那块石头，"这不能甩，这编了号的！"

我抱着石头爬上来，九财叔还是那么瞪着我："蛋毬！"

"这是编了号的！"

九财叔什么都不知道，人家在石头上写了字，也在他们的图纸上记下了的，画了好多图，可九财叔什么都不懂。

我把矿石重新放进箩筐里。"这是矿样！"我对九财叔说。

"这不就是石头吗，蛋毬！"九财叔说。他没有文化，我跟他是说不清楚的，只当跟猪说。

"好，你屙血，屙！屙！"他恶狠狠地说。

他不理我，他挑上石头一个人上前走了，我也只好又把石头上肩，扁担在磨破的肩上吱咯，吱咯，吱咯……

我正在埋头一步一挨着，听见前面一阵响声，我猛然一抬头，看到九财叔握着扁担，站在那儿，一动不动。前面的箭竹丛里，窜出来一群野猪，就离九财叔不远！

"上树！"九财叔一声喊，我甩下担子就往最近的一棵树上爬。我还没有看见过那么多拖儿带女黑压压的野猪群，我往上爬，踩断了一根枝丫，从树上掉下来，摔得屁股一阵锐疼。我看见九财叔非常紧张，可他又不能动，只能对峙在那儿。我这摔下来的一声，让野猪们起了警觉，一个个竖起毛刺刺的耳朵，亮出尖尖的豁吻和寒光闪闪的獠牙对着我们。我接着又往树上爬去。"叔，你上啊！"我拼了老命喊。这一喊，野猪们出击了，箭竹丛一阵哗哗的骚乱，滚滚黑浪就向我们卷来。

"你混蛋！"

九财叔拉下我就朝陡坡下跳去，至少有三米高的陡坡，我落到地上，卡在一个石缝里，脑袋好像撞上了什么，一阵迷糊。野猪的吼叫声在岩上面，过了一会，我头脑清醒了，听见九财叔说："治安，治安，你在哪？"我说："叔，你在哪？"九财叔爬过来替我翻了个身，恶声恶气地说："让野猪把你吃得干干净净！"我摔得不轻，懒得跟他论理，他又吼我要我快抽出开山斧来。我在腰里抽出了开山斧，我们谛听着头顶，野猪们急吼吼的，但并没往下面跳。我们贴在石头下，大气不敢出。"得亏没有血腥味。"九财叔说，他是指我们没有摔出血来，野猪没有对我们继续追击。我看九财叔，已摔得鼻青脸肿了，那只没眼皮的眼睛里充血，红森森的，脸上、手上有深深的划痕。我知道自己也摔得不轻，浑身疼痛。天渐渐黑了，我们不敢上去，就着石崖，点燃了一堆火。这深山里的秋夜，寒气浸人，又冷又饿。九财叔说千万别动，野猪是很有头脑的。坐了一夜，第二天天亮后，见没什么动静了，我们手拿开山斧小心翼翼地爬上岩去，看到我昨天爬的那棵树，已经被野猪撞倒撕烂了，我们的箩筐也被掀翻，矿石、我们的被子践踏得脏乱不堪，沾满了臭熏熏的猪屎。我们收拾好石头，慌乱地逃出这个野猪出没的野猪坡。

这一趟，少了两块石头，是九财叔担子里的。他不知祝队长都标了记号，回来签收单上都记下了。估计是在野猪坡被猪拱翻后弄丢的。为此祝队长又狠狠批评了九财叔一顿，并且宣布扣他两天的工钱。为这两块石头，九财叔这趟白挑了。九财叔言语不多，没有解释，只是瞪着那只没眼皮的眼睛看着祝队长。我给他们解释说我们遇到了野猪群，可能是野猪把我们的石头掀到山下了，我们还差一点没了命。可是办事认真的祝队长说这不是理由，这些矿样比生命还珍贵。

"你以为石头跟石头都是一样的？"姓王的博士歪着田螺头给祝队长帮腔说。他们不相信我们的话，以为我们是故意丢弃的。

"你这么一丢，我们这么多人至少一天的劳动白费了。"洋芋果小杜笑着想缓解气氛。

事实上那天的气氛并没有缓解。那天晚上吃饭的时候，小谭还给了九财叔一杯酒，说是请他"代"了。九财叔把酒喝了，连谢也没谢人家，倒头就睡了。

我怀疑那石头是他故意丢的，在半道上趁我没注意把它丢掉了，以减轻肩上的重量。

深秋的马嘶岭夜晚，寒风比白天严厉千百倍，有时候飘下一点小雪，有时候飘下一阵细雨——雨是由浓雾而来的，滚滚的浓雾时常淹没我们。在夜晚的深处，马嘶岭万马嘶鸣，它们从天庭滚过，践踏得森林嗡嗡直响。这种马嘶的声音，就像有无数鞭子鞭打着它们。而那几天，我听到的却总是黑压压的野猪在奔跑和狂叫的声音，仿佛它们就在我们头顶，不断地来去，不断地聚散，没有停歇，让我噩梦连连。老麻听了我们的故事啧啧称奇，说："我不信，你惹了野猪没被吃掉，这说不过去嘛。熊比虎狠，猪又比熊狠，这谁都知晓，你们就损失了两块石头？哄鬼。"我说："钱就是用命换的嘛。"老麻就劝九财叔说："有命在，二十块钱就不算啥了，留得青山在，不怕没柴烧。说不定哪一天，你们在这山上能捡块狗头金回家呢。"

没有灯，我们坐在火堆旁，火堆是抵御这凶恶寒夜的一道温暖的屏障。用盐粉揉着一盆野葱的老麻来了兴致，说给我们讲一个狗头金的故事。

老麻那天说的是他们雾渡河上游上辈子人的事。他说马嘶河沿途是有金子的。他说的是旧社会。他说有个人捡了一坨金子，刚开始只觉得是块石头。他把话岔到九财叔丢矿石上去，说，你看起来是块石头，他们看起来里面就有金子，听说含金量还蛮高呢。他说有这么个人，是到河滩刨地刨到的一块石头，黄黄的，也没作金子想，捡回去丢到猪栏屋里了。晚上起来拉尿，看到那块石头闪闪发光，就知道有内容了。找人一问，我的娘耶，是块狗头金，这么大——他比画有一个狗脑壳大——于是就到宜昌去，换了足足五百大洋。他揣着这么多叮哐乱响的洋钱，就想到窑子里去嫖一嫖。问好了，宜昌城有个最有名的婊子，长得闭月羞花沉鱼落雁掐得出水来，于是就寻去了。嫖过之后，两人互问籍贯姓名。那婊子一听，知道遇上了自己的亲生老子。为何呢，因这男的生了五六个妮子，后又生了一个妮子。这妮子长到六七岁时，家中无力抚养，便卖给了别人，哪知这妮子长大后误入妓院。虽然与父母姐妹分别时还小，互不认识了，但那妮子还记得自己的老家，记得亲娘老子的大名。于是在生父离开时，在他一双备用鞋里插了根针，针下附了一信。那男的离开后，到晚上在一客栈里洗脚换鞋，一穿便扎了脚，细细查看，发现鞋内有一根针，还扎了一张信笺，展开一看，上写：您是我的亲老子，做了不该做的事，云云。这人读完后觉大事不好，赶去那妓院，一问，知自己的女儿因羞愧难当，已经投江自尽了。

讲过这些故事后，老麻对我们说："你们天天跟他们一起出去挖，说不定走狗屎运，真挖出一坨金子，也有可能。运气来了，门板都挡不住。"九财叔苦笑了一声，沉默了。我给老麻解释说："你以为这石头是狗头金啵？听说最富的矿，一吨石头才能炼出几克来，"我用手指抓了一撮冷灰示意，"就这么多。不过，也有的一吨石头里含一斤多金子的，但这少而又少。"九财叔横了我一眼道："你懂！"我拿出枕头下的一本书给他们看说："这里面全有。"他们就像看生人一样看着我，我便有点得意了，"是小杜借给我看的。"

的确是她借给我看的，是一本《金矿地球物理找矿》。我跟她出去有几天，我们是分两个组，我帮小杜她们挑东西。小杜给过我一种糖吃，不知啥糖，吃到口里一股糊锅巴味。我就问这是啥糖，她说叫巧克力。"很难吃的。"我说。"一颗抵你们小卖部一斤水果糖的价。"她对我说。这么贵！怪不得包得这么精精巧巧的，我就把那红色的玻璃糖纸留住了。她之所以给我糖吃，是听了我唱歌。她有个小机器，里面放一张薄薄的闪亮的圆盘，然后就戴上耳机听，估计里头也是歌。

有一天她要我再唱，我就给她唱了两句"阳呀阳坡的姐，阴呀阴坡的郎"。我说，我再给你唱几首五句子吧。我想了想就唱了一首五句子："吃了中饭下河游，一对石磙顺水流，你要沉来沉到底，你要流来流到头，半路丢郎短阳寿。""很好听，"她说，"也很有意思。"我就又唱了一首："吃了中饭巴门站，泪水滴得千千万，可惜泪水捡不起，捡得起来用线穿，情哥来哒把他看。"她一个劲儿说好，我胆子就大了，就唱起邪一点的："吃了中饭下河耍，河下公鸭撵母鸭，公鸭撵得喳起个嘴，母鸭撵得叫喳喳，扁毛畜牲也贪花。"小杜和大家都笑了。小杜用那小机子把我的歌都录下来了，她还边听边记下那词儿："为什么总是以'吃了中饭'开头？"是啊，这一问问得我也有点傻了，我说我不知道。王博士却说了："这还不简单，饱暖生淫欲，饥寒起盗心嘛。吃饱了饭没事干，就想那公鸭撵母鸭的事，听说这山里的女孩子是很性开放的喔。"我说："也不见得吧。"我说可能是与我们这儿只吃两餐有关，我们这儿早上起来是不吃不喝的，洗了懒就出坡干活。洗懒就是洗脸，因为早晨起来人容易懒，吃了喝了更懒。干了一气活，太阳当顶了，才回家吃中饭。所以，人吃了饭，才有劲，才想唱歌做别的。因小杜要听我的歌，还把它录进她的机器里去，我的胆子就大了，见到丢在她旁边的一本书，就拿起来翻。他们测量，刻槽，取石，我没事，就看那本书，全是怎么找金矿的，后来她就借给了我。

在我得到那本书以后的几天里，山岭是极安静和明朗的。白云们在天空如影随形，有时候，一股小风吹过，会带来一种混合的，但让人印象强烈的野果成熟的气味，野柿子啦，五味子啦，鲜红的茶果啦，咧着大嘴傻笑的"八月炸"啦，还有吊在藤上快撑不住了的沉甸甸的猕猴桃啦。我钻进林子中去摘，我把五味子、"八月炸"给小杜，把酸不拉叽的猕猴桃给两个背测杆的杨工与龙工。把不软不硬的野柿子给王博士。他们吃着，不停地点头说："嗯，好吃，酸，好吃。"我又给他们唱了一首："吃了中饭肚里嘈，要到后山摘仙桃，七尺杆杆打不到，脱了草鞋上树摇，摇得仙桃满地抛。"

那天小杜、王博士和小谭他们出去了，回来时每人都弄到了大大小小的水晶，就是那种透明得像玻璃和冰块的玩意儿。小杜还意外地弄到了一块红水晶。原来他们是去了一个水晶洞。那块通体透明红如胭脂的水晶让大伙儿啧啧称奇。可是祝队长却把他们几个人熊了一顿，说他们是胡来，说我们要把一个完整的矿山留给县里。祝队长因为激动两腮都出现了红疹子，摘下眼镜蒙眬着眼瞪他们说是搞破坏，当场就把小杜说哭了，大家也就不敢吭声，连晚上吃饭的时候也鸦雀无声。那块红水晶是否被祝队长没收了，我不知道。

一般来说，我们是早出晚归。每天天刚亮，祝队长的哨子就响起了。"起床了，起床了！"大家惺惺忪忪地起来，不辨滋味地把稀饭裹着馍馍吞下肚去，就灌水，就拿上馍馍，拿上腌野葱野蒜，摇摇晃晃地走了，到了傍晚我们就回到营地，几乎每天如此。这群人——祝队长他们，无论男的女的，就像我们村头磨苞谷的水磨子，不停地干活，爬坡下坎，下坎爬坡，写写画画，然后收了仪器，抱来石头丢进我们担子里让我们挑回来。

好天气并不是经常有的，没过几天，寒风就缠在岭上、河谷间不走了，黏黏的浓雾悄悄地泛上来，与寒风一起，搅得天昏地暗。但是即使能见度非常低，祝队长还是催促大家出去，他的要求是：赶在大雪封山之前完成此次踏勘。在雾里，我们挑着仪器以及他们中午的饭食，甚至还有睡袋，还有我们的被子，往勘测点走去。等到中午难得的太阳出来的一会儿，赶紧工作。如果晚上回不来，走得太远了，就随便找一个岩洞住下来，住一晚。在那样的晚上好歹他们会给我们一张塑料布，也不能抗拒石头上的砭骨冰凉，人像赤身裸体丢在冰窖里。他们虽然有睡袋（是鸭绒的），睡袋下又有油布，拉上了拉链就隔开了寒风，可我看见他们还是在睡袋里瑟瑟发抖，像打摆子的瘟鸡。这些城里来的知识人，还真能吃苦呢，虽然抖，第二天一爬起来，又有了精神，又抖擞着活了，而且他们还啥病都不生呢，我却因受了风寒发起高烧来，浑身滚烫发热，还咳嗽。小杜小谭他们给了我几颗药吃，老麻还给我熬了些姜汤。我时冷时热地躺了一天，天一放亮，祝队长就进了我们棚子说："你们得挑粮食去了哦。"

挑粮食就意味着又要挑石头下山，听到这话，我骨头都软了，我看见九财叔的脸也阴沉了下来。可那是跑不脱的，堆在帐篷里的那些石头，迟早得要我们把它们挑下山去。我就说，那就走吧。我往箩筐里装着石头，杨工和龙工记着数，然后将记了的纸装入一个信封，封上口，让我们带着一起送下山去。

我们正准备走的时候，小谭突然说要跟我们一起出山，他说他请了个假。是不是又要给他上学的妹子寄钱呢？当时不知道，走到半道上，他才说是想下山去打个电话，问他母亲的病怎样了。小谭穿着一双旧旅游鞋，披着油布（又防下雨又可垫着睡），背着旅行包。他说他母亲得了绝症，做了手术，家里欠了许多债。他说他早就不想在祝队长这儿干了，才两块钱一个月，他早联系好了深圳那边，一去就是八千的月薪。可祝队长留他，说不能缺少他，他是看祝队长的面子才留在他身边的，祝队长对他有知遇之恩。当他说深圳有八千块钱的月薪，着实让我有点吃惊，我们那儿也有人去深圳打工的，不就几百块钱一个月吗？来去的车费一除，也就跟在宜昌打工差不多。我说起这，小谭就说，这就是知识值钱。他说他们那儿也是穷山沟，他家有五姊妹。他是他们乡第一个大学生。他说他上大学的那天，全村的男女老少都来送他，一直把他送了十几里地，还放起了鞭炮，就像过年似的。他问九财叔几个孩子，九财叔说三个女娃，老婆死了，还有个八十多岁的老母。他问我为何没读高中，我说没钱嘛。他说他母亲之所以得绝症，是因为卖血给他读书，他说他还有个姐姐，成绩很好，为了他，就辍学去打工了。九财叔在后面暗暗地对我说，别听他说得可可怜怜的，他是防我们呢。我不解，九财叔就说："很明显么，我们两个，他一个。"可是我不信，回来的时候我见他眼睛红红的，看来电话是打通了。他说他母亲不行了，他抽着鼻子，说等这次踏勘完了就回家去，还不知能不能见上母亲一面。

好在来回都没有再碰到野猪，多了个人，胆也大些。我因为感冒，四肢无力，回来时挑着挑着就实在挑不动了。我挑着两袋共八十斤面粉，一袋五十斤的米，加上蔬菜、肉鱼，足有两百斤。小谭说："看你这瘦小的个子还真能挑啊。"我说哪是能挑，还不是为了一天十块钱。你们是知识值钱啊，我们这儿也有个说法叫力大养一人，志大养千口，而我连力也不大，唉。我挑不动了，就让他们先走，反正有床被子，挑到哪儿睡到哪儿。九财叔说不行，你一个人，碰上野猪和其他野牲口了怎么办？我们出山的那天，在野猪坡的箭竹林里虽没遇见野猪，但看见过一头老熊，可能快冬眠了，躺在竹窝里没理我们。九财叔说："万一不行小谭你就先走，我跟他慢慢来，你反正知道的，跟祝队长说一声，小官他病没好，路上要耽搁一些。"小谭说："我倒也不怕，一个人走，我身上又没有钱，连手机都没有，就一块手表，还是电子表，十几块钱的。"这话是说给我们听的，意思是跟我们一样，穷鬼，让我们打消打劫他的念头，他已经暗示过无数次了。他说的也是实话，那么多人里，就他没手机，那些人都有手机，是他告诉我们的。他说手机是个寻常物，城里一人两三部也不稀奇，而且淘汰很快，年把就得换个新式样的。小谭说还是大家一起走吧，安全些。他把我箩筐里的那袋米背上，这样我就轻松了许多。但腿还是软的，又加上咳嗽，人一咳，就气喘，气一喘，心就慌，心一慌，身子就飘，一步不稳，歪下了沟坎去。

这一跤人没摔坏，爬起来，面粉袋子摔破了一个，白花花的面粉撒了一地。我很害怕，说："小谭，你得给我作证啊。"九财叔把我从沟里拉起来，又去收拾面粉。小谭说："这不是你们的错，面粉就算了，树叶石子的，收起来也没法吃。"

好在有小谭作证，本来我又是带病，祝队长没扣我的工钱。可到营地我就倒下了，有种快死的感觉。八大脚我爹说人死就是一口气，一口气上不来，人就死了，就归他抬上山了。如果就一口气的有无来证明一个人的死活，那死就是很轻松的事。为什么有的人临死前疼得清喊辣叫？为什么有人死时流着不断线的泪水？我认为我那一次体验到了死亡，在那个垭口，三两里地外的营地在向我招手，可是我再也挑不动了。"你真的不能挑了吗？"小谭问我。我说我挪不动了。他说时间还长啊。意思是你这个样子，不能跟我们干到头啊。我一想，又怕他们赶我走，不要我了，我就咬了牙，不让担子歇下来，一歇下来，担子就成了座山。我走，那两个筐子就像有两个魔鬼一前一后使劲扳着你的扁担。筐脚还时常绊着石头或者树枝、葛藤，脚下又是沟坎又是悬崖，每当筐脚碰一下，手抓住的绳子就会拧圈儿，人就晃悠，就像无常鬼来拽你的命让你进地狱。脚下没有弹性，扁担就没有弹性，就会东磕西绊，这是挑担的人都知道的。看着破了的面粉口袋，祝队长一言不发。小谭真的就为我说话了，我终于等到了一个主持正义的人，他说小官病得不轻。我坐在地上，浑身汗泥，真的病得不轻了。祝队长挥挥手说："好吧，好吧，赶快吃药。"

祝队长没有扣罚我的工钱，这刺激了九财叔，他大着胆子去找祝队长说："能不能不扣我上次的二十块钱？"

"这次与上次无关。"祝队长说。

"可我这次什么也没撒呀！"

他在表功，他在把我做错的事与他作为对比。这让我十分恼怒，再怎么我们是一起来的，还是你的表侄，你这个表叔哪像个长辈？你的意思是不是说，该扣的要一起扣，一视同仁？他就是这个意思。九财叔就这样让我看轻贱了他。

然而过了一天，又要我们下山。说是我们搭回的信上说，就这两天就有发电机了，是山上要的，要我们去挑上来。

祝队长催督我们，是因为头一天晚上那该死的怪光又出现了。我们的营地黑咕隆咚，那光白龇龇地出现，照过来，就像被坏人，被土匪团团围住似的，十来个人无路可逃了，末日来临了。

"大家拿上家伙！"

半夜就听见那边的帐篷里祝队长他们吼叫着。我们操起了开山斧——一般我们都是插在后腰的木叉子里的，山里的每个男人都这样，每天出门上山都要带上，可以砍葛藤荆棘树枝开路，可以对付野牲口，还可以对付歹人。我们拿着开山斧出去，老麻拿着一根棒子。就见一道白光从崖顶直射下来，令人睁不开眼睛。一声果断的枪响，那光倏忽消失了。祝队长提着枪，大家的电筒一起照着，手举刀棍跑过去，中弹的地方什么也没有，是一块石头，上面留着清晰的弹痕。王博士接过枪去，又朝林子深处开了一枪，大喊道："有种的出来！"

"出来！出来！出来！"大家齐声喊。

没有东西出来。祝队长就说，赶快把发电机挑上来。

九财叔要提条件了。因为他有气，所以他提出了条件。他说要把那管双筒猎枪给我们带着，因为野猪坡野猪很厉害，人命关天。另外能不能少挑一点，下山后再叫两个挑夫来。没有一个条件能让那个古板的祝队长答应的。祝队长说枪不能带，队里只有一杆枪，要保护那些仪器，还有这多人。他说你们两个在山里钻惯了，多留个心眼没事的。九财叔说，那要是有个三长两短呢？祝队长火了，说，你们的开山斧是吃素的吗。可是，再要是碰上那群野猪，甭说是开山斧，就是枪也没用，野猪横了，一头猪顶三只虎两头熊。我和垂头丧气的九财叔就商量着怎么样躲过野猪坡，九财叔说反正这命要丢在马嘶岭了，回不去了。那怪光缠着我们不走，野猪又来撵我们，未必来这儿就是命？九财叔就对着山磕起了头，他拜了几拜，也没说话，站起来，从背后抽出开山斧，朝一棵红桦猛地砍去，哗啦啦，红桦上飞出了两只大鸟，哇哇地叫着消失在林子上空。我看见红桦淌出了乳白色的汁液。那大鸟凄厉的叫声萦绕在山冈上，久久在我们心上盘旋。

我们走了。九财叔好像攒着一把劲，匆匆走在前面。我心里好害怕，只得紧紧跟着。走了一气，九财叔在前面歇下来了，把扁担横在两筐上，坐在上面，敞着怀，吼着气。我们已经过了河谷，望不见营地了。九财叔说，见了野猪别跑，这还要我教吗。我点着头，九财叔又说，光是对他们来的，我算了算，我们熟，他们生，要害害他们，他们这么不讲道理，还是读书人，种田搓泥巴的就不是人吗？我也替九财叔说话，我说他们是要不得，我们命都快丢了，他们还扣二十块钱。九财叔恶狠狠地说："有独眼鬼干脆把他们都吃掉！不讲理！"在枯死的箭竹林里，光秃秃的风发出翻来覆去的沙沙声，好像也在恶咒，好像有无数的野牲口和野鬼来了，被九财叔召唤来了。"来一个敲他们一个！来一个敲他们一个！"我听他说。他一定是很恨了。忽然，我听见哗的一声，抬起头一看，九财叔把一箩筐石头全倒出来了。

"九财叔，你这是干什么！"

"嘿嘿，"九财叔干笑了，九财叔踢了箩筐一脚，那颗快蹦出来的眼珠子对着我，"我找狗头金。"

他好可怕。我跑过去，站在他的前面。他真的在石头里扒拉着。

我赶快给他把石头往箩筐里装。他说："你不要怕，你何必这么怕他们。"我说："我不是怕，我怕哪个，我是想平平安安回去，弄完了我们好回去，我去伺候月子。"九财叔说："二十块钱哪，你晓得，二十块钱！"他仰天长叹，我看见他那只不能闭合的眼里流出了浑浊的泪水。我的心里也沉重起来，我知道这二十块钱对他来说是个大数字；我知道他家徒四壁，三个女娃挤一床棉被，那棉被渔网似的；我知道他常年种洋芋刨洋芋用一张板锄一张挖锄，第三张锄是没有的；我知道他家房里作牛栏，牛栏破了没瓦盖，另外也怕人把他家的牛偷走了，这可是他家最值钱的家当；我知道有一年他胸口烂了一个大洞，没钱去镇上买药，就让它这么烂，每天流出一碗脓水；我知道去年村长找他讨要拖欠的两块钱的特产税，他确实没有，村长急了，铲了自己一嘴巴，说："我他妈这么贱让人磨，我给你付了。"二十块钱对祝队长他们来说也许什么也不值，可对于九财叔来说，那可是十年的特产税啊。

菩萨保佑，这一趟出山还顺。我已经不屙血了，肩膀和脚上的血痂也慢慢好了。这次回来时我们挑着小发电机、汽油，小心翼翼地中蹚河爬垭，翻山越岭。我们大多走兽道，兽道是野牲口们走的，野牲口爱走熟路，走多了，就有一条道。回到马嘶岭之后，晚上发电机一响，电灯亮了，营地有了从未有过的生机。

整个马嘶岭好像也有了生机，天气彻底地晴朗了，灌木丛和森林红艳艳地拥挤在一起，远处的山脊从红绿相间中跳出来，惨白惨白，像涂了一层石灰似的。一切都显得那么幽深，壮丽，清晰，懒散，而更远的群山如黛，连绵不绝，像一些晾在阳光下的绿绸子，环绕着我们。河谷里的流水也越来越明亮，越来越光滑，细得像一根绳子。

不过这次回来后，有好几次，我就发现九财叔站在祝队长的身后，也不说话，也不动。他也站在我身后过，不动，把我吓一跳。他是不是想说那二十块钱的事？不得而知。祝队长爱坐下来抽一支烟，眯着眼望群山。祝队长似乎知道九财叔站在他身后，有时慢慢转过头来，看九财叔一眼，表情平静，这时候，九财叔就会走开。祝队长有时候也摆弄他的手机，按去按来的，因为这里没有信号，不知他摆弄什么。老麻说，上次那两个人给祝队长又带上来一个手机。他伸出三个手指，表示有三个手机，"啧啧"了几下，说："有五十多个电话找祝队长，可找不到他，都是要他下山去。他说他不理会这些，在春节之前把这次踏勘搞完了再说。"老麻说，我们可能还得待一两个月。我愕然了，说："那我媳妇就要生了。"老麻说："多一个月是一个月的工钱啊。"

老麻显然心安理得，可能为多待一些时日暗暗叫好。这老麻顶多是跟别人整零席的红案师傅，平时也没啥人找他，在这儿吃了喝了还拿工钱，又不挑又不扛，又不早出晚归又不吹风淋雨，他当然喜欢了。

好像要下雪的样子。这天半夜果然下起了雪子儿，然后就是雨，这场雨来势可凶猛，雨来雪霸，打得我们的塑料布顶像要穿洞了一样，正迷糊间，雨水漫进了我们帐篷。我做梦梦见掉进了村里的那口深潭，腆着个大肚子的水香硬是不来救我，她就站在潭上面。我冷啊，醒来一看，我们已经泡在水里了。外面已经闹哄哄一片。

"快转移！快转移！"

许多电筒的光柱在那儿横来扫去。我们出去一看，崖上的雨水就像瀑布一样朝我们泻来，非常急邃。我们按指挥把东西挑往一个不远的小山洞，先到洞口的杨工和龙工说刚才洞里出来了一头野兽，但我们没有看见。他们说像羊，进去后里面果然有一些野牲口的粪便，根据我的经验，好像是灵鬓羊，个头挺大的那种。洞里本来就有水流出来，现在更大了，我们把他们认为贵重的东西搬进去。搬完东西，就生火烤衣裳。可烟雾出不去，熏得大家都受不住，特别是九财叔，那只不能关闭的眼睛里就哗哗地淌泪，他后来干脆就出洞去了。他披着雨布，坐在洞口，那只眼睛亮晶晶地看着远处我们被淹的营地。我们就睡在门口，其实是坐，裹着湿漉漉的被子，坐等天亮。

天亮后又因柴火全湿了，没有吃的，他们给了我们一人一块压缩饼干。九财叔说："这石头一样难啃啊。"老麻说："他们有凤尾鱼。"我已经看见了，是一种铁盒罐头。我们闻见了鱼香。

中午太阳出来了，我们抱被子翻晒，拉垫絮的时候，从絮里抖出一个红红的东西。我一看，是个女人的发卡。这是小杜的，小杜夹在前额上的，是其中的一个。小杜有两个，那两天我看见她只夹了一个，原来这一个到我们絮底下来了！那东西抖落出来后，九财叔就飞快地抢了过去，对我说："你小子别管。"他藏进了内衣口袋，把个破毛衣领拉得大大的，往胸里头塞。他露出宽大的烟牙，嘴巴就不由自主地缩到了耳根，耳朵也突然变得很紧了，那只可怜的右眼珠好像要跳出来，变成一颗落地的秋板栗，会发出叭的一声。这使我不再敢惊讶，装着没事的样子，继续晒着被子。不管怎么说，小杜的红发卡都是很漂亮的。小杜长得不漂亮，但不知怎么，夹上那两个红发卡在右前额的头发上后，就显得好洋气，头发还是黄的，染了的，黄发加红发卡，跟咱们山里人夹发卡又不一样，夹在不该夹的地方。

　　我明白九财叔是在暗中弥补他的那二十块钱。他要把它补回来。吃饭的时候他死胀，一碗一碗添。人家要四个馍他要五个六个。"我能吃，怎么的？"他说。若在家里，顶多一碗洋芋就解决了肚子，他是个铁骨膘，瘦，肚子并不大。他吃得直翻白眼，嗳气，打嗝，我都看不下去了。踏勘队的人已经看出了他是在闹情绪，他故意夸张地吃饭，是在与祝队长作对，是在表示他的抗议和愤怒。

　　就在我们遭水劫没几天，好消息传来了，祝队长他们在那剥夷面的西南，发现了一个厚度达三十多米，斜深达千米的富金矿，说还伴生有黄铁矿、铜、锌、铅等多种矿物。这是初步证实的结果。祝队长说，最保守估计，以后一年可以给县里带来几百万的财政收入。那天营地真的是一片欢呼。姓王的博士在回来之前还用红油漆在那儿的石壁上写下了"我来也"三个大字。祝队长余兴未尽地用望远镜望着河谷对面，望着小王写过字的地方，说："证明我当时的推测没错。"我记住了他们那天所说的"斜卧矿柱"。我没有望远镜从远处看他们的发现，河谷总是雾霭蒙蒙。我在想象这个斜卧矿柱的巨大，它哪一天站起来，像一个有生命的东西站起来，站得比马嘶岭还高，浑身是金黄色，金灿灿的，该是一种什么气魄啊。

　　"关你鸡巴事！"九财叔对我说。他拍了我一下肩。他在我的傻傻的表情上看出了高兴——分享着踏勘队的喜悦。他忌恨地说："咱们后山的磷矿也说是国家的，给谁包了？给乡长的一个朋友包了，金子再多，会多给你二十块？！"

　　我说："这总归是好事呀。"

老麻说："老官的气还没顺。我说，矿是肯定给人包的，但承包款和税收是每年得给当地政府交的啊，祝队长说的财政收入，是指这个。"

九财叔讽刺他说："你是乡长的口气咧。"

老麻说："有一说一嘛。"

我说："我不管金矿银矿，他们早点结束了，我们就可以早点滚蛋了。"

我想的是这个，我真的想这个，想回家，想水香，想她那么沉甸甸的肚子。我只想水香生娃子时我在她身边，我拿了踏勘队的工钱，我就去县城给水香买一对那样的红发卡，穿了洞的小树叶一样的，也夹在水香右额的头发上，怪好的，怪经看的。黄连垭的人都不知道这种夹法，也没有这么漂亮的发卡。九财叔的三个妮子虽然长得还不错，可一个发卡，看他给谁夹。我们水香脸型好，眼睛、嘴巴都比小杜好看，皮肤也比小杜好，又不戴眼镜，怎么看都舒服。别看山里人，山里人喝的水好，人就是灵醒。小杜的胸奶也不大，我看比野柿子大不了多少。早上不吃，大家笑她减肥。这么不肉气的妮子为什么还要减肥呢？城里人真搞不懂，蛮好笑的。我突然想到我买了红发卡还要给水香买一条红牛仔裤的，就像小杜身上的那条。可我想了想县城我见过的衣摊，似乎没有红牛仔裤，只怕是要到武汉城去买。红牛仔裤真是很亮，贴身贴肉，裹得屁股大腿怎么看怎么舒服。我真的有愧于水香，什么都没能给她买过，她跟上我了，吃没吃什么，穿没穿什么，在家里地里忙这忙那，去了集上，买这不敢，买那没钱。几个小票子捏出水来了，回来时，还捏着，还是没用，还对我说："不要买，街上尽宰人，哪儿都贵！"

踏勘队遭了水劫后，许多图纸淋湿了，丢失了不少数据，祝队长为此闷闷不乐，说时间又耽误了，要加紧补数据。他的情绪影响了踏勘队。踏勘队的人都木着脸干自己的事，一点儿笑声都没有。那一天他们去补数据，我们就在姓王的博士的指挥下，在营地加固帐篷，主要是把帐篷四周的土堆堆高夯实，以防崖上的雨水再下浸。小王不让我们进他们的帐篷，这没什么。他守在帐篷的门口，看着我们挖土，挑土，培土。那天天气尚可，雾渐渐开了，他就搬出一个仪器来，许是没事，就摆弄那玩意儿，朝河谷和河谷对面看着。这小子一定是在观察祝队长他们。远处的森林浓如烟霞，依山势的爬高而呈现出陡峭的层次，树干白得耀眼，山壁黄得瘆人，天空云彩斑驳。我们的一双肉眼看到的就是如此。不知怎么，九财叔被那个仪器引诱了，他想看看让王博士入迷的东西究竟是什么，于是趁姓王的去山崖边解溲时，跑过去瞄了那仪器一眼。估计他还没看清楚仪器里面的东西，身后就传来了排山倒海的一声怒吼："干什么！"又说，"这个值几十万！"

九财叔腿一软，当时脸都白了。人吓人，吓掉魂，有这句老话。九财叔就赶忙跑到一边去了。几十万哪，九财叔还真没把它碰倒，碰坏了，他拿什么赔？

九财叔躲到了一边去挖土，锹怎么也插不进去，没力了，整个身子都软了。一种深深的委屈和愤恨从他的那只眼里射出来，像刀子一样，让人心尖发寒。到了晚上，他开始发烧，躺在床上，身子发着抖，还四肢抽筋，发出喊叫，像被鬼掐了喉咙一样。

他说："快去给我收魂。治安，快去喊我的魂回来！"他从头上扯了一把头发下来，让我用一张树叶包好，烧了，放进他装水的碗里，喝了，用一块石头刮着空碗。他把碗交给我，说："你就这么刮着到外面去，喊我的名字，要我回来。"他指示我往黑夜的深处走去，越远越好。我走着，喊着："官九财，回来啊，回来啊，官九财。"我向深邃无边的黑暗走去，似乎到处都是鬼魂，昏暗的星星，恐怖的森林，陌生的荒野，还有一些绿荧荧的野兽的眼睛……我喊着，浑身寒毛倒竖，鸡皮疙瘩鹊起，我看见了在森林里游荡的九财叔向我走来了，有一群高矮不一的野鬼簇拥着他，有两个鬼拿着钩子，两个鬼拿着刀戟，寒光闪闪，好不骇人！黑无常头戴"天下太平"的帽子，手拿绳索；白无常头戴"一见生财"的帽子，撑着破伞；夜叉豹眼、猪腿，手拿催魂鞭；贵神长舌、鹰爪，腰扎障眼巾……我的魂好像也要同他们会合了，我喊着，又不敢大声，我跟着大神小鬼送九财叔的魂回棚，我刮着碗，吱啦吱啦，吱啦吱啦……后来我丢下了碗，发疯一般朝棚子里狂跑，大叫一声，与老麻撞了个满怀，顿时委地瘫痪了。

唤魂的事让老麻说出去了。祝队长气急败坏，说："好啊，你们在这儿装神弄鬼，这还得了，这是什么地方？这不是你们的村子！"他拿我们没有办法，他那些东西要挑，他只能发发气。奇怪的是，九财叔的烧不吃药就慢慢退了，这作何解释，这是啥原因？

这以后，九财叔又盯上了王博士，只要姓王的背对着他，他就会不顾一切地站到姓王的后头，就那么站着，跟站在祝队长身后一样，等姓王的回过头，他又什么事都没有的赶快走开。有一天，在踏勘休息时我看见姓王的拿着一个钱夹子追着九财叔大声质问："你看什么嘛？你看什么嘛？"王博士并不知道他吓掉了九财叔的魂，只当是他爱看个稀奇。祝队长就说："这老官，有病。"王博士晃动着他那个钱夹，意思是没什么钱，钱夹里夹有一张照片，与一个女的合影，两个人戴着那种方帽子，从上面还坠下黄璎珞。听他们说那就是他的老婆。不过我心里清楚，九财叔不是想看稀奇或者好奇才站到他后面的，那是九财叔一种无声的示威。他恨，执拗的、单刀直入的愤恨。一个不能表达，无从表达，不敢表达的人，很快就将一般的成见变成了仇恨。这太正常了，可是，也许祝队长和王博士未有察觉，这非常危险。为什么不让他表达出来呢？可怜的九财叔，沉默的九财叔。他这以后真的就像掉了魂似的，躲在一处抽烟，发呆，丢三拉四，爱理不理，眼神恍惚。

我的印象也被搞坏了。我给九财叔唤了魂的，装神弄鬼也有我一份。我发现小杜都懒得理我了，他们瞧不起我们。那天晚上，当我把书拿去还给小杜时，经过他们的床铺，他们问我干什么，有什么事，我说给小杜还书，他们要我丢在那儿，可我又想再借一本，我就说我亲手交给她。我就进去了，我感到他们的目光像针扎在我的背上，让我变成了一个刺猬。那些目光是审视的、冷漠的，也是不屑一顾的。我那天知道不该闯入他们的帐篷，但我那天实在好想再弄点东西看看，特别是关于"斜卧矿柱"的内容，书上肯定是会有的。我进去后看到洋芋果小杜在一个本子上记着什么，已经偎在她的睡袋里了。她见了我，像被火烫了的一样往里缩，慌乱地"哦"了一声。我说我是来给你还书的。我再没敢说什么，便飞快地出来了。前面的火塘边，祝队长他们正在分烟说着话儿，看了我，也像看一个怪物。我本来想好了，出他们帐篷时有一句客套话"你们歇吧"说的，可出来根本轮不到我说，因为我不存在，我是个很让人小瞧的乡里人。

外面一片漆黑，马嘶岭上荒凉的夜嘶声像老妇人的呜咽，像受难的马在马槽里惨叫着。那天我真希望神奇的怪光出现，照着我，我就要向它走去，告诉它这里的一切，向它讲我心里的话。我什么也不会怕的，我在心里喊："光，光，你怎么还不来啊！"那像利剑一样的骇人的光，刹那间照彻了这深广黑暗的光，刺中了什么，还真是一种惊异呢。我真希望这儿多出现点怪事，冲冲这里的压抑，冲冲人心里黏稠的东西，让人振奋得发一下抖！我走进我们那被吹得呼呼乱响的塑料布棚子，摸黑钻进被子，听见九财叔磨牙的声音多么响亮，就像在磨一把斧头！

其实，我知道踏勘队的他们是对着九财叔来的。他们对九财叔有些警惕，他们就把我们一起防了。这些都让老麻无意中说出来了。有一天老麻弄了几个套子，套了一只经常出没在坡上的麂子，弄了一锅热气腾腾的麂子肉汤，结果祝队长不但不领情，还硬要把老麻赶走，说是"两个山字一垛，请出"。老麻好心办了坏事，祝队长从不吃野味的。老麻背着行李卷就只好走了。但是踏勘队其他人替老麻求情，因为做这么多人的饭是件大事，炊事员一走，工作就乱了。于是劝好了祝队长便去追赶老麻，把老麻从路上截了回来。老麻好像知道他们会来截他，在山道上紧走慢走哼着歌儿，见他们赶来，故意说，缺了我这个烂萝卜，还整不出酒席来，再请个好厨师，比如说老官，可以给你们做饭蒸馍呀。姓王的博士就说，你就别假客套了，你明知道我们不放心那个老官。

老麻重返营地拿起锅铲的那个晚上，在棚子里他对我们说："读书人认死理，犯牛倔。我在镇委会给镇长他们做饭，点着要吃野味，县里的干部下乡来了，也是说：老麻，今天吃啥呀，有没有鲜一点的炉子（火锅）？你看人家！山上的野牲口，不是吃的是干什么的？我们镇长最有能耐，为了把家鸡混成野鸡，他可以把鸡脖子抻到一尺多长，乍一看，就像野鸡了。上头来的人也不知道，放了一把花椒，以为就是野鸡，就说：还是野鸡鲜。我们镇长真是个天才。"老麻给我吹嘘说，"我说不回来了，他们几个人拉脱我的袖子。我说，衣裳拉坏了是有价的，他们就说，拉坏一件赔你两件。嗬咳！不是我说，你叔走，他们还巴不得呢。"

老麻得意了好几天，把姓王的说的话全透给了我。他还唱歌："远望姐儿穿身白，擦身过去不认得，鹞子翻身掐一把，桃红脸儿变了色，如今的姐儿挨不得。"他唱起歌来，棚边的几棵拍手树就一阵乱响，像喝倒彩。他剁着砧板边剁边唱，我的心却乱了。我不能把那些话告诉九财叔，告诉了就会乱套，说不定九财叔会做出什么出格的事来。我只好也恨起了田螺头王博士来，九财叔他做了什么呢，不是你吓他，他会站在你后头？每天给你们担着担子，这么辛苦这么可怜，你们还提防着我们，发烧了叫个魂还不是没药吃，又没碍你们什么事。这老麻就他妈话多，你得意个什么呢？我要是告诉了九财叔，你那颗黄姜鼻子只怕要搬家。

九财叔不是不知道，其实九财叔是个非常有心的人，他肯定感觉到了，他在想着怎么扭转这个局势。

短暂的秋天就像一片浮云欸乃而过，马嘶岭白天的风跟夜里的风一样不分伯仲，凌厉凶猛，落叶像波浪一样翻滚在山坡上，整个山岭笼罩在死灰色的烟幕中，密匝匝、枯蔫蔫的箭竹丛在北风的打压下发出荒凉如梦魇的声音，与河谷呼啸的风声一起遥遥呼应着，天空、山冈、森林都在哆嗦。而我们的营地好像要被彻底掀翻了，要掀下河谷去，落到乱石累累的地方，摔得粉身碎骨。

踏勘队的两支队伍合了起来，变天后他们主要圈定矿体的边界线，还要什么圈定"矿化富集地和蚀变带"。早晨起来，冒着风出去，走得很远很远。

好像要下雪的样子了，早晨起来，有厚厚的霜，到处一片白。雪没有下时，大雨呼呼地来了，来了还不走，还很绵很赖的，圈定的活儿圈不了啦。

大雨不急不躁，从河谷里腾起的浓雾霎时弥漫了山岭，所有的植物都在雨水中无奈地蔫耷着，高的、矮的、粗的、细的。森林一片昏暗，千万年的山崖和天空死气沉沉。两天之后，河谷的水满了，河道消失了，狂乱的水流在巨石间粗野地激荡着，把河岸推向角落，山与山之间的联系湮没在一片啸声中，远远地制造着深沉的恐怖。

在风雨的摇撼中踏勘队龟缩了三天，大家坐在火堆前不停地抽烟，去外面看雨势和水势。但情况如故。

接下来的就是，没有粮食了。没有菜了。要断顿了。

九财叔不等祝队长他们安排，就说要下山挑粮食去。

他们也不是傻瓜，这一河的滚滚河水，插翅也难飞过。祝队长看着九财叔，像不认识似的，说，你怎么过去？九财叔就说到四川那边去买米。"那，谁陪你们一起去呢？"九财叔说不要谁陪，他跟我两人去。祝队长说："把钱给你你去买？"九财叔说："是啊，我们买，我们挑不我们买？"但是祝队长扬起的眉宇间有无数个问号。九财叔根本不知道祝队长不想把钱交给他，九财叔还以为他们会笑眯眯地送我们上路呢，九财叔肯定在想他筹粮的高招，以为他们会感谢他，改变对他的看法。可是祝队长就是不同意，说不行。他一定是以为我们要偷懒，少挑一趟石头下山。但到四川虽然远点，可以不过河谷，马上弄到粮，路上还可以收一些老乡家的腊肉与鸡。这确是一个好点子，老麻破天荒地与九财叔站在了一起，但就是祝队长不松口。他说他想办法送我们过河谷。

那就过吧，看他们怎么让我们过。他们还是要我们带点钱下去，帮他们买香烟之类的东西。在祝队长进去拿钱的时候，九财叔突然出现在祝队长面前！九财叔看见了祝队长长期捆在腰间的一个大腰包，那里面的三部手机和四五千块钱全暴露在九财叔的眼皮子底下，那是踏勘队的所有经费。过了几天九财叔就把他看到的告诉我了。当时祝队长想掩藏已来不及了，他把钱放回腰包，可由于慌乱，怎么也塞不进去。他朝九财叔说："我没叫你，你进来干什么？"喝退了九财叔，祝队长又在帐篷里弄了半天，出来时他拿出来的不是钱，而是一封信。他把信裹了几层，用塑料纸包好了，对九财叔说："交给下面，他们会买齐的，买齐了你们带回。"他又说，"快去快回，别把大伙饿死了。"

他们有雨靴，我们没有。九财叔的力士鞋还破了后跟，他用一根布条把鞋捆好。这样的鞋一上路就会湿透，这么寒冷的天气我们要穿两天的水鞋。好在，他们给了我们一个电筒，一个换过电池的三节电筒。他们几乎倾巢出动了，说是能把我们送过河谷。我和九财叔都知道，这是枉然，我们是当地人，我们还不知道这样的河谷在连日大雨中是一个什么情况吗。到了河边，那真是望河兴叹了。溯河而上，他们也绝望了，就开始砍树，他们说要临时搭成一个"桥"。树放下了，树扑倒在河里，眨眼间就无影无踪，被湍急的河水卷走了。接着他们又砍了一棵更长的树，又放倒在河中，但是树一头扎进水中，离对岸还有好远。就算搭上了，谁敢往这样的"桥"上挑担过去？谁不要命了？

折腾了一整天，晚上一个个浑身泥水地回了营地，他们中的有些人就开始倒向九财叔了，可祝队长还是不表态。小谭自告奋勇地说："我陪他们一起去四川。"祝队长摇头不同意，就发动大家一起上山去挖野葱，采野菜、野果。吃了两天野菜，大家意见大了，逼着祝队长来跟我们说："去四川吧。"

我们便怀揣着他们给的三百块钱，踏着采药人隐约走过的路，像两头野牲口没入了雨雾茫茫的无边荒岭。

又是一趟生死路。

那一天我们遇到了许多可怕的事儿，我们走进一个峡谷时，在一个凹进去的石崖边，遇到了一群躲雨的鬣羚，怕有百十只。鬣羚胆小，见了我们，就开始逃跑，只有一条窄窄的崖路，那些鬣羚朝我们跑来，我们贴着石壁给它们让路，九财叔那件破烂的棉衣还是给一只鬣羚角挂住了。我看见九财叔一下子飞了起来，箩筐也飞了起来，好在九财叔那衣服不经拉，刺啦撕了个大口子，他重重地摔在了地上，后面的鬣羚从他身上跃过去，竟没伤着皮肉。九财叔叹他命大，骂着要拐下鬣羚的角来。"那倒是一味不错的中药呢。"他说。

我们想走进一个山洞中休息，生点火烤干衣服，黑黢黢的山洞里扑棱棱飞出了一大窝秃头老鹰。进得洞去，一股腥气，也没在意。生了火后，又有老鹰窥伺在洞口想往里钻，我们烤着衣服，火越烧越旺，九财叔突然指着我身后说："那……那是个什么？"我回过头去，妈耶，一副骨头架子朝我们走来！

我们爬起来挑上箩筐就跑，跑出山洞，跑了两里开外，跑得天有些开了，峡谷矮了，才停下来。

"那真是鬼吗？"我问九财叔。

九财叔到底比我有山中经验，说："那不是鬼，是一副被鹰啄净了的骨头架子。"

九财叔说，不是冻饿死的就是被人害了。他说，鹰子吃腐物。山里头什么事都会发生，没事谁愿到山里头来呀。我就问到四川还有多远，九财叔说他也不知道。我说："九财叔，那三百块钱，你给我一百五十块，我回去了吧。"九财叔听了痛骂我："命都快赔了你就值这一百五？！桩桩件件的，你就值一百五？！你这没出息的，这点钱打瞎你的眼睛！"我说："那总比被老鹰啄吃了强些。"九财叔就说："我要走，我给他抢完了走。"我说你抢哪个？他说我总不能就这么走。他就溜出了那话："光一百元的就有这么一扎。"他用指头示意。他说出了祝队长腰包的秘密。他说："你不想把它抢过来？为什么他们那么有钱，而我们啥都没有。"我说咱是农民，人家是大学搞研究的，不能比。九财叔却说："咱受的苦比他们多，都是一样的人，不该这样啊。"我直笑九财叔愚笨，认死理。我知道他不懂，他没想过来。我说，人家的钱与我没有关系，我只想回家，水香要生了。九财叔说，抢，我们抢他个精光。你未必不要钱吗？我说我要钱，我咋不要钱？他说那就抢。我说抢不来的，他们人多。他忽然说他想了个好法子，看那边有没有老鼠药，把他们毒了抢。我说这是犯法的，抓到了咋办？他说你胆子咋这么小，麻雀胆也比你大呀。这里人不知鬼不觉的，这次不干以后就没机会干了。你还到哪儿碰到这么有钱的？他还说那个值几十万的家伙，有好几个，不得了。其实那个家伙，王博士说的值几十万的那仪器，就值两三万块钱，是王博士吓唬我们的，唬我们这些乡下人的，如今进了监狱，我才知道。当时因为恨吧，在路上没事，就胡乱商量着怎么抢。我说还是不要抢的好，偷，偷了就走。九财叔说："你能飞走？他们一赶来，咱们就被抓住了。"他说我想好了，就这么做。我说没有老鼠药呢？他就不吭声了。过了一会儿，他回过头举起开山斧对我说："一不做二不休，杀，杀了抢。要得你安逸，就不得他安逸。"九财叔想横了，想窄了。我只是觉得他是开玩笑的，心里恨，才这么说，图个嘴巴快活。

不过那些钱确实让我有些兴奋，九财叔认真的撩拨让我在这荒岭寒雨中有些走神。二十块钱的不满已经演变成了抢劫更多钱财的企图，不，是决心。我感觉到我将要与这个九财叔大弄一笔了，可这是冒险，如果真能做得万无一失也未尝不可以干干。听有打工回来的说，外头这年头都是撑死胆大的饿死胆小的。抢的、偷的、骗的、拐的、杀人的，海了，有几个抓住了？又一想，九财叔，哼，你胆大，你这个熊样子，你也什么都敢？我不信。在他动手的那一刻，我都没法相信他是那种敢出手杀人的人。

九财叔与我走在寒雨霖霖的山岭上，挑着湿漉漉的空箩筐。九财叔的湿球鞋不知轻重地一走一咕，一走一咕，他脚上的肉已经裂口了，从里面流出鲜血；胡子拉碴的，鼻子里喷出的团团热气变成水珠子，挂在他花白的胡茬上，那只不能关闭的阴冷的眼睛向远处看着，好像多有不甘似的，有一种念头燃烧在他眼睛深处。我好像重新认识了一个人，这个人不是那个死了老婆、家庭负担蛮重、蔫不拉叽、又脏又烂的九财叔，不是的，是另一个。大前年，九财叔老婆忽感腹疼，一阵抽搐，还没等抬到医院，半道上就死了。死了女人的家里还有什么好呢，三个妮子整天在那儿哭着，他八十多岁的老母亲还得给他们烧饭和喂猪呢。三个妮子是被他打着去山上放羊的，后来又打着她们去山里采药，去山里割猪草，去地里刨洋芋种苞谷。就这样，三个妮子越长越像人了，老婆坟上的草也越长越高了。九财叔就不爱理人了，瞪着眼看山，坐在地头打盹儿。后来他家里就放进了牛，牛就在房屋中拉屎，屋里就飘出了畜便的气味，被子越来越薄成了渔网，一直到两块钱的特产税也交不起了，让村长大骂他的祖宗十八代。家里并不因此就没了热闹，三个小妮子突然间脾气暴躁起来，只要九财叔不在家就大打出手，为一点小事都打得鸡飞狗跳，捅妈捣娘的，抓头发，蹬裆，样样有。九财叔从地里回来，常常看到三姊妹的脸上大窝小坑，已无完肉。又没读书，又无娘调教，村里的人都在想，这三个妮子咋办啊，送一两个去学校也好呀，三个女人一台戏，这戏太早了点。可别这么说，她们打归打，长着长着一个个就水灵湫湫的了。家里的羊啊，猪啊，不比人家少，菜园里该长白菜的时候长白菜了，该长辣椒的时候长辣椒了，该生火做饭的时候屋上有烟了，该点灯的时候窗口有亮了。村人就说，如果这三个妮子脾气改一点，慢慢长大，九财叔的好日子就会来了。可惜的是，日子很慢，三个妮子还远没有到谈婚论嫁的年龄。因此，造孽的还是九财叔，一个人扶犁，一个人还得背篓，一个人赶集担柴，一个人还得照秋收秋。脸也黄了，皮也松了，他多大的年纪呀，跟他同庚的八大脚我爹，见了都不敢喊他九财弟，恨不得喊叔。八大脚我爹对我说："九财，三个酒坛子是泥巴捏的，难出头啊。"

我们披着雨布坐在冰冷的石头上，九财叔说："腰酸。"他揉着两边的腰，我怀疑他是肾有问题了，他脸上浮肿，眼珠发黄。我扶着他找了个背风的石坎，想拾点柴生火，这个念头被吸一锅烟取代了。九财叔费劲地点燃烟锅，递过来要我吸。我就接过吸了几口，那种冲人的辣味差一点把我呛翻了。我咳嗽了一会，又犯起了迷糊，竟坐着睡着了。再醒来，天已经大亮，我浑身似乎都没了热气，脚已冰凉得失去了知觉，雾、雨、风，冷冷地包裹着我们。好在不一会儿我们闻见了柴烟，就知道有了人家。

我们见到的第一个人是个女人，后来也只见到她，没有其他人。这女人在家煮猪食，头脑不太清醒的样子，她回答我们这儿没有粮食和腊肉卖，她甚至说不出她是四川还是湖北的。我们只好再继续走，可是，没走多远，就听见前面的九财叔一声尖叫，接着响起了枪声，九财叔中了安放在大蕨丛中的垫枪。

那垫枪先从箩筐穿过，再擦过他的小腿肚。只见九财叔一个前仆，箩筐就丢了，倒在地上喊："我中枪了！我中枪了！"

血从九财叔的裤腿里流了出来，他抱着腿左顾右盼，我一时也愣在那里不知如何是好。我听见他呻吟，就去找枪，九财叔大喊道："别动枪，别动那枪！"

他自己的手里抓了一绺破莛松萝，水淋淋的，他捹着水，慢慢捋起裤子，把松萝往流血的地方按。肯定很疼，按得他歪了嘴，眼珠子凸得更厉害，眼里全是浑浊不清的念头和绝望。雨还在下，雨挂在他凄凉焦黄的脸上。我扶他拖着腿坐到扑过来的箩筐上，坐在一棵大树的背后，他才说："把那该死的垫枪给我取出来。"

我慢慢走进大蕨丛中，找到了绳子。我解开绳子，再找枪，是一杆只有铁管和木头枪托的很简单的土铳。这就是垫枪，它绑在一根树桩上，专杀游走的野牲口的。我把枪递到九财叔手上，九财叔没细看那枪，他的心里好像还平静，他从头上解开宽宽的帕子，去缠伤口，他小心翼翼地缠着伤口，血还是往外渗。我问他究竟怎么样，他摇摇头。

就在这时，我们的面前出现了一个男人，这个男人要死不活的，问我们是干什么的。口音是四川。九财叔见了他眼睛就绿了，知道是他的垫枪，九财叔看样子要爆发了，要跟他拼命了。可他的腿又负了伤，还加上没睡，没吃，显然他在克制。他对那个男人说："这里是四川吗？你的枪打着我了。"那人说："你们是干什么的？"我给他说，我们是探矿队的，是从马嘶岭过来的，是来买粮食的。那人"噢"了一声，想走。九财叔喊住他："你卖点粮食给我们，我们用钱买。"他这么克制，是想用他的枪伤来换取那人卖给我们东西。那人想了片刻，就点头让我们跟他走。那人在前面走，走了一截，在前面转过头等我们，并不想帮我们一把。

到了他的家里，也就是遇见那个女人的家里，这男人就很热情了，他解开九财叔缠伤的帕子，用熊油给九财叔抹了伤口，又用干净的布给九财叔包扎，并吩咐他老婆给我们一人炒了一大碗香喷喷的洋芋。我们已经看见了他堂屋里堆着的一大堆洋芋，个儿很小，估计是剁了给猪吃的，但卖给我们就能解决问题。

我们吃了洋芋，烤干了衣裳，就被安排到他的牛栏屋的楼上，那上面堆着柔软干爽的苞谷衣壳子，还盖着他给我们的一床被子，美美地睡了一觉。就在我们睡觉的当儿，那个人给我们准备了一担洋芋，只准备了一担，因为九财叔有伤，他的箩筐就空着了；担子里还有他们种的一些水菜，如茄子和芫荽。芫荽不多，只有一把。我们醒来后见到那担洋芋，九财叔又问他有肉吗？他说真要的话他可以杀一头羊子给我们。我们说要，他就把一头山羊牵来了，一刀下去，羊就倒了，就剥皮，掏肚。把肚里的下水煮了一锅，让我跟九财叔吃了。九财叔看着那满满一担问他多少钱，要他说个价。他说，你们看着给吧。九财叔想了想，说八十块钱。那人说随便吧，就给了他八十块钱。九财叔又问有没有"三步倒"。那人说，你们要"三步倒"干什么？九财叔说山上老鼠太多。那人找了半天，出来说没有了，用完了。那人又给九财叔砍了根拐杖，问他碍不碍事？九财叔拄着拐杖走了几步，还行。交易完后我一直想提醒九财叔，让那人打个收条，但九财叔似乎不给我机会，我以为他会记着这事的，因为祝队长交代过，但这事好像让九财叔忘了个一干二净。

回程的路上，我就问这事，九财叔不置可否，含糊其辞。问急了，九财叔就说，到时我们作个证就行了。他对我说："我们讲一百二十块。"我说："为什么？"他说："你二十我二十。"他就先把二十块钱给了我，要我拿上。他不打条子是想黑踏勘队的钱！我说这干不得吧。他说天知地知你知我知。他说："老子把那二十块钱终于搞回来了。"九财叔的表情已经是一种很舒畅的表情，他甚至把腿伤都忘了，虽然拄着拐杖，但走得比我还雄壮。他说他们难不倒我，他说你做初一我做十五，老子也不是好惹的。他在雨水和泥泞中瘸着腿兴奋地絮絮叨叨，带着凯旋的气势。二十块钱终于愈合了他心中那撕裂的巨錾般的伤口。九财叔骂那个人道："他妈的，这毬人，我还没找他付医药费呢。"他说："他为什么要杀羊给我们，还不是理亏了，送给我补枪伤的。"他要我估这一担的价，我摇摇头，估不好，他说怎么估至少也得一百五吧。

我们在半路上意外地碰到了老麻和小谭，他们等不及了，说大伙都饿着。老麻说话很不利索，原来他一边接我们一边沿途采野蘑菇，为试蘑菇有没有毒，把舌头试麻了，毒蘑菇是麻舌头的。

回到营地，听说九财叔绊上了垫枪，都来看他。洋芋果小杜还来给他治了伤，擦了药，用白纱布包扎了。但是九财叔的伤红肿了，他们说这叫感染。九财叔吃了他们的药。晚上大家吃羊肉，吃洋芋，非常高兴。虽然没能吃上大米，但那些瘦小的洋芋果也是九财叔差一点用命换来的。看来他们对我们的印象就要好起来了，九财叔这只腿的血流得值。

但是事情总是莫名其妙地凑巧碰在一起。就在这天的晚上，发生了一桩意想不到的怪事。

我们回来后就雨如瓢泼，还响起了罕见的冬雷。我们正脱衣睡觉时，就听见王博士喊我们："你们都过来！"我和老麻披衣过去，不知道发生了什么事，他们的帐篷里没有光，熄灭了灯。有人打电筒，也被喝令关了，他们手上都攥着东西，有刀，有枪。

等大家都安静下来，祝队长在黑暗中说："刚才听见了枪声。你们没听见吗？"

他问我们，我们就竖起耳朵来听。果然，有隐隐约约的枪声。后来枪声越来越大，好像在周围的山头，还能听见人的喊叫声，好像有一伙人！

"都听见了！我们怎么办？"姓王的博士说，声音有点颤。

接着又响起了一阵轰隆隆的冬雷声，还有风雨声，呜呜的，一阵一阵地扑向悬崖。加上河谷里澎湃愤怒、捶胸顿足的水声，还有那本已存在的马嘶声，尖声的、固执的马嘶声，现在全来了，在我们吃掉了一只羊后全来了。

"你们真是买的吗？"祝队长突然这时说出了这么一句。

我忙说："是，是买来的。"

"带上重要的东西，赶快撤退！"祝队长端着枪说。

枪声东一阵，西一阵，是不是有人包围了我们呢？我们在密集的枪声里赶快带上东西，特别是仪器，他们包上重要的资料，往后山一条隐蔽的路而去。那儿通向一块高岩，上去有个一线天，易守难攻，一夫当关，万夫莫开。九财叔因枪伤和发烧，就留在了棚子里。我心里挺纳闷的，我们花钱买了东西，人家来找我们什么事啊，未必是打劫的？那时候我没时间想了，我给他们挑着东西，往上爬着。人没休息，又出怪事。来打劫就打劫吧，反正我们没啥。就在我们往上走时，枪声模糊起来。小谭说："这只怕是个误会。"我听见小杜说，这可能是个自然现象。也许是杨工也许是龙工在黑暗中说："马嘶岭没马，为何能听见马叫？我看都是风声作怪。"王博士说："马嘶岭之所以叫马嘶岭，据当地的地方志说，是因为过去这山上有许多野马。"

争论不休时，祝队长一声吼说："都不许说话！"

我们选定了一线天的一个凹处，那儿背风、避雨。坐下来后，他们又忍不住继续说话了。有说是风声，有说是自然现象，说是一种什么磁铁矿现象，因为这一带过去打过不少仗，土匪火并，官府剿杀，恰好打仗时遇打雷下雨，把那些枪声喊声全录进去了，以后一打雷下雨，这声音就出现了。他们争论我们无权插嘴。不过我心中支持这种说法，这等于是替我跟九财叔解脱，不然就会让祝队长怀疑我们，以为我们是偷了别人的东西，让人追赶来了。不相信我们的还有王博士，他对那种说法反唇相讥道："老官中了枪也是磁铁矿现象？"

哦，我明白了，枪声加上九财叔腿上的枪伤，这一串起来，我们就完蛋了！难怪难怪！我们成了嫌疑人，这一趟是黄泥巴掉到裤裆里，不是屎也是屎。我好一阵绝望，这些人咋就不信我们？这些人还是有文化的人呀，咋就跟乡清算队的横子们一样蛮不讲理呢？事情就问到为什么没让对方写个收条。这事我们有愧，这事都是九财叔的鬼点子。我就只好说我不知道，是九财叔办的。这事我不能多讲，免得两人讲的对不上。我只是说羊子肯定是买的，我们要人家杀的，全部是一百二十块钱。

"我们可没有偷羊啊！"我喊道。

"或者，你们是不是跟山里的人说了这儿的事？说我们有钱，有物？"他们问，"你们暴露了我们。"

我对他们说："我们什么也没说，我们只说我们是探矿队的，在马嘶岭探矿。"

"问题是，你们没有打收条。"他们说。再问收我们钱卖羊卖洋芋的那一家姓什么，我也回答不出，我们真没有问人家姓什么。在我们山里，吃过人家的饭不问人家姓名很正常。你走累了，一声大哥，一声大姐，就可以找人家借宿、吃饭，然后只记得"松树坡""柏子岩""赵家坪"这些地名，并不知这家姓甚名谁。

越问我越说不清，他们就越不信任我们。是偷的，抢的，哄骗来的，要追杀我们，老官已经负伤了，他是逃脱的，人家又追过来了……这些狐疑正在我们那里悄悄蔓延，我已经嗅到了那种气味。

我在恐惧中坐着，我希望出现一些有利于我们的结果。

下半夜还没有动静，他们要我去"侦察侦察"，我就下去了。我急急去棚子，九财叔躺在那里，发着高烧，眼睛瞪得贼圆贼圆，嘴里吐着火红的热气，脸颊像泼了一桶猪血。我给他额上溻了个冷毛巾，他醒过来恍恍惚惚地看着我，说："红薯都收不回来了……"

"你说家里的红薯吗？"我问。

"地里的……"

他记挂着他地里的红薯，肯定想着这么大的雨他三个妮子怎么去挖红薯。他问我怎么人都不在了？我说你不知道？我问他听见枪声和喊声没有，他摇摇头。他烧昏了，他肯定没听见，他可能梦见了家里还未挖的红薯地。我弄醒了他，我说坏事了，你中了枪，周围又响起了枪声，没打收条的事他们又问得紧，是不是他们知道了那四十块钱的事？我心里很害怕，就把二十块钱掏了出来，塞到九财叔手里。九财叔不接，说："到哪儿知道去？你这成不了大事的，你就死咬着一百二！"

雷声似乎在很远的地方响着，枪声偃息了，秋雨无力地打在棚顶上。可是我忽然听见了天上有巨石滚动的声音，一阵阵向我砸来，这让我心惊肉跳！我惶顾四处，终于弄清了声音来自我自己的心跳，轰隆隆，轰隆隆，轰隆隆……

中篇小说

天亮了，雨住了，几只猕猴在树上发出了呼唤太阳的安静嗥叫。东边，有一晃而过的朝霞，只有浅浅一线，但很爽眼。接着我又看到了一只漂亮的锦鸡在我们前面不远的坡地上跳舞。它亮出了它锦缎一样的通红的腹部，橙红的颈子，金色的冠毛，在晨雾中美艳至极，它亮开清亮的嗓子唱着："茶哥！茶哥！茶哥！"爽脆得就像一对铜镲。视野渐渐地开阔起来，我等着踏勘队的回来。没有事的，他们没有事，我们也没有事，没有什么来打劫他们的人，全是雨天的怪现象，这马嘶岭就是这样的奇怪，不过是虚惊一场，他们没有发现那四十块钱的事，发现不了的，一切随着白天和天晴的到来都会过去，他们要忙他们的去了，会把这一切忘了。我这么祈祷着，祝队长他们果然回来了。

整整一天都平安无事，阳光亮得人晕晕醉醉的，风也温暖柔和起来。睡了一天，那些人神清气爽了，呼朋唤友，要打牌了，要唱歌了。哪来的侵扰我们生活的劫匪和捉拿我跟九财叔的农民啊。没有！我真高兴。

平安无事了。他们吃着我们的洋芋，也无话了。

他们继续在周围圈定矿体边界线。

那天傍晚我们回到营地时，却没见炊烟袅袅，厨房冷火无声。这就奇怪了。大家紧张地走进营地，去厨房一看，翻了天，老麻和九财叔双双躺在各自的铺上，两人头破血流，老麻最可怕，嘴张着，却掉了几颗牙齿。

他们两个打架了。九财叔先动的手，他为什么要动手，他肯定有他的道理。是在替老麻择菜时，老麻伤了九财叔那易伤的自尊。老麻像个领导喊九财叔过去择菜，他是想埋汰九财叔几句，因为那些茄子是些收尾的茄子，又有筋又有虫眼。老麻说："老官哪，你碰见了鬼市吧？"九财叔眼就直了。老麻又说："这像是鬼市上买回来的菜。"他显然不满意这些菜。九财叔就没好气地回了一句："我买的羊肉呢，你切的时候是不是变成了人肉？"老麻一听就打寒噤，这营地没人，就他们两个，老麻可能因为害怕而觉得要在气势上压倒对方，便说："老官你有什么资格凶啊，我说你碰见鬼市又不是我说出来的。""那是谁说的？"九财叔当时就浑身乱颤得不能自持，他又问，"你说是谁说的？"他要问个所以然。他忽然就站起来揪住了老麻的衣领，唾着老麻的鼻子说："我跟你说，你不要仗势欺人，你跟老子一样，出苦力的，你得乐个什么？这些东西是我拿命换来的，用命换的，你知道吗？！"他可能越想越气，一拐杖扫过去，老麻就倒了。老麻作垂死挣扎，抓到锅铲就铲九财叔的头，九财叔差一点脑袋搬家，一拐杖再横扫过去，打到了老麻的嘴。老麻哇的嚎了起来，他喊："让省里的领导来判你的刑！"

他把踏勘队的说成是省里的领导。最后"省里的领导"祝队长他们决定扣老麻三天工资，让九财叔挑上箩筐回家。

这是打架后的第二天早上。九财叔听了那个决定，眼珠子就要掉出来了，他的嘴唇嗫嚅着，想说话，说不出，后来终于哭号起来："为什么要我走？为什么要我走？！"

所有人都懵了，看他哭。祝队长说，因为你打掉了人家的门牙，这儿不准打架，不是放牛场。因为是你先动的手，为了维护踏勘队的正常秩序，经研究，只好让你下山了。可九财叔不走，只是哭，哭得鼻涕都流了下来，埋着头，用一双锉子般的手揩着涕泪。他不接工钱，不签字，坐在那儿，好不伤心。

这事就僵了，也没人再说什么。可老麻急，老麻肿着牙床和腮帮，眼巴巴地要等着九财叔走。他没有等到那个激动人心的时刻，他看见九财叔还在这里，赖着不走。他不服啊，不解气啊，就用猛烈的剁刀声表示着他的态度。等人散了，九财叔偶然抬起头来，看一眼厨房，眼里全是刀子！

"叔，你怎么办？"我问他。

他没回答我。嘴巴在动着。后来我听清了，他在说："我给妮子筹几个学费……"

我听见了"学费"这两个字，我听得很清楚。他未必还想让三个妮子去读书？我后来突然想他真的会的，他多少天来都是这么想的，他一定会这么想的。就冲着那一个红发卡，冲着那些手机和钱，冲着小他一辈的人对他的吼叫，他迟早会下决心把孩子们送到学校去的。

"你是说，让她们去上学？"我问。

他点点头。

看来他们真的想要他走了，我也不想待了，我更加思念我身怀六甲的水香，我拼命地想她。我就对九财叔说："算了吧，要走我们一起走。"可九财叔摇着头，摇着头。

这样僵持着怎么办呢，九财叔竟挑起箩筐跟踏勘队一起外出了！并没有要他去，再说他的腿还没有痊愈，走路还有点瘸。小谭就出来说老官你不能做，你的腿挑不起。这样行不行？除了不少你工钱，还补助一百块钱，你走吧。

这不少了。我想九财叔会同意的，可九财叔不表态，以沉默作答。这更坚定了他们要赶九财叔走的决心。我当时不知道，踏勘队一致认为九财叔是个危险人物，在这样的荒山野岭，必须要提高警惕。种种印象加迹象表明，九财叔对踏勘队有威胁，并非是个善良之辈，这一次斗殴就是一个证明，是一次暴露。

多难受啊，九财叔和大家。大家干着活，九财叔挑着空筐跟着他们。我把我挑的东西分给他挑，他感激地看着我。这一天非常难熬，非常漫长。

而老麻在营地整整一天都在盼着九财叔灰溜溜地回来，乖乖地卷起他的破铺盖滚蛋。老麻甚至用老虎钳子将九财叔的碗夹掉了一只角，并在那个缺碗里撒了一泡尿。老麻看着黄灿灿的尿液，咧着没齿的嘴黑洞洞地笑。到了夕阳西下时，九财叔也没一个人孤零零地出现在老麻面前，而是跟大家一起回的。老麻于是将那些烂了的、长了芽的小洋芋果都煮进了锅里。结果可想而知，那天晚上大家吃了这些毒洋芋后，一个个都拉起了肚子。

在拉肚子的热闹中大家把九财叔忘了。我和九财叔什么都没拉，肚子好好的，我们抗得住。老麻对他导演的这出戏可高兴了。"看你们都吃了什么！"他说，"我也没办法，就这些洋芋了。"老麻把责任推给了九财叔和我，煽动踏勘队对我们的仇恨。九财叔在晚饭吃洋芋的时候吃出了一股尿臊味，可是他没有说什么。即便是大家不停地拉肚子，也没把怨气撒到我们头上，至少没有公开撒到我们头上。老麻就开始索赔了。那天晚上，老麻高声在营地说着："一百一颗！"

他要九财叔赔他的牙齿。若是一对一，老麻是不敢在九财叔面前这么嚣张的，九财叔那只右眼里透出的寒气，让人见了会不由自主打三个激灵，但老麻仗着祝队长们对他的暗地支持，有恃无恐。算算，我们来马嘶岭有二十一天了，也就二百一十块钱，九财叔扣掉二十，只有一百九十块钱，要按这个价赔老麻的两颗牙齿，九财叔还得倒贴十块钱。当九财叔听到他还得拿出十块钱来，他的脸一下子就垮了，他是多么无望。他张着嘴看着祝队长和在灯光尽头豁牙暗笑的老麻，除了乞求之外，看不出他要大肆行凶的念头。他的嘴巴两边稀黄的胡子和皱折成了一个大大的括号，宽大单薄的下巴就托着那个"括号"，十分无奈。那只鼓起的眼睛现在只是一个浑浊的晶体，充满了惶然，另一只有些坍陷的眼睛眯缝着，满是意想不到的驯良。

九财叔走出来，他一定是很难办，他算了算，他走，工钱加上踏勘队补助一百，还有个两三百块，不走，赔了老麻的，能剩多少？但现在老麻又不让他走，要索赔——他走又不能走，留又不能留。

晚上的风很大，依然是北风，河谷的冬汛好像在作最后的挣扎，在宽阔无边的河床上扑腾着，整个山岭到处是它们的腥味。九财叔在吃着什么，我闻到了一股刺五加果的味道。九财叔摘了不少的刺五加，那种豌豆样大的黑果子。这两天因为他无法安眠，就吃这个。

"把他们杀了！"

这天晚上，九财叔作出了最后的决定。他狠狠地嚼着刺五加，开始看他的斧头。

"你，咋说？"他问我。

"我，我……"

"事情成了，我们就安逸了。"他说。

"你跟我搞。"他鼓着劲说。

"搞了，我们就过安逸日子了。"他这么说。

"叔，你声音小点行么。"我说。

"不要怕的，跟我搞。"

我也觉得九财叔进退两难的时候他是会什么也不顾的。他的这个决心让那些钱和财物如此逼近我们，好像就在手边，唾手可得了。我在被子里，闭着眼睛，那些钱啊仪器啊就在我的头顶飘荡，还有红牛仔裤和发卡和小小的薄薄的录音机，还有好多手机。它们飘呀飘呀，它们穿行在蓝色的天空里，像一些鸟飞着，穿梭着……我看见水香穿着红牛仔裤，别着红发卡，站在马嘶岭河谷的对面向我喊着："回来啊治安，治安快回来！"我的梦被惊醒了！我听见了真实的男人的喊声："有东西！有东西！"

睁眼一看，营地亮如白昼，瞬间，又倏地进入了黑暗。怪光又出现了！这光总是在晴朗的晚上出现！有人敲起了脸盆搪瓷碗，并且放起了枪。马嘶岭是一片恐慌中的混乱。

"注意隐蔽，不要面对它！"有人喊。

光没有了。

"这东西把我们折磨得太苦了！"祝队长啐着，"怪事，他妈的！"

大家一字排开在门口，要死守我们的营地。老麻抱出了柴火，说："点火吧？"

"点！"火就点起来了。因为没了汽油，已经有几天都没发电了。火点了起来，半干半湿的柴烧得啪啪乱响。

"是不是有什么东西把远处县城或镇上的灯光反射过来了？"有人说。

"别想那多，把火加大些，烧！去砍树，砍棒子给我们！"祝队长敞着羽绒衣，哑着喉咙在那儿指挥。我就跟九财叔去坡上的灌木丛砍树了。大家打着电筒，有的举起箭竹做的火把。找准了树，一顿砍伐，一根根胳膊粗的树棒就到了大家手里，树枝就被他们抱去投进了火里。

在砍树时九财叔很兴奋，我听他说："来了，来了好！都来都来！"我们砍了一会，回到棚子里，祝队长他们的帐篷里全是削砍木棒的声音，是在把木棒砍光滑。老麻一个人也在厨房里砍，还发出嘿嘿的虚张声势的声音。九财叔一头的汗，对我说："机会来了，一定要搞！"

"咋搞啊？"我说。

"一斧头一个，你管那么多！"他说。

我说："不能啊，叔，这是犯法的。"

"鸡巴法，"他说，"跟我搞。"

"现在就动手吗，叔？"我真的好怕。

他说："迟早的事，要趁他们分散，下狠手，让他们连哼都不能哼。"他咬牙切齿地说。

我松了一口气。他说的是白天趁他们在野外分散工作时下手。

他躺下来又说了一句："搞一次，用一辈。"

九财叔呀，你害了我！我又想，跟着这种胆大的人，说不定真能一下子翻身呢。谁不想翻身啊，有这个机会，说不定是老天促成的。咱们黄连垭的人没这个机会，我跟九财叔有这个机会，为什么不干呢？

"要是山下的人知道了来找他们呢？"我担心地问。

"我们早就走了，山下的人又不知道我们是哪里的。我估了估，马上要落大雪，大雪封山，进不来了，雪一埋，一直到来年的五月，野牲口都会把他们啃干净了。寻不到，还以为他们跌进河里淹死了……"

早晨，在水沟边洗脸时，眼睛充血的九财叔转过头来问我："今年七月你家的羊渴死了几只？"我说三只。他喔了一声。"我两头种羊全渴死了。"九财叔说。他摸着包头的帕子，帕子上有斑斑血迹，那是头被老麻打破了流出的血。

我正准备走，他突然叫我："你磨磨。"

他要我磨斧！昨晚所说的一切又在我头脑里响了起来。他还是要杀呀？我看看他，就蹲下身在水边磨起斧来。我在问我，我要杀人吗？今天的天气没有什么不同，气氛也没有什么两样。开山斧本来就很快，我无力地磨着，瞅瞅旁边的九财叔，他无事一样，好像很平静，没有什么恶念。

一切都跟往常一样，我庆幸一样。这天继续圈定矿界。

早晨的雾气很大，我们出去四面都没有路，到处烟雾腾腾，像着了山火一般，我们摸索着走路。九财叔跟上来了，他箩筐里的东西不知是谁装的。"带上了吗？"他小声地问我，是指我的开山斧。开山斧本来就在身上，每天都插在腰间的。我感到他这天真要动手了。我借故扯鞋跟，落在了后头。我忐忑地走着，雾越来越浓，有人在路上说着话，我什么也没听见。

到了工作地，雾还是很浓。我到处找九财叔，我希望见不到他，可还是看到了他。他袖着手，干坐着，抽着烟，烟锅在雾中忽闪忽闪。我们浑身都被雾打湿了，雾里有很稠密的鸟叫。这天只要雾散，肯定是个焦晴焦晴的天气。我在想着我怎么办，我浑身不自在，心上巨石滚动的声音又响起了，轰隆隆，轰隆隆……

好不容易熬到快中午的时候，突然有人喊我，要我到祝队长那儿去一下。当时我就快昏厥过去了，我在想完了，他们发现我们的计划了！我冒着冷汗，不由自主地摸着腰上的斧子，好在还有雾，喊我的龙工没有看到。到了祝队长那儿，祝队长若无其事地说："明天，你们挑石头下去，水退了。"我没说话。祝队长又说："老麻也去，他说他要补牙齿，他去补完牙齿，再挑东西回来。"我放心了，就说："行呐。"我又问，"那……我表叔也下去吗？"祝队长说："下去，怎么不下去，你们三人一起下去。"当时他们作了决定，把九财叔交给山下后勤分队的处理，这样比较安全些，他们带了信下去。可我不知道，我当时只是说："他们在路上打起来了咋办？"祝队长说："你们前后走嘛，不要一起走。"我说："三个人怎么走还是一条路，老麻也不情愿的。"祝队长就说："你劝劝他们嘛。"我说："劝不住的。"

九财叔正伸着颈子在坡上等着我。见我来了，他哼了一声，说："没用的，留与不留都没用了。"我给他说："他们要我们明日下山。"他却说："没用了。"我说老麻也要跟我们一起下山。他说你别给我说这个，没用了。我就骗他说，他们要你挑。他从鼻子里哼了一声，削断了一根树枝，他用手拭拭开山斧的刃口，说："没用了。"他站起来，用斧头砍进一棵树，一棵糙皮松里，我看到新出的太阳正好照在了那把斧头上。

雾渐渐开了。九财叔的手指头有血珠子滚了出来。他放进嘴里去吮吸，我就开始吃早上带出来的煮洋芋，吃得冷揪揪的。九财叔也吃，木木地嚼着，从嘴角往外掉着洋芋渣儿。

雾全开了。这每天金贵的好时间他们就抓紧忙活起来。我正在搬仪器，就听见有人在树林里大声说："你干吗老跟着我？"是树林中的一个坎子下，而当时并没有人，我没看到人。但循声看去，坎子上却出现了九财叔。说话的好像是王博士，我没见到他的人。我正在找是不是王博士，总算看见了那个田螺头，黑油油的头发在白晃晃的芭茅里，像一只头朝下的鸭子的尾巴浮在水中。就在这时，只见一道寒光一闪，那黑油油的头发就不见了！我听见了什么东西倒地的声音，有点像鹞鹰拍击着翅膀的声响，估计是压下了一些树枝和草丛。

九财叔动手了！

九财叔已经冲到了我面前，握着开山斧，脸色惨白地说："搞！"

我的第一个反应是：王博士已经不在了！九财叔拽住了我，他是在"告诉"我发生的事，指令我赶快行动。他拽着我向另一个地方跑，说："快！"

我的大脑无法反应过来，就已经被他拖下水了。事情来得太突然，已经出了人命，一条人命跟十条人命是一回事，必须赶快灭口。这容不下我多想，也容不下九财叔多想。就听见有人喊："小王，小王！"话音未落，斧头就落到了祝队长头上。只见祝队长头上有白花花的东西飞溅出来，他的眼镜弹到一棵树干上，手晃晃，就倒地上了。不知为什么，九财叔并没有再给他一斧头，而是挥舞起斧子在树丛中左右开弓乱砍一气，见什么砍什么。

"九财叔！"我喊。

九财叔转过头来，注视着我，他醒了神，丢下斧头就蹲下地去，拉祝队长腰上的那个腰包。没有了声息的祝队长这时候突然在草丛中动弹起来，一只手捂着头，一只手捂着包，不让拉。我看到祝队长睁开了血淋淋的眼睛，九财叔在地上摸起开山斧，祝队长用颤抖急迫的声音对九财叔说："你……你放了我，我给你一……一辆小汽车。"

九财叔大声问："在哪儿？"

祝队长气短，半天才说出："在……县城。"

因为祝队长捂包的手死死不松开，九财叔就与他争夺着，回头对我吼道："快来呀！"

我的开山斧已抽出来了，可我迟迟下不了手，我看看祝队长说："叔，他给你乌龟车啊！"

我的话让祝队长听到了，他睁开一双血淋淋的眼睛向我求救："你……你……你……"

"还不快动手！"

九财叔的一声断喝，让我手起斧落，我闭上眼睛就是一下，我听到祝队长在我斧下一声惨号，就像年猪在刀下的惨号一样！我再一睁眼，祝队长的口里就冲出一块黑红色的血块来，并从嘴里发出噗的一声，脸突然变成紫茄色，头坚定地歪向了一边。

九财叔拉开了那个腰包，果然掉出手机来，他又抓钱，全是钱，全都是一模一样的大钱。他要我解祝队长腰包的带子，我去解，解不开，他就用斧头割一下，割开了，他把钱再塞进那个腰包。此刻祝队长已经三魂缈缈、七魄飘飘。九财叔抓上那个黑色的腰包，还抽出了祝队长绑腿里的那把美国猎刀，要我提上遗弃在草丛中的仪器，那个像夜壶一样的数字水准仪。我们又去搜王博士的口袋，搜出了手机，还有钱包。没有多少钱，有一张他经常看的照片，他与他老婆的照片，戴方形帽子的照片。

"咋办，叔？"我浑身哆哆嗦嗦地问。

九财叔把箩筐倒空，然后装那些搜来的东西，我也学着他把资料和石头倒出来，只装仪器。我们挑着担子往营地跑去时，就撞上了那四个人。离营地不远，在一个岗坡上，估计全在那儿。杨工和龙工这两个烟鬼都含着烟在小声嘀咕并记录什么，都蹲着的。九财叔向我一招手，丢下箩筐就隐过去了，照那两个人一人一斧，像敲岩羊的头，两个人手上的东西一撒手，就仰面倒地了，烟在草丛里还冒着烟。

这时可能让小谭听到了什么，他突然站起来，像一只受惊的兔子，伸起脖子朝我们这边看了看。他看到了什么？他看到了两个杀红了眼的人，两个农民，手上提着山里人特有的开山斧，他还看见了两个倒地的人。他拔腿就跑！洋芋果小杜还弓着背对着仪器看什么，她背对着我们，她耳朵里塞着耳机，她什么也没听到。小谭撒开脚丫子跑时也没喊什么。他跑错了方向，一堵石崖拦住了他的路，他想爬崖，却又转过身来往另一个方向跑，九财叔已经离他不远了，他就一头迎了上来，从绑腿里抽出一把跳刀："我跟你们拼了！"我听见他这么从喉咙里大吼道，声音是一种哭声，一种类似于哭泣的愤怒的声音，从牙齿缝里射出来的声音。我一转头忽然看到了一双好柔亮的眼睛，是小杜的眼睛！她带着诧异的眼睛！她一定看到了撂在坡上的倒在那儿的杨工和龙工。她一定惊诧，那些低矮的巴山冷杉的枝条把她看到的一切都割得零零碎碎。

"你死了！"

九财叔向我喊，高声骂我。他的声音也变了形。我转过身去看时，他已经与小谭扭打在一起了，我看见血花飞翔，就像有无数只红色的蜻蜓从风中溅了起来，一定有人中了刀！

九财叔完了，我就完了！我拼命向他们跑去，树枝一路抽打着我的脸，好像全是在与我作对，整座山，全在反抗！我被抽打着，脸上火辣辣的，眼睛都花了，我不顾一切地冲了过去。我看见了一只龇牙咧嘴的猴子，薄薄的刀条脸上全是汹涌的血水，现在已经扭曲得像根秋扁豆了。

"你们这些土匪！"

他来夺我的斧，我不能让他夺我的斧，我的斧举得很高，只是没有砸下去。可九财叔不知出于什么原因，一把将小谭推到我怀里。他手上的跳刀就刺进了我胸口，我一阵尖锐的疼痛，本能地一让。听见了一声尖细的叫喊。是发生在那边的，九财叔的斧敲中了小杜。我看见小杜摇晃着抓住了一棵树，头发散开了，一眨眼，那头又埋在了九财叔的手上，好像是在咬他。

我这儿的事依然在发生，面前的小谭再一次用头向我撞来，我一个趔趄，后退一步，站稳了。他全身都在淌血，像一匹发了疯的野牲口。我看看胸前，棉衣破了个小口，没血出来。我听见九财叔在狂骂我，他用手挡着小杜，向我挥着开山斧，好像在示意要我用家伙。我又闭上眼睛，朝小谭的头上砍去。斧背砸瘪脑壳的声音真的很难听，短促、沉闷、哑声哑气，就像砸一个未成熟的葫芦。我干完了一件事，我握着开山斧站在山坡上，我看到小谭扑倒在地上，抱着一块大石头，好像要亲吻。这个山里娃子就这么完了。接着又响起了小杜几声连续的尖叫，油嫩嫩的声音。后来就没有了，我知道小杜也完了。我最后看见九财叔直起了他的腰杆，在扬眉吐气，手上拿着一个红彤彤的东西，是一只发卡！

我抹了一把脸上憋出的汗，心尖又疼。我瘫坐在地上，看到旁边的小谭正怒目直视着我。他没有闭眼。我想把他的眼珠子挡住，我没有力量了，我只好自己闭上眼，泪水突然从我紧闭的眼里往外咕噜噜冒出来。我怀疑冒出的是血，是从心里流出的血，又从眼里流出了。我不想证实。那一摊摊的血在我的眼前恣肆飞旋，我一阵恶心，胃里似有千百条蠕虫搅动，胃液顿时冲天而出。

我吐得一塌糊涂。我无力地抬起头，看到九财叔正在拉小杜红裤子前的拉链。

"别这样，叔！"

我冲过去就拽住了九财叔的手。"叔，别这样！"我死死地拽着，我一掌就把九财叔推出了老远。九财叔在地上爬着，支棱起脑壳不解地望了我一眼，他手上拿着许多东西，估计洗劫得差不多了。他恶毒地骂了我一句，就说："快！快！"他挑上了箩筐就跑。

我跟在他后头，我看到了前面不远的树丛间出现了一群红腹锦鸡，好多好多！这些林中的舞女，发出一阵振聋发聩的聒叫："茶哥！茶哥！茶哥！"这时，天已经大晴，西坠的夕阳突然间挂在万山空阔的天边，苍山滚滚，晚霞滔滔，好像在洗浴那一轮夕阳！我回过头，马嘶岭上，那几个或蜷或卧的人，都在夕晖里透明无比，像一块块形状各异的红水晶，静静地搁在那儿，神奇瑰丽得让人不敢相信！

我被这壮观的景象惊呆了，我站在那儿，手拿着开山斧，脚下像生了根一样。我发现我另一只手在裤兜里紧紧攥着，好像捏着一个东西，拿出来一看，是一张玻璃糖纸。那时候我听见河谷的风吹过来一阵喧哗之声，好像一个窥视的人一样，那声音在山岭上曲曲折折地游动，又折回了河谷，在群山间回荡，就像一阵惊叫！我发现我的泪水像泉涌一样不可遏止，澎湃而下。

我在后头慢慢走到营地，九财叔正在往箩筐里装东西，他要我快装。老麻不在了，我四下寻找，在一个坡前看到了倒下的老麻。

"装啊！装啊！"九财叔喝令我。

"装，你要什么？装！"他说。他问我。他要给我分钱，还丢给我一把好跳刀。

我说："我不要钱，我不要刀，我只要那个录音机。那里面有我，有我唱的歌！"

他不听我的，硬是把一些乌七八糟的东西塞进我箩筐里。他教训我："你这个小杂种，你想跟老子过不去？"

我只好挑上他给我装的满满的一担。他还说："睡袋也是好的，他娘的，他们睡这么好的褥子。"

我们挑着东西，开始往河谷溯水而上。我发现九财叔从离开马嘶岭起就已经神经错乱了，他在前头急急挑着，不停地说："装啊，装啊，装啊……"

九财叔时不时回过头来骂一句："蛋毯！蛋毯！"不知道骂谁。他目空一切了，那只杀人不眨眼的右眼环顾四周，真像一个独眼鬼。我陡然觉得那奇怪的白光就是从他的右眼里发出的！

我们在河谷转悠的第三天，天空乌云滚滚，九财叔突然甩下担子，纵身跳进河中。他飞快地划着水，在水中又拍又打，他真的疯了。好在他没被河水卷走，我喊着他，把他从河里拉上岸来，他浑身抖得不行。那天傍晚，我们又遇见了几头野猪，九财叔毫不惧怕，抽出开山斧就杀入野猪群，奇怪的是，那些凶猛的山中之王，那天被他砍得哇哇大叫，四散奔逃。九财叔砍跑了野猪，又在地上拔食野草。

确实没有吃的了，我只好跟着疯了的九财叔啃吃野草，吃蛐蛐菜、鹅儿肠、云雾草。我们在山里转悠了九天，衣衫褴褛，饥寒交迫。第九天的夜里，山里飘起了大雪，这一场大雪一下子就没了膝。九财叔不让我歇息，不让我进山洞，那个大雪纷飞的晚上，我们不停地在森林里转圈。早晨到了梨树坪河边。白雪皑皑的黄连垭已经在望了！已经快走出森林了，快到家了！我给他说快到家了，我说："九财叔，那是黄连垭。"我指给他看。九财叔恍恍惚惚地看着远处的山冈，看看我，又看看自己挑着的担子，停了下来。我们坐下，他好像清醒了。他问我："我们是到哪儿去的？"我说是回家呀。他说我们从哪儿来的？我说是马嘶岭啊。他左看右看，说："我们杀了他们是吧？"我说是的。他说："这是他们的东西？"我说是的，我就拿出他给我的钱来说这是你分给我的。他问多少？我数数说三千多。

"三千多？"他说。

我说："还有这些东西。"我翻出藏在睡袋里的三个手机说，"还有这个。"

他想起了什么，就去翻自己的箩筐，也翻出了手机和钱。还有那两个红发卡，还有一些仪器。他指着我的东西："都是我们两人平半分的？"

我说："是啊，平分的。"

"我们杀了人，你也杀了人，我们都杀了人。你杀了几个？"

我忙说："我没杀人，我没有！"

他说："这些钱够你用了。水香生了吗？"

我说："我不知道。"又说，"他们不会沿我们的脚印找来吗？"

"你看看哪有脚印？"他说。

我去看来路，雪真的掩盖了我们走来的脚印。森林里一片恍白，阳光在云中模模糊糊，好像天要晴了。

"你发财了。你没杀人却发财了。"

"我们一起干的！"我说。

"你是个无用的卵货。你这家伙。"九财叔说，"我肚子饿了，你能弄点吃的来吗？"

到哪儿弄吃的去？前面梨树坪我记得是有个代销店的，在福利院门口。我说："前面能买到吃的了，快到家了。"

他说："我们商量这些仪器先藏哪儿？"

我说："随便吧，叔，先找个山洞藏着吧。"

他直直地看我，好半天，笑了，说："今年过一个好年了。"

我说："我心不安实。"

九财叔就站起来，重新挑上了担子。走了几步，他忽然指着河里，对我说："看，水里是什么？"我放下担子就去河边。一阵狂风袭来，我的头上就落下了重东西——九财叔在背后冷不丁给了我一斧头，用的是斧背，就觉得脊椎一阵压榨，我的颅骨顿时瘪进去了，脚一失重，扑通一声，跌进冰冷的河里，就什么也不知道了。

我没想到九财叔会对我动手，他是想独吞那些财产——他清醒过来后悔了，那么些现钱，也不排除他想彻底地杀人灭口。我根本没防备。所有的经过就是这样——我被人救了起来。

九财叔被梨树坪的几十个村民围着搜山抓住了。那也保不了命，他和我一样得毙。我等待死期来临，等着当八大脚的爹来收他儿子的尸骨。

八大脚我爹怕是没想到，他会从这么远的县城抬回他的儿子。又一想，小谭得绝症的母亲假如还活着，她又未必想到会这么远从南山抬回她的儿子——这全乡第一个大学生，魂都丢在了南山的马嘶岭。

高墙外的那轮太阳照着铁窗，我无意间从兜里掏出了那张糖纸——这是唯一没被警察搜走的东西。我把糖纸放在眼前，对着那轮可爱的温暖的太阳，天空全变成了红色。我又想起那个让我惊讶的傍晚，我们离开马嘶岭的那个傍晚，那些红水晶一样的透明无声的死者。我的意识突然觉得，结局只能是这样的，他们最后只能在那儿——在那个时刻，安安稳稳地躺在那里，永远地躺在那里。

这是为什么呢？这种想法让我至死也弄不明白。

太平狗

一

　　程大种烦乱得直吼。自家的狗不知怎么跟上了他。他是出外打工的，可他带着一条狗。嘿嘿！哭笑不得哟！

　　天气还好，路上净是尘土，头上、身上裹着一层磷矿粉。他搭上了磷矿的一辆顺风车，走过了两个县的地界，根本连想也没想到狗会跟着他。他那时站在远安县苟家垭的岔路口上——汽车把他甩下往另路走了。他看天空，舒筋骨，再拦车，就看到后头远远地向他奔来一只紫铜色的狗，溅起一路灰尘，鼻子里喷着糟气。

　　"太平！"程大种惊叫起来。我咋没见着呢？一路在车上往后看哩。

　　"你，你是怎么？！……"

　　几百里地，离家已有几百里了，它就这么在汽车的屁股头跟着？我上车时它藏在哪个旮旯呢？

　　"快回去！快回去！"想起自己前脚才踏出门槛，后脚就有家里的东西跟上来了，这不是不让你走嘛！这鬼狗，比人还讨厌。幺儿还能哄了，说我再回来给你带糖回来吃，幺儿就不赶你的路了。

　　可那狗不服撵，一脚踢去，踢走了两步，又依依回了头，还向你摇动着谄媚的尾巴。狗不跟着主人跟着谁呢？这让那狗有点迷惘。狗是条神农架的纯种猎狗，当地叫赶山狗，嘴头粗，尾巴直，下巴上两根箭毛。是同村的蔡三爹捉来给他的。蔡三爹过去是个打匠（猎人），最多家里养八九条狗。狗通红的鼻子，从小就很好看，腿长，眼像镀了层金子似的，炯炯有神；每天睁着警惕的眼睛，对着山、鸟、虫子、老鼠狂嗥，连虱子也不敢进他家。它就是一百把安全锁，所以就取名太平。话又说转来，咱丫鹊垴的哪条狗不是太平狗？没有野牲口咬伤人畜事件，盗贼闻见了它们的气味，一泡尿百分之九十撒在裤子里。可我现在不要你，太平，你这哑糊苔！我这不是走亲戚，是去城里找活干的！滚滚滚！滚！回去！

试了几下，一来二去，赶不走，黏上了。就火了，怒从心起，操起路边小卖部门口的一把锨，劈头就照狗砍去。那狗哪晓得主人会对它下如此毒手，防都没防，腰椎就喀嚓一声断了，打落尘埃，发出悲恸的惨嚎，爬不起来了。

主人准备继续赶路，懒得理这狗了。别人把它拖去剐皮煮肉那是别人的事，与他无关。狠心了结了一桩事，还一阵轻松。人在外，心就狠了，像毒蛇。可狗在后头哭泣着，挣扎着。那小卖部里的老倌子还出来心疼地观看，一个陌生人打一条陌生狗。看狗时，狗又晃晃悠悠地爬起来了。狗很怪，怪模怪样的，一看就是深山里的怪物，与野兽们一起长大的。那怪狗岔开四条长腿站起来，平衡了一下身子，用舌头舔了一下鼻子里流出的血泡——鼻尖通红，不是血。这狗就又向那个陌生的施暴人撵去，夹着粗壮笔直的尾巴。可那人依然不依不饶，一双山魈眼横竖看不惯它，又跑过来操起那锨，又是一锨。这一下，是尘埃落定了，狗再也爬不起来，呜咽着悲愤和绝望，听那时断时续的哀鸣，是在喊痛哩，或者还有什么，控诉一般的。那个施暴人在路上暴躁地走着，拦车，什么车都拦，自行车也拦。后来拦到了一辆长途客车，跳上车去。车就被自己轮子搅起来的漫漫黄尘给吞没了，就像一条沟里的鱼搅浑水藏起自己一样。

一团黄尘在蜿蜒起伏、颠簸如浪的公路上渐行渐远。

半夜时分，昏昏沉沉的程大种从梦中醒来，感到一个暖热的膀子挨着他。这是卧铺客车，心想着旁边的人是个男的，不会离自己这么近，各自在臭醺醺的毯子里睡觉嘛。一睁开眼，一张狗脸在黑暗中闪现。狗，太平！这狗何时爬上客车来了？半路上是停过几次，人上上下下，还拉尿、加油，狗就窜上了车？狗不是已经给打死了吗？

程大种心像刀子割，这狗可是条异狗，狗皮膏药粘上自己啦。就势一掀，将那狗掀到走廊里，还踢了一脚。狗嗷嗷大叫，好不委屈。一声狗叫，吓得那在半夜漫游的司机从鸿蒙中惊醒过来，差点撒了方向盘。只见车一个尥跃，在路上闪闪失失几下，满车人也都给惊醒了，从毯子里伸出头，一双双通红的眼里全是遭劫般的骇悚。这时就见一条狗从人的头上越过，撵狗人在走廊里高挢着袖子，咬牙切齿，骂骂咧咧。这激怒了一车人，司机在民意的支持下动了怒，将人与狗双双驱逐出车，将他们丢在了荒郊野地。

两天以后，程大种与他的狗才到达汉口。

他是把狗装入一个蛇皮袋子里，紧紧扎着，像装一块石头一样，怕狗乱叫，又将狗两脚踹昏了，这才上了另一辆汽车。

到了汉口，那叫太平的狗还没能吸一口城里的空气，还蜷在自己的屎尿里，在黑暗憋闷的袋子里煎熬着。但从车上下来后，它已经醒过来，浑身疼痛难忍。一阵冷水，浸到心中去了——那是主人程大种在一个自来水管前浇它——是怕它有股子臭味。这样就背到了程大种的一个姑妈家里，可是亲姑妈。这姑妈是随自己在神农架林场的丈夫进城的，在省林业厅下属的一个木制品厂做技术活。那男人——也就是程大种的姑父早死了。姑妈住在一栋灰不溜秋的老房子里，从楼房外一个砖石砌的楼梯上去，进黑咕隆咚的走廊。找到姑妈家，就说：“姑妈，我给您背一条狗来了。”

那意思是说：您杀了吃吧，神农架的特产，肉狗啊。程大种倒出那狗来，那狗像得了软骨病一样的，已经快不行了。哪知姑妈误会了他的意思，以为是让她养这条狗，这条巨大的、长相怪异的猎狗，立马变了脸色，大怒狂呼道：“还不甩出去！”

狗像一床破棉絮被扔了出去。这神农架赶山狗太平趴在楼梯口那个露天平台上，费了好大的劲才清醒，一看是异乡世界，心里火烧火燎，几天没吃没喝啊。

又站起来了，狗的生命力是顽强的，特别是猎狗，只要野兽不把它的身体吞吃，哪怕只剩下一块肉，这块肉也能行走。现在，它急切地寻找它的主人，它蹓回去，抓门，啃门，无济于事，就趴在了门口，依然不吃不喝。不见到主人，它是不会吃喝的。这狗倔。

半夜之后，城里的风渐渐加大了，喧嚣小了，冷得不行。水泥地忒冷，像趴在冰窖里一样。太平就用两只前爪垫着自己的肚皮，也就垫了自己的身子。肚子里咕噜咕噜地乱叫，嘟嘟切切，吵吵嚷嚷。它就站起来，想松松筋骨，又疼痛难忍，在黑暗中嗅看着这走廊里有没有可吃的东西。一个洋铁罐里有一些臭水，太平喝了几口，不对味，还烧心。一只老鼠从蜂窝煤堆里探出头来，又缩了回去。太平在那儿守了半夜，没见到老鼠再出来。东窜西窜，竟在一个塑料袋装的垃圾里寻到了两块骨头。因为害怕，又吃得急切，骨头没嚼碎就吞进了肚里。那骨头就戳着它的胃，戳出肚皮，用爪子一摸就能摸到，可难受了。太平真想把那骨头抽出来重新咀嚼一遍，没什么危险嘛，何必这么慌里慌张呢？

再趴下来时，胃更难受，就像吞进去了一堆碎玻璃。三月的风蛮横无理，比神农架的风大多啦。话又说转来，神农架再大的风，它也有一个草垛呀，有个狗窝呀。在城里，它没有。

二

早晨程大种从门里出来的时候，一脸被姑妈数落过的痕迹，眼肿肿的。姑妈被那要死不活的狗惊吓过后，就在侄儿程大种的面前完全变了个人，像个泼妇，像公安局的，对他大加斥责。具体归纳起来有如下几条：

一、你太野蛮不懂事了，弄一只活狗来让你七十三岁的信佛姑妈剐，你是个神农架的野人？

二、自你姑爹（父）死后我就不喜欢别人到我家，逢年过节我也不让儿子媳妇回来。我骨质增生，长了骨刺呢，我这大年纪了伺候哪个吃？我自己都吃不来了。

三、你作为一家之主，丢下老婆娃儿到城里来寻快活，地不种了，娃儿不管了？老大狗儿读初中，正要人管的时候，你不辅导他的学业，丢下不管了。他学习上不去到时考不取大学又像你一辈子在神农架挖山不止，把自己弄得没一点教养没一点出息。你失职哩！

程大种想解溲问姑妈厕所在哪儿？姑妈说在楼下往西拐走三百米再靠左进去，有公共厕所，不要在屋里屙。程大种竟不想出去，没了一点尿意。在城里，连尿意也没有，人只有一个大脑和嘴，嘴以下没了知觉。姑妈丢给他一床旧毯子，还是姑父当兵时用过的，就这么在沙发上对付了一夜。

早上起来的时候他下楼去找厕所，带着自己的狗，那狗（又活过来啦！）找了一棵蔫不拉唧的树撩起腿排泄了几滴。虽受了汹涌的斥责，东西还是放在姑妈这里，自己去找工作。在没找到工作前还得厚着脸皮在姑妈这儿蹭个沙发。人到了城里就没个尊严了，就把脸皮取下来让人当茅厕板子踩。自己的亲姑妈都这样对待自己，还能指望城里人个什么。也是，她怕个甚！她还怕得罪你不成？她七十多了又长骨刺，还指望重回神农架那老山里让你这侄儿好吃好喝招待她？她也不在乎你拿来的那两包木耳香菇，这东西贱哩，程大种知道城里到处都有卖的，比不得过去连白糖肥皂猪肉都要票。

程大种一脸苦相黄着脸去找工作，后头跟条狗，一肚子火气，糊里糊涂地上了一辆电车。

"呀！狗！"

一声女性受虐的疯叫，一个女子就扑向了一个男人的怀中。这女子正坐在程大种的旁边。

狗在自己腿缝里夹着，狗又没惹事，低着头，让形象缩得很小。可一个男人凭着保护女人的豪气就冲过来了，胡睖着两只眼，说："把狗搞下去！"

"这狗……"程大种分辩。

"狗啊狗，这是只乡里的狗！这狗多脏，这狗定有狂犬病！"

一听说有狂犬病，车上的人纷纷挤到车门口拍着门要下车，有人打开窗子就往下跳。一时间电车里乱了，电车的辫子也掉了。程大种惶恐不已，知道自己闯下了祸，在城里这乡下人就很敏感还自责，连连说："这狗没病，没有病！它是条猎狗，赶山狗！"

他的意思是说这狗雄壮能干着呐，不是条病狗。可几个不怕事的男人就要来揍他。因为有几个女人开始哭叫，这是男人大显身手表现自己的好时机。

"没有病！"他喊。程大种喊。想找个能支援自己的信息。目光搜遍了车厢也没有，全是仇恨和冷漠的眼睛。那狗此时也不争气，因为主人在与人争执，就像主人在山里遇见了野牲口，它当然要跳出来，虽被主人夹紧了，可头高昂着，舌头拉长着，嘴龇着，猎狗的威风出来了，只等一声喝唤，一阵风，就咬住了猎物，拼个鱼死网破。

"没有病的！"

程大种急中生智就将手塞进了太平的嘴里，紧挤它的两排牙齿，让它咬自己。那狗的上下颚被程大种狠狠地挤压，像压一副磨子。程大种的手指终于凿穿了，血从指头流出来，狗嘴里全是红津津的血，人血，乡下人的血。

"不要紧的，没有狂犬病。"程大种高兴地说。

程大种吮着自己的鲜血，走在大街上。黄磣磣的天空根本分不出是早晨还是傍晚，红尘暴土，人流匆匆。他来到了武圣路劳动力市场。那里聚集着黑压压的找工作的人，操着不同的口音。也游弋着一些坏人，眼珠贼溜溜地围着一些年轻的乡下妹子看，不怀好意；那些乡下妹子护着自己的各色背包、款包、旅行包，表情落寞，就像赶集时牛市场那些站在粪水里等人看牙口膘色的牲口。几个卖馒头和豆浆的老太婆穿梭在人群中；一些招工的人站在一块预制构件上大声地宣传着他们的优惠条件，以吸引人跟他们走："……包吃包住，每月五百元，每天工作八小时，加班另计工资！……"可说破喉咙，周围的人也无动于衷，一副害怕受骗上当的警惕神情。招工的人只好无奈地丢下烟头，啐了一口痰，骂骂咧咧地走了，再去找另一处的女孩。

带着狗的程大种在找工作的人群里，立马就被好奇的人包围了。"这狗好怪啊？是什么狗？""你想卖狗？""这狗脏。""烂狗。"有人捂着鼻子，避之唯恐不及。但还是有许多人要问个究竟。程大种不说话，巴不得别人把这条狗牵走。狗身上有血，有脏屎，有苍蝇一阵阵向它袭击，而且因饥饿而肋骨四现，走起路来有点喝醉的样子。有人问清情况后，就给他指点说：带着狗是找不到工作的，又是条老山里的猎狗。不带狗如今都找不到工作。这狗伤痕累累，一看就是条疯狗，你说不是没人信。如今城里人很难信别人说的，报纸上的都不信还信你！

看狗的人多雇他的人少。谈了几个，没谈拢；有的言谈时旁边的好心人还给他递眼色，意思是不言自明的。

整整一天，程大种徜徉在市场上，有时看着这狗。狗也可怜巴巴地看着他。没有结果。程大种只好回姑妈那儿去。

他走到姑妈门口敲门没有应声。他姑妈发誓不给这个山里的侄子开门。昨天晚上，她无端梦见了老头子，老头子变成了一条狗，狗头，而身子还是人。那狗就是侄儿牵来的那条狗。老头子说：你把我剐了，腌了吃，炖汤喝。她不干，老头子就朝她一口咬来。老头子唉老头子你咋变成一条狗了？姑妈怀着绝世的仇恨在屋里保护着沉默，并且准备着那个乡下的侄子破门而入。好了，总算这样的结果没有出现，那敲门声消失了，走远了。老妇人揪着心，终于吐出一口长气，丢进一颗防心脏早搏的药，人紧张啊。

三

程大种原路踅回大街。

黄昏的城市发出冷灰色的光芒，马路牙子上到处是油腻腻响当当的呛人声音，到处蒸腾着炒菜的热气和辣味，到处是泼出的脏水和冲出来的碗筷声。从煤气管里喷出的蓝火发出呼呼的轰响，炝锅的节奏就像是一种嘲笑，对程大种这种人不顾一切的嘲笑和抛弃。乞丐正在沿街乞讨，拿着碗，斜背着用绳子当背带的蛇皮袋子；民工正在啃干馍馍。程大种想起昨夜姑妈数落他的话：不读书就像你们一样，男的出来当苦力，女的当鸡，不是死在城里就是伤残在城里。

程大种吃了一碗热干面，讨了一碗开水喝，然后将碗（一次性的纸碗）装了些残水，让太平舔。太平舔着热干面碗，又瞅准桌底下半截面窝，飞快叼起来就吃了。又跟着主人在马路上游荡，又捡了几个乱七八糟的可食东西如梨子核呀、灰裹的硬馍呀还有一泡小儿的干屎。

天已经黑了，风加大了。狂怒的寒风趁着黑暗肆虐，横扫着街道和路人；一些店铺的牌子和雨阳篷被吹得啪啪嗒嗒乱响，风沙弥漫，人睁不开眼睛。寒潮下来了。

程大种没想到会遇上这场寒潮的，倒春寒，让他一点准备都没有。老山里都已经暖和了，老婆陶花子给他准备所带的衣物时，他坚称别带这么多，硬是把毛衣绒裤放家里了，身上就一件老婆织的旧毛背心，轻装出行。城里的风像刀子，因为你没地方可去，没有一个可躲的茅棚或山洞。到处都是人，到处都是房子，可你进不去。高楼高得望断颈子，无数个窗口和门，那不是你的。背着一个山里的背篓的程大种，带着一条与他一样冻得瑟瑟发抖的狗，彳亍在街头。今夜到哪儿去投宿呢？

狗望着默默无语的主人。程大种没看那狗，他的目光停在了高架桥下的一块地方，那儿避风。有几个拾荒人或者乞丐或者傻瓜聚集在那儿，围着一小堆半燃不燃的火。火很好，柴烧的火很好，很接近神农架。冷了，拾一抱柴，架上，点着，人就暖了。在石崖下，在山洞里，也是几个人围着。

程大种就走过去了。

一个犬牙交错，头发深长的流浪汉对着不肯停息的北风正窝着一肚子火，见一个人牵了条狗走过来，是想避风的样子，找到了挑衅的对象——在黑暗中突然给使了一个绊子，程大种就一个踉跄。

"狗！狗子！狗！"

流浪汉恶躁地吼叫着，操起一块砖头就砸那狗太平。一砖头砸在太平的头上，太平顿时天旋地转，嘴里发出哀叫声。程大种见人砸自己的狗，就拿眼找挥砖人。

"狗又没咬你。"他查太平的伤，太平浑身战抖着。这时一个老者拦住了撒泼的流浪汉，并向程大种示意他可以不管，可以坐在这里，坐在他们一堆，可以烤火——假如他不想走开的话。

因为程大种整个的表情跟他们一样：无家可归。从装束，到神色。那些人就以十分遥远的、敌意的目光接纳了他，有些人还在咕咕哝哝，估计是喃喃自语。火很小，狗和人很大，程大种挤不进去，也没想挤进去，坐在可以伸出一只手去取暖的外围。因是高架桥的下坡，很矮处没有风，几乎没有，还有一扇水泥墙，程大种就慢慢靠上了那堵墙，屁股下也悄悄塞进了一个草垫。

一个遛狗的人横过了马路——被一条苏格兰牧羊犬拽着。那狗看到了太平，就要来嗅嗅它了。狗嗅着狗，不管它脏不脏。一条是干净的喷香的狗，一条是肮脏的发臭的狗；一条精神抖擞，激情澎湃，一条神情怠倦，要死不活。可两条狗都十分高大，差一点就一见如故，一见钟情，但被那城市狗的主人给呵斥住了，并下力地把那城市狗拉开。两条狗以狗的语言吠叫时，太平就显示了它喉咙的粗壮，它那是喊山的嗓子，胸腔有积蓄，气流洪大，吸海垂虹，可以产生坚定堂皇的回音。它还在吠，好像是在继续与城市犬交流，表达自己的礼仪，也表达着自己的存在。以太平的见识，它没有见过这种苏格兰牧羊犬，还有一股奇异的香味，这香味带着令人沉醉的高贵，这是神农架所有的狗没有的。多香啊。太平回味着那狗身上的香味，突然身体有些回温苏醒了。

风依然在残酷无情地吹，太平还在叫着。它的叫声听起来像是对这个城市的一种警告。至于它让城市小心什么，那是不知道的——它确有一种震慑力。

那些烤火和聚集的城市流浪者们这时都不敢出声了，都缄默着，抱着膝盖，不敢再对程大种怎样。那个想给他和太平一点颜色的男人也不再发难了，闭目养着神，并躲着太平。程大种这才回过神来：有一条狗多了个胆啊！这跟咱山里一样，在山里砍柴采药、出坡干活，跟上条狗，就啥也不怕了，坏人不怕，野兽不怕，迷路也不怕。

狂风依然在马路和人行道上狂吼，行道树被风吹得东倒西歪像患了癫痫，发出受虐的呼叫。寒冷和凄伤此时像双剑刺穿了山里汉子程大种。他唯一可以抱着的就是那条狗：太平，被他几乎置于死地的狗。现在，太平是他唯一的亲人，是唯一散发着神农架深山丫鹊坳家中气息的东西，它的那从肚子里发出的温热在一阵阵安慰着程大种，并且暗暗帮他抵御刀割般的寒冷和心酸。在家千日好，出门时时难哪，他在想。不出来又咋办呢？娃子要上学，老母亲好在死了，可自瘫痪之后，加上办丧事，亏了一笔债。收成少，人又没什么本事，不出来找点事干怎么办呢？出来之前，瘫痪叫唤了三年多的老母亲终于闭气了，到天堂享福去了，他也舒了一口气，就想到山外透透气，挣几个钱，然后再打理这个家。希望总是有的，特别是当老一辈的累赘卸下之后，人的担子好像遽然轻了许多，心中有一种隐隐的愉悦。这一点不假，久病床前无孝子啊。我程大种这三年来为妈端屎端尿，擦澡洗身，尽到了一个儿子的责任，病得这么久，也该走了。

可是，我却走到了这里，出门不易哟！

有一种鼻酸。这时那个和气的老者要躺下来睡觉，也示意要程大种躺下来睡觉，还从自己背下拉出来一张草垫给他。程大种这才看到，老人家只有一条腿。程大种看他缩紧身子，钻进一件黑黢黢的棉大衣中去。那些人也一个个钻进桥洞更低矮的地方，默默地躺下了。

火差不多熄了，夜往深处刺去，风越来越大，气温越来越低。程大种枕着背篓，半躺半卧着，狗像一个乖娃子偎在他身旁。他睡不着，看着城市夜空璀璨的灯火。光亮还是有啊，日夜不熄，可就是冷，阒静无人。无人的大街何必点亮这么多的灯呢，还有会跑的、会闪的、会变幻的霓虹灯，霓虹灯在大楼的顶上，孤零零地向天空传情。丫鹊坳的家没有这么明亮，可温暖，家中四壁被烟熏火燎像刷了一层黑漆，特别是厨房旁边的火笼屋。火笼屋啊，火笼屋。他想。火笼屋。火笼里总是有未燃尽的火屎，壅在那白灰里，什么时候再烧，把火屎拨出来，架上柴，火笼就又燃了，发出噼噼啪啪的声音，火光撩人，人就从寒冷中回到了人间。那壅在灰烬中的火屎，早晨起来总是燃的，那就是灰中埋存的火种，跟庄稼地里的种子一样。有火种，添两把柴，一天热气腾腾的生活就又开始了。冬天我们并不害怕。火一燃，将那铜炊壶的隔夜温水倒出来洗脸，再续上水烧茶，给娃子烘热衣服催他们起来去上早学。然后喝茶，煮汤汤水水的饭吃，门外的雪与风那不是咱十分关心的事了。反正是冬天，反正是要下雪和起风的，冬天就是这个屌样。可城里的春天比咱山里的冬天还冷啊！……对了，还有那挂在头顶的一排排腊肉，陈年的，熏成黑炭色；新鲜的，也不几天就熏成了板栗色，透出一股子松针木脂的香味儿。走进火笼屋，全是那腊肉香味——肉是吊在楼梁上的，在楼板上——其实只是用细竹稀稀织成的楼板——炕着因山里过早下雪还来不及成熟的苞谷棒子，靠火笼的火热慢慢炕干，就叫了"火炕籽"。这火炕籽苞谷磨出的粉做的糁子，跟腊肉一样，也有股松香味儿，吃起来那个香呀！……鸡笼也在火笼屋里，农具也在火笼屋里，猫、狗也在火笼屋里；打盹儿、唱山歌子、逗娃儿玩也在火笼屋里；咳嗽也在火笼屋里。这火笼屋总像个雕堡，坐在厨房旁，与厨房相通。它不是火塘，火塘在堂屋。小火笼屋让咱家人、畜、禽度过山里漫长寒冷的冬天。一坛苞谷酒一到了冬天就搬到火笼屋了，吃饭时，取一杯酒，鼎锅煮些懒豆腐或者洋芋煮腊肉，一家人围着火吃饭，火就是桌子，满头覆盖的木柴白灰就是幸福……

太平与主人紧紧地挤着。主人在半夜迷糊冻醒过来之后，摸摸那狗，突然想到要把狗弃了，找个活干有地方睡。

太平在主人决定坚决弃它的时候，因伤痛和饥饿而悲伤着。主人的两锨已让它大伤元气，无法恢复过来。主人如此凶残让它闻所未闻，至今还大惑不解。这条狗还有一些没想明白的是：主人为何没一点笑脸？为何睡在桥洞里？为何在城里吃点东西喝上一口水有这么难？饥饿像北风一样呼号在它的体内，折磨着它的梦境。它想到了丫鹊坳那个芭茅草垛的梦境，还有在向阳的屋檐下木柴堆上的梦境。它自己在芭茅捆里掏出的洞，把整个身子蜷在里面，通红的鼻子从草里懒洋洋地伸出来。它会经常梦见一个叫火笼屋的地方。梦着梦着，它就会从火笼屋的火堆边醒来，不知道是谁把它弄到火堆边的，毛给火烤得嗞嗞地响，散发出一种焦灼的恶臭。它与猫拼命地打着架。猫是懒猫，一年四季懒，它看不惯它。它在火边喵喵地叫着，以求得人的同情。可狗是不可能懒的，在冬天，闲得无事的主人会很早唤醒它，带着猎叉和挠钩，奔向雪野和森林。你吃着骨头，你身子暖暖的，没有从早到晚的无望行走；你在森林里狂吠，捕食着毛锦鸡、野兔和竹溜子（竹鼠）；森林滋养你，让你豪气冲天。一头几百斤重的野猪又怎样？只要主人一声令下，你就会将它从刺丛、山沟里咬出来，与它展开绝命的厮杀！肉搏和噬咬，狂吠和奔驰，伤痕累累。可这无法阻挡你内心的狂喜，赶山狗的生命本应是这样的啊！……为什么在城里无法狂吠和奔跑呢？为什么不敢撕咬？……

四

太平在没有弄清这一切的时候，就被主人程大种带进了一个乱糟糟的集贸市场。

鸡鸭在以各自的声带拼命嘶嚷着，鱼在砧板上血淋淋地跳跃。活扒鹌鹑的人从鹌鹑的颈子那儿下手，像撕一张纸就把鹌鹑的皮毛给扒下来了，像脱一件羽绒衣，剩下光溜溜的、紫红色的肉；那鹌鹑可怜怜还在站着，还能站稳行走，还在叫着，咿耶咿耶……割羊头的先抓着羊头，一刀下去，羊头就掉了；羊四蹄踢蹬着；买新鲜羊肉的妇女们站着队，手上攥着人民币，嘴里流着哈喇子。新鲜羊肉被扔到案板上，那羊肉还因为疼痛在一跳一跳，一个妇女就机灵地抓到了一块，扔进篮子里，羊肉依然在一跳一跳。

踏着一地鲜血往深处走，就是一个剐狗市场。十几个刽子手拿着刀在研究着屠狗方案。每一条狗性情、大小不同，屠杀方式也是不同的。满地的狗血、狗毛、狗头、狗屎。笼里笼外，尽是些各种各样的狗，一边，狗与狗在调情；一边，狗在屠刀下被精心地杀戮；狗在笼子里吼吼着，不停地走来走去，像狼一样发出阴森的嗥叫；有的狗沉静地看着笼外走过的人和屠夫，对身边不远处被宰狗的惨叫声和喷出的狗血无动于衷，没有绝望和恐怖，仿佛永远与己无关。

太平被牵着走到一个戴着一顶帆布旅游帽子的男人那里，那个男人是个秃头，叫范家一，从小喜欢屠狗，靠着一剑封喉的绝招，在肮脏的血水与惨嗥中煎熬的生活来养活在乡下的一家人，并建造了村里最高大、用钢筋最多的房子。

太平看到范家一从他胸前挂着的一个小帆布包里掏出一百元钱给主人程大种，程大种说："别找了吧，就一百嘛。"

"九十就是九十，找十块钱来。"

程大种面露不情愿的神色，在他的口袋里左抠右掏。范家一就不耐烦了，用一副比狗还不耐烦的嗓子说："谁知道你在哪儿逮的条疯狗，不是疯狗砍我的头！"

程大种说："这是条猎狗，你杀狗的人不识货啊！"

"猎狗也疯了。"范家一说，手就伸了过来，十个指甲缝里全是乌黑的狗血，非要程大种找回他十块钱。

对范家一来说，他眼里不分猎狗与什么狗，都是狗，都是一块肉，只有肥瘦不同，大小不同而已。

一个人就将太平牵去，关进了一个铁笼子里。太平本来看着程大种与范家一在争钱的，不知怎么就被关进了一个大铁笼子里。这是太平放松警惕后犯下的一个错误，也可能是导致范家一认为这条乡犬老实，对它下手迟而留了条命的原因。

太平被关进了大铁笼之后，它的主人程大种连看也没回头看它一眼，就莫名其妙地消失了。太平进了笼子，笼子里关着许多狗，一下子置身于那些千奇百怪的狗中间，让太平无所适从。那些狗有狗味，却没有狗形——太平认为它们没有狗形，脏——全是街上抓来的流浪狗；怪——一个个长得奇丑无比。你看那没毛的沙皮，毛都没有那叫狗吗？太平还以为是范家一将它给拔了，拔净了呢。这秃狗，光光溜溜溜的好恶心，城里人爱无毛的狗，还爱没有尾巴的杜宾狗。太平看见一条大约是得了狂犬病的狗，没了尾巴，以为是它惹事给手痒之人剁了呢，心中想笑，但一看，又看到了还有一条。这杜宾狗，生来无尾，莫非是与人类交配的后代？可太平在山里看到的狗都有粟穗一样的蓬松的尾巴，那是在追逐奔跑时的舵，随时校正着它进击的方向。狗尾竖卷起来就是一股英气，让野兽望而逃遁的旗杆。更丑陋的是腊肠狗，就是狗中侏儒嘛，这狗日的狗，无腿狗，狗为何没有腿呢？腿为何只半拃长呢？可一条赶山狗要的就是四条好腿，翻越千山万岭，追捕飞禽走兽，赶撵着一座又一座山，没有高高的健壮的四条腿，凭什么在山野中生活？狗腿是在山中奔跑的枪刺啊；如果狗是一支箭，狗腿就是箭镞。可城里的狗不需要腿，主人不让它长腿，宁愿让它变态、残疾——城里人爱的就是这种千挑万选、一代代劣胜优汰、残疾繁殖的烂狗滥狗！

巨人：一条苏格兰牧羊犬，超凡脱俗的阴森相，一张尖鼻子脸像一张挖锄，可怜只剩下一只眼睛了，另一只眼老瞎了——它是只被主人遗弃的老狗，站着像座山，可太平看到了它虚弱的部分。那色厉内荏的独眼你可以忽略。巨人犹如巨人站在笼子的最中心，以它苍茫的阅历还没见过这么一条紫铜色毛、红色鼻子且下巴上有两根箭毛的高腿厚尾狗。这狗一副响当当的士气，嘴里喷着石头的气息，一进笼就把一条叫乖乖的拳师犬给踩趴在粪泥中了。那乖乖的两个鱼腮一样的下巴就像两片破抹布固定在太平的脚下。这又怎么，这无意的一踩莫非不是一种宣誓？

八格牙鲁：一条长毛西施犬，因为烧伤被做小贩的主人扔在东湖里，它顽强地爬上岸，还是没逃脱一个专拣湖边死鱼的人抓捕——这条屁股溃烂的狗，给换了二十块钱。八格牙鲁想到那炉火的烫伤，无数的狗舌头就像是蓬勃燃烧的火，正向它漫卷——它又患上了肺炎，眼睛红红的，喘着粗气。如果洗去它身上的污粪烂泥，治好它的伤口，就会发现这是一条纯白色的美犬，它的脸小巧可爱，性情温顺，连哼叫也细声细气。

门槛：一条黄毛獭犬。

还有一条像狐狸的不声不响的金色沙米狗。

扑——哗——一盆铺天盖地的脏物从笼顶上泼进来，狗们顿时一个个淋了个五花八门，呜呜地躲着不知为何、受何东西的打击，再一细看，狗身上、头上都挂着一根根的鸡肠、鱼肠。就像是被猎物唤醒了，加上置身于一堆陌生同类中的警觉，太平已经初步判断它不惧这些城市玩物狗。这些狗来自各地，还没有团结起来以对付一条乡下狗的自觉。何况，它感觉到，这些城市狗根本不懂团结，它们没有团结的概念，除了咬对方，就是向对方示出赤裸裸的性欲。它们自私，矫情，依恋高楼大厦，失魂落魄，疾病缠身，只有等死的份。在看到美味的禽鱼下水后，太平虽然睡眠不足又旧伤未愈，可饥饿驱使它向那些食物扑去，胃口极好，被森林、大山和野兽磨炼过的残缺不全的牙齿，恨不得掳进天下的美味，连那些小小的玩物狗也差一点被它的大嘴给吞进去了。巨人这时结结实实地踹了它一腿，乖乖挣扎出两片腮皮后也向疯狂争食的太平咬了一口，可太平没有感觉。

"吃呀，吃呀，这些狗东西！"

扑——哗——范家一将又一桶连毛带水的脏物泼进来。太平与巨人苏格兰犬展开了搏斗——这是乡村巨人与城市巨人的一场搏斗。无外乎牧羊犬看不惯太平，加上在抢夺食物时太平的牙齿无意间碰到了巨人的那只瞎眼。两条狗在铁笼中为各自的尊严展开了血淋淋的较量。两条在屠刀边缘的狗，无视着共同的命运。虽然，苏格兰牧羊犬有着高贵的血统，也有着伟大的基因和英雄的气质，但它垂垂老矣。太平虽然没有城市生活的经验，可对巨人来说，它同样也没有在一个铁笼里像关鸡一样湮埋在一堆污七八糟的狗中间生活的经历。老狗、疯狗、伤狗、白痴狗、残狗、饿狗，大家共同要学会的就是在生命的最后日子里如何显示自己的自私和暴虐。

两条狗扑向对方撕咬着。一个年轻的叼着烟的屠夫就喊开了："范家一，你的狗打架啦！"

在太平与巨人对仗时，其他的狗汪汪叫个不停，这引发了周围笼中的狗和拴在北风中的狗的回应，整个屠狗场一片啸叫之声，百狗狂吠，恍若世界末日。

太平已经听不见狗叫，它的牙齿在愉快地撕扯，哪是同类，分明是野兽！在那些狗的纷纷退让与叫喊声中，太平突然感到它又懂了不少：只要你拼命，城市犹如大山，没有什么能够抵挡得了你。

但是，面目狰狞的范家一气歪了鼻子和帽子，手拿着一根能把狗皮打松的铁条，朝笼中一阵乱捅，巨人的唯一一只好眼给捅瞎了。太平看见那根捅条刺中了巨人的眼睛，再一猛力地拔出，那喷起的鲜血就刹那间布满了笼子，好像笼子里在下一种"红雨"。这"红雨"救了太平——太平本已被范家一刺中了几下，几次都刺进了体内，好在太平的皮因狩猎传承了它祖先的厚度，又未刺到动脉。就在它无法躲避时，巨人的血遮挡了范家一的视线。

范家一见巨人因瞎了双眼趴下了，还发出老人般的号啕声，就更烦了，大喊道："把你宰了！狗日的！宰不光你们！"

那范家一要与巨人斗争到底的样子，人犟了比狗还犟。范家一就用一根极像猎人用的挠钩，打开笼门一钩一个准地钩住了瞎眼的老巨人，老巨人知道了自己的死期，就张开嘴用那所剩不多的牙齿去咬挠钩，牙齿又在挠钩上碰掉了两颗。其他的狗这时不是趁机跑出笼门，而是缩向笼子深处，给巨人让路。那老巨人就给钩拽出来了。可是老巨人不会束手就擒，一阵垂死挣扎，又刨又咬，似乎知道自己是被打入地狱去的。在被摁上台板时一口咬着了一个挥刀的十五六岁的年轻屠夫，那年轻屠夫吮着自己的手指，就势一刀屠去。

狗软是软了，只见抽搐，却不见出血，甚是痛苦地在台板上挣来挣去。范家一骂骂咧咧，夺过徒弟的刀，在自己的裤子上荡了几下，再一刀捅去，再抽出来，那血管终于通了，喷泉一般往外飙涌。徒弟拿盆去接狗血，那巨人也就平静安详地了结了一段尘缘，回苏格兰它的故乡草场去了。

笼子又重重地关上。

五

程大种捏着那卖狗的钱出来，没敢朝后头回看一眼。虽然一阵轻松，毕竟悲伤多于轻松，为自己的那狗。狗千里迢迢跟他来到城里，却被他卖给剐狗人剐了。那是一条灵犬呀，甚至有点灵异。他伤心着，吃了一大碗红油的湖南米粉，还加了荤。辣出了几天未出的汗，把伤感赶跑了一些，就又去了武圣路劳动力市场。

昨天他还要求解木——只拉大锯，今天他就不这么坚持了，甭说昨天，昨天的昨天在此游弋的人，数天在此游弋的人，都没找到工作。

市场旁汽车们正在灰蒙蒙的大街上飞速运行，喧腾有如涨水时的河谷。一辆大卡车撞瘪了一辆小汽车，死人血淋淋地被人从车里拖出来。刚才还是个活人，瞬间就成了死人，比山里的野牲口吞噬人还快呀！一溜的红色救火车催逼人心赶往一个地方；两个在人行道上行走的男人无缘无故地打了起来，打得头破血流，看热闹的人刹那间围了过去，像一群见了甜的山蚂蚁；一个挑担小贩跑黑了脸要甩掉一群城管。城市里充斥着无名的仇恨，挤满了随时降临的死亡，奔流着忐忑，张开着生存的陷阱，让人茫然无措。

可是我已经没有了狗啊，没了累赘。

一无所获的程大种晚上找到了专为找工作的乡下人准备的仓库旅社，两块钱一个铺位。空气污浊，臭不可闻，可没有寒冷的北风。在这两块钱一个的铺位上，程大种躲过了这一夜更加凌厉的寒潮，心中涌动着对"床"的感激膜拜。多好啊，床和被子，磨牙声、打屁声、紧跑慢行的哼叫声，在半夜里恣肆横行。程大种好好地睡了一觉，醒来天还没有亮，上了一趟厕所。再一闭上眼迷糊，那狗太平就向他奔来……

狗死了，可我得找工作啊。睡了个好觉，就早起了，第一个来到劳动力市场。风依然很大，吹得人清鼻涕直下。有两个招工的早候在那里了，缩着脖子抽烟，看他背着个背篓，就知是从大山里来的，就问他挖不挖土？二十块钱一天。程大种就说干，干。就跟着他们走了。

城市新的一天又在喧腾中开始，大车撞小车，小车撞行人，来的，去的，车大喊大叫，人不言不语。城市比起那每天安静如初一模一样的山里，还是满有活力的，像七岁八岁狗也嫌的男娃子。

程大种来到的是一个修路工地，在几丈深的泥水里挖稀泥埋涵管。程大种不知道，是两个死人给他们让出了空缺——昨天这个深坑旁的挡板垮塌埋下了两个民工，再把他们挖出来时已一命呜呼。这事儿惊动了电视台，还有一个什么领导也亲临现场指挥挖人。程大种他们没有看电视，对这儿的事一无所知。因死了人，挖土的民工跑了大半，工程又叫得急，包工头只好去招了程大种等五六个新民工。

别人给了他一把锹，他就和新来的民工跳到昨天死人的泥坑里去挖泥。那泥坑少说一丈深，两边有人在锤打着安装护泥板，但泥巴还是簌簌往下掉。赤脚站在刺骨的泥水里将泥挖进一个筐中，升降机就将那筐抬升到地面倒掉。

在城里的第三个晚上，太平就挤在了一堆待宰的城市病狗和流浪犬中间，挤在屠笼里。除了范家一暴虐生气戳给它的血洞灌满疼痛外别无其他。狗们堆叠着来抵挡寒潮中的北风，因为饥饿，体内的热量所剩无几，一条条狗都有气无力的，像一群难民，在黑夜中张着无望的眼睛，或是闭目如死去一样。这些自私的城市狗每个都各自顾着自己，巴不得削尖身子往深处钻，就像钻进自己曾经十分温暖的狗窝，就像太平钻进那个丫鹊坳的草垛。

害着狂犬病的无尾杜宾狗本就肮脏，它淌下的口涎散发出恶臭，不停地滴到太平的身上。太平嗅出它的病，这十分危险；它因为口渴，不停地发出求水的呻吟。太平必须躲开这条狗，它就干脆让出了有利的位置——因为它身坯大，那些狗都贴它而卧，这为它阻挡了寒风。现在它从狗堆里爬了出来，更多的狗就顺势挤占了那个空间。太平出来，可这又很危险，离笼门太近，就是离死亡和屠戮更近。范家一不会认谁，反正都是野狗，开了笼子，抓钩钩出来一条就杀。但是此刻是深夜，离天亮后的杀戮还早。它钻出狗堆，寒冷是寒冷，就像从火笼屋抛身旷野。屠宰场腥臭的风没遮没拦地恣意横行，数十个铁笼子和拴在墙边的狗们在绝望和苦难中吠叫呻唤，好像是在呼唤着亲人们来解救自己，或者向无边的黑夜申诉。

太平因疼痛而清醒。它在狗们那待宰的状态里突然获得了一股强烈的求生期许——逃亡！这种意向紧紧地攥住它，或者说它紧紧攥住了这根生命叛逃的绳子。对主人愤恨还不是这条狗所能具备的。它只是渴望着逃出去，与主人汇合——那个在城市的街头，背着显眼的山背篓的人，那个程大种，时常对它喝吼，还给了它致命两锨的人，过去却对它很好很好给它吃喝还时常要抚摸它的人。逃出去！逃出去！向那最广大的世界奔去，在渐入昏冥的城市灯火深处，海洋一样幽深的陌生世界，那无尽的神秘和诱惑，突然给它旷世的激励！

因为寒潮的到来，狗肉火锅火爆起来了，这是屠宰场的屠夫们没有料到的。凌晨四点多钟的时候，屠狗声就撕心裂肺地在这个城市的角落响起来了。太平打了一个盹，梦见了神农架的森林，睁开眼睛一看，影影绰绰的屠宰场已经有了叮当的快刀声和将狗们抬上厚厚的台板过刀的闹吼。那些城市的狗在生命的最后一刻，只是可怜巴巴地叫着，虽然十分凄惨，但并不愤怒悲壮，没有多少像狼一样的叫声，没有穿透力，仿佛这种赤裸裸的杀戮是很正常的，不是一场罪恶。一块活着的肉与刀亲吻时总会那么浅浅地叫上一声，就变成了一块无声的平静的死肉，血糊汤流地被扔进肉筐。再一块活肉再叫上那么几声相同的调，在刀下又平静了，分解了，即将变成寒潮来临时餐馆的美味，说，大补啊，御寒啊，提气啊。狗肉不过是一种菜，一种时令菜，这个大家都清楚，除了狗。

太平醒过来之后，就开始拼命地往狗堆里扎，虽然饥饿、寒冷和疼痛缠住它，但它有着足够的力量，把那些沉睡的狗们掀往两边，劈波斩浪地躲进了范家一的铁钩钩不到的地方——至少第一钩抓不到它。因它的奋勇冲击，笼子里突然闹嚷起来，好在范家一没有听到，他在与徒弟剥另一些狗的皮。太平扎进狗底，那些狗用爪子、用身子践踏着它的痛处，并用牙齿咬它。太平蜷缩着身子，以减小目标，可那些狗爪狗嘴仍持续地、尖锐地制造着它的疼痛。后胛有一处非常痛，像被人用刀在里面搅。太平看到那条叫门槛的黄毛獭犬用尖齿咬着它的皮肉不放，就像在夺一块咸肉。太平回睃了它一眼，可那獭犬十分机灵，一双贼眼似乎还带着神秘的嘲笑，在晨光中明幽幽的，仿佛看透了太平的一切。太平想用腿踢打它，但这獭犬堆在狗的最高处。好在这条狗只是条流浪犬，没有病。太平费了好大的劲一点一点地把自己的皮肉从它的嘴里拉开，又拉出了一条口子，太平恨得牙痒痒。机会是在吃鸡鱼下水的时候，借助混乱抢食的那一会儿，太平瞅准了时机，一口咬住了獭犬门槛！它的噬咬野兽的牙齿插进门槛的皮肉犹如梭标插进敌人心脏。那门槛在争食的吵闹声中一阵悲惨的汪叫一点都不引人注目。也许是太平的肆无忌惮和狠厉，先来的那些狗虽然见识了太平作为一条山里猎犬的优秀品质，但是后来者矮三辈，这条粗野的山狗不仅咬了先来的狗还抢夺笼里少得可怜的食物，于是，那条极像大狐狸的金色沙米狗终于站出来对太平呛声，双爪伏地向太平张开了怒斥的大嘴。一时间，无尾杜宾狗、乖乖、连八格牙鲁等高烧得糊里糊涂的几条病犬也一起向太平发动了进攻。为了争夺食物，这些城里狗也焕发出从未有过的英雄激情，大不了决一死战，反正死到临头了。与其死在异类范家一手上，不如死在与同类的战斗中；与其冻饿而死，不如捞一口成个饱死鬼！

昏黄的太阳此刻已经露出来了，在一片低矮建筑的屋顶上，灰霾在阳光里呈现着迷蒙的灰蓝色。范家一正在屠板上喝早酒，脸上笑眯眯的。太平抢占了一个有利的地形将尾部和右边的身体紧靠在笼齿边，以防四面受敌，又能看清范家一的一举一动。然后，它向领头的金色沙米发动了空袭，先是一嘴将它掀成侧身，再快速咬住它裆里的睾丸——这是对付野牲口的绝手。这样的速度也只有在与野牲口搏斗时才可能出现。现在，伤痕累累的它实现了，在没有主人也没有枪支作后援的情况下，在笼子里，它又一次出猎，并且飞快地躲过了一条狂犬对自己的张嘴偷袭。太平咬住金色沙米的睾丸，它只是想教训一下它的，可不知怎地，当它抬起头来去看范家一时，发现所有的狗都张大了狗眼望着它，就像看一个异物。它这才发现，它嘴里是一个腥骚的东西——那沙米的一个睾丸。它把那东西吐出来，看着沙米在那儿汪汪地抽搐，就像犯了病一样。太平猛然发现自己已变得不可理喻残暴无情了，它变成了一头野兽，不是来到城里，而是没入了大荒。可这分明是城里。

太阳在悠扬地上升，在血水成河的屠宰场。一个范家一的徒弟牵来了几条狗，这几条狗没有被立即宰杀，它们因为有绳子，就被拴在了墙边的木桩上。大小狗的宰杀是搭配的，拴在墙边的几条狗因为胡喊乱叫，被范家一烦了，一个不剩拉去宰杀了。太平它们的笼子一直到范家一宰杀第二十条狗的时候，一直到下午五点，还没打开过笼门。虽然那个被太平咬掉了睾丸的狗嘶叫了一整天，也没有人光顾它们的笼子，对它们的死活痛苦不闻不问。

五点钟过后，又是一阵鸡肠鱼肚加上烂白菜死鱼臭虾的降临。太平津津有味地抢食着，对于它来说，这就是美味佳肴了。在山里，这些年出猎越来越稀少，它除了自己去撵一两只老鼠外，其余就是主人给它的残羹剩菜；骨头不多，最多的是在猪圈里与猪一样咽糠菜。现在它吃着，那些城市狗虽然本能地去抢了一两截肠肚，可对于它们来说，是难以消受的。这些曾养尊处优的狗，这些曾在主人的呵护下过着奢华生活的玩具狗，就算流浪过，就算重病在身，还是无法适应这笼中的环境。在这人间地狱，它们依然显露出它们的矜持，但饥饿很快会狂扫尽它们的尊严。面对下三滥的食物，它们只有适应并吞下去，才能保证悲惨生命的苟延残喘。

吃了一些或者没吃饱一些之后，又一阵冷水来浇透。范家一的自来水管就势将笼里的狗一个个清洗了一遍。狗们趁机大口地舔咽着冷水，又躲着冷水的冲击，一个个像落汤鸡，被寒风一吹就像进了冰窟，狗们奋力地耸着身子，想把那水抖落干净，但这是枉然。狗一个个打摆子般地抖着，大汪小叫。每个笼子都在重复着同样的骚动和命运。

又一天就这么过去了。

六

早晨到来的时候，太平拿眼睛去搜索那哼叫了一夜的金色沙米，看到有两条狗趴在它流血的裆里，正呼呼大睡哩。当太平站起来想伸个懒腰时，看到那金色沙米的狐狸脸朝它愤怒地瞪着，瞪着。太平没有防备，也没有想到那沙米狗还会有一跃而起的力量，带着复仇的狂怒向它扑来，与它一决雄雌。太平本能地狂吠起来，赶快迎敌，可那沙米狗估计也是野性未泯，或者在难耐的疼痛中磨砺出了斗志，反正一口就咬破了太平的皮肉。太平也是条伤病狗，在与己拼命的狗面前没几下就露出了自己的软肋。两条狗在笼子中撕咬着，其余的狗都夹着尾巴嗷嗷求救。太平看到魔鬼范家一向这边跑来了——他听到了打斗声和满笼狗的叫唤声。这下要遭罪了！太平想停下来，要那个"狐狸"不再发怒，否则将是它们共同的末日——末日在早晨时就突如其来了！

提着大棒的范家一这次不是拿捅条，而是拿大棒，拉开笼门就朝里面一阵乱打。那笼子是个大笼，棒子有挥舞的空间。太平只觉得头上、身上落下了雨点似的棒子，整个被打懵了。一笼的狗都被打得汪汪直叫，一条从棒缝里逃出来的狗当场被打死了，口鼻流血。狗们被打着，趴着，跳着，窜着。也就是在这时，太平的命运发生了奇迹般的变化。

范家一还嫌打得不过瘾，就把太平和那条沙米狗牵了出来（太平脖子上已套了截绳子），再一顿好打。两条狗被打得奄奄一息，鼻子上冒着血泡。范家一又大声地骂着指挥徒弟要他们来帮忙把这两条狗趁早宰了。

太平想在棒下寻找逃生的路几乎是不可能的，它想躲闪也不可能，只能在棒子砸下来时以瞬时的扭摆来保护致命的部位。可它也在奋力地上蹿下跳，想一口气挣断那根绳子。

"住手！住手！"

一个年约五十的、头发花白的男子一把拉住了范家一的手，并狠狠地拽住太平颈上的那根绳子。

"这狗休得要打，老范！"他喊。

气极败坏的范家一一看，是住在不远处的徐汉斌，徐汉斌用武汉话愤愤地骂道："个板妈，我信你的邪！这狗是么事狗你晓得啵？这是赶山狗，神农架的赶山狗，哪个送来的？"

范家一平时对说武汉话的人是不敢马虎的，他是个粗人，乡下人，在城里占了块地盘杀狗，还不是武汉人的地盘，虽拿着刀子，对武汉人还是毕恭毕敬的。

"拐子，你说么事呀！"范家一别着一口不成形状的武汉腔说。

那徐汉斌就蹲下身来摸着被打得体无完肤的太平，说："你还不如这条狗，姓范的，它叫赶山狗，连山都赶得动的！你看这一身的紫铜毛，哪里找得到？我都三十年没见啦！你不识货呀伙计，个板妈这是真正的猎狗，咱湖北最好的猎狗，咬得死狗熊和老虎的！守家防盗那也是最好的！熊都咬得死强盗咬不死？！哪个送来的？"

"我也忘了，"范家一说，"病狗么。"

"没病。个板妈，从哪儿搞来的？神农架离咱汉口两三千里，这狗平原地区见也不会见着的，生就是山里的狗，昨天晚上我刚好梦见我那条赶山狗，今日就见着了，怪呀！……"

"拐子，你喂过这种狗？"范家一问。

"我是下放到神农架的老知青你不晓得？！老子是知青！"徐汉斌拔下台板上插着的砍刀猛力一剁，"我把它带回去！"

"一百五给您啦！"

"个板妈你杀肥羊啊！送条狗我死了人！"

"我买来两百，拐子啊！"

徐汉斌见这人不爽快，想了想，好难受地从他的陈旧羽绒棉袄里深深地掏着，掏着，掏出了所有的钱，就是百把块钱，塞到范家一的手里："行了行了，个板妈不懂味，小气得像打屁虫子。"

"我如何牵回去？"他又说。这老知青拣起范家一的大棒，突然向太平的头上敲去，敲了两下，这两下，太平就晕了。等它再清醒过来，就已经到了徐汉斌的家里。

"……1976年的时候，粉碎'四人帮'，我招工啦，我说，大刀啊大刀，再见了，我不可能把你带到武汉去。怎么办呢？我把大刀托付给了康大爹，我说我马上就回来看它的。可是大刀咬断绳子跟上了我，我不能走啦，个板妈，这狗恋我啊。我招工了，要飞出神农架，心里甭提多高兴了，如脱笼之兔，哪能带条狗。我想啊想啊，走了二十多里快出山了又带狗回来了。我想了想大刀是条好赶山狗，我没吃的它给我抓过好多锦鸡、竹溜子。我一定要让它没痛苦死去。我回来后就当晚上下夹子夹了三只竹溜子，打死，提着，再走。走到野竹崖，我唤大刀，扔下第一只竹溜子下崖，大刀是极听我的话的，我想它去抓我扔的竹溜子，就会冲下百米悬崖。第一只它没冲，对着崖下狂叫；第二只我又扔了，拍打它，要它去抓，它还是没冲；第三只，最后一只啦，我就高高地一扔，大刀看着我，它似乎知道了我的心思，是要它永远地留在神农架的，它眼睛湿湿的，恋恋不舍地看着我，就义无反顾地往崖下跳去了……"

这个人在讲另一条赶山狗的故事，太平不懂。它只是虚弱地看着他老泪纵横。可它被这个人打了两棒，现在，他蹲在它对面，给它好吃的火腿肠和猪骨头，哭着，喊着一个它似乎听起来熟悉的名字——叫大刀的狗很多，在神农架。他叫它道："大刀，你是我那大刀吗？"

它不是大刀。它叫太平。这个人不知道。

中篇小说

419

"大刀，呜，喔，大刀，大刀……"那个人不厌其烦地唤它，给它摆弄那骨头上肉多的地方让它看清。

可这个人的老婆并不欢迎太平。这人的老婆是个个子矮锉说话尖声的女人，极度害怕狗。

"哎唷，哎唷，你把它捆紧没有，死东西！"

"个婊子养的，哪儿拖回的一条疯狗啥，你发狗疯？！自己都没得吃的一个下岗工人还给这大条疯狗吃火腿肠？你是发神经是吧？！"妇人说。

"它是神农架的赶山狗，我下放在神农架你晓得啵？！"那个人吼。那个叫徐汉斌的人，一吼，额上、颈上的青筋就像蛇一样鼓胀起来。

"赶山狗，你没看它的架势？你在武汉见过这样的狗？！"

"还不是把它丢了。"

"偷的！这样的狗你会丢？咬得死老虎的狗！"

"你看见过老虎吧？你看见它咬死过老虎吧？在汉阳动物园？！"

"滚！"那个男人说不赢那个快刀嘴女人，气得喉咙里滚动着无边的恨意，咕噜咕噜直响。

"把它扔走，莫让它咬着我了！"女人把一个桶往门口一顿，发出清脆的爆破声，桶一定裂了口。太平一惊。太平已经服贴了，被这个男人两棒就打服了，任何一点尖锐的响动都会要它的魂。

武汉的老知青男人是不会屈服女人的，他给太平洗毛刷毛，给它伤口擦药，还给它颈上安上了一个皮套一根链子。这样虽然皮肉之伤还未愈合，但狗的架势就雄赳赳地出来了。这真是一条与众不同的狗，它很怪，似狗非狗，似狼非狼，洗过飘柔二合一的紫铜色毛像森林一样葳蕤闪闪，高挑的腿，紧巴巴的腹部，竖起的耳朵，就算它十分虚弱疲惫，就算它眼中充满了恐惧忧郁，它站在那里，它出现在人们面前，就会让人大感讶异。

这是一定的。

"……汉斌，好呀你，你的狗？！"

"这狗，老徐，这狗！啧啧……"

"徐师傅，好狗呀！牵紧点，不是狼吧……"

徐汉斌走在大街上，认识他的人争相向他打招呼。他只往有熟人的地盘上走，就是要的这个效果。

"吃皮蛋，鸡巴！它不吃皮蛋！你给火腿肠……"

"个板妈，不认识，神农架的赶山狗。纯种猎狗，专咬老虎豹子和狗熊的，它咬死过三头老熊！……"

徐汉斌坐在有些阳光闪出的小巷口的店铺板凳上，跷着腿，抽着烟，接受着人们的赞赏和议论。许多人给太平投来食物。一个年轻人还将手上提的一块牛肉完整甩过来，太平三口两齿就给吞进去了。它不知道它为什么会得到这么好的食物，被这么多人围着观看和议论。

这个晚上，在一个风沙弥漫的大排档里，几个当年的知青抱着太平，高唱着"大刀向鬼子们的头上砍去"。他们唱着："亲爱的江城，我的故乡，我哪年哪月才能回故乡？雄伟的大桥，横跨龟蛇山，想起了故乡我泪水流……"

这几个人有一个是刚从牢房里放出来的；有一个刚割了瘤子；有一个坐在助动车上，是个瘫子；有一个是刚做了奶奶的女人；还有一个当了青山区某街道的城管队长。他们喝着白酒，眼睛红红的，有的还从眼里挂出了两串泪水。泪光闪烁在高楼传递过来的霓虹灯光下，风掀动着他们无力的、花白的头发。太平望着他们，听他们在说：按神农架的喝法，敬一个，回一个。徐汉斌一时面前堆了一大堆杯子。太平知道这种喝法。它还闻到了苞谷酒的香味，这多熟悉啊。

"汉斌，这狗是从哪里来的？"从牢房里出来的男人两眼凶巴巴地问。

"实话说了吧，从屠宰场救出来的。"徐汉斌说。

"那屠宰场又是从哪儿搞来的呢？"城管队长正正威武的大盖帽问。

"还不是收来的。"徐汉斌说。

"这狗来路不正啊！"那个当了奶奶的女人用婆婆嗓说，"莫非宜昌、十堰就没有吗？这狗一看就是恶斗过的，满身抓咬伤，性恶啊。我那嫂子会答应你养吗？"

"哪让我养。欧阳，你牵去帮我养几天？"徐汉斌说。

坐在助动车上的欧阳卫东大嚷："我自己都养不活，还养狗啊！嘿嘿！"

"那你养。"徐汉斌指另一个。

刚从牢房里出来的凶巴巴的人说："鬼！我还找人扯皮呢。"

大家问扯什么皮。那人说："老子出来就是要报仇的。"

大家就劝他忍了，好好安心过日子。

"这狗难上户口，还得去打防疫针。这狗恶，我在神农架时最怕的就是狗。"女人说。

"你那时才十七岁，见什么都怕，小女生啊。"大盖帽声音怪怪地说。

"你们把什么都忘了。"徐汉斌失望地说。

后来，太平听着徐汉斌以哭似的、绝望的、怪异的声音唱着"大刀向鬼子们的头上砍去"，一路晃晃悠悠地回家去了。

七

"两百？啊？！两百？！"

"一百。"

"人说的两百。"

"把我砍了我也没两百。我荷包里何时捂过两百块钱啥？！我是天下最可怜的人。"

"这狗也不值一百，你竟敢花一百，还请客……"

"我的狗回来了我不请客？"

"你的狗？！"

"我想了三十年！"徐汉斌叭的摔碎了一个杯子，这就镇住了他的老婆。

一个人想了三十年，你是拦不住的。他老婆愣了半晌，打开门就冲出去跑了，不回来了。

徐汉斌看着狗，狗看着他。

"个婊子养的！"徐汉斌骂。

"我又不想搞女人，又不想赌博，又不想抽烟喝酒，我就想一条狗！……个婊子养的！……"

一个内心枯竭的人，突然因一条狗，泪腺像干涸的泉眼复活了，许多感情复活了。一条狗，就像一场甘霖。狗的到来打乱了他的生活。回忆像魔鬼，缠住他不放。

"我于1973年1月十九岁插队落户到神农架野马河……"

"我响应伟大领袖毛主席'知识青年到农村去，接受贫下中农再教育，很有必要'的伟大号召，如今，我已老了，一晃，就老了……"

回忆像海潮，不可遏止，铺天盖地。像一场大病，高烧不退，谵语连连。

老知青徐汉斌为了弥合、敷衍与妻子的关系，偷偷地把太平牵到了八楼顶上，在一个角落里撑了张雨布，给它安了个家。

到了晚上，思念主人和故乡的赶山狗太平终于发出了凄厉的长鸣。这是寒潮加重的某一个晚上，太平的脖子上勒着短短的铁链，它无法习惯这么一根链子，在山野，在它的丫鹊坳，它是自由的、奔放的、散漫的，脖子上除了毛就是吹拂着的村风，还有温和的阳光。它在链子里紧巴巴地睡着，虽然没有了同类的觊觎和争斗，没有了大棒和杀戮，可从楼顶望着满城迷离恍惚的灯光，它悄悄地淌下了眼泪。这是孤独的时刻。它想念山冈，黑沉沉的森林，奔流汹涌的峡谷，到处柔嫩的苞谷茎秆。它想念日落时分、早晨。这是什么地方啊？主人程大种为何要将我带向这儿，让我遭受九死一生、暗无天日的日子。孤独，离别，无法交流。灯火像星空一样，带着诡异和狞笑，无声地跳动在大地的深处。更远的地方是什么呢？于是，太平像一只狼一样嗥叫起来。它哭泣似的悠长的声音在夜晚的上空刺入城市的心脏。连它自己也说不清为什么会有这样的声音。是呼唤，还是哭泣？是长叹，还是悲号？

那一夜，汉口前进纱厂宿舍区里，人们听到一阵阵毛骨悚然的狼嗥，就像一种十分阴暗的东西直往人的寝榻而去，在人们睡梦的边缘固执地游荡，犹如阴魂。

第二天晚上又是如此。第三天愤怒的人们找到了那个楼顶上的声源，一起手拿棍棒来厉声质问徐汉斌。这些人都是他的左邻右舍同事上级。他于是牵着太平逃也似地离开了这个厂区，将狗交到了瘫子欧阳卫东手里。

欧阳卫东是一个自己的生活都无法料理的人，老婆自打他无缘无故地下肢瘫痪后（一觉醒来就这样了），带着女儿离开了他。徐汉斌虽振振有词说给他找个伴儿，可欧阳卫东被生活压榨得几近绝望。他去摸那狗，狗就虎视眈眈地看着他，极度不信任他似的，那阴森森的眼睛里藏着一万个野兽和森林，并且，在晚上发出狼一样的嗥叫，使他想起几次迷路山中饥寒交迫的知青岁月。

欧阳卫东说：狗啊狗，我没法养你，我给你找个好人家吧。他就把太平绑在助动车后面（因车内太小，装不下这狗），发动车子，带着狗往江南的青山区而去。

太平跟在一辆冒着黑烟的呛人的助动车后面，昏天黑地地奔跑起来。助动车的机声异常刺耳，车轮像峡谷的流水一样急邃。太平系在这么一个比鸟飞得还快的家伙身后，四条腿只好没命地迈动。它知道，稍有闪失，它就会完蛋，被这水泥大马路拖成一副骨架。

车上了长江二桥，宽阔的大桥上几乎没有汽车，只有它在铁链的牵带下奋力奔跑着，既不能跑得太前，也不能太后，那链子的长度让它吃过几次苦头，一个趔趄跪地，腿关节就会被路面锉开一道口子。它跟着车子跑啊跑，来到了长江南岸的武昌。车还在发疯地前行。不知跑了多久，车才慢慢停下来。那车上的人将它牵到一个楼房里，上了楼梯，去拍门。门半天才开，原来是那个戴大盖帽的城管队长。瘫子欧阳卫东拄着拐杖在门口说："二毛队长呀，给你送大刀来了。"

那叫二毛的城管队长没让欧阳卫东进屋，拦着门说："给我送狗？我何曾要过这 × 狗？"

说着就唤出了一条狗。那狗扑上来就要咬欧阳卫东和太平。那狗毛耸耸的，像只大狼，嘴里发出空旷凶恶的叫声。好在被城管队长拽住了。

"这是条什么狗啊？"欧阳卫东惶惶地问。

"藏獒，纯种藏獒，全国就三百多只。"

"这要多少钱啊？"

"上十万。"

"你买的？"

"我只要歪歪嘴，就有人送上门。"队长得意地说。

欧阳卫东拄着拐杖下楼来，坐上坐垫，掏出下身向城管队长的楼门射了一泡尿。他摸着太平，摇着头，几乎快哭出声，边淌泪边给太平丁零当啷地解链子，说："大刀大刀，你向贪官污吏们的头上砍去吧！"那助动车发动了，突然一个急转弯，便自个儿往回路一溜烟地开走了。

现在，太平的身份是一条流浪狗。跟那些范家一笼子里关着的狗一样，身上布满了灰尘，四个爪子上全是骏黑的煤炭——那是在垃圾堆里刨食弄成的。

对着滚滚的长江，对着长江对岸灯火阑珊的汉口长吠着，它是从那里来的。在长江边上的一个破棚子里，是它跟一条破脸狗的家。

是破脸狗把它带到这里来的。破脸狗也是一条乡狗，高大正常的身体，不像城里的那些怪模怪样不成器的玩具狗。可只因为它脑门子上有一撮雪白的毛，乡下叫破脸狗，好哭死人。也就是说，这种狗的叫声像半夜的哭诉，于是这条可怜的狗就被它的主人带到城里给扔掉了。第一个晚上，太平和破脸狗在一家餐馆的大门口，在一个冰冷的石狮下，互相依偎着度过了寒冷的一夜。它们不知道，这家餐馆的大字招牌就是"狗肉火锅城"。太平第一次尝到了友谊的滋味，一个真正向它示好的同类。它们流浪在青山、武昌的大街小巷，共同啃着一块骨头，共同寻找着栖身之所。因担心危险，两条狗来到长江边，那里荒草稀疏，沙滩野静，在月朗星稀夜风如刀的深夜，太平向着汉口的灯火长长地吠叫着，破脸狗也莫名其妙地号哭着。江水在无声地东流，灯火的波影把城市的梦境拉曳得妖娆奇诡。两条狗叫够了，又找到了一具被波浪送到滩头来的死猪，为了填饱肚子，在黑暗中撕扯着吃了起来。

可它不能留恋，太平。有一个影子，一种气味正在向它招呼，那就是主人程大种。狗的本性使它没有能力恨抛弃并殴打了自己的主人，它依然要向他的气味走去。在某一个夜晚，对那个气味的依恋最强烈的时候，它从寒冷的梦中被唤醒，悄悄惜别了破脸狗，沿着长江二桥，跑向了汉口。

它穿过无数的街道、小巷，在一个高架桥头，它看到了来城里的第二夜与主人一起躲避寒潮的桥洞。那个独腿的好心老汉正一如既往地蜷缩在大衣里，无声无息。它迎着那渐渐强烈恶心的血腥味，找到了那个屠宰生灵的集贸市场，又听到了它的同类们在笼子里发出的撕咬声和在屠刀下的惨嗥声，在深夜，那声音悠长刺耳，让它闭上眼睛就是一连串的噩梦。

主人，你在哪里？

它期望着主人程大种重现，重现在那个集贸市场的门口——他就是从那儿消失的。

尽管狗的嗅觉异常灵敏，能嗅辨出成千上万种气味，可是，森林中的气味是单纯的、冷静的，连风也不会无缘无故地乱吹。在这里，在这气味大混杂的城市街头，气味稍纵即逝，要抓住一种气味并跟踪它，牢牢地把握它，这是根本不可能的。太平躲在隐蔽的角落几天守候主人的出现失望之后，它决定在这个浩大的城市里去寻觅那微小的、像一粒蚂蚁般的气味，主人的气味。它必须行动，坐等是不行的。赶紧趁空气中那一丝气味还没有彻底消失时（谁知道呢），尽快抓住它。

那天晚上（最好晚上行动），它从下水道里捞出了一些腐烂的下水（有狗的，也有其他生灵的）吃饱了肚子，就开始了搜索和寻找。

八

城市道路修建委员会的官员们以及包工头们，为了不破坏城市的美观，将施工现场用塑料布严严实实地包在了里面；现场其实泥泞不堪，大小土堆像山一样，挖土的民工像一个个活动的泥塑出现在深坑中，机器杂乱无章，电线像一团乱麻；民工们住的工棚里臭气熏天，吃饭、拉屎都在塑料布里，塑料布外写着："我为城市增光添彩"等鼓舞人心的标语。两个民工还专门用水管子冲洗着塑料布外面的道路，使之光亮如初，让城管人员看不出塑料布里正在施工的乱象，以避免因污脏了城市而被罚款。

程大种开挖之后便秘了三天。三天里他认识了与他一起来的两个老乡；讲着与他近似的土话，一打听是宜昌兴山人，这就攀了老乡。晚上，他用卖狗的钱买了三瓶啤酒，就着工地食堂的榨菜肉丝（肉丝占十分之一）请他们喝酒。下工后，他们还在一起斗地主。民工们的工作异常辛苦，晚上十点了还在挑灯夜战，一双脚已经被城市深处挖出的脏水泡出了一个又一个大红疙瘩，奇痒难耐。工地包工头后来给他们一人发了一双深统套鞋，但必须扣除他们一天的工钱。三个人用家乡话骂着穿皮鞋的包工头和城市道路建设委员会的监工们。那两个老乡一个叫大嘴（只因嘴很大），一个叫王长清。三个人年龄相当，经历相近，都是为了给娃儿挣钱读书，都是家在山里。对喝啤酒不太习惯，想喝地封子酒，就是苞谷烧。说，最好是有党参酒喝，那才是提热气哩。

三个老乡有时在深坑里挖土埋涵管，有时在上面拉葫芦（提升土筐）和往土山上运土。其实这样的劳力活很容易适应，摆正心态是很重要的。程大种想着每天的二十块钱，刨去吃喝和那双套鞋，每天可以落个十多块，一个月就是三四百块。可恼的是不出五天，坑壁又塌了方，又埋进了一个河南人。等大家把他挖出来，双腿都断了。河南人给送到医院里上了夹板，就拖回了工地的工棚，每到晚上，就凄凉地悲号。大家每晚不能睡觉，白天又是繁重的劳动，就想把这个河南人赶出去，并要求包工头发发善心把他送到医院去打止疼针。可包工头骂骂咧咧道："我这段工程转了三道手，还死了两个人，又伤了一个，我哪有钱让他住医院？如今住一天医院抵老子们一年的吃喝，我亏了血本啦！"

这个河南人慢慢地开始发臭，两个露在外头的光脚都变黑了。程大种为不让他悲号，给他买了瓶"驴子尿"（啤酒）。但是他喝了依然高亢地悲号，估计是疼得受不了了。没几天，便头发深长，口腔溃烂，人已瘦成一副骨架子。等到他的双脚开始流脓，包工头才把他弄到医院去，听说双腿都要锯掉。这才让大家舒了一口气。就在这天晚上，喝了一顿好酒的程大种起来小解，看到工棚门口了蹲着一条黑影庞大的狗，那狗呼哧呼哧地喘着气，身上散发出一股恶臭，脏得就像那个要锯腿的河南人。

"这不是太平吗？太平？！"

太平把夹了多天拖地的尾巴吃力地、一点一点地翘卷起来，向主人摇动了两下。

"你不是被宰了吗？你是怎么找到我的？！"

太平抬起沉重的头，眼角里挤满了眵糊，嘴巴脏得像一个下水道，牙齿上沾着血，估计是与什么东西搏斗过。

"你还活着？爹爹！"

狗的一只腿骨外露了，白瘆瘆的，可狗还是靠着这可怕的伤腿行走，终于找到了主人。主人给狗包扎，给它清洗，看着它，泪水哗哗流个不停。狗哼哼着，很轻很轻，很压抑，想把许多只有它知道的东西，轻轻地表现出来，或者是藏着。狗静静地舔着自己的伤口。主人望着这条狗，狗却眼里像没事一样，就像刚刚离开主人一会儿，懒懒地看了主人一眼。

"狗啊！"程大种说。

三位老乡吃着烟，决定保守秘密，暂不说这条狗的来历，只说是收留的一条流浪狗。这条狗回到程大种的身边，这让他感到匪夷所思，也让两个兴山人啧啧称奇。"狗是这样的。"他们后来承认这个现实之后说。其中的大嘴说："赶山狗赶山狗，就是有名。"他说他们村有个打匠（猎人），就是在神农架买的四条赶山狗。那赶山狗不仅记路，还英雄啊，跟豺狼虎豹斗起来，没有服输的，咬得脖子断了肚子穿了也不服输。有一次两条赶山狗追一只獾子，那獾子也烈，追得走投无路了，就跳下了天坑。天坑几百丈深啊，那两条猎狗也不怕，也跟着跳下了天坑。两狗一獾，在落下的途中，还死命追咬哩，你说那狗性烈不烈？！大嘴说，这事之后，那打匠跪在天坑口足足哭了三天三夜，比哭自己的亲娘老子还凶，没见过这样的赶山狗啊！瘦瘦的王长清也说，他舅子的一条赶山狗，白呲呲的长毛，是个白化种，在从神农架回来的路上捡的，别人说不吉利，他不在乎。这狗长大后，常从山里拖回来麂子啊山狸啊大飞鼠啊回来吃。有一次他舅子去镇上赶集，搭的是林业站拖树的拖拉机。坐上去了，那狗就把他咬下来；坐上去了，那狗就把他咬下来，不让他上车。他就没上车。结果，到晚上听说那个车半道上翻了，一车人全死了。你看这狗，不与神通是什么！这么说，大家一致认为把这狗养着，又听说狗被程大种打了，卖了，可狗还是找来了，就说着包工头的坏话，说包工头不是连狗都不如么，一点人性都不讲。

说这些话时他们是在塑料雨棚里，外面下着雨，三个人身上湿漉漉的，雨棚很矮，只能让人坐着，棚顶上汪着水，雨打在顶棚上，包工头要他们干活哩。多了条狗就多了份粮食，那狗嘴比人嘴还大啊。三个人商量要包工头先预支点工资。程大种卖狗的钱也花完了。三个人斗地主，输了的就输了，赢了的买"驴子尿"。他们去给包工头说，连抽烟的钱也没有了。包工头很烦，朝他们鼓着眼睛说："别带着狗来一起吓唬我，你们快把狗赶走！"包工头说，"我已经忍无可忍了！在这个工地上，一条这么大的高脚狗吊一两尺长的舌头在我面前晃来晃去，我还有威信不？是你们的工地还是我的工地？"

程大种又得想着怎么处置这条狗了。城里容不下一条狗。可狗费尽千辛万苦找到了他。狗跟他出来，是没有罪的，先挨了两锹，又给卖了，让人去剐，但不知怎么又出现了。这未必是太平的魂？程大种总是盯着他的狗看，越看越陌生。他摸着太平，摸着它身上的累累伤痕，不是他的狗是谁的！他只有一阵阵心疼和忏悔。如果回去，讲给老婆和娃儿听，他们会相信吗？如果我讲给包工头和城市道路修建委员会的官员们听，他们会相信吗？不会说我是在说谎，诓骗他们？

我只求他们把这条狗留下，就是讨米要饭，也把这条狗留下，最后，完完整整地跟我一起回丫鹊坳。

程大种牵着歪歪倒倒、一走一瘸的太平在半夜里去找食。狗已经很会找食了，对钻垃圾桶有着丰富的经验。城市的垃圾堆得各种各样：有的是垃圾堆，太平几拱几拱就能拽出一块骨头或鱼刺，在黑暗中嘣嘣大嚼；有的垃圾是在烂竹筐里，有的是在铁皮桶里，有的是在高高的塑料桶里。有时候塑料桶冒着滚滚的浓烟——那是未烧尽的煤点燃了塑料。但太平却能毫不畏惧地、神速地从火堆中扒出一块食物来，而不致身上和爪子烫伤。程大种看着太平的寻食本领，十分惊讶和敬佩，他感到这条狗真有能力在这个大城市生活了，完全能在茫茫人海中找到他。这狗在城市似乎比他多生活了十年甚至二十年。它的老道，它的生存能力和生存经验，已经让程大种望尘莫及。真是士别三日啊。

狗吃饱了，就跟他回来。

有时候，他不用牵它出去，放了链子太平也会自己离开工地去找食。有时半夜他担心这狗，去找它，突然从暗处跑出太平来。这狗为何躲在暗处呢？程大种看到垃圾箱那儿有个捡破烂的。再仔细观察，太平总是躲着捡破烂的。但只要他们在垃圾箱翻箱倒柜过后，太平就会神速地冲过去，去找食物。捡破烂的都拿着一种两齿耙，估计会对着与他们争垃圾的流浪狗狠狠一耙，两个耙齿洞就会留在狗的身上。程大种观察，这些捡破烂的常常有着怪异的举止，衣不遮体，或是身上挂着几十个塑料袋——都是些神经有问题的人。但是，面对其他流浪狗，程大种看到太平总是英勇无畏的：它先是两只前爪伏地，喉咙里像闷雷一阵滚动，然后，发出城里狗们没有听到过的恐怖瘆人的狼嗥。就是狼嗥，夜半山冈的狼嗥！宽大的尾巴紧紧拖着，拧满了警惕和决斗的意志，然后，扑上去用牙齿驱赶它们，把它们远远地逐出垃圾堆。程大种看着太平的觅食表演，真是赏心悦目，惊心动魄。但面对走路颠三倒四、动辄向路人乱咬的狗，太平总是让着，并在程大种身边保护他，防止那些狗咬到主人。那些狗是有病的狂犬。

尽管如此，太平还是饱一顿饥一顿，甚至可以说基本处于饥饿状态。因此营养不良，面目全非，瘦骨伶仃，紫铜色的毛没了一点光泽，像一堆发黄的茅草披在身上，全身的骨头都尖削突出，肚子瘪得像一张纸，随风飘扬。加上它必须不停地与其他饿狗争斗，耗尽了所剩无几的脂肪，最后只剩下皮包骨头了。

工地的伙食差得不可再差，程大种自己都吃不饱，还要进行高强度的劳动，没有一口饭给这条狗吃的。道路正在向前延伸，可修路人的伙食却越来越差。有一天，太平终于犯了一个大错误。就在那天，一个叫马二剪的工友吃饭吃到一半，气胀肚子，想去厕所解决问题，就把半碗饭放在了一个土墩上，回来见程大种收留的那条大狗正在代他舔碗呢。马二剪是先来的，底气足，气得青筋暴暴就拿砖头劈狗。

这条可怜的狗已经被人打够啦，程大种见了，就大声说了几句。可马二剪正在气头上，要程大种赔饭和碗——碗让狗舔了那还叫人碗吗？两个人不知怎么就动上了手。马二剪的同伙就去劈狗，狗在工棚内外，被打得东躲西藏，落荒而逃；两个兴山老乡将程大种拉开保护了，并且在情急之下说出了这条狗是程大种从神农架带出来的，是条晓人事的猎狗。可愤愤不平的那些人一直要求把这条狗宰了煮汤喝，工地上天天萝卜汤，这狗就算光骨头也总有狗肉味。包工头早就烦了，听两个兴山人这么一说，就对程大种下了最后通牒：有狗无程，有程无狗。要不，把你们赶走。

马二剪的人都在斥责这条狗的不是，说这条狗还是什么猎狗，就是条癞皮狗，扰乱了大家的生活。这么大的骨架子，眼里全是腊月的冰块，半夜时还有事没事像狼一样嗥叫几声，听着都骇人。

已经与马二剪打得鼻青脸肿、衣衫破碎的程大种在工地尽头的一堆木板缝里找到了太平，它正躺在角落里呜呜地舔着被砖头劈开的伤口——臀部破了两三条口子，流出的血被它自己一点点地舔干净了，可是伤口却不能舔合拢，依然悲壮地裂开在那里，像无声抗议的嘴巴。程大种说什么好呢？恨它？爱它？都没有了。他只想着怎么办，可有一种意绪是：不能让这些人宰了，范家一都没能宰，这些狗日的民工们更没资格宰。他们跟他一样面黄肌瘦，口朝黄土背朝青天，真说起来比狗还不如哩，狗还能在垃圾堆里刨到骨头吃，他们跟他一样，一个星期吃不到一次荤。也不能让裆里满是恶疮的黄牙包工头宰这条狗。不能！这条狗大难不死，必有后福。这条狗一定要坚持住，跟我回去，回丫鹊坳去！

程大种打抚着太平的伤口，太平看到主人的眼里在黑暗中有闪动的泪光，在城市的灯火下。因为疼痛，寒风挤着伤口，伤口似乎在无限扩大，要把它的身体扒开，扒一条能走汽车的大缝。其实，它拥有许多，当它泡在疼痛中回忆的时候。那深夜的山风正在森林中呜咽蹒跚，草垛吹得飒飒直响。那只因为没有主人在家而安然熟睡的狗太平，细匀深沉的鼾声正应和着一阵阵山潮哩。它撵花栎林中的社鼠。它吃猪槽的食。它梦见峡谷尽头落日的余晖。它狂吠不已，那是因为它想吠，没有任何原因。早晨的山冈上满是露水打湿的鸟声和牛铃声。它还有一个家徒四壁的屋子。那里有着两头哼哼哈哈的猪，有三只羊，有一只黑白相间的猫。有两个娃儿，一个叫狗儿，一个叫毛丫；

狗儿大，毛丫小。它与他们一起上山割猪草，挖柴胡，剥杜仲，下菜园。它还有主人老婆，一个整天忙里忙外吆三喝四的勤快女人，她害着鼻炎，鼻子不停地抽气，发出悦耳的响声。深夜，优美的深夜，一无所想的深夜。夜太长，在柔软的草窝里，它强闭着眼睛一次又一次地进入梦乡，日子一天一天美美地过去……

可它已经来到城市。它已经误入城市。它的眼里滚出了大颗大颗的泪珠，没让主人看见。

它听见主人说："唉——"

主人说："我们走吧。"

九

这一次，主人为了狗而离去，使他自己最终遭到了厄运。对于太平来说，也当然不是一桩什么好事。

天气转暖了些，程大种已有了些经验敢再一次回到武圣路劳动力市场撞撞运气。他是想能找到更好的工作，不再在泥水里，在深深的泥坑里挖泥，两只脚都泡得稀烂了，十个趾缝里流着臭水。他尽量想修路的坏处，包工头和马二剪那一伙人的坏处。想有一个能让太平存在的地方。这样，他就来到了劳动力市场。

坚称还是要干锯木活的程大种最后被一个嘴上栽花的男人带走了。那男人说："人是活的，活儿是死的，只要工钱对，锯不锯木又有什么卵要紧！"并讨好地称赞他的太平是条好狗，他一定帮程大种养狗。

程大种坐着一辆乱七八糟的车两三个小时后才到一个乱七八糟的地方，一个怪味刺鼻的黑水大湖。程大种要去的工厂座落在湖边，厂子里也怪味刺鼻。进了一个生锈的大铁栅门时，那嘴上栽花的男人就要程大种把太平交给门房的一个哑巴，那哑巴胡子拉碴。程大种把狗交过去后，才看到门房旁的一排平房雨廊里，拴着两条大狼狗。哑巴拿来一根绳子，就势套住了太平的脖子。

太平面对凶险的未来不是没有预料，当它挣扎着别让哑巴的绳子把自己勒得太紧时，那送走了程大种转来的嘴上栽花的男人此刻露出了狰狞的本相，只等那狗脖系进粗壮的绳索之后，挥起一根钢筋，照太平的脑袋就是一下，太平来不及哼喊，就被打入了地狱。

为什么这样对待一条狗呢？为什么对这条狗有如此深的仇恨？这些人是不是与它结下了孽，或它冒犯了他们？什么也没有。原因只能说是恐惧，一条太大的狗会横亘在这些人的心上，让他们寝食难安。如果是一条小狗，命运可能就截然不同了。人们恐惧这条怪模怪样、师出无名的乡狗。如今它又因为饥饿与磨难而更不中看，简直像从非洲跑过来的一条饿狗，病入膏肓，颇有侵犯人的意图。人们只求赶快了结它的性命。那哑巴也是个天才，刚才还对着电视里的小品咧嘴傻笑的，现在却磨刀霍霍，拿出一把切菜刀来，就地想把太平的脖子切开。这是那嘴上栽花的男人的"指令"——这男人是该工厂的老板，他要哑巴"切了算了"，同时朝自己的颈子一比画。哑巴没有杀狗的经验，但有杀狗的豪情，一点也不害怕。刀刃在太平的身上荡了两下，又在太平的颈子上比试了两下。因太平躺在地上刀不好下手，那哑巴就试着用刀尖去给太平翻身。刀尖一戳着太平的身，太平竟一跃而起。对刀的反抗使它残存的生命得到激活。它是不会死的，神农架的狗有无边的神力，因为它是在深厚的石头上长大的，生命与山冈和森林一样古老顽强，这是它故乡的大地赐给它的神奇力量！

——当它跃起的时候一口咬住了哑巴的手，菜刀当啷落地。哑巴用悲惨短促的号叫来证明这一切，并且捂住流血的手拼命摆动。两条狼狗这时突然像两座黑暗的大山压过来，将苏醒过来的太平制服了，压在地上。太平看到两条大狼狗的四颗卵子在头上雄赳赳地晃动着，它多想跃上一口咬掉它们，可两条狗像钉子把太平钉在地上，顾不得它只剩下半口气，用它们罕见的大锐齿撕开它的皮毛，怀着滔天的好奇，要看看这条赶山狗肉里面的秘密。它们一点点撕扯着，就像在表演拉面。那个哑巴一阵奔跑止痛过后，还是提刀来朝太平的身上一阵乱剁，那血就喷得哑巴满身满脸，两条狼狗也止不住地兴奋呻唤，加上哑巴的快意噪吼，几股声音在天空中缠绵回旋，在这清冷的工厂里恣肆穿梭。太平淌着大滴大滴的泪珠，动弹不得，又一次昏死过去。

太平是在夜间逃跑的。因为被扔在地上，它的身子沾上了地气，就会从死亡中活过来。地气有一种让生命复活的伟力，只有在大地和山冈上生长的狗，才能接受到这种地气的灌注，死而复生。对地气的无比敏感和依赖，是那些赶山狗生命力会出现奇迹的根本；它们像一株株植物，承接着、汲取着大地的养分，它们的身体里有这种聚集吸收的根须。它们的生命属于遥远的山冈和无处不在的大地。

深入骨髓的持续痛感在一阵哀风的猛刮下苏醒过来，太平看见了链子锁着的那两条狗绿荧荧的狗眼，而它却没被绳子拴着。他们以为它已经死了吧。

太平摇摇晃晃地站起来，大地推了它一把，将它撑持了起来，四条腿，一一给了它平衡的力量。大地说：你是不死的，你是罪恶城市的邪火中的金刚；大地说：你必死在故乡，安然长眠在阳光的森林里，山冈上的马尾松和清风必是你送亡的见证人。一只蜜蜂在杓兰的紫花笼中为你嗡嗡念着悼词，山坡草地上的芍药是你铺满夏天的白色挽幛。鸟声啁啾，那是天上的香雨，一直穿透你的忠魂，飞入云端……

太平依托着大地站了起来，满眼泪光闪烁。那是感激的泪光。它开始寻找着逃跑的路径。

狼狗开始叫了，它不能再耽搁了，它要逃出去，逃出这个魔窟，这个静静的魔窟！

哑巴因为被太平咬了疼痛难忍不能入睡，吃了三颗安定才进入梦乡，两条大狼狗的叫声一点也没震醒他。加上有很高的墙和带电的铁栅门（一到夜间铁栅门就通了电），所以哑巴很放心地入睡了。

太平试着走了几步，刚挨着铁栅门，就被一股力量掼了回来，重重地摔在地上，所有的伤口都强烈地醒了。它又爬起来，一步一步沿着围墙和灯光的暗处走着——它寻找主人程大种时学会的一系列隐藏术又一次用上了。就像在凶险万端的大街上行走一样，它走得慢，走得无声。但是，越接近那嗡嗡作响的车间越让人头晕脑胀，刺鼻的气味像一记记闷棍朝它的大脑打来，比神农架森林里夏天那令人惊骇的瘴气凶悍一万倍，顿时刺进它体内的每一寸地方，把它泡得稀烂，浑身无力。它还是坚定地、固执地找着它的主人，它屏着息，在一个灯光模糊的大房子里，它终天看见了许多人——有它的主人程大种！那刺鼻的气味就是从那里面出来的，里面热气蒸腾，毒气一团团一阵阵向屋外涌出来，里面劳动的人在大池子周围运动着，行走着，一个个像一张张薄纸。两个人看管着这些劳动的人。那两个人脸上戴着一种突出的面罩，就像两只嘴腮突出的野兽。太平看着它的主人，主人好像病了，脚踩着浮云，在梦游一样。当他蹲下去的时候，那两个“野兽”突然向他的头上给了狠狠一棒，主人程大种发出尖锐的悲叫。捂着头站起来的程大种，只好又开始拿起一根沉重的棒子在池子里搅拌起来，那腥黄的厚重的热气一下子吞没了他。

太平心疼地看着自己的主人。就在这时，狼狗突然离它很近地狂吠起来，同时响起了叱喝："抓住它！"荒草密布的院子里出现了奔跑的人影。狼狗向这边奔来了。一个人被打倒了，发出呻吟声。太平赶快寻路逃跑。真是慌不择路，它看见一条汩汩向院墙外流淌的臭水沟，穿出墙洞，那墙洞也就只能一条狗通过。它纵身跳进沟里，臭水滚烫，浑身的伤口如千万把刀割，如万箭穿心，皮肉在嗞嗞地烧灼着，腐蚀着。它游出了院子，吃力地爬上一个草滩，全身的灼疼使它禁不住想狂嗥，可它忍住了，牙齿咬出了血。它知道不能吠叫。

昏昏沉沉中，风把它吹醒了。它逃了出来。疼痛已经使它麻木、绝望，烫热的泪滴也像那奇怪的臭水，淌出时让脸面灼痛。它像死了一样的趴在草滩上。天空群星如蚁，银河依稀倒悬。远远的城市灯火依然不舍昼夜地荡漾。这是哪儿？这噩梦一样的地方，主人和我为何会来到这样的地方呢？美丽平和的丫鹊坳为什么把我们推向这样的地方？主人程大种为什么要遭受这种惩罚并且牵累我？

肮脏的大地它也是大地，腥臭的大地它也是大地。太平用肚腹紧贴着沁凉的泥土，汲取着深处的干净的能量。它站了起来，回过头看着那黑魆魆的院子，那蒸煮着地狱沸水的院子，这莫不是传说中的地狱？

有一片小小的林子，在一个高高的土台上。它向那儿爬去。它爬了上去。在那儿，居高临下，能多少看清楚院子里的事情。太平的眼睛还灵锐，虽然嗅觉已完全被这汹涌的异味破坏了。

它在那儿等着，盼着，盼着它的主人从那个生锈的铁栅门里出来，带着它，回到丫鹊坳去。

十

它晚上出去找吃的，白天，就在自己用爪子刨出来的一个土洞里养伤、休息、避险。有泥土的慰抚，伤口在时间的流逝中慢慢愈合。不过，那被下水道的奇怪臭沸水浸过的伤口，有几处始终不能封口，往深处溃烂，形成窦道，流着黄水。

湖边有许多死鱼，也有扔弃的死猪死猫。为了生存，它必须学着吃那些腐物，刚开始，它不停地闹肚子，但闹过一阵，它挺过来了。再吃就注意吃口感稍好一点的烂货，或者多跑点路，去寻些新鲜垃圾。等身体好转之后，它就在土台周边、湖边和小树林逮老鼠；这里的老鼠泛滥成灾，而且肥硕无比，一只只比狼还凶，也是吃腐物的，可它们的肉质却十分鲜美。

吃老鼠的事缘于有一天晚上，它在土洞里被一股森冷的风吹醒，预感到有危险，接着就听到一阵吱吱乱叫的声音。睁开眼探出头往外一看，我的天！有几十只壮如猫的老鼠已围在它的洞口。老鼠们缩着丑陋的鼻子，一排排尖锐的啮齿向太平发出了示威——很显然，这些老鼠是有备而来，准备在洞里围歼太平以吃掉它的。

就算它们凶狠如竹溜子，就算它们是一头头狼，搏斗，与这些不知天高地厚的城市老鼠的搏斗会激发太平体内的征服激素，求生的意志也使它的牙齿和爪子再一次有了剑吼西风的英气。那些老鼠不知道太平是一条与众不同的狗，是一条神农架深山里的纯种猎狗，在这个小土台上的战斗，简直不值一谈。于是，太平不顾一切地冲了出去，一个一个地咬死它们；先咬死，再吃它们！老鼠们以为这是一条静静等死的病狗，阳气全无了，可一阵狂风卷来，一会儿就鼠尸狼藉，鼠们被咬死了大半。它自己的伤口再次哗哗震裂了。可是，对敌人的杀戮使它获得了自信。它知道自己是不败的，因为它是一条赶山狗。山都不怕，何惧土台！

喝了老鼠新鲜的血，体力恢复得很快。它常常望着那个院子里的车间、衰草和人，想悄悄地潜进去，救出它的主人。

春天正在悄悄地到来，在这个城市不被人注意的边缘，在土台和湖边，各种绿色的植物被一阵夜雨染绿了，不知名的野花顶着鲜艳的颜色摇荡起来，腐臭的水边也有不知情的水蒿和芦苇的芽子依然娇嫩地窜出身，显得尤为壮美。竟然还出现了青蛙的叫声。野蜂和鸟都在各自自由地飞翔，而它的主人却在里面暗无天日地受难。

那些天，到了深夜，终于看到那铁栅门打开了，有轰轰作响的汽车开进去，然后汽车再开出来，大门就被那鬼鬼祟祟四处张望的哑巴急急地、重重地关上了。狼狗牵在他的手上。那两条狼狗会在半夜从院子里嗷嗷乱叫，偶尔，也能听见人的惨叫声，其中有它的主人程大种。

害怕是肯定的，那种种的惨叫声会让太平听得阵阵发抖，心有余悸。每当看到那个哑巴，它就会莫名地战栗一阵子，好像患了疟疾或遇上了寒潮。

哑巴守着的大铁门是千万不可进去的。好些天，在晚上，太平围着那个院子长长的、泥沼黑臭的围墙转圈儿。唯一可走的依然是它急中生智随水流出的那条下水道。可是，望着那卷着泡沫、冒着热汽、怪味难忍的黄水，它就怵了。它试着把爪子探下去，爪子就一阵灼疼。最后，它憋足了劲，屏了一口气，还是勇敢地跳入水中，拼命地向洞里游去。

程大种已经病了三天，不知道是什么病，那个嘴上栽花的男人给他吃了几颗什么药片，他就昏昏沉沉地睡了。宿舍没有窗户，难闻的气味凝滞在屋子里。他的皮肤发痒，一抓一个水疮，流出难闻的黄水，跟下水道的水一个样。恶心，呕吐，眼睛不开，呼吸困难。他感到他快要死了。他身上盖着从家里带来的被子，已经很脏了。可是那被子上的红碎点的花使他的眼前出现了幻觉，老婆陶花子就在那红碎花点中间，纳着被子朝他笑着，有时又骂着。骂得十分难听。

"陶花子！……"

他冷得不住地打着牙磕，身子痉挛成一团，胸口堵得慌。

"我可能……回不去了……还有一个……躺在那儿哩……"他的手给陶花子指指说，"老板不让……我们走，你只要说走……就有人拿大棒打你……"

稻草角落里爬着一群群大老鼠，对面床上的那个工友的脚趾已被啃了，在那儿成天哀号，估计又昏死过去了。老鼠估计又在啃他的脚趾。程大种抬起头，想去看看，在黑暗中，忽然看到有一排排荧荧闪闪的小眼睛，这么多的老鼠！是不是它们嗅到了这个工友快死了，准备来饱餐一顿？！

"老鼠！……"他想喊，可喉咙堵了，声音像从墙缝里发出的一样。

他吃力地够着床底自己的鞋子，终于拿起了一只，用尽力气朝老鼠砸去，一阵吱吱的响声，老鼠不见了。

其实他什么也没有看到，看什么都模模糊糊，头沉得像箍了个铁箍子。

他突然想那些老鼠该不会啃自己吧？我也快死了，还管别人！他感到那些老鼠还待在屋子里，正在伺机行动，它们正向他的身体爬来。他昏昏沉沉地想着这事，手脚拼命动弹着，生怕一停下来老鼠就会张出啮齿来啃他。

就在他本能地舞动着四肢时，手触到一个毛茸茸的东西。

"老鼠！"

他吃力地收回手来，吃力地把眼皮撑开，分明是一个大大的长毛的家伙，狗！是厂里凶狠的狼狗？不是，它舔着自己哩，是太平？是我的狗，是太平！

狗像久别的亲人一样用湿漉漉的身子紧紧地摩擦着他，舔舐着他，温热的舌头像故乡的阳光。狗尾巴不停地摇摆着，嘴里发出呜呜的呻吟，并用嘴咬着他的衣服往外拖拽。这狗是在救我，想让我出去！狗啊，它要救我逃出去！一阵感动，接着是一阵虚脱的晕眩，程大种顿时手脚冰凉，晕厥过去。那些脚头等待的老鼠这时候疯狂地扑上来，就啃程大种的脚趾。钻心的疼痛传来了，程大种一声尖叫，太平就起了警觉，嗅觉丧失了，眼睛却一下子逮住了猎物。只见它用极低沉（怕人听见）但很震慑的声音怒吼了一声，就像一只大鸟跃起，朝床上的老鼠罩去。顿时，屋子里飞蹿起一只只笨重的老鼠，纷纷落到程大种的身上、被子上、头上。老鼠在被咬死时，竟发出一种令人毛骨悚然的惨叫，使人知道无辜的死亡是多么可怕。

程大种已无力坐起来。老鼠在屋里疯狂逃窜，叫声一片；它们撞在墙上，撞在门上，撞在天花板上，被撞被咬得鲜血四溅。

"好样的，太平！你真是好样的！"程大种在心里赞叹自己的狗。

一阵狼狗高亢的叫声像风暴在院子里刮过来，还伴有哑巴那含混不清、仇视一切的吼叫。

"快跑，太平！……快！"极度虚弱的程大种在黑暗中摸到狗，用尽最后的力气猛拍它一巴掌。

太平正在亢奋地咬着老鼠，它愣了一下，马上明白了。主人的指令就是一切。

就在狼狗和哑巴赶来时，就见一道粗壮的黑影像闪电蹿出门外，飞进院子的荒草中。两只狼狗马上朝草丛里扑去。哑巴没看清是什么，在那儿正搜寻着想看个明白，忽然一阵狂风，一个黑影罩来，他的腮帮子就被撕掉了一块，发出噼啦噼啦的声音。"啊！"哑巴惨痛地叫唤，人竟跳起了三尺高。两条狼狗急急追去，那黑影跳进滚烫的废水中，沿着下水道钻出了院墙。

太平再一次潜入院子是在五天以后，它看见它的主人程大种已经死在床上，七窍流血，骨瘦如柴，老鼠已经啃坏了他的脚趾，两只耳朵也没有了。

它躲在那一人多高的野蒿中间，看到哑巴和另几个人把它的主人抬上汽车，然后车开走了。太平潜出来后，追赶着那辆汽车的尾尘，可是到了一个三岔路口，它辨不出车去的气味，空气里的浓郁怪味绞杀了它的嗅觉。

它在城里找了几天，后来它来到了一个火葬场，在空气中似乎嗅到了一点点它的主人的气味，那高耸的烟囱上正飘过一缕缕的白烟，它的主人程大种随那缕白烟飞走了。

"故乡！……"它在心底里大声说。它喊。它，太平，一条狗。一定是回到故乡去了，它的主人。那缕白烟正向遥远的天际飘去，在很远的地方，在川、陕、鄂交界的那一片山冈上，总有这样的烟云，像透明的梦境，从它的眼际飘过！还有一种更醇厚亲和的气味，不是这儿死亡的冷漠气味，那气味突然从很深的地方泛了出来，还没有死去，它蛰伏在太平的心灵深处。那气味使它回忆起了过去的一切；那气味拉拽着它，牢牢地拴住了它，让它不可遏止地带着坚定的步伐，向那儿走去！

它跟着飘缈的主人，跟着云端里的呼唤，在星星的指引下，嗅辨着那若断若续的来路，往回走去。

越过了千山，涉过了万水。不停地行走，不停地寻找着那从小就熟悉的气味。它已经走掉了身上的毛，走秃了脚爪，尾巴被围攻的野狗扯掉了半截，耳朵拉开了口子，一只眼睛也被顽童戳瞎了；它见过了世面，伤痕累累，流泪成河，可脚没有停下半步。它死了，又活了；活了，又死了。九条命（猫狗九条命）已经用了八条，还有一条攥在自己手里。它走着，走着，已经不是一条狗，是一个行走的魂。

在一个深秋，在百果摇曳，万树如火的日子里，狗儿和他的妹妹毛丫看到山路的尽头走来了一条歪歪倒倒的狗，狗一走一瘸，浑身裹满了尘土，身子已像一个纸糊的架子。这狗熟啊，这不是咱家的太平吗？

"太平！妈妈，太平回来了！"他们忙向厨屋里的妈妈大喊。

听到喊声，那个厨屋里的女人陶花子从里面出来，在抹腰上揩了揩手，揉揉被灶火熏红的眼睛，朝那条远远走来的狗看着。

"真是的！太平！太平回来了！"

那狗不紧不忙地走了过来，睁着唯一的一只眼睛望着他们，面色沉静，没有表情，尖削的嘴紧紧咬着，眼神怠倦，好像是从一个深深的山洞里走出来似的。

"太平！太平！他爸呢？大种呢？太平！他没跟你一起回来吗？！……"

女主人陶花子蹲下来一把抱住了它，摸着它瞎掉的眼睛和开岔的耳朵，摇着它问着。狗依然没有表情，一声不吭。这时候，陶花子看到它的眼睛里滚出了一滴一滴的泪珠。

生活还在继续，因为日子还在继续。

丫鹊坳和神农架的人都在谈论着这条叫太平的狗，这条神奇的神农架赶山狗。这件事刊登在200×年10月的《湖北日报》上。

报道说：

狗的主人程大种（化名）音讯全无，狗却千里迢迢回家了。

我希望程大种也能像他的这条神犬一样回家，因为他的亲人们在日夜盼望着他的归来——假如他还活在这个世上的话。

巨兽

潮湿的夜幕像毡子一样沉重地垂下来，压在饿老婆山和滚水村的头上。溪水在石崖下发出流响声，一只萤火虫钻破黑暗，有气无力地亮了几下，就不知飞到何处去了。

村长和福是被罗赶早的老爹叫到罗家去的，说是有惊人的事要说。他披衣就去了。去的时候那儿已有四五人，神色凝重，围着火塘不出声。见他来了，连让座也没有，蓬着火，仿佛几个妖怪。挤进去，狗却朝他狂吠；他转过头去看，狗是冲他来的。那狗一副怪相，地包天牙齿，长相奇丑无比。和福有些愠怒。好在罗赶早的爹把狗飞快夹住了。一个村长受到这样的对待，当时火就来了，就冲罗赶早说：啥鸡巴事儿说撒！对面的罗赶早抬起头来，哪儿还有形象，魂儿都不在身上了，一副躯壳，头发冲天炸起，两眼胡睒得像灯泡，在火光中就是个大死耗子。

"大家伙，"他说，"有五……五头牛那么大！"他伸出五个指头。

"鬼？"和福说，"是不是鬼撒？"

那家伙噎了半天，还是没有回答。那就是鬼。果真碰到鬼了？有人给他捶背顺气，有人递水他喝。他哪儿喝得进去，人是个硬的，像块石头。吓得这样了！

"……我赶早说了瞎话，不得好……好死！"他发毒誓，"我……我……"

罗赶早的爹大声呵斥罗赶早，说，你们给他兜头一瓢粪，我不相信他不还阳。大家就笑，但还是拿罗赶早没法。罗赶早的魂儿还在地狱里。罗赶早费力地喝了一口茶，说："没事……事儿，我细细讲……讲来……"

于是他就对大伙说了这事的来龙去脉——

罗赶早就像他的名字，这几天天天赶早去挖节儿根。节儿根就是鱼腥草的根，山下的餐馆收，凉拌吃的。今天，罗赶早天刚亮就进了山，往白麂沟去。下了几天雨，天晴了，正好挖。沟里虽是秋天，鱼腥草却长得蓊蓊翠翠，一蓬一蓬，在岩畔沟坎下。土石松动，很好挖，不到一个时辰就有了大半篓。罗赶早用挖锄在石缝里刨着，眼见得背篓要满了，突然听到一阵很大的响动，从林子里发出，还有石头乱滚的声音。罗赶早把头抬起往崖上望去，雾气弥漫，树影、山影、草影都仿佛在蒸笼里一般。罗赶早只觉得一股凉气从脚板心往上蹿，浑身寒毛倒竖，有一种大难临头感。天天在山里头钻的人，什么都见过，什么都经历过，今天咋无来由地发寒呢？罗赶早伏在岩坎边去看，果真看出个大征候来了——雾霭蒙蒙的坡地上，出现了一个黑魆魆的家伙，一个影子，巨大，像间守秋的棚子。罗赶早心想这沟里也没哪个种庄稼，何时搭了个守秋棚子哩？这地儿咱熟啦，也没啥烤药棚的，荒林野地。那东西黑乎乎的像一条船在雾里浮动，是个啥玩艺儿哩？浮动的意象进入了大脑，那家伙果然动了起来。一个屋子动哩！屋子动，还踢得树呀草呀石头呀哗哗乱响，这可邪门儿哩，楚霸王请客，凶多吉少哩。咱活了四十岁可没见过这尖板眼儿！以为是看花了眼，再一细看，那屋子真的在动，圆滚滚的好像还是背脊，有毛。树枝啪啦啪啦地折断，土石哗啦哗啦地滚动……罗赶早当即就痴呆了，恨不得把心抓出来哭，三魂吓掉了两魂半。就紧贴着一蓬鱼腥草，想是个山龟就钻进草缝中去了。大气不敢出，二气不敢进，憋得脸就跟溺死的人似的，听见那家伙呼呼啦啦地走远了，拔腿就往村里跑，连滚带爬，自己也不知道是怎么回家的。回到家也不敢跟家人说，自己在被子里抖了一整天，鼻子流血，迷迷糊糊眼前全是一头大兽。盖了三床被子还是抖，发高烧，说胡话。等到晚上，全家人都回来了，他老爹用辣椒水喷了他一脸，辣得他艳若桃花，这才哇哇地清醒过来，大喊一声："祖宗哎——"喊叫声如长空破石，惊绝莫名，这才把山上遇到的状况说了出来……

现在，一屋的鱼腥草气，一屋的寡妇脸，一屋的呛人烟子，一屋没魂的人。人包裹在浓浓的烟雾里，以为这就安全了。可罗赶早在火塘的火光下，把火拢到了自己怀里，衣裳烤出一股牛尿的臊味儿，就差把自己丢进火里了。火就是他的护身符。他手抓着胸口，两只眼睛像柿子一样在风中摆动，看着都令人揪心。

"啥哩？它吃了你没？"和福说。

"吃了还能回来吗！"罗赶早的爹说。

"这就对了。它惹了你没？"

中篇小说

441

"惹了那还有命！"罗赶早的爹又抢着说。

这让和福烦了："没问你，问赶早。"

"没，没。"罗赶早张着一张申冤的嘴说。

"没咧，都没咧，吓成这样了，卵掉没？"

"没……"

"这就对了。你是盲人进按摩房，瞎鸡巴叫唤。"

"那家伙大呀……"有几个人小声附和。

"和尚的鸡娃子大不大？那还不是白大的！"他想轻描淡写。他，和福，村长。他想走，离开。他想站起来，可他站不起来。

"就是个守秋棚子吧。"有人说。

"得看个明白。"有人说。

"花了眼了。"有人也说。

"能走动，是不是个大熊？"

"没这大的熊！是个从没见过的野家伙！"罗赶早突然不耐烦地嚷起来，像受了天大委曲似的。

"赶早，那你仔细回忆看看，究竟长得啥样儿的？……"

"……头蛮大的，黑糊糊的，嘴嘛……蛮短的，全身毛带点灰棕色……头像个大皱瓜，长方形的。"

他说得这么确切，他什么都想起来啦。

"你什么都看清了，是公的母的？长了几个鸡娃子？"和福不信。他要否定。他打断他，喝斥他："长方形，还正方形的啰，那不就是个棺材兽？……"他发觉他失言了。村长失言了，同时大惊失色。他恨不得铲自己几嘴巴，我咋把这全说出了哩？我这不是帮他们添砖加瓦？

村长说出了，挑明了，棺材兽来了！只有传说中的那秽物棺材兽才这么大，或者还没这么大，可这兽来了，是要装几个人进去的。屋子里一阵骚动。

"瞎扯鸡巴蛋的！赶早你真以为我信？清晨巴早的，那大的雾，你看得鼻子是鼻子眼是眼，鬼信喽，你只怕是孙悟空火眼金睛。"他甩掉别人敬给他的烟，抽了两口就狠狠丢了。他要化解这件事。他站起来。

"那……那我……"

"骡球拷的！"他还骂。

娃娃鸡在林子里荒荒地叫了几声，这些鬼鸡子，叫得夜里惶惶的，难受。

未必不能来几声喜鹊喳喳叫？可半夜三更的。有人咳嗽。

"是真是假，弄清楚了再说。"这就了了。把人打散。人聚在一堆，事情会越扯越大。

他去点杉树皮火把，其他人也只有走了。有的找棍，有的找电筒，也有的来点火把。

夜已深。夜很深。这样的地方，一入夜，夜就很深很深，深不见底。

"究竟是啥家伙，把我家赶早吓成这样啊！"罗赶早的老爹，号。

"是个老家伙。"村长说。他烦。又笑。走出门就笑出声来了。烤暖的身子一下子丢进寒霜里，天虽晴，星斗满天，可气温寒冽，风一浸，像要下雪的样子。估计周边山里下雪了，或者明天要下雪了。天很开啊，银河像一把扫帚，气势磅礴地划过夜空，扎进大山肚子里。

第二天，没有事。天还是晴的，没雨没雪。山上的叶子也亮了，该落的往下落，不该落的也在红着。用秋高气爽几个字来形容也靠得了谱。苞谷在萎黄，那也是熟了，一个个大棒子里露出秋天的丰满。蜜蜂像兴奋过度的小娃子，不停地穿梭嗡嗡地飞窜酿着秋蜜。先是一棵鸡爪槭红了，后有几株海棠也红了。秋风吹拂，大福大贵，大吉大利。烤烟的屋子升起了蓝幽幽的烟雾，并且飘来今年第一阵烤烟叶的清香。一些猕猴桃青哽哽的，一些五味子红骚骚的，一些蔷薇果紫屑屑的，都串在那些枝条上，在路边，在灌丛，勾引人和蝇子。

和福村长很早就叫来了几个人，包括罗赶早，一起到白麂沟去。啥毬都没有，四野皆静。沟里的叶子亮汪汪的，沟深，像个贼娃子红得够灿烂了。沟里，坡上，崖上，崖下，林子里，在罗赶早说的地方，扒开地缝寻了个遍，没有大兽走过的痕迹。也许是这沟里昨晚下了一场雨，把痕迹都冲走了。草隐约有倒伏的迹象。雾气散了，天高云淡。人也多，加上狗，闹吼吼的，什么兽都吓跑了，躲开了。也没见到罗赶早说的守秋棚子药棚子之类，肯定是这狗日的起来太早，睡眠不足，看花了眼。这山里有大兽，灵鬈羊啊老熊啊羚牛啊，还有放牛的咧，大牲口在雾里，有膨大的幻象。再说村里也打死过大兽，马斗全的老爹当年就打死过一头七百多斤的老熊，站起来山一样的。可也让一个村民——就是王天飞的叔叔王眍子——给那熊一巴掌打死了；王眍子是个深度近视。可这熊，也忒大了。在雾中看东西，总能看出怪模样来。

若是熊，倒能对付。和福带来了二十几个套子，一半钢丝套，埋在罗赶早说的地方。一路走一路下。

山坡上，湖蓝色的石泽和粉红色的打破碗碗花争奇斗艳，冷杉和粗榧油碧墨绿地抖擞着，站得安安静静。流云如画册，死去的苦竹又好像活了，青芽在中间偷蹿，风中的竹米沙沙往下掉落，山冈是沉醉的，没有恐惧。

没事儿。大家就笑谑罗赶早，让他一个人留下继续挖节儿根。有人这么一说，罗赶早拔腿就跑，比兔子还快，大喊着："鸡日的害我啊！……"

第三天，也没有事。山上的秋事倒热火朝天。乌桕比海棠红得凶猛，只有一夜，不知哪里来的一株乌桕就站在了高处，在南边的茶畈上，把火燃到了山的眉梢。乌桕是乔木，而海棠大多是灌木。乌桕的红，提醒人们秋茶也要采了。农家的事儿多哩。

谁也没在意的这一天，这个晚上，皮安的儿子没有回来。

傍晚，灵麋羊的叫声清亮清亮的，明天又是一个秋收的好日子啊。晚上灵麋羊叫，表明又将是一个晴天。灵麋羊若早上叫，则雨。可这天皮安的儿子却没有回来。

皮安的儿子是聪明懂事的货，叫皮小安，跟和福儿子是同学，高一个年级。和福的儿子喜子，学名全喜——全家人欢喜。因为这是第二个老婆生的。第一个老婆没有生育，被他赶回了娘家。十几年前，和福还是个民兵连长的角色，在山下政治学习时，勾引到了邻村的团支部书记刘双姣。和福这样一个二婚的老家伙，勾引到一个沏茶姑（处女、黄花闺女），使用的是卑鄙无耻的手段。听说也卑鄙不到哪里去，小恩小惠而已，还在调情上使用了一般未婚男人不敢也不屑的肮脏的舔脚之类的淫术。拿现在网络上的话，他属于"英雄勇敢的淫民"。淫民有了儿子，也就老实了，对老婆双姣甭说舔脚，就是洗一双袜子也是不干的。男人都不是他妈的东西，婚前婚后判若两人，或者婚前是人婚后是畜生；或者婚前是畜生（舔脚丫子呗），婚后成了皇帝大老爷。

喜子与小安是一同放学的，学校在锁牢关，离村子有八九里地。今年的夏天，山洪怒吼，将仅有的一条简易公路冲断了——这路是县里"康庄工程"之前匆匆修的，投入少，勉强能走人，这下连人都走不了，上百米成为断崖，只好绕道往黑松榨走，又多出了二三里。为了娃娃们，他和福也要想办法把这条路修起来。可还没修起来，事就出了。黑松榨可是个黑得像锅底的老林子，常常狂风大作，芭茅遍野，荒无人烟，老熊时有出现。据喜子说，这一天他们是五六个娃子结伴，男女都有。可小安说要摘五味子，说多搞些给他娘吃。大家也没在意，以为小安只是落在后头了，没想到没能回来。

天完全黑了，皮小安的娘就哭哭啼啼上门了。皮安不在家，去城里打工去了。皮安老婆哭得浑身发抖，眼睛青肿得像被打了二十棒的。儿子只有一个，儿子不见了，她如何向皮安交代呢？问题有些严重。

和福村长叫来了村里所有的男人，十来个，加上些年轻胆大热心肠自告奋勇的女人，准备了几十个火把，都操着家伙，还将护秋的锣和牤筒拿了出来，去找皮小安。

和福村长在村头发话聚人。村头是棵千年天师栗，又叫梭罗树、烧天树。这树呀，传说只有月宫里才有的；一到秋天就燃烧起来，一树的红叶，照彻三五里，就像整个村庄都着火了一般。可有时也真燃烧，几次打雷，将其打着，树都烧空了。有一次打雷，从里面树洞里打出条大蛇，打到半空中，又跌落下来，落到河滩死了。三日之内河滩上臭不可闻，后来那蛇尸无影无踪了。天师栗到了秋天结一种猴板栗，比板栗大，酷肖板栗，是味中药，成熟往下掉的时候，树叶就要红了，譬如现在。树叶密密匝匝的，酝酿着血红的火热的季节。今天，老树在几十支火把的映衬下在高远星空中就像着了火一般——哈，叶子竟一下子全红了，咋就一下子全红了呢？这下看，叶子像烧天荒的大火，真叫烧天树哩！这个壮观哪，天地一起全烧透了，有如革命的前夜，暴动一般。甭说三五里，十里八里也全照透了，三十六层天宫也全照透了。红灿灿、雄滚滚的树，火树，把妖魔鬼怪全要赶出饿老婆山，赶出滚水村。火一汇拢，就壮了山的胆气，加上一些狗叫，马锣敲，牤筒吹，还有什么可怕的！和福村长站在高高的树根上，可着喉咙大喊："村民们，老少爷们，皮安的娃子不见了，我们一定要找回来。说什么也要找回来！小心火哪，别碰着枯草落叶，这是两件大事，烧着了你我要掉脑壳的……"

气氛狂热而紧张，正准备出发，那树边高深围墙的大铁门打开了，王天飞（也就是王百万）的傻儿子王刚跑出来看热闹了。他一出来，他家那条大狼狗也出来了，狼狗外八字脚，尾比狼尾还粗，黄磣磣的身子，在火光里像一条巨型松毛虫，淌着奔放的舌头，出来就咬。一些人吓得就跑，队形就乱了，惊叫声炸开。和福也不知往哪里跑，那狗有时认他，有时不认他，让他很头疼。对村里的人基本咬，没有不咬的。因为这是条城里的狗，比较傲慢，不喜底层人民，特别是长相寒磣穿着陈旧瘦瘦巴巴的乡下人，不认乡亲这个概念，以衣貌取人。其实链子还是在王刚手上，但王刚是个呆傻儿，保不了故意让你咬下一块皮来，他乐呵乐呵。狗挣着链子攥咬人，照看王刚的裴姐赶快出来喝唤了：王刚啊王刚啊，火车啊火车啊！火车是那条狗。狗唤上了，拽回了。重新拢好人，已是一身臭汗，体力消耗过半。

大家再吼吼跑跑地去找人，皮安的老婆却鬼哭狼嗥，捂着肚子被人架着走——她有胃病，皮小安就是说摘五味子给她吃了治胃病的，五味子消积化食。这女人一哭，一喊，就凄惶了。说是她害死了小安，说皮安回来要打死她的。哭去哭来就是这些。后来让大家对她的哭无动于衷了。

秋夜全在秋色的红里。秋夜在秋色的深里。一溜的火把不过就是几十只萤火虫儿，山林子在夜里显得忒大。大家唤着，敲打着，吹喊着，唤皮小安。带去的火把烧成灰了，还是连根人毛都没见着。喜子和他的同学带路，一路寻去，一无所获。皮安老婆在黑松榨苦竹林里不出来了。到了锁牢关学校，在小安课桌里寻到半截铅笔头，揣着回了，用铅笔头扎自己的心窝子。

就算讨鬼吃了，讨野牲口叼走了，也得见个尸见点血见块骨头呀。

一路上大家有各种猜测。一是这娃子是不是一时性起，去城里找他爹皮安去了；二是碰上熟人，跟人玩儿去了；或被熟人顺路带走找他爹去了；再就是：碰上了恶牲口，碰上罗赶早说的那头不明不白的大兽。反正被人贩子拐走的可能性不大，十一二岁的娃子，难拐。当然也说不定喽。再则，男娃儿，奸杀的可能性也没。

半夜回来，一个个蓬头垢面，疲惫不堪，衣裳被荆棘挂得筋筋缕缕。听见王刚家那条狼狗的吠叫声，大家总算舒了一口气，说，总算回家了。可人是没寻着，事情没完。罗赶早说的那个东西，果真是真的？到咱们饿老婆山里来了？且要吃上几个人什么的？就是那棺材兽？村里果真要备棺材，备几副棺材？……

皮安儿子失踪的第三天，皮安歪歪倒倒从城里回来了——有村人辗转给他递了信。回来失魂落魄，到了村口就哭，连口水都没喝就进山找儿子。这个人！

当天傍晚，皮安和几个亲戚，竟在蛇行垭几百米深的河谷底下，即响水河边找到了他儿子，不过已经死了。皮安儿子安静地躺在一块石头边，就像熟睡一样，蜷着身子，书包放在一边，没有零乱迹象，没有被野牲口咬噬的痕迹，身上干爽爽的，就脖子上扎了个洞，洞很小，不细看还看不出，就像个土蜂子洞，有几只红丝蚂蚁从那里爬进爬出。没有一丁点血迹，干干净净。但更令大家大惑不解的是，这娃子过了河，在河那边，而这条汹涌急遽的河十几米宽，又没有桥，他是如何到河对岸去的呢？莫非飞过去的？

哭是哭，哭得死去活来也没有用了，皮安的老婆是在村口看见儿子的尸体的，看见儿子脸上有红是白，跟生前一般模样，拍打着他的脸，又跳又喊，就是没有应声，就一头撞向那棵天师栗，后被人拉住了。皮安老婆习惯性流产，吃了多少药才保住这娃子，且是个男娃，可这下什么都没了，那还有不伤心欲绝的。

和福村长在皮家"吊冤科"的法事上，抽了一支黄鹤楼的好烟。皮安把一整包烟也塞在他怀里了。黄鹤楼满口余香，满耳都是"魂兮归来"的法咒；道士是从下垭子湾请来的，是个木木登登的老头，死气沉沉的眼睛里藏着狡诈，像一只老竹鼠。拧鸡头的时候下的却是狠手，好像杀过人一般。这个满身臭味的道士，在厨房飘来的鸡香中抽着鼻子，念念叨叨。宵夜就是红烧大鸡。和福村长还好意思在那种揪心揪肝的恸哭声中喝酒吃鸡？他就走了。作为一个村长，他没有尽到责任。虽然丧家没找他扯皮。比如说，路的问题，为什么要经过黑松榨？……

回到家，喜子已做完作业正收拾书包，他就给儿子说，明天别去学校了。儿子问为啥，他只说请两天假。儿子不干，儿子是听老师的话的。儿子成绩很好，在班上是学习委员，三好学生，学习上的事，从来没让他操心。儿子不干他就发脾气了，说，听老子的，你未必也想讨野牲口叼走吗？！他这么说时就想到村里的娃子都暂缓上学，待在家几天再说。这事儿以后去找老师说得通。他不能躺在家里睡大觉，他必须得给其他娃子家去说说。他又往黑暗的村子里走去。

村里虽然只有二三十户人家，但分得较散，这一个岩垴，那一个阳坡，稀稀拉拉的。带上自家的狗欢子，还带了把刀。一路是夹道的苞谷，在黑暗中传来奇异的搓响，那是风弄的。夜色微明，月亮像一支烛火在云端里摇曳。从山洞里流出来的水，滚过几块犬牙交错的大石头，一直跌往崖下，水的气息凉森森的，带着一点灿烂的甜味。那也许是山里浆果成熟的气味，也许是苞谷的气味，趁着黑夜偷偷地飘出来。或者说这些甜味正在静谧的山林中蔓延，享受着它们的秋夜。蛐蛐儿乱叫，清脆悦耳，仿佛是一首秋歌。多么美好的秋夜，多么美好的时辰。可死亡的恐惧却笼罩在村人的心里，没来由的一头吃小娃子的野兽，正神秘地游弋在饿老婆山间，游弋在人们眼皮子底下。已经像是真的了，已经传得很神了。他走到人家里时，才知道他根本就不需来，那些人家已准备了让孩子待在家里，甚至想到把孩子送到山外去读书。

和福回去听到他老娘正在床前给喜子神吹什么"花脚狼"的故事。说是往年饿老婆山里有一种花脚狼，脚掌是黑色的，脚爪子是白色的。这种狼见到男娃儿就吃了——只吃男娃儿，见着妮子呢，就不吃，就养着，养大了，妮子就变成花脚狼，再去勾引村里的男娃儿出来，把他们吃掉。"所以说，是花脚狼。"

和福心中直好笑，花脚狼也没这么大呀。罗赶早说的是一个屋子大，多少头牛大。十只一百只花脚狼也没有那东西大。那是个啥家伙？骡球拷的！

孩子们待在村里的两三天里，传言越来越邪乎。一个叫根宝的村民说，在黑石潭又看见了那家伙，在水上行走，像个拖拉机，就是不沉。还有一个人说看见山顶上那家伙抓星星，抓得火星子乱飞。哈哈，这纯粹是扯卵蛋了。但根宝是个老实人，没撒过谎。他撒谎又挣不到一个钱，哄谁呢？他说，那兽啊，从水里爬起来，浑身都是鼻涕状，要多恶心多恶心，老远就闻到一股怪味，头上还有个棺材上面的"奠"字。——他没说棺材兽，可这正是棺材兽，还咋有了个汉字咧？扯不扯淡！

"兴许咱村里有人要升官了。村长，你要搞乡镇长了！"根宝傻乎乎地圆话说。棺就是官嘛。梦见棺材就升官，这是大家都知道的解梦。

"啊嗬，你只怕要升官了。"和福对这个毡人说。这毡人擦着鼻子，穿一件假警服，衣领像一条桐油膏药，满脸器官乱动，一辈子就是这样身体失去控制的自由人，跟风中的植物没有两样。"嗯，我看你下辈子也没个官相。"他心里说。

他强迫根宝去黑石潭走一遭。根宝连连拒绝。但你说了你就得负责，不去也得去，不去就是造谣，就是唯恐天下不乱。我也得去哩，我不能退缩哩。又不是我不去，让你根宝一个人去喂那兽。我身先士卒，走在前面，兽来了先啃我。

他先去了马斗全家里。他记得马斗全他爹生前有一杆枪的，很老的老铳。马斗全不继承他爹遗志了，也不准打兽了。马斗全干别的，有点小本事，脑瓜子较活。他爹在世时他爹打，他就卖皮张，卖山龟鞭獐麂鞭给县里人，跟外界有很多联系，撮吃撮喝很有道儿。"康庄工程"都是他介绍来的施工队和包工头。包工头穿皮鞋，他也穿皮鞋；包工头有包，他也有包。一副生意人派头，可家里也没个什么摆设，跟村长家比差远了。这人就是个吹。因为"康庄工程"还要自筹资金，比如要找上面批些钱来，马斗全说能的，和福村长不会信。弄来了就算事。弄的施工队，一看是没资质的，水货队伍，出了问题咋办？不过有资质的又不想到这山里来修路，没有油水。"康庄工程"倒是个好东西，简直就是及时雨，夏天冲毁的路正好要修。可钱太少，省里拨八万，县里两万，镇里没万。没万就是没有。十万块钱修饿老婆山的路，塞牙缝还可以，修路就不行了。路基全毁了，填石方，买炸药和雷管这十万还不够。一吨炸药也要二十多万。修路的来一看，要经过几家地头，别人也不干。把我的地给你们！和福作出牺牲，只要把出山的路修好，给娃子们把上学的路弄通，不再走黑松榨。可马斗全请来的施工队，吃了和福村长老婆双姣烧的腊蹄子腊猪肝羊骚羊蝎子，喝了小丛红景天加党参泡的苞谷酒，头脑还是清醒的，说，除非我是你的女婿！意思是你是我丈人我才干这种贴钱的傻事儿。和福村长说我也没闺女，再说你他妈的比我年纪还大！头脑清醒的包工头走了两个，最后一个没走的醉倒了，第二天也走了。马斗全说，和福哥你这么抠，以为我吃了回扣啊。和福说，就这么点钱。这样，你真能拉来钱，不是你说的三七开，你三我七，我跟你对掰！拉十万给你五万！马斗全说，可别人还要百分之三十咧，别人不要钱，白跟你拉的？和福村长想想说，那十万块钱到村里的账上只有两万了？干脆你全拿去算了。心想你也拉不到钱，你这身衣服，一捋袖子火光直冒——一身的化纤织物，满脸石头色，鼻毛指甲这么长，人家跟你赞助？马斗全说，你是激将我哩和福哥，你欺我哩。十万拉不到五万别个是答应了的。我不要你对半掰，只要百分之三十——别人要的，我一分钱都不要，路修成了你到时让我剪个彩什么的，满足我的虚荣心就行了，我这人就是要个面子你不是不知道。给村里修路，应该是有钱的出钱，有力的出力。嗬，姿态还是蛮高的。也不知道是人话是鬼话。

"斗全，"进门就说，"你那老头的枪咧？"

"杀人？"马斗全出来说。

"要你找枪就找枪。"和福说。

马斗全灰头土脸翻箱倒柜终于找出了那杆枪："拿去！"

"兄弟，情况你都见了，事情很严重，斗全，希望你能帮帮我，帮帮我就是帮帮大家，帮帮村里人。那东西是个甚哩？不管是什么，都要把它制服，撵走！你爹过去为民除害，深得乡亲们爱戴，你是知道的。你爹过世全村人无论男女老少全部出来为你爹送葬，那场面你是亲历过的，你还记得吧？"

马斗全点点头。

"这就对了，"他接着说，"过去你爹是我们全村的守护神哩，可是你爹不在了，大兽出来了，你是马神枪的儿子，你总得有个担当……"

"上山撒？"

"就是。"

"那就上山嘛，"马斗全爽快地说，"你听根宝赶早这些人的！他们能够叫人吗？"

"可皮安娃子又是怎么死的呢？"他反问。村长反问，和福反问。他随手丢给马斗全一个油纸包就走了。

马斗全接过来一闻就知道是什么。是熊油。这熊油如今可是个稀罕东西，少说是珍藏了十年之物，有个水火烫伤烧伤和痔疮什么的，一抹即好。今天村长甩给他不是治病的，是让他捅枪管的，润枪的。枪吃这个。没熊油，獾子油也可，但熊油最好。

熊油来自哪里已不重要，也许是马斗全的爹送给和福的。这可是贵重的东西。马斗全只能照办。

这个晚上滚水村的男人们都在磨刀擦枪。

月亮像一面镜子照得群山有如白昼。风一吹，传来满山铃兰叮叮当当的声音。一只夜枭在很远的林子里回应着另一只夜枭的唳叫。叫声在神秘、寒冷的森林上空掠过，充盈在人们心里。"大杀气哩……"和福村长拭着刀的刃口心里发着寒说。

"必须抢在犹豫和坐以待毙之前开始行动！"虽然他和福常常是优柔寡断，以拖待变。长期在深山老林慢吞吞地生活，不想太活跃。有时想，就是这个村庄不在了，中国还照样前进，"神七""神八"照样飞上天。路冲毁了不是我的错，大不了让娃子多走几里路。可这个不行，人命关天，威胁到我的娃子。娃子也嚷着要到他小姨那里去读书——这都是老婆教的。儿子听老婆的话。但我一天不看到儿子心里就难受，这可不行。就算自己的儿子走了，其他的没能投亲靠友的呢？再死了娃子呢？一个再软蛋的村长也会站出来。

山尖红了。云彩像撒欢的羊群在天上奔跑，像炸开的礼花，红得相当放肆。地上出现了霜，白白的，出现霜就表明日子往寒处走了。往山上望去，椴树金黄透明，叶子仿佛越来越薄，像玻璃片片。山林一层黄，一层红，夹着常绿的阔叶和针叶树，夹着白色的枝干。溪水像碧玉一般从苔石上飒飒流过，赶着秋天的路程。那水面上，夹着一片片的、从更深的山里流出的红叶。一些红得令人心痛的枫叶，贴在湿漉漉的石头上，有如玛瑙，触目惊心。老林子上的巴山冷杉，像一些苍老的怪物，像一些老人，挣扎在高高的风口上。

到了阴风垭子，全是嶙峋的石林，高入云天，少有人进去。一忽儿，峡谷里的雾气就卷上来了。这里，是饿老婆山的大风口，垭子上，一些瘦小的冷杉，竟结上了冰！冰包裹着冷杉的一条条枝叶，就像一把把冰刀，冷冽冽的。雾气一上来，人的意识就乱了。

"这啥都看不到，能打到什么？"马斗全身子缩成一团说。

雾把群山淹没了，连狗也露出惶恐的样子，夹着尾巴，呜呜地低号。

和福村长这时要鼓劲："斗全，现在办事很难，甭说杀一头大兽。我感谢你在修路上帮我，帮没帮成是一回事，心尽到了。可你爹在世的时候，我和福可是对得起他的。他那年从崖上摔下来，摔断腿，我是一路把他抬到县医院去的。整整一天，没吃没喝……"他想挖出心肝来给他说，给他说就是给其他人说。这家伙有煽动性，把他稳住就稳住了所有人。

"我都记着，村长。我娃子也要上学哩，我一样不恨得牙痒痒！我来过山上，你不晓得。你见过那牲口？你看到有什么？"

"不是找吗？"

"找到了这破枪加咱们大伙的几根钩子几把刀，玩得过它？——假如真像赶早他们说的？……"

罗赶早这时蹦出一句话："说了假话死祖宗八代！"

"你滚一边去，我跟村长讲话。"马斗全不屑跟罗赶早说，"村长，为今天拖枪来我昨晚跟我媳妇打了一恶架你晓得啵？她不让我来，我正是念你对我爹好，记在心坎坎上哩。我娃子也要上学哩。我是个知恩图报的人，修路的事，我再去努力，总有办法的。你要是不信也就算了，我也没骗村里什么钱财，得到个什么好处，说这个大话干啥哩……"

"一切都凭天地良心，"和福说，他拿出烟来满铺，"是这样的，大伙明白这个事理，娃子们是我们村的未来，我们累死累活当牛做马地干又是为什么呢？还不是为娃子。牲口把我和福吃了无所谓，死毬无所谓了，死得着了，一把年纪了。可娃子们的人生刚开头。皮安媳妇撞树的时候，我看着都哭了。虽说那不是哪一个人造成的，可我们大人连自己的娃娃都保护不了，连娃子们在这儿都没人身安全，我们在这里活命有什么意思呢？没毬意思！都是为人父母的，不能让兽来吃我们的后代，不能的！万万不能的！今天，谁都别装缩头乌龟了，往前走，冻死被吃了也往前走！……"

大伙看见和福村长有些激动，言辞打颤，眼里肯定冒泪花子，雾大，看不见。另几个人，赶早、老金头和王臭眼都在红。他们拿着猎叉挠钩。老金头牵一条高腿猎狗，叫擂炮什么的，气魄很大，骨架也莽，比和福村长的狗壮实。老金头和王臭过去都是马斗全爹的徒弟，玩过几天枪铳什么的。现在因为年岁原因没出外打工，干些上山下套子偷猎的鬼事儿，对付野牲口是有经验的。

"村长，我们听你的，你说得对。没有怕死鬼！……"他们说。

冲进阴风垭子峡谷，它的下面就是黑石潭，再下面就是皮安儿子迷路死去的响水河。但阴风垭子是很难进去的。有人传说看到大兽在这儿出现过。风像冰水一样往人的皮肉里钻，趟进去，怪石峥嵘，没被冻住的树长有几寸厚的青苔，往下淌着水。所有的树都是水淋淋的，地下也是，石头也是。

"你可把香签都点上啊！都装的些啥？"和福问马斗全，心里怔忡不安。

香签是燃的，随时准备啄火的——就是点燃引信。那枪歪歪扭扭，老黑老黑，柄裂了口。怎么看枪口都太细，膛也不正似的。可在马斗全爹手上，打死过不少恶兽。但今天看，打麻雀都不行，就像是件老旧的玩具。这让和福放心不下，心里更虚。

一条双龙道的小峡谷——双龙是马斗全说的，说是他爹取的名字。有一次他爹在这里杀死过一头睡觉的狗熊；狗熊在苦竹窝里。前面就是成片成片的苦竹，也有楠竹，风一吹来，似有千军万马。

突然有了更大的响动，而这时老金头的狗擂炮吠叫起来，它的毛被风掀开，像被人翻动的书页。这狗的毛很长，且是金黄色的，远看像一只獐子。大家同时贴身岩石，隐住自己，往竹林里看。高大的石头，像踞蹲其间的一头头怪兽，时隐时现。可没有兽，没有真兽。不过是一阵卷地风呼啸而起，两只鸟歪歪斜斜地飞过来，像是两只大鹳。

马斗全咳嗽了一声。"没有啥的。"他说，等大家松弛下来他又说，"不过这里得小心,我爹在这里遇见过许多怪事哩,最多的是鬼打墙。"

"是啊是啊,"老金头和王臭都附和,"这里兽不少的,小心些为妙……"

和福知道他们两个在这里下过套子。刚才他就看到了有个生了锈的套子,还夹着只什么兽的小腿骨。那兽挣断腿跑了。和福就问他们:"这几天你们来过没有?"

"没没,哪个有这大的狗胆!"

"大伙仔细瞅瞅有没有什么痕迹,脚印、粪便什么的。"和福提醒他们。

狗有激情,在人的腿缝里穿来捣去,吼吼着。马斗全说他也是豁出去了,枪里灌的全是钢筋头、六毛丝,滚珠儿都没有,全是钉骨的,只要有目标,肯定往死里射。

又点燃了一根香签,表明一个时辰已过了。没见太阳,雾气还没散去,在石峰间流溢。走上一个高坡,一大片一望无际的狐茅,白涯涯地摇荡在他们面前。茅穗子全成熟了,这也是秋天的另一种色彩。在这里,这白色的狐茅和铁青色的怪石组成的景色,还有那暗针叶林子在一旁鬼鬼祟祟站立的景色,仿佛让人有一种不祥之感。这种感觉出现时,老金头的狗就突然狂吠起来,不肯前行了。和福村长的欢子前蹿了几步,也被老金头的擂炮狗给吠止住了,仿佛前面有人在逼狗。

"擂炮!"老金头唤吼,可狗不肯前行,同时爪子使劲刨地。

大家不由得聚拢在一起。和福村长虽寒毛倒竖,心提到了嗓子眼,可他不能慌。他把马斗全的枪抓着,与马斗全靠在一起,这是提醒马斗全不可轻举妄动。

一股阴风从峡谷深处翻上来,带着怪异的呜呜声。他们把眼睛盯着狐茅深处。在峡谷底下——皮安儿子失踪的地方,一条河水像一根银链子,不停地翻滚。

马斗全这时在和福村长的摁压下蹲了下来,端着枪,那燃着的香签被和福村长卡在两指间,离引信只有半寸。

"你看见什么了就咬出来呀!"老金头忽然暴跳如雷,一脚猛踹猎狗的屁股。

狗却不走,死死伏地,嗷嗷叫着,张着无可奈何的牙齿,嘴里发出呜呜的哭声。

这大的风,和福的汗却噌噌地往外流,手心里是一层水。欢子呢?欢子也不走了，躲在擂炮的后头。

一定有东西！和福村长心里的恐惧渐渐明晰坚定起来。他抓着那香签和香签夹子，明显感到马斗全端着枪的手抖了起来。这当儿，马斗全一颤抖，香签就碰上了引信。几个人都没防备，那老铳这时就响了。一股火的洪流向前狂奔而去，爆炸在茅丛中和石缝间，碰着石头的闪出耀眼的火花，声音响亮果断。打没打着东西在其次，把邪秽和恐惧重重地压下去了。子弹和火药就是猎人的吼气，把堵郁的心一下子就打通了。

枪声支持了狗。狗先是惊得一跳，后来，两匹狗顺着硝烟腾飞的方向，箭一样地向前冲去，狂叫着消失在狐茅和乱石中。

"打着了，一定打着了！"老金头那几个人根本不知道马斗全是走火，瞎鸡巴起哄欢呼。老金头手上挥舞着猎钩和狗绳，只差要跳到天上去。

这时候狂乱的声音招上来一阵大大的雾。雾罩上来了。和福只觉得一阵晕眩，雾带着水汽压过来，湿黏黏的，像一床梅雨季节厚厚的被子。眼睛就去寻找，看什么都不清爽。他听见自家的狗欢子凄厉一声，跑了出来，回头呜呜叫着想告诉众人什么。几个人凑过来，一声轰响，他们看到一团血糊糊的东西朝他们滚来，仿佛是被掷出来的。就听到老金头哀鸣般地大喊："擂炮啊——"

那是他的狗，狗的四肢没了，滚回来了。

是谁把那巨大的怪兽引到饿老婆山来的？那只能是秋天，不会是我。和福村长站在镇上的街头，秋天在这里集中着最优美的姿势。挑着浓稠秋蜜的蜂农沿街叫卖，一群嗡嗡的蜜蜂跟着他。鲜红的五味子、紫色的老鸦枕头果、开了口的"八月炸""猫儿屎"都堆在街头。淌着松脂的翠绿色松果、新鲜的核桃、板栗和老嫩适中的苞谷都呼啸出现在街上。炒板栗、烧苞谷、炒松子……满街都是被烟火燎乱的秋的醇味儿，满街都是秋天成熟后的香味儿，唯独没有秋天的恐惧。

锣鼓喧天的镇政府，又有报喜的上门。火炮、唢呐、鞭炮和大红的喜报，都在向人们报告着又一条"康庄工程"的利民大道修通了。上得楼去，每一层楼梯两边，都贴满了全镇修"康庄工程"的照片，工程队勘探的照片，领导跋山涉水检查工程的照片，领导规划、下级汇报的照片。但是没有一张滚水村道路冲毁的照片。

"……是什么确实没有看见，可狗的四条腿又是被谁一口吃掉的呢？""皮安那娃子又是被谁给杀死的？……"他反问镇领导。他，焦躁火燎的滚水村村长和福。

"……你是不是想着法儿找镇上要钱呀老和？"镇长乐呵呵地说，"给你说了，镇里只有政策，没有现金。只有同情，没有办法。"镇长撕扯着因糖尿病溃烂的嘴唇死皮，难看的脸上呈现出经常出现的浮肿。

"我想这样的法儿？把人家的娃儿搞死找借口，镇长？"

"没没，不是不是……"

镇长在和福送上的报告上迅速地批着字，希望让下一个单位去处理这事儿，这就了结了。

到了派出所，又协调镇政府办公室。两个字：调查。不调查清楚不得妄下结论。

夏天山洪留下了残忍的疮痍，山路崎岖，危石断崖。但这无法阻挡秋天美艳，溪水香浓，森林金贵。乌桕、海棠是一种红，红枫、槭与漆树又是一种红，紫杉成了橘红，落叶松成了金黄。蔷薇果金钟样伸到路上，好像要把果实喂到你嘴里。独兰在茂密的蕨丛中送来郁香，白色的花朵像铺上了一层云彩。两只酒红色的角雉像两团跳动的火焰钻进了草丛深处。但恶魔却藏身其间，正不动声色地潜伏着，将我们美好但平淡的生活打翻在地，将秋天的美丽掐死。

警察老周和镇里的宣传委员小楚一同前来。老周是军人出身，他带着一把安静小巧的五四手枪。这很好，和福的心有了些安慰。

从黑松榨的垭口往北望去，越过层层的烟霭，看到峡谷对面的山坡，可说是一种惊赏。那山坡上如织锦的田畴，现出成熟的庄稼，色彩斑斓，白色的房舍点缀其间，炊烟袅袅。那就是滚水村。滚水如一条白练滚过石坝，那景象，就是世外桃源。道路虽被损毁，但村庄的美丽毫厘不减，依然如故。

有狗叫。一阵劈头而来的痛哭让和福村长猝不及防，肝肠寸断。这已经是傍晚了，在那棵天师栗树下，一头圆滚滚的大肥牛已经给下了四肢，发出哀哀的哞叫，脑壳不停地摆来摆去，一条尾巴像一根旗杆拼命地拍打着地上的灰土，整个身子往外渗着血。围观的人就是等着和福村长；一个个面色焦急，吵吵嚷嚷，看着牛痛苦地挣扎，干着急。牛是根宝的牛，一头牯牛。根宝从人群中钻出来一下子发现了和福村长，他提着刀，敞着怀，怒气冲冲，奔过来就像是要来杀和福的，也像是来问狼的。这人正是宣称看见过那巨兽在水上不沉的，说那兽一身鼻涕臭不可闻的。大家都以为他是撮白撩谎，这下可好了。和福一个扁身，风一样就抓住了根宝的手，下了他的刀，说："还不给它放血算了！"

很好，他这样说，就掌控了局面。他把刀随手给了人缝里的王臭，王臭是杀猪的，宰牲口野兽是一把好手。并且将根宝用身子拦住了。

"畜生也不能这么折磨啊！"他说。他引导这场面说话。

"不要杀我的牛！"根宝喊，去夺刀。

"那还叫牛？你卖几个肉钱免得让它受罪。"村长让王臭快动手。给王臭腾出了空间和时间。

王臭的刀犹豫着下不去。因为那牛委实太难受，挣扎着，身坏又大，根宝又在痛苦和愤怒中。和福这个时候是不会软手的。这时候的和福才是真和福。他又夺过刀，飞快飞快，一刀就捅进了牛的脖子。嗬，准了，从没捅过牛的，一刀就准了，一剑封喉——噗！牛立马就软了，魂飞了，安静了。脖子里没了多少血，血已经流尽了。没了声息就行了。这天色已看不到什么，他的表演大家没见着。只是他自己的手缩回来时，刀抽出来时，感到烫了一下，麻了一下。他为自己的干净利落高兴。再从荷包里掏出钱来，寻出张五十元的，塞到根宝手上，说："我要十斤，"又说，"派出所来民警了，带枪来给咱们灭兽的！大家能不能给周警官和镇里的楚干部一口水喝？啊？！"他故意大喊。

接了钱的根宝怔在那儿。他的思维还跟不上，牛就变成村长锅里的肉了。他其实不知道怎么处理。村长给钱买肉，又有几个人跟上，这个说要两斤，那个说要一斤，围上了根宝，根宝成了卖牛肉的根宝。

给民警和镇干部找水喝的人就去拍王天飞家的铁门。听到的是那狗火车的狂吠。和福村长就说："算了，回去喝去。王臭，给我把秤称足啊！"心里却说：想要村里和我认这个账，没门儿，根宝，你就打落牙齿往肚里吞吧……

他带着周警官和小楚走了。他不忍看那个场面。周警官明显想多了解一些情况，他不让他了解，不让他问。他感觉到这样对自己有利。让黑暗的、沉沉的悬念像石头一样压在他们心头吧。这牛死得真是时候，这事儿出得恰到好处。你们都见了，全是真实不虚的，比我说的还要严重，事情就会解决的。唉，这骡球拷的秋天。

沉沉的灯火，高寂的星空和随着秋风一起吟唱的夜晚。群峰如齿，森林如魅。一言不发的和福带着一言不发的周警官两个人，高一脚低一脚地到了自己家里。打水，洗脸，烤鞋，倒茶。除此而外，没有其他语言。"洗一把。""脱了鞋烤烤。""喝茶。"……

火在火塘里毕毕剥剥燃烧。和福村长手上带着牛血，牛血黏黏的。他们——那两个人看到他手上的牛血，看着他为他们忙着。儿子，拿着一本书的儿子，做饭的老婆。他说："等下王臭送牛肉来。根宝的牛，是他的牛。"

那两个人烤着火，将双手反绞着套在膝上。狗呆坐在一旁，舔着舌头。

"爸爸，我要上学！"

这娃子，这娃子叫了起来。

"上学？"

"上学？"两个客人也问。

"他们没学上了，娃子们，村里的娃子们。"

这时候，他竟然看见他小姨子出现在门口，估计是刚才串门去了。也是今天才来的。和福村长一下子就知道是怎么回事，小姨子是来接喜子去她那儿上学的。她在另外一个靠近公路的镇上教书。

没有招呼，他喝斥起来。他伸出手指着他的小姨子，凌厉地说："你来干什么？啊？你给我走，你给我赶紧走！你出去！"

他的面相姣好、穿着大红毛衣、胸脯鼓鼓的、脸上风光洋溢的小姨子，进门劈头就让姐夫一顿恶语，让她摸头不是脑，木愣愣的，站在那里，雷打痴一样，抓灰不是，抓火不是。从来平和的和颜悦色的姐夫绝对是一个像犯了作风错误的男人，对自己的二婚——找一个小自己一大截的老婆怀有愧疚心理，对老婆的家人绝对是毕恭毕敬，唯命是从，比对自己的父母还贴心贴意，对这个漂亮的小姨子更是恨不得连内衣也要给她买的劲头，好得有点下着。

"我……我……姐夫你……你是……"

"我是一村之长，我不能让自己的娃子临阵逃脱，要死死在一起，要活活在一起！我家的娃子离开了，其他的娃子呢？其他的娃子莫非就不是爹妈生的，就该喂牲口？！啊？"

他的情绪狂乱了，面目狰狞。两位客人完全愣了，也傻了。他们大约听出了个眉目，可又没有什么眉目，懵在那里，望着激动异常的愤怒的村长，望着那个好看的小女子，小学老师，气鼓鼓的、精神崩溃的、丰满的女人，看她的泪花花在眼眶里打转儿，看她的香泪噗叮叮往下掉。"哇——"哭出来啦！跑啦！村长老婆，小学老师的姐姐闻声出来，去房里询问安慰。又走出来小着声（怕得罪了客人）问丈夫："咋个啦？我妹妹有什么错撒？你怪人不知理喔，你发哪样的脾气！……"

"都是骡球拷的！"村长骂。看着屋外头。可心里想，小姨子，你咋就不在村头杀牛的现场出现呢？你在那儿，我对着全村人轰炸你，那有多好！我会拿着刀把你逼出村子，我一刀捅了那无腿牛，一刀逼你离开，那效果会多好。

"算了，算了。"两个客人站起来解劝，拦住和福，要他坐下，给他烟，点上火。和福本来是表演的，但一发火，火就真的来了，就是真的了，浑身乱颤，心里烈火滚滚，一腔气还真没处发。他点上烟，说，这事你们不知，你们也知道当个毬村长的难处。咱又不比别人多个鸡儿，搞成这个样子，你们为我着想一下……

两个客人就说总会解决的，我们不是来了么，镇里是很重视的。

深黑的夜。他们吃牛肉，喝酒。两位客人坚持说不喝酒，但和福村长坚持给他们掛酒。三个男人闷闷地、无滋无味地喝了几杯。可那牛肉有点意思，越吃越有意思，山里的味道。只是不说，不表现出来，像吃青菜，吃庙里的水煮豆腐。谁不知道村长老婆双姣的手艺？来客多，做出来了。吃到后来，控制不住了，还是表现出来了，兴奋了，一杯杯盖，往口里盖。说，吃，吃。好，吃，吃，不客气，不客气。

山上的兽吼了整整一晚。

也可以说是因为雨吧，秋雨，加上轰轰的雷声，秋雷。雨在潮湿深黑的山上飞翔，树木发出垂死挣扎的啸叫，石头在哭泣。整个村子的心脏仿佛已经不再跳动了。两个来客，周警官带头，将衣裳脱得精光，没有说出怕什么，可和福知道那是因为怕山里的虱子。小楚也这样了，不过留了条裤衩。周警官在昏暗的电灯下赤身裸体，露出中年人松弛的身子和两颗软弱无力的大睾丸。接着山上开始吼叫。躲在被窝里，山上的吼叫像是在梦中。雷声沉闷，没有电光，仿佛在咕哝着一句永远也没想明白的话语。这是悲凉的秋天，在雨中，周警官醉得有几分舒服地想。和福村长将吊壶里加满了水，洗了脸和脚。他听见了山上的兽吼。在山里生活了几十年，他分得清是山吼还是兽吼。

无名的兽吼在饿老婆山的最高处，一忽儿又像下到了峡谷，又像是进了森林，又像是在滚水坝上面，飘摇不定。北风呼啸，岩石在滚动，雨声和混合的林涛兽吼令人心胆欲裂。

这一夜，全村的人都失眠了。这一夜。小楚打开没有信号的手机，录下了一段这山里夜晚的鬼哭狼嗥声；他在冰凉的被窝里不敢靠近那个赤身裸体的警察，直挺挺地发抖。

"哈，兽终于来了，帮了我的忙。这是真的，他们可以作证了。"和福村长自言自语地说。他在黑暗中抽着自制的兰花烟。这兽来啦，它吃根宝的牛腿吃出味儿来了，它会不会到村里来吃所有人畜的腿？

门死死地关着，连羊也赶进牛栏了，牛栏很结实，用大铁锁锁住了。狗有点迟钝，保持沉默。风雨在窗子上抓挠，房子有些晃动。

如果人们整天睡在床上，生活不再在早晨重新开始，牛羊不再叫唤，人们也不再去屋外抱柴，鸡不再觅食，猪栏里的粪不再运上山去，苞谷和红薯就让它烂在地里，茶叶让它老了，娃子们不再读书，一头兽又有什么关系呢？

早晨的雨甚至更猛，雷声更大，天上的声音在跳跃着翻腾，好像在与什么东西搏杀。雨幕布置下了恐慌不安的氛围，人们什么也看不见，一切都在雨雾深处。

两个来客睁着红红的眼睛，都是一宿未睡。老婆和小姨子要来强行夺走喜子，于是村长与两个女人展开了搏斗。喜子在中间，拉扯得哇哇啦啦尖叫："我不走了，我不走了！……"两个来客又只好劝架，他们不知道为何这么倒霉，总是劝架。周警官以最后裁判的口气说："这样好不好？喜子他小姨明日跟我们一起走，这路因为雨，更难走了。这里的事我们保证向镇里汇报的。现在你们说山上有动静，更不可造次，大家都待在家里，以免出事，等有了结论再说……"

"来，"他把和福村长拉到一边，"你们说，山上的东西叫你们没听见过？我昨晚听了，那若是兽，该要几百只。几百只，我一支枪有卵用，我建议要省里派大部队来围剿。"

"你这是什么意思啊周警官？"和福村长看着他。

"呵呵，没，没意思，说个笑话。我认为这是不可能的。这样，你把那几个人找来，雨大，今天不宜进山，我先把情况问问再说……"

"老金头的狗是我亲眼所见！"他吼起来，和福村长吼起来，"昨天算我没见着，根宝的牛是咋回事，可老金头的狗我是看见它没了腿从林子里滚出来的！"

"腿呢？咋就只吃腿？这是啥口味呢？那兽前世是个啥级别的官啊？"

和福村长无言以对。他走在村里，雨把路都浸出了墒情。这是一个美丽正常的地方，春种什么，秋收什么，清清楚楚。山里头有什么，河里头有什么，一清二白。可现在有了这个事，他自己也说不清楚了，他还成了被怀疑的对象。他们真会这么想吗？会认为我为了修好一条路，多批几个钱，把皮安的儿子杀了？把村民的牛腿剁了？我和福变态，成了恶魔？为了完成"康庄工程"拼政绩不择手段谋财害命制造惊天惨案？

披着蓑衣的他像一只被雨打蔫的大鸟，蹒跚在路上。

几个人被叫来了。

罗赶早的身上已经没了鱼腥草味，他在家里搓草绳，手糙得像锉子，进门就申辩："我没撒谎！"

根宝说："我还以为是村里给我赔牛哩，问我的道理啊？莫非我吃了牛腿？……老没道理的。我说过它像台拖拉机不沉，我要是不说出来，不晓得还有多少牛让兽吃掉……"

皮安老婆就骂开了："根宝你个翻泡的，栽岩的，你咒得好啊，我的儿呀！没你在村里下咒就没这个事哩！"

"嫂子你别骂我，我是给大家提个醒，哪是咒啊。"根宝一脸委屈，对周警官说，"山上的野牲口吃了咱的牛，政府就不赔吗？一条牛一两千块，咱犁地打场全靠它哩，还是头牯子……"

"老金头的狗也是公狗吗？"周警官这么问。

在一旁的老金头赶紧回答："是哩是哩。"

"这兽还只吃公的人和畜呀，嘿嘿。"周警官看看和福村长说。

是啊，大家都在想，是公的咧，男娃子咧。

"你想想，"周警官指着皮安的老婆，"你在村里有没有跟哪个结仇？"

皮安老婆眼睛轱辘轱辘转了两圈："我可没哩，哪个有这大的仇害死我娃子呀？"

"那你是和谐社会的典型啰，"周警官讽刺道，"你跟人连嘴都没吵过？"

皮安老婆眼睛又轱辘轱辘转了两圈："我跟栗大珍吵过。她家猪吃我家田里红薯……"

"栗大珍那次还甩过她嘴巴哩。"老金头插嘴说。

"你这翻泡的！"皮安老婆骂老金头揭她的短。

"看看，看看，又口带渣滓！"老金头变了脸。

"你说栗大珍为啥甩你嘴巴？"周警官问。

"还不是骂人家翻泡的栽岩的。"老金头说。

"村长，麻烦你再把栗大珍叫来。"周警官指挥，又问根宝，"你的牛咧？你与人结孽没？"

"结孽哪个有这大的能耐，扯起我那头牿子剁四个蹄子啊？"

等和福村长叫来了栗大珍，另一个村民焦巴子已端坐在他家屋里。焦巴子又是谁喊来的呢？和福不高兴，他快爆发了。这不是在搞阶级斗争嘛，弄得人人自危。这样搞是什么意思呢？明明是个兽，却找人的歪。

"你说说你十月二十七号下午四点到七点你在哪里？可否有人作证？"周警官问栗大珍。

"那哪个记得，咱又没个手表没个钟，哪个记时间呀！"栗大珍快哭起来，脚跺着地下，呼冤枉，双手贴着衣摆，全身在打战，终于手找到方向指着皮安老婆说，"你可不要血口喷人啊，你……你娃子的死与我何干？……"

和福老婆双姣拍抚着栗大珍的肩膀，给她端上茶要她喝一口。

周警官有些不服，攥着脑壳，知道和福村长对此有异议，气氛不是很好，小楚摊开纸笔百无聊赖，审问没有进展，屁都没问出一个，会让人笑话。

"根宝的牛是咋回事？"问焦巴子呐。

焦巴子早就作好了准备，一副冤大头模样，瘦了巴叽的身子故意摇摇晃晃，像患了重病似的，用旷世悲情的腔调说："我有这大的劲下他牿牛的胯子？怎么不说我扯了他几根牛毛咧，那还靠得了谱，真是哩！……"

根宝跟焦巴子的岳母有过皮肉交情。根宝是个单身汉，焦巴子的岳母大他一大截。焦巴子岳母常敞着怀，不避他人，也是死了男人的，年岁不小了。有人看见焦巴子岳母跟根宝鬼搞时，说屁股底下冷，根宝就在寒冬腊月光着屁股回他家去抱垫絮；他们家住隔壁。这都是人传的。焦巴子夫妇觉得自己的娘有些亏，没占到根宝什么便宜，捉过根宝家三只鸡子吃。根宝也小气，还在焦巴子家菜园下挖出了鸡毛，端给人看。为这事两家吵过架，根宝与焦巴子也打过一架。可过了就过了，以后也没什么。这样的事不叫事，村里打皮闹绊的很多，风气如此。有顺口溜说：山高天气寒，没么事玩，白天喝烧酒，晚上打皮绊。根宝怀疑焦巴子砍他的牛腿吗？不怀疑。是和福村长出门去叫栗大珍时，罗赶早浑说的。罗赶早也不会这么想，是周警官诱导说出的。罗赶早想破脑壳，往死里想，就焦巴子。焦巴子这时显然情绪有些激动，说去厨房喝口茶，却是去拿刀的，要抹脖子。村长和福感到焦巴子有点异常，见厨房里有铁器的大响声，就进去了。焦巴子本来是故意弄出响动的，看村长来了，拿起刀就往颈上搁，口中还怪叫。和福冲上前去一把抱住了他，周警官也过来了，夺过菜刀。

气吼吼地把焦巴子按在椅子上，大伙就劝他，说是就是，不是就不是，又没哪个非要你招。焦巴子闭着眼睛像死了一样喘气。和福就要讲话了，对周警官说："咱村里绝对是治安先进，这个我不是吹的，人跟人之间不像别处，没有杀死的冤仇。咱这山里人，要求甚少，容易满足，没有外头那些烂肠子烂心肝的……"

周警官已在尴尬处，有人自杀，差点出人命，你和福村长却跳出来，正好将气顺过来，将话头刺过去，解救自己："那你们村干群关系就一点儿都不紧张啰，就是咱饿老婆山的世外桃源啰。行，算我错了，你带我去抓那个比屋子还大的兽去！"

周警官拍了拍手枪套子就要往外走。不走不行了。栗大珍在那儿哭哭啼啼，见焦巴子要自刎，更来了劲儿，也想上吊。天上又下起雨刮起风来，落叶滚得满地都是，飞到屋里，烧火塘的屋主人也没用好柴，烧不旺，还闹一屋烟子，呛得人直流泪。这屋子待不下去啦。

这一次他们是直奔黑水潭而去的。根宝带路，买了不少黄表纸，还弄了些朱砂——这都是压邪让妖怪显形的。

往黑水潭的路相当难走，里面遍布烂棕树，几乎没路。沿途全是一些极少见到的古老树种，如天师栗、山白树、青冈栎、珙桐、野生腊梅。那天师栗在这里也是疯狂燃烧，果实累累。但棕树占领了此地，烂过后的棕树歪歪倒倒岔七岔八的枝干形成密不透风的栅栏，到处鼓荡着腐败的毒气。巨大的虾脊兰和独蒜兰绿得像塑料，在黑黢黢的森林里亮闪闪的，雨水把它们洗得像灯盏。

只听见一阵轰隆隆的声音，抬头一看，从树缝间看到一排白冽冽的瀑布大水，从山崖上倾泻下来，冲进深深的沟谷，激起滔滔白雾。那正是黑水潭。

一股从地窟中冒出的凉意一下子把人的衣服扒光了，丢进冬天。激浪呼啸，有如冤魂众号。正当王臭和老金头往潭里丢黄表纸和朱砂时，就听见潭中传来咚咚咚的击水声。大伙儿怵悸着停了手，忙抽出随身携带的猎具家伙，周警官也拔出了手枪，几条狗也狂吠乱叫。

和福村长仔细瞧，崖上好像有人影晃动，就给他们说有人。大伙跟着和福往上爬，边爬边喊："喂，你们在搞么事？"

是三个水淋淋的人，三个采药的人，三个大家不认识的陌生人。三个都腰上绑着绳子和采药的蛇皮袋子，胸前抱着大石头，在往崖下砸。

这很奇怪。顺着石头下落的方向，大伙就看到了，崖下有一个人，一个俯在石头上的人，好像已经死了，穿着灰夹克，伏在一块半崖的石头上。这三个人砸的正是那个人。但石头往里凹进去了，还有树挡着，砸不到那人。三个水鬼似的人见有人来了，还穿着警服，就嗷嗷大哭说出了一件奇事——

他们是进山来采金钗的，金钗是名贵中药。那个死去的人胆子最大，最先看到半崖上有一盘金钗，一直延伸到一棵香果树上。那香果树也是金黄的叶子，金钗也是金黄的一窝。这人就自告奋勇地让同伴放绳下去采。荡到一半，忽然崖坎下一阵躁动，崖上的人还没看清什么，就听见那个同伴大叫一声，摔在下面一块石头上没了声息。事情来得很突然，当时雾蒙蒙的，雨下得忒大，几个同伴不敢下去，也下不去。这几个人下不敢下，走不敢走，喊了半天，没个动静，估计那个人已死了，就商议反正人是拉不上来了，干脆把他的尸体打入潭中，就算是水葬了。可砸了许多石头，就是砸不中。

周警官一听这事，就有怀疑，立马把这三人的手用他们攀岩的绳子串在了一起，要把他们押回镇里审讯。这一定是一桩谋财害命案，肯定是因为他们采到了好金钗分账不均，内讧所致。

但事情总是有些蹊跷的，和福村长不这么认为。一定是他们遇到了什么东西，一定是有原因的。看这三个采药人不像说谎，就问他们："你们到底看到了什么？"

那三个人被周警官反绑着手，冻得像三个乌龟，哪里还说得出话来，一个个发着抖，呜呜地像鸟鸣。

什么都没看着？半崖里一声惨叫，那就是遇到什么了，死了。一问，是最小的一个，才十六七岁。大家只能看着他躺在那里，永远地躺在那里。令人发酸的雨雾浮在山岩间，狗狠狠地咬着那三个可怜的人。朝潭中投进了全部黄表纸和朱砂，没一点反应，水还是水，水声还是水声，没有任何妖魔鬼怪现形，没有传说中的潭中伸出一只毛茸茸的巨手来抓他们，也没有什么拖拉机一样大的不沉怪兽。只有一个搁在半崖中的死人。又死了一个，这是真的，连周警官都看到了。天气阴沉，好像还有一场大雨，或者有一百场大雨。秋天没了形象，颓废得像一个吸毒分子。老鸦哇哇地叫着，叫声像鞭子一样驱赶着人们尽快离开这个凶险混账的地方。

然而和福和他治下的人，他的乡亲们是不可能离去的，他们依然在这里，在饿老婆山里，在恐怖中。关于那个采药人的死有了不同的版本。但从镇里传来的消息几乎没有，那三个押走的采药汉一去不返。死去的那个娃子有说是遇上了像雾一样的巨兽，那巨兽会吐雾，不是根宝说的那个拖拉机兽；还有一种说法是采药人遇上了手臂如锯齿的兽，锯断了他的绳索后摔下去的。有人看见那锯齿形的手臂有一丈多长。而且，大家发现又是一个男的，且是娃子。娃子，娃子……

村里有了更多的谣言，说这巨兽还要吃十个娃子才走掉，离开饿老婆山。

这天，和福得到的消息是：那三个采药人在派出所信誓旦旦说看到了怪家伙，他们说那个地方从来没看见过这多金钗的，可他们那天竟看到有一盘金钗有一簸箕大，金灿灿的，就像崖畔搁了个金盆子，亮得刺眼。这与兽无关，但死了人是真实不虚的。过了两天，听说镇里就封山了，特别是在饿老婆山的几个与外省接壤的隘口。森林武警二十多人，进山搜索，一无所获。但许多消息是保密的，这个和福村长和他的村民无从知道，这是政府的事。政府在没弄清之前是不会轻易作出结论和对外公布的，有权保持沉默，有权保密。不过，也接到通知，学校停课一周，所有村民不得上山出坡干活。

这很好，这至少说明镇里承认山上有事，不是我和福编撰的，不是我弄了什么阴谋诡计，不是人为的。这就为我和福平了反。可躲在家里的人们，受着煎熬哩。他们想，镇里既然要大家好好待在家里，就会想办法擒住那头传说中的巨兽。政府总有办法的。我们必须出坡，不能让庄稼的收成烂在地里，粪在猪栏沤着有两尺深了，猪不能总在粪水里生活，蹄子都沤得稀烂；牛必须上山去吃草，已经饿得皮包骨头，毛脱落得厉害。秋天里还有许多好东西，比如药材，要去挖要去采摘，比如猴板栗和扣子七、三七、地骨皮、柴胡、蛇菰。猴板栗已经卖到二三十块钱一斤了，掉落地上就腐烂了。在家的基干民兵，都听从村里的统一安排，每天在村子外围巡逻，任何人不得进山。

村里噤声寥落，阴沉颓靡。和福村长经过皮安家时，听见了哭声。皮安已经返回城里了，工地上的活儿脱不开身。从他家门口那根被雷劈坏的枫杨树钻过去，晒着一床小垫絮，估计是皮小安的。皮安老婆双手抱着儿子的书包，在那里哭着。这个女人一下子老了，头发全白了，嘴里白泡直出，发出叮叮咚咚的呜咽，还在伤心欲绝中。

"嫂子……"他说。

"你可要节哀。"他又说。

那个书包印着一些字母，铁红色的，有些毛边，还有个卡通形象。这定是皮安从城里带回的，很洋气，镇上都买不到。可现在书包还在，人没了。

皮安老婆根本没看和福，始终在自己的回忆与悲伤中。连她脚下的鸡也有些通人性似的，忧伤地看着她，发出咯咯咯的安慰声。一只猫坐在树下，朝主人神情落寞地盯望着。

"会好的。"和福说。

他就走了。那个书包还有什么作用呢？没有了，只会增添痛苦。

无数双眼睛从门缝里和窗户探出来。

"为什么是娃子而不是我们这些活够了的大人？……娃子们是无辜的！"他喊，在内心里大喊。在内心里流泪。

我要拯救他们！我不能无所作为！我的村庄不能任由一头野兽恐吓和摆布！凭什么让我们忍受这种无声的折磨、威胁和煎熬呢？还真要有十个娃子？……想到此他不寒而栗。一片一片的苞谷结着多么丰满的果实，一条在秋风中沉醉得蹒跚的狗跟着他。

进去罗赶早家里，却没看见罗赶早的人。他那个神经兮兮的爹含糊其辞，眼睛躲躲闪闪。和福村长又闻到了节儿根的新鲜气味，就是一股鱼腥味。

"赶早这大的胆进山了？"

"哪里哪里，这是原先挖的。"他爹说。

"我和福丑话说在前，出了事我可不负一丁点责。"

那老头一句话把他噎死："你村长也没负个蛋毬责……"

未必把我杀了才叫负责？一条命换一条命？赶早爹的话把他打趴了。他真的负不了责。他自己感到力不从心，阳痿患者上发廊。他走到村头那棵天师栗下，看到王老板的高墙大院和楼房，他要找到办法，以解除村人的危急，事不宜迟。老头的话刺醒了他。

他让老婆帮他找两件换洗衣服，刀也磨快一些。他在背篓里装了两块沉手的尖石头，一来可以防身，二来背上沉一些，可以给自己壮个胆。

晚上的天气有些转暖，群山的轮廓分明，星星有如迸出的火星，三三两两辉映在深灰色的天幕上。和福想早睡早起早动身。他就睡了，一两声狗吠是他的催眠曲。被窝是暖和的。正往梦中走的时候，却听到一阵惊心动魄的拍门声，是罗赶早的那个老爹，声音几近疯狂："村长啊，村长啊！……"

唉！说什么好呢？罗赶早是一个心存幻想的人。他在想，也许那天他是看花了眼，或者这个的死那个的伤都是碰巧到一起了，与兽不兽的没关系。山下又催得急，到了深秋，餐馆里吃火锅的多了，需要凉拌节儿根的也多了。这样他就躲开了那些把守的民兵，去了山里。

真的没有事，雨也未下了，山岚远去了，视野清爽了，山谷里明亮了，山里一路都是画廊，除了树叶掉落，除了刺猬山龟，鬼毵都没看着。他需要的节儿根倒是很多，俯拾即是。进山就是一背篓，到了溪边，将泥巴洗去，一把把捆扎好，白生生的，像玉石瓷器，气味直打他心里去。一旦有了成堆的节儿根，他还怕什么？怕鬼怕兽？钱迷住了他。

第二天更疯狂，要儿子跟他一起去。儿子反正在家闲玩，是个不安份的家伙，书又看不进去，就扯狗毛，给猫剪胡子，结果猫晚上撞墙。这娃子成绩根本不行，以后也是个专职挖节儿根的人，不会有什么大出息。也就没把他看得娇贵，当贱货一样养，本名就叫贱货。

带上一条狗，说没事的，他老爹也赞同，钱迷了心窍，人家都不挖的时候你挖，一定有大收获。是准备去赚一大把的，决心很大。罗赶早还是防了一手，在开阔地挖，进退都可掌控，视野宽敞，加上让狗吃了辣椒，狗兴奋，不停地叫，有吓阻作用。没碰上什么，就放松了警惕，路越挖越远，山越挖越深。不过总在宽敞处，云淡风轻，鸟语花香，蜜蜂嗡嗡。可以望见很远的山冈，望见远远的冷杉林，望见山顶上黄绒绒的草甸，无边的苦竹沙沙有声，轻言细语。自己的背篓满了，儿子的也快满了。他就指着一处泉水，要儿子去清洗。那地方在他的视线之内，也没什么危险征兆。狗还在儿子身边，辣得直吼。这样说吧，是正午时分，太阳有些昏黄。可当他回走了几步，狗却突然跳了起来。一阵黑朦，一个大大的黑影就把天地一下子罩住了。狗跳起来的时候他转过身随手一抓，以为抓着了狗腿——因为狗跳时那腿弹到他背上，还打了他后脑勺。但抓着的却是一双人手，是儿子贱货的。

"爹呀！"他听见儿子掉进万丈深渊的喊叫，他就把儿子的手薅住了，可自己也感觉到正往下坠……那是幻觉吧？他只有一个念头：死死抓住儿子不放，任凭杀了他也不放手。但儿子分明正被一个大口吞噬！他要把儿子拽回来，拖出来，与那股力量拔河。他什么也看不到，背篓丢弃了，节儿根乱落一地，踩成了泥，他不放手，他终于胜利了，坚持住了。那个巨大的黑影不见了，天又亮了。他再看自己的儿子，儿子的双腿已经黑黢黢的，像在煤炭里滚了一遍。那狗呢，狗伏在地下正哭嚎哩——狗的四肢也黑炭一般了，且是烧灼的、咀嚼过的黑炭……

现在，狗和人都在屋子里呻吟。和福村长看到的罗赶早的儿子，正躺在床上，伤得不轻。屋子里确有一股怪味，烧糊过的。那只奇丑无比的狗蜷成一团，在一个筲箕里，对给它食物视而不见，浑身发抖。那个娃子呢？贱货呢？也蜷曲在被窝里，一双黑黢黢的腿伸在被子外头。罗赶早的老爹用一种什么泥加草药给糊在上面，说是可以减轻疼痛。那娃子两只眼睛亮晶晶的，像两颗夜明珠。他疼得连眼睛都不会眨一下了，颤抖得连床也发出嘎叽嘎叽的响声。床腿又撞着一个什么坛子，坛子沉闷地摇晃，使得整个屋子都似在晃动，在疼痛和受难中晃动，然后说不定哪一下就哗啦塌下来，将屋里所有人都埋入地狱。

确实像地狱。

他在想着怎么去安慰这个娃子，这个无助的无辜的娃子。他去拿去痛片来？把家里还剩的一点熊油拿来？可问题是：他是怎么给弄伤的？是烫伤？是烧伤？是被那兽的嘴里的涎液舔伤？

他还是走了。

"贱货的爹掉到钱眼里去了呗。"晚上他给儿子喜子讲说。

"他爹把他从兽嘴里拔出来的。"

"听说吃了又吐出来了。"

"这兽是冲着娃子们来的，不是花脚狼。大得吓人。饿老婆山有大兽，没听说过有这么大的。七几年时闹过虎害，可全村人一出动，几下就把虎给打死了。又闹过猪害，也是给消灭了。可这家伙到现在还没露面哩，就搞成这样了，究竟有多凶残呀？到这个年月了，我们还要死在它手里？……"

和福村长走在县城里。这里马路宽畅明亮，空气干燥平庸。人行人道，车走车道，人们十分安全。尘土飞扬，直往人的裤腿上卷。他穿着沾有饿老婆山泥巴的胶鞋，行色匆匆。他是来找一个人，一个本村的人，王天飞王老板，就是傻蛋王刚的爹，一个磷矿老板。有人说他很有钱，有人说他四处行骗没钱，矿上死了人也不赔钱，赚的几个矿工的血汗钱。

"你肯定是来找我赞助修路的。我绝不会给你一分修路的钱。这样，和福兄，我宁肯给你私人两万块钱，你建个楼房，路就让镇里去定，怎么样好就怎么样好。"王天飞说。

和福想分辩和解释，被王天飞摁下了。

"你不是不知道，修路是害我。我那傻娃儿上次就是从你们那什么'康庄大道'上跑出来的，两个月没回家，在城里捡垃圾吃……谢天谢地，让山洪把你那鬼路给冲断了，不然我儿子说不定死在外头连尸也收不到……钱是小事呀，我那娃子丢了可是大事。我花钱把路重修起来，这不是害自己？我当然要反对你修这条路！"

和福没见过这么激动的王天飞。他的确不是专为这个来的，或者说也算是为这个来的吧，与这个有关吧。他是来求援的，怎么把那兽打死，让路通了学生娃子们可以走大路，就不怕野牲口了。他一个山里的村长，在城里认识的人有限，只有找这个本村人，或许会给他出出主意，再给他几个钱，把路修了。必须把路修通，兽就不会这么凶狂。因为封闭，兽才敢为所欲为，发出野性，制造骇人听闻的惨案，让大家伙儿受罪，让外面什么也不知道。必须让风吹进去，雨刮进去，车开进去，人走进去，什么样的事儿就会在阳光底下，兽啊精怪啊就会无影无踪，望风而逃。

躺在按摩店温暖的窄床上，年轻女人柔软的手指正按着他隐隐的酸痛处——按哪儿哪儿酸痛。年轻女人若即若离的气息现实而沉醉，按得那个舒服，那个恰到好处，那个软硬兼施，就是人人向往的腐朽生活，巴不得每天都来这一次。

"王总，你这是过的什么生活？"和福问道。

"资产阶级的生活。"

"那你为什么不赞助我修一条大路咧？"

"我说了，拦住他——我儿子，不让他往外跑。"

"你阻拦不了的！"

"没路他咋跑？飞出来？"

"你知道我是怎么出来的吗？"

"我不知道你是怎么出来的。但我知道，你怎么出来，还得怎么回去……"

"你骡球拷的天飞！你想让我住上跟你一样的高大房子，安上坦克也攻不破的铁门像你儿子一样再也走不出去？……你的算盘要失算了！你家娃子跟我家娃子一样，保不了哪一天就会遭到攻击，被野兽给吃了，把腿啃了，等有路也走不出来了。这样咱们就会全完蛋的明白吗？你这骡球拷的！……"

和福村长从按摩床上一个骨碌滚下来，将那一纸杯水狠狠地砸向王天飞，连鞋也不想穿就跑上了大街。

"骡球拷的！"

一个村长，一个赤脚的村长飞快地走在浮土喧嚣的大马路上，闯红灯，不避车辆，暴燥愤怒。刚才他差一点就要投降了——当年轻女子的手指按着他大腿内侧时，那种溜滑爽痒的暗示，是不是在怂恿他"随它去""没法挽回了""各自保命吧"？女子吲吲地笑着，青春温润，脸上像丝绸。她们像人间的异类。投靠她们，就能躲避巨兽的攻击。你按着俺的脚跟说您睡眠很差。这妮子你是咋知道的？您足底反射区里面颗粒很多，证明代谢很差，睡眠很坏。是啊是啊，我夜夜难眠。我们村长是想着你们几个小妮子才睡不着觉哩，伺候好呀！——王天飞说。王天飞还说，抱个小妮子，你就呼呼大睡啦！小妮子说，村长那还睡个鬼，一夜不得安宁，吲吲吲。

"和福！和福！老兄啊，活祖宗！"王天飞提着两只臭鞋在大街上追着他。王天飞因为喝多了，有些摇晃。"你……你个狗日的这大的气，什么鸡巴康庄工程，你自己开口要我眼都不眨给，我王天飞说话算话。我把建筑材料给你背回去，钢筋水泥砖瓦。天知地知你知我知。你个鸡娃子村长我还巴结你不成，我又不吃你的饭。我是看你帮我在村里把我苕娃子照护得好……"

"现钱。"和福站住了，向王天飞伸出手来。

王天飞一愣，眼珠子歪在一边，连气也不会喘了："现钱？"

"当然是现钱。"

"……你房子我是一定要赞助的。想到上次我娃子跑出后，你前后几天帮着寻找，两条腿都走跛……可是，你今天拿着钱定是买杀那巨兽的枪去的。买枪是幌子，你骗不了我，没枪卖，你是买修路的炸药去的！"

"你放屁。我就是要买枪。"

"哪来那子虚乌有的巨兽啊！朗朗青天白日！……"

这家伙溜了。

和福村长还是弄来了人和枪。他是请人来过枪瘾的。这个人姓来，叫来三坡，是县财政局翁副局长的小舅子，好打猎，有野性，常被人请去猎杀害兽如野猪什么的，有点名声。此人是马斗全引见的。马斗全说这是一箭双雕的好主意。过去他就提到过这个人，镇里也有人出主意提到过这人，说他姐夫手上有预算外的机动款，大概是五万元的拨款权限吧，给你是一给，给别人也是一给，反正是国家的钱，就看你攻的本事了。如果让来三坡过足了枪瘾，打死了一头大兽，天下扬名，他去说服他姐夫，五万是一定的，说不定还有。马斗全说姓来的专门给别人拉款的，有提成呐，至少百分之三十，五万就一万五。跟他姐夫分，他也富了。这事是公开的。修路的理由又充足，还闹兽死了娃儿，拨钱的理由更充足了。兽来了，这不正好找姓来的有个由头。这兽还真是时候来助和福修路的咧。我倒要感谢这巨兽了，骡球拷的……

国际狩猎俱乐部 VIP 会员来三坡，脚穿着狩猎靴，身着意大利顶级勃朗宁丛林套装猎服，像披着一身枯树叶；仿生猎包，背得像电视里去伊拉克打仗的美国大兵；弯着腰，双手端着 12 号半自动猎枪；马甲、弹袋、猎手套，应有尽有。不过，那感觉不像是个身手敏捷的猎人，倒像是个旧社会的背夫，负了千斤重担的，压得喘不过气来的样子。

来三坡虽气喘，一路上语气笃定，信心满怀，说多大的兽他都不怵，能对付的。他说他那管枪是五连发的，雷明顿牌的，是全县最好的猎枪。"嘿嘿，别人送的。"他说。他还说，若论枪法，全县他也最准，百步穿杨。那个国际狩猎俱乐部会员，县里还有几个，一个这么大这么深的饿老婆山总得培养几个超级杀手咧。这些个人，就好这一枪，嗍他个舅子的。这些人身子骨也没一个壮实的，却爱打猎，充硬气好汉。有的甚至病病歪歪，肺气肿、糖尿病、性功能障碍，但枪弹一武装，就像变了个人似的，威风凛凛，装备先进，不是猎人也是猎人了。不像山里的猎人，赤着脚，一条狗一支土铳就行了。

和福承认，这是一种高级行贿，要几个修路的钱，但也一举两得，兽也给消灭了，有何不好？问题是，这人能够把那大兽降伏得了吗？这人好像不是那回事。当然，人都有假像。人不可貌相，海水不可斗量。他说他打死过四五百斤的野猪，还出国打过猎哩，这可了得。

被山洪冲毁的道路他是看了，看了就等于是实地考察了，给他姐夫翁副局长一说，这事就会成了。但也不能空手而归，打了大兽一举成名天下知，这就好了。还要保护他的安全，平平安安满载而归，两全其美最好。

抱怨道路艰难之后，并没有破坏来三坡的兴致。他停下来吃维生素和啃苹果——他什么都带得有。他从瓶子里拿出那些花花绿绿的药丸，告诉和福村长说这是维生素 C，这是复合维生素 B，这是维生素 E，这是维生素 D，这是胡萝卜素，这是叶酸什么的，还有压缩饼干。他从靴子旁抽出一把刀来削苹果，说这把刀是澳大利亚的一个什么鸟人送给他的。又从包里抽出一把刀，说是日本的一个毬人送的。他擦拭他的枪说是一个老板送的，自动退壳的，没一点后座力。他说不像你们的土火，后座力把人的脸都震没了，还炸膛，你那铁砂子把枪膛磨成鱼肚状了，会爆炸。你那滚珠铁砂的，火舌太长，你一条火龙出去，目标太大，兽没打死，早吓跑了。不像他的枪，悄没声息，兽死了还不知是咋死。你点信子的，一枪没打死，你再灌药慢点儿，兽就呛着烟子扑上来了，你性命难保。过去那些猎人啊可造孽！火舌太长的，还回火来喷你一脸，烧得像砖头。你那土火再好，也就五十米的射程，我这个，两百米！所以说，别怕，有我，再大的兽禁得住我这枪！有我你们就一切OK了。

来三坡来到了滚水村。这是一个真的处在惊恐和哀恸之中的村庄。那些奋力燃烧的秋树，那些火红的树的穿顶，犹如一个伟大的传说。那一排排的落叶松，人走进去，就像进入了神话中的用金子装饰的宫殿。这秋，这秋啊，在布置着一个华贵的大典，将上演神圣的乐章。似乎什么也没有发生，有的只是秋天的激情美景，肃穆宁静。来三坡对这深山老林的秋色简直陶醉了，这地方还没来过，真是太美了！

去上滚水坝，走上山去，天晴了，四野闪闪发亮，大片大片的云朵像红色的奔马，层层**叠叠**挤挤攘攘地向前，飞跑，云也在附和秋天的呐喊燃烧着，雾气蒸腾，像山谷里跃起了千万条玉色惊龙。这样的秋天暗藏着怎样的杀戮呢？这样的秋景并不是属于嗜血和残忍的，可是……

这一天，子弹上膛，和福村长挑选了最强壮的几个人，跟着来三坡。狗也是挑选过的三条狗。大砍刀拿在手上，还有土火。来三坡教大家怎么配合他。他有望远镜，说能看上三公里以外的东西，毛发都能看得清楚。这个玩艺儿也是个好帮手。他还炫耀了一把自己的枪，是给大家壮胆。打个五连发，把天师栗上的黑鸟打下了两只，还打坏了王天飞家一块瓦，让王刚这小子跑出来鸡巴卵子骂了一通。来三坡说不跟傻逼计较。他说他去蒙古打过狼，还去西伯利亚打过熊什么的，说蒙古那地方狼忒多，他一天就打死二十多只。他自称他是神枪手，见过蒙古的总统。

第一天打死了两只黑鸟，还打死了两只兔子，一锅炖了。来三坡认为有收获，至少把地形熟悉了。

第二天他制订了潜伏的计划。伪装起来，在罗赶早从巨兽口里拔出儿子的地方，埋伏在草丛中。一整天，几个人趴在草丛中，一动不动，各种机关和枪口都准备好了，但平安无事，啥都没瞧见。

罗赶早没去。晚上回来，罗赶早孩子的哀号在村子里依然嘹亮回荡。还有他那条狗。狗也像人哀叫。罗赶早烦了，一刀将狗捅了。他提着两只血淋淋的狗胯来到村长家里。那狗胯已经烂了，惨不忍睹，见了就恶心，和福恼了。"你跟你的节儿根一起卖去！"又说，"你总不能把你娃儿一刀捅了吧？"

"那我请教村长，我该咋办？我家的娃儿？你们不去看看吗？"

和福与来三坡就去了。来三坡见多识广，也没看出个门道来。腿是好的，就是黑了。他爷爷给抹的药膏起了作用，总算没烂，皮枯枯的，疼，焦辣火疼，怎么也止不住。这就奇了怪了，莫非在兽嘴里一趟就这个样子？这是张什么嘴，这么大的毒？医生看过，说弄得不好要截肢。号的那个声音，跟杀驴没毬两样。

"打到那个兽就好了，就用内脏敷，毒就拔出来了。"来三坡说。

哪天打到呢？

又过了两天。

下起了雨来。村头天师栗那一蓬天火黯淡了。这天正是重阳。重阳雨，日子就往寒处走去了。一场秋雨一场寒，一阵北风一阵凉。北风吹落的叶子在烂泥中像宰狗的血。重阳没几日，雪线之上的饿老婆山就要落雪了，就会成为白头翁。几个人披着雨布走到滚水坝，狗就乱吠，狗爪子刨地。马斗全就喊："看——"大伙顺着他手指的地方，是雨雾朦胧的坝顶，水声轰响，马斗全又喊，"看到有个娃子没？"

娃子？不细看不要紧，一看还真看到水里面似有个娃子，正顺着水瀑往坝上爬，连光着身子也看得分明！

不对呀！有人说是，有人说不是。那水帘扑下水坝打得急，有人说是水中一块石头，时隐时现；有人坚持说是个娃子。和福是啥都没看到，眼老花了，起翳子，就干脆一铳，往他们说的地方打去。一枪把眼睛打亮了，雨雾打散了。再看，什么娃子、石头都没有了，有的只是一条白水帘。大伙儿上了坝顶，心里还是有点虚，有一个人滑了一跤，差点掉下坝去。

这一天把大家弄得有点紧张和疲惫。为有没有娃子争了一路。晚上大家就敲村长和福的酒，要他给大伙压惊。和福没法，杀了一只鸡，不够，煮了一锅腊肉洋芋。喝到七八分醉的时候，来三坡就从颈子里抠出一块玉来，是个观音，用红线拴着。他说"男戴观音女戴佛"，这个大家都懂。但他的这块玉，白得耀眼。他说是块和田玉。这块玉不小，有狗卵大。大伙问多少钱，他要人猜。有猜一百的，有猜一千的。他说出个数来吓了大家一跳，说值两三万。还说黄金有价玉无价。马斗全说又是别人送你的吧。来三坡就笑着说当然，吃的喝的全是人送的，我哪买得起。他说打猎的夜路走得多，肯定会碰到些精怪事儿，科学不能解释。打猎在山里钻，一定要戴一两件灵物，玉最好，加上是观音，绝对避邪。他说行猎就是血光之路，秽邪之气缠着你，不用灵物压压你就吃亏。我过去不信还是戴了。有个同伴始终不信的，我们有天晚上去打野猪，打到野猪了，看见野猪在跑，却是半截身子，他去追，一头撞在树上，两个树丫子，刚好戳到他的眼睛，一双眼睛戳瞎了。这是我亲眼见的。

马斗全说打猎的命硬，二十年前他爹一个徒弟就是黑松榨的，去打麂，那麂没跑，就在他身边，开枪怎么都不响。这人就用枪托去砸，哪知枪却响了，子弹从裆里进去的，从脑壳里出来。马斗全这么说，来三坡又从兜里掏出个东西，贼亮贼亮的，说是颗蒙古狼牙，避邪非常好。外国的，镇咱国内的山上的恶东西很厉害。和福说蒙古过去不跟咱一个国家吗？来三坡就说这也是千里大草原上的，比咱山里的东西霸道。他还说枪也是避邪的，不过你们那土火不行，歪了，又是本地的铁啊树啊，根本镇不住。他擦拭他的枪，拿出一套专用的清刷工具——放在一个皮套子中，好家伙，这下让大伙开了眼界，一堆刷子，精细得不得了，光羊毛刷子就八个，铜丝刷十个。这人见大家惊讶、艳羡，虚荣心得到了极大的满足，又拿出引诱哨来，有野猪的，有野鸭的，有秃鹰的，有鹿的……他说："要打野猪，我这一吹，猪就来了。"他吹那哨，果真像，像神了，咕噜咕噜的。他说："我这次听和村长的安排，不打野猪，只打那巨兽，为你们除害的。"他又说，"你们不要怕，如今有些怪事儿本属正常。这些年，天灾人祸连连，出外打工做事的也多，失踪的也多，出事的也多，魂儿都回不去了，冤魂野鬼的到处蹿荡，你碰上个把不稀奇……"

没见到兽影，但那兽要吃到第十个娃子才肯走的传闻越传越凶。

来三坡说是不是他的枪太镇场子了把那兽吓跑了？吓得不敢出来了。那就把枪藏着，他把枪藏在和福家的苞谷桶里，与和福他们一起去山上下套子，把绳套全换成了钢丝套，增加到五十个，遍布白麂沟、蛇行垭、阴风垭和黑水潭一带，可谓布下了天罗地网。上山清套的这一天，套子什么都没套到，吊在树上的弓形套，有十好几个，倒一个都不见了。但也不排除有人先他们把套着的东西捡走了，把好套子也偷走了。

来三坡手痒，打了几只雀鸟，和福的老婆动手拔毛，炖炒。来三坡这个老兄喝酒就脸红，一副不能喝的样子，可端上杯，没有人是他的对手。他常常自罚三杯，无缘无故，说，我自罚三杯，一壶酒就被他罚没了。和福的老婆为下酒菜每天头疼，晚上就暗暗掐和福腿上的汗毛，让和福不敢喊。

姓来的去马斗全家住了一夜。第二天马斗全就给和福说，那五万块钱包在他身上了。年底前财政有一次结余资金再分配，机会蛮大。"不过总得给我这个中间人两包烟吃撒。"

"这个少不了你的。那究竟要给老来多少？"

"说好了百分之三十，人家也不容易。"

"可我这里好吃好喝伺候，酒啊肉啊的就不要钱的？"

"大头还是在你这里，你怎么想的村长！人家是来打兽的，你不给吃？还要开工资哩！何况在这儿吃个什么，生绿霉的腊肉，苞谷酒，那叫吃？人家是吃什么的你晓得？人家什么没吃过，请他吃他还要看人哩，财政局长的小舅子，不是我，你请得动！"这么说后就从和福村长兜里搜去了二十块钱，说是帮老来买烟去。

八字没一撇咧，就算是腊肉，也吃光了，肉光酒光米光，锅光壶光杯光。这该如何是好？还得供他的烟，烟酒不分家，我和福心慌着啊！可这请来的打兽英雄也算是称职的，常常一个人敢背着猎包进山，回来空手。和福真希望他跳着回村，手举洋枪说打死了打死了！那就好了。和福还恶狭地希望这人就此不回来，到了晚上，这人失踪了。大不了五万块钱不要了。哪有五万，你切一块他切一块。可是夕阳西下，这人总是能够回来。得准备辣汤辣水的火锅，还要陪客，马斗全之流。

"山里的秋天真舒服。"他说。

"苞谷酒真好喝。"他说。

他擦着枪。他脱下鞋袜泡脚。他打着酒嗝。他这么说。

说不烂不烂的，罗赶早娃子的脚却烂出了骨头。这真是千年难见的恶兽。那娃子的叫声顽固缠绵，在村里穿越。风越来越凄厉，掺和着那娃子的喊叫声。到了晚上，天师栗发出高亢的怒吼申诉着什么。一些来不及躲藏的虫豸，在角落里，和这个村庄一起哀鸣。

家里快没吃的了，这个给马斗全婉转说了。和福村长心里焦急如刀割。"我要读书，爸。"儿子说，在梦中还拿着书本。老婆说着梦语："快快走吧！快快走！……"说什么呢？说那不见面的兽，还是说请来的打兽者——赖在他家吃喝的来三坡？"请神容易送神难。"他突然想起这句话。可现在有什么办法送？……

要了结了。饿老婆山啊，你这名字可真孬。你饿得要吃自家的娃子，你引来这样的怪兽，让我们不得安宁，你与我们玩着残忍的游戏。

天黑黑的，在村头那棵天师栗树下，和福村长靠着树干给来三坡和马斗全递上烟。三人对上火，三个红点你明我灭，在三张紧闭的嘴上。王天飞家的火车疯狂吠叫着，发出一种被高墙挤压的嗡嗡声，仿佛在一个遥远的密室里受虐。没有月亮，天空寒冷而苍茫，植物腐烂的气味在加重，远处的山影像一排打手，阴险地候立在那儿。

他说要了结了，和福村长。他有点狠心撵人的意思，这个面前的两个人都感觉到了。可来三坡有些迟钝，天真地追问："那你说咋了结村长？兽不出来，唤全村的狗？借上王老板家的狼狗？一起去咬，咬出来？"

没有回答。

"不过你们必须忍耐。一只老虎守一只山羊，可以空着肚子守上七天七夜，你们也必须忍耐。"

"够了，忍耐够了！"和福村长说。他把烟头狠狠地踩熄。

"让来哥走吗？来哥一走，那兽又出来伤人呢？我们又没那么好的枪。"马斗全说，"来哥在村里就镇邪，兽不出来就是证明。他一颗狼牙就够镇住了。"叭——突然空中一声惊响，是马斗全发出的，他在抽牛鞭。他带着的这鞭子是找人弄的，没狼牙也没玉，就听说牛鞭用过三年能镇邪，于是就搞了这鞭子插在身上，是个土灵物。他这下一鞭，太清脆，把和福和来三坡都吓了一跳。

"兽不出来也许有别的原因……我倒有个主意想了多天……"

"说说看。"和福说。

"这兽有特点，我分析，什么公牛公狗男娃子，只沾公的，特别是男娃子它最爱……"

"你是说……用男娃子把它逗引出来？"和福村长顿感身上一阵寒意。

"正是。"

"道理在这里。"马斗全兴奋地说。

"用公羊公猪咧？非得要用男娃儿？"

"我想速战速决，用男娃儿绝对行，我有预感咧……大伙小声点儿，这兽鬼，咱们一定要保密。"

"娃儿快？"

"娃儿一定快！"

"谁家的男娃儿？谁家肯？……"

"那就听来哥的。试试嘛。"马斗全说。他这么说当然坚决，他反正没男娃儿，他三个姑娘，且都到城里打工去了或出嫁了。

"我和福可做不了这个主，天底下没这么黑心的村长，也没有这么黑心的爹。"他说。声音偏大，压抑不住。心里和血喊，在这夜里喊。在这个伤心的秋天喊。

"不是让娃儿去死的，不是让他上山就送命，咱们的枪在后头。只是引，是个诱子。没听说猎人打野物把诱子舍了的，嘿嘿，那不是个烂货猎手！"

"你这么多引诱哨，就不可以学娃子？"

"没有娃子哨，娃子用什么声音呀？嘿嘿！再说这兽鬼精，你用哨有什么用？我打了二十年猎，全世界跑遍了，这还是头一次遇上难题咧……"

难道我就用我家娃子喜子去逗引那兽？我自己的不上阵让别家的娃儿上阵这是没有道理的。别人也不会干。你一个村长，你刚好有一个男娃儿……这事就算了吧。让他来三坡在这儿吃下去，他想吃多久吃多久，我那路总不比我家娃儿喜子重要。明日用酸菜炖白菜给他吃，他吃腻了就会走的。把自己的娃子看好，要备几副棺材那也是村里该遭的难，谁家点子低谁倒霉，又不是我引来的兽……

和福村长焦头烂额地在村里乱窜。他一抬头，看到了还在顽强燃烧的天师栗大树下，王天飞家的铁门咣啷打开了，王天飞的傻儿子王刚顶着个大头走了出来，那条狼狗拽着链子哗哗地飙出来了，老远就朝和福狂叫，狞牙厉齿。和福害怕那狗挣脱了王刚的手，或王刚干脆撒了手纵狗来咬他——这是有可能的，这小子反正无心无肝，正想让狗咬个人玩儿哩。一条村里的狗对村长大为不敬，怎么也不买账，这只有王天飞家的狗才敢。财大气粗，连狗都目中无人哩，狗日的狗！当然包括骡球拷的人。是人，是这骡球拷的王天飞的傻儿，又开始牵着猛狗在村里乱窜了。他怎么不会又一次走失呢？他怎么就不会被那巨兽一口吞掉呢？福大命大？……忽然他的心头一阵豁亮，就像犁铧从泥土里翻出来！

——让王刚去招引那大兽出来或许是最理想不过的。这个想法一蹦出来，和福就感到有一种替谁解脱的轻松。这娃子成天乱跑，不让跑还打裴姐哩。可怜的裴姐被他打得大包小疖，五青六紫，还不敢吭声。因为他爹王天飞老板将那挨打的钱也算了在了工钱里，一月有上千块钱。为了这娃子，王天飞花尽了心血和银子，专给他在村里盖的房子。上次跑失踪找回来就花了好几万。可这娃子活着又有什么作用呢？不就是废物一个吗？还指望给他们王家传宗接代？其实让他死毬了还好些，让他去给村里除害，万一被兽吞了，王天飞还为村里做了一件大好事，自己这辈子也解脱了。

"刚娃呀，做啥哩？"

"玩。"

"看好火车哟。"

"嘎嘎。"傻笑。

"你爹这些时回来看你没？给你带回一些好吃的没？"

"没。"

"你爹不喜你了哩，你爹不认你了。"

"胡说。我爹喜我。我爹说，过两天给我带肯德基回来吃的。"

"肯德鸡？鸡娃子吃头！你爹在城里找了女人把你丢下了。"

"胡说。我爹就回来看我的。"

"愿意跟我去山里玩儿吗？"他试探地问。他看着王刚那大得无理的脑

中篇小说

477

袋，石头一样的嘴唇和呼哧呼哧的朝天鼻孔。这娃儿淌着些涎，步态不稳定，像踩在云端里似的。这娃子也可怜。这娃子生下来这样，他妈就跑了，丢下他跑了。没吃的，王天飞就嚼些饭粒儿喂他嘴里，竟把他喂活了。王天飞爱他如掌上明珠。没娘的孩子还有个好老爹照应。后来王天飞去找这娃子的妈，在外做生意还上了道儿。当然，这娃子越来越成了王天飞的心事大伙儿也不是不知道的。这娃儿越来越傻，还不让王天飞找女人呢。今年春节的时候，王天飞就带回来一个女人，可王刚朝她吐涎水，朝她滋尿。莫非王天飞的内心里就没有让这娃子早一点"走掉"的意思？上次花几万元寻找，那只是做做样子，了却心愿，不让人说闲话，哪想到竟找到了，王天飞莫非不心里暗暗叫苦？现在这是一个机会，一个千载难逢的机会。一个傻儿英雄救了一村人，我要给你树碑哩……跟王天飞那骡球拷的去打个招呼，商量商量？……这是断然不行的。那骡球拷的就算心里肯，可口里却不会答应，定会假做假做把我痛骂一顿，这是一定的。只有不商量，来个先斩后奏，那王天飞回来会痛哭一顿，心里可高兴死了，累赘甩脱了，心里直感激我和福哩……

王刚拽着那狗，狗吼吼喘气儿，他也吼吼喘气儿。狗是狼狗，一脸英雄气，长得比王刚还俊。王刚那头颅就没成型，张着嘴，一双单纯得让人心疼的眼睛就这么瞧着你，仿佛一只懵懂无知的狗……这娃子这个样子，和福的心又一下子软下来。这么可怜的一个娃儿，你和福忍心让他去喂兽？你心也太黑了点，简直不是人的想法……

当夜幕降临的时候，秋风一阵阵呜咽，河水惊悸的声音弯弯曲曲传过来。村子里路断人稀，仿佛是个死去的村庄。他猛然回头的时候，看到了那棵巨大的天师栗，在一抹即将黯淡的晚霞中，像一朵金色的蘑菇云，灼灼其华，翻卷咆哮，仿佛是一个巨大的警告，把他推向很远，很远很远。那个深宅是不可靠近的。一切都要结束了，一切总得有个结束。就像这在风中呼喊的树叶，就像这晚霞，就像这渐渐冷却的秋天。

他在外面踯躅了很久才回去。客人已经睡了，鼾声如雷，枪在床头。喜子也在酣睡，手上仍拿着书本。他已经想好了，和福村长已经想好了，当他疲倦不堪地回到家时，他知道这个决断是不得不做的。这是一个惊天的秘密，要瞒着老婆——儿子他妈。这可是山崩地裂的事儿。可也有办法的，既然罗赶早拉住了儿子，虽说双脚废了，可也有个活人在。把事情想在前头，一切都是可以避免的，但愿如此啊。老天爷，任何人的孩子都不行，唯有拿出自已的孩子。走到村里，男娃儿已经不多了。只有自己的儿子，而且这是唯一的选择，如果把心放在当中的话。

喜子的脸在电灯下红彤彤的，就像棵成熟的柿子。这娃子像他妈，像妈的孩子有饭吃，也就是说命好的……唉，就这么决定啦，已经安排好啦，就这么。这也是最后没办法的办法了。

灵鬃羊在山里叫。明天又是一个油亮的晴天。什么都不需准备了。先前在老金头屋里，老金头要甩甩卦，被和福制止了。没什么可甩的，人豁出去了，会比命运想得更周到，何况他不信这个，这骡球拷的什么甩卦啊掐八字啊念骚经念胡咒啊，他自己认为他还很年轻，不用来这个。他有一股子战胜命运的力量。

黑夜像个烧炭翁，秋蚤的嗓叫叽叽喳喳。他磨好刀子。他睡下了。灵鬃羊在山里固执地呼唤着什么。山很静，很空。

这一天跟以往任何一天几乎没有什么两样。果然是晴天。一群群椋鸟从空中飞过，落到一片漆树林子里。那里面的果实正喷吐浓香。早晨，和福村长让来三坡迅速到指定的石桥那儿去。已经让马斗全老婆来喊自己老婆了；给马斗全老婆说了，不得吐露半个字，陪村长老婆打半天牌，有二十元补助。这绝对是瞒着娃子他妈的，不能挑明，挑明就是一场生死架。

"喜子跟我到外面去走走。"等老婆被骗出门后，和福将准备好的东西赶紧带上。他给儿子系好红领巾。还有一条旧红领巾，他有用的。带上狗。狗很平静。

儿子是小帅哥，儿子胖胖的小手搭在他的肩上，因为有些兴奋鼻子呼呼直响，用哑声哑气的嫩声问："爸，我们这是到哪儿去呀？"

"去采点药。"他说。儿子的手搭在他肩膀上，就像朋友。儿子的眼睛闪闪的，像水塘，睫毛像他妈，老长，眼睛眨起来，骚好看的，像鸟的翅膀一样扑闪扑闪。说话的时候嘴里还一口娃娃们才有的奶腥气，直熨他的脸。儿子真是个娃娃，什么也不懂。

狗腾跳在前面，和福为它解开了绳子。这狗一路嗅着地面，径直往村头走去。路两边的向日葵一律垂着脸盆大的黑面，籽实饱满。牵牛花在篱笆上胡毯乱开，一片蓝色，薄薄的喇叭随风摇曳。另一种纠缠在篱上的刀豆垂得像紫色的门帘。葫芦腆着大肚子，叶子已经枯黄。花椒树全是青碧色的籽儿，诱人淌口水。和福摘了两颗放进嘴里咀嚼，一股新鲜灿烂的麻味儿直冲九霄，把魂送上天了。再抬头，到了天师栗树下，到了在早晨火红的树影里静静伫立的王家深宅。自家的狗似乎闻到了它同类的气味，跑去刨那大铁门。狼狗立马现身，汪汪大叫，不欢迎，叫声雄壮如雷，趴在铁门的竖齿上，要冲出来。自家的狗欢子也汪汪叫，两只狗不知是亲昵还是叫劲，反正互咬，凶猛异常。王刚就出来了，在铁门里。和福看见他睁着还没睡醒的眼睛，敞着衣裳，喝斥狗。那个卑鄙的想法又不可遏止地冒出来了。就算让他给我喜子做个伴儿，两个娃子，我心里好想一些……

"王刚，你出来跟喜子去玩会儿？"他可怜巴巴地求唤。

王刚的鼻子缩着，眼里没有喜子，没有和福，没有人，也没有狗。

"出来啊！"他再喊。

"王刚。回屋来吃早饭了！"裴姐喊起来。裴姐敲碗，像唤狗。这一敲，那狗火车果真抢先跑了，王刚也就跟着狗跑了。

马斗全这时背着铳来叫他，老远就大声说："你还不走，待会儿双姣晓得了就走不脱了！"

和福就匆匆拉着喜子走了。

到了石桥，来三坡和另几个人正等在那儿。来三坡显然已经知道了是咋回事，脸上表情满意，显得志在必得。话又说转来，哪天他不是这副表情。不过和福觉得这人有点虚张声势，有点吹嘘。这人越是信心大爆，和福越是心中不安。来三坡过来摸着喜子的头对和福说："没给他个东西？"

东西听出来了，东西是指灵物，压邪的。来三坡这回的馊主意，他自己也没见过这出猎的场面：让一个娃子去当诱子。他出发时说这个，让和福心里一个小激灵。说灵物是啥意思啊？真有什么事儿？你那身上的玉啊狼牙啊就不能给一个让我娃子带上？

"红领巾也行。"来三坡后来敷衍着说。

他们就开始走。喜子不知道大人们打猎为啥要议论他。气氛无端有些沉重，有些黏滞。四五个大人，一个娃子。

"你们也不要怕，只要把兽引出来，不要你们的土火和狗，无用的，我这枪五连发，一杆顶五杆，自动退壳的，什么兽打不了！未必是大恐龙？就算是恐龙，咱们今天就是降龙人了！"来三坡鼓劲说。

"那是那是，我们有信心。"大伙儿，叽叽喳喳地表态。声音压得很低，仿佛有什么亏欠似的。这当然就是和福村长带着自家的娃子。这是大家没想到的。

和福当然没说什么，一路沉默。他如果要说他就要吼了。他说多了会让那些人心慌，会让事情更乱。他不说话。他带上喜子比一万句话都管用，你们这些浑身都是嘴的人你们做了什么？你们快闭嘴！你们要做的就是保护我的娃子。他这个也没说。说了就是乞求，说了就没意思。他现在想用一根绳子紧紧把儿子拴着，拴在自己身上，拽着他走，这是他最想做的一件事。可现在他不能这样。他正在行走，正在深山里行走，正在老林子里行走。

满地的红叶，斑斓的溪水。踏着这些红叶犹如踏着秋天的火烬。而在四周，在头顶，则是愤怒燃烧的秋的穹隆和环廊。溪水艳丽，落英缤纷，红叶的流逝宛如生命，宛如一支送亲的队伍。看云岚轻柔如紫，看嫩寒纤弱似玉，秋啊，叮叮琮琮的秋，肝肠寸断的秋，悱恻缠绵的秋……红叶沸腾……红叶沸腾……红叶沸腾……

和福的心也在这情景里蒸煮着，翻滚着……

"爸呀，说是去采药的呀，你们不是去打猎的？"儿子问。

"都是。又打猎，又挖药。"他拉着儿子的小手，紧紧地。

蛇行垭烟雾滚滚，从山谷腾起来的雾气，在这里潴积不动，形成了一股巨型漩涡。人都半隐在烟雾里。

狗的嘴都给套上了，不让它们咬出声，也不让它们去撵。来三坡选的几条狗全是公狗。他说了只要它们的气味。他说他在这里已经守了几天，有了些情况，大伙不要说话，这里有好几个山洞，深不见底，说不定就是巨兽的老巢。

就在这里，来三坡为他目测的距离与和福村长产生了争执。

"一百五十米。"来三坡说。他是要让喜子在他们前头一个人与大伙保持的距离。

"五十米不够吗？"和福只同意五十米。五十米已经够远了，五十米是和福心理忍受的极限。五十米之外，儿子就会像断线的风筝，飞了。

"一百五十米，听我的没错。我这枪两百米的距离，你怕什么啊！我有经验，没这个数引不出来。"来三坡坚持说。

"不。不行。"和福说。

"那就一百米？"马斗全两边和谐地说，"一百米总可以跑的。"

"不用，我这枪伸出去就是个死。两百米，一秒钟工夫，兽只要一现身，还能抓你娃子？"

这时林子里的野鸡叫得慌，马斗全他们看到说话时和福村长的汗都从额头出来了。其实这山上冷飕飕的，大伙发着寒。他们理解他们的村长，对来三坡的坚持有些反感了，又不好明确反对，还是和稀泥，说一百米行了，够了。大伙只要掩藏好就行了。这个有经验。

来三坡说："野猪能闻三里的气味，三里是多少米？一千五百米。你们没打过猎的啊？这样，你们就这里坐着，我跟喜子两个去就行了。"

和福哪会干呢，一万个不行。喜子不可能离开他跟一个什么城里的鸟人去找兽打猎，一个当官的小舅子，这没有信任感安全感。后来来三坡就缴械投降了，就一百米。

"喜子，你在前头一些，大伙盯着你走，你在前头带个路。"和福给儿子说。他蹲下。他想了想，把手上的那块电子表捋了下来，给儿子戴上。儿子的手腕太细，往手臂上套。电子表这种城里的先进玩艺儿肯定是能避邪的灵物。

"喜子，你若看见前面有家伙，你就往回跑啊。或者看我这个——"他拿出那条旧红领巾，"我这里一摇，你也往我这里跑，听见没有？"他反复交代。

儿子似懂非懂地点着头，像个小大人，神情凝重。是被大人们弄成这样的。"可这大的雾，爸，你不挖药啊？这里好多扣子七和羊角七。"

"你挖，你挖，你在前面边走边挖……"和福说。他把小挖锄从背篓里找出来，交给儿子。他发现他流泪了。他说："喜子你小心些哩，听周围的响动，爸在你后头跟着……"他泪流满面。雾大，儿子看不见。

儿子点着头。

"走了。走了。"来三坡催促。

儿子走了。儿子在前头一个人，越走越远，拉开了与大伙的距离。林子静得像地窖，树木全在战栗。乌鸦的叫声像坚果往地上砸；叫一声，砸一颗，叫一声，砸一颗。天空光秃秃的空荡荡的。

儿子在前头说"七叶胆"，那声音像羽毛，飘着的。和福抓不到。儿子成绩很好，儿子还勤快，从小就帮大人干活，替大人分忧。七八岁就跟他一起钻山挖柴胡、扣子七、七叶胆、田七、贝母、蛇菰……这娃子从小懂事，没让父母操过心。你进屋他就为你脱鞋，捶背，抓痒，端茶……如果儿子这一次能把那头大兽引出来，儿子就真是让老师同学全村人钦佩的小英雄了。如果胜利回家，他的妈会原谅我做的这个决定。我们不能退缩，因为我们生活在这里，过去无数个这样的时刻，都被我们和我们的长辈战胜过。战胜过无数的兽和灾难，才有了这个村庄，才有了今天，才有了我这个大伙选出来的村长……

儿子寂寂地一个人在前面走着，每一步都让和福看着，目光像绳子拉住他。他一边看儿子的背影，一边看着来三坡的枪，又一边压住马斗全、老金头这些人土火的枪口，生怕他们的枪走火，伤着了喜子。

前面鱼腥草的气味愈来愈烈，雾气贴地漫卷，狗不见了，人都像半浮在空中，天色也晦暗下来。他们翻过了一座山头，一声不吭地紧紧跟在一个小娃子的后头。这个小娃子有着机警和大胆的智慧。马斗全那根借来的老牛鞭杆响起了轻轻的一声，那是把邪秽打在了走来的路上吧。两边的冷杉又矮又粗，树干上青苔深厚，淌着湿漉漉的水，仿佛每一根树都是一个泉眼。

刚拐过一个弯，就听见前方的喜子传来一声细细的呼叫，或是发出的别的什么声音。这时林子里的风呼啸而来，雾气此刻像箭一样向前飞奔。一个大大的重重的黑影就像鬼魅一样向他们压来！人们猝不及防。头顶上一片树枝坼裂的锐响，重重的罩在头上的黑影不就是那兽？！……娃子！和福内心一阵惊叫，摆动红领巾的手费了好大的劲才抬起来，却已经看不见儿子了。儿子不见了。有人在喊"兽！兽！"而此刻，树林一阵摇晃，来三坡的枪响了——大家看到，那枪是颤抖着穿过冷杉向那黑影射出去的，枪声叭叭叭叭地打在一些障碍物上——一定打着东西了！

一声比石头开花还痛苦的尖叫从前面传来，和福分明看到来三坡移动着他的肥腿时朝他狠狠地瞪了一眼，脸上的肉像被刀剁砍过的发出鲜红的寒光。

——那一声嫩稚的尖叫声朝远处的山壁孤独地撞去，这事发生得太突然了。和福看到来三坡笑眯眯地坐到地上。和福这时疯了一样就向那个山嘴跑去，那个山嘴叫老虎嘴。风把他的衣裳撕扯得像旗帜，风挟着他像滑雪一般疾速不可停下。他自己听见自己声嘶力竭的叫喊声："喜子！喜子——"

所有被套着嚼子的狗也从喉咙里哭叫起来。

他看见自己的儿子倒在血泊里，手上抓着湿淋淋的青苔，一些带着泥土的柴胡梗儿散乱在一旁。儿子已经没气了，两颗洁白的牙齿已经给打掉了，脚下有两个深深的槽迹，是向后面的和福他们爬来的，是想到他爸身边，狠狠地蹬了几步就没劲了。整个脸已经变成了青色。

中篇小说

"娃子呀！……"

他号叫着把儿子揽到怀里，眼睛疼痛得无法睁开。他只是听到有哑哑的声音大骂说："你都瞄准了谁呀？你个骡日的！"

天空突然纷纷飘起了雪花。秋天熄灭了。

无鼠之家

以往，野猫湖常有铺天盖地的野猫，多过秋天迁徙的雁鹅。这些不知从何处而来的野猫席卷来时，往往嘴里叼着一条鱼。于是，打鱼人怀着仇恨，开始研制毒物，要将野猫斩尽杀绝。这荆州水乡界的人甚为聪明，几经鼓捣，发明了各种毒杀野猫也毒杀老鼠的毒药，最毒为"三步倒"，就是"毒鼠强"。各种化学品源源不断地涌入这个湖区，弄成毒药，又源源不断地流向社会，毒鼠，也毒人。这一带也就成了老鼠药专业村。

湖西岸老黑堰村的阎国立配制的三步倒最毒，最能诱鼠，放在十楼顶，老鼠都要纷纷爬上去吞食毒饵。有一次荆州电视台拍摄他的三步倒诱鼠，在一个菜市场，一次诱出五百多只并将其杀死。凡想自杀的双规干部、婆婆媳妇、孤寡老人，无一不成人之美。某年一村庄投毒，用的是野猫湖的三步倒，毒死村人无算，但投毒者也畏罪自杀，查不出是谁家流出，大约阎国立躲过一劫。阎国立被当地称为阎六爹。而阎王当地俗称为"阎王五爹"，他是阎王的弟弟。

不过本人在叙述此故事之前，特声明内容无涉三步倒，猎奇者请走开。

阎六爹阎国立骑自行车出外兜售鼠药，有一年走到燕家湾，高喊着"老鼠药，老鼠药（读 yò），老鼠吃哒跑不脱"。这时燕家的大女燕桂兰邀他为家里灭鼠。家中闹鼠，噬箱咬柜。阎国立杀死了燕家二十多只老鼠，其中十多只是背上有一条黑线的鼠，叫黑线姬鼠，传播出血热的。燕家贫穷，问起桂兰婚事，尚未婚配，初中毕业，在家务农，与自己的大儿阎孝文同岁。此女虽面色无华，皮肤黯哑，头发干黄，算不得健康，但胸前多肉，腹部结实有力，屁股壮阔宽畅，有孕相，天生是生伢的台基，男人厮杀的战场，生育机能比较旺茂。阎国立走南闯北，看女人眼睛很毒。于是坚持不收她家鼠药钱，且半开玩笑地说，桂兰可愿与我家大儿孝文耍个朋友，做我儿媳否？那时候的阎国立尚在盛年，常年蹬自行车在乡路上颠簸，面孔黝黑却被风雨雕过，四肢发达，头脑精狡，虽是个卖鼠药的，却有生意人的精明与时尚，戴着小摊上买的墨镜，新草帽，长衬衫，还穿着泡沫凉鞋，这比一般乡下人穿的凉鞋时髦了一个档次。那泡沫凉鞋特别软，鞋袢不系，斜插在前头的交叉口里，又高了一个时髦档次。此人若是城里的工作人，稍一打扮，就是个人见人爱，花见花开的男将，一看就是不安分守己之人。这种人的家庭定是不差的，燕桂兰想。

阎国立生了三个伢，两女一男。大儿阎孝文也到了谈婚论嫁的年纪。可这伢生性内向，阎国立想把他掰过来，让他热情似火，让他精明强悍，让他也喜欢到处乱窜，城乡之间如履平地。可这伢儿朽木不可雕也，粪土之墙不可圬。只会成天在田里摆弄庄稼，完全不会与女人纠缠，读书更是云里雾里。好在家里的那几亩田总要人侍弄。想当年阎国立在人民公社时也是个好泥活家（种田人），只是因为野猫之灾，成全了一个鼠药专家或者灭鼠英雄，挣钱比种地来得快些，手头也活泛些。那时节地也贱，赋税也重，只求弄点口粮，混饱肚子。这田里的事儿就包在了儿子身上，算是各司其职吧。

这一天，燕桂兰说是来野猫湖走亲戚的，出现在老黑堰村阎家的门口。老黑堰村有口老黑堰，水面不小的，阎家就在堰塘边的土台子上，后有竹林旁有水。燕桂兰落落大方，穿一双胶底布鞋，上身是单色布料的长袖，领口以下捂得严严实实。有点老实，却又是有心人，竟然自己上门来了。长头发绾成髻子，发梢飘在脑后，那一点点营养不良的黄，黄得有点洋气，仿佛是染的。燕桂兰说，还有老鼠，又啃了柜子，想再买点鼠药。

燕桂兰的到来，让阎家一家人喜滋滋的。又是煮阴米子茶又是打滚水蛋，这可是贵客呀，送上门的媳妇，是要给孝文这伢当媳妇子（老婆）的。四个滚水蛋，只吃一个，给阎国立老婆吃，给未来的大小姑子吃。阎国立骑车去田里叫儿子阎孝文去了。

这阎孝文一回来，燕桂兰就有了底。一脸憨厚，汗衫是破的，露着乳，有黄汗。嘴阔，眼善，体壮，嘴里哼哼叽叽。一看就是个本分的好泥活家。阎孝文这样，可两个妹妹长得风生水起，面目姣好。这男将继承了他父母的所有缺点。

燕桂兰吃着滚水蛋心里甜。她幼年丧父，母亲虽在村里当过干部，但头受过伤，常失忆头疼。有个弟弟，不太听话。有个妹妹，视神经萎缩，几近瞎眼。按说，这荆州地界，盛行上门做女婿，她可以在家招婿。可因为身有隐痛，常常犹豫。想上她家门做女婿的也有，不是太过圆滑，就是家境太差。

吃蛋时已经仔细观察了阎家状况。房子二层，算是不错的。后头还有平房，喂猪养牛的，有竹园。家里有各种电器，洗漱用品较新，毛巾各用各的，灶屋有烟囱，还贴有瓷砖，碗是成套的。床有新床老床，有床头柜还有拖鞋，有春台有躺椅，有八仙桌有靠背椅。家什农具，一应俱全。犁、耙、耖、磙、锹，锹分大锹、小锹，镰分长镰、短镰，长镰砍青，短镰割谷割麦；有抱钩、钎担、箩筐、淘篓、团篓、角篓、篾篓、黄桶、水桶、粪桶；有长口袋（装粮的）、花口袋（装棉的）；有秧马、擂叉、木秤、梯子；筛子有箩筛、格筛。有剪刀、篾刀；还有大量渔具：丝网赶罾、虾抬花篓、渔叉滚钩；还有麻将和花牌（俗称十七个）。是个过日子的家庭。

不过最让她满意的是没有老鼠，燕桂兰平生最恨最怕老鼠，如嫁到无鼠之家，生活该多么幸福无忧，好像回到了真正的家一样，燕家湾那个黑线姬鼠出没的家不能算家。

大约就这么定了，一个村姑，自己给自己做主把自己嫁出去了。穷家小户的，也没多少讲究。谁又知道，她就是要找个没有主见、没什么心肝的男将。

她记得那个男将放下手中的农具，进屋跟她低头一笑，又僵呆又羞涩。然后桂兰问他是种中稻？他说是中稻。问他都种了？他说都种了。问他几亩地？他说三四亩。包括旱田吗？他说不包括，旱田有一点。那个男将看着门外几只惊头慌脑的鸡和怀疑一切的狗。倒是他的父亲阎国立很灵活，还切开了金瓜，用箬箕端来，说竹林凉快些，还端来了两把椅子。竹林收拾得比较干净，有笋从土里拱出来，神秘有趣。有鹁鸪一声声从深处传来，有翅膀拍打竹叶的啪啪声。不远是蒲草摇曳的堰塘，黑羊塘边啃草，青蛙叽叽歪歪，籴鸡嘀嘀咕咕。一阵凉风吹来，是更远处的湖风，很长很广，田野呼呼地激起碧波，全是庄稼的美姿，一浪一浪，像电视里的大型团体操表演。

全是燕桂兰在问，心里就有了底。这人抓腿和膀子，心里就有了底。这人躲门旮旯儿，心里就有了底。这人的身上还有一点点的农药味。燕桂兰的嗅觉很灵敏。

临走的时候，燕桂兰还提了几条阎家腌晒的干鱼回去，这是阎孝文工余时在湖里抓的。鱼是阎国立让老婆赶去塞给她的，还塞了十块钱，说是没吃晚饭，让她自己路上买点什么吃。当然了，还有一包三步倒。

这事格局就出来了。事情就这么了。燕桂兰嫁自己，省了为娘的一桩心事。当然对方也满意。没有不满意的道理。后来阎国立驮儿子来过一次，说是镇上有好看的电影，让孝文陪她去看电影。孝文抠下了他爹的钱，没用出去。要他们下馆子，却是在路边馆子吃的面，燕桂兰还点的是碗素面，说牛肉咬不动。那就素面了。这阎孝文全依桂兰的。在电影院两个人规规矩矩坐着，阎孝文一言不发，与燕桂兰保持一定的距离。这燕桂兰急的，就把胳膊肘儿移过去，越过了扶手线，那男将却躲她哩。不伤心，很高兴。没有花花肠子。这很好哩。这才是她想要的男将。唉。燕桂兰坐在黑暗里，闻到旁边男人身上一丝淡淡的农药味，心想是灭鼠匠的儿子，那气味一定与他家配制的鼠药有关哩。

但事实并非如此。

阎孝文生于 20 世纪 70 年代初，是野猫肆虐最严重的时候，也是农药使用最严重的时候，而且都是剧毒农药，像乐果、甲胺磷、甲拌磷、对硫磷等。农药因雨水大量地流入堰塘，加上阎国立等回乡知青开始研制杀猫的毒药，一些试验器皿的洗刷和试验尾水也流入堰塘，周围一些人家的吃水都在此塘，因而那几年几家出生的伢子都有一股农药味且爱躲门旮旯儿。后来一个县里来的驻队干部发现此水已不能饮用，便要求周围住户到野猫湖挑水食用。自阎孝文之后的他的两个妹妹，才恢复了自然的花容月貌，身上也就有了莲荷清香。

野猫湖蒿菰苇蒲，菱藕荇藻，红鲤白鲫，乌鳖黑龟，是个大粮仓，啥都养人。这里的人如不聪明过人、水灵超群才怪哩。作为老大的后面还有两个妹妹，有什么东西可吃的总是让给她们，而且父母也总是向着小的，并且因他常转不过筋而打他，让他的性格变得越来越忍让和柔弱。那两个妹妹便更加有恃无恐。有一块肉在碗里，也会被她们抢走。两个凶悍的妹妹还时常抓他的头发踢他的裆。十六七岁还如此。十三岁他就下学放牛，带他的妹妹。因为父亲卖鼠药，母亲要下地，两个哭闹成性的妹妹就没人带。在他的妹妹们还很小的时候，在摇窝里的时候，他就是专业的摇摇窝哄睡人。有一次实在太困把摇窝摇翻了，妹妹摔到地上，遭到父母毒打。父亲把他的腰打歪了，歪歪扭扭生活了两个月，腰才正过来，谢天谢地，没留下什么后遗症。这得亏他母亲给他擦酒火，就是用一个煮熟的滚水蛋，点燃白酒，沾上酒火，在受伤的部位反复擦动。

长大后他成了一个泥活家好手，农活样样都会，不学就会，一看就会。并且亲土，爱到泥巴田里琢磨，一个人。特别是耕板田。冬天耕板田越冬叫还冬，要耕好，特别是一些死角，一般人是耕不出的。还冬耕板田与春耕完全不同。这么说吧，春耕是耕穿脊，还冬是耕蓬脊。所谓穿脊，是来回两犁间不留生地，厢垄平坦畅亮，两档头要先耕，让牛上垄时践踏把泥巴踩烂。而蓬脊就是来回两犁间留一尺宽的生地，厢垄窄，厢沟深，犁出的大土堡呈龟背形，两头留到最后耕，叫枕头厢子，这样有利于滤水沥干，厢垄保持干燥，让越冬作物苗壮生长。所以秋种的油菜地不需耙的，一个冬天，风霜雨雪，土堡自然风化酥松成颗粒状，春雨一来，极易得墒。深耕后且将越冬害虫暴露在表层，让其冻死，来年虫害少。

阎孝文弄鱼也是一把好手，比野猫更行。常常不声不响地从外头拎回一串鱼来——或捉或钓，或叉或罾。还有大鳖，还有鳝鱼。犁耙水响耕水田时，犁尾吊个鱼篓，田耕完了，鱼篓满了，都是鳝鱼。最绝的是每逢大雨后，去棉花田捉鳝。那不是鬼扯吗？棉花旱地哪有鳝鱼？这是他发现的秘密。每逢大雨之后，凡与水田相邻的棉花地沟垄中就会积水，而水田里的鳝鱼就会出动，是来吃棉花地里被水浸泡出的蚯蚓的。还有各种棉铃虫、卷叶虫、盲椿象、青虫、金刚钻、造桥虫。这些鳝鱼个大，主要是乌鳝，要用踩耙在沟垄里拖，往往一耙就可拖出四五条。在老黑堰村，只有阎孝文知道这一秘密。如果不是对田野整天注视和研究的人，是断然发现不了这一秘密的。这也算是大地和田野对热爱它的人的一种犒赏与馈赠吧。

踩龟也是他的一绝。每当稻子成熟的时候，我们的阎孝文穿着套鞋，去水田埂上踩龟。这些王八爬上田埂吃悬垂下来的谷穗。不能有亮，黑灯瞎火的，踩到一个硬物，必是龟，就这么简单。这些龟放在家里的水缸里养着，根本吃不完。到了过年，就寻思着将它们送给亲戚。按照孝文喜欢的顺序给大大小小的龟贴上纸条：二姑、三姨、小舅、姑婆……后来送到别人家，结果进门忘了撕掉纸条。结果是，让他的爹到处去赔罪……

阎孝文未有走出过家门，想去打工打不了，他家的责任田把他捆死了。再者他听他爹的，绝对服从。棍棒底下出孝子。小时候他爹总是打他，饭没烧好，鸡上了桌，把裤子弄破了，揪着他耳朵在家团团转，有时候让他一跪一夜。

　　燕桂兰嫁过来，是用又开始时兴的红轿子抬来的。荆州地方有古意，复古很盛。这也是阎国立一手选定的。他当家，一切他决定。再说轿子比轿车便宜，且是通过一个卖鼠药的朋友介绍的，有优惠。抬轿子的人也是一些灭鼠能手，满身毒气。轿子里的燕桂兰抱一个尿罐，且是陶的，规矩如此。

　　这没有什么稀奇，一般农家操办的规格。到了村里，阎家不出五服的亲戚，还要是男将，开始用人来接传新娘。抱着传，脚不能落地的，这叫传代——传宗接代。新娘子抱着尿罐，男人们抱着新娘，不分辈分、长幼。看谁抱得紧些。也有出咸猪手占点便宜的，手到了新娘的胸脯，假作抱不动，吃力的样子。也有真抱不动或紧张的，到了一个堂叔手上，新娘脚落了地，传断了。这就晦气，马上放鞭炮冲一下。到了公老倌子（公爹）阎国立手上，那是不能掉下的。路给他准备得长，还化了妆，脸上涂了锅底灰，衣领后颈里插了个灰耙子，表示是个爬灰的，烧伙佬。爬灰的阎国立抱着这个沉沉的媳妇，心里有成就感。这是自己卖鼠药捡来的一个媳妇，就是自己的财产了。包括填庚、拜亲、报期、过礼四道坎儿，花了一万多块，全是三步倒换来的。嗯，还沉，这媳妇，沉就值这个价，没吃亏。抱着媳妇，媳妇身子软绵绵的，就像一团棉花，还有热度，还很生疏且好闻的气味儿，这气味属年轻女性的。太沉啦，往下坠，就往上蹾，不然落地就不好了，蹾着的时候脸碰上了脸，不经意的，这不好，误撞的。嘴还沾着了那脸哩。好在暮色苍茫，人们喊喊闹闹的，这一万多块钱我满意啦，还嘴上贴了一下，今天说什么也高兴万分，喝了个红猴屁股脸，差点喝出脑溢血。传给儿子。咱阎家就要人丁兴旺有后啦。

　　报期的日子是与燕桂兰商议的，燕桂兰也精心算计过。原因源于她十五岁时一次悲惨的经历。那一年夏天她小小年纪就下湖砍青。到了湖上，四野无人，砍着砍着突然天昏地暗，惊雷滚滚，闪电如剑，接着瓢泼大雨临头倒来。一时她已吓得不知如何是好，只有哭爹叫娘。无奈天地昏暗，只有被雷打死的份了。这湖上常有人畜被雷劈死。就在雷雨中无助号哭之时，陡然看到不远处的湖边有条鸭划子。她不管是不是幻觉，就拼命朝那儿跑去。她跑过去就往划子上跳，划子有篾蓬，谢天谢地啊，她有救了！她喊："有人吗？有人吗？"一个中年男人伸出头来，是个瘌头。她不认识这个男人，可知道他常在这一带放鸭。瘌头一招手，她就钻进了篾蓬里。浑身湿透了，一团发抖的肉。那瘌头好热情，说，你咋还在湖上哩？小桂兰只是哭。这男人就过来要她换衣服，说会着凉的。还扯她的衣服。小桂兰抱着膀子哪敢松，这可是少女的禁地。瘌头欺负一个吓呆了的小孩子，硬是扯下她的衣裳，还要给她擦身子。小桂兰抢过她的湿衣服就要往外头钻去，上岸去。哪管它外头是狂风暴雨，电闪雷鸣。"要遭雷打的，不能走！危险！要打死人的！"这男人喊，拉她，吓唬她。她哪敢不止步，只好被他按在了船舱。事情完全坏了。趁人之危，那又怎样？避了雷劈，失了贞操。一生的悔恨。这事儿男人咋要压在女人身上哩？她长大了。

新婚之夜的男将猴急，什么也不懂，是第一次，找不到地方，东戳西戳，又不能表现她懂，任他去了。到后来，想已经准备好了，稍微引导，顿时鲜血和喊声就出来了，"胀啊疼啊"。那是她精心选择的经期。这是一次赌博，她赌赢了，或者说押准了，老天照顾这个可怜的女伢啊！多少忐忑的心一下子放下了，她舒了一口气，哪管它快感不快感的。没有快感。这个男将就是她要找的人，就是要这么不醒事的人，要的这种人。可这个担惊受怕的时间过去后，看着这个不灵醒的男将，心又有不甘。一个女人，栽在一次雷雨里，一辈子毁了。

第二天早起烧茶煮蛋，心里就有了底气。每个客人一个蛋一碗糖水，收茶钱，很淡定。这茶叫拜茶，给谁吃都要钱，公老倌子、婆老姆妈（婆婆）也要，大大方方地要，不要不走。这公老倌子婆老姆妈喝媳妇的茶叫喝纠脑壳茶。平视那个看起来精明如贼的公老倌子："请爹妈赏茶钱。"就这么，落落大方。两个长辈看着这个度过了新婚之夜成为他们家一员的媳妇，满意了，钱给了，公老倌子塞进她的手上，让捏着，背了人打开一看，两百哩。别人都是二十五十的。公老倌子喜欢这个媳妇。

阎国立是有心人，燕桂兰未必输了他。阎国立已经看到了。那盆里的床单，就是要让你们阎家人看的。卫生巾丢茅厕里了，那么多男男女女来客，谁知道是谁的。阎国立要的是个面子。做贼似的看了血，就等于是最后验货。嗯，真的，手上还砑了一下，不错，真的，货真价实。阎国立这几天多累啊，全是他操持，朋友也多，收到了三十多把灰耙子，够他爬灰了。阎国立阎六爷也不生气，脾气向来很好。一切放心了，收亲完婆了，剩下的就是抱孙伢了。人生不过如此吧。

农家的生活平淡无奇，春种秋收，随节令起居。燕桂兰嫁到阎家因为躲过一劫，腰杆子硬了。可是，从娘家带来的花生种子结了两三茬，种下的枣子树已经挂果，燕桂兰的肚子还是鱼不动水不跳的。大姑子找了个也是骑自行车的男人，邮递员，在乡间小路上天天折腾的人，一梭子就打中了，没有三分钟，是快餐，未婚先孕。赶得早不如赶得巧。如不打掉，伢儿都有两三岁。可这个嫂嫂任凭枪林弹雨，夜夜城门洞开，就是整不出个血泡子来。

为娘的没管这事，家里事事为父的管。那几年，兴气功，又是鹤翔桩，又是宇宙神功，又是法轮功。法轮功听说练死了不少人，政府取缔了，还把人弄去办学习班。为娘的又信了佛教。后听说供神像不好，把一尊从弥陀寺请回的观音菩萨悄悄扔进了野猫湖。后来又来了个传西教的，村里的婆婆妈妈们又信了西教。老人教主不爱，要号召婆婆妈妈们把小嫂子小姑娘都叫去信教。于是燕桂兰的小姑子就信了，回来就说自己是有罪之人，天天在那个手脚钉得鲜血直流的外国苦神面前呼叫："主啊，求你开恩我这个罪人吧。"唉，也不知她们犯了什么罪。然后两个老少村妇就用五音不全的喉咙唱"有一位神，有权柄审判一切罪恶，我们的神，唯一的神，名叫耶和华"。

一时间野猫湖周边村子里冒出了几百个声称自己有罪的人，都是妇女，天天要忏悔要赦免。阎国立就好笑，咋没听说那些当官的说自己有罪要忏悔哩？

这事儿——燕桂兰不怀孕的事儿，大姑子嘀咕过，可阎国立要她闭嘴："像你这么就好了？！"击到了她的痛处，未婚先孕，还好意思管别个。

为父的要管，只有为父的有权管。正当自己的老婆女儿沐恩在上帝的雨露中的时候，阎国立感觉到不对劲儿。这事怎么好问儿子？怎么好问儿媳妇？本来问一下也没什么，可他没问，在心里。是哪个的问题呢？儿子没有动静，好像这不是个事情，媳妇也不着急。但明显地，媳妇那种趾高气扬的态势在慢慢收敛，甚至滑向了反面，行事说话有点歉疚的意思了，并脸露憔悴之色，心里有事磨的啊。

公老倌子每天还是在外卖鼠药，有一阵子，社会上投毒的厉害，城乡都有，且投的全是三步倒，一小包三步倒可要百人的命，且总是抢救无效。国家就开始全面禁止三步倒。来了一些工商和公安人员，将这些鼠药专业村团团围住，大搜查，捣毁制药作坊，没收制作工具和原料。阎国立这下可倒了血霉，东西全没收了，还罚款一千元，抓去关了七天。这一次打击伤了阎国立的元气，从拘留所回来已是一只殃鸡子。不过阎国立是见过风浪的人，蛰伏了一段时间后，见风声已过，又悄悄地把一些东西买回来，又在屋后竹林的一间牛栏里，悄悄配起了鼠药。这三步倒配制非常简单，原料很好进。

罚掉的钱又回来之后，他又开始关注起儿子没伢的事。自己罚没了千元加上其他损失不下三千。还有一桩大心事就是这个一手娶回的媳妇，这个大财产也在贬值。这当然是自己的财产，只不过是买回了让儿子用而已。这么贵重的财产不能贬值而是要增值的，增值就是生伢传后，子子孙孙，子孙万代。从他往下推，六爹、七爹、八爹、九爹。按家谱的辈分，"国"字下面是"孝"，"孝"字下面是"圣"，再是"贤""礼""厚"……没有了"圣"就等于断了咱家的血脉，阎家就在这村里消失了。这多么可怕。这不能容忍。

心里有时急得像猫爪抓，无可奈何。表面不急，像只老鳖。可你又有什么办法。走南闯北的阎国立脑壳都想疼了想不出个办法来。这事怪哩。

有一回，阎国立决计要问个究竟了。有一回有了机会，爷儿俩在竹林子里喝酒。儿子喝酒厉害，拉屎也行，可为何就是阴阳不交哩？是他还是媳妇的问题？再倒了一杯荞粮酒，绿莹莹的，就借了酒劲问："孝文，人家在你们后头过的会头（结婚）都抱了伢，你们咋不急呢？"

儿子一听这话，头偏向一边。没想搭理。

"问你哟！"

儿子的酒在喉咙里咕哝。

"问你是关心你们。我只问这一回，捅他娘的我再问。"他发毒誓。

"你管个么事啦，皇帝不急太监急。"

这儿子这么说的。这儿子放下筷子，就这么走了。这儿子还动不得呢。

这儿子说的什么话？老子是太监？老子是太监你个狗日的是么样生出来的咧？未必是树缝里炸出来的？未必是你妈的野老公生的？

太呛。酒倒地上了。这话很伤一个长辈的自尊。这话很伤一家之主的自尊。这话不是人话。这个猪，说猪话哩。

对儿子有了怨恨，对媳妇就好了，有了偏心。本来就对媳妇好，准备让她给咱阎家传宗接代的。女人本来就是个传宗接代的工具。家谱上都没名字的，男人往下传，某某娶王氏，生有五子；某某娶张氏，生有三子二女。就是个姓，为别人家生伢，解决家谱往下续的问题，香火往下接的问题。这媳妇很孝顺，很解人意。虽在以后家谱中就"燕氏"两个字，可对他这位公老倌子毕恭毕敬，关心有加，却是真实不虚的。晚上奔波回来，热饭热菜，洗澡水也烧在了锅里。家里其他的女人呢？祷告忏悔去啦。衣裳是哪个洗的？媳妇。说个不好听的话，短裤都是儿媳洗的，没人洗。勤快、老实、贤惠，做什么事悄悄做了，从不争嘴。做饭洗衣，喂猪喂鸡，从不跟小姑子扯皮。早起晚睡，素面朝天。不要衣，不要鞋。钱都是为父的掌着，一家之主。儿子虽结婚做了大人，没分家，家里还是一个家长，阎国立。要钱找他，要吃要穿都找他。他赚的钱最多。说个老实话，儿媳的模样在这里，儿子肯定配不上人家。也不知道这桂兰怎么想的，一句话就来了，也不晓得是图的哪一头。就觉得有亏欠人家的，像是哄骗来的。在桂兰进了阎家门后，为父的总是悄悄买点东西给她，当然未嫁的小女儿也有。大的，小的，脸上抹的，脚上擦的（冻疮膏）；内衣有，外衣也有，手上的有（银镯子），颈子的也有（便宜玉坠）；鞋有，帽子也有。长期在外，见多识广，阎国立很有品位，懂得时髦，杀鼠可以，装扮人也行。买回的东西在村里绝对是最时尚最前沿的。而且还不贵，假的像真的。因为都有份，也不打眼，暗中多给桂兰一样两样。遭儿子抢白一顿后，人心就变了，不给儿子买东西，专给媳妇买。还暗中塞给她钱。

这事儿别人不知道。因为他清楚桂兰家事多。一个弟弟常年不工作，东游西荡，结婚后饭都没吃的。有一年过年，跑到姐姐家也就是阎家住了半个月，一家三口，住到正月十五，把阎家的一头年猪都吃完了。住得姐姐桂兰都没脸了。谢天谢地，这个弟弟偷人家车抓了进去。还一个几近瞎眼的妹妹。还有个脑壳不管用的娘。这个曾经的村妇女主任，老党员，因脑袋遭击后，有痴呆的趋势。家里来人就问是不是通知她去党校学习的。别人就只好说你现在正是在党校学习。知道她这毛病后，村里有时会给她送些《共产党宣言》《邓小平文选》《三个代表干部读本》等小册子。燕桂兰回娘家去看母亲时，也会带些这种书回去，不过都是在老黑堰村委会拿的。弟弟坐牢后，村里很照顾她母亲和妹妹，都办了低保，但也不行。每次桂兰回家，阎国立都要给她一点钱，不多，二十三十，一个心意。有腊肉腊鱼，也会让她提一些去。特别是孝文弄回的鱼，连夜让她提回去。

天不知地不知鬼不知神不知的事情，发生在十三年前的一个夏天。

先说这之前。在燕桂兰的妈逐渐痴呆的日子里，在外卖鼠药的阎国立路过燕家湾时，也没少买东西去看亲家，包括找收破烂的要的一些政治读物，这让燕桂兰很感激。还有一次，阎国立去城里帮一个单位灭鼠时，也没忘了去监狱看看桂兰的弟弟，买的监狱最稀缺的香烟、饼干和酱菜，还给了一百块钱。

这年夏天的某一个时候，燕桂兰的妈在门口捧读《共产党宣言》时，无缘无故跌了一跤，就脑溢血了。登时大小便失禁，瘫痪在床，不能言语。

闻知此事，燕桂兰正在秧田里做活，爬上田埂，连脚也没洗，浑身泥巴地就要回家去。阎国立给了她一些钱，就要孝文赶快陪老婆走。可正是打火插秧的时节，秧在田里，不插下去就烂了。再者，孝文竟不会骑自行车，学过几次，因平衡能力差，没有学会就罢了。又问起丈母娘暂时没有生命危险，征求桂兰的意见，她表示一个人回去可以了。家里就一个自行车，这桂兰一去，不是一两天的事，阎国立每天就靠这辆自行车四处奔波卖老鼠药，挣几个辛苦钱。于是阎国立就要小女孝霞与嫂子一起去，送到后把自行车骑回来。哪知孝霞不干，晚上雷打不动要去忏悔祷告唱诗的，就反问她爹："你就不能送送桂兰姐吗？"为父的气极呵斥："你说什么？你竟说得出口，我这把年纪我驮桂兰？桂兰驮我，成何体统？那就好喽，让人笑话的！"

其实阎国立长期骑车，带个百把斤的女子不在话下。他大声反对是表明态度，其实心里愿意送送桂兰。但这是让人闲话的。哪有公老倌子跟媳妇骑一辆车？从没有过，不管怎样，这是不可以的。

这事家里吵了架，桂兰坚持一个人走回去，阎国立要孝霞去追嫂子，但没有人动。阎国立只好骑车去追桂兰了。发脾气说："不像话，你们不放过我啊！"

追到了，是往湖边小路走的。他喊桂兰，打铃铛。桂兰一看是自己的公爹，不肯上车。阎国立说，晚上没事，这里没人的，你上来，我带得动的，早点回去看你妈。硬是把桂兰逼上了车。

晚上的湖埂小路上，水气沉瀣，水声玲玲，虽有电筒眼也不好使，两个大人压在这辆破车上，不重也不轻，路上的干硬圪碴硌得人不好受，没走几里路，叭的一下，爆胎了。不知补过多少次的胎，只能载一个人。这下咋办？湖边可没有补胎打气的地方，没个人家，只有野猫妖气腾腾的尖叫。只好下来推着车走了。不过两人结伴，夜晚也不怕。哪知这桂兰只顾用电筒照公爹的脚下，自己没踩实，脚崴了一下，那就痛了，坐在了地上，不能行走了。

阎国立就蹲下，要给桂兰揉脚。桂兰让其揉，揉了一会，让她站起来试试，还是不行。他就说："你坐车上我推你。""可胎破了，没气胎要碾坏的。"阎国立说："上来吧，这胎老早就要换了的。"拗不过，就坐上去了。没气的胎更硌人，特别是气门芯那儿，一圈硌一下，像上刀山。"不行不行。"难受着，她就说。"那你下来，扶着我走行不？"阎国立说。桂兰就溜下来，不好意思扶公爹，后来还是扶了。这个时候有点难熬，走得很慢。都不自在。走走停停，像是送葬。这怎么行呢？又不能让她完全勾着自己的肩，这会轻松一些。阎国立这时到路边折了根不粗不细的树枝，让她拄着，好了一些。慢慢走，没话。就瞎找话，问她母亲以后咋办？妹妹找男朋友没？不过他最想问的是他最关心的事儿，往往话到嘴边又咽了回去。但这是一个机会，与媳妇独处的机会不多，这么走时间也长。就先从远处扯起。说自己卖鼠药不能在家里打照扶，辛苦你与孝文了。特别是你，家务事都是你做的。孝霞与她妈算是鬼迷了心窍，孝霞这伢丢了。我呢，三步倒现在查得严，整天提心吊胆的，蛮不好卖。然后就问孝文对你怎样？咱家的老巴子（老婆）对你怎样？孝霞对你怎样？桂兰说蛮好的，蛮好的。阎国立说，反正这里没有外人，问过了就过了，问错了就错了，不当真的，只当我放了个屁。那桂兰也精明，就在心里准备，说您郎嘎说啦。阎国立就说，事情哩不问不是事，问了就是事。我问过孝文的，这伢现在翻呛我咧，没问出个所以然来，就想问问你。桂兰就说，您郎嘎说，没事的。阎国立尴尬一笑说，唉，还不是我们做长辈的心里有点急的，想抱个孙伢。

这话就说了，不是问。明白了。哪知这燕桂兰没回答，沉默了一会。阎国立心想，不好回答哩。可突然的，这桂兰一声石破天惊，号啕大哭起来。

哇——咿耶——

阎国立没想到捅了个马蜂窝，吓得一跳。从来没见这伢哭过的，她娘中风不能动了今天也没哭，还没说什么咋就哭得这么惨呢？

"哎哎桂兰，你这是咋的？别哭别哭，你这是怎么了，啊？我又没说个什么。不哭了不哭了！"

阎国立不开口劝还好些，一开口她哭得更畅，仿佛七月扒了河堤，甚至声嘶力竭，要准备高两个八度。有冤屈有冤屈，比海深哩。要把这些年来心中的憋屈都哭出来似的咧。

"好好好，你有啥话你说，别这么，这几年咱们家难为你了，可我们阎家没哪个欺负你呀！我们都对你蛮喜欢的。媳妇半个女。有啥话你就说……"

阎国立拍着她的背安慰她。女人一哭一抽泣，就蛮可怜的，好像背上全是瘦筋筋的骨头。"唉，我这说多了啊……"

这时桂兰还没有停下的意思，还是哭，呃呜呃呜的，一开口说，竟说出："不是我的问题，是孝文……他……他有病……我的姆妈呀……"

喊姆妈去了。阎国立一听，心里一惊一噤。儿子有病？！有什么病？

"噢，是这样的……查了吗？你们偷偷去医院查了的？有病咋不治咧？"

"没……没有的，是我找我当医生的表姐问了的，她说是他有问题的……"

"哦，孝文没一同去？"他很糊涂，不大相信，很急，"你表姐？她咋说的？"

"是脓精症，治不好的，我的姆妈呀！……"

"脓精症？浓精症？"听清楚了，这病听说过，从洪荒里飘出来，反正是这个意思。

"就是……就是……就是那东西化不开像流的脓怀不上的我的姆妈呀……"

化不开？治不好？阎国立心中突然一阵绝望。前面漆黑一团，人都不见了，自己都不见了。

"他晓得吗？孝文晓不晓得？"

"他不晓得，我不说，我不想跟他说。他不说我，我不说他的……呜呜啊啊……说了这事好丑啊……"

阎家的香火断了。

苍凉的意绪像湖水漫过来，淹死了他，阎国立。他一下子就老去了二十岁，脚都抬不动了。他表叔在迎桂兰的那天让她的脚落地了的，断了，断了，传不下去了。还有那个工作队的人说了的，这以后肯定对伢们的身体有影响。村里跟孝文一般大的男女，有几个不育症的，也有听说这怪病的，什么脓精症、死精症、子宫发育不全、石女……

自作的孽？鼠药害到了自己？

桂兰这孩子在那里大放悲声，他心乱如麻。这孩子受了委屈，却对我们一字未吐，就让她多哭一会吧。每个人其实都很悲哀，都在死撑着，生活其实无趣，一切都是抓瞎，白忙活了。

她还在一个人哭诉，……我表姐说治不了的，是真的，治得了我表姐会要他去治的……我偷偷带去化验的……"

"这伢，你不说，假如孝文霸蛮非要怪你把你一顿好打呢？"

"他不会的，他从不说我，我就不会怪他的……"

"唉，让你受苦了桂兰。你没有问题你就跟我们孝文离了吧，反正没有希望了。你去奔你的生活，我们不会拦你的……也拦不住你。你还年轻，不能耽误你一辈子啊。"

"我不的，"她说，她坚持说，"我不的，您郎们对我这么好，我到哪里去？我不……"

她似乎是怕阎国立一家把她抛弃了，抓着了他的自行车，站起来，不放。这个女人离他这么近，就在旁边，这么可怜，好像真是被家人丢弃一样的恐惧。阎国立就说："桂兰，你太有情有义了，我不说了。好吧好吧，我们走吧。"他去拉她，那女子那么温顺，慢慢拉到了跟前，他揽着了她，是想让她走的，可他抱着了她。还要说什么呢？那个身子在抖着，需要人的抚慰，孤苦无助的，好多人，其实处于这样一种状态，他们的内心，他们真正的生活就是如此，男人女人。他替她揩泪，舔她的泪。就是这么。他什么也没听见她说，包括反对。他什么也没有做，包括手。"走吧。"他说。

燕家湾到了。桂兰瘫痪在床的母亲生生地看着他们，亲家和女儿。认不出了，或者认出了不能说话了。

他当然要走，连夜走。可是桂兰说，您郎嘎就等天亮再走。要他到堂屋的一个硬木沙发上睡。他不觉得这是某种暗示，但也是暗示。他就说，好吧。桂兰的瞎眼妹妹睡了，他离开她和她妈的房。他说，你睡吧。她来关门，他抢先拉熄了灯，又抱住了她。黑夜很黑，在屋子里。他小声地说："桂兰，你听我说一句……"

黑暗中有一阵拉扯，有一阵挣扎。但那是在一种双方都默认的结果中的正常反复。怎么会这样呢？那种在大家都笑谑中的事怎么会发生在他身上？发生在阎家？……我是代儿子出征……儿子无用啊……他这样刹住了对自己的憎恶和唾弃。

也许就是那一夜珠胎暗结吧。就在燕桂兰照顾她母亲的那几个月里，他们最欢。阎国立借着买原料和卖鼠药的借口，常在燕家湾过夜。去时也没少买了吃的喝的。就像老话说的，有了第一次，就有第二次第三次。原因嘛？没有，人的生活就是个滑梯的凹槽，全在惯性中行驶。哪儿有事，将永远有事。第一次没有理由拒绝的，第二次更没有理由。唯一要做的就是照第一次来。且这阎国立身体加上经验加上贪婪，搞得汹涌澎湃，激发出一个年轻女性的本能和潜能，那可真是花样翻新，山崩地裂。每一次都是长枪大戟，风樯快马。有一次，高兴时竟然把灯拉开，反正亲家又不会说又不会动，死人一个。灯拉开，他看到亲家那诧异的眼睛在看着他们：亲家公与她女儿两个人赤身裸体在电灯下白闪闪的拉锯战。底下的女儿哪还顾垂死的娘，尽情享受着活力迸射的肉体，奋不顾身，旁若无人。还有一次，因为症候太大，让瞎眼的妹妹听出了动静，在隔壁房里大声问："姐呀，做什么在床上闹哄哄的？""噢。"热汗涔涔的阎国立让热汗涔涔的桂兰说，"噢，你睡哩，妈房里闹鼠哩，我让阎伯帮灭鼠哩。好大的老鼠！……"

有一天，当桂兰给他说"有了"时，他差一点腾飞到云端去了。有一种当皇帝的感觉。皇帝的幸福也不过如此吧。"这就好，这就好。"赶快要她回去陪了孝文几天。这样就能掩人耳目了。

她的瘫痪的母亲走了，她怀上了。家里的人都很高兴。按阎国立给大家的说法，走一个，来一个，这是老天的照应，老天爷是有眼的。

做了坏事，不再信老天爷。

第二年春天，儿子就生出来了。不是，是孙子。抱孙伢了，他和老伴的心愿了啦，人生圆满啦。

提着公鸡去燕家湾桂兰家报喜的当然是阎孝文。可没了丈母娘，一个小姨子招了个哑巴女婿。这只大公鸡，让小姨子喜哩，姐得了个儿子，我有了外甥哩。小姨子摸着公鸡的大冠子，说好哩。她的哑巴老公要杀了下酒，她不允。要天天让鸡大叫。让湾子里的人都晓得她们家得了外甥。

按照辈分，这伢取名圣武。"圣"字派。会叫人了，叫阎孝文爸爸，叫阎国立爷爷。就是这么。

这伢长得委实可爱，谁也没有怀疑。这伢跟他爷爷亲，两岁就会喊"老鼠药，老鼠药，老鼠吃哒跑不脱"。爷孙俩好得跟什么似的。阎国立只要出去卖鼠药，回来就会给圣武带好吃的回来。果冻、膨化饼、棒棒糖。有时候，将圣武放在自行车的三角架上，与他一起去卖药。于是爷孙俩一起喊："老鼠药，老鼠药，老鼠吃哒跑不脱……"

跟他爸也亲。他爸带他去田里捉青蛙，捉鱼，钓鳝，罾虾。不过这伢惯肆坏了，不喜田里的活儿，不爱泥巴，总是想果冻和棒棒糖，想汽水，想城里人吃喝的东西。

这伢还真是惯肆坏了，五岁还要吃奶，到了晚上，必须把他娘的奶头叼住。读小学一年级的时候，中午还要回来吃一顿奶。他娘哪还有奶，有奶无奶，叼着，放在嘴里，吮的是那个味。这伢有这种坏习惯，大人们不拦他，阎孝文抓不到鲫鱼给老婆发奶，阎国立也到镇上去买。为满足这小狗日的，这点年纪口味就这么重，长大还得了。

这伢乖巧，可不像他爸这么老实，脑瓜子活得像轴承，都说阎孝文有福，伢长得漂漂亮亮的，还是个儿子。他那个年代的好多没有生育，生出来的还有畸形、智力低下。阎家占了村里高台子，风水胜了一筹。

硬是没让家里更没让村里有半点闲话。这事捂得紧，阎国立不愧是阎王六爹。

偷欢的机会也有。孝文常在田间，桂兰带着孩子在家。老伴和小女有时一去灵修（她们信教的词儿）。几天不归家，不知道去了哪儿。儿子自有了儿子后，晚上也解放了，幸福了，带着儿子，到村头麻将室去摸几圈。到了晚上，家就空了。

这桂兰当初看她没错，是个怀胎能手，不能沾，一沾就怀，阎国立也算得是个老神枪手，后来给他怀过六七次，刮了六七胎。只有两次是孝文陪着去的县医院，其余是他偷偷陪她去的。因为是偷偷陪去的，回来不吱声，蛋也没得吃，休息也不能保证，还要用冷水洗衣、洗菜、洗碗。刮了伢这是万万不能用冷水的。跟孝文去，就可以回来堂而皇之地吃蛋，吃红枣，吃个十天半月，天天卧床休息，不沾冷水。

因为偷偷堕胎，次数太多太密，身体就垮下来了，人有些煤，那种事有些淡漠，有些拒绝了。看着这个性功能亢奋的公老倌子，心里常常因孝文的关心体贴而有排斥，有犯罪感。这样阎国立也不好强迫和纠缠。她甚至说，对我伤害太大了。首先当然是指身体。面色黄，怕冷，无力，下身会无缘无故流血。

事情出在圣武过十二岁"童关"的那年。过了童关，做了酒席，热闹得很。酒席一收拾，桂兰就累倒了。弄到荆州一检查，宫颈癌晚期。

这真是风雨飘摇的一年。阎国立因为死不悔改偷造三步倒被抓到，狠狠打了一顿，脸肿得像猪放出来，将作坊彻底地捣毁了。桂兰一检查出，就要住院做手术，先交两万元。这说什么也拿不出来。燕家连借的也没有，阎家只有哭。那就拖回家。婆老姆妈怕桂兰死在他们家，要桂兰回娘家住一段时间，吃点中药看。中药价贱，草根树皮。婆老姆妈不让拖回来，这让桂兰气愤不已。我来阎家十几年，还给你们生了个孙子，你们咋就这么绝情咧，心是石头做的？让圣武说，我该到哪儿去？让孝文说，我在哪里死了见你们这些阎王爷家的大鬼小鬼？

气咧。圣武要她。回来住了，大吵着要钱治疗动手术。快死的人有求生的强烈欲念。一百岁的人也怕死，何况桂兰才三十几岁。

阎国立闪了，找不到他的人。他是家长。孝文虽然心急，钱不是他管着的，家里有多少钱，有没有钱，他完全不知道。中药也快断了。又出了婆老姆妈和小姑子失踪的事。

失踪之前，有一天晚上她们回家，就说世界末日到了，说教主说了，明年就是世界末日，地球要爆炸，人类要灭亡，只有信耶和华，才能保命，才能跟师傅（教主）一起到天堂。说桂兰这样就是不信耶和华的结果。后来就失踪了。

村里一起失踪的有二十多人，全是女的，有老有少。许多人家报案，更多统计数字出来了。野猫湖沿岸几个村，共失踪女人一百多个。还有没引起官方注意的信息：周围超市的方便面和矿泉水断了货。

其实这之前，孝霞已经说了婆家，却不喜郎君。已经填了庚（定亲），男方花了不少钱。钱给孝霞，孝霞给了教主。男伢给孝霞发短信，回的内容都是世界末日、有罪得赦免、跟我去天堂之类的昏话。后来对方便关了机，再无音讯。

家里一个垂死的病人，又失踪了两个大活人，这可急坏了阎国立。加上桂兰大闹要动手术，阎国立借口去找人，溜之大吉。

约在一个多月后，有次野猫湖发风暴，一条船沉了，两个钓鱼人落水，抱着船板漂到一个湖中的芦苇荒岛上。半夜时分，突然听到一阵人语和唱歌声，当时电闪雷鸣，暴雨如注，以为碰上了鬼，吓得魂飞魄散。借着电光循声走去。漫漫荒草榛莽中，有声音仿佛从地窟里发出。这两个人不信邪，决计看个究竟。他们往里面蹚，遽然看到了成山的方便面盒子和矿泉水瓶，好生奇怪。再往里走，有一些土坎，有灯光，从坎下的地窖子里射来。那真是坟窟？鬼魂啊？

"……我们的神，唯一的神，不会让我们在旷野里饿死，必降下'吗哪'，让我们丰衣足食；必召唤我们，扬帆远航，去往天堂……"

啊！一排排黑影在土坎之下，淋着瓢泼大雨，仰望苍穹，大声齐诵。"吗哪"是什么？后来才知道是天上的粮食，每到大雨来时，这伙人就共同祈祷，盼着天上送下这赐福粮和生命粮，因为他们已经断粮多天了……

当几十名警察来这荒岛——这个所谓"地球最后的诺亚方舟"——清理现场时，发现了百多名面目苍黑、骨瘦如柴的女子和她们荒淫无度的教主。有二十多名年轻女子已经为教主怀下神胎，包括阎国立的小女孝霞。这个邪恶的所谓教主说这个野猫湖中的小荒岛是上帝挑中的最后的诺亚方舟，在地球爆炸之前，神对人类最后的审判已经到来，人人逃不过神的惩罚，上帝派他从这里把大家接到天堂。他宣称所有女子要为神奉献，包括奉献肉体。上帝既然献出了自己的儿子，我们为什么不能献出自己的女儿呢？——他对那些年长的妇女说。于是那些未婚女孩就得到了神对凡人的蒙召，与他同床共枕，与神合而为一了。于是就把她们从末日的灾难中拯救了出来，于是凡与他睡觉并怀有神胎的，每人就预订了诺亚方舟的船票，成为圣女，可带一位母亲一同前往圣地天堂……

把这群营养不良、嘴角溃烂的孕妇送往医院强行堕胎时，遭到了她们的拼死抵抗。下了命令，强制堕！一律拘留，手铐脚镣，注射镇静剂，双管齐下，同时进行科学教育，政治学习，学习三个代表八荣八耻科学发展观。可这些愚昧农妇，走火入魔，什么都不信。

回来后，丢了魂似的，一到下雨，还是赤脚单衣，出门去呼唤并迎接天上下"吗哪"。"天上的主啊，愿吗哪如雨，从天而降……"

"再不把我送到医院做手术，我就什么都讲出来！"

这不是威胁，是求生的哀鸣。好不容易逮住阎国立，就给阎国立下了最后通牒。因为医生说，不做手术，只能活三个月。阎国立看着床上这个衰竭的女人，实在焦头烂额，内心也不想救了，再救是白搭，要治，就是钱往水里丢。他是一家之主，他不能把家里所有的积蓄花在一个快死的人身上，活人要紧。桂兰说了，都是他造的孽。他身子不洁，有时身上汗湿水流的，只要逮着机会，就要与她做。还有一回，让她得了性病，下身流脓奇痒大肿，肯定是在外头卖鼠药时找了发廊女的。结果跟这个公老倌子双双偷偷地去镇上打针。宫颈糜烂很多时了，给她买了点药吃，根本没治断根。燕桂兰说，我这辈子就是你害的！

最后的最后通牒是：阎国立，你把我拖不拖到医院去的？

阎国立不能答应。阎国立说，我没钱，你说出来我还是没钱。说也白说，我不怕，这个家，我说了算，你怎么说，还翻得了天？你试试看。说了你就死得难看，你不说，咱还能想办法给你慢慢治。

阎国立没有想到她真会说的，以为她是吓唬他。这弱女子，垂死挣扎，死亡已让她吓得魂不附体了，没这大的胆子，剩一口气还得求着我哩。

可等大姑子回来的那一天，燕桂兰就憋不住，竹筒倒豆子，哗啦啦把阎家惊天的秘密抖落了出来——

圣武是阎国立的孩子。

阎国立是圣武的亲爹。

她是想过，反正要死了，不说死路一条，说了求得同情还可能有条活路。给谁说呢？给婆老姆妈说，这婆老姆妈绝对无半点地位和胆量，一辈子对公老倌子言听计从，说话声音都不敢大的。给小姑子说？小姑子挨过她爹的打，加上现在信西教，神神道道的，也不中。只有嫁出去的大姑子因为找了个好夫婿，腰杆子有点硬，敢与她爹分庭抗礼，敢主持点正义。只有向她说，通过她去压她爹救她。

这下可就炸锅了。大姑子不信，头摇得像疯牛，说嫂子你讲的什么啊，天方夜谭，给阎家泼污水？燕桂兰说，我既然说了，就是真的。这事我下了好大的决心，我死到临头还编这伤天害理的话？你们去问你们的爹。我跟他怀过几多胎。人在做，天在看。说半句假话不得好死。老天这么惩罚我我还哄老天！

爹真爬灰了？乱伦了？

燕桂兰还说，她好想活着，圣武还小，还想把圣武带大成人。动了手术多活个五年十年就蛮感谢你们了。再是，就是死，也不想把这个秘密带进土里，得病看作是上天的惩罚，做了对不起你哥孝文的事，对不起咱燕家和你们阎家，我要临死前跟孝文说一千个一万个对不起，他待圣武太好了，又不是他的。好久我都想跟他说了，心里瘀起了个大疙瘩。我遭天谴，是罪有应得。这伢长大了会报答他的。我当初是不愿意的，我不是个坏女人。

大姑子忍着不让小便失禁，但最后还是淋了一裤子。她想着这事一掀开阎家就更加一包糟了，妹妹跟什么教主怀孕，已让阎家颜面丢尽，这下是真的，还有脸？当屁股让人啐哩！过去外表还蛮光鲜，原来里面全是稀烂的。驴子屙屎外面光，男盗女娼一家人。真不想待了，这个娘家！可不能跑掉，这家她得收拾，要保住，要跟过去一样的。这是她的基本思路。她有责任来救这个家。她这样跟嫂子说："桂兰姐，是与不是，你千万别跟外头的人说啊。"桂兰说我不会糊涂到这步田地。大姑子说："那就好，那就好，你没有说，你就当是编的行不行？钱我给你去借，跟我爹商量送你去医院，倾家荡产也要治你的病行不行？只求你扪住嘴巴行不行？"桂兰说："大妹，你不气吗？不恨我跟你爹吗？"大姑子说："家里的人，我能恨吗？就是他强奸了我跟我生个伢我也不会恨他，自己的亲爹哩。只是，你千万别编些话害我爹呀。"燕桂兰哇哇大哭起来，说："我一只脚跨进鬼门关了，我还害人？大妹你太不了解我的为人了。我嫁到你们家十几年，我说过半句假话没？"

她这一哭，惊动了另外两个女人，也就知晓了。纸包不住火的。娘与妹妹得知后，痴痴呆呆的，脸黑如锅灰，眼直如死鱼，嘴颤如筛糠。咱家出这等事？嫂子偷人偷到爹身上？不是，是爹爬灰爬到媳妇身上。都一样，一对狗男女！可没看出来哩。这事做的，滴水不漏，天衣无缝，隐藏得深哪！信，还是不信？十几年，一个屋檐下生活，天天一起的，咋就让爹钻了空子？半点蛛丝马迹都没有，好高的手段！脑壳想破，没有一点让人发现的痕迹。这两个人要是搞地下工作，把蒋介石都骗了！

"好高的手段！好高的手段！"为娘的自敲脑壳不停喃喃。

"哥晓不晓得吵天哪！"孝霞跺脚问。

"我们都不晓得你们的哥晓得？可怜我的儿啊，好造孽！这个不要脸的死老倌子呀，这个不要脸的女的呀！"为娘的气得血往上冲，冲进屋去就骂媳妇，"你个骚屄，偷人偷到我老倌子身上了？你的屄痒找牛鸡巴捅去哟！找马鸡巴戳哟！怪不得你屄烂的，你这个烂屄的货呀！……"

什么话都骂了，还要捶人。被大女儿拉住了，小女儿也骂，帮着骂，骚屄贱屄烂屄乌糟屄，骂了一百句没有重复的。可怜这燕桂兰躺在床上，一句嘴都不还，只是哭。

"大家别骂了，搞什么搞呀！你们都别闹，让人听见好些？让人看咱阖家笑话？"然后大姑子说，"这事不能听一面之词。"

决定再去问嫂子，这是真的还是恨爹不拿钱瞎说的？嫂子挥挥手说，你们去问你们的爹好了，我不想说了。

大姑子豁出去了，就等父亲回了问他。脸色不好看，说家里出了怪事，您郎嘎不晓得？阎国立说啥怪事？大女儿说嫂子把什么都说了，您郎嘎未必不晓得？为父的可能早有防范，笑着说，好话我听，坏话我不听。大女儿说，不管好话坏话，反正有点丑。阎国立一拍桌子说，哪个做了丑事？对着我来的？大女儿说，我就不说了。为父的喝令道，你给我滚出去！

房里的燕桂兰这时提高了嗓音，大声说，你还想抵赖的？你做的事不敢当！把我整成这样了，你就不负责任的？

为父的梗起颈项说，我把你整成啥样了？桂兰你可要把良心放当中。我没有做对不起你的事。

桂兰说，这话你敢说！敢扪心自问？你做得太寒心了！我是被逼到悬崖边才说的。你不承认可以，明天咱们带圣武去荆州做亲子鉴定，你敢不敢去？

阎国立就哑巴了，就到竹林子里，抽烟。燕桂兰于是把大姑子叫去，把哪一天怀的都说了，那天晚上回燕家湾的前前后后全端出来说了。

真的无疑。事情清楚了。大女儿就拿出凶狠来严厉相逼。说你做得出呀，你看着办吧？这个家倒台就在今天，你去死！阎国立就不吭声了，不吭声就等于默认了。

阎孝文从田里回来的时候，已经闻出家里有办丧的气氛，以为桂兰死了。而且小妹的头有伤，包着的纱布往外渗血。他回来之前，小妹一时失控骂了父亲，这阎国立就拿出了威风，开锎，操起一根赶鸡棍，就照孝霞头上打去，棍下无情，当即头开花，棍也开花。孝霞给打得哭都不会哭，眼睛死鱼一样翻着。见了血，几个女人还敢反了不成？赶快抢救人去。这小妹也算得一条好汉，不知吃了什么药，宁死不屈，伤了还要替哥哥申冤，一见哥回，就大叫道：哥，你好亏呀，圣武不是你生的，你戴了顶大绿帽咧！

又要流血？不，不！哥，你听我说，啊，你就听我的，其他人都是放瘟糟屁的。大妹先给他倒杯水，先让他静下来。这个哥基本上可欺哄的。可是，说儿子不是他的，他不会发炸吗？说是爹的，他不会去杀爹？

你听我的啊，也没有什么蛮了不起的事。刚才桂兰姐说了个事，蛮好笑的，说你有病，脓精症，没生育能力，病是不是真的不晓得，反正说圣武不是你亲生的你信不信？

试探哥的反应。没有，没反应。

是不是你亲生的，跟你姓了，这伢还是你的，有病那也没办法。咱村借种的也不少，跟你一般年纪的，招婿的几个，二英、凤姐、芙蓉姐，听说都是借的种，或是人工授精。这个爹呢，说与其借别人的种——人工授精也是借别人的种嘛，就干脆采了爹的……你晓得吧？干脆采他的，所以这伢……

嗯嗯，这个咧，怕你伤心，当时就没跟你说。有点乱辈分，事情也不大。家里的事，不传出去就行了，你心里有个数。

她如释重负，终于把这话说圆了。这很好，灵机一动，想的人工授精，这个谎扯得好。

果然，第一步他没发炸，再慢慢说。采精跟两个人睡觉又有多大的区别呢？不一样的。一个是别人帮忙，一个是自己亲自下厨，结果不都是一样的？好多没生育的男人不都接受了？如今笑贫不笑娼，男女之事哪个还当个事呢？咱们前任县委书记搞了一百零八个女人，要不是受贿几百万，这书记还不是稳当当的。是不是自己的无所谓，只要孩子跟自己姓，图了个虚名，满足了虚荣……

到底是人工授精咧还是亲自授精？估计哥是想的这个。必须把这该死的念头拉开，也就是他接受的底线。说白了，爹跟他老婆睡没睡？

反正桂兰姐就要死了，活不了几天了，一个死人，你在乎什么咧！圣武还是跟你姓，喊你爸，你怕个屁！等桂兰姐死了，你再找一个，这事包在妹妹我身上了。爹的事就不要去管他了。他还能活好久？他还不是个老家伙了，快了快了，快死了，我们这个家你说哪个不盼他早死咧？又抽烟又喝酒又打牌，又色又贪又家长制作风，一个人说了算，什么都是他掌着的，其他人没一点发言权，只准他放火，不准你点灯，咱们活得憋气咧！还搞武力征服，对家人下狠手。等他脑溢血一死，这个家就是你的了，你说了算，当家长，不要跟他们一般见识啊。

阎孝义先笑，呵呵，后还是笑，嘿嘿，再后嗯嗯，再后哇哇，受不了了。是人总会这样。原来这圣武不是他儿子，是他兄弟。名字是阎国立取的，原来想的就是一文一武，是孝武，不是圣武。跟他一辈的，同父异母兄弟。他的妈竟是我老婆……这一哇哇地乱叫，就要发作了，对大妹说，你不消宽我的心，我晓得是么回事了，我的命咋就这么苦呀！让我弄点三步倒吃了算了。

这哥哥要吃三步倒，他的娘也突然起身朝老黑堰跑，要去投水。阎国立没动，就两个女儿到处拉扯人，家里乱啦，一锅粥啦！好歹把人拉住了，阎国立就要表态了，他不表态没个完。他走极端，掀桌子，一桌的碗筷稀里哗啦，不破不立，先破后立，这就站在了高处，镇住了现场，相当于鸣枪示警，把事件扼杀在萌芽状态。他站在那里，手上沾着油水和菜帮，两眼通红，像一头公牛，不说话。后来见逐渐掌握了局面，就怒吼道："你们他妈的玩邪了啊？咱也没做稀烂寡烂的事，他有病，总不能让桂兰离婚走掉吧？咱家娶来的人，就是咱家的人。总为阎家生了一个吵，还不是姓阎，还不是阎家血脉？我又犯了啥法？他孝文没病我会这么做？你们两口过你们的，我当我的公老爹，井水不犯河水。后来阎家要断后了，你们想过这个严重的问题没有？要换了你们你们怎么做？还不如我。你们吃我的，穿我的，今天这样对待我像话吗？不是我风里雨里，在外赚钱，有你们今天的生活？现在墙倒众人推呐，你们究竟想把我怎样？啊？！"

他这一顿猛叱，有理有据，杀气十足，终于翻过来了，理直气壮。他脸一黑，就是他的威风，你们这些屁人敢说半个不字？他说了，他扬长而去。

事情就这么了。这老黑堰村高台上竹园旁屋子里发生的丑事就这样收场了。闹过了，哭过了，解决了。大姑子招呼大家商量，这事到此为止，对圣武一定要保密，不让他知道。桂兰也是在圣武在学校住读没回家时说的。绝对保密，还是叫圣武，不能改孝武的。还是叫孝文爸，叫阎国立爷爷，大姑小姑原样叫，不能改口叫姐。孝文忍耐一下。桂兰还是要治，爹已同意了。家丑不可外扬，过去的事就过去了。在家里关起门来怎么都行，传出去阎家就名誉扫地，在这个村待不下去了。

就这么大家含屈忍辱将燕桂兰拖到医院割癌，手术期间还是（全是）孝文一手一脚照看。小妹挨打后不管事，跟她师父（教主）混去了；娘背着爹吐口水，缠着骂媳妇是婊子，当然不会照顾一个"婊子"。大妹有时来换个手，不多。大妹劝哥哥，你们毕竟夫妻一场，朝圣武看去。永远是谜，永远还是你的儿子。只当抱的一个捡的一个。老实的阎孝文听大妹的话。他记得大妹过去也是常欺负他的。他在家就是个受气包。

只是，他还不清楚人工授精是咋回事。大妹说他们身体没接触的。话很含混。阎孝文脑子又不很精明，有时转不过筋。

来照看她是因为念及夫妻情分，再是，想问清楚那个事究竟是咋回事。端屎端尿，洗脸抹澡。这桂兰就说了，孝文我一千个一万个对不起你，死了不到我坟头去。他问："你跟我爹弄出了什么？"桂兰："还弄出了啥哩，不就是个圣武。孝文，你甭怪我，我当初真的是不情愿的。老话说得好，好人命不长，祸害一千年。我可是个好人呀！"

这等于就招了，两个人肉挨肉了的。可我一点儿也没发觉？只怪自己笨。且全家人都瞒着我。

累了，就看着病床上的这个女人。好陌生。与我啥关系？没关系了。她是我老婆吗？她欺骗隐瞒了我十几年。十几年前，她就跟我的父亲睡。我被别人卖了，还帮别人数钱，我蠢不蠢？帮自己的爹带孩子，栽我身上说是我的。过去我带妹妹，现在，我又带了十几年同父异母的兄弟。我这个命啊！整个世界都在骗我，欺负一个没卵用的男人。

兄弟来了，来看他妈，睡在他妈身旁。

他看着这个伢，梦甜甜的，什么都不知道。可这是哪儿的伢呀，现在离我好远。唉，儿呀。十月怀胎，为父的一阵惊喜，吃饭忘了拿筷，下地忘了拿锹。天天听肚子，以为怀了个大金伢儿。要生你到镇上，三伏天奇热，我睡在阶檐下，蚊子咬的疱比星星还多，舍不得点盘蚊香，要给你买衣办酒。可恶这女人要生你，在产房清喊辣叫，一个劲骂我说是我这个流氓害的，都怪你怪你这个狗日的寻快活今天让我受罪。呜呼哀哉，怪谁啊，是哪个快活了栽赃我。害得我那时在你耳边小声赔罪，说怪我怪我裆里的东西翘贱，让你今天生伢受罪。儿啊，你五个月会爬，八个月长牙，你娘生你奶水如镳，是哪个催出她的奶来？除了我你还有哪个含过？你十一个月会走，十二个月喊爸；爸喊成了伯，这就怪了。你一岁感冒连连，二岁生疮累累，三岁拉稀瘦成猴，哪一次不是我把你背去求医？你四岁染上个怪毛病，每天半夜拉野屎。转钟一点，你必大便。不拉痰盂，不拉茅厕，只拉禾场旷野。无论寒冬腊月，你也要撅个屁股迎风拉。我困意深重，冻得哆嗦，每夜都要披衣起床，陪你野外泄屎。你五岁犯水煞关，眼没盯住就扎进老黑堰打狗刨。一次玩到水底，水草缠了颈子，我去救你，也被水草缠脚，差一点双双淹死。你六岁犯火煞关，一脚踏进火塘里，我半夜背你几十里路去医院。你七岁八岁逗狗嫌，天不怕地不怕，天天上灶拍镴镴。常言道，养儿不孝，娇狗子上灶，你就是娇狗子。你九岁十岁钓鱼摸虾，还会要钱上网吧。你十二岁住读，我每个星期去一趟镇上，给你送米送钱，哪回喝过一口水，哪次胆敢误半天？……可是我啊，一个老实人，十几年生活在谎言和欺骗里，爹和老婆双双把我骗了，还帮他们照看孽种，乐呵呵的。而今知晓一切了，却不许说，闷烂在肚子里。冤死，我可比老戏中的窦娥还冤哪！……

割不割一样，割了。医生说无救了，晚期转移了，让她好吃好喝等死吧。

又发生了一件怪事儿。

每天阎孝文还是得去田里干活。可村头废弃的防汛棚子里有个疯子，不晓得从哪里来的。每晚阎孝文从田间回来，那疯子就候在路口，拦住他对他说："尊敬的中国农夫，我敢保证，你的儿子不是你的。"

　　阎孝文当时比听见家人说儿子不是他的一样心发紧，惊恐万状。这可不是家人，是个来历不明的疯人，他怎么知道？……他知道村里的人是不是都知道？

　　"你也不是你爹的……"

　　"疯子，你听哪个说的？"他吼，怒目而视。

　　疯子不怒，笑说："我敢保证。"

　　"你这个死疯子！"

　　疯子肮脏，疯子说疯话。他吼他，骂他，追打过他。可他依然每晚在阎孝文收工的路上出现，向他说同样的话。

　　他缠上我了？他想。走到村里，那些人是不是都知道这事，在那儿围一堆议论我？说公老倌子跟媳妇生伢，说我戴绿帽子？……他不敢走近村里的人，躲得远远的，下地，从后园回家，睡觉。

　　冬天地里没球事。冬越来越深，暮色苍茫。一只狗顶着风在路上行走，毛全掉了。一些堆弃在田垄的棉梗像一群群饿毙的饥民。一些鸦巢像冬天的癌。一些墓冢向隅而泣。埋那个女人的地方已经选好了。

　　他在想这个女人埋这里让他难受的事，疯子又突然出现唠唠叨叨，阎孝文气翻了，一掌就将他推到沟里，头撞在坟茔上。爬起来，乱糟糟的头发里插两支香签。

　　"你究竟听谁说的疯子？你告诉我！听哪个放的屁？"他今天非要问个明白不可。他也快疯了。

　　"我不告诉你，尊敬的中国农夫。但我敢下一万个保证，你儿子……"

　　"你今天不想活了？你还想活吗？"

　　"当然想活。我比你活得好，现在是我巡视大地的时间。是大地告诉我的。"

　　"滚！"

　　大地告诉他的？这是疯话。大地告诉的。可大地对我为什么这么沉默，守口如瓶？

　　那个病人燕桂兰终于死了。这是迟早的事。这个女人死了，烧了，埋了。

大地又吞吃了一个人。

儿子哭成泪人了。不是儿子，是兄弟。这个小兄弟，趴在他娘的坟头撞头大哭。大妹给这个侄子——其实是小弟说，别哭了，乖，圣武，你爸会好好照顾你的。

说谁呢？说阎国立？

这个冬天非常悲恸。狗无缘无故地叫。从燕桂兰的坟上回来，一行人正低头走着，从旁边突然蹿出那个疯子，挡住他们。有许多亲戚，还有燕桂兰的妹妹。阎孝文傻了，怕他说出那个每天重复的疯话来，怕这些亲戚听到。他一把将疯子拽到旁边草垛那儿，疯子打了个转转。他小声而严厉地说："你给我闭嘴，我死了老婆，今天给老子闭嘴！不许说话！"

"尊敬的中国农夫，你儿子……"

话没说完，阎孝文就一拳朝那张嘴打过去，那张牙齿稀疏的臭嘴里就喷出了血水。他手上还拿着埋死人的锹，恨不过，一锹横扫过去，锹划了个弧线，切中了脑袋，脑袋开了花，人倒了地。让你巡视大地去吧。

大家看到那个疯子倒在草垛那儿了，看到阎孝文打他，为什么要打一个疯子？孝文也疯了吗？

"孝文？你这是……"

"他放屁。"

"你打一个疯子是为何？快死了，快把他弄去医院！"

有人上去夺过孝文手上的锹，那把葬死人的锹。有人去看疯子是不是死了，好像在摇头。有人给孝文说："孝文啊你这是怎么了？你快跑啊，出去躲一下啊，出了人命了！"

都这么说。阎孝文知大事不好，拔腿就跑。

他在湖里躲了一夜，快冻死。等天亮后跑上公路拦了一辆车去了荆州。见手上还有可买一张火车票的钱，想起了在北方工作的一个表弟，买了那儿的票，远走高飞了。

表弟安排他跟一个工程队栽电杆。一个月有一千块钱的工资。啥都别说，当哑巴，干活，吃饭，睡觉。本来他就木讷，又跟北方人不一样，听不懂别人的话，别人也听不懂他的楚蛮话。有表弟撑着，不会干重活，改了个名，叫阎七。因为表弟知他伤了人的事，同意他换个名字。

出来很好，他本来就想逃离那个村庄，那个老黑堰，到处散发着淤泥气味的腐烂村庄。他恨那个让他受辱的地方。

一个月后，他让表弟跟家里联系听听风声看。一联系，说没事，那个疯子缝了几针不知跑到哪里去了。表弟问他回不回去？他说不回。表弟说你不想你儿子啊？圣武说要你回去，他想你咧。

他不说话。这事不能说的，要死了带进棺材里，不，带进骨灰盒里的。"挣钱比乡下容易咧。"他对表弟说。表弟就让他去了。

他住在一间工程队放工具的小屋子里。他很自由。心情较好。

哼，回去？谁接的电话？那个老家伙？老不死的？烧火佬爬灰货！不想也罢，这事儿不放心里，放心里一磨，会出血哩，有刀尖尖，锥人心哩。过去钱也没我的，人也没我的，都被你霸去了。现在领到一个月工资，厚厚一沓。一千，百元的十张。过去口袋里哪装过这么多？装个百十块钱，上车还紧紧捏着荷包，生怕小偷夹走了。就是一千，也没个厚度。两千也没什么堆头。过去算是白活了。你老东西能把我的钱要走？还没在家累的，几亩地全是我一人操持，还以为就是这么的，当儿子的就是吃苦种地不管钱财，经济让老家伙掌管的。出来了，才知不是这么回事。他虽然脑袋瓜子不好使，但一对比，好孬就出来了。

还办了个小灵通，三百，存三百送手机，接听免费。

春节近了。大妹跟他联系上了。家里就大妹是个明白人。大妹要他回家过春节，看看圣武。他推托说买不到票。内心却说，我看看圣武，哪个来看看我呢？我还不是蛮可怜。大妹说，过年总得给桂兰嫂子坟上送个亮，别人不好去得，不管怎样，毕竟夫妻一场，千年修得同船渡，免得人家说闲话。他说有圣武啦，他去不就行了。心里说，夫妻一场是假夫妻，我跟她送亮她瞒我十几年害我一辈子，我在她坟上怎么说？说谢谢你，给我生了个弟弟？说感谢你和那个死老倌子合伙欺骗我把我当天下第一大呆瓜？她生前说过不要我去她坟上的。大妹说你就是不看他们也要看看爹妈啦。他说有你们就行了。心里说，还爹妈，那是爹啊？是狗东西。我还叫他爹？还叫得出口？大妹反复交代，哥你要压制情绪，安定团结为主，都讲和谐社会，只当什么事都没发生的，阖家的声誉！心里不舒服的跟我说。他说我没有情绪，没有不舒服，你看我不是好好的吗？没事的，我晓得，又不是小伢了。

儿子知道了他的电话。圣武，是弟，不是儿子。

"爸爸我想你，你什么时候回来呀？人家过年都有新旅游鞋穿，你跟我买一双吧。"儿子的声音很亲切很嫩绿。

"忙过这段就回。"他说。不想多说,他话不多。本来就话不多。

他好痛苦。没有了儿子让他痛苦。儿子原来不是自己的让他痛苦。十二年的父子,一朝变成兄弟,他痛苦。可这伢什么也不知道,他亲我黏我依赖我……是两辈人的感情不是一辈人!

他心里有泪,挖洞时挖到了自己的脚。

"爸你真不爱我了,不给我买旅游鞋了?"

"我寄,我寄钱你买。"

他赶忙去了邮局给他汇款。写阎圣武收,不写儿子。他叫不出口了。

送米送钱,就像在家的每一个星期,送了,心就安了。要把手中的钱一点不剩送去,送到那个叫阎圣武的伢手里,心才爽哩。

"爸,要交学费了,你可要寄钱别耽误我报名呢。"

他就去寄了,五百。还要加生活费,共一千。这个月不吃不喝,全寄了。抽烟抽两块钱一包的,喝酒打菜市场的散装酒,喝了头疼的那种,头疼就睡觉,啥事都不想了。在去邮局的路上也有挪不动腿的时候。后来还是挪动了。

那个瞎眼的姨妹也打来电话,她也蒙在几尺厚的牛皮鼓里:"孝文哥,我姐死了,你第一个清明咋都不回来培个坟烧点纸呢?你的心咋就这么狠咧?你是狼心狗肺,心让野猫湖的野猫给叼吃了?我姐这辈子跟你享过一天福没有?这么早就走了,你一点都不自责?还不是在你家累死的!"

自责?我自责?他愤怒。我做错了什么?自责的不是我!她累死的?偷人累死的,偷人精,连公爹都偷。心里大喊,你这个瞎子,你跟我一样被骗了,你找我是找错了码头,你去找阎国立,他才是你姐夫哪!口里说:"我在这里讨米,我没路费回来。"

"你讨米还用手机咧?我姐走了,圣武没妈了,为爹的也不管他了,你咋是这样一个人呀?"

他说:"圣武吃的穿的,哪一样不是我管的?"

"你不在身边,教育成问题咧。"

心里说,他亲爹在身边,我这个哥哥管球用。口里说:"他们不都在嘛。"

他是一个温和的人。从来没有粗言粗语。从小就是这个样子,对谁都这样。

"爸,你回呀,我好想你,我天天梦见妈。"那小子在电话里说。

"可不是,"他说,有哭的感觉,但不会哭,"好好读书,别想了。"

你想我，我不敢想你。一想心就疼，那儿是个赤裸裸的大伤口，滴着血。

兄弟呀兄弟，你应该叫孝武不应该叫圣武，别把咱阎家辈分儿乱了。唉，都是老狗日的，让咱有家不得归。哪个不想回去，做梦全是咱湖里田里，咱有家不能归，无家可归！哪还有家？没老婆，没儿子，一下子全没啦。从现在起就是个孤老了。我这个孤老还给老东西养儿子？我是不是忒贱？不清汤？心里有一次在去邮局的路上闪过这念头：暂时寄，让他们不防范，放松警惕，到时下他的手。

下手……这念头摇摇闪闪的，很令人晕眩。也头疼。我不能这么惨，我不让你好过的。那个老黑堰没我的位置也没你的位置。还真有这样的父亲，那我还有什么客气的？这辈子反正毁了……

他不停地寄钱寄物，这样才增加他的决心，让他没有回头的打算，也要把自己彻底地毁掉。

有一天晚上他听收音机，无意中听到一个医生说脓精症是可以治好的。怎么？可以治？不是骗人吧？但也很兴奋，能治好咋给他说不能治？那女人燕桂兰的姐姐咋这么说？都是医生。不过他从没听说过燕桂兰有个什么表姐当医生的，赤脚医生吧。他决定去看看。

找了个时间去了收音机里说的医院。经过取精化验，发现他感染严重，且精子完全液化时间要个把小时还不行，非常严重。医生说，还没看见这么黏稠的精子，全部是白细胞，且长期感染已形成炎性粘连，致使输精管道有阻塞，但正规治疗是可以治好的。要打针，吃药。都很贵。他想都这个年纪了，治好了又怎样，又没了女人。不过他还是想试试。大妹说跟他找一个的。凭什么要把钱给不相干的人，不能治治自己的病呢？我现在的这些钱，一个人养一个人，绰绰有余。我为什么就不能像别个潇洒一些？反正在外头，你还能管着我？他再次去医院就要开药打针。医生给他打针，还给他开了许多药，什么左卡尼汀口服溶液、维生素、克拉霉素分散片、盐酸多西环素片，多达七八种，还要他每天热水坐浴。

每天去医院打针，医生说快了快了，有希望。过了半个月后，去化验了一次。医生又说，快了快了，有希望。液化时间短多了。他自己观察，好像也是有改变。唉，他又没女人。自从那女人死后，不，死前很久，就没近女色了。这辈子也就这个女人。这么久，差不多把那事都忘了。只当自己不是男人，裆里没那个东西。而且自打知道自己有病后，对那个东西还厌恶哩。

治了真好。过去腰有酸软现象的，现在没了。过去拉尿有隐隐不适的症状，也消失了。咋就没想到看看？哪里会想到医院，吃得屙得，就是没病。过去就是这么说的。

有什么东西被唤醒了。如果真治好了，可以再找个人，大妹说过的，这事包她身上。如果有生育能力可以生一个，我的，我自己的，亲生的。不可能。因为有一个且是儿子，就不能生了。可那不是我的！我哪里有儿子！我跟计生干部去解释？这是不能讲的。

有一天，他去再次化验，医生给他说，你有些晚了，精子不多哩，炎症好像没了还是浓。

脓？浓？医生还说，你的精液咋有点怪呢？味儿也不对，好像有股农药味。这气味少呢。这种难治的情况，有的是近亲结婚生的孩子会出现无法液化的浓精，二是环境污染导致的浓精，那是难治的。他就问，那是不是我治不好了？医生说，也不见得，因人而异，你的问题有点顽固。但好与不好，你得同房试试，你老婆呢？他说，我老婆死了。医生说，噢，死了，你治那个干什么？他说，治好了再找啊。医生看着他，有点怀疑的意思。好像瞧不起他能再找老婆似的。医生说，好与不好，你得边试边治，说不定就怀上了呢？对不对？

他何尝不想，手淫哩，这个年纪了还弄这个。不是厌恶自己流出的东西，恨不得一天一次，一夜五次。他是个耕板田的身坯，壮得能打死老虎。到哪儿找人去？老婆本来好好的，被无良长辈搞死了。

他去嫖娼。街头有为农民工准备的女人，三四十年纪的，丑的，涂脂抹粉的。五十一次。他有一天就下了点决心，去了，被女人带到一个狗窝样的小房子里，在里面打了一枪。很快，可能长期没做，或是不内行——干这种偷鸡摸狗的活儿，或是紧张，惊吓，怎么都起不来。那个北方女人给他想了许多办法，勉勉强强地引导进去，进去没两下就流了，取下套子，交钱，不像干那事儿。出来，没有感觉。后悔花了五十元，下馆子吃两顿了。一个农家小炒肉才十二块钱，可吃四盘。真是俗话说的，上床美，下床悔。上床也不美呀。那女人还说，你身上有气味哩。我又不吃蒜子大葱，不像你们北方人，我啥气味？农药味。自己有时闻得到。他娘的我不嫌你你还嫌我，想想咱老婆比你漂亮一百倍，干净一百倍。还不上套子。上套子，叫什么睡觉，没有肉和肉摩擦的感觉，比自己解决还差。自己解决时，想村里的阿莲、刘巧、王英什么的，兴头儿就来了，净想些美女。眼前却是大嘴黄牙风干脸一北方大嫂。

有家真好。村里真好。

冬天来了，春节近了，心中惶恐飘摇，就像个风筝似的。还在治，还在坐浴。没救了。孤老是一定了。有家不能回。两年啦。太难受。北方的冬太难受太乏味，干燥寒冷，风刮得跟鬼似的，石头满地乱滚。

想想咱那儿农历的冬月，已没事了，不栽电杆不挖洞，油菜栽了，板田也耕了，要杀年猪了，要到湖里找过年的腊鱼。找个水汊，两头用泥一拦，干泥稀泥，拦了就戽水。水干了，里面的鱼就现出了，大黑壳鲫鱼，还有黑鱼。有时候戽干水坎边的水凼子，鱼洞呀蛇洞呀全露出来。有一年冬天，在老黑堰干鱼，一个大洞露出来，把手伸进去一探，有硬物，不是石头。拿出来一看，一个大鳖。伸进手再探，还有硬家伙，拽出来，又是一个大鳖。再掏，再有。这是一个鳖窝子。洞里还拐了弯儿，有鳖，有龟，有鲶鱼（都是几斤重的家伙）。桶装不下了，洞还没掏到底，拿锹来挖，挖进去一米多深，洞越来越大，里面睡几十个大鳖。那一年，光鳖就卖了两千块，地道的野生鳖咧，当时一百多块钱一斤。自己还吃了不少，腌了不少，过年除火锅鳖，还凉拌鳖。没多少人知道鳖可凉拌的，煮熟了，切了，用生姜、蒜子，加些炒好的黄豆，加酱油醋加香油加豆瓣酱，凉拌的鳖，比什么都好吃。那一年春节，肥肉用去不少。捡鳖还要倒贴肉——这是咱那儿的俗话。吃鳖，非得要放点肥肉炒的，腊肉也行。

还有挖藕咧。咱那荆州地界没你们北方这样的，水冻得死死的，几尺厚的冰，河上跑汽车。咱就早晨一点薄冰，太阳一出，化了，可下湖挖藕了。穿个渔裤，下到泥巴里，也是戽水，往下挖，露出嫩黄的藕芽在泥里——是明年三四月钻出来成藕带，或者成荷叶的，再顺着挖，横着的就是胖胖的藕，一直顺着攉，一枝枝大藕就从深泥里剥出了真相。挖藕，会挖出黑鱼，挖出鳝鱼、泥鳅、鳖。

那时过年，初二就去燕家湾，跟老婆伢儿一起去丈母娘家。一家三口，完完整整，蹦蹦跳跳。以为这日子就这样的，这情景是一辈子的。幸福就是完整无缺。然而……散啦，没啦，完啦。

他身上的农药气味越来越重，自己呼气也能闻得到。干燥的北方冬天把他身上潜伏的气味给逼出来了。

大雪，百无聊赖的大雪。他在这儿死守着是干什么呢？他为什么还不行动？他给圣武寄了最后一次钱。他也同时买了票。他问自己，我凭什么不能回去？我待在这里胡球乱想有什么用？

他就走了。

火车疲惫紧张的声音，好像是送人上战场的。车窗外是白雪皑皑的原野，所有景物都咬紧牙关挺在冬天。

他穿得非常严实，还买了一顶耳护帽，把半个脸都遮住了。加上头发深长，还戴了副墨镜，加上口罩，一般人认不出他。

一个晚上的火车就到了。很快，很方便。凌晨下了火车，先弯个路去另一个镇上，那里没熟人。再步行，从湖滩穿过，再潜回老黑堰。

冬日的家乡平原也不亲切，死气沉沉。大地带着被湖水浸润后特有的荒凉，枯荷与黄苇噼啪作响，扩大着严厉的风。许多曾经是水的地方，被垃圾和渣土填平。田野上空无一人，此刻都猫在家里享受冬日的温情。他没了家，失去了家。他过去有，以为有，非常暖和，现在没了。

穿田塍走小路钻荒沟，此刻，太阳哗哗地往上升扬，遭过霜打的油菜地像群鳞闪烁，吐着冬天奇异的光。没有雪，这块地界基本没下过雪了，霜大约取代了雪。芦穗一匝匝的，在荒渠边像老人白闪闪的胡须。小麦刚长出如婴儿毛发的苗，娇嫩无比。棉花梗还赖在田垄上，呕吐着最后的花絮，但面目苍黑，危在旦夕。

太阳完全占领了天空，狗们在阳光下欢呼雀跃，雄赳赳气昂昂，仿佛太阳的走狗。一些鸡则躲在草垛下晒太阳，守着自己刨出的灰窝，知足常乐。腊肉腊鱼都登场了，自己灌的灌肠，晒满竹竿。想到腊灌肠炒大蒜的味。还有一种灌肠，鱼子灌肠，晒了吃，那真是绝味……家里咧？有肉有鱼吗？摊豆皮了吗？糍粑打了吗？……唉，管他的。

中午太阳没了，天显冷，湖风吹得人直哆嗦。他已经进入了老黑堰村地界。一些菜地却是水灵灵的，大蒜披头散发，疯了，麦豌豆颠子弯弯曲曲，像烫了头发的女人。油白菜、茼蒿、菠菜、包菜，包菜是山东一号，已经捆了绳。北方哪有这么好的菜地！正是吃晚饭的时候，此时，若在家，割点腊肉，扯一把菠菜，或是砍一蔸包白菜，丢入火锅中，再掐几把红菜薹，那个鲜啊……

到了坟山，远远地看了看，那些人沉寂了，跟冬天一样。那个女人的坟也矮了，仿佛死了很久。他钻进棉花地里。棉梗很高，又摘了棉花，不会有人来地里。万物寒噤，村庄塌陷在眼际，电杆枯干，道路气弱。

天色向晚，他抬起头总能隐隐地看到那个竹林。就是那里，家。他想哭。想大哭一场。

他坐在棉花地里，有时躺着，竟睡着了，一个晚上在火车上没睡。冰凉地睡着，做着冰凉的梦时，肩膀却被拍了一下，那可真没把他吓个半死。猛然醒过来，睁眼一看，一个臭熏熏的人影，那个疯子。

"尊敬的中国农夫……"

这不是鬼吗？这个披头散发的鬼，脏鬼，穿得跟牛魔王似的，两年了，还游荡在这片田野上。他惊骇。

"你……你……你想干什么？滚！"

他要压下恐惧，要用从肚里发出的咆哮驱赶鬼魂。他站起来，手上摸到一块土坌。准备给这鬼狠狠一击。

"尊敬的中国农夫，我敢保证你儿子不是你的……"

那个人说着，竟喃喃自语地走了，如入无人之境。或者根本没看见他？拍的是个空气？

他不是对我一个人说的？

这时他才明白。他对这世界的人都这么说，他是对大地和空气说的。他将永远这么说下去。

他丢掉了手中的土坌。他只有土坌。他是回来杀人的，却手无寸铁。他在火车站时，看到过卖藏刀的人，他想了半天，还是没买。

肚里嘈，口渴，一紧张就口渴。喉咙干得像石头。没水喝。这田里有水也不能喝，水都污染了。后悔没能买瓶水。忍。

暮有欲雪之寒。夜晚来临了。湖风无缘无故地加大，呜呜地横扫着旷野，村庄完全看不见了。灯火低沉，像有淤泥漫上来。枯干的棉花梗和芦秆一起发出呼啸的声音，有如一群衣衫褴褛的饿鬼在向天地讨要食物和炉火。天怎么这黑？遇上了鬼打墙？手碰到墨镜，才记起戴着这个东西。怪不得！取下。不应该这么黑的。他要潜回村里。手脚冻僵了。他想家。家暖。他就往村里摸去。

他终于悄悄地钻进了屋后的猪栏屋。没有变化，还是那些晒干的红薯藤，堆在圈上头的隔板架子上。猪没了，好像根本没喂猪，或者猪杀了。

暖过来了。干红薯藤很柔软，像床。有点像床。小时候就喜欢躺在这些东西里玩，躲猫儿。有一回在薯藤里竟然睡着了，第二天早上家人才知道。这么躺着，不难受。回家的感觉。他睡了。偎在薯藤里，睡着了。醒来把手机看看，还早。要等到至少十二点。如今乡人晚上看电视，打牌，睡得很晚。

我是不是就这么跳出去，敲大门进屋，说我回来了，回来过春节的。一切没事儿了，喝杯凉茶，最好是凉的，再洗把脸，再吃饭，喝酒，再看看圣武的作业，然后什么事都没有了。已经回来了，回家了。有我的床，有我的房间。近在咫尺。我没带刀，我是回来的，回家的，回家与亲人团聚的，看父母双亲和儿子的，不是杀人的。

这不可能。这一切都是假的。这不真实了。捅穿了，不是了。如不捅穿，该多好。我为什么要知道？为什么让我知道？这太残忍。他突然很伤心，在黑暗中的薯藤堆里。他的呼吸有些局促，感觉口罩里呼出的热气全是农药味，他的身体里没了水分，全是农药。他拉下口罩。农药的气味弥漫在猪圈。

这一天晚上，卖鼠药回来的阎国立跟每一天没什么不同。他根本没想到有一个人将要结束他的生命，这个人是自己的儿子。这个人就藏在猪圈里。说起这事儿，儿子无能，他不能肥水流入他人田，自己花钱娶回的儿媳妇不能就这么荒废了。有田不能不种，有种不能不撒。后来证明是可长庄稼的。而且收获不小哩。出了事，他狠狠地说过来了。话总是要说的，盘总是要翻的，伢还是姓阎，还是阎家一泡尿，阎家添丁添口，有什么不好？今天他还去了学校，圣武说他爸刚给他寄了钱，买了一个电子词典。"噢。"他说。快放假了，他本来想说"问问你爸今年过年回来啵？"但他没问。他不会问。他总觉有点对不住儿子，特别这儿子还这么给圣武寄钱。这让他心头挂不住。这儿子从来就是逆来顺受的，太老实，憨厚。但人不能这么老实，一个男将不能这么老实。可他愿意跟圣武寄钱，你又能拦他？这像啥男人嘛，孝文狗日的，你恨我还好些，让我好受些。跟我打一架最好，最好是把我打得头破血流，这事就解决了。他自己也隐隐地感觉，这事还没最后解决。他有这个预感。

晚上喝了点小酒，还真是菜园里掐的红菜薹，加了腊肉，口齿留香。不过他喝了酒，总有些伤感。一个卖鼠药的人，也会伤感的。他近来记忆不好，这也是伤感的原因。前天把一袋鼠药忘在车篮里了，损失两百多。有一次车未锁，不是陡然记起，车也没了。不过这个冬天他还是一如既往地梦见那个女人。不是临死前枯瘦的样子，而是丰腴的、奶水四溅的那个肉身子。他许多个晚上，都会习惯地去那个猪圈看看，揿个火机看看，不为别的，是喝酒伤感。在那个薯藤架上，他曾无数次地与那个女人在此偷欢。这地方虽有点臭味，但很刺激。也很私密，外人一般不知道。这女人好喊叫，过去常听见儿子房里传来的怪叫声，后来证实是真的。可这里偷情，如何能叫？就在薯藤架上准备了一些断砖，她叫时他就用砖砸底下的猪。猪叫得凶，把她的叫声就压下了。她干那事时也像杀猪般叫的。他让她快活到顶了，他这方面是个专家也是个实干家。

鸡叫了，第一遍。许多鸡还是懵懂的，只有极少数爱出风头且失眠亢奋的鸡才叫。没有几声，会沉寂。第二遍鸡叫跟第一遍鸡叫离得很远。阎国立迷迷糊糊起来出门小解，厕所就在猪圈旁，他就进入了猪圈。阎孝文还在想怎么进屋去结果那个人的小命，犹豫的时候，小命送上门来了。这不是幻觉吧？那个人出现的时候他还以为他被发现了咧。当那个人打燃打火机的时候，他在慌乱中摸到薯藤堆里的砖头一动不敢动。他已经发现那些砖头了，不清楚为啥有这些断砖头。那个人转身离去时，他跳下架子，狠狠向那人的后脑勺砸去。

砖头是半块，但出去的力非常大。他本身就很有力。一下，再一下，再一下。他不知砸了多少下，一次比一次狠，好像决心是一步一步坚定的，一步一步清晰的。这个人应该砸死。最后这么想时，这个人就倒地了。

这个人真的不知道谁半夜三更在他背后拍砖。他什么也不知道，稀里糊涂地就倒了，没命了。

阎孝文在慌乱中戴上口罩。农药的气味越来越重，也许是血腥味，身上有了血，还糊了一脸。后门是开的，他看了一下，没有进去，这儿不是自己的家了。这里很陌生。这里是别人的家。他连夜跑了，赶往他打工的地方。他把大衣都扔进了野猫湖里，洗干净了脸。他第二天下午就去雪地中挖洞栽电杆。

只有那半截砖头，留下了他的指纹，也留下过他父亲的指纹。就是这样。都没有想到，杀人者是几千里之外潜回家的儿子。他的准备这么精心，他的复仇这么决绝，仇恨这么漫长。说白了，耿耿于怀。而报案的是杀人者的大妹，她说什么也没有想到，过去两年多了，那样一个老受气的老实哥哥会出这个恶手。如果想到就不会报案了。

滚钩

　　成骑麻把船停泊在芦苇洲头的一个小汊子里。他没想到，这五月，风乍起，浪接天。风如此寒厉，昨天还是单衣，今天要穿棉袄。江上的风本来就硬，加大到六七级了，雨也有随风而至之势，白呲呲的巨浪向滩头打来，不到人高的芦苇咔咔折断，江水陡然浑黄暴浊，浪渣密密层层漂来。这天气是不能打鱼了。拴好船，想赶快回家添衣服。走上滩头，看到几条野狗在嗷嗷乱叫撕扯什么，凭直觉是死尸。死猪死狗也就罢了，一个黑乎乎的大家伙就是个死人，他们俗称的"泡佬"。成骑麻拿着长钩就飞跑去驱赶野狗，那些疯狂的野狗也是吃红了眼，逐渐向野狼进化，尾巴呼啦啦地摇着，身架奇壮，牙齿尖突。等成骑麻将长钩向它们扫去，硬是几个回合，撵走那些野狗后，看到那个泡佬已经被啃去了半条胳膊一只脚。

　　是浪把这人送到滩上来的。是死人，成骑麻一个激灵，不由往四下望望，是看有没有史壳子。这是条件反射。再看那泡佬，天！不是村里的成小安吗？小安找到了，小安浮起来了！

　　应当如何把这消息告诉村里呢？他必须守在这儿，不然小安的尸体会被啃得一点不剩。或者先埋人？但这不是无名野泡佬，无名是可以埋的。小安就不同了，是同族侄儿。你看成小安，叉着五个白森森的指头，似乎在召唤着他，也像是指着村里，眼睛鼓胀胀地望着天，分明是要成骑麻去喊他的亲人来。前三天，成小安的老婆腊月算是埋掉了，小安是要与老婆同坟的，他们是抱着一起跳江的。小安患了肝癌，治病欠了一屁股债，医院催款，疼得也不行，就这样两口子商量好，一起从成家村堤边的废弃趸船上跳进了江里。

　　打捞腊月，史壳子要了三千元，谁不说这史壳子黑心烂肝，咒他咋不得癌症的，毒瘾犯了，让车一头撞死也行。这只是背地里说说的，见了史壳子，一样点头哈腰。交三千，还说是乡里乡亲的特价。成骑麻没有参加，勾老倌、虫老倌和哑巴三水去了，非族人。刚开始成骑麻是要去的，小安的爹哭着来说让成骑麻帮忙去捞捞。这还用推脱吗？钱是不会要的，本来就与小安爹是堂兄弟。再者成骑麻打捞了三十年，打鱼，捞尸。他准备好滚钩，史壳子却找上门来，甩给他一句话说："麻老倌，您郎嘎不要断我的财路。"成骑麻当时还嘴的想法也没有。这一说，也是警告，以后他要断成骑麻的财路。这一带，水牛市两岸的捞尸，不知怎么就成了史壳子的一碗菜。有想捞尸挣小钱的，不是船被凿出个洞，就是半夜被扔石头，还有的不明不白船篷失火差点把人烧死。这还能是谁干的咧？当史壳子走出戒毒所时，一个因毒瘾快疯的人连父亲都砍得下去，你还不谢他留了一手，让你不死。啥时候他打上了泡佬的主意？只有天知道。也许有一天他看到那些从水里钩出的死尸，看到呼天抢地的人，阴阳相隔时，对着茫茫大江无助嘶喊时，那些歪歪倒倒的老渔民，成了他毒资的输送人。他自己，也许某一天照镜子，看到只剩下牙齿和鼻孔的一张脸，不就是具死尸吗？他咋会捞尸？最后一次戒毒出来，饿得不行就成立了一个壳子打捞有限公司。大家都知道他的诨号，一张纸壳子样的人，或者这个打捞公司，就是个空壳子。他自己，叫史克治。壳子打捞公司，什么都不捞，就捞死人。前几年，捞一个五千，史壳子垄断后，涨到一万二，一口价。这里还有二家吗？找政府，政府不管这事。政府管得多，小贩摆个地摊也要掀的，淹死人了不管，没有公益捞尸队，连在江湾竖个警示牌子也小气死了的。这水乡到处是水，伢子们咋能一天到晚读书而不会点扑汩呢？这狗日的教育！水牛市的观音湾，是观音河入江口，那儿表面平静，暗流汹涌，入江的水把江底淘空，深不可测，流沙在水下四处游弋，像一只只巨手拽着你。在这儿游玩的人不知深浅，几步往水里蹚去，以为是平滩，几步就卷进深坑漩涡了，就会惊呼救命了，两只手乱抓乱打，几下就没顶了，只好去捞尸。

有人说观音湾有冒充观音的水鬼，在水下拉人。水鬼都是屈死鬼，必须拉下两个人才能托生转世。这就造成了恶性循环，一个拉两个，两个拉四个，四个拉八个……史壳子的发财机会就来了，干不完的捞尸活，赚不完的死人钱。史壳子过去经过商，他注册了公司，就堂而皇之"正式"了。然后弄些小伢沿江发卡片、贴不干胶，上有他的手机号码。提供死人信息的，给一百元信息费。有了淹死人的信息，再电话村里的渔民放滚钩捞尸。如他们捞不到人，也有两百元的收入。因为死者家属已经给了四千元押金，捞到捞不到，这押金是不退的。刨去其他的如每个渔民两包烟、一条毛巾、一双布鞋、一瓶二十元的白云边酒，加上给信息费等，史壳子还是赚大头。捞死人又不要发票，税也偷了。捞到了，成骑麻他们每人可得六七百元。一个月平均下来不止一笔，远比打鱼的收入多。这年头，长江上已无鱼可打，三峡建坝，水小了，拦住了上游来的鱼，也没有下游来的鱼，如洄游类的鱼。加上污染，再加上前些年打鱼的多，且是电鱼、迷魂阵、矮围、地笼、陷阱网、抬网、光诱捕网，断子绝孙的炸鱼和电鱼，长江里哪还有什么活物？过去，成家村全部打鱼，成骑麻就是村长，领导两百多号船。还有村集体的机动大渔船，八十匹、一百二十匹马力的渔船就有好几条，在长江上下三千五千米的滚钩，围捕春季和秋季鱼汛，围捕江上的腊子（中华鲟）和江猪子（江豚），那时没有保护一说。江上江猪子一群群几百只，腊子从东海游来去上游金沙江嘉陵江产卵，有时候夜里整条江上都挤满了巨大的腊子鱼群，一条大的有千把斤不稀奇，有"千斤腊子万斤象"之说。三层滚钩拦截，一次捕几万斤鱼太稀松平常。冬天也用围网，有一年一网捞上来二十万斤鱼。长江上的四大家鱼青草鲢鳙是大宗，过去天天都可打上几十斤重的鲢鱼、鲶鱼和鳜鱼。但现在四大家鱼全是人工繁殖了，没有了江里产卵之说。现在，村里的人全改行干别的了，或者到各地承包鱼塘，剩下没死的老家伙们，没事可干，就只好在江里打点小鱼小虾，聊以度日。

成骑麻习惯性地用手指去敲敲小安的手。每个捞起的死尸他都敲一下，看有什么反应？当然不会再有反应，习惯而已，这是跟他的父亲学着做的。所有泡佬两手都是张开的，不会捏着。他们已经把人世的一切全部放开了。看着小安的尸体，成骑麻想，我不能就这么守着。人又离不开，风又大。往后面看，野狗在芦苇荡里伸长猩红的舌头窥伺着。他用手机给家里打电话，拨了几次，无人接听。给儿子？儿子"失踪"了，只要是他成骑麻打，儿子不会接。儿子丢下老婆孩子，与义忠村小学校长的肥老婆私奔了。儿子从小瘦，渴望一身肉，这就找到了一身老肉，校长老婆大他整整二十岁。有一次接通了电话，他对儿子说，我都要叫她妈了，你奶奶啊！有时候也无可奈何地想，你小子也算争了口气，一个半文盲竟能勾引到校长的娘子，咱家祖坟上冒青烟啊。

他只好去船上，找了半截桨片，好在是沙土，拖着小安的腿放入一个沙坑，三把两下将他临时掩埋了，再抱了些浪渣树枝堆在上面防野狗扒拉，就赶快去村里报信。

这里，成家村在长江南岸的沼泽里浸泡着，芦苇、青蒿比房子高。巨大的蚊虻繁殖得很快，发出震耳欲聋的嗡嗡声，铺天盖地。许多人家的篱园里卧着恶狗和断砖，獾鼠在村子里大摇大摆。庄稼小块地成熟着，阳光有些偷偷摸摸，无精打采。但是从远处看，是绿水人家，鸡鸣狗唱。埠头有蒲柳，屋前有垂杨。旧船半沉水中，破网飘飘荡荡。两百年前的成姓人家在这里挽了个土埂，就成了村庄，以后陆续有江苏安徽打鱼人避风在此，赖着不走，成为村民。再以后水鸟也看上了此地长出的树和生活的牛；这些奇怪的水鸟，喜欢临风筑窝，平时蹲在牛背上缩着脖子发呆，不吃不喝，精瘦无肉，像一些白色的棍子到处弹动。到了冬天，北岸凶猛的大风直扑向这里，黄鼠狼到处挣扎跑动，沼泽里的青麂开始大哭。野鸭如云排空而来，它们以水里密密麻麻的蚂蟥为食，解了成家村人的心头之恨。干枯的长江蜿蜒东去，让对岸建筑丑陋的水牛市暴露在江水的倒影中——全是灰色的屋顶，杂乱无章。加上点小雾，倒影里对岸的城市就像梦中，与他们无关。至少狗没有心理压力，并不以自己是村狗而收敛，发狠地对着城市扭曲的倒影狂吠，以主人自居。这里的一切，依然是祖先带给他们的命运。现在五月涌动，汛水携着长江上游的腥味下来，弥漫在村子里。沼泽深处有产卵的鲤鱼上蹿下跳，异常痛苦。到了深夜，听得到它们重重的扳籽摔打声。

　　说是叫成家村，但渔民忌讳太多，"成"与"沉"同音，只能叫浮家村。成骑麻过去大家都叫他浮村长，现在叫老浮。叫老浮的老倌子太多，就叫他麻老倌。史壳子也不能叫史壳子，"史"就是"死"，只能叫活壳子，活总。

　　雨下来了。点子很大，但很稀。这时候，成骑麻抬脚进村时就看见了史壳子的爹，瞎着眼睛在门口摸索，雨点击打的灰尘溅跳上他宽大的裤腿。有一条狗的眼睛是他给戳瞎的。门口一排树上牵了根船绳子，他就顺着绳子每天摸索走路。这条绳子也是捆过尸的，只是史爹不知道罢了。即便史壳子是长江两岸的捞尸大老板，一月少说有一两万收入，可他的家却依然破旧，用水泥砌的矮两层楼房，差不多有三十年历史了，是史壳子他哥没枪毙时用贩毒的钱修的。外墙是水磨石，已经长满了老年斑似的青苔，上面爬满阴险的蜥蜴和滑溜溜的蛞蝓。但在楼顶上还用蓝瓦搭了一间很高的小屋。很有几次，在有月光的晚上，成骑麻看到史家这蓝瓦屋顶上躺着许多鼓胀胀的泡佬。那些泡佬一个个按照出水的样子，有男有女地整齐排列，男的从水中浮出是脸朝水底，女的浮出是脸朝天。老辈子的人说男的脸沉故屁股朝上，女的屁股重故脸朝上。有一天半夜出来小解，成骑麻看到他家屋顶的那些泡佬有的坐起来，有的女鬼在梳头——月光下的头发湿漉漉的；有老人，有年轻人，有小伢。成骑麻以为自己看花了眼，回到床上往窗外望，还是那样，鬼还在他们家屋顶上，影影绰绰，还在梳头。这事儿他跟谁都不能说，包括老伴。他到江边的大悲寺里偷偷化了斋，捐了钱，烧了纸，磕了三十六个响头。菩萨是要念及他成骑麻祖上三代没吃过死人的饭。从他父辈算起，都是渔民，也是水牛市民间慈善组织"义善堂"的成员，专门捞尸葬尸的，不收分文酬金。1949年后"义善堂"解散，政府接管，还是捞尸不收钱。"文化大革命"时投江的多，那时政府瘫痪了，但成骑麻的老爹还是一如既往地带着他和村里渔民义务捞尸。一年捞过两百多个泡佬。后来，他九十岁的爹死了，这事儿好像就没人管了。

他可以埋着头走过去，不理会这个瞎子。但另一个成骑麻却停下来。这个成骑麻在那儿踯躅了两三步，看了一眼天上的雨势便大声问："活爹，活总在家吗？"

他给了他一条鱼。这是惯例。即使没打到鱼也要买上别人的一条拿来给他，好让他给史壳子说麻老倌子又送鱼来了。现在，拿到鱼的瞎子一阵高兴，刚才像僵尸的脸上变得喜笑颜开，边抖边走地说："我来给他电话，我来打电话！"

瞎子过来往他身上一闻，瞎眼一翻，有话了："有泡佬味。"

他是怎么闻出来的？这老倌子年轻时吃喝嫖赌，也在渔船上做事，见到女人又无他人在场时就顺势按到船板上奸了。船家女人赤脚单裤腰里还是橡皮筋，非常容易得手。船板上又干净，好像到处都是婚床一样。村里渔妇意志稍有松懈的没有没被史老倌奸过的。好像还都愿意让他戳上一枪，没一个反抗报警。可见"男人不坏女人不爱"的宇宙真理有几十年了。但有一次在外村奸女人时被发现，让人戳瞎了眼睛，从此金盆洗手，改邪归正，在家教育出了两个吸毒儿子。

他帮他儿子拉生意咧。他是看不见他自家的屋顶上有那么多泡佬坐那儿了，但时常半夜会突发头疼，清喊鬼叫，说有人用绳子捆他。到了白天，没有事了。这屋里平时也就他住，史壳子四处游荡，居无定所。史老倌摸摸索索去拨电话，瞎眼狗夹着尾巴打着哈欠贴在他腿边。可怜这狗，一身在路边粘上的苍耳果没人摘，连蹲都不敢蹲。头上、瞎眼边都给粘上了，一颗挨着一颗。

"你死哪儿了？"然后把话筒给成骑麻。

那话筒又黑又脏，还散发出一股大蒜味。从桌子上拿过来时被桌下的一堆瓶子绊了一跤，成骑麻后悔莫及，从这儿走过去不就行了吗？

"……是这样的，我看到小安了，可不是我打捞上来的，他自己浮起来的，在芦苇滩那儿……风浪大，就漂到这儿了……还被狗啃了，我去给他爹说说……"

他这样说是什么意思？他要说服自己。他的意思是向史壳子解释，就是解释，解释后再去告诉小安的爹。绝不是我打捞上来的，我说的是这个意思。是解释，不是告诉。我谁都不想得罪，史壳子是得罪得起的吗？

"你没给他爹说哟？……好！我马上来，在打牌……"

他在江边麻将馆，离这儿不远。再怎么想办法都来不及了。如果他在对岸水牛市，再比如说是另有人发现的，他成骑麻不就撇清了，这就不与他相干了，他害怕什么呢？不就害怕以后史壳子不再给他派工，让他赚不到分文。唉，人贱了。

心里一塌糊涂。看着狗身上的苍耳。狗浑身抖动着，因不能卧，估计它站了一个月。可你这条狗在这屋里也就这个命运了。

不给他史壳子说，会有什么样的结果，都是知道的。常言说欺老不欺少，他再怎么坏，他年轻；我再怎么好，我老了。老村长算个卵，世界是他们的，也是他的同伙们的，他们狠，你只能认。这几年你成骑麻添置的沙发、手表、手机、太阳能清华阳光热水器，又修了瓷砖厕所，还补贴那不争气儿子孙子的钱，从哪儿来的？每个月总有千把两千块的收入是谁给的？到了夏天，一月捞八九具尸是常事，最多一个月拿到一万是谁带给你的？全是现金结算，史壳子从不拖欠，因为捞尸先付款。史壳子这里，一具一结，捞起来就有钱，捞不起来也有钱。肥皂、毛巾、烟酒，给亲戚的不少，用得完吗？亲家那边，割两块稻也是瓶装酒，白云边、关公坊，来这边提的。史壳子有规定，凡在他手下搞事，就是公司员工，不许接私活。有一个老倌子，私接了一单，捞个小伢，收了两千，好，从此史壳子这儿没你的事了。老倌子急呀，退钱他，提好烟好酒找史壳子求情，史壳子臭不理他。他干瞪眼。

可是成骑麻感到一阵阵的不舒服。等他回来，等他去给小安的爹说？小安媳妇腊月捞起来要了人家三千，还说是十年前的价，说他还要开工资交税，睡（税）你妈的个逼！还不回来，小安被野狗刨出来啃完了！可他成骑麻为啥就迈不开腿呢？

史壳子摇摇晃晃地开着一辆无牌摩托出现了。这个鬼一样的人，三块骨头顶着个脑袋，两只寒风眼叮咚叮咚地闪，屁股像被人砍掉了似的，手像鸡爪，鼻孔萎缩，气若游丝。

成骑麻爬上他的摩托上了江堤，风越来越大，老远就听见野狗争食的撕咬声，史壳子驾驭不了这摩托，几次崴在沙子里，把成骑麻摔下来。成骑麻拾起掉地上的长钩就拼命往江边跑，几乎是怀着愤怒将长钩掷去，打着了一条狗，其他的狗才惨叫着逃之夭夭。但，小安已经被扯出来，残肉与沙子混合在一起，粗看大腿又遭噬啃，手指也残了。滩头上弥漫着一股烂洋葱的臭味，酸腐、尖锐。他呼呼地喘气，年纪大了，跑这一路力不从心。加上寒冷，脖子以上出现酸麻胀疼，心脏早搏，跳两下停一下。

"先把他洗干净，就说是鱼啃了的，把这里的耥平。再是，把您郎嘎的船划过来，把滚钩拿来，我们给小安挂些钩……"

他都懂。成骑麻做了二十多年的村长还不懂吗？这事能做吗？他极不情愿地去了船上拿滚钩。他回过头看到史壳子拽着小安的尸体往江里拖。

成骑麻钻进船舱，舱里有滚钩，是上了锁的，怕人偷。此外船板上什么也没有。问题是他冷，想加件衣裳，最好是棉袄，最好是睡进被窝里。小安，你咋让我撞上了哩，这真是天大冤枉啊！

那边在喊："麻老倌快点哟！"

史壳子不耐烦了，他就是这么指使你的，就因为你老了。他去解船绳。是个死结吗？老子从来没拴过死结的，一急还解不开。风又大，这能划走的？会翻船的！看到史壳子拖得很吃力。死人是很沉的，而且死人都会暗中使劲。成骑麻磨叽时间让他拖，让他搞去。然后我就说船坏了回家去。这想法很快让史壳子感觉出来了，史壳子高声在那边喊："您郎嘎是不是下不了手？那就回去嘛，把钩拿来我挂。"

成骑麻划不是，不划也不是。船从芦苇汊子里出来，风浪劈头朝他打来。船抛到苇梢，再咚咚地撞上汊岸。成骑麻哪还站得稳，五脏六腑都要簸掉，就像成小安无形中拿棍棒打他。死人是会发怒的，今晚只要船不翻，要在船头点一盏菜油灯。菜油还有，要洒点酒。他要哭起来，你他娘的只拉尸不拉船。全身湿透了，这事小安不会放过我啊。

"划不了咧，浪好大！"他说。

史壳子根本听不到，也没听。这时候，成骑麻看到几条狗与史壳子抢夺起小安的尸体来，狗看准了史壳子手无缚鸡之力，狗都瞧不上他。史壳子只好放下尸体，在沙洲上到处咤狗撵狗，可狗朝他狂扑，恫吓他。风又不顺，声音不达。成骑麻跌倒在船舱里，脑壳磕在船龙骨上，这一阵生疼！快哭起来。小安你莫使坏呀，我可没做什么咧。狗咋不咬住他，让这瘦猴精跟小安一起去了！便朝史壳子吼："划不过来咧！"他巴望史壳子手下留情算了，给小安爹一个顺水人情。

但史壳子撵走了狗跑过来，气吼吼的，给成骑麻导航。成骑麻年老体衰脚步不稳，史壳子要他甩绳子，他来拉船。拉船是可以，此时越拉越翻。

"就这儿了，就这儿了，后头下锚吵！……把滚钩拿上来！"史壳子这一说，等船碰到岸，成骑麻就跳下船，牵绳拿铁锚，把船固定。

滚钩很重，钩呀铅坠呀纲绳呀。都排好了。船上有六十米的、一百米的两种。如果打鱼，六十就够了，上有倒挂须的粘钩上千个。在很久以前的过去，村里在长江里打江猪子、腊子的时候，用两三千米的滚钩，有两万个以上的钩子。现在，六十米、一百米的滚钩，是专门捞尸的，长江上没有了这大的鱼，用不着，政府也不让用。若是钩人，政府就没话可说了。你自己又不去组织打捞，咱是替政府分忧解难呢。你组织个捞尸队，花点小钱就不行吗？可就是没人做，不知道他们每天上班在干什么，是在吃稀饭还是干饭。社会上的大老板现在也没谁热心此事，没谁捐款，比过去的商会差得远啊。

"动手啦！"

成骑麻听从史壳子的，两个人一个拽一只小安的脚，往江里拖。是太重。这是让小安再投一次水。丢进江里，水溅上来，就像小安戽水，两个人都湿得像落汤鸡。

"活总，你挂钩，我去村里喊人？我老汉抗不住了，快熄火！"

可史壳子滑头，说："你不会骑摩托，我快些。"

不等成骑麻答应，史壳子就发动摩托走了，往后头甩给成骑麻半包烟。

这事怪谁呢，你就算不告诉小安他爹，埋了不也无事了吗？你这不是自讨苦吃？

点了支烟，看到小安张开的大嘴，把烟栽在了他嘴里。

"你可忍着点，小安。"他对小安说。

烟在小安的嘴上燃烧，就像他满不在乎地说："麻叔你挂，我不怕疼的。"

这就好。成骑麻把钩去挂小安的死肉。反正是死了，橡皮一块。这样想就挂了。人肉跟猪肉一样，好挂，皮还薄些，再多挂些在衣裳上。头上不挂。狗吃掉的地方多挂几个。小安呀小安，你咋走这条路呢？别怪麻叔不好，死了还要挂几十颗钩。你麻叔老了，无用了咧……眼泪就出来了。冷出的泪。怎么想怎么伤心。心脏要出问题。

就少挂几个吧。把他往水里拖，摁进水里。就这样了。

由远而近的哭声一窝窝卷来。小安家的亲人和村里来了一大群。喊号着小安的名字，咿咿呀呀好悲惨。小安爹眼泪眼屎糊了满脸，拉着成骑麻就敬烟，连连说："麻哥麻哥，感谢感谢呀！"

小安妈一过来见到挂满滚钩的小安尸体就哭昏过去了。各种人，各种哭。有人就给成骑麻递烟、酒、毛巾、肥皂。小安的两个小孩被拉过来就在沙滩上给成骑麻磕头。这一下，成骑麻也哇哇地哭了，给两个小孩擦眼泪，却说不出话来。他赶快取钩。这钩大，不好取，拉出肉来。只是呜呜呃呃地哭。后来小安就给放在板车上拉走了。

成骑麻浑身一点热量都没有，僵硬的手接过一千元，听史壳子说是"对半掰"。这不就是要了小安家两千？小安家哪还有钱？人已经被狗啃得七零八落，够凄惨了。就是因为没钱又疼得不行投江自尽的，肚子鼓胀，肝癌。天地良心，史壳子是要遭报应的。我只是想撇脱关系，不是想赚小安你的钱，你家谁不知道，我这不是黑了心敲骨吸髓？我就算缺这一千块钱，你史壳子缺这区区一千吗？……

村里到处是鞭炮，是乡亲们去小安家为小安放的，大家是同情这家人。成骑麻回到家里盖了三床被子还是冷，还是筛糠似的抖。让老伴煮姜汤。吃药。床都抖动。打牙磕，几颗仅剩的牙齿叮叮当当地响，就像发地震。在烧得迷糊中老是梦见儿子跟一个肥胖的女人抱着投江。

"你个婊子养的究竟要不要老婆儿子的？"

他在发烧中迷迷糊糊对着无人接听的电话大喊。儿子电话是通的，就是不说话。他在水牛市的哪个角落待着，与那个大他二十岁的校长娘子天天共度良宵？那一堆泡佬肉，有个什么嚼头？日你鬼娘的！

他把藏在枕头下的那一千块钱拿出一半，要老伴赶紧送到打丧鼓的小安家，交给他爹。老伴说："你哪来的钱？上这么多？浮涛结婚时他们才上了一百呢。"

"拿去莫啰唆！"烧得满脸通红的他大吼。

两天的风息了。太阳一出，人也好了。晨雾蒙蒙的沼泽上，一群野鹜好似乌云卷来，落到随风起伏的新苇丛中，留下凄清的叫声。菖蒲绿得发亮，好像涂了一层蜡。天气突然热了，天空也更开朗，云彩慢悠悠地招摇。

村里走了一下，碰上了小安两个成孤儿的孩子，各塞了二十元，要他们不要给爷爷说。到了傍晚，成骑麻说是去看船和水的，买了些纸钱香火去了芦苇洲子。水是大了，水腥味更加浓重。江上的水拥挤成一片。暮色苍苍，沙洲上空旷无物。他在那个现场烧了纸点了香。又上船在船舷四周洒了酒，在船头点了盏菜油灯。他抽着烟坐在船头，望着漫漫江水。天黑后，他离开。船头的灯，燃了一夜。

送鱼的来了，让他不出船都不行了。

送鱼的送的是十来斤的鲶鱼，有大有小，充江鲶的。卖就说是野生江鲶。鲶鱼不会立马死去，加点水放前舱里，去水牛市卖。这事也已经惯了，多加不了多少钱，一斤加个一两块钱的价。如果鱼死了还赔本。但一般，不会全卖家养的鱼，杂着卖，总可以从江里打些鱼上来，一半对一半。

"麻老倌，昨天你又哼了一夜。"老伴说。老伴先将鱼要下来了。

"没有吧？"成骑麻穿着衣服说。

"不行就算了。"老伴说。

"你把鱼要了，不是赶我出门？"他不耐烦。

打开鸡笼的事都是成骑麻做的。等他起来，刺耳的摩托声把送鱼人带走了。阳光把整个村庄照得通红，好像过去的悲痛是不存在的，一扫而空。蜿蜒的江堤和田野都铺展在早晨的白雾中，黑色的叼鱼郎鸟，在沼泽上空无声地逡巡。他用长钩子系上装了鲶鱼的塑料桶，斜背到后背上出了门。

水涨得很快，前几日小安躺着的地方都快淹没了。淹了最好。沙洲子上，凡是低洼处，全是浑浊的泡沫。一道道殷红的流霞在天空漫溢，江水像胀大了肚腹的巨蟒，鼓鼓囊囊地争挤着两岸江堤向远方爬去，发出低低的吼声。

洲子上早就等候着过江去的本村和邻村的妇女，她们是来搭乘免费船的。这些叽叽喳喳的农妇，从三十岁到五十岁不等，大都打扮得花枝招展，有的还穿着吊带内衣，衣上的亮片满身闪光，宽大的乳房在内衣里摇晃，手和脸都很粗糙。这些去城里卖菜的农妇，奇怪的是没有连提带挑，大担小包。每个竹篮里也没多少果蔬，几把白菜，几串要死不活的辣椒，一些歪歪扭扭、奇形怪状的黄瓜……她们不像是从菜地里择菜出来的，身上散发着廉价的化妆品的香味，没有劳动的肮脏和倦容，眼角里没有风霜凛冽和担忧生活的痕迹。

其实大家心照不宣。这些女人都不是正儿八经去卖菜的，卖菜不过是个幌子，都是早出晚归到对岸的解放公园里做皮肉生意去的。那里有很深的树林和冈坡，一些垂死挣扎的老倌子们花个二十三十的，可摸可操，只要你操得动，价格低廉，便捷迅速，临死解解馋虫。这些年村里就一带二、二带三，姑姐带弟媳，嫂子带小姨，钻进了树林子。一张报纸，一个套子，一天少说可以赚个一两百元。再说，男人们也不在家，由她们去了；有的是默认了，挣钱总比闲着好，广开财路嘛。

"上我的床哟！上我的床！"

勾老倌喝了早酒，声音像擦了锈的钢精锅，亮堂堂金灿灿的。他故意把"船"说成"床"。勾老倌七十多了，满面红光，精神抖擞，像从五四青年节出来的。他的船穿着百衲装，补过无数次了，丢在江边连拾柴人也不会要。他蹲在舱里用葫芦瓢勺着船舱的渗水，叩打着船帮向那些妇女吆喝。

可是那些妇女不上他的船，这老倌子太呆气，喜欢摸妇女的奶，一路划过去要打情骂俏，吓你，让你抱着他。这老倌子死了来世变鱼，没得鸡巴。

"好啊，你们都到麻老倌村长的床上去了，不把他搞瘫的！"

可是，无论勾老倌怎样喊，妇女们还是要上成骑麻的船。船好，人正，你看他收拾得清清爽爽，多少年了，还是个干部做派，头发不乱，牙齿不黄，胡子干净，皮鞋闪光。上了船的妇女们就开始把带来的米往船舷四周撒，口里还念念有词。这些渔船，捞鱼捞尸，船头船尾堆的绳子都捆过死人的；船舷边上都系过死人的，这船阴气太重。捞上了死尸，又不能沾船板，只能拖在船舷边，否则船不吉利的。这也是祖上传下的规矩。

初夏的头河水早就过去了，那是桃花汛。现在是第二河第三河水了，水越来越大。船往江中心划去，就看到上游漂下来大量的漂木浮渣、死猪死狗。

"呀，泡佬啊！……"脑袋伸出舱外的妇女有人惊叫起来，同时手指着江中远远的地方。

"……该死的，该死的，猪啊！"

但见那江中心簸箕大一个个的漩涡里，旋转着一只只死猪，乱流像疯狂的水底巨兽拽着那些死猪浮上沉下，仿佛江里有无数电扇的大叶片在飞速转动。

"上游遭了猪瘟……可也不能这样往江里扔呀，真是的！"

"也许是发洪水把养猪场淹了……"

成骑麻也惊骇，一辈子在江上，从没看到过这么多死猪。他避开这些死猪，哪知死猪专往船边靠，就好像船舷有磁石一样。这种情况很奇怪，现在那些死猪向他直奔靠拢过来，以船为中心。勾老倌也在那儿咋咋呼呼，他也陷入了死猪的包围圈。碰到泡佬也是这样，有一次一个泡佬紧靠着成骑麻的船舷，用桨怎么也推不走。推开了又会流过来，甚至转几个旋还是到了他船边。这事不好解释，最好是捞起来埋到沙洲才完事，泡佬心里也是这么想的。

船从死猪阵里劈开一条缝往前划。一股恶臭弥漫在江面，苍蝇像蝗虫歇在死猪身上。桨杀过去，苍蝇轰地飞散，又向渔船和船上的人身上落下来。两片桨上都歇满了苍蝇。浪也越来越大，船一忽儿上了浪巅，一忽儿又跌进深渊。深渊是地狱的入口，是坟墓。那些妇女们此时不吭声了，脸色惨白，张着嘴闭着眼，好像被男人强奸一样。船体被浪和死猪撕扯得吱呀乱响，要散架一般。嘎嘎的声音不知从哪里发出的。妇女们不时一阵尖叫，像船翻了一样。妇女的叫声，苍蝇的叫声，勾老倌喝多了几近绝望的叫声，他还听见了自己手机的叫声。他来不及看。他的两支桨就是一船人的性命，弄不好就变成一船泡佬……

他本想叫妇女们帮忙扒死猪开路，但又没工具，还怕她们出舱一晃掉进江里。这种水呛一口就没命了。与这么多死猪争路，莫非是谁暗中害我？有一股沉郁悲凉之气从脑门透出。手机响莫非是史壳子的电话？又有死人？算了算了，不再有死人最好，不再有淹死的人，特别是今天。如果要淹死，就在这几条破旧的小渔船上……他不由往勾老倌的船那边看去。勾老倌在用桨猛劈着死猪，几个农妇伸出手来死死拽着勾老倌的腿，怕他晃进江里去。

成骑麻自己也感觉到力量渐渐没了，划了一辈子船的手臂，此刻蔫酸得像是断了，像是人说的中风，两只手麻杵杵的，抓不住这两支桨。真若是手臂一麻，脑溢血，半边瘫，一切不都没有了吗？这些搭便船为省钱的妇女，不晓得我们是些风烛残年的老人？她们一点儿也不怜惜，哪儿知道，咱也有渐渐划不动的一天……

冲出了死猪阵，一身的汗水还是江水？绕过离岸不远的、还没被上涨的江水淹没的几个龟背沙渚，终于，船靠岸了。观音河入江的河口观音湾，芳草萋萋，沙滩洁白，许多游玩的、锻炼的人。根本没注意到一只小渔船从风浪里垂死挣扎一个多小时才到这儿。但买鱼的爹爹婆婆们早候在那里了，他们相信这江上的鱼。

吓掉三魂六魄的农妇们也终于缓过神来，争先恐后地往岸上跳，挽着篮子作鸟兽散。买鱼的人爬上船，揭开前舱板抢鱼，然后让成骑麻称。就扒堆了，此刻他到哪儿找秤去，不想找。先看手机，是儿媳打的，三个未接电话。好嘛，他要喘口气儿。他要歇歇。他瘫坐在船上，像从噩梦中刚醒过来一样，大汗淋漓，张着嘴怔怔地发呆。

他先把船划到河口上面去，那儿有些汊湾，水势平稳一些。他还想下一次钩，因为挂过小安的滚钩，有一些晦气，要靠鱼和江水来冲一下。

接儿媳的电话是要有忍耐心的，他有时接，有时不接。这个女人是成骑麻见过的最恶躁的女人，整天没完没了地骂人，当地叫嘛。儿媳是这一带的嘛人王。当然喽，如果你老公跟另一个女人私奔了，你就算是千古淑女也坐不住，也会粗言秽语捅妈捣娘大闹一场。

长江在沉沉的汛水中奔腾翻滚。天气阴了，江水的轰隆声愈发响亮，加上这里寂静，整个长江都在耳朵里轰轰喧嚣。江水像是山里窜出来的野种，用浊重的土语骂闹着，向岸边的苇丛和荒蓼卷去，就像是动荡的怪兽要踏平这些在浅水里挣扎的柔弱生命。那里有挂滚钩先就打好的桩子。他稳好船，看准流向，慢慢让船向东北方向荡去，将六十米的滚钩放入激流。当然可以不全放，留一些。这里因是河口，洄游的鱼群会向上游逆行，越急的水越有鱼前冲，鱼都是些拗脾气，大部分的鱼都是这种德性。

老伴本来是他的搭档。过去集体时不说，船是大船，人多。自己打鱼了，老伴划船，他下钩。有时也换个手。但老伴严重的类风湿关节炎，双手变形，抓不住桨了。在长江上与水搏斗是要身体的，成骑麻也强烈感到自己快结束这江里的营生了。但是，他不能放弃，为了生计。他想他得在风浪里生活，直到倒在船上，或者失足掉进江里，被江水吞噬，成为泡佬。常言说得对，会玩水的水上死，会玩刀的刀上亡嘛。这没有什么稀奇，这都是应该的。你一辈子在长江上耙耙捞捞的，都捞空了，你总得把自己填进去吧。

手上的滚钩顺着船舷一串串往水里溜下去。这不算什么。过去的滚钩那可是大征候了。几千米的干线都不算什么呀，村里的大渔船可以放到四五十米深的水域，一次放钩逮二三十头江猪子。想想那时夏秋捕捞江猪子的阵势，往往在风急浪高之时，它们会群体斗浪，排成一排，边斗浪边向空中喷出高高的水花。这就叫江猪子拜风。多么壮观的景象啊！这些黑漆漆的水下尤物，总是出现在大客轮和货轮的前面，它们斗浪拜风，玩水嬉戏，其实懂这个的才知道，这是江猪子在围猎鱼阵。它们什么鱼都吃。到了秋季，腊子开始向上游洄游时，江猪子一群几十头可以与上千斤的腊子对阵，并逮住它们。但是，这时候，真如老话说的，螳螂捕蝉，黄雀在后，鹬蚌相争，渔翁得利。捕捞队早就候在这儿了。只要江猪子开始围猎鱼阵，几条大马力的船顷刻出动，利剑出鞘，旌旗猎猎，立即分三层排开，下钩，下钩，下钩，三层的滚钩啊，一声令下，长城般的滚钩往江里滑去，铅坠、铁钩，沉闷地、激动人心地敲打着甲板……

"报告村长，前锋下钩完毕！"

"报告村长，中锋下钩完毕！"

"报告村长，尾锋下钩完毕！"

话音一落，整个江上就沸腾骚动起来，水里有大征候！几十头江猪子被围在了层层滚钩中歼灭。悲惨的叫声从水里传来，江底下翻出鲜红的血水。滚钩被挣扎的水底怪兽扭成一团……鲜血泼红了江面……鱼群也被撞进了滚钩阵，鱼啊，猪啊……可怜的江猪子，肉特别嫩，就像豆腐一样的，挂上了容易挣脱，但挣扎时其他的钩就会像蚂蟥一样轰来，又挂上更多的钩；再挣脱，再挂上更密的钩……直至昏厥、疼死。一条江猪子拉上来，会有一百颗钩挂在它身上，千疮百孔，体无完肤。整个江面一片赤红，犹如点燃了满江夕阳大火。而水底下的肉屑会引来更多的鱼。再有几条船来下钩，在红水里捕捞，又会是大鱼满舱……这样的好日子啊，没有啦，结束啦……

说起来，腊子是长江里味最鲜的，但也是最腥的，兼有海鱼和江鱼的双腥，必须放很多辣椒，还要煮火锅趁热吃，否则冷后的腥味惨不忍闻让人反胃。但是，当捕到的腊子在船上立马宰杀，立马煮上一锅，那个鲜呀！打开酒瓶痛饮，船上清风袅袅，水上风平浪静。享受这搏斗后的大啖与宁静，难道不是渔民最幸福的时刻？……

就着保温杯里面的茶，吃了带上船来的两块米粑粑和一块腊鱼，加上一个咸蛋。没见儿媳再打电话来。而远处观音湾那儿，在正午又钻出的阳光下，已经出现了许多玩水的人。那儿总是很热闹，不管死多少人。而他和船这里，是一眼望不到边的滩洲，没有房舍，只有无边无际的芦苇和蒲草。整个长江被荒野包围着，仿佛你生活在很远的世界里，随波逐流。风扫过来的时候，呜呜的叫声是十分野蛮和放肆的。现在，虽然下了锚，船上因空无一物而颠簸得厉害。其他的几条船也都在这周围，没有走远。其实在这里，这一带游弋，这些老渔民不是为鱼，而是等待史壳子的召唤。说白了，打鱼是副业，捞尸才是主业。但今天，他感到肝一阵阵地疼，也许是与死猪搏斗后虚脱了，太阳也大，晒得人殃殃的。他治过三次血吸虫病。长江里有血吸虫，是一般人没想到的，以为只有湖区会有。殊不知，江滩的芦苇丛里，一样有血吸虫的宿主钉螺，有钉螺就有血吸虫的尾蚴。因为三峡建坝，下游水流相对平缓，长江多个故道成为了大放牧区，血吸虫正在蔓延为一种常见病。年轻时，吃副作用太大的吡喹酮，对肝脏伤害很大，后来呋喃丙胺与敌百虫双吃。几次诊治，加上抽烟喝酒，他有了肝硬化的病。这使得他看上去脸色灰暗，脖子精瘦，眼珠发黄。好在，他收拾得整整齐齐，不像个病入膏肓的老人。

但是收这几十米的滚钩是个力气活。纲绳被水中的枯枝败叶缠成一团乱麻。他坐在船舱里，身子伏在船沿上，一边拉纲绳一边调整好船的平衡。好在这观音河口的回湾中，这天放下去，取了几条鱼。一条草鱼，一条很少见到的白鳝（江鳗），两条黄鲴；取下的黄鲴发出锯木头般的咯咕声。

手机的短信通知声响了。他赶快看，是儿媳发来的："你还要不要你孙子的？他读不成书了。"

这是什么意思？读不成书？他突然想去看看孙子小虎。小虎读一年级。究竟出了什么事？儿子有没有消息？是不是儿媳不想管孙子了？

他将船泊在观音滩边上，在那里扎好锚，就往不远的郊区义忠村赶去。通往郊区的公汽是这个城市的淘汰车，仿佛农民只配坐这种车。整个车体都是破旧的，无数次刮过涂料的，车里的座位更是糟糕，门快掉下来了，司机都是些上了年纪的瘦子。路当然不是行公汽的路，乡村的路窄，还破损严重。给颠得五昏六醒后，车到了，还得把麻木的双脚提起神来，去儿子承包的鱼塘那儿。

说起儿子成涛，算得是个倒霉货、灾麦子。他也曾是捕捞江猪子的好手，也曾经跟人贩过渔船，曾去洪湖承包过养殖场，但不是被政府抓进去（如逃税）就是鱼塘翻塘。后来在义忠村教人养青鱼并在此找到现在的老婆。把别人的鱼塘转包过来，过上了几天安定的日子。他了解青鱼的习性，青鱼适合在沼泽地带生活，杂食性鱼类，以水底的螺蛳蚌壳为食。儿子与老婆盘下的塘是别人不愿承包且会亏本的水面。水草太多，塘底不平。但自从儿子包下水面后，就投放青鱼苗。别人是生长快速的喜头、鳙鱼、鲶鱼、鳝鱼，他的青鱼三年才长一斤，三年基本饿肚子无收入，全靠成骑麻补贴。过了三年，成涛的青鱼一年长三斤，而且鱼脊青罡罡的，煞是好看。已经卖出几千斤了。八斤、十斤的青鱼卖到二十多元一斤，全是超市去腌制腊鱼的。眼看儿子的好日子来了，可是儿子拿着两万块应该买鱼苗的钱，与一个中老年妇女私奔了……

成骑麻在一个小卖部给孙子买了些果冻提着，走过一些修整较好的鱼塘与鱼棚，过一个荒凉的冈坡，就可以看到儿子承包的鱼塘。

儿媳不在，只有七岁的孙子小虎在鱼塘埂上奔跑，用一根响棍扑打那些吃鱼的鹭鸟，大喊大叫。鸟们拍打着翅膀飞进青蒿和苇丛。小家伙忙得热汗涔涔，书包放在门前地上，果真没去学校。

小家伙没有喊他。这个可爱的孙子与他不亲，是他故意这样的。自从孙子出现，他就没抱过他，一定不让孙子靠近自己。因为他捞了太多的死尸，双手不干净，不能把脏东西带给下辈。他无数次阻止过孙子的亲近，这样祖孙俩慢慢也就习惯了。但是，他的心里，会有孙子，而且只有他。

孙子接过果冻，他问，你妈干什么去了？孙子说拿着菜刀和砧板去学校了。

成骑麻二话没说拔腿就往学校跑。

学校就在观音河边。这里离观音河口并不远，几里地。这里曾经是"义善堂"购买的义冢之地，大大小小的义冢有五百多个。几乎全是成骑麻父亲他们在江河里捞上来在此埋的。这块义冢地在"文化大革命"时改为义忠大队，后来叫义忠村。学大寨那会儿所有坟冢推平了，建了学校和良田。

不让上学这肯定是校长的报复？一定的。报复儿子拐去了他的老婆。可儿子是个好孩子，只是娇惯了一些，可能是老伴的责任。儿子当然是他所爱。当儿媳在电话里骂这人与一个半老徐娘私奔时，他也会附和骂儿子混蛋、嫖客、脏货、败家子。儿媳骂儿子是"牛鸡巴日的"时，他也会附和说是的是的是牛鸡巴日的。

在儿子上头还有两个姐姐一个哥哥。一个姐姐在船上玩耍时掉进长江淹死了，一个哥哥长得白白净净，一天半夜突然喊头疼，早上背到医院就断了气。前一天夜里听到有鬼魂喊这儿子的名字，不应还好，但这儿子应了，魂就被鬼撸走了。这个仅剩的儿子成涛，原是想，浮涛么，现在看来也真沉涛了。这么没出息让人指戳脊梁骨，不跟沉在涛里有什么两样？

观音河边的学校虽然小，但红旗飘飘，写着"再穷不能穷教育再苦不能苦孩子"什么的。操场里晒着菜籽，围一群人，老远就听见嚓人王的儿媳在骂人。挤进去，看到坐在地上的儿媳，赤着脚，挥舞菜刀，猛剁砧板琅琅骂着校长："……你个牛鸡巴日的砍脑壳的囚儿苞子化生子半大坟茔满头长疮流脓滴水的老子不是好欺负的老子公安局有人中央党校有亲戚你个小学校长算个鸡巴卵子球杂毛算个什么官尿罐还是个矮趴尿罐狗日的婊子养的母猪下的捅你先人的捅你老娘捅你祖宗八代的……"

儿媳快气绝，那一长溜的话是不换气不打哽飞流直下三千尺的。看着她脸色煞白，校长却一脸被羞辱的潮红，搓着手说："你捅，你捅，看你用……用什么东西捅？"

"老子拿棒槌捅拿船桨捅拿牛鸡巴捅拿拖拉机的摇把捅拿你校门口的红旗杆子捅拿夜壶捅拿我老公的大鸡巴捅！你老婆就是看我老公的鸡巴大你鸡巴小不能满足不止瘾不清汪鬼喊才去勾引他呦！你的老婆咋就这么贱咧？让我老公捅死她的肥尿捅出大出血捅出尖锐湿疣淋病梅毒子宫脱垂宫颈糜烂子宫癌宫颈癌艾滋病成为臭尿骚尿烂尿豆腐尿泡佬尿大粪尿蛆虫尿……"

一边骂一边剁刀，剁刀的速度飞快，那刀上的寒光简直成了一条白线，根本看不到刀，就是江湖上说的一种神器。这矮校长哪还有还口之力，知识分子，只能相信君子动口不动手好男不跟女斗的古训，在那儿抓耳挠腮，不知如何是好。

"……老娘要嚓到你这个鸡巴校长投河喝剧毒农药敌敌畏对硫磷倍硫磷敌百威虫杀净内吸磷乐果白砒敌百虫杀虫脒杀螟松百草枯甲拌磷，要嚓到老娘我的儿子上小学中学中专大学专科本科博士留学美国英国法国意大利俄罗斯澳大利亚新西兰罗马尼亚菲律宾……"

"我……我还是那……那句话，你老公不把我老婆还来我就不让你小孩上学。我……我就是……是处分枪毙开除党籍也就……就是这个态度。"

"大家看呐，大家小心些呐！牛鸡巴日的校长好坏呐，全国的校长都不是好东西呐！跟小学生开房呐！"刀在砧板上急雨一样响，木屑横飞。

"我干过什么坏……坏事，你……你说说看，自己的老婆都跟别人跑了，人善被人欺，马……马善被人骑呀……"

"校长没一个鸡巴好的都是流氓坏蛋汉奸嫖客杂种打枪佬强奸犯！"

"你放心，你儿……儿子就是神童也放心好了，鄙人我不是同……同性恋，也没……没有娈童癖……"

"卵筒屁？你校长有几筒屁你的屁臊臭像糊狗屁公猪屁瘟糟屁红苕屁豌豆屁冷嗝饿屁稀屎屁黄豆屁苞谷屁大蒜屁……"

"什么？屁？嘿！我说的是……是娈童癖，是鸡奸！日……日屁眼的！"矮校长头上青筋暴暴地喊起来，"呃嘿嘿呀……"

校长突然捂着脸大哭起来，肩膀一抽一搐的好可怜。在场看热闹的乡亲先是在笑嘻嘻地看热闹，后被校长的哭声镇住了。听见他跺着脚仰天狂呼："斯文扫地！斯文扫地呀！"

校长往他河边的教室跑去，嘭地一声，关上了那个摇摇欲坠的门。

唉，大家抱怨地看着这个还在剁砧板骂人的女人，低声嘀咕指责，又跑去想看看校长是不是想不开一绳子在梁上挂了？

还好，大家接着听到老婆被拐还被人破口大骂的校长，又化悲痛为力量，擦干眼泪领着学生朗读课本去了。

"山青青，水青青，鸟儿鸣叫一声声。树青青，草青青，山茶朵朵笑盈盈。苗青青，田青青，春风春雨绿蒙蒙……"

"狗日的，你回不回来？把校长老婆送回来！"他在往城里回去的路上，磕磕大怒地对着接通了电话却不说话的儿子大吼道。

"你让不让你儿子读书的？让他跟你一样游手好闲当二流子？"

到哪儿去找他呢？就在这个城市。这儿子好傻呀，怎么被一个大他二十岁的老妇给迷上了咧？这世界出了啥鬼？人会傻到这步田地？我成骑麻不会是这样的苕货让他遗传的吧？

他在水牛市的大街小巷瞎窜。他随便往那些破旧得不可再旧的巷子里走，在各个小店铺走。听说他拿卖青鱼的钱在这个城市里开了个小副食店。

"你有脸老子拿滚钩在江里等你！投水去哟！丢老子浮家祖宗八代的脸！"虽然巷子里人来车往嘈杂无比，他还是在电话里大骂。

"给你送钱来。"

是儿子短信。

"老子在解放公园。"

不管，先回了再说。

因为他已不知不觉走到了这个公园里。

这是一个没有管理的公园。有垃圾和杂草，还有野狗和蛙声。是老人们聚集玩耍的地方，特别是些心术不正的老头们聚集的地方。因为有了女人，包括成家村的妇女，这里也会有中年男人来寻腥，当然啰，都是些引车卖浆者之流，要不就是民工。看她们的年龄、穿着，也就在草丛里、荒墙下干上一梭子的水平。都那个年纪了还来一条半露屁股的皮短裤，洒些酒精味太浓的香水，嘴里是臭的。至少在前十年她们是不操这种皮肉生意的，是在太阳下田垄中摆弄农具和庄稼的安静规矩的农妇。但后来，哪一天，她们竟干上了这种活计。谁知道是什么让她们某一天就拉下了脸皮，开了心窍，种上了那"一勺子地"呢？——村里还赖在土地上不走的老倌们就是这么说的：老子们每天汗湿水流一年上头种几亩地，没有她们种一勺子地赚钱。嗯呐，裆里的那一勺子地，到这个年纪了还能赚钱，这是谁发现的呢？

那些女的游荡在各个老头们下象棋、吹南风、扯闲白的地方。当然，她们中有认识成骑麻的会赶快藏避，不过也不要紧，都是公开的秘密，大家笑笑不说穿就是了。

他在门口等这个儿子，等得口干舌焦时，一个长得像个乞丐的半大小子在他面前晃动，来来去去。这孩子宽大的裤子上全是焊洞，手臂烫得鲜红，头发岔开像鸡毛掸子。

"你看我做什么？"他很奇怪。不是那些妇女派来揽生意的吧？又不像，是个劳动的小伙子，五金门窗店的学徒。

"您郎嘎是不是姓浮的麻爹？"那孩子就问了。

"啊？是啊，你是干什么的？"他很警觉，看着这个脏兮兮的小伙。

那孩子从兜里摸出几张一百元的钞票，就递了过来："有个人要我将这钱给您郎嘎。"

"谁？"

"我不认识。"

"不认识会给钱你让你给我？"

"是呀。"

"这就蹊跷了，不认识你你不会拿钱跑了？"

"我哪敢哪，我的焊枪和手机还在他手里。"这孩子急得快哭起来。

"要他来！给钱的那个！"他听见自己的声音在自己的胸腔内嗡嗡直响。

"他欠您郎嘎的钱呀？"

"他欠我一百万！"

"那……"

"这个我收了……"成骑麻夺过那几张钞票就从中一撕两半，钞票还真难撕，加上激动，手有些发抖，但还是撕了。他没撕成碎片，他还是怜惜这钱，但他撕了。撕了就撕了，再塞回那孩子手里："给他去，就说我与他两清了！"

他头也没回，走了，这时正好手机在腰里惊天动地地响起来，一定是狗日的儿子的电话，他才不会接。他准备永远不接这杂种的电话。他有一种决裂的畅快。他要同过去这些瘰瘰疬疬的东西一刀两断，要把生活中的一切像一团乱麻似的滚钩一样，扔进他娘的江里。心里谁不是一团麻瓢呀，谁不是缠得死死的？理不清的时候，你就切了丢了！他很轻松，大不了老子是个孤老，江里打鱼波上行，独往独来，风浪里了却一生，奔不动了，往江里一滚，成个泡佬，流哪埋哪，狗啃了也是自己的命。

可是，手机还是拼命地响。二次，三次，四次。气呼呼地胀红了眼看一眼，不是儿子的，是史壳子的。接。

"麻老倌您郎嘎蛮大的味咧，来不来的？捞货。"

不说捞尸，说捞货。而且是——三个。

成骑麻条件反射地就往江边跑。

一切都别想了，气也没什么生的了，现在赶紧去捞尸。

观音湾江滩上一片恸哭之声。这种情况是经常遇到的。但从来没见过这么大片的哭声和那么多雨前蚂蚁般的人。怎么啦，当然是三个人。电话里史壳子简短地说了，三个大学生。也没想那多，正在气头上。大学生小学生都是死了，都要捞，而且中小学生居多，不会水。他也是在路上立马反应到脑中的，三个人，捞起来至少有近两千元进账。这事情很简单了。

爬上江堤，江滩上涌过来的痛哭声是那么年轻阔大，全是学生样的男男女女的哭，一层赶一层地从江里拍上来，那么大片的混乱和悲叫，就是绝望。许多人走到水边，许多人跺几脚水又会转来。恨不得扎进江底把人捞上来，可长江是不说话的，它太阴毒，把人吞了就吞了，可以吐出来，但那得等一会儿，等渔民来，等一万两千元到了史壳子手上。现在——至少现在的程序就是这样。人死了，就是这样见尸的。见了尸再哭上一会儿，拖走，成为火葬场的客户，再哭上一场，就是一撮灰了。不过成骑麻他们看不见了，他们还是在江上，干他们的活儿，冷冷清清的，没有哭声。但江上的风浪就像是永世的哭声，一波撵一波地囤积着人类的眼泪和悲伤。你如果长久待在船上，长久注视江面，你也会眼里含满悲伤。特别是当你老了，像成骑麻这样老了，像勾老倌虫老倌这样老了，酒精中毒，眼泡松弛，骨头锈蚀，生命的火挣扎着快完了。

唉，就像搓板路上颠来的哭，肝都要让你颠掉似的惨，不是亲人，是一群来这儿游玩野炊的大学生，是同学。三个活蹦乱跳的生命说没就没啦。你不能去迎着听那些哭，要屏住气，把自己的心先弄麻木，让哭声把心捶麻。就当这儿是整天哭哭啼啼的火葬场，也差不离了，死的人太多，这儿。可火葬场大多是顺路的老人，绝症的病人，拖久了，有心理准备。这儿，刚才分分钟生龙活虎谈笑风生的一个人，马上就不见了，拖上来，一具死尸。这无论怎样都让人接受不了。玩水嘛，就是找个乐子，身强力壮的，天不怕地不怕，身上的腱子肉像石头，不像老年人，黯淡无光，那些玩水的肉全是光芒，比太阳还亮。女伢子细皮嫩肉，引得小伙子们口水直流的，可要是死了，就是一堆臭肉。男的也是。

这儿，等死的人无法制止，趋之若鹜，就像梦游。这究竟是什么原因呢？成骑麻没想清楚，三天两头就是在这儿捞呀，捞呀，仿佛这儿是个传说中的聚尸盆。

只有成骑麻他们知道，这个河口，太凶险了，那河里冲来的暗流把沙滩前的水域淘空了，看似平静，白晃晃的细沙滩，芦苇摇曳，水鸟飞翔，阳光耀眼，风花雪月似的，流行歌曲似的。往浅水里几步，就是陡坎，水中悬崖，而且是大漩涡，一下子就把你拖住了，磁铁石一样的，你挣不脱，来不及喊叫就遭了灭顶之灾。水性好点的，加上运气，可以留条命，以后不去这儿了。水性不好或没水性的，就认命吧。有关部门在这儿好歹竖了块"观音湾，鬼门关，在此玩水，等于玩命"的牌子，可惜早已生锈且不明显，牌子还在坡上，远离水边，有谁顾及这些，见水就亲，人之常情，你又没救生员在此巡查，管得住谁呢？加上这儿风景绝佳。这个江滩有假象！

全是些大学生，全是。成骑麻往里面走，他要到他的渔船上去。那些狂呼乱喊的人把他都转晕了。他好歹看到了自己的船。在一个角落，但船上被人踏得脏乱了，翻得一塌糊涂，晾晒在篙子上的滚钩弄成一团乱麻。舱板竟被撬开，但里面他没放东西。他的长钩，这可是重要的工具，不见了。他要找到。他还要找到史壳子。史壳子正向他跑来，还有旁边的船，两条。勾老倌向他打招呼。还有一些村里的人，虫老倌他们，都是老渔民。

人沉水了，他们咋没动静呢？船是没动，在等我？有几个每天玩水的冬泳队老倌子在水下捞着，好像时间不长，他们还有激情扎进水里。但成骑麻知道，这是徒劳的。没有人能捞上来且救活的。这江底下深坑漩涡，他们几个冬泳泡澡的老家伙能捞上来年轻人？不把自己小命搭进去了。有的已经失去了信心，光着上身坐在水边，一脸无奈的表情。史壳子的身边，围着一群学生，在说话，求情。甚至可以看到学校老师，领导。那可是大学的老师，都撵着史壳子。他们神色凝重，束手无策。被拦住了，扯住了，交钱。钱不够，就是这么。史壳子这样一个瘦骨伶仃的人现在却这么重要，他代表生命救星。已经找了渔船，已经求了冬泳队的老倌子，最后到史壳子这里来了。

曾有几次冲动，成骑麻听到呼救就会驾船到达落水地点，赶快搭上一竿子，赶快下钩，捞上来兴许能来一口人工呼吸。过去有的救溺水者，一两个小时的也可以救活。这只是听说。

面对那么多急切的求情史壳子脸上的骨头毫无表情，两只眼睛空洞深陷，仿佛是个从水中爬出的饿死鬼。

老师模样的人正在把钱往史壳子手上递。史壳子收了却没动，因为钱没全部到位，他不发指令，成骑麻就不能发船。教授模样的人腰弯得很低，在说着，申诉着。要赶快捞人，已经有十多分钟了——从解放公园出来的时间也就这么多，也许更长一点。看来是生还无望，再急也急不出个什么来。一个人在水里顶多就是五分钟，脑子进了水，再怎么高级的医疗设备也没用了。

"不会少一分钱，我们是国家的大学，我以一个大学教授的名义向你保证，我把身份证压你这儿行不行？"果然是教授，快哭起来。

凑的钱不到四千块，肯定是这个数，捞一个的押金四千块没凑齐史壳子都不开工，何况是三个。三个三万六，至少先交一万二，一个的钱。这学校里的事史壳子好像要求先交全款，不少一分。这大的学校，收学生的学费那么狠，万人恨的，出这大的事，他们一定不会吝惜钱。这里他史壳子独家经营，他是有执照的，他不怕什么，说话硬。他毒瘾发了揍他爹的人，他还讲感情？他就是个畜生你把他咋样？那么多鬼在他家的屋顶上坐着，他还要个什么人味咧？

唉，哭号的人呀。江滩还有野火。这样欢天喜地的野炊是怎么变成悲剧的？一大堆女孩，女大学生，你搀我，我扶你，都哭晕了。原来是一个女同学在江边涉水玩耍掉下去了，那些学生手牵手去拉，拉起来女的，互牵着的手一松，全掉下去了，大伙帮救，三个男伢没救上来……江水荒芜无边，怎样喊也没人应了。

"……我们的会计在取钱的路上，史老板你要知道，是单位，取钱要审批要有很多程序，我们不会少你一分钱。请赶快出船，早一分钟多一分希望……"

"活总有多少？"成骑麻过去低声问史壳子。

"……反正不够，那我不敢开工，捞起来你们跑了找哪个？大学的门我都不能进。"

史壳子已经被人拉扯昏了，说话时没看成骑麻，也许他根本不是在跟成骑麻说话。他在那儿虽然昏了头，袖子都快扯破，但就是不让步。那些人，学生老师们、市民们，其实忍着，恨不得铲这瘦猴几巴掌，把他扔进江里去。但是，还是得让着他。

"我们公司没有多叫。全国都是这个价……"史壳子叼着烟摊着手说。很多人给他上烟。他手上的烟快拿不下了，不拿了。他被人挤得歪歪倒倒，站稳后还是被人暗中下了手脚，不是推他，也是推他。这么多活着的学生伢，生龙活虎的，不能捏死你吗？

"老板坚持说钱不到位不捞，大家再凑凑钱啊！各位在场的朋友们，各位大哥大姐叔叔伯伯阿姨们！谢谢你们的大恩大德！……"一个学生模样的小伙子在那里哭喊。

又一轮凑钱在人堆里展开。人们把身上的钱递到几个学生手里，十块五块的，也有百块的，钢镚子也拿出来了。

那些捐来的钱堆在沙滩上，几个学生清点，然后迅速交到了史壳子手上。那有几个钱呀，估计不到一千块钱。都没有啦，学生手上有几个钱，想拿出来的也都拿出来了，不想拿出来的就走开了。离史壳子的要求差得很远。大家都在看着史壳子这个人，可史壳子依然摇着头，很难办的样子。

"求求大哥啦，赶快呀！先救人行不行呀！""都有二十分钟啦！……"

各种求情的话此起彼伏，嘈嘈切切。

"不是我不捞，我是不赊账的，公司的规矩。"史壳子依然这样讲。

这时那个收钱的大学生突然大声吼叫道："喂，你这老板铁石心肠啊！究竟有没有一点同情心？钱全给你了，不能见死不救呀！"

这学生伢头上青筋暴暴，就像一头发了疯的斗牛，满脸愤恨，牙齿外露，眼睛里喷着血海深仇的大火，要跟史壳子拼命似的。气啊，不是他一个人，是在场的所有人。

这下，火点燃了，一个人领头，大伙就不怕了，刚才的求情一下子变成了谴责和痛斥。人群开始骚动并起哄、詈骂，情况急转直下，史壳子招架不住，即将被在场人们的唾沫淹没掉。

"你们没一点良心？你们是农民吗？"

"你们咋这么无情，你们的良心被狗啃了？"

"你们成家村出婊子，这下要敲诈死人，你们咋这么坏呀！"

史壳子反正是临危不乱，死猪不怕开水烫，成骑麻、勾老倌全他们都来了，静候消息和指令。在场的人也知道了他们大约就是这些船上准备捞尸的渔民，用眼睛向他们求救。但成骑麻能说什么？勾老倌能说什么？几个老倌你看我，我望你，还是要等史壳子发话。

史壳子嘶声哑气地争辩，解释，一副天大委屈模样，不退让。剑拔弩张，乱云飞渡。那个小伙子几乎是抢着拳头想要揍人，眼前有石头他也会擂上一拳。

这时候，就见几个女大学生挤上前来，显然是商量好了的，推开那个小伙子，一起向史壳子跪下了。

领头是一个浑身湿漉漉的女孩，是掉进江里的那个，为救她丢了三条性命的那个。这女孩已经浑身瘫软，被人扶着的，身上发抖如筛糠，脸色像扑了漂白粉一样，嘴唇青紫，一个从冰棺里拖出来的女鬼，她的魂才从江里回来了一半。扶她的人都扶不住了，应该送医院去呀。

可这一跪，太突然，把现场的人全弄愣了。看到这群大学生们的造孽相，看热闹的市民也出于同情，跟着跪下了。一忽儿，几十个人就像被风割倒似的，齐刷刷地全跪下了。

好吓人的场面。哪会一下子沉到江里这么多学生伢呢？也有，很多年前，一辆去武汉的大客车，在轮渡码头因为刹车失灵，滑进江里，死了五十多个。但那时候，一声令下，都去救人，也没有想过什么报酬。

现在这阵势真的太突然，让成骑麻的心一下子揪起来，心扯得疼了。这是些什么人哪，给他史壳子下跪的，全是光鲜亮堂的大学生伢子。你史壳子就接受人家的求情，让我们去下钩捞吧。再者，捞人的又不是你，你又不会捞。

　　他不点头，那么多的头就在地上叩着，一片咚咚声。

　　史壳子先是被这阵势吓傻了，没有反应，后来回过神还是没反应。大家不起来，看他如何结局。他在等钱来。问题是大家都心存一线希望，死马当活马医，说不定水下的三个伢们能躲过一劫有活过来的。这三个水下的学生伢，跟眼前这些可怜兮兮的学生伢一样吧，年轻，红润，牛仔裤，打得死老虎的身体。想想一个大学生多不容易啊，虽然这水牛市的大学不是名牌大学，但一个农村家庭能出一个大学生该多难，总是荣耀的事。儿子成涛当年死不读书，高考时才考了二百分不到，什么学校也没有读的，一些邪乎的野鸡学校倒发来了入学通知书，那全是骗钱的。再者现在家里大多一个伢儿，独生子女，这一下，三个伢儿家里还不知道伢早已人不在了，沉到江里没起来，如果知道，天不会塌掉呀？唉，再怎么，就凭这也要去捞上一把，都是有儿有女的人，都是做父母的。过去听父亲常说起"义善堂"，只要听到江边有人落水——有呼喊或者铜锣为号，他和乡亲是要立马划船过来下钩捞人的，分秒必争的事，虽说父亲一生钩上来活着的只会有一两个，但如是游泳的、投江的或者冬季不慎落水的，会救起活人。渔民跳下水去救人天经地义，没什么大不了的。都是江边生长的"水鸭子"，水性好，不过是搭一手的事，伸一根竹篙，或一个猛子扎下去，摸上来。早些年，救起过的人还提了礼盒去看他成骑麻。有一个当年是小学生，现在成水牛市大学的教授了，也不知道这些伢们是不是他学生。当时是"文化大革命"，学生乡下支农，回来在江边洗澡，沉水了。不用滚钩，跳进江里直接从江底拎上来，先抽几个嘴巴，倒提起，打屁股，肚子里的水就哗哗吐出来了，然后再打脸，几巴掌下去，就会哇哇醒来。这事既不评劳模，也不奖现金，跟没有发生一样。

　　他的父亲在"义善堂"，捞过的泡佬少说有几百，也全是他亲手埋的。义忠村的义冢，水牛市的商人买了捐给堂里，抗战时，一个商人就捐了五百口棺材，江上泡佬太多，全是鬼子炸三峡洋船死的人，还全是缺胳膊断腿的，都流到这里就不走了。想是这儿有个大回水湾吧，也可能知道这儿有个"义善堂"，这里的人会让他们入土为安的……

　　成骑麻突然想到这些，也很难过。就在这时，那个被救起的女大学生忽然爬起来，大声哭着喊："我不想活了！不想活了！"只见她扒开人群就向水边飞跑而去，鞋子都没啦。她是想投江自尽！反应过来的学生们慌忙跟着跑去，死死拉拽住了她。这一下，现场大乱了。人肯定是拉得住的，人倒在了沙滩，人休克了。

"这样吧活总，发船了我们捞，捞上来不付完可以不交人嘛。"成骑麻只能这样说，想了这样一个点子给史壳子。他是想为自己也为史壳子解套。这个办法肯定行，你得先脱身呀。再是，应该捞了，说不过去了，钱大家凑了，钱多钱少救人要紧，人家已经表态不会差你一分钱。成骑麻心里急得疼，他看史壳子还在犹豫，勾老倌也说这行，这行的，他跟勾老倌使了个眼色，马上拉着史壳子就走，并且向大家说："去救！去救！"捞就是救。赶紧开船！

史壳子是被成骑麻扯上船的，成骑麻还有这把力气。甚至在扯他时手上暗使了一把劲，拧他一手，让他痛痛，恨这人哩！哑巴三水也上了他的船，哑巴三水是个老单身汉。上船就成了。成骑麻在船上待惯了，一上船心就放下了，岸上他最忐忑。

船上到处是沙子，是人践踏的。但缆绳是解不开的，他上了锁。

与哑巴三水一起解开缆绳。哑巴三水上了船就哇啦哇啦地示意，指着江里，又指着成骑麻好不容易找回的长钩。指着岸上那些黑鸦鸦的大喊大哭的大学生，又竖起大拇指，又双手往外摊，好像是催督。按老规矩哑巴三水划船，去了船尾。史壳子在舱里点钱打电话。船一离岸，真的就安静了。现在，岸上的那些人，眼巴巴地望着他们，恨不得一钩子下去钩出个人来。这时，勾老倌和虫老倌他们的船划过来并在了一起，勾老倌过来代表史壳子提着黑塑料袋给大家分烟，先是一人两包，黄鹤楼的，不便宜。只在有尸捞的时候才能抽上好烟。然后每人一条毛巾，还有一双布鞋，不是很好。这也是必须有的仪式。成家村死了人，你当八大锤——抬尸的八大金刚，一人一条毛巾一双布鞋掖在腰里，是提阳气驱邪的，习俗如此。当然，也有家境好的，发旅游鞋。

勾老倌发这些的时候还提着酒瓶咪着酒，一有死尸捞他就兴奋。他的船上也两个人，与虫老倌。另外一条船是从邻村调的。那老倌唠叨着说，一个的钱都没凑齐，活总你该不会扣我们的工钱吧？史壳子对他说："放心。钱都在这里，他们给我多少，我给你们的不会少。"得到承诺的老倌子高兴得龇出没牙的牙床笑了，同时用桨梆梆地敲了几下船舷。

现在，成骑麻要指挥船划向哪里，捞尸他是指挥。一个老村长指挥过百条船，经验在这里。他闻了闻江上的气味，也大致知道那三个学生伢沉在哪个位置。这是一种本能，也是两代人的经验练就的。成骑麻叫哑巴三水往东南方划，也就八九不离十。那里一个大龟背似的沙渚，在不远的江中，朝北约五米，朝西约十多米，江底就是一个越淘越深的深坑大漩涡，观音河口的暗流就是在这一块汇聚的，但江面上风平浪静。遇上退水，许多人还可以涉水爬上那个沙渚小岛，很多人死在这儿。没有人死的时候，这里鱼也很多，成骑麻谙熟这里的一切。

他坐在船头先理滚钩，舱里史壳子在将平一张白纸。那分明是一张欠条。

"他们打了欠条的？"他这么问。

"嗯。"

反正到手了是一大沓钱，拿渔民的话说，这次史壳子"起了篓子"。你看嘛，船与网和滚钩和人都不是他的，他就是几句话的谈判，揽活儿。死人是急事，急事最能赚钱，说多少人家也给。可是也有的死了，出不起这个钱。有个来水牛市打工的夫妻，儿子玩水淹死了，找史壳子，只愿出一千元，史壳子没干。人家夫妻两个硬是在江边坐了三天，等他们的儿子浮起来。这种事有几次了。还有一次，最神奇的，也是没钱捞的一家，晚上在江边烧纸点蜡烛，死者的几个朋友边烧边喊死者的名字，就听江面唼的一下，死者从江中钻出来了，出现在他们脚下。这事儿传出后，有些没钱的溺水者家属就这么烧纸喊尸回。

成骑麻先把一根长长的竹篙插进江中，有个铁尖，可以承受一定的拉力，滚钩的主纲系在上面，本来若打大鱼还应在旁边插一根消息棍，捞人就不要了——这相当于钓鱼线上的浮子，一根竹篙只要装上响铃就可以了。然后下滚钩。他是第一层。勾老倌他们在另外的水域下。

叮叮嘟嘟的滚钩随铅坠子和石头坠子溜入江水里，这一排帘子似的大钩，一旦有东西挂上，所有的钩就往一堆跑，最后是，死尸上来，跟鱼一样，满身是钩。如果这人没有死，只是昏迷的话，这一身钩子只会让他越缠越紧，疼死为止。好在，这种情况不可能，人死了就死了，不可能把他钩活。但，江底下的事情，谁能说得清楚呢？人啊，认命吧。

天气有些不对劲，但凡死人的时候江上总是阴沉沉的，风也惨呜呜地刮。

中篇小说

老天有感应。不知道哪儿发出断裂的吱吱声。整个江面在咔咔作响，仿佛江水是一块要破裂的大玻璃。哪儿还在呜咽不停。不是在岸上。灰黄的江面上汛水急遽往东注泻而去。他让哑巴三水稳住，哑巴三水的手脚太笨，使得船两边摇晃，被浪打横，好像船快翻一样。只要下滚钩，船边就会出现大群的江鸥，凄厉地喊叫飞舞。今天有点特别，它们发疯一样地翻卷，贴着波浪，好像被烫伤一样。尖叫着俯冲，又尖叫着离开，扁身飞上铅灰色的天空。

成骑麻是匍匐在船头下钩的，他不能长久地坐着，再者他年纪大了，也不能蹲，更不能站，渔船太小，也就四五米长，不到一米五宽。边放钩边退。这很容易，哑巴三水基本把桨别在水里，划几下，坐在后头，毫无表情地张着哑嘴看成骑麻下钩、指挥。成骑麻做事时要含支烟，不抽，湿了，但要含着。舱里的史壳子依然自个数钱、掏荷包，反反复复，并没管成骑麻干什么。有时候他会伸出脑袋来掸下烟灰。

随着滚钩下去，岸离船就远了。趴在船头往岸边看，所有的人影和建筑，都在波涛上起伏，世界都像在一张颠簸的木筏子上面。他也不能趴太久，终于快速地把滚钩下完了，感到胸口堵得慌。肘子撑起来慢慢坐下，史壳子给他丢来了一支烟，没接住，滚进了江里。

他这里是第一道钩帘，勾老倌的是第二道，邻村的船是第三道。其实，甭看江水湍急，在哪儿沉的，基本不会流很远，都在这几个"窝子"里，只有渔民知道。只要在这一带淹死的人，是跑不了的。也偶有无缘无故捞不上的，一下子就流走了，这就要退还至少一半的钱。

他手上的纲绳缠在臂上，过去在手掌攥着就行了，现在，臂上缠两圈还是沉。他在从自己兜里掏出一支烟点燃，抽了一口，喘口气。

"有没有啊麻老倌？"史壳子这样问。

手上的纲绳一抖一抖的。船尾的哑巴三水也哇哇地叫，手指着他和水。哑巴三水瞎咋呼，每次都这样，每次捞尸都见了很多鬼一样的，东指西戳让人心生寒意，下次干脆找虫老倌。

他懒得回答。水下钩到了什么只有他清楚。看起来很沉，铃铛还响一两下，那是水的流速拖曳的。那么多的绳子，坠砣，都是挡水的阻力。拉滚钩要一把力气，因为靠着水的抖动要能感知水下的动静，还有就是要靠这股力在水下找目标，手臂要时常运动，就像钓鱼，要不时拖一下钩线。这也是凭感觉。

坐在船上，天地昏暗无边，如丧考妣。水天的交界处有一道浅蓝的罅缝，好像老天开了一道门，闪着些断断续续的光。乌云低垂凝滞，是什么时候没有太阳的？如果早上没了太阳，这群大学生伢就不会跑出来找死了。真是找死啊！多少地方可以玩，为何偏爱这个鬼门关呢？……那个女大学生是不是鬼来引生的？把这三个同学引走了……他死死拽着纲绳。这绳子过去是用麻自己搓的，也有买的，白棕绳，船民叫马尼拉绳，要每年用猪血浸泡再晒六月的红火大太阳。后来就是这尼龙绳了，结实，但粗暴，勒得人手臂生疼，水急时会勒出血痕来。如果你是拉凶狠暴怒的大鱼，腊子和江猪子，或者赶上鱼汛，几个人合手也拉得你气喘吁吁，手臂上如刀划一样。

这么抽了一支烟，歇息了片刻，江中的竹篙响了。是水面上传来的响铃，声音很沉闷，细小，有一下没一下的，且有规律。这就是挂上死人了！若是大鱼或者江猪子或者腊子，响铃是天翻地覆地闹，嘈杂急促，混乱狂躁。一个人死了，他就静下来了。在水底呛水的挣扎是往死里走的，定是最痛苦最狂乱的。那是与人的世界诀别，是外力让你必须死去，不管你多年轻多漂亮多有才，你不会水你就得死，你水性差你也是死。水是欺负人的。但他问过那个被救的教授，沉到水里是什么感受。教授说，乱抓乱挠冲出来两次，想喊救命，但水马上呛住了，再没冲出来，喝了多少水失去知觉不记得了，就这么，醒来发现又活了，没什么痛苦呀，死很糊涂的。也许他说的有道理，死不是一件难事，几分钟，稀里糊涂，魂就走了。

"来了。"他说。只有自己听见。他马上迅速地收绳。雨点开始砸船。江面上也有雨雾笼罩。这是哭，老天在哭。是有了。人上钩了。水下的人只能如此。雨打在脸上，他以为是浪的飞沫，抬头一看，是雨。他船头跪着，挥手要哑巴三水稳住船，向上游划。他要收钩了。史壳子也看到成骑麻人跪下，这稳当些，不是向泡佬磕头。但成骑麻总是这样，拉死尸时总是跪下的。脚桩子稳当是一回事，也许有对死者尊重的成分吧。反正，他这样才顺手地收好滚钩按顺序放在一边，人不至于晃下水去，匍匐着是使不上劲的。史壳子来拉，他不让，示意他回舱里去，碍手碍脚的让他还拉不好了。再者你史壳子好逸恶劳，什么时候在船上干过，你晓得滚钩是怎么收的？

滚钩不能乱放，收一点圈一点。手上的重量越来越沉，就像挂住了水底的石头。这有戏了。但可以拉动。死者喝了一肚子的水，会比平时沉。但因为是在水中，你一拉动，就会顺水往上漂。你得顺势拉，不比鱼。鱼你得对着干，鱼也有时跟渔民比智慧。在水里怎么拉活物死物，是有很多技巧的，全凭手感。稳住船。拉出来的滚钩大多缠在一起，回去得慢慢理，到对岸芦苇滩安静地理。但今天缠得格外乱，是不是这孩子被挂住时清醒了，拼命挣扎了？唉，不可能不可能。只是有点怪。也许是水大了吧。还收上了两条鱼。他娘的，为什么这鱼也来凑热闹呢？不是挂你们的。烦，还是把鱼扔舱里了。是一条鲫鱼一条小青鱼。看见青鱼想到不争气的儿子和不让上学的孙子。不该想的，此时。

　　拉到了一具尸体。是个小伙子。拉出水面时尸体会像鱼一样往前蹿，像要游走一样。拉过来，他先用那个竹长钩钩住他的衣裳，再慢慢拉。是条壮汉，成人了，手脚粗大，头发漆黑。但此时的脸，不叫脸了，已经比他自己的白T恤更白，简直像硫黄熏过、甲醛水泡过的笋子和藕带，也比往常大了一圈。他身上挂着一大堆滚钩，可怜的死鬼都是这样，你看身上全是，滚钩把他包裹住了，全是钩，后脑勺子上也是，手上腿上。先用手指朝死者的手上敲一下。手哪是手，就是水里发泡了的馒头。难怪叫泡佬。好漂亮的一个儿子伢，五官端正，他有没有女朋友？他大学是不是快毕业了？家在哪里？父母看见了不要哭昏死吗？……

　　死尸是不能弄到船上来的，只能在水里摘钩。岸上看到了人。岸上有骚动，有喊。但成骑麻得慢慢来，一只只摘钩。这摘钩的活计是很难的，要小心翼翼。因为，再怎么不是鱼，是人。是人，就有一种天然的敬畏。好歹是条生命，而且还是热的，仿佛吧。冷了，也感觉还是热的。是介乎于死和生之间的一种东西。如果拖到医院，拖到火葬场，那就是真正的死了。在成骑麻这里，还得有个过渡，让家人、亲人、朋友去哭，去抚，最后认定是死了。

　　成骑麻摘钩时听到史壳子在接电话说"是个穿白T恤的"。一万二到手了，史壳子的声音清朗正确了，声音里有稳当当的底气。

　　要用绳子先绑住死者的臂膀，先拴在船舷边的立柱上，再绑死者的腿，一只膀一只腿，这样绑好了系在船桩上，以免钩没了被江水冲走。这是先后顺序。水很急，拽住死者捆绑，他一个人做，不要谁掺和。今天格外吃力，四肢酸软，走了太多的路，还对不见面的儿子发了一通虚火，耗去了全部体力。人老了，也就这么点气力，用一点少一点。

　　唉，缠成这样，莫非真的在水底还活过来了？年轻人生命力旺盛也说不定呢。他细心地摘，不要让肉拉出来，这伢子身体上的肉劲鼓鼓的。可咋就是不会水呢？未必是山里人？

史壳子在看他。也在看岸上。电话里又在吵架。还给勾老倌打电话："勾老倌你那边有没有？"

钩取完了，哑巴三水把船往岸边划，是史壳子要他划的。但又要他停了下来。史壳子对成骑麻说："钱不交完我们不交人。"

他回答了"嗯"。这是他们的事，我成骑麻是将人打捞上来了，我要告诉岸上的人，他就站起来想呼口气，手上拽着绳子，当然牵着的是三个大学生中的一个。腰好半天直不起来，汗水滚滚地从额头上冒出，人太虚了。

大概船划到离岸不过十多米远的地方就停住了。岸上的人群往水边挤，还可以看到有救护车，有穿白大褂的人，有担架，还似乎有武警，还有摄像机。有人狂喊乱叫："快！快！"有人涉进水里，招着手，是准备抬人的，不是尸。现在这个溺水者，岸上的他们希望是可以复活的人。

成骑麻就这样了，船停了，也就跟岸上的造成了对峙。其实来那么些救护车和医生啥用啊，谁能在水里半个多小时还活着，除非他是神仙。摘钩时他总是要试试溺水者的皮肤、嘴，摸摸胸口，是不是还能在身上感受一丝热气，有没有人工呼吸的必要。这个他都懂。有的是可以的，有的就不行了，譬如这个绑在船边的学生。有到火葬时突然醒的，乡下有停尸两天后醒的；还有听到过棺材里传来的呼救声，刨开坟打开棺有死人乱抓乱挠的痕迹。但对于这些岸上的人，笃信争分夺秒是能抢救生命的。岸上还有学校的教授领导，出了这大的安全事故他们不好向死者父母交差，坐牢也有可能。所以也在拼命跳脚声嘶力竭地喊快给人他们去医院。救护车的笛声都拉起来了，车发动了，捞尸的船却不交人。这是哪门子事啊！

成骑麻不能淡定了，因为岸上在沸腾，看见人了，却不靠岸，等钱哩。他忙问史壳子，怎么样？史壳子摇头摇手还是示意不行。

雨很小，就像无一样。等得焦急的人变成了愤怒的潮水。他们挥舞拳头，已经有人跳进水里了，要来抢尸的样子。史壳子让哑巴三水把船稳住甚至后退。这一下，更加激怒了岸边的人们。有学生抠出沙坨掷向渔船，有一坨差点砸到成骑麻了。是他拉着死人绑手的绳子，史壳子拉着绑脚的绳子站在他身后。他当然首先中"枪"。这让他有点恼火。我不过是个捞尸的，又不干我什么事，砸我啊？你要砸砸我后头的那个瘦猴子。他伸出手挡着砸向他的沙子，示意不要这样，他的意思也有"一手钱，一手货"的硬理由吧。我不维护他的工钱就没有。

"把人给我们！给我们送医院！……"

"要钱去死的呀！你们这些农民！……"

"你们没有伢子的呀！心好狠呀！……"

无法阻挡岸上的人向这条船、这条可恶的大江挥拳，向这些渔民叫骂。斥责、呼喊，乱成一锅粥。而没捞上人的两条船在成骑麻他们船后远远地躲着，让成骑麻成了人们发泄的对象，众矢之的。似乎不能靠岸了，否则会被愤怒的人群撕碎。他拉着绳子蹲下来，他不知道究竟应该怎么办？那只拖拽尸体的手在颤动，是水的流动扯着尸体往后头挣，好像这死伢要活过来了要挣脱他的绳子，他听见了岸上的同学们的喊唤声。

他有些害怕，突然。老啦，手上全是弯曲的关节、老年斑。肝疼。寿眉太长，让眼前总像有草渣阻挡。这事儿本来嘛，捞尸就是"义行"，三百六十五行之外的一行。人淹死了，他捞上来，面对的却是恨他的人。难道不是他捞上来的吗？捞尸容易吗？茫茫大江里你在水底捞个东西看？七十岁的老人，在这急流凶险的大江里，驾着一条摇摇晃晃的小船，到处下钩，图个什么呢？钱，我又能得多少钱？得个零头。不是我们你永远也捞不到的。你打110，你报警，警察来了有啥办法？不一样通知我们来捞？

风吹得人一阵冷似一阵，他不能回舱里。史壳子把绳子交给他一个人拽着，回舱中用电话与人谈判。那个被波浪颠簸在水里的大学生露出个后脑勺，手臂绑着，手垂着，小腿绑着，脚翘着，在水里漂荡。身子也是，衣服、脚、裤子、鞋子，就像浮渣了。就这样即使是活的也憋死了，他的脸伏在水里，男人在水里死时就是这样的，翻过来他还会覆过去。周围不知怎么有这么多水葫芦，是上游流来的，绑着的伢子藏在水葫芦里。

成骑麻像棵芦苇又站起来，他好想抽一支烟。但他的船，他们一起的几条船，就这样信马由缰地漂荡在江里，像没人管似的，失了方向，被人唾弃。史壳子呀史壳子，你太那个了。哑巴三水也着急，隔着船篷给成骑麻手舞足蹈地无声"说话"，意思是把死人交了算了，他的蓬乱的白发也在手舞足蹈。

就这几个白发渔人，白发在江里讨生活的老倌子，就像他们的船一样老朽破旧了。手腕都拽不住一具水里的死尸——死尸的力气比这些活人还大。就是这么，他们还要捞着。这究竟是为啥呢？

总算看到史壳子枯瘦的手有了手势，是往岸边去的。哑巴三水一下子来了劲，两下就冲向岸边，下了狠劲。一个浪涌反向打过来，船就冲上了沙滩。一眨眼工夫，手上的绳子被抢走，水里的人也被七手八脚弄上了岸。一呼啦过去，人抬上了救护车，不见了，沙滩上留下一条湿漉漉的印迹。而史壳子下了船，有个女的把带来的所有的钱给了他。史壳子没有做声。是一大扎新钱，刚从银行取出来的。那个女的（大约是会计）脸上的汗直往下滚。但好像钱数不对，史壳子还是在与他们说什么，双方争得很激烈。

　　有学生爬上他的船，钻进舱里去船尾看，说是不是有另外捞起来偷偷吊在船尾要价的？

　　"没有的，没有的。"他说。

　　"还有两个，快去救呀！……"学生说。

　　钱被史壳子装进了包里回来，却闷闷不乐，挥手让成骑麻他们去捞。

　　天色晚了。云彩在震动。江水浑黄得令人头皮发炸。他们饥肠辘辘。还没有吃中饭呢。谁都把吃饭这事给忘了。史壳子不知到哪儿去了，或者在勾老倌他们船上？成骑麻懒得想。第二次下钩，要远一些，他知道第二次应该在哪儿下钩。

　　江上起了小小的雾。他在想在解放公园那被他撕去的几百元钱。他是为了钱吗？是，也不是。他是个有脾性的人，可现在一切变了。他这样辛苦的老人倒成了那么多人的对立面。这事让人恨是因为他成骑麻吗？我一天水米不沾。

　　硬撑着，下了钩，守着，晚来风浪急。江鸥也因为饥饿一群群在天空发出愤怒的唳叫，并且俯冲向渔船，啄食他们的船篷。总不能把我吃了吧？我已是前胸贴到后背脊了。岸边上点起了星星点点的烛光。人依然黑压压的一片。声音从水面上传来，异常古怪妖娆，好像有一群水鬼在水里讲话。再怎么捞起来也没用了，你们等什么呢？都没有吃饭，今天这观音湾可聚集着几百上千的饿肚人。

　　木棍没一点响动。他想睡一觉，眼皮沉重，支持不住了。果然，他躺在船板上就睡着了。好像是入了雪窟。有人和兽走动。儿子变成了被铁链锁着的老虎。死去的三个大学生从水里爬起来，向空中投篮。孙子是一只嗷嗷待哺的小狼。都一律有獠牙。大学生也有。江面上出现了巨大的腊子鱼群和江猪子群……他站在村里的一条大渔船上，指挥大伙展开血腥的捕杀……突然他因为摇晃掉入了冰凉的江中……

听见很嘈杂的声音，把他从寒冷的梦中吵醒了。哑巴三水在嚷嚷。原来，勾老倌他们的船靠岸了。史壳子还在谈尾款付清的事——又有一个学生捞上来了。另外一个，没付清钱又不捞了。

这样成骑麻在江中等待。等滚钩上的消息，等勾老倌他们再下钩。

成骑麻身心全疲，他坐在船头。岸上是史壳子与学校的人交锋的声音，但听不清楚说的是啥，声音很大，通过水面会传得很远。不知过了多大一会，勾老倌他们的船又划出来了。往下第三钩的地方去。

成骑麻抽完了半包烟，得到史壳子的电话：另一条船，捞到了第三具。岸上又是一阵骚动。可以收工了！

交了尸，收了钱，一切都结束了。那就赶快收了滚钩回家。史壳子不是最重要的，回家吃饭、睡觉最重要。当然回去还得给老伴说说孙子、儿子的事。

江水哗哗地拍打着船舷，发出空荡荡的噼啪声。他说干就干，收纲收钩。钩上挂了些浪渣和水葫芦，什么也没有。钩还很顺。钩是自己的，要好好收回，放好，在舱里锁好。特别是，要买纸来烧，又挂了死人的。

可是他感觉哪里不对。他收了史壳子的钱后，史壳子坐别人的船溜了。观音湾沙滩上的人不仅没散去，却越来越多。他揣着工钱，还有一瓶酒。还有两包香烟。听说是史壳子找校方索要的两条黄鹤楼，他分到了两包。为什么江滩上的人越聚越多呢？气氛不大对。看水面上，又流来了一批死猪和杂物。这夜晚的江面好诡异。江滩上，点起的蜡烛好多，像是野地里的鬼火。怪呀。敢情全市都知道这事儿了？

他把船泊在江中那个龟背样的沙渚旁让人看不见。苍白的月亮很低地划过江面，鬼鬼祟祟。这些年的月亮都是这个样子。风在江上疾走，听得见簌簌的摩擦声。岸一直在晃动，没有停息。一些萤火虫贴着水面飞行，明明灭灭，就像江上众多的游魂。在江边一处旷寂地，听见了那里传来的低沉的乐器声。他年轻时玩过笛子和箫，搞过宣传队，知道这是萨克斯管。一个人影黑魆魆的，像个大烟斗蹲在水边，吹的是《化蝶》，那萨克斯管声像雾一样在江面上流淌。听着听着想起了成小安夫妇。又吹《回家》。成骑麻听着，不知不觉流出了眼泪。他忘了饥寒，忘了时间，陶醉在这美妙伤心的乐曲中。他又一次打起盹来，直到晾在竹篙上的滚钩被风叮叮当当吹出噪响。他也要回家了。有几个年轻学生伢却永远不能回家了。

划船回到家老伴热着的饭菜在锅里，进门就问："老倌子，你今天好难看，魂掉了一样的。"

他告诉她捞了三个人，全是大学生。老伴愣了，说都捞上来了？听村里的人说了，怪不得。

手机的短信提示音一直在响。一看，儿子的，烦了，看内容却是："你看电视。你可出名了。"

我出名了？

打开电视，全是江边救人的事情。还看到了自己和史壳子两个拖着水里的死尸，站在船上的画面，这可出了丑啊！

……结成生命之链，谱写长江壮歌。水牛市大学生结成人梯救同学，三人英勇献身。今日下午 3 时许，在本市观音河与长江汇流处的观音湾，有一在此游玩的女大学生落水，发现险情后，其余的十多名大学生迅速冲了过去，因大多不会游泳，大家决定手拉手组成人链，伸向江水中救人。终于抓住了落水的女生，正在慢慢向岸边靠近时，人链中的一位女生因过于紧张和体力不支而松手，其他人加上脚下的流沙塌陷，人链瞬间断开，处在人链前端的六七个同学纷纷落入水中。闻讯赶来的冬泳队和会水的同学下水救人。但最后赵一钱二孙三三名同学沉入湍急的江底而英勇牺牲。

事发后，水牛大学领导迅速赶到现场，当地消防、海事和医疗等部门也相继赶到组织搜救。由于该事发地处江水回流区域，水深流急，坡陡沙陷。浅处有四五米，最深处二十多米。经过成家村渔民和壳子打捞公司的打捞，截至晚上 6 点 40 分，三名英雄学生的遗体终于打捞出水，虽经医护人员现场进行全力抢救，终因沉水时间过长，未能生还。水牛市委书记李四和市长王五获悉此事后，对大学生舍己救人的事迹表示敬意，并指示有关部门妥善做好后续工作。记者获知，校方已成立专门小组处理善后事宜。

据现场有人反映，壳子打捞公司和捞尸渔民有挟尸要价和定价过高等问题，虽遗体打捞价格不在物价部门定价范围之列，但打捞公司明知溺水学生系见义勇为遇难而不及时打捞，特别是因打捞资金未筹集到位时，数次中断打捞，明显有违社会公德，遭到现场民众谴责。此问题正在调查之中……

那是自己吗？那个站在船头叉腰挥手的人，那个用绳子牵着水下死者的人，那个在自己船上替史壳子挡沙子的老倌子，多丑啊。吃不下饭，他要睡了。他彻底地病了。他浑身哆嗦，奇寒奇冷。老伴也看得傻了，对着电视发呆。他赶紧上床。

可不一会堂屋里有声音，是勾老倌、虫老倌和哑巴三水都来了。勾老倌对着成骑麻的房里喊他，要他出来。

事情不好。他穿好衣服出来。勾老倌手上拿着一些钱，对他说："麻老倌，钱要交回来。市里要收的。活总抓进去了，我们在收钱。"

"收我们的钱？"

"是呀。你劝劝三水，他又不识字，你让他看电视看不明白。"

"全部交出来？为什么？我们今天不白辛苦了？"

"还不是活总害我们啊！电视上播了，这下我们的鱼都没人买了，船不消开了。"

哑巴三水不明就里，嚷嚷得厉害。勾老倌就抓住他，把双手闭拢，意思是不交钱要戴手铐，又蹲下，意思是要坐牢。这就难怪了，史壳子撞在马蜂窝上了。想也不对呀，明明是重大溺水死亡事故吗？咋就变成了英雄事迹，学校的领导可高兴了，由事故责任人变成了英雄的领导，还得感谢他们教育出了这么好的大学生。他们这几个打捞的渔民却成了见死不救侮辱英雄的坏人。又听说死者中一个的亲人晚上来抢尸，有百号人，但警察也出动了上百人，把那些抢尸的队伍堵在了高速公路出口，进不来城里。死去学生的母亲要投江与儿子一起去。火葬场也全守起来了……

水鸟划过成家村的上空，声音像一种从未见过的乐器，像是男人临空的尖叫，飞向史壳子家的屋顶。那些刚死的泡佬都来了。

儿子短信说，明天把那女人送回去。

这还不错。是不是老子怄气出丑，你同情呢？好吧。他一夜难眠。早晨他就动身去对岸义忠村。管他的，钱不要就行了。我一个老倌子我第一个捞起了英雄我还犯了法吗？

他把船停在观音河里，再上岸步行。

这是初夏时节，鹧鸪在天空歌唱，余鸡在草丛闷叫。麦子熟了，油菜割了。田野上到处是烧油菜秆的烟雾，砍过后粗壮的油菜蔸触目惊心，像大地狰狞的牙齿。顺着河堤走。堤坡上到处是疯长的魁蓟，针刺张牙舞爪，花序直立恐怖，像蛛丝网一样披在紫红色的花筒上。一些荒蒿，一些狼把草，一些泥糊菜，一些荆芥子，一些虻麻头，一些鬼针草。牛们吃的草太少了，被挤在一些牛屎成堆的地方哞叫。河下，有一条双体小渔船，有渔民在船上下罾子。这种船叫鹭鸶船，但船上没有鹭鸶。他们打鱼好悠闲啊，在这条清悠悠的小河里。如果儿子争气，我搬他这里来，不就可以在这里打鱼了吗？不与风浪搏斗，不再捞人捞尸，江湖偏远，清风明月，有鱼打鱼，有虾撮虾，没有鱼虾就船上睡觉，船上醉酒……

下了堤坡，径直往学校去。他在离学校不远的一个路边小卖部买了包烟，抽着，看着电视。还是这些画面，有许多人的采访，有赞美，有回忆，有谴责，有表功。谴责的是他们，挟尸要价的渔民——但小卖部的人不认识成骑麻，也不知道眼前在门口坐的人正是那个牵着尸的渔民。他只好低着头抽烟，生怕别人认出他来。表功的是学校领导。这本来是一场大事故，却在侃侃而谈是怎么把学校办成培养英雄的学校的。你就不能惭愧地向这些学生的家长诚挚地鞠躬道歉？你们罪责难逃！这真是太怪了，也不怕了。你们没脸还要我们要脸吗？不让学生学点起码的求生技能如扑泅，你们都教育些啥哩？书有啥用哩？掉进水里了书能救你吗？这样的英雄越少越好！你把他们整成了英雄，你就撇脱了干系，而英雄的母亲后半辈子可就孤苦伶仃了咧。她们是不想要震惊世界的英雄的，她们只想要一个默默无闻无灾无病的儿子，活着的儿子。而你们的宣传只要英雄。这不，播音员还在说"这是一个英雄辈出的时代"。难怪，观音湾永远是一个英雄辈出的地方？！唉……

这么七想八想的时候，一阵哄闹声。他往来路一看，一群人过来了。啊，阳光像金色的羽毛扑棱棱地飞翔，天气晴朗，层云尽开，雾气消散。在灰尘扑扑的村路上，儿子用板车拖着校长的娘子像拖一头肥猪回来了。这真是浪子归来啊！校长的胖老婆五花大绑丢在板车上，哼哧着，显然有过拼命的挣扎，衣裳都散乱了，披头散发，嘴边白沫干结，狂叫过，呼救过，但现在的声音近乎临死前的微弱呻吟。她已经不能动弹，蜷在拖过垃圾和大粪的板车里，脸因为挣扎叫喊而肿得发白，肌肉松弛，喘气，就像是拳击台上抬下来的残兵败将。

这是一个多么清新的早晨，乡村水灵灵的。狗因为空气清新而昂头大叫，并且紧跟在板车后面。葳蕤的庄稼和旁边水渠里亮如油漆的芦苇与蒲草，起风过后飘荡在空中的小蜘蛛。池鹭像被风吹起的纸片，遍野都是，有的吹到了牛背上，站着，神情飘逸。鱼塘里，增氧机在鼓动着大批的氧气，搅起绿色的水花。篱旁的牵牛花蓝莹莹的，塘埂上喂鱼的黑麦草，像铺着一层厚厚的毡子。他的儿子成涛，弓着腰，双臂小巧的肌肉紧结着，腮帮子咬成三瓣，敞着印有黄龙的 T 恤，板寸头上挂着一颗颗亮晶晶的汗珠。

一群村民和学生伢子跟着板车奔跑着，呼前拥后，整个村子像过节似的。成骑麻看到校长满含热泪，开始点燃手中的一挂鞭炮。噼里啪啦的鞭炮声炸得多喜庆啊。

有人给板车上的校长老婆松绑。她因为反抗，让成涛给多上了几圈绳子。这也是捆死尸的绳子，是自己船上的，成涛拿来的。校长老婆的脖子上、背上、腰上全是绳子，肥硕的屁股紧勒了好几圈。儿媳牵着背书包的孙子也赶来了。一家三口人团聚，紧紧抱在一起。热泪滚滚的校长也扶起他的老婆，用削瘦的双手揽住了老婆越来越强悍的双肩，两个人抱头痛哭，喊着对方的名字。

"成涛走对了一步，女人嘛，哪有自己的儿子重要……"

"这下好了，救了两家……"

"和气生财……"

校长破涕为笑，对着他的学生命令道："欢迎成小虎同学归队，现在，升国旗——"

孙子小虎走进了向国旗致敬的学生队伍里。

多少人眼里泪光闪闪。

傍晚，成骑麻回到观音湾江边，刚一停泊，就有几个人冲上他的渔船，劈头盖脸给了他几巴掌。成骑麻被打得金星直冒，人站立不稳，差一点晃进江里。

"就是你，我们等你一天了！你这个老狗日的混蛋，看你还坏不？我们代表广大市民教训教训你，你他妈挟尸要价，还没抓进去呀，史克治不是抓进去了吗？个老狗日的，叫你侮辱英雄的！……"

几个中年妇女也认出了他，爬上船来要抓成骑麻的头发，抓他的裤裆，抓他的脸。

"你没有孩子的？你这大年纪了要钱去买棺材的？"

"你是棺材里伸手——死要钱呐！"

他只好往岸上逃。他跑，他捂着被抓得血淋淋的脸，捂着鼻子，鼻子里也鲜血喷涌。他两眼昏花，双脚瘫软，跌跌撞撞，爬上沙滩。他顾不了他的那条破渔船。那些人把他的渔网往岸上扔，把他的滚钩——一百米的、六十米的全搜出抱上了岸。竹篙丢进江里，船板撬了，桨桩抽了，扔到岸上堆成一堆。桨和锚也丢进江里。他看见几个人在拆他的船篷。所有物品被扔下船，有人找来了浪渣，点燃了。这些他船上的物品，被付之一炬。火烧起来了，很干枯的东西，加上风，火一点燃，风一呼啸，火就大了。他无力阻挡。那些人在那儿吼着骂着笑着起哄着。

"老不死的，看你还要钱不……"

"断子绝孙的老狗！……"

有人举着燃起的木棒，扔向他的船舱。

他要跑过去，他不顾一切地求饶似的喊："不要烧我的船！不要烧呀！这是我老两口过生活的船呀！"

他冲上船去，用手抓那些燃烧的木柴浪渣，不管手烫没烫。手不要了，船要。这比老命还重要，几十年的船，养活了一家人的船……

手上没有了疼痛的感觉，他没有水桶，就用双手去戽水，拼命戽。岸上的那些人，都在哈哈大笑。

他总算把火弄熄了。那些人看他在水里跳来跳去，没有一个人帮他，全是看冷的、耍笑的、袖手旁观的。

一个烧黑了的空船，渔具、捞尸的工具，全没啦，化为灰烬啦。他坐在水边，湿淋淋的，双手焦痛，从灰烬里扒出烧得发黑的滚钩，锋利的滚钩，挂过许多死人也挂过无数腊子、江猪子、大鱼的滚钩，捧着它们——这些已经渐渐冷却的滚钩骨头，坐在夕阳里。

人陆续走了。夕阳慢慢沉落。那个吹萨克斯管的人又出现了。他依然吹着《回家》。他是在唤魂，唤那些落水者的魂。忧伤安静的旋律在江面上雾一样蔓延。

一个女孩子，双手抱膝，坐在水边，无声地流着泪，朝江上久久望着。

最后一线夕阳里，那女孩子眼边的泪晶莹闪亮如宝石。涨水了，水流低吼急遽。一片旋转的漩涡，一江向东流去的鼓荡浑水。

　　捧着那些钩，望着对岸，他想，我该怎样回家呀？

短篇小说

星空下的火车

　　黄昏像千百张高高的鹰翼降临在四周，天色如一个人微闭上双目，像爹，五六成醉那么糊涂的样子。远处的景物模糊了，他不愿意看了。山影，呈现墙似的剪影，在它的上面，天空红如蔷薇，断断续续，好像河流流到了宽阔的河谷，那些零碎的霞光，有的愈来愈紫，成了深殷色，最后消失了，消失在山和田野的尽头。

　　火车在亢奋地前进着，好像一条骨节快散架的巨型蜈蚣，爬行在田野上，旁边的景物飞快地退去，远处的大地在慢慢旋转着。少年姜队伍扒着车厢的挡板，坐在煤堆里，向车尾的方向看着。再见了，神农架，还有十堰、襄樊、武汉，他已经辗转数天逾越过了这些地方，他要向南方驶去了，向广州驶去，他要看到姐姐了，他要去寻找他的姐姐姜小燕。

　　火车在长江大桥上驶过时，整个大桥都发出了轰隆轰隆的声音，汽笛像一把英雄的剑向对岸刺去。少年姜队伍突然激越起来，他甚至想站起来，想摸一摸头上的钢梁。可是，风太大，而长江两岸的城市吸引了他，好多高楼和街道，好多汽车和人群，好多灯光和字牌广告……还有，大轮船！江上的大轮船！他看到大轮船了！多年以前与姐姐在屋后埋下的黑陶碗，就变成了这艘大轮船吧？姐姐告诉过他，埋下这个陶碗，多年以后这碗就会变成一条船，漂进汉水，然后驶入长江。碗变成大船了，他已经越过了长江，船变成更快的火车载着他。他还看到了黄鹤楼，一闪而过的黄鹤楼，他看到那三个彩灯镶嵌的大字，是黄鹤楼。他兴奋地念了起来："故人西辞黄鹤楼，烟花三月下扬州……"这是一篇课文，而他现在偷偷地跑出来了，他从学校里跑出来了，没让爹妈知道就跑出来，饿着肚子就跑出来，他要去找他的姐姐姜小燕，他要去广州而不是去扬州。哦，金秋八月下广州，他为自己马上改出了一句漂亮的句子而得意。十四岁的少年姜队伍，紧了紧他的裤带，坐在秋风呼呼的煤车上，他正在向南方飞去。

他从学校回家的那天夜里，看到了愁眉苦脸流泪的爹妈，他知道是姐姐来信了，信是写给县妇联的。他后来悄悄揣上了那封信，坚定地跑了出来。姐姐外出的时候没有带走黑陶碗的梦想，姜队伍走上山冈的时候也没想起黑陶碗的梦想，走出峡谷，看到小溪汇成了一条乱河，跌下山崖，流向远方的田野，他一下子想起了与姐姐埋下的黑陶碗。可是十堰的人告诉他，顺水顺船去不了广州，只有沿着铁轨向南走才能到广州。十堰人粉碎了他的梦想。他想到在这儿见到的第一个人应该是个年轻力壮的桡夫，长着绊腮骚胡子，有着奇世武功，最好是腰间别一本江湖失传多年的武功秘籍，说：我可以一气把你划到广州珠江去。上了大船，坐在那干净的船头，最好船上还能碰到一位与他年龄相仿的女娃子，叫他道：队伍哥哥。可是十堰无船，翻过那个红砖围墙，各种装上二汽卡车的火车将要出发了，那些卡车一辆辆交错趴在火车的背上，就像公猪爬母猪。还有许多装着石块和麻袋的火车。两个在火车上偷铁的流浪儿教他半夜爬进了一辆火车的车厢里。襄樊铁桥下的汉水在他的打盹后迎来了金光闪闪的早晨。那是一条宽阔的汉水，船影稀少，江雾混沌，蒙蒙胧胧的他被一顿暴打后推下了火车。一个老头拿着一根棍子气咻咻恶狠狠地说："这个小逼！"姜队伍的怀里揣着从火车的车厢里拿到的两个铁盒，上面画着鱼，画着神农架没见过的鱼。他把其中一盒放进书包里，书包里有几个生的红薯。他要看铁盒子里装着的鱼是否能吃。鼻青脸肿的姜队伍研究了半天拉开铁盒，多美的干鱼配上他半夜吃剩的半个红薯。他坐在铁路货场的一个角落里，那里污水遍地，化学气味刺人。他想他在襄樊见到的第二个人应该是一个能正骨疗伤的神农架老爹了。他长髯飘飘，背着药袋，扯上一把草药来，朝他青肿的眼睛一抹，眼睛就清爽明白了，不再视物不清了，说：娃咧，到我家里喝口热茶咧。口干舌焦的姜队伍找到了一个锈蚀的水管，他要拧开来喝水。可是他怎么也拧不开，他看到了垃圾堆上有半瓶矿泉水，他拧开来咕噜咕噜就喝下去了。"哇——"一股灼热的气流霎时间穿透了他的胃，他不顾一切地呕吐起来，把干鱼和红薯全都吐到了地上。他痛得抱着火烧火燎的肚腹在地上打滚。他想到这已经是他想见到的第二个人。而他出山时见到的第一个人是一个阴阳怪气的汽车司机，戴着一副黑煞煞的眼镜，翻着一只长满鼻毛的朝天鼻子说：少一分钱我也不带你。

走出峡谷的路该是多么轻盈美丽，森林已经远了，峡谷高大的阴影已被甩脱了，阳光在平原上均匀地布置，成熟的苞谷散发着山外干燥的、开阔温暖的气息。一个人要是这么无拘无束地行走，那将是多么美妙惬意。姜队伍英姿飒爽地走着，一股仗剑天下的豪气洋溢在心中，好像此行是去会见一些英雄，见识一些高人一样。他，姜队伍，背着姐姐用旧了的黄书包。姐姐含着泪把书包交给他说：队伍，姐出外去赚了钱供你念大学，你可要好好读书，替爹妈争口气啊！姐含泪走上了去山外的路，队伍没送她，家里的狗送了她一程，天黑才回来。队伍问狗：我姐给你说了什么啊？狗朝他吠叫了两声。队伍又问：我姐交代了你什么啊？狗又吠了两声，就叼着舌头看那坡下通往山外的路去了，那里一片黑暗。姜队伍抱着姐送给他的书包，书包洗得干干净净，洗得发白了，他觉得书包上缺点什么，他不痛快，要画点什么，就在书包盖上画了个大大的五角星，用红笔加蓝笔画的。他在一个角上写下了JDW，一个角上写下了JXY，这是姐弟两人名字的拼音缩写。他把五角星画得非常规矩，就像国旗上的五角星一样。今天，他把书、笔、本子都悄悄地藏在了牛栏屋上的草捆中了，他背着姐姐用过的书包，带上红薯，带上一把毛趴楞楞的牙刷，要去见姐姐了。

一股机油蒸煮味道的司机和那个提棒把他打下货运列车的老者是两个人。这两个人不是他想要见到的两个人。在他肚痛得快昏过去时，他恍恍惚惚看到了第三个人，第三个人是他想见的人，是一个中年妇女，黑红黑红的脸，粗粗的脖子，说："娃耶，你睡在这里干甚的？"这个人手拿着一个两齿抓耙，背着一个大编织袋子，里面全是些五颜六色的破烂。这女人问他是哪儿的，他说是神农架的。那人就把他带到铁路边的一个小油毛毡棚子里。棚子里有几个黑乎乎的小娃子，一个个睁着亮晶晶的眼睛，像暗处的猫一样看着他，棚子里还躺着一个中年男人。那女人给了他一碗热腾腾的水喝，还问他吃不吃桃子。姜队伍啥都不想吃，胃已经因为翻天覆地的搅和彻底坍塌在那儿了。那个女人还是抓了两个馒头给他带上了。那个女人在晚上时带他爬进汉水边的货场，跟上了一辆装生猪的闷罐车。他趴在两根横着的铁栏上，满车的猪清汪鬼叫，臭气熏天。不知何时，一根巨大的水枪把他从横栏上齐腰扫射了下来，跌入一堆猪屎中，一个人大声说道：眼睛一眨，母猪变伢。他爬起来时，一坨猪屎抹入他的嘴中。一个牙齿焦黄的中年男人骂他说：你个板妈日的还不到那边去赶猪！

晚上他睡在生猪仓库的门房里，与一条舌头晃得老长的大狼狗偎在一起。

牙齿焦黄的男人看着电视大叫道：个板妈的也是巧了，碰上总理给他讨工钱了。电视里就是他们的班主任孙老师常赞的温总理。温总理找那个县长给一个农民讨工钱了。这个晚上在狼狗的怀里姜队伍做了一个美梦，梦见了温总理。十四岁的山里少年姜队伍醒过来想，他到了武汉想见到的第四个人应该是温总理，温总理从铁路那边的围墙外走过来，拍着他的头。他就会说：温爷爷，我没有别的要求，我只想找您贷五千元的款，年息由您定好了。我贷款了我就要买一辆小农用车，我就能开车了，我想学开车，我还想学修车，在镇上找一间房子给人打米磨面。温爷爷，请您接受您的孙子姜队伍的一拜。这个幻景一样的场面没有出现。一辆一辆南来北往的火车敲打着钢轨，穿梭在他惶然震悚的意识里。他跑向一个写有"广州路段"的车厢，一阵铺天盖地的黑雾向他扑来。他正在黑雾里挣扎，一声尖锐的汽笛声从他身边擦过，一个铁轨突然向另一个铁轨靠拢去，夹着了他的鞋子，就一阵疼，他死命地甩脱了鞋子，倒在铁轨边。一辆列车从他的身边滚过，巨大的铁轮子咔嚓、咔嚓、咔咔嚓嚓地碾了半天，也折磨了他半天才呜呜远去。一个穿蓝色工作服的人把他拉起来，噼啪就甩了他两耳光，扬长而去。他等着那个夹了他鞋子的铁轨分开，坐在铁轨与铁轨中间，牙齿缝里还流着咸咸的血，他咕哝说："我是去找我姐姐的。"他流着泪穿上了夹破的鞋，眼泪是黑的。前面有一个高耸入云的煤场，一个黑色的山，看起来比神农架还高。少年姜队伍怀揣着姐姐的来信看到了第四个向他走来的清清楚楚的人，从煤山上下来了。他应该至少是县长吧，牵着我的姐姐从这个写有"广州路段"的黑煤车里走出来，对姜队伍说：你不用找了，我们把你姐姐接回来了。那个人吹着镍亮的哨子，手举乌黑的红旗，根本没有理他。几个抢煤的妇女朝他嘻嘻笑着。他就爬上了一节车厢，车厢正缓缓地向南方移动。

现在，排山倒海的轰隆声正在向田野扩散，空气慢慢地变得干净冷静起来，一种山野的气息从不远的山上滑下来了，可不是神农架的气息，带着一种温热的、陌生柴烟和植物的气息。一些从楼房里走出来的人，一些菜畦和小塘，一些还挑着粪桶在田垄上游弋的人，一些像工厂或仓库的红砖红瓦房，一些高大的、不堪重负的铁塔，U形的电线一排排牵在铁塔中间，一些远方渐渐燃起的灯火，一些愈来愈浓的逼近的黑暗。

星星亮起来啦，还有挂在很远的地方的一弯月牙，淡红色的月牙之下是更远的平原，好像已在沉睡了。一辆火车从对面开过来，汽笛声突然发疯一样向高处冲去，因为车辆的相汇与交错，是气流造成了这种你死我活的汽笛争斗声，呜——车远去了，持续的撞碰响声正在铁轨上循规蹈矩地向前滑动着，有一条与铁轨并排的公路上出现了集镇和汽车，汽车打着明亮的灯柱在与列车竞跑，又被甩到了后头；还有农用车，有拖着不知什么东西的小小农用车，轰轰咚咚、弹弹跳跳地在公路上，十分卑微自在地跑着，开着。如果真的碰上温爷爷，像那个农民一样要他帮忙讨工钱，我提出贷款的事儿，温爷爷会答应吗？会找他们县的县长说姜队伍的贷款请你们办一下。我就不要读书了，姐姐也就不要去广州打工了，我们全家就有盼头了。

姜队伍全力以赴地想象着从电视里一直连到他与温爷爷的会面，山外的世界可不是那么好待的，姜队伍摸摸结痂的头皮和按着还疼痛的眼睛，拍打着皮肤上黏黏的煤灰，压压饥饿的肚子，他不再想能见到武功盖世的江湖高手了，也没有那横吹玉笛的桃花美人。我还是回去，在镇上学开农用车，学上一门技术，贷点款买一辆农用车就满足了。

这一刻，风凉了，满天的星斗突然爆了出来，像爆玉米泡一样，密密麻麻地布满了头顶和远处没有尽头的每一寸天空。平原星空的面积和体积如此之大，在群山环抱的峡谷里生活的姜队伍是没有心理准备的。如此静谧的、睁着所有亮汪汪眼睛的星星，正在向谁凝望啊？星越来越亮，每一颗都铆足了劲比试着自己的眼睛，这寂寂无言燃烧着灼亮银辉的星空，为什么出现在他的头顶？他惊异地坐在煤堆上，没有了任何思绪。突然，一股巨大的伤感向他袭来，他不知道是为什么，就望着它，不变的星空，笼罩在这大地之上的星空，他的心被这突来的伤感一下子浸泡了，少年的情怀已经变成了一种苍凉的啜泣。美丽的星空击倒了他，击倒了那个在心里眺望外头世界的毛茸茸的憧憬。孙老师说，请你们写一篇《神农架的星星》，神农架的星星多么美啊，离天空多近。我们就写：星星像我家收获的大豆，农民丰收的粮仓变成了哗哗的钞票。孙老师说，别写这些陈词滥调了。李白诗曰：夜宿峰顶寺，举手扪星辰，不敢高声语，恐惊天上人。人家是怎么写星星的？需要夸张，需要夸张，夸张不是虚报产量和人均收入，是浪漫主义，是想象力。你们父母谁拿过哗哗的钞票？为人当学诗仙李白，飞流直下三千尺，疑是银河落九天；两岸猿声啼不住，轻舟已过万重山；白发三千丈，缘愁似个长；朝如青丝暮成雪，蜀道难，难于上青天。李白披头散发，赤脚吟诗曰：我本楚狂人，凤歌笑孔丘；仰天大笑出门去，我辈岂是蓬蒿人。他还要高力士给他脱靴，你说胆子大不大？杜甫称赞他说：李白斗酒诗百篇，长安市上酒家眠，天子呼来不上船，自称臣是酒中仙。晚唐诗人皮日休说：吾爱李太白，身是酒星魂，口吐天上文，迹作人间客，五岳为辞峰，四海作胸臆。李白常常自夸：高谈满四座，一日倾千觞；烹羊宰牛且为乐，会须一饮三百杯。他还写给他老婆说：三百六十日，日日醉如泥。李白不仅是酒仙，还是个侠士，仗剑去国，辞亲远游，超尘拔俗，睥睨当世，狂放不羁，岂有他哉！他仰慕那些游侠：十步杀一人，千里不留行，事了拂衣去，深藏身与名；珠袍曳锦带，匕首插吴鸿，由来万夫勇，挟此生雄风，笑尽一杯酒，杀人都市中。我们的校长这时候正好经过我们教室门口，问道：孙老师，在说谁杀人呀？孙老师马上弓了腰说：我在教同学们遵纪守法。慌慌地从中山服口袋里摸出一支烟来递了过去，又摸出打火机来：校长，请，请。校长说：孙老师，你身上怎么有一股酒味呀？孙老师说：对不起，对不起，中午小喝了两杯……

火车在星空下行进着……

一列漂亮的蓝色的火车从远处飘然而来，与煤车擦身而过，一个个明亮的窗口，窗口里闲散的人和床铺，那是从广州来的人群吗？各种各样的一闪而过的面孔，有男的女的，有没有熟悉的面孔？那稍纵即逝的记忆马上被一股汹涌而过的气流带走了，童话般的灯火辉煌的火车过去，依然是寂寥沉睡的田野，是沉闷的煤车车厢互相拉扯中的钝响。铁轨已经厌倦了，它死气沉沉地趴在地上，任其蹂躏。轰咣咣，轰咣咣，轰咣咣……

广大的星空啊，还是如此深广明亮，高远无声，好像无论火车多快，铁轨多长，也无法穿透这星空一二，只能在它的肚腹中永远地、没有尽头地作疲惫的旅行。

一只鸟突然撞上了火车，他以为是有人掷石头，但接着看到一群鸟从旁边黑魆魆的树林里飞起，就像一阵黑烟。火车正顺着一个弧形的弯儿滑翔，一忽儿，一只鸟和一群鸟的命运都不见了。神农架许许多多的鸟儿这时候在姜队伍眼前飞了起来，蓝色的山凤、黑色的鹪鸟、灰色的小杜鹃、棕色的红隼，还有在阳光照耀的河谷上空无声飞翔的鹞鹰……神农架的星空是一副清阒却又让人暖怀的小小天地。在森林的上空，在刀削般的山峰的边缘，星空时隐时现，忽断忽续。它在夜鸟的惊喙、狗的吠叫、牛的反刍和溪水不停飞漱的响声中，就跟我们的梦境一样，跟牛栏的牛和门口草堆旁狗的梦境一样，非常的浅薄而安详。爹带着我们行夜路，对我们说，如果有鬼火缠着了你，脱下一只鞋就行了。森林和山野的气味总是有无穷无尽的厚厚的芬芳，它把夜空牵扯到了一起，把我们与它的距离拉近了，山间的露水和潜藏在草丛中的小兽的眼睛，都会发出与星星同样的光来；潭水是又一块失足的星群；还有守秋人挂在坡上的猎火——孤零零的星星，它们与星空浑然一体，亲如一家，不可分割。

火车驶到了一个有着低矮山冈的丘陵之中，车速变慢了，前面出现了一个候车室，一个小车站，饥饿的姜队伍看见了卖卤鸡蛋的人，卖西瓜和烧鸡的人，一个穿着制服的男人在拖着一个姐姐一样大小的妮子抽打；有许多背着旅行包箱的男人和女人，他们也要去南方去广州吗？他们要在夜半乘搭一趟去南方的火车？孙老师对我说：你姐姐为什么不读书了让你读？我说我姐姐说她作文没有我写得好。孙老师说：胡说，我不看好你，你那伪浪漫主义的作文让我倒胃口。我告诉你吧，为什么让你读？就因为你胯裆里多长了一条鸡巴。记着了，下星期来校的时候别忘了把你爹酿的苞谷酒给我提两斤来。

姐姐外出什么都不因为，因为爹伤了，躺在床上起不来了。他在挑一担苞谷去镇上磨面时，让一辆农用小轻卡给撞了。姐姐说，我要挣钱回来给爹治腿。姐姐在外面也像刚才这个妮子那样无缘无故地遭人暴打吗？姐姐没有任何人帮助她，她的旅行包会扔在污水里拖着像拖块森林的朽木头吗？

姜队伍的头还无法回过来，紧紧地看着那越来越淡的一晃而过的小站，想留住那刚才的灯火阑珊中的影像。在这片沉睡的原野上，有一个小站的灯火，会从那里走出他想见到的第五个人来，第五个人应该是有点醉意但非常和蔼可亲的男人，我不知道他的名字，他红醉着脸，从怀里摸出一只黑陶碗来，向碗里吹了一口仙气，说：变变变，变变变，吹一口，变一口，一帆风顺到广州……

灿烂的星空，越来越沉重地压在头顶的星空，越来越厚，无数城镇的灯火也不能把它冲破，冲散。火车吐着重重的粗气，吃力地爬行在黑夜的大地上，姜队伍在海一样的伤感中溺泡着，手上抓着坚硬的车沿。他想尿一泡尿，尿意来了，看了看车沿下悬崖似的路轨，他慢慢站起来，好大的风，像一只大手要把他狠狠地拽下去，一头栽下火车。他还是站了起来，掏出家伙，可是尿不出。他把脚死死地钻进煤堆里，开始尿了，十四岁的神农架少年姜队伍向火车和深渊般的路轨狠狠地尿着，扫射着陌生的黑夜，飞驰的风声和火车，扫射着狂傲的星空，他咬牙切齿。他抓起一块煤炭放进嘴里嚼了起来，发现有一丝甜味，发出清脆的切割声。他吃着煤炭，又把煤炭死力地扔向远处，砸着了陌生的土地和草丛。

姐姐，我看见过你几次流泪，十六岁的姐姐，我看见你偷偷地流泪，手拿着镰刀从后山回来时，背着一篓的猪草。妈说……妈说了些什么，说妮子，你爹连轻活儿也不能做了，咋办呀？妈给我姐说了些什么呀，姐把她的书从那个洗得发白的书包里拿出来，悄悄放进她床铺的褥子下、稻草中，说：队伍，这书包比你的好。姐在很久以前，在一个春雨濛濛，冰水解冻的一天与我一起在溪边埋下了那个黑陶碗，那时的姐姐扎着一个小鬏辫，脸上笑成一朵花，没有泪痕。姐姐拿着小小的手锄，刨呀刨呀，刨出了一个小坑，埋下了那个人吃饭狗也舔的黑陶碗，对我说，别给爹妈说，问起碗来，就说不知道。姐说，最好的黑陶碗要变成最大的船……

姜队伍靠在车厢的铁沿上，梦见了他的姐姐，他的姐姐姜小燕……火车升起了高高的白帆，每一节车厢都竖起了一篷高大的白帆，鼓满了呼呼乱响的风，帆下面站着面若桃花，手拿玉笛的女子，那就是他的姐姐姜小燕。姜小燕对他颔首笑着，穿着古代的长裙，亭亭玉立。他向姐姐跑去，跨过了一个车厢，姐姐却还在后一个车厢。再跨过一个车厢，姐姐还在后一个车厢。永远是那么远的帆，那么远的人，他跨呀，跨呀，一步没跨过去，掉下了车厢，车厢下是滚滚的波浪，他一下子就被卷走吞没了……

姜队伍晃晃头醒过来，发现头不停地撞在铁沿上，撞得生疼，好像已经撞出了一个大包。他看到火车正在经过一个城市，看到了立交桥——桥下有桥，有宽阔的、灯光照着的马路，看到了一种树，一种南方的树，叶子张扬又摇曳着的树，不知是椰子树还是棕榈树，反正这是南方的树，与海有关的树，南方到啦！南方不知不觉地到啦。有南方的人趿着人字形拖鞋在街上梦游似的走着，有几个打台球的人……南方的星空就在头上，从很远的地方而来，我走到了很远的地方。火车风驰电掣地越过了一个村庄又一个村庄，一个城市又一个城市，大地多么辽阔，黑夜多么漫长，这永远劲头十足的火车在默默地拖拽着沉重的车厢，向着最后的目的地驶去，它没有睡意，像一只夜行的怪物，长长的身子里充盈着生命的动力，在黑暗中睁大眼睛，载着姜队伍驶向星空的尽头，那让人迷恋的广州的黎明。

哦，童话似的穹窿，晶莹奇幻的天空，北斗七星已经悄悄地转向了西北的低空，让我可以触摸到秋夜南方的仙女星座和飞马星座了，还有南方的宝瓶座。孙老师说：神农架的星星是最美的，而我正站在南方的星座下，那些一概闪亮的不分你我的星群，轰轰烈烈地布满了我的头顶和四周，孙老师不知道，南方的星星多诱惑人啊。工厂越来越多，楼房越来越漂亮，这里是另一个世界，明亮的世界，没有了森林的阴气和诡秘，没有峡谷的苍凉和逼仄，没有山坳里低矮的炊烟和虚张声势的狗叫，没有令人惧怕的山路和头晕的悬崖，没有风雪，没有洪水，没有漫长的干旱。星星慢慢地退隐了，天慢慢地开了，一个大城市的气味扑面而来，带着一点点淡淡的潮气和香味，从南方低低的地平线开始漫漶了。东方亮了，南方亮了，西方亮了，北方亮了。神奇的星空收缩着，一边睁开惺忪的眼睛一边整理着云彩。淡的，浓的，都在向更亮的地方聚集。看，广州到了！

姜队伍跳下了火车，沿着长长的铁路奔跑，跑出了一排排铁轨，跑向了声音响亮的大街。姐姐，我来了。他从怀里掏出那封信，那封写给县妇联的信，那封寄信地址写着"内详"的信，他把信从信封里拿出来，展开：

最信赖、最尊敬的阿姨、姐姐：

我们是来自拐头垭乡的不幸女孩子，听信了别人的游说，说广东如何好，如何能挣钱，一月最少能拿六七百元的工资，出于好奇，想看看外面的世界，就糊涂地来了。先是在私营袜厂打工，每天十四五个小时的活，干得头昏眼花，还挣不到钱，不得已，有的就跟人跑了，有的当了舞女，有的被人卖掉了，有的得了妇科病……亲人啊，这都怪我们年幼无知，我们是无辜的，我们要回家，可是没钱，被人控制了。我们怎么办？妇联的阿姨、姐姐们，快来救救我们这些可怜的孩子吧，我们要回到亲人的怀抱中去，救救我们吧！你们一定要为我们做主，惩治坏人，骗子。只有你们才是我们的救星，才理解我们的苦难，才愿意帮助我们，才能使我们得到解放，帮助我们吧，我们无法再生活下去了，求您们保护我们的正当权利（益），只求尽快帮助我们脱离苦海！！！！……

在苦海中的人：姜小燕

×年×月×日

这是一封没有地址的信，姜队伍已读过了无数遍，他只知道它来自南方广州，妇联的给爹妈说，她们也没有办法。

黑陶碗变成了一串串的车流，车流，车流，成了汹涌喧嚣的河流……

十四岁的神农架少年姜队伍，对着南方汹涌的大街惊天动地嘶喊道：

"姐姐，你在哪儿啊？！"

伟大的徐大宝

自我保外就医从牢里出来，所有人都视我为火葬场的炉子，避之唯恐不及。也就几个小钱的受贿，判刑五年，什么都撸了，过去是林管局副局长，现在是老邓。走到大街上，看天不是天，看地不是地，是另外世界。人情冷暖啊！工作没了，无所事事，吃盒饭，喝孬酒。过去是吃脚鱼乌龟的，烟最低是黄鹤楼满天星。好在，故乡的一个本家村长关照我，让我去他那儿承包了一块五十亩河滩地，种速生杨。于是借了款五十多岁重新开始创业，回到了故乡。人家是衣锦还乡，我是撸光还乡，精赤条条一个。走时是什么，回来是什么。回乡是悄悄的，不悄悄也不要紧，老家已没有人认得我了。那是个过去的公社小镇，凋敝破败了，所有的老人都走进了土里，剩下的人基本不认识我，我也不认识他们。据说过去镇上的人都去了县城，而现在镇上的人都是乡下搬上来的。三十多年前我离开，现在回去，一点儿都不亲切，小镇被陈年垃圾包围着，人们阳气全无。一些店铺卖着与过去完全不同的东西，店铺也换了门面，大多翻新了，找不出多少过去的痕迹。

我住在河滩上，有时候去镇上转转，买个烟、菜或日用品什么的。我的老屋多年前卖给供销社了，我到了省城将老父也接了去，老家的房子没了用，后来被供销社拆掉了，这就把我在小镇的生活痕迹抹去了，所有的回忆一点都没啦。唉！没有了故居，这个小镇就是与我无关的，相当陌生，仿佛我从没在这儿生活过似的，其实我在这儿出生，长到二十岁才离开这个小镇。

那天头发长了，想去理个发，就走进了"徐记理发店"。店名是新的，字很孬，店主却是旧的，真正镇上的老人——老住户，徐大宝。他可是镇上为数不多的老人了。徐大宝十二三岁就跟他的爹学剃头，我们叫待诏师傅。为什么叫待诏师傅，网上有，读者去搜索。当时我认为是"戴罩"这两个字。叫理发算是新颖的叫法，我们过去叫剃头，私下叫徐大宝和他爹"刮脑匠"。

后来我去了县城，那里叫理发。再后来我去了省城，就叫剪头了。还有更新的叫法：美发师、造型师。这都是扯鸡巴蛋的叫法，叫得别别扭扭，我进了店说"师傅剪个头"时，从来没一次爽快过，整整三十年的别扭。这天我走进徐记理发店时我说"大宝我剃个头"时，人就放开了。三十年的郁气出了！徐大宝看见我有一个小愣，就认出了我，就有点诧异。出去的人也有的会出现一下子，但不会在这里找他剃头。"邓巴坨。"他说。他叫出了我的小名！

徐大宝是个名副其实的老人了，比我老，虽然还是那么笑，那么迈八字走路（两个平板脚是水平移动，这与他几十年就在一个小店里走来走去有关），但毕竟过去三十多年。他认出我来，也没有吃惊，也没问我是为啥在这里出现，就像我离开不过两三天似的，或者没离开过。时光在这里流转了，有人叫我的小名，三四十年前的感觉一下子回来了。徐大宝是老人却并不显老，面相肯定比我年轻。据说他是喝洗脸水长大的，头脑不太清醒，没读过几年书就下学剃头，所以几十年光景也没什么忧愁惊乍。常言说无知者无畏，他连岁月时光也不怕，脸上就不会有皱纹，看起来就跟当年一样。我在他眼里是一定变得不成样子了。在官场不停地应对算计，脸上有些黑斑，残酷的应酬让我高血脂高血压虚胖臃肿，已经被官场蹂躏成一个奇丑无比的人了。若是在主席台上，正襟危坐，人模狗样的还能唬人，现在一介平民，这副模样的就令人心酸了。加上双开和高墙的囚禁，精神接近吸毒者，一脸的破罐子破摔。徐大宝能认出我来就是万福了。

脸上干干净净平平静静的徐大宝叫上我的小名儿，就给我上围裙，就给我剃头了。剃头（剪发）的过程从略，因为这是个短篇小说。现在的徐大宝也用上了电推剪，但手艺似乎没长进，还是乡下剃头的搞法，往上推，推完算事，推成尿罐盖。过去我找徐大宝剃头就是千篇一律的尿罐盖，加上我头形长得难看，歪瓜瘪枣的，很难剃出样子来，在城里剪过五百元一次的头，还是什么国际美发师，也没剪出个彩，因为"基础"太差。过去在他手下，剃过头回家，我大姐总会把我牵到剃头铺，责令徐大宝对我"再加工"。现在到了这个年纪，不讲发型，只求剃得个白茫茫大地一片真干净，褪了头火。我要说到的是后面——刮脸和掏耳。

徐大宝刮脸的躺椅基本上是三十年前的式样，铁的，又大又笨，五六成新，这个在我们大城市从没见过，不知他是在哪儿买到的。问题是，城里的理发店（当然不是发廊啰，如今的发廊不剃头不理发，只有小姐）根本不刮脸不刮胡子。你说你无论付多少钱，也没有哪个师傅给你刮脸与胡子。这真是怪呀，我至今都没弄明白这个理。莫非剃头匠已经升成正处厅局级啦，跟当年的我一样，不屑于伺弄你的脸和耳朵？认为这是掉价的，不是美发师该干的事。他要干的是，把你的头发弄好就行了，再是不停地引诱你焗油，用好的洗发水，搞出一个天价工程来，一个字：宰。看你的头就像是看一只肥羊。可在徐大宝那里，四块钱，不用说了，刮脸，掏耳，全套就是这四块。刮脸掏耳不是你提出来他就做，而是必须做的，大人小孩都要做。

徐大宝多了几个毛巾，有烧炉子的热水，有水龙头，这些都是随时代走的，这很好。过去是脸盆一点水洗得像酱汤，毛巾一个，千人洗万人擦。洗过头之后，再上躺椅，把你放下来，人是完全平躺的，给你调好后脑勺靠着的最佳位置，相当舒服。一个热毛巾把你的脸捂着，你闭上了眼，他在你头前摆弄。剪头时他又不赶工，慢慢吞吞的，你已经进入了睡眠状态，刮脸时就基本睡过去了。刮脸是除了眉毛不刮，每一寸地方都刮。脸上的汗毛刮去后，就好像卸下了一层盔甲。现在这种感觉一回来，人就是来被一个高级人体修理师来修理的。他刮额头，他刮眉毛与眼皮之间，他刮鼻子，鼻尖儿。最是刮鼻子两边时，那种快感，就好像是把你的鼻子剥蒜子一样从一堆蒜皮里剥出来，见了天日的感觉。刮胡子这三个字是贬义词，意思是批评你。其实一个男人，世间最舒服的就在于他人刮你胡子。那种锋利的剃刀切割你胡子时的那种清脆爽快的声音，真是带劲儿，任何电动剃须刀都不可能像徐大宝的那个剃刀刮得那么干净，能刮出那么让人沉醉的音乐来。那个理发店是安静的，有一两个人坐着，有剃头的，有来闲坐的，徐大宝也跟他们说话，也跟我说话。我已经是呓语了，迷迷糊糊，进入微茫。好像他问起我父母在不在，我也问他父母特别是老徐师傅在不在。但那声音（说话声）是自然声音，不像城里的理发店放那么响的歌，且是一些乱七八糟的流行歌，歌词不行，音乐也糟糕，完全是一种高分贝的噪音。徐大宝这里一边讲话一边刮胡子，切割的沙沙声，就像收割麦子。我忽然想起下放当知青时收麦的场景，更加沉溺进梦乡——这个乡就是真正的故乡！沙沙沙，沙沙沙，在一片月光下的五月之夜，那一片夏收的荡漾着南风和麦香的夜晚……胡子刮了，鼻毛剪了，翻来覆去刮得没一点茬子了，徐大宝还用手掌在各处试了试，平整光滑得像玻璃。又拧来个热毛巾，给擦了那嘴脸，等于是一种对皮肉的安抚，仿佛刚才刀子的来往让这一块皮肉受了惊吓。

再刮耳朵。我的耳朵是地地道道的几十年"荒地"。脸上还可以用剃须刀转几下，耳朵是转不了的。刮耳朵是一门绝活，一般的师傅是不敢下刀的。耳朵坑坑洼洼，而刀是不会拐弯的坚硬刃口。耳郭还好刮一点，但那也是很薄的一个边沿。更难的是刮耳窝，那绝对是极其危险的一种艺术。我无法明白，一把这么大的刀，是怎么把耳内的那些弯弯道道摆平且不伤一点皮肤的。这样的技术要练多久才能达到？刮耳朵最舒服，他是揪着刮的，可揪得并不疼。耳朵穴位最多，他里里外外刮耳，那就是把你的一大堆穴位拉拉扯扯软硬兼施按摩了一遍。

　　最见技巧的就是掏耳了。掏耳说穿了就是掏耳屎。徐大宝拿出他的那些掏耳工具，这些工具过去我是知道的，但没细瞧也差不多忘了。现在看，这也不是几十年前的旧物，过去似乎是放在一个竹筒里的，现在则是放在一个铁盒里。这些工具都是铜质的，刷子有几种，羊毛刷，挖耳的有勺、有铲、有棒，刮的，刷的，挖的，旋的，少说有十几种。掏耳是一个非常细致的工作，他把灯都打开，深入进去，手与眼都必须全神贯注。你一点都不必担心他掏坏了你的耳膜，从未听见过被他（和他爹）掏聋了的，只会越掏耳朵越好使。有一次我记得他在一个乡下老头耳里掏出了一堆秽物，石头一样的，竟将一个耳聋数年的老人给掏好了。还听说我小时候很调皮，将一颗豌豆塞进耳朵，是徐大宝的爹给我镊出来的。一说是塞进鼻子里。但不管怎样，在剃头铺最过瘾最舒服的事是掏耳朵，其快感可用汹涌二字形容。甚至完全达到做爱般的飘飘欲仙的高潮。现在的徐大宝虽年岁大了，眼神不好使，手感也会差些，这都是想象，事实上，徐大宝如今更娴熟，动作更精准，更细心，更人情化。那个掏呀，就像是拿工具在跟你交流，抚慰，依然是——掏耳的时间占全部剃头时间的三分之一。可见其重视和讲究的程度。每个工具的分工之细，让人叹为观止。可见民间师傅对此问题的心得和经验，是十分了得的。这样漫长的疏通、掏刮和清扫，想想，这世上还有什么样的幸福可以与之比拟？人应该需求甚少，尽快满足，死活在一个小镇，是生命最好最美的选择，到哪儿还比得上有徐大宝这样能掏耳朵剪鼻毛刮胡子的小镇幸福？美国？法国？北京上海？见鬼去吧！我的故乡小镇虎渡口镇是所有幸福的源泉和归宿。当初我根本就不该走出去，走出去的那个世界无聊透顶，疯狂透顶，回想起来，没有任何快感，一场噩梦而已。什么狗屁的厅局级，什么狗屁的报告、会议、学习、表态，在徐大宝的理发店和他十几种掏耳工具这里，都不值一谈。耳掏了，掏成四大皆空，一次生理和心理的双重治疗，一次物质世界和精神世界的大清扫，快哉快哉！

这所有的功夫做了，整个脑袋一尘不染，可用神清气爽来形容，精、气、神都回到了体内，至于发型怎样，那实在是无足轻重无关紧要的事。现在城里剃头，讲究的是形式——也就是发式，却失去了小镇理发的那种实际效果，那种精髓，那种百骨皆酥的快感。

等这一切搞完，又一个热毛巾，拧来，将他所有刀枪工具动过的地方，脸啊耳啊全部捂擦一遍，刮得有点紧绷的感觉又松弛成温润，再掏出不怎么好的润肤膏，用两个手抹匀了，擦到我的脸上，有点香喷喷的感觉，再用手将两个肩膀几揉，叭叭地几剁，那可用力了，将我剁醒，一推，椅子就推上了，我重新坐起来，睁眼一看，这世界，咿，咋变了样儿？看天，天堂，看地，也是天堂。看什么都顺眼，看什么都新奇和蔼，世界充满活力，阳光明媚得像婊子。改革开放，和谐社会，全是对的，将我这种腐败分子绳之以法，双规双开，也是对的。这世界美好无边，根本就不应该容许我这样的坏人存在，不劳而获，假大空，看钱做事，亲小人远君子，贪赃枉法，卖官鬻爵，吃喝嫖赌，都是千不该万不该的，躲得过初一，躲不过十五，总有一天，人民是会将你送上审判台的！……走出"徐记理发店"，过去是头，现在不是，是一朵云，轻飘飘的。

这以后，我就经常到徐大宝这里来剃头、刮胡、掏耳了。睡落枕了，也找他。找他给扳几下，叭叭的，颈子就好了。一来二去，也就知道了三十年来的徐大宝，找了四个女人（艳福倒是不浅），现在没女人。我离开小镇时知道那时的毛头小伙徐大宝跟一个叫王姐的女人有染，那是要付钱的。王姐是我们小镇上的烂女人。现在王姐可能早不在人世了。由于徐大宝脑瓜子不太好使，后来结婚找了个河对岸的乡下女人，没生孩子，离了。听一个来剃头的人说，是他把人家打跑的。那女的正常人，跟一个卖鳝鱼的好上了，我们这里叫偷人。偷人货走后，大约十年前，又找了个手有残疾的女人，这女人贤惠得很，也没有生育，后来也跑了，原因是徐大宝不清白，没法过。"不清白"就是头脑不清楚的意思。再后来找了个苕女人，比徐大宝小三十岁，可连饭都不会给徐大宝做来吃，还很脏，月经来了不会上纸，让徐大宝气不过，给开销了。如今的徐大宝就是个老单身汉，洋书上叫鳏夫。

即便如此，徐大宝仍算是清醒的，不过智商低了点儿。他国内国际新闻都知道，说起我父亲邓师傅，还说你父亲的糕点做得蛮好的，特别是烘糕。我父亲主要是做烘糕，可随着我父亲老了，去了我那儿度晚年，这个小镇就没了烘糕。我也多年没吃父亲做的烘糕了，这养活我们一家三代的烘糕手艺就失传了，现在，烘糕大师我老父因为我的问题，气得中风瘫痪在床，被送到一家老年公寓，我们兄弟姊妹各出一点钱，让他去垂死挣扎度他的风烛残年。我连自己也顾不了，也就管不了他。

有一次我去剃头，徐大宝的店却关了门，问隔壁的，才知他是给某村一个死人剃头去了。隔壁的店老板说，这一带死人剃头、娃子剃胎头，都是找他，因为他技术好，有经验。再者一般人不敢剃，徐大宝才敢。我忽然想起来过去徐大宝的爹也是给镇上的死人剃头的。这些年在城里，没见着死人。死人一般在医院里死，死了就拖到火葬场去了，城里死人剃不剃头我真不知道。不像这小镇，死了人在家里，左邻右舍或者当年我们小孩子，都是常常能见着的。丧家门口放一口棺材，死人摊在堂屋里，脸上覆一张黄表纸，胸口放一个鸡蛋，双脚是新鞋，用粗索子绊着的，手上有的拿铜钱，有的握一根打狗棒——怕阎王殿前的狗不让进去报到。而死时是要净身、换衣、剃头的。

为死人剃头，这真要胆量。不过乡里乡亲，都熟悉，再说习惯了，也就不怕了。我等了半天终于将他等回来了，他提着个小箱子，回来就把那些家什捡出来放在台子上。问及此事，他说是新诚（村）的，喝农药死的。徐大宝有个特点就是绕舌，现在依然如此。他说人老了，搞不动了，子女不养他了，又有病，就喝了农药。他说这年头喝农药上吊的老人特别多。喝农药死的，全身是绿的。我看他拿起电推剪要给我剃，我就说你活人死人就一个剪子呀？他说还有一个的，坏了，要修，没空到县城去。他一点事都没有，说，活人跟死人的头发是一样的，我这上了油就好了（有点消毒的意思）。他说着就给推剪上油，用刷子刷了一遍，又用抹布擦了一遍。我有点无法接受，剃了死人剃活人。恰好又有一个找他剃头的，我就要那人先剃。那人不明就里，还向我表示感谢。我去街上转了转，回来，他的剪子已经剃了一个活人，我就硬着头皮上了。心想，像我这种双开干部，跟死人也没两样。徐大宝敢给死人剃头，寻常事一般，在他的剪子下就不分死人活人了，都是一样的。你就是个要剃头的人，他才不管你死活咧。这种豁达的生死观很让我赞赏。我们这种人，想法太多，远远达不到他那种境界。我问他剃死人有什么讲究，他说没什么讲究，一样的。我问他丧家给多少钱，他说二三十块钱就不错了，也有给五十一百的。我说那你比剃活人强多了。他说那是呀，并不是天天有人死的，现在各大队（他不说村）都有剃头的。意思是竞争也很激烈。不过我看他也没什么竞争意识，基本上是顺其自然。

巧的是，过了没多久，我那老父亲在老年公寓里死了。我接到电话，是我大姐，她是从外县赶回来的，电话里对我哭着大骂，说我不管爸死活，说浑身都发臭，生前大小便肯定拉在床上，头发胡子长得像野人。我的确未有能尽到孝，老父亲的中风瘫痪也是因我事发气病的，后来无人管，一直在老年公寓。我是泥菩萨过河，自身难保，那他还能怎样，只有等死。我问大姐给老爸净身没有。她那边回答说不是等你儿子回来净身剪头的吗？我问老年公寓没剪头的人？她说没有。我就想到徐大宝，因为对父愧疚，一定要让他干干净净去阴间。听说有车来接我，正好带上徐大宝。我就给姐说了请徐大宝去给爸剃头。

我去镇上找徐大宝，徐大宝有点犹豫，说远了。省城对于他像天边，因为他这辈子没去过省城。我说很方便的，有车来，几个小时就到了，剃了第二天就用车送你回来，明天中午就到家了。我给他开价是五百块钱，说如果少了，你说个数。他说这不少呀。不是钱，是别的。我说你反正一个人，也没个拖累，正好到省城玩一趟嘛。你如果愿意，我陪你玩两天，吃喝全是我的就完了。他最后同意去，并且说邓师傅（我老父）是镇上的老人，应该送一程。凡是镇上过世的老人，都是他剃头送终。

开车来的是我的一个侄子。徐大宝提着他的小箱子，换上了一件估计多时没穿的灰夹克，还穿了皮鞋。我们连夜赶往省城。的确很快，几个小时到了省城的老年公寓。要徐大宝休息一下，徐大宝说没事，就开始给我亡父剃头。老父死得真是可怜，现在老年公寓里处理后事的就我们亲属，冷冷清清。且他的确一股浓浓的大便臭味，进了房里，气味难闻，估计死后护理员才清洗。人是蜷着的，不知是挨冻而死还是疼痛至这样。头发遮往了脸，胡子五六寸长。这老年公寓真他妈扯蛋，你去一次还总说钱给少了。人蜷着不能平躺，徐大宝就弯下身子对死人说："邓师傅，我是徐大宝，专程从虎渡口赶来给您剃头的。您把身子伸直了，样子好看些，免得您托生成驼子呀。"徐大宝在他背上几摸几搿，嗬，亡父人就挺直了，好像很听徐大宝的话。徐大宝笑着悄悄对我们说："我见得多了，我有办法的。"接着徐大宝像哄小伢似的，"邓师傅，把头抬起来，别软下去，啊，噢……好，好的……就这样……"亡父还真的软软的头变硬了，极听话似的。徐大宝边指挥着他边剃，边对我们说："邓师傅是好人，好人死后是脚先冷，头最后冷，不信你们摸，还是热的。"我去摸，感觉是有点温热。他说恶人死后是头先冷，脚后冷。我问他镇上老人头先冷的有谁？他想了想，说你认识的诊所的柳医生，哮喘的那个，就是头先冷，死后脚是热的。他说就是喜欢用麻药把女病人麻过去后强奸的那个。我说噢我知道。他说还有杀猪的周癫子，杀生太多，脚后冷，就进地狱了。邓师傅进天堂了。我说那就好，那就好。

　　摆弄死人，活人一身汗，多少还有些恐怖。头发弄短了，我大姐就说胡子剪一下就行了。可徐大宝说胡子还是要刮的，不刮，来生变羊子的；羊一生下就胡子飘飘，那就是没刮胡子的人变的。徐大宝一样涂肥皂，一样用毛巾捂脸，一样刮，一样刮耳朵，揪着刮。胡子刮得干干净净，就像是在给活人刮。还剪鼻毛。不慌不忙的。然后，竟还要给亡父掏耳！这个这个可免了，我连连说。给死人掏耳有何用？可徐大宝坚持要掏，道理是不掏来世就是个聋子。徐大宝越是正儿八经的细心，我们越是难受。尽快将亡父送走，我好了却一桩事。没人来吊唁，没人送花圈，很难堪的。若我老邓还在台上，来吊亡假哭的送礼的不挤破老年公寓才怪咧。唉，大江东去，世界绝情。徐大宝我行我素，一丝不苟地给亡父掏耳。这时门口围了一大圈人，全是老年公寓待死的老家伙，也有公寓的护理员，都是来看稀奇的，看一个乡下理发师傅给死人刮脸掏耳屎，还给死人不停地拉家常。而过去，老年公寓死了人，一个电话一打，殡仪馆的就来车将死人拖走了，就像拖一车垃圾去扔，无声无息。

　　徐大宝经过两三个小时的忙活，终于大功告成。然后将手一搓，在亡父的肩膀几揉几剁，就算是醒了脑，再一推，说："邓师傅，搞完了。"

　　不成人形的我爸，现在经徐大宝一翻修理摆弄，又恢复了人形，又有模有样了，好像要活过来的样子。且徐大宝与我亡父的对话还在继续。他说吃不到你的烘糕了，说邓师傅你蛮会钓鱼的，在那边莫忘了叫上我老爹去钓呀。跟他说几句又跟我们说几句，说我父生前钓鱼的趣事。他记性之好，我自叹不如。

　　亡父清清爽爽了，抬上了殡葬车拖走了。亡父的走有了亮光，我们心里舒服多了。徐大宝收拾好工具，却要坐车回去。真是的，上千里的路，就是来给死人剃个头就打回转的？我们说总得休息一晚，明天再说。可他不干，说有夜班车他就回了，他说到县里就行了，他带上了坏的推剪，正要到县城去修的。我只好打电话，还真有到我们县的夜班车。我坚持让他玩两天，我们一起回小镇。可徐大宝死活不干，一旦不剃头，他就如坐针毡。

只好答应他。我将钱给他，他挣扎着不要，说我坐你们的小轿车吃你们的饭还到省里玩了一趟哩。我把钱硬塞到他兜里，他说多了多了，还是有点羞涩地收下了。

我让侄子把他送到车站并交代给徐大宝买好票送上夜班车。我们家的人与徐大宝挥手再见。徐大宝提上他的小箱子走了，我却想哭。见亡父没一滴泪，现在却想哭。徐大宝徐师傅，你不嫌弃咱们，不看我在台上台下，是风光还是倒霉，是犯了错还是没犯法。你就是我的乡亲乡党，什么都不管的，一个热情的老家人。只有你，这么好的将我亡父体面地送走，给我面子。如果跟着你，我就不会头脑发热干那些坏事蠢事了，我真的对不起人民对不起党。徐大宝，你教我的比什么都好。我会好生走道儿的，唉，只是悔之已晚。徐大宝，伟大的徐大宝！

豹子沟

他们，他，他，他，三个人。

三个人都比较瘦，都不高，不好区分。一个门牙上有黄斑；一个眼睛发红，估计有角膜炎；一个还不到二十岁，长得秀秀气气的。就叫他们黄牙、烂眼、秀气。

三个人是结伴到山里捉蜈蚣的，也采些别的药，如江边一碗水、头顶一颗珠、文王一支笔等。被突然暴发的山洪阻隔了，回不去了，只好在山这边，望着滔滔的洪水兴叹。

这个叫豹子沟的村子烂泥横行，恶狗成群。树上飘荡着丈多长的女萝，就是金丝猴草。这种草金丝猴最爱吃。每到黄昏，浓雾就开始在村庄上空战栗发抖，野兽就开始起哄大叫。黑夜来临的时候，仿佛是一场灾难。现在，暴雨如注，山洪轰隆，山上的水声像是万鬼竞歌。

他们住在老高家里。老高过去在伐木队当炊事员，重度烫伤，手上、脸上都是肉瘤，手指功能障碍。老高脸色苍黄，喉咙里咕噜咕噜，但是好客，就让三个外乡人住在了自己家里。每天都有腊肉炖洋芋吃，还有苞谷酒喝。老高也喝，也抽他们甩过来的一支烟。一边喝酒一边抽烟，讲一些乱七八糟的事儿；凡是知道的、一知半解的、道听途说的，都讲。雨已经下了三天三夜，洪水依然从深山里奔注下来，在豹子沟里狂吼乱叫，目空一切，一路下行，流到不知名的地方去。往常，这沟里是干的，全是晒得发白的累累巨石，如山中神秘大兽的骸骨。而如今山上下来的洪水——这沟里临时的居民，因为不是沟谷里长期的住客，对生疏的环境极其排斥，凶悍，暴躁，不懂规矩，表现出过客的破坏性，一路走一路毁灭。天昏地暗，村庄在摇晃。

"……这沟里，"老高说，"过去经常有豹子出没。罗香妹打死那只豹子就在这里。"

现在它是一条咆哮的大河，不是沟。水还在上涨。已经冲走了两三家水边的人家。晚上闻见恸哭声，夹在兽吼中，夹在恶狗的群吠中，夹在愤怒的山洪中。整个村庄充满着洪水格杀的腥味。这些因雨水汇拢的洪兽，比山中所有的兽更凶猛。一些植物在这里也是兽，大蓟、拐枣刺、火棘，这些被雨水洗得张牙舞爪、狰狞锃亮的植物，在这个山里，与洪水遥相呼应，把时间推到远古。还有那些蜈蚣。黄牙的手被一条蜈蚣咬之后，唾沫不顶事，肿了老高，夜里火烧火燎，用一盆冷水泡在里面才能缓解。

老高的母亲又在门口的屋檐下嘀咕，对这三个总不走的外乡客有些烦了。可老高说不是对你们的，她就是这样，见什么都烦。她年轻时就这样，烦了一辈子。一个人烦了一辈子，活到九十岁，还自己梳头，头发还青乌乌的，这不是很怪吗？

晚上他们的蜈蚣又从竹笼里跑出来了，钻进老高的被窝里，把老高的老婆咬了，好在是脚趾。脚趾就算咬肿了也看不见，黄牙和烂眼认为她是装的，主要是想逐客。但是有老高，老高切腊肉煮洋芋，给他们斟酒。老高是一家之主，他的温和、热情，谁也挡不住。

"你是个好人。"黄牙举着又红又肿的手很响亮地与老高碰杯。

"好人？好人会用开水锅砸领导？砸得自己这一副鬼相。"

"那是你年轻的时候。"烂眼说。

"我就是这个脾性。你对我好，我比你妈对你还好，你对我坏，我比阎王爷对你还坏。队长说我用揩鼻涕的手抓盐，说我的葱没洗……我听不得冤枉话我就把锅掀了，是一锅海带汤，烫到了自己，没损队长一根卵毛。呵呵，我高兴，我不后悔……"

他们说话喝酒的时候，外面依然是一阵紧似一阵的如泼的大雨，涂着更黑更深的夜。豹子沟在山崖下恸嚎一片。他们用酒和烟击退着这让人恐惧无聊得发疯的日子。

"我喜欢听你们唱歌，"老高说，"唱吧！……"

黄牙唱道：

今晚采花来得及，一抱抱到黄缸里，你在下面撑不开锅，我在
上面用不到力，今晚上只当没搞的……

黄牙到村头垭子的小卖部给老高母亲买了一块面包。就剩一块了；给老高老婆买了一把塑料梳子和一盒百雀羚。因为洪水没有退去的征兆，他们飞不过去，吃住在别人家里，过意不去。但老高母亲软硬不吃，那块香甜松软的面包放在桌上动也没动，怕狗叼跑了，放在一个大玻璃罐子里。老高说，我老娘就是这个脾气，等你们一走，她会吃的。他看出这三个外乡人的难受，接着说，我不是撵你们，我这里，只管住。前年贩香菇的，在我这里，脚崴了，住了一个月，没事的。黄牙说，可人家有钱给你呀。老高说，到时蜈蚣死了，丢我这里，我去卖，不也一样的吗？

三个人就商量，把蜈蚣全给老高。可老高也要走到五十里外的镇上去卖。为表示诚意，三个人就将蜈蚣在火塘上用烟熏死，再放到火上烤干。老高没有拉住他们。烤干的蜈蚣至少有五六斤，这个可抵他们几天的伙食费了。估计老高给他老婆母亲讲了，下一顿饭的时候，多了两个菜。酒是八十度的苞谷烧，喝得过瘾。但老高说蜈蚣他是不要的，说得好玩的，哪能要这个。黄牙说你若不要，我们当着你的面把蜈蚣倒进火里烧了。

酒。酒啊！酒是战胜烦燥和惶恐，战胜漫漫长夜的唯一武器。三个有家难回的外乡男人。这是在另一个省的地方。豹子沟那边很远的地方才是他们要回的家。这个地方是三省交界，也称三不管的地方。土匪常在这儿啸聚起事。这里所有的传说都是关于过去年代土匪的。老高说得最多的是一个叫马恶头的。

"……马恶头有一个口号：生我的我不搞，我生的我不搞。马恶头因此跟他亲姑妈生了个娃子。他跟他亲姑妈一般大小，是把他姑爹杀掉抢来的……"

"那生下的小娃子不是傻儿？"秀气问。

"聪明得很哩。"老高掰着他不能动弹的手指说。

"一般近亲生的娃儿要么聪明透顶，要么是傻子。"烂眼说。

"……可他死得很惨。因为他做了许多坏事，当地人恨他不过。百姓就用酒诱他入山洞，等他们醉后，用几百斤干辣椒点燃熏，然后封了山洞，一次熏死几百人，就在对面岩上……"

"你还是说说罗香妹打豹子的事吧，"他们劝他，"莫非一个女娃子真能打死一只豹子？"

"咋不能？打豹子要会打，你若会打熊，也能打死……英雄也有末路，还说什么呢？人家早死了，一个打豹英雄，也落得个悲惨下场。好多年都是在政府扫厕所，还是个小中风病人……她手不压坏不会落到这个下场。当然喽，她不识字……"

"这里的女娃子都不上学吗？"秀气问。

"上的。可她从小就调皮，把她送到公社的小学去住读，第二天就跑了，才七岁。这一跑，就失踪了。学校不见人，家里也不见人。她怕父母打。到哪儿去了呢？到山顶上的岩洞里住，成野人了。家里人都以为她死了。七天后，那天早晨，她爹打开大门，看到门口放一抱柴火。这分明是罗香妹放的，家里人才知道她还活着，就到山上去找，找到了。就是这么个女娃子……"

"后来咋小中风？"

"后来她不是嫁给了一个伐木工嘛，住在大雾坪，离镇子老远。生娃子遇难产，用拖拉机拉下来的，在车上就颠昏迷了。那个路，那个拖拉机呀，人坐在上面，肝都颠掉。弄到镇上手术，第三天她才醒来。醒来就找自己的手。她的一只手不见了。这咋可能咧？后来找到了，压在自己身子下，后背下面。医生和她老公都没发现，压了三天，就小中风了，不得动。你说医生和她老公昏不昏？……"

"之所以能打豹子，罗香妹的父亲曾是马恶头的跟班，有一次徒手打死过一头熊。能背八百斤……"

在沉夜的雨声中，在狮吼一片的洪水声里，这些故事让三个外乡客极其兴奋。被雨水打得哀嚎的野兽，在茫茫旷野游荡着，时不时发出一两声凄凉的抗议。这让他们夜半醒来时再也难以入眠，特别想家。

除了吃饭睡觉，还能做什么呢？百无聊赖。秀气有个手机，他是在县城打工时，交电信的一百元话费，免费送的一个，可以听歌。但这儿没信号。山太深，挡住了信号。就那几首歌：《北京的金山上》《夕阳醉了》《月亮代表我的心》。《夕阳醉了》还是粤语歌曲，根本听不懂那些广东人为什么不用普通话唱？

"我们到小卖部看录像去吧。"黄牙说。

"小卖部只能听歌。"烂眼说。整天窝在被窝里总不是个事情。他们还在床上抽烟。秀气不抽，他睡在靠墙壁的里边。他与烂眼一头。其实烂眼和秀气知道，黄牙是盯住了小卖部的那个女孩子。他去买烟的时候，本来只够抽三块的红金龙，可他偏偏要女孩子给他拿六块白盒子的红金龙。他应该是很心疼的，可他很大方。"那个十八块的黄鹤楼不好喝。"他说。这里把抽烟说成喝烟。然后，他大大方方地拆开，抛给他们一人一支。秀气也接住了，也去要火点燃。他抽烟时有点笨拙，但他装得像个老手，还吐烟圈。因为在一个标致的女孩子面前，谁都不会服输，一切都要像老手，像流氓，像见过大世面的，从北京或是台湾回来的。

"叙利亚又爆炸了？"黄牙说。他正在看小卖部一台放得很低的很小的电视机——电视机放在一个小凳子上的。他把叙利亚说得很流利。其实烂眼知道，黄牙从来不关心电视里的事，且还是国际上的事儿，除了他的几条蜈蚣。

还真是叙利亚，那电视里的画面基本是雪花点。没谁理他的话。后来就走了。

这是前一天的事情。

现在，雨下得人快霉了，门口的屋场上，全是几寸厚的稀泥巴，狗也不愿去大路上惹事了，蜷缩在屋檐的草堆里。鸡们则在一张瘸腿的桌子上成堆蹲着，争先恐后发出哮喘的声音。屋后深谷里的山洪嗡嗡直响，就像无休无止的工厂里机器刺耳的轰鸣，或者说，就像山谷里有一个锅炉房，煮着十万吨开水。

"应该有录像，看看是不错的。"黄牙说。

秀气表现出完全没兴趣，他愿意睡觉。他不停地用手机写短信，又没有信号，发给谁呢？

黄牙把秀气从被窝里拽出来了，因为他的反对会影响烂眼。

"一瓶啤酒，"黄牙说，等秀气起来扯鞋子，他又纠正说，"三个人喝。"

烂眼说："你这小气鬼。"

三个人开始剪胡子，照镜子。采药顶多在山里待一两天，就不剪胡子，也不带剃须刀，但这次的山洪暴发是他们万万没想到的。

三个人走出门的时候雨小了点，这让黄牙找到了邀他们出去的理由。扔了许多干茅草垫脚才上了公路，三个人穿得单薄，寒气凛冽。从山坡上冲下的泥石流漫漶在路上。黄牙兴冲冲地走在前头。过早过度的性生活让他形成八字腿且略微蹒跚。

嗯，很好，小卖部还开着，那个小姑娘还在守着铺子。十六七岁的年纪，长着她这个年纪的女孩应该有的丰满的肉红色脸，头发很亮，扎在后头，像一个小拖把。穿着圆领麻织短春装，牛仔裤，帆布鞋。屋里充斥着一股复杂的豆瓣酱、胶鞋和墙角的老霉味。但是，因为有了这个女孩子，这里就是天堂。当然了，世界是由青春或者豆蔻年华照亮的。如果这世界全是老高那副筋筋扭扭、瘪瘪疖疖的样子，世界就没有理由存在。

小气的黄牙这次大方了一回，出手就是四根棒棒糖。一人一根，包括卖棒棒糖的女孩。女孩先是不要，但黄牙很坚决，女孩就没再拒绝了。于是四个人都剥开了糖纸，把棒棒糖插进嘴里，斜斜地含着。嗯，这四个人的距离一下子拉近了，好像是四个同学，而且放肆地、噗噗地吮吸起来。这气氛与这个荒凉破烂的环境完全不谐调。

这个小卖部是在一个三岔路口的垭子上，一栋很陈旧的石头房子，靠南头的一间。估计是当年伐木队的宿舍。屋顶是用石头压着的油毛毡。但因为屋后是一片悬崖，落下的树叶已经覆盖了屋顶的一切，并且长出了一些小的树苗和野草。山上也听得到洪水下注的声音，好像跌进了更深的峡谷。

小卖部的货柜也甚是陈旧，堆放着一些杂乱无章的货品；是堆放，不是摆放。估计是女孩子的父辈就这么放着，而且将永远这么放着，一直放到房屋倒塌，世界灭亡。雨伞、球鞋、针线、纽扣、指甲剪、雨衣、书包、铅笔、话梅。有的很多，有的就一二件，堆在一起。这些货可能是十年或者二十年前的，如蛤蜊油、清凉油、帽子、拖鞋、雨衣等；也有新鲜点的玩意儿，比如正在吃的棒棒糖以及啤酒、香烟、娃哈哈、营养快线、火腿肠、洗衣粉什么的。

电视的画面是被雨水打乱了的波纹，发出短路的嗞嗞声，像是随时要爆炸的样子，人恨不得赶快跑开，以免成劣质电器的陪葬品。

"你能不能放点歌我们听听？"黄牙说。他们已经发现有碟片，且有一台蓬头垢面的影碟机。

"让人家放。"烂眼阻止黄牙说。他看到黄牙像是到了自己家里，绕到柜台内，自己去翻看碟片和操作碟机了。但烂眼知道黄牙百分之一百不会操作。

果然黄牙也没真想去操作，只不过是借这个进入柜台里面，表明与女孩是很熟的人，可以随便进出，可以靠近女孩。

女孩正在津津有味地看雪花点电视机上一部打斗的片子，不过实在太不清晰。黄牙的闯入让她有些不适应，就在身边。虽然她嘴里含着这个人——这三个人买的棒棒糖，但他们毕竟是陌生人。她希望他能到柜台外面去，而不是在这些堆得一团糟、转不过身的柜台里乱翻。东西和钱不见了咋办呢？

但女孩子胆小又拉不下面子，不好开口说。就只好去赶快满足这个人要放碟片的要求。估计很久没听了，她找到一张碟片，放进碟机里。是一张CD，不出画面的，也没有连接在电视机上。

一个至少黄牙不熟悉的香港歌星或者台湾歌星的声音。一个从上个世纪飘出的声音。

这三个人都不甚熟悉，因为他们的生活只与山林里的草药和蜈蚣有关。但黄牙又似乎有点熟悉。其实放的是邓丽君的歌，大约是《一帘幽梦》。这软绵绵的很久以前的歌使他记起自己少年时的生活。

"嗯，好听。"黄牙夸赞说。

他很早就结了婚，养着两个孩子，对小儿麻痹症老婆常常非打即骂，不太照顾她的经期卫生。三亩多薄田，也没啥收入，全是岩缝里种苞谷。还要打柴，吃水要挑，放牛。两个女儿整天泥巴糊嘴、两手鸡屎没人管。有时喝点酒，打点小牌。电视有一个14英寸的，时好时坏，上面常趴着猫和鸡。

"是《一帘幽梦》，邓丽君的。"烂眼飞快地寻找着，在他有限的记忆中挖掘，终于找出了答案。先是锁定了邓丽君，再想她的那些歌。《路边的野花不要采》《何日君再来》《甜蜜蜜》。这样他说对了。他读过中学。

后来是《何日君再来》，得到了女孩的肯定。烂眼现在可以跟女孩说话了。黄牙已经无趣地退出柜台，站在一边，听他们说着那些如天方夜谭的歌。他很苦恼。这时进来了一个当地人，一个小青年，买鞋带的。人家要做生意，这让黄牙又退远了一步。而且棒棒糖已经全化成水了，其他人都吐出了棍子，他也吐出了。

那个小青年长着两只冰窟窿眼，穿得皱巴巴的，好像没有醒来。弯着腰，像一只在沸水里煮过的虾子。一件外衣里面没有内衣，像是熬夜输得精光的赌徒。他看着他们。他审视着看。他这种看法好像他是一个外乡人，而另外的三个外乡人因正与女孩打得火热倒像是本地人了。

那个小青年买了鞋带就出去了，匆匆走了。好像他是被这堆男人挤出来的，就是这种感觉。

三个人完全没有在意这个瘦丁丁的小青年。烂眼吃力地调动记忆仓库里所有关于音乐的积蓄，继续与女孩对话。

"有没有刀郎的，你这里？"

烂眼的眼睛流着泪，红得像个灯笼，他的眼病很厉害。他沉浸在有了话语权的幸福中。黄牙靠边站了。只有他才能跟女孩说话。秀气还小，睁着眼睛看外头的雨，看自己的手机——过去的信息。秀气羞涩，胆小，不掺和事。

烂眼说的刀郎女孩子可能没听见。音乐有很大的噪音。

王菲的《流年》。如泣如诉。王菲的歌像是从云端飘下来的，在这如打砸抢一样的山洪声里，是一种安魂曲。雨从油毛毡上落下来，溅起一片水雾。空气里有一股香菇和草履虫的复杂气味，被雨雾一浪浪送进来。

那个小青年这时才系好新买的鞋带，从屋檐下离开。

他们还在谈歌。

"我还是喜欢李娜的歌，"烂眼说，"她的《天路》比那个胖子……叫……叫……叫……韩红的唱得好。"他差一点想不起那个胖女人的名字了，真惊险。

"哦，是不是那个在张家界当尼姑的李娜？"女孩问。

"是的。"其实烂眼也不清楚，谁当了尼姑？他只能说"是的"。

"有没有张学友的歌？"黄牙使出了吃奶的劲终于想起了一个歌星的名字。他要争夺话语权，不能成为旁观者。

秀气一直盯着在门外蹲下系新鞋带的那个小青年。他不停地在身上抓挠。浑身痒，起红疱。他说老高床上有虱子。睡时，黄牙和烂眼都把身上脱光了，三个人滚一床被窝。秀气害羞，留了条裤衩。也许就是这条裤衩惹的祸，引虱子上身了。秀气还是个小娃子，不好意思。有一次黄牙赤身裸体地竟压到了秀气身上，说他要是个么妹就好了。黄牙说现在有很多搞屁眼的，就是同性恋。那个样子，真像是要对秀气下手。秀气为这条裤衩，让自己遭了虱。"怕鬼鸡巴丑！你那只小田螺没哪个看得上。"他们就笑。这两个烂货！

小青年在鞋子上穿鞋带，眼睛却斜睨着秀气。那双眼睛啊，那双像山里荒兽的眼睛，你敢对视吗？秀气怕，却总想看，猴子的眼睛，狼的眼，蛇的眼，蜈蚣蝎子的眼……秀气想到一个就打一个寒战。那个小青年终于站起来了，走了，无声无息地走了，也没什么事。秀气缓过气来，排山倒海的痒又回到了身上。抓啊抓呀。这时才听见屋里的烂眼在卖弄地说："要讲好听嘛，我还是喜欢刀郎和腾格尔的。"

"就是那个唱厅堂的！他把天堂唱成厅堂。太难听了！像拉屎拉不出的那个唱呀——我爱你我的家，我的家我的厅堂——我不喜欢这个刀郎！"黄牙在说。黄牙加入了对歌星们的评价。

女孩笑了起来，露出一口不太整齐的牙齿，像些晶莹的糯苞谷米。但她笑时只与烂眼的眼光交流了一下，有不赞同黄牙说法的意思。她根本没看黄牙。黄牙太难看。不过烂眼的脸虽周正一点，眼睛红得却如丧考妣。

"你说的不是刀郎，是叫……腾格尔。"烂眼看了看女孩一眼，搔了半天头纠正黄牙道。

"是腾格尔，"秀气这时候也插嘴道，"刀郎是唱《2002年的第一场雪》的。"

这三个人都在跟他作对。黄牙很尴尬。黄牙插一句嘴就要被他们驳回。黄牙好没面子，黄牙要挽回面子，就报复秀气说："你会说，你买瓶啤酒我们漱漱口看！"

秀气没想到黄牙被惹恼了。他没有钱，再者他不喝酒。他有点委屈，说不出话来，僵在那里。这时烂眼突然说："我来！"

烂眼那天自己也没想到会挺身而出大方一回。口袋里也就七八块钱了。最便宜的啤酒是三块，他咬牙就掏出了。

酒放在了柜台上。

"杯子咧？"黄牙说。

是在为难他们。为难他们三个人——对面的这二男一女，其中的两个男人是他的同伴。

女孩从一堆杂物里好歹翻出了三个软塌塌的一次性杯子，不知用过没有，很脏。烂眼用牙齿咬开了盖子，给三个杯子里倒酒。秀气扶杯子。

各倒了一杯，黄牙就抢过瓶子，用口吹。吹了一大口，又给烂眼说："花生米总得搞一袋啦！"

烂眼是被黄牙盯住了，不买是不行了。烂眼就只好咬牙向女孩竖起一根指头："花生米来一袋。"连价格也没问。

放很久了的、用简易塑料袋装的花生米被黄牙恶狠狠地扯开，自顾抓了一把往口里丢。三个外乡男人就着发霉发干的花生米喝着啤酒，听腾格尔的"我的厅堂"。

天色有些暗了，风一阵阵地往屋里灌。喝了些酒但还是没有气氛。黄牙直咧咧地问女孩别的："喂，你知道那个打死豹子的罗香妹的事吗？你打不打豹子，幺妹？"他竟这样称呼她。

"哼哼，"她冷笑，"我不打豹。我不知道这个，是好多年前的事了。"

"你不知道马恶头的队伍被全部熏死了吗？你太瘦，你打不死豹。幺妹还是要丰满一些。"黄牙说。

他的这个话，让女孩很不自在，屁股磨着凳子，扯着自己短短的上衣，甚至有点自卑。因为她确实比较瘦小，或者发育迟缓，缺乏营养。

"假如现在有一只豹子在门口出现……"

不等黄牙说完，烂眼就打断了："现在哪有豹子呢？嗤！"

"只有恶狗。"秀气附和。

这时有许多恶狗的叫声。

众叛亲离的愠怒，但黄牙又无处发泄。

"那只豹子不就是在这里打死的吗？"他说。

"那只豹子就打死在前面的沟里。"他说。

"全世界都知道，你是这个村的不知道？"他说。

"那……那时我还没……没出生呢。"女孩急得语塞。

"你多大了？"

女孩摇头，不说。

"未必有三十岁了，怕说得？罗香妹你没听说过吗？"

"我只听说那是只老豹，村民和伐木队的不敢吃，有很大的骚腥味。当时剐豹子时，挂在屋梁上，尾巴垂地，有八尺长……"

女孩的声音像风吹过去的树叶，几乎没有响动。这个凋敝的林场，这个荒静的山沟，被沉沉的落叶和苍苔抹暗的地方，不再有豹吼的地方，只有疯狂的浑黄的洪水肆虐着，没来由的发出怪叫，山崩地裂一样。如果你的神经稍有脆弱，会发疯的。总之，问这样的问题，问豹子之类的话，也会让人没来由的无聊和阻隔。

"听说要骑在豹子背上了就不能下来，要把它的腰压断，豹子是铜头铁尾麻秆腰。敢骑豹子的背，那男人的背不是……这里的幺妹是不是很厉害，专门骑在男人的腰上？"黄牙讲得有点忘形了。

可女孩的脸色不好看了，一层层从象牙白变成浅红、浅蓝、深红、铁红、猪肝紫。甚至嘴角开始抽搐，打牙磕。烂眼明知道是黄牙报复，他也不知道怎么阻止。

黄牙好像没有注意到女孩的脸色，他在喊门口抓痒的秀气："秀气你耍朋友没咧？"

秀气也许听到黄牙在喊他，秀气也许是讨厌黄牙跟人家女孩儿死皮赖脸纠缠，干脆自个儿躲一边去抓痒享受。他回过头下巴使劲朝黄牙仰了一下，以示抗议。黄牙依然没有看到秀气的厌恶，或者说根本没这么想。

"我们三个都没耍朋友，想到你们豹子沟做上门女婿，你们这里有没有幺妹没结婚的？"

烂眼拉他了。烂眼觉得这话臊，跟人开玩笑过头了。人家一个女孩儿，此时势单力薄，人家的表情仿佛是要掳走她似的，要哭了。她东张西望如坐针毡的样子，甚至有想喊人来的意思。但自那小青年走后，再没有一个本村人来，仿佛这个小店被村人忘记了。雨时大时小，小的时候能见度变高，可以看见对面山上的雾岚和一些高高低低的树，有山毛榉、红桦、天师栗、红豆杉、青冈栗等。山时隐时现，豹子沟里的山洪声更加嘹亮，铿锵有力地撞击着石壁，大有深意地咆哮着，像嘴里嚼着被撕烂的大地的骨肉，美滋滋地饕餮着。门前的积水里，岩蛙鼓着气泡发出呜呜哇哇的求偶声。

"我要关门回去吃饭了。"女孩子说。她终于找到了脱身的办法。

水已经淹到了山崖边。从上游裹挟而来的树苑、枯枝、茅草，阻塞了流水的道路，洪水暴跳如雷。

"喝吧，喝吧。我还是讲罗香妹的事，"老高说，"……那张皮么，都是被县里来的人拿走了的。还有那条长尾巴，在县文化馆展出，专门用一对玻璃珠子做的眼睛，鼻子是用木头雕的。当时管这个的人后来疯了。肯定是要疯的。豹子皮被他用刀砍烂了，那只尾巴，被文化馆一个唱歌的收了起来。管豹子皮的人疯了之后，不吃饭，像熊一样舔自己的手掌，在文化馆饿死了。另外收藏了豹子尾巴的人死在自己屋里，几天后才发现，但老鼠已经把他的两只耳朵啃光了。听说那条尾巴至今还在……"

"四十年了吧？"

"嗯……差不多四十年了……喝吧，喝吧……"

"我昨天晚上梦到家了。"秀气在那儿嘟囔说。

"你没出过门啊？在你妈怀里吃奶。咱们遇到这种情况就应该快活在外！"黄牙说。

"老高的老妈死活不吃饭，这不是在撵我们吗？"烂眼说。

"她也不敢公开撵我们的。想回去？"他转向秀气，"你个狗日的最小气，在这里吃喝又没拿一分钱出来，连水都没买一瓶我们喝的，你急个事事啦！"

这村里的野狗是太多了，在雨天里尤其显得荒乱。也许还有野兽。在夜里，一条狗叫，一百条狗跟着叫。

烂眼一个晚上没有睡好，头发里好像也进去了虱子，痒。这一天早晨老高出门，老高的老婆也出门了。老高的母亲在房里睡。起来时就几只鸡子饿得打嗝，到处寻吃的，飞上了灶台。他们三个也想寻吃的，但灶黑锅冷。应该有一碗面条吃的，或是准备下午的饭。一般来说，这里的人只吃两顿。但早晨有面条或者隔夜饭吃，有热茶喝，火塘总是有火，灶屋里总有人忙。不行的话，畚箕里总有洋芋或苞谷，自己动手，丢进火堆里烤，肚子几下就能捞饱。可今天呢，什么都没有。

"我昨天梦见我们被十几只豹子追赶，路上全是大腿粗的藤子……"烂眼说。

"后来呢？"黄牙边生火边问。

"后来你不是把老子蹬醒了嘛。"

"今天的水怎么样啊？你个狗东西看了没有？"黄牙问。

"早上我去看了，跟昨天没鸡巴两样。"

"天气预报咋说啊？"

"天气预报管到这里？天气预报管不到这里。"

"咱们还是到小卖部买点饼干吧，饿得难受。"他还是想去，黄牙。

雨突然变小了，不知不觉，甚至要停了，有太阳出来的征兆，往天上一看，云隙里有点晃眼。这可是好兆头。一团一团的白云向远处的高山上飘去，山简直是用绿颜料涂了，触手可及可拭——这种情况十分多，可今天格外让人振奋。当然，还有一丝丝惆怅，天晴了水落了就要离开了。山崖上淌着水，都是浑浊的小瀑布，路上布满土石。野狗们跑出来，无缘无故地朝天狂吠。

秀气在咳嗽，他感冒了，烂眼摸他的额头，发烧哩。

"看小卖部有没有退烧药，你要买药吃。"烂眼当然想去那儿。他昨晚还做了一个梦，梦见了那个女孩。这是不能说的。

可秀气死活不去。

"你这毛头鬼就赖在床上，不走动走动？睡得发霉了！"黄牙一把掀开了他的被窝，这秀气穿个小裤头，还有晨勃的毛病，一下子全被看见了，赶忙抓被子将身子护住，但被子给黄牙卷到一边，同时将上衣裤子扔给他。不起来都不行了。

烂眼在想的是，去了囊中羞涩，谁买饼干？如果黄牙敲我，我不能不买……兜里最后的三两块钱是不能用的，谁知道哪天水退去，可以回家？黄牙可以在那个女孩面前装潇洒。其实黄牙家里穷成啥样子了。他现在脚上的那双高帮球鞋还是穿的老高的。老高为人真是没说的，你穿就穿，他没鞋穿，就穿草鞋。不过黄牙是有心之人，年龄比他们大些，烂眼瞅见，黄牙清钱时竟还有两三张二十元的票子。烟，是有的抽的，大方起来，可以买一包十八元的黄鹤楼，如果那个女孩对他有那么点意思的话。似乎不可能，但他并不这样认为。比如还是坚持要去小卖部。不过烂眼想去，却总是有点惴惴不安。不知为什么，心里就是这样。

这次，因为黄牙的情绪还是很好，路上烂眼称赞他有钱，是个富人。说看到你荷包里有一百元的。黄牙说胡扯。烂眼把黄牙的虚荣心提起来了，心想一支烟、一块糖是没有问题了的，等到了那儿，竟然得到了一人一瓶娃哈哈加一根火腿肠的犒赏。这是什么运气呀？！女孩也一样。在推搡来去的当儿，烂眼看到了柜台里有一本小相册。

"能不能给我们欣赏一下。"烂眼说。

烂眼的要求女孩不会拒绝。给他们时，让黄牙抢先了。他拿到了手中。

是女孩的相册。

"这是你的照片啊，好漂亮！"黄牙激动起来，不停地将那些照片翻来覆去。

三个男人的头就这么凑一堆了，贪婪地看着，脑袋碰得叮当响，三只手争先恐后去抢，好像这东西可以据为己有。

让他们抢去吧。黄牙已经可以自己动手放碟片了，他仿佛成了这个小卖部主人之一。有《辣妹子》《美酒加咖啡》，也有腾格尔的"我的厅堂"。腾格尔总是憋一肚子的气挤出来的歌，很解恨。

黄牙找到了一张 VCD，他竟然放出来啦！是成龙的——大鼻子和罗圈腿都出来了！……这是咋回事？他甚至想跳起来。他看着自己鼓捣出的画面，斜睨了一眼烂眼。烂眼惊呆在那里，两只红肿的眼睛像火在熏烧，简直受不了了。

好在这时女孩拉下了面子，没给他好，小声说："到外头看好不好？"

黄牙乖乖地出来了，移到柜台外边，大半个身子伏在柜台上，撅着尖尖的屁股依然兴致勃勃旁若无人地欣赏自己放出的片子。

其他两个也在一旁观看。

电视里成龙被一只豹子疯狂地追赶。这是在非洲的哪个地方，茫茫大漠，坚硬的稀少的植物，可怜的失忆的成龙不断问自己："我是谁，我是谁？"豹子张开血盆大口要吃到成龙了。跑呀跑呀！……

"你们这里吃了豹子肉的，有没有下场不好的？"黄牙问女孩。

女孩怔怔的，不知怎么回答。

"因为拿了豹子皮的，收藏了豹子尾巴的，要不是疯了就是被老鼠啃了。"

"我没吃过豹子肉。"女孩说。

"我是问你们村里和伐木队的人。"

"反正我没吃过。"女孩坚持说。

"她这么小哪里知道呢。"烂眼说。

一根火腿肠无论如何也是不能饱的。似乎可以回去了——回老高家去，至少那儿有火，有温暖。这小卖部，这个鬼地方，风大得吓人，全是山里头吹来的阴风，让人寒战连连，秀气的鞋在路上湿了，他不喜欢成龙的片子，他想谁说一声"我们走吧"就是最好了。

可这时黄牙依然翻着手上的那些陈旧影碟，竟然蹦出了一句："有没有A片？"

也许他想了半天与影碟有关的词汇，而这个最好：A片。他是向女孩问的。

他又说了一遍。

"A片？"女孩说。

烂眼不相信黄牙会问出这个问题。问出了却是一个石破天惊的问题。烂眼的心一阵战栗。

"就是三级片。"黄牙依然若无其事地说。

女孩的脸上被风贴过去几根发丝，女孩脸僵了。女孩也许明白了。女孩的脸分明在飞快地红着，就像一块海绵沾上了红墨水，一下子就洇到耳根，连嘴唇都洇得发紫。她完全没辙了，不知道要做什么。

这时候，那个又白又瘦的小青年进来了。他还是那副屌样，手插在荷包里，嘴歪着，像筲箕一样单薄的背弓着，缩头缩脑，鬼头鬼脑。他在空空的荷包里抠着什么。

女孩看到他，那憋红的脸一下子松弛下来。好像救星来了，突然出现快哭出来的表情，求救似的对着他。

小青年好像明白了什么——从气氛上。他问大大咧咧趴在柜台要把柜台压垮的黄牙："你们是什么人？"

"你管我们是什么人！"黄牙看着影碟，不在乎地、硬邦邦地说。

"我问你们是哪里的？"小青年舌头顶着上唇，一脸无情地问。

"你管我们是哪儿的！"黄牙依旧说，根本看也没看他一下。这瘦精巴骨的小青年不是他对手，懒得理他。他是这么想的，再者不能在女孩面前向男人示弱。

"好；你们等着。"

小青年说这话时已经迈出了小卖部，快速地走了。

烂眼来不及插嘴，事情就已经发生了。这像是必然。问题就在这里。如果他回答呢？没有如果。他的意识里只有一个念头：赶快走！

"我们赶快走！"

他扯起秀气就往外跑。这有预感。并且预感很强烈。黄牙还没意识到。黄牙还龇着长满锈斑的牙齿看着笑着，不知大难临头。烂眼走时，他回过头想最后看一眼这个颇有好感的女孩时，好像看到她把那根没吃的火腿肠丢在柜台上了。

黄牙真的满不在乎。他瞅着身边没人了，烂眼他们已经离开他走了。他是这样觉得一个人无趣，才极不情愿地、快快地拿起所剩无几的饮料瓶子，离开这个小卖部的。

黄牙大摇大摆走出去没几步，看到了烂眼秀气在前头没命一样地飞奔。他愣了一下，就见一条岔路石坡上冲出来一大群人，提着刀和棒子，还有尖闪闪的猎叉。

"抓住他们！抓住他们！打流氓啊！"

黄牙一个尿噤，醒了，也迈开细腿拼命地去追赶烂眼他们。他们顺着当年伐木的简易公路向前跑。他很快赶上了他们。他能听见秀气灌水的鞋子里跑出叽叽咕咕的水声，口里嘶嘶啦啦。

"打流氓！打死他们！"

后面的人狂呼乱叫，还有许多狗，也向他们撵来，发出汪汪的大叫。

三个人不能回头，只能赌命地向前跑，恨不能双手也成为两只腿。这是与死神赛跑。多跑出一步，就是一步的命。

那些人紧追不舍，狗跑得比人快，同时狂喊乱吠。就这么跑到了豹子沟边。前面就是汹涌澎湃急流如箭的豹子沟，就是那条山洪暴发的大河了。大河死打着崖壁和巨石，发出森冷的低吼。那浑浊的洪水如满山野兽的呕吐物，整座山把苦胆都吐出来了。山病了！

秀气在嗷嗷地哭。他要咳嗽，蹲了下去。一条狗抢先上来了，要跃上他们站的一块石头。

他们没了退路。他们站在那里只有死路一条。

烂眼什么也没说就跳下去了。

黄牙脱掉老高的球鞋，他在犹豫。他在看烂眼在哪里。

事情太突然，他们还没想好。

秀气缩着肩，像一只小兽，哀哀地"啊儿——""啊儿——"

黄牙顾不得他了，眼一闭，也纵身跳下去。他的水性不好。村民的刀和棍棒和叉子越来越近，他没有选择，只好跳。

秀气是在狗扑上来要咬着他时跳下的，衣裳的一角还在狗嘴里，但他挣脱后跳下去了。那水太急，他们一下子就被吞没了。三个人像三匹掉下来的树叶，就是这么，一个漩涡，什么都没有了。

等那些村民赶到水边时，只有汹涌万端的洪水呼啸跌宕而去，像一万头暴怒的豹子，腾挪跳跃，翻滚扑跌——那里只有豹子、豹子、豹子……

喊树

　　王世堂一共有三个孩子。有一个在多年前就见了阎王。那一年年景不好，这娃子在山上挖蕨根做粑，吃过后头肿得比南瓜还大，王世堂的老婆就在村委会墙上涂大粪驱邪，但还是没保住这娃子的命。王的老婆倒因为这事，被乡里抓去关了半个月。这死去的娃子眉清目秀，睫毛修长，像个洋种。王世堂另外两个儿子都是在石头上摸爬滚打、忍饥挨饿长大成人的，可没有一个比得上他们死去的哥，都长得怪头怪脑。有一个叫王二苕的，是老二，找了个患"巴骨流痰"（小儿麻痹症）的女人结婚，住进了深山后就没了音讯，不知是死是活。倒是老三，叫王三苕的，虽不灵光，却读得个技校，到了城里工作，就是没有女人看上他，都快四十了。现在，突然有了信，让王世堂给他打一套家具，那是要结婚了。

　　这可是大喜事啊！王世堂高兴得快中风。是有人从城里搭信来的。那时他正在山上刨洋芋，有个人喊他，是三苕儿时的伙伴，告诉他这事。他跌跌撞撞跑回家去，对着老伴的遗像就高声说："娃他娘，老巴子（老婆）哎，三苕要结婚了，在城里结婚哩！搭信要我给他打家具。还说怕是媳妇怀上了，要得急。这可有孙子了！……"

　　王世堂哗啦哗啦地吃饭喝酒，高兴出声，眼泪直往下掉。可静下心来一想，这可到哪里弄木材去？你这娃搭个甩信一说我就要办，没捎一分钱回来，老爹我哪有这多钱买木料呀？过去要一口柜子，或者一口箱子，还能找点存料或借点木头来做，现在，你有钱也买不到木料。家具要大料才行，山上哪有这样的大树？王世堂放下筷子望着山，山上也就是一些能做筷子的树了。江浙人烧炭的全回去了，没回去的留下来收板栗香菇；重庆偷树的农民来过几个，听说没树好偷，只好顺手牵羊弄走了一些党参苗。林业站的人种了些日本落叶松，材质不好不说，让羊吃了针叶嘴肿得嗷嗷叫，树底下寸草不生。

这可是毒树，打家具害人的。要说打家具，最好的是樟木，苦楝也不错，都不生虫，紫杉也好，湘杉过得去，过去铁桦、红桦也坚实。可这些全没啦。大点的樟树都有人收，挖掘机来挖的，城里人买去的，开价还高。有一棵银杏，几百年的大树，万把块钱买走了，听说一到城里几天就死了，水土不服。

王世堂背着斧头，钻进深山里去找树。五天后回来，人已经冻得不行，脸色青黄，四肢抽筋，给腿上拔旱蚂蟥的力气都没了。回来用刀刮，才把满腿吸血的蚂蟥刮下来。他好歹弄回了一筒木头，是红桦。在一个山沟里，多年前别人砍伐后估计忘了，或是沟太深背不出来丢了。有几筒，有的腐烂了，选了一筒，拖到路口花了两天，晕厥过三回。这可要力气，力气都耗在了这筒足有一两百斤的木头上，差点丢了命，可又能打什么呢？

这还不说，刚进入臭娘子坳自家的院子，头上忽然掉下一坨东西，一摸，一大坨鸟屎。那个臭呀！抬头一看，是那些对他瞪着铜铃眼的苦哇鸟。这种鸟鬼头鬼脑的，不是因为经常衔些小鱼给他吃，早把它们连窝端了。它们的叫声阴阳怪气，心怀鬼胎，仿佛大有深意，对世界了如指掌。把白天叫成黑夜，把开心叫成灾难。特别是到了要下雨时，这种鸟叫得如丧考妣，凄凄惶惶，满树乱窜，又哭又笑。树上的苦哇鸟，鸟窝至少有一二十个，可它们会叼来一些不知是哪儿的鱼，长条的，白净净的，通体透明。有人说这是从山洞涌出的一种鱼，无鳞，小眼，鱼腮里有一颗硬虫，懂这个的说是鱼虱，后来有人说这虱可以治噎死病，就是喉癌，他就留着了，送给患了此病的乡亲。山里人喜欢抽烟喝酒，又一年四季吃腌制的腊货，加上整天在火塘边烟熏火燎，爱得喉癌。自从有这鱼虱，上门讨要的不少，救活了十里八乡的不少人，有的还是晚期。鸟们衔来的鱼吃不完，就爱藏着。有一天王世堂发现树底下的小水洼里有鱼游动，捞了不少，却捞不完。院子里本来会散落些缺头断尾的鱼，后来发现鸟吃不完就藏在水洼里，这就留下了这种凶鸟，也算是它们前生欠王世堂的。这鱼当地人叫羊鱼条子，做火锅，放点酸菜，那个鲜呀，没东西比！麂子汤、果子狸，都靠边去。

但是，这一泡屎太腥臭，往上一看，那些苦哇鸟都坏心眼地望着他，狞笑，喉咙里发出呱哒呱哒的声音。王世堂当时那个气呀。他踢了一脚地上的木头，做什么呢？做张桌子却缺凳子。这泡鸟屎晦气！一块石头砸过去，鸟扑棱棱飞起来，有的飞走了，又落在树上，叫得更凶，像哭一样。就落下几片臭娘子树叶来，桃形的，绿莹莹的，油光闪亮的。人望高了，头就发晕，加上又冻又饿，差一点倒下去，扶住了树。树太大，抱不住，一屁股跌坐在了水洼里。

从没砸过鸟，这下闯了祸。苦哇鸟苦哇苦哇的聒噪声像沾水的绳子，一圈一圈捆绑着这个夜晚，捆绑着王世堂。月亮从树缝里透出来，鸟在月亮里奔窜跳跃，把月光撕得羽毛纷飞。月亮是一只大鸟，打不赢这黑压压的苦哇鸟。这时候，水洼里的两只小红蛙也呱呱地叫起来，两条小红蛇也从树洞里爬出来，游进水洼里，乱跑乱颤。他睡不了了，再捡起一块砖头往上砸去，这一下，砸中一只，或者几只，几声凄厉的惨叫，一阵更大的混乱，后来总算停止了，安静了，只有一两声的啜泣，在清寂的夜空里飘零。

妈的，是要老子发狠的！他说。世界静了，小红蛙的嘀咕也很轻，两条小蛇也平静下来，慢慢划水，激起一圈圈的涟漪。这两条小红蛇从来就这么大，从来不吃红蛙。到了繁殖的春天，也没见有蝌蚪，红蛙也就是两只。这情景持续了至少二十年，仿佛时间停止了，仿佛这个梦境永远在梦里，没有醒来。人也产生了不会老去的感觉，身体里有使不完的劲儿，半斤的酒量一点不减。老婆死掉，人过花甲，也没有让他被悲伤和苍老打倒。说起来，这真是件奇怪的事儿。这蛙、蛇，还有鸟、鱼，与臭娘子树共生的一些古怪生灵，还有这树上一到春天就会孵出的一树毛茸茸的雏鸟，就像春天开出的满树鸟花，淡黄色的（羽毛丰满就变黑了）。还有更神的，这臭娘子树叶子，是可吃的，老婆发现的。她把这树叶打下来，用开水一焯，放一瓢灶灰，放在纱布里包着揉，揉出的汁是绿的，一会就凝固了，半透明的，就像碧玉，切成条，再加上酱油、醋、辣子、蒜末、姜末，就是别致的凉粉啦。这树叶，密密匝匝，啥时候胃口不好，啥时候做上一盘，辣凉辣凉的，入口爽滑，清凉透心，这日子！

蛇在水里游动舞蹈，就像爪子在心里挠着痒痒。那一圈圈的波纹扩散着向树根荡去。这树蔸的根凸出土石有一尺多高，像虬伏的巨蛇，生瘤子，有人称为龙根。于是有乡亲在下面供了香烛，树枝上缠了许多红布条。

苦哇鸟在树上叫得怪瘆人的，拉出的屎又臭，满树做凉粉的叶子哪儿还能吃，全是鸟粪，当然择出一些洗了还是可以对付口里的馋虫。但鸟的叫声让王世堂这天彻底地烦了，他坐起来对着遗像说："老巴子，只好这样，我把树砍了给三苔打家具，我王世堂老了，只有这个能耐啊。"

老婆好像在考虑，也许在想别的事，看别处，目光躲闪他。

"三苔催得急，媳妇娃都怀在肚里了……我去山里转了几天，到哪儿找这大的树去？有也不让砍……"

她不同意？她肯定不会同意的。就凭这个，她要给王世堂做臭娘子粉吃，还要等儿子媳妇孙儿回来做臭娘子粉他们吃。到了夏天，多大的荫凉，还有鸟叫（虽然不中听），六七月间，这叶子做出的凉粉最好吃了……

同意还是不同意，这个晚上他不想跟她吵架。只有当他磨斧头的时候，他才会与这个死去但时常在屋子里走来走去的女人摊牌。

早上起来，阳光打在树冠上，院子里一片明亮，苦哇鸟纷纷飞来飞去，直往水洼里丢鱼。前几天下了一场大雨，估计哪个泉洞里涌出来了不少的鱼。但人是不知道的，在很深的峡谷和山沟里。有一个来要鱼虱治病的乡亲，他要别人把鱼全捞去了。但他不好说这是最后一次。树真的很大，平常不会太在意，真的大啊，屋顶上全是伸展去的大枝丫，落叶一层层盖着屋顶，上面又长出草和厚厚的苍苔。完全可以打一整套家具，挂衣柜、双人床、五屉柜、电视柜、春台、梳妆台、碗柜、八仙桌加四条大长凳、摇窝，一些枝丫可以打两口箱子。

他的眼睛过于贪婪，甚至每一个部位每一根枝节做什么都有了想法。但不能让树猜到心思。这么老的树，鬼精了，心里比人还精。老子一锤子的买卖，想就想了，没别的路可想。铁了心想，不能让老婆跟自己辩理，没理，老子的斧头就是理。老婆是个很倔强的人，大儿子患病不是她去村委会泼粪的吗？半个月回来，腰也打歪了，双拇指吊去了一层皮，可不低头，昂首挺胸，英雄凯旋。

说干就干。因进山时间耽误了几天，我得为三苔把事办了。儿子在城里不会再回来，我又能活多少时间？那这树不也是别人家的了吗？与其如此，不如我先下手为强。就这样！

磨斧。

这就是要给树下马威了。他决定要下手时，煎了盘腌晒的羊鱼条子，还炒了个蕨粑，备下五六斤酒，准备与树拼命。酒壮胆。他估摸着要对着树喊三天三夜，把它的魂喊死，否则不能动斧头。这是山里砍树的规矩，特别是

短篇小说

大树。

臭娘子树呀，不怪我不客气了。娃子要活，你就活不了了。没谁与你有仇，相安无事几百年，几代人待你不薄，你也看家护院。娃子要你，你就贡献出来吧。这话过去没谁说，我是老了，说说你听。要是年轻，火气大不信邪，大吼几声就下斧。不吼也行，你能把爷怎的？

斧头摆在桌上，跟酒杯碰杯。几口把酒倒进去，鼓动起整个人，让肠子先烧起来，连着喉咙哩，再喉咙里喊。

磨刀的斧刃直对着树根。把阳光寒闪闪的抹在刃上，贼娃子亮。那个磨斧声，整个坳子里都听得到，就像要砍一百个野牲口似的。"嚓嚓——嚓嚓——嚓嚓——"斧头是用炮弹壳打的，钢火没得说，砍石头也不会卷刃。为啥要磨呢？吓你！先杀你的威风。不说话，哼哼着，吐出的气像石头，在水洼里直打滚。坚持磨。一个动作。就一个动作。这是聚气，气沉丹田。聚的是杀气。

斧头在磨刀石上发出那种很硬气的、阴沉沉的声音，短促、干脆、简捷、森冷、硬碰硬。斩尽杀绝的、削铁如泥的气概。不知怎么，这么磨着磨着，突然一阵空虚，心里空落。咋越磨心里越空哩？

"妈的，不就是臭娘子粉吗？老子不吃不就是了，你跟老子咕个么屁！"他大骂。心里。心里挑起了与老婆的争吵。一定要大吵一架。是的，要大骂！这气提不上来。老婆在说砍你个死狗日的，今后没得臭娘子粉填你的屁眼了，没本事的！

老婆那张核桃脸就在门框子边上，大叫道："它还有几个干儿子哩，以后到这里拜你啊？你是树啊？"

这里有这个习俗，不好养的儿子就要拜寄个干爹，不是人，是拜石头或者大树，每年还要上礼，提果品山货来，打的麂子啊獐子啊竹鼠啊。

"你装尸也没有这么高啦，你个矮趴尿罐！"死去的老婆跳脚骂。

"鸡巴干儿子，今年风调雨顺，有几个来看它的？啥鸡巴树爹，自己的亲爹都不养，捏到鼻子哄眼睛的！"

内心惊涛滚滚。这种无声的驳斥增添着王世堂的勇气和力量，烧灼着他。

"你个臭婆娘滚一边去！都给老子滚远点！"

他骂出声了，他要爆发了，要把一切挡开。接着他要喊树了，要吼叫了！

他在空中挥舞着斧头，跳起来就对着树张口大喊大吼。这是从胸腔里发出的最强音，这是要压倒一切的声音，咆哮，歇斯底里，像是挣扎和绝望，是咽下最后一口气，吐出最后一口气的声音："嗷嗷嗷——嗷嗷嗷——"

他磨刀的时候树上的苦哇鸟依然在浓密的树叶间跳跃聒叫着，这一声大喊有点作用，如晴天霹雳，让树上立马噤声，安静了。是短暂的安静。

这一声好疼，嗓子。太猛，喉咙里火烧火燎，像是拖出来一个干枯的丝瓜。连肚脐眼也因为喊叫鼓成大包，牙齿龇开，带着酒馊味的浊重胃气冲向树巅。

但是，声音何其短促，喉咙何其狭窄，撕裂开也不顶事。旁边是深沟大壑，周遭是悬崖绝壁。这个臭娘子坳，在这些巨大石头和沟壑的深处，说是村庄，其实是一坨鸟粪，一块苔藓，可以忽略不计。这棵大树，从山上看，就是一棵小草。人呢，当然就是只爬虫。

这一喊，还唤来了风，山风飒飒。一会鸟声又活跃起来，鸟们一阵风似的飞走了，拉下一些鸟屎。留下的腾跃在风中，腾跃在自己一如既往的叫声中。它们个体多，叫得比王世堂长久。王世堂只有再吼喊，要连续吼喊，要把这树喊死，开弓没有回头箭。

"嗷嗷嗷——嗷嗷嗷——嗷嗷嗷——"

日头落山。他几乎气绝。他抓着树，手上攥着斧头，还不敢砍。他也没这个力气了。树叶还青碧油嫩的，枝丫坚挺，造型张狂，不露声色，在流散的晚霞中高高在上，所有的鸟都围绕着它飞，哇哇乱叫。在归巢之前，这些苦哇鸟每只都要绕树三圈，就像某种神秘的仪式，就像是对黑夜的敬畏和惧怕。然后，星星跳出来，树枝冠盖变成巨大的黑翼，覆盖住整个院落，覆盖住整个坳子。也像巨大的守护神，让所有的一切，天空、大山、野兽和千古荒凉的村庄与人，在它的卵翼之下，安然入梦。

他连做饭的力气都没有了，歪歪倒倒地向屋里走去。没有点灯。倒上一杯酒，咋喝不进去咧？喉咙疼，呼出的气都像是刀子划在喉咙上。

树睡了，树在嘲笑他。树太大。到了半夜，月亮偷偷摸摸地跑出来，在床上望着院子里的水洼，蛙出来了，蛇也出来了，跟没事一般，一样的跳跃，一样的游，一样的嘀咕。他的喊声消失了，一切跟过去一样。黑夜很深，山影很厚，风很狂。

酒醒之后他明白，这不是一两天的事。过去砍一棵枯皮松，皮爹得像凤凰展翅，喊几遍，皮就收拢了，像条夹了尾巴的癞皮狗，你再下斧。这树，哪儿吓得住它？不过也不怕，往脏处想，含口粪了喊，不由你不怕。你就是个山混子，树精，还能不怕人整的！

再喊再吼。

歇了一夜，喉咙滋软了些，喝了从屋后接的冰凉的山泉，他端出一根凳子，站上去，腰扎牛皮带，握紧斧子，喊。

从早喊到晚，没停。撒尿就对着它，头上的鸟屎往树上抹，吐痰，擤鼻涕，全对着它。站，坐，叉腰，擂拳，跺脚。眼睛喊凸，肠子喊断，心脏乱停。树还是树，还是青枝绿叶，稳如磐石，岿然不动。树皮、树丫、树冠、叶、根，连树上的鸟、鸟粪，都是原样，还是臭。鸟还是那样，站在高枝上，或偎在窝里，闲庭信步，吊儿郎当。叫，吃鱼，也丢几条鱼在水洼。掉些鱼渣，发些叽叽咕咕的梦呓。

这让他很受羞辱。打不死你呢？指鸟。这鸟是鸟类中最贱的鸟，苦哇苦哇，传说是旧社会死了男人的苦媳妇，这么叫着哭着，变成了苦哇鸟。全是童养媳的后代。不是有鱼给我吃，有鱼虱能治些噎死病，我让你们在这里筑巢做窝，娶妻生子的？弄得一院子腥臭，家里像死了一屋人似的。结果呢？不想则已，一想是他娘的不吉的凶鸟。大儿死了，老婆死了，二儿不知生死，三儿快四十了才找个二婚女人。这些死鸟，瘟神鸟！打死你们！打死你们！

一根竿子就朝树上扑去。这是哪门子闹的？鸟自在歌唱，吃香喝辣，突然临头一棒，打得折羽乱飞，连哭带喊。随手还捡了一把屋檐下的破夜壶丢进水洼，咕咚！——让你们藏鱼去，臊死你们！……

他感到喉咙里开始咯血。

这个晚上，他想做臭娘子粉。就是准备做最后一顿的。打鸟打下的树叶，捏捏，新鲜，有汁水，树还是活的。就做些臭娘子粉吧，润润嗓子。一连喊了三天，喉咙完全嘶哑了，破了。揉着树叶，揉着搓着，咳嗽起来，一口血丝水涌出。喉咙里一定是血糊汤流了。

老婆在旁边帮他揉搓着，一只手那么不停地上下起伏，像搓板上搓衣的样子，边揉搓边拧，绿水就流下了盆子……

这是幻觉。没有老婆。没有人帮他。老婆在桌子上，在一个镜框里。老婆走了，不跟他吵了。接着将是什么离去？都会离去……好空虚呀……

杜鹃鸟划过夜空，叫声渐行渐远，"哥哥烧火——哥哥烧火——"

杜鹃啼血。那声音凄伤无比，也喊出了血，跟他喊树一样。

第四天，开门出来，突然一群苦哇鸟向他俯冲，用尖喙啄他，啄他的头，脸，眼睛。要将他啄瞎！王世堂猝不及防，眼睛一阵生疼，鼻腔被鸟喙拉出一块肉来，耳膜快啄破，他号叫躲闪扑打。我的个娘呀，为何要攻击人呢？立马就想起这几日他做的事。那还不是断子绝孙的事！这群鸟有记恨心，好样的，全线反击，屎弹如雨。王世堂左支右绌，手忙脚乱，捂住眼暴露脑袋，头发嘶啦啦扯去了。去拿竿子和扫帚，奋起反抗，乱扑乱打，满院子撵鸟。鸟向更高的地方飞，更加狂烈暴躁地聒叫，愤怒地拍翅，到处是直朝他咒骂的猩红的雀舌，到处是屎弹。

王世堂吃惊这些鸟的癫狂执着，强烈的报复心。

一场搏斗。筋疲力尽。

"王世堂狗日的，你可做的好事！"老婆在门框还是在镜框里骂？

树却一动不动。树像石头立在那里。

"豁嘴哥……"

嘶声哑气的王世堂指着他端去的臭娘子粉，用自己也辨不清的声音唤尤豁嘴。

尤豁嘴住在岩壁旁，搭的个芭茅棚子，风不吹雨不淋，冬暖夏凉。他是个老鲹夫，吃惊地看着王世堂给他端来的辣味扑鼻的凉粉。这么好吃的凉粉王世堂为啥子给我吃？

"我喊不死这棵树……"他指了指碗里。

因为听不清楚，又指着碗里，树？粉？喊不死？全是些八竿子打不着的话，主要是完全没有声音，放个屁也比他响亮。尤豁嘴不知道王世堂喉咙怎么了，只见他指指戳戳对着喉咙。

"世堂，我看看……"

一口血水出来。慢慢讲。是树……娃子三苕……要打家具……要砍那棵臭娘子树……喊了三天还得罪了鸟……喉咙溃破了……

尤豁嘴总算听明白了，尤豁嘴嘴里嚼着臭娘子粉说："你那棵树还不是树精！老树精，你不敢下手啊，费这大的劲。走，我有治的法子！唉，是说这几天坳子里狗咋叫得这么凶哩。"

尤豁嘴提起当年在伐木队用的板斧，就去了王世堂的院子。

尤豁嘴围着树器宇轩昂地转了几圈，也不说话，瞅着什么。后来他把手按住了一个地方，说："就是这——"

说时迟那时快，尤豁嘴手起斧落，照准大树的瘤根就是一斧。这一斧，扎进去足有三寸深，拔出斧来，登时从砍开的口子里流出殷红的汁水来。

"你看，准的！你要放它体内的精血和灵气。"尤豁嘴晃着斧头说。

"嗷啊——"

尤豁嘴再陡然一声朝树怪喊，是那种稀奇喊法，像道士先生做驱鬼法事。这一声，连王世堂都吓了一跳，魂差点吓掉了。

这天，王世堂守着这刀口流出的红汁水。看它流。细细地流，不断线地流。

刀口里的红汁水足足流了一夜，把水洼全染红了。这是树血。

这一夜，苦哇鸟叫得忒凶，满树都是哭号声。

就一夜，整个树叶蔫了，霜打过一样。鸟声没了，只有有气无力的几只。到了下午，完全静了，树安静了，风声都是软的，发出干涩的、枯燥的挣扎声。

"王世堂呀王世堂，快去请木匠师傅，准备酒菜啦！"

回过头去，老婆在叫。她好高兴，变了个人似的，不再骂他。儿子三苕有家具了！

一房家具打得结结实实，新新崭崭。上了油漆后，光彩夺目，满院生辉。

王世堂把家具运到城里，把儿子媳妇高兴得不行。真是及时雨啊。铺上新床的当天，媳妇就在床上生下个大胖小子。这家伙，这么急着出来哩，你爹你妈还没扯结婚证哩。不是个四苕吗？管他四苕五苕，爷高兴！王世堂虽然喉咙伤痛说不出话，但喜得眼泪四溅，喉咙里发出咕哝咕哝的欢呼声。

有一天晚上，王世堂喉咙火烧火燎，起来到儿子的厨房找冷水喝。有一口囤水的大缸（因为经常停水），他舀了一瓢水正喝时，一低头看那缸里的水面上，竟映出一棵大树来，青枝绿叶，迎风摇晃，片片叶子都是桃形的。王世堂惊出一身冷汗，这不是那棵砍倒的臭娘子树吗？做成了家具的，它的魂没死，跟着木头跑到城里来了？

王世堂以为是幻觉，定眼看，分明是树影，清清楚楚，倒映在水面上。王世堂没有出声，这事儿不能说的。他推说有事，告别儿子媳妇胖孙娃，悄悄摸回老家。回去就在那个砍树的大坑旁烧香磕头。小水洼变成了大水坑，却没有了漂亮的红蛙、红蛇，更不消说有鱼了，一坑死水。

过了几个月王世堂咽不进去东西，喝水都难下喉，喉咙里像塞了块火炭一样。一直他就是这样，自从喊树破嗓后，常出现吞咽困难，说话嘶哑，咯血。也自采了些草药如八角莲、七筋姑、开口箭泡水喝，有点缓解，不几天又是原样。当病情越来越严重后，被三苕接到城里去看，最后确诊为喉癌。

喉癌就是山里人所说的噎死病。为不给儿子添负担，王世堂只好回到臭娘子坳想办法。

噎死病城里的高科技奈何不了，但有羊鱼条子腮里的鱼虱可治。这鱼虱现在到哪里弄去呢？

鱼没了，是鸟没了；鸟没了，是树没了。讨厌的苦哇鸟死哪儿去了呢？那么多，说不见就不见，一只都没了。你们是在哪儿叼来的这种鱼呀？问好多乡亲，都说不知道这鱼的出处。还有患噎死病的家人不知情，跑来继续找王世堂讨要鱼虱呢。王世堂哑哑地摆手示意没了，他现在也要这个东西。

王世堂只好拖着虚弱的病体进了深山去寻找鱼和鱼虱。打进山后王世堂就不知所踪。鱼虱找到没有，不清楚。人在哪儿，也没人知道。

代跋　抵抗投降的写作——陈应松小说论

张艳梅

　　陈应松在当代中国作家中，是个特异的存在。他的创作如连绵火山，表面看是灰冷坚硬现实的直观表达，内部其实蕴含着炽热柔软的情怀。阅读他的小说，不仅能感同身受于底层人民的生存苦难和精神受难；而且，他的文化寓言，现实魔幻、生存反思、社会批判以及启蒙思想和终极关怀，也可以看作一种对底层文学价值悖论的超越性文化自觉，即努力探求精神救赎之路，折返到自然中，重建更符合理想人性和世界理想的伦理秩序。

　　早期"神农架系列"小说，展示了鄂西北贫瘠山区农民充满血和泪的苦难人生。真实残酷的生活场景，极端的个人遭遇和命运磨难，无不呈现出令人震撼的艺术感染力和现实生存的压迫感。"从这样的叙述中我们能感到作家对苦难的震惊，从这种震惊中作者传达出他对现实的强烈批判精神。但作家并没有止于震惊，更重要的是他被苦难中搏斗的精神所震撼。恰恰是这种震撼，使小说超越了一般的问题小说，在对现实批判之外，作家还有更深的精神追问。"① 从中篇小说《松鸦为什么鸣叫》《狂犬事件》《马嘶岭血案》《太平狗》到长篇小说《猎人峰》《到天边收割》，陈应松专注于苦难主题和底层生存，不断迫近死亡、残酷、生存绝境的极限。

　　从近年来的"荆州系列"小说，看得出一些转变，包括题材的选取以及对底层的认识，对底层叙事的艺术处理，对时代的阐释，对社会问题的追溯，对道路的探求，都超越了已有的底层写作。如果说"底层写作"对当代中国文学真正产生重大影响，能够成为文学发展的新元素，陈应松的创作意义重大。陈应松的文字，犀利、深刻、凝练而丰富。这一组"荆州系列"小说，不仅揭示了乡村正在慢慢凋零、荒芜和败坏，浓缩了整个时代经历的疾风暴

---

　　① 贺绍俊:《从苦难主题看底层文学的深化》,《当代文坛》2008 年 01 期。

雨，也写出了底层遭遇的动荡不安。传统意义上平静自然纯朴的乡村生活一去不返，生存艰辛，家园丧失，文化凋零，伦理败坏，与终极归宿悬置，带给我们无尽思考。陈应松不仅写出了时代悲剧、个人悲剧、生存悲剧、情感悲剧，而且深刻地呈现出底层的生存焦虑、心灵焦虑和有关存在的绝对孤独，拓展了"底层写作"的思想空间，强化了"底层写作"的艺术表现力。

最新长篇小说力作《还魂记》，通过第一人称的亡魂视角，多角度呈现出主人公燃灯死后灵魂归乡的所见、所闻、所感，展示出被遮蔽的故乡家园混乱而吊诡的伦理秩序以及现实社会魑魅魍魉横行于世的荒诞不经。来自荆楚大地的驳杂素材、神秘诡异的变形意象、简短有力的诗性语言，共同构成了带有中国式魔幻现实主义浓烈色彩的小说文本。其以死观生的荒诞叙事，字字针刺现实，既揭露了社会现代化进程加速所带来的各种社会问题与精神隐疾，也传递了作家对于乡关何处的质询，以及因灵魂无处皈依而心生的焦灼与疼痛。

一、在大地深处呼吸之"神农架系列"

陈应松的"神农架系列"小说，在人性与现实性，诗性与传奇性，神性与超越性等几个方面，充分体现了当代有责任感和使命感的知识分子，直面现实生活的冷峻观照和对人类存在的终极忧思。

陈应松始终关注神农架山区的农民生存，并且以不妥协的态度书写，再现了"底层"面对的生存压力、社会不公、环境破坏、意外死亡、精神麻木……小说中的苦难叙事与社会现实问题密切相关，作家站在批判立场，指出问题，撕去覆盖在生活表面的温情面纱，用血淋淋的生死挣扎，彰显社会文化、自然环境以及人性异化的多重危机。陈应松的潜在话语无疑是知识分子式的，不过与启蒙思想的线性发展观不同，他的危机意识带有回溯倾向，即重新审视人类的发展道路和发展理念，其批判矛头对准城乡差异、社会制度、人心人性等多个层面，思想立足点是对人类存在的终极追问。神农架系列小说抓住农民的生存现实和精神现实，批判令人触目惊心的欲望和不公，贫困和罪恶，冷漠和愚昧。《独摇草》《豹子最后的舞蹈》《松鸦为什么鸣叫》展示了人类疯狂掠夺自然带来的恶果，通过人与自然关系的悲剧性叙事，展示了发展带来的欲望失控和环境毁坏。《狂犬事件》《马嘶岭血案》对人与人之间的冷漠、仇恨以及随之而来的道德失衡做了血淋淋的描述；《太平狗》是对农民进入城市的艰难和非人遭遇的强烈控诉，城市中的罪恶和底层的苦难通过备受折磨九死一生的"太平"狗折射出来。程大种和太平是城市的异己者，是背负不同文化身份介入都市生活的最底层，于是被城市所吞噬或驱逐；《望粮山》《到天边收割》《火烧云》则描绘了一幅沉重的人性荒野图景，社会病象已深入每个角落，人性严重扭曲。乡警索要钱物却不办事，乡风凶蛮，地方政府漠视民事纠纷，导致麦家父子欺男霸女、横行乡里，村长带头哄抢救济物资，乡村管理形同虚设。《八里荒轶事》展现普通人死亡线上的挣扎、遭受的非人折磨，生活的残酷和生存的顽强。《人瑞》中人瑞的虚假年龄和真实死亡是对急功近利的社会普遍心态的辛辣嘲讽。《猎人峰》则以超现实笔法全面展示了神农架神奇的自然、残酷的厮杀、血腥的争夺……陈应松通过苦难叙事，将思想的笔触延伸到了广阔的社会政治和历史文化层面。对社会现实和国民劣根性的尖锐批判，无疑承接了新文学的启蒙传统，具有强烈的现实主义批判力量和社会忧患意识。

在对现代性的表征之一——都市文明的审视中，我们看到了作家文化理念的另一面。现代性作为社会理论的一个分析范畴，已经形成带有普遍性意义的理性化社会结构、制度框架和符号系统，倡导个体主义、科层制、发展主义等，表现出都市化、线性发展、客观主义等特征。发展主义至上造成了环境破坏和人性异化的严重后果，反思现代性的声音因而逐渐高涨。正是在这样的现实和思想背景下，陈应松创作了大批神农架小说，把社会批判焦点集中于文化失范、制度缺失、生态失衡和人性溃败，对现代理性的诉求和发展主义的反思突破了启蒙话语局限，在两个相反的思想维度上回到人类生存的核心问题。

陈应松的"神农架系列"小说，在文化立场上，同样有着复杂的取舍。现实的局限、理想的遥远、都市的罪恶、乡村的麻木，形成了生存意义上的文化困境。身在其中，都是批判，置身其外，而又魂兮归来。这种现实困境和精神局限就成为陈应松反复追问的难题。"神农架系列"小说以诗意的自然书写对照残酷的生活真相，以寓言化的方式展示现代人无家可归的心灵绝境，而这也正是当代人普遍的心理焦虑和精神困境。《八里荒轶事》中女性受难的救赎是依靠男性来完成的，土地受难的救赎是依靠城市来完成的。这在陈应松小说中是不多见的精神走向，也因此看出了作家内心的矛盾和无奈。和曹征路的《那儿》一样，《太平狗》在底层文学中同样具有重要意义。程大种曾经对城市生活充满幻想，背弃土地，抛弃家园，然而城市并不接纳他。挣扎流浪在城乡之间的程大种们的精神遭遇比起现实遭遇更具有悲剧意味。很多论者认为这是一篇现实主义力作，其实还不如说这篇小说是对人类命运和精神状态充满悲悯的寓言。《猎人峰》用大量篇幅展示了白云坳子这个有着独特地理风貌和生活方式的山村的生存现状，贫穷、闭塞、野蛮、冷漠。那些相互残杀的百姓在文寇所长眼里全是刁民，慕名前来的副乡长表叔最终连滚带爬地离开了这个噩梦一样的地方。《到天边收割》中唯一的清醒者金贵，痛恨村民愚昧无知，不过当他离开望粮山，进入城市生活以后，却在自卑和别人的蔑视中，走上了杀人的道路。无家可归，无路可走，这是作家的清醒和决绝，也是当代人精神受难的时代征候。作家笔下的端加荣、程大种和金贵们对生活充满热切的期待和执着朴素的热爱，然而生活一次次抛弃了他们，欺骗了他们，损毁他们，如何恢复生命应有的尊严，如何给血泪生存一个精神出路，这是在现实批判之上，作家思考的另一核心。

超越苦难的唯一可能是直面现实，回到自心。陈应松反复引用神农架当地人常说的那句话：人一天中有两个时辰是兽。揭示兽性和人性纠缠的最终目的，还是为了回到人性立场上来。"神农架系列"小说描述了太多人性恶，却不是最终目的；在苦难的深渊，望见希望的光亮，才是拯救的唯一可能。《木材采购员的女儿》中对人的精神觉醒的赞美，《云彩擦过悬崖》中对苏宝良执着于事业的纯净心灵的弘扬，《松鸦为什么鸣叫》中伯纬身上无私的博爱精神，都具有超越现实黯淡的巨大感染力。也正因此，陈应松对社会良知的吁求获得了广泛认同。《猎人峰》中，面对普遍的精神创伤，白椿和白丫给冷漠与隔绝的世界带来了爱与持守，救赎的力量来自美好人性和纯洁的爱。白椿是小说中最具有精神力量的人物。最初机缘巧合他具有了一双神眼，可以在黑暗中发现世界的本相，祛除迷寐，而为真的化身；后来，被抠瞎双眼，成为黑暗世界的独行侠，转而凭借内在的善，成为恶世界的鲜明对照。作家显然不希望在那片山林里只剩下恶的横行和欲的放纵，善最终成为普遍恒定的至高无上的准则，给出现实生活以严峻的审判。

陈应松热爱自然，满怀诗意注视自然，在大自然的传奇中探寻文化再生的能力。自然与生存相互缠绕，从生存现实到生存模式再到生存文化逐渐延伸，指向的是人类的终极关怀和精神救赎。在城市和乡村之间，陈应松确立了乡村与自然的相通性，确立了反思都市文化的价值支点。在乡村与自然之间，自然以巨大的精神性力量超越了现实性乡村，以一种接近整体象征的方式，显示出回归自然的终极意义。尊重自然，尊重自然的生命意义，还自然以尊严，重建人与自然之间的伦理关系，是陈应松在"神农架系列"小说中展示的超越性的终极思考。《神鹜过境》《醉醒花》显示了大自然自身的生命逻辑，神性挫败与人性幽暗最终演变成残酷的死亡，直面冷漠和死亡强化了自然的博大与温暖。《豹子最后的舞蹈》《牧歌》通过豹子的命运轨迹和老猎人的最终觉悟，展示的是价值理性意义，敬畏自然、敬畏生命，是自然和人类之间的平衡支点。《云彩擦过悬崖》阐释了人和自然之间、人和人之间必须建立平等的依存关系，倡导回归自然的伦理尺度。在乡村和自然的对立结构中，陈应松由环境恶化反观生存，质疑发展，显示了对人化自然的一种谨慎态度。自然具有独立的生命价值和伦理倾向，外加于自然的价值准则和伦理意义最终被自然还给人类。功利性的发展和欲望的无限膨胀让人类社会遭遇到了空前的危机，生命应该扎根大地，这是陈应松给出的简单而又深刻的答案："感恩大地，这是我们唯一向大地母亲俯首称臣和回馈的途径，一切从很远的地方风尘仆仆、蓬头垢面走向大地的人，都将得到从大地上生长的力量。"[1]

二、解剖乡村病象之 "荆州系列"

2009 年，陈应松到荆州挂职。与此前他生活过的神农架山区不同，荆州比较富裕。陈应松说他想看一看这里相对富裕的乡村，它的现状究竟如何。通过走访调查，他发现，富裕农村同样存在很多问题。在这些体验和调查的基础上，陈应松完成了一系列中短篇小说，包括《夜深沉》《一个人的遭遇》《野猫湖》《祖坟》《送火神》《无鼠之家》和《去菰村的经历》。这一系列小

---

[1] 梁必文:《生活的馈赠——访陈应松及其作品印象》,《湖北日报》,2005 年 10 月 25 日。

说中,《祖坟》和《夜深沉》讲的是逃离的故事,《祖坟》是精神逃离,连根拔起是对故乡的彻底背叛;《夜深沉》是现实逃离,当然没有逃掉,被故乡杀死在离乡之路上。陈应松无比疼痛地写出了当代人故乡早已沦陷,无乡可归,祖坟都被挖过多少遍了的现实。《一个人的遭遇》和《送火神》讲的是反抗的故事。《一个人的遭遇》是现实反抗,当然失败了,个人主义者在中国从来没有出路,刁有福除了一死,就剩下与生活和解这一条路。《送火神》是精神反抗,小说以隐喻的方式表达了一种永恒。刁有福和大系哥,一个是狂人,一个是疯子,与这个世界中的黑暗作战,一个追问真相,一个纵火焚烧。《野猫湖》和《无鼠之家》讲的是乱伦的故事。《野猫湖》女主人公杀夫,《无鼠之家》男主人公弑父。小说表现的是现实悲剧,更是暴力隐喻。在社会学意义上,暴力是通往自由的一条道路,是弱者唯一的武器。《去菰村的经历》讲的是乡村政治。小说挖掘社会病态的根源,笔墨峻急而悲愤。

《一个人的遭遇》与肖洛霍夫的小说同名。如果说,索科洛夫是用一生直面战争的伤害,那么,刁有福是在用一生反抗黑色的命运和铜墙铁壁的体制。刁有福下岗后凭技能混生活,一场大水让他重回一无所有。参股的人都变成债主,舅舅、母亲对他拳脚相加。报纸却称其不肖对母亲施暴。告到法院输了官司,丢了肾,离了婚,从此,为自己讨说法,为同厂下岗工人要待遇,刁有福走上漫长艰辛的上访之路。这篇小说有着陈应松一贯的犀利和深刻。小说以个人与体制的冲突为切入点,思考社会问题的根源。三十年改革开放,企业转制,是非功过难以定论,作家不是政论家,也不是政府的智囊团,不必出谋划策,但不能不关注生活,尤其要关注人的生活。这个是最基本的,是作家应有的良知。就像鲁迅那一代知识分子,用笔墨记录整个时代的社会动荡和思想探求;一个世纪之后,如王祥夫和陈应松所言,还有多少人有文化担当的勇气,有文化重建的追求,有思想探求的自由精神?陈应松这篇小说记录了企业转制给一些工人带来的灾难;记录了一个工人代表的骨气和勇敢;记录了我们对这个时代,对这个时代的那些"牺牲品"欠缺的一个交代。《去菰村的经历》带有更沉重的政治色彩。正如西方学者所说,是不道德的社会造就了不道德的人,那么,病态社会是如何形成的呢?菰村,让我们思考的核心回到制度本身。小说以陈作家到乡下采风为主线,写到屈原、骚辞湖,养鳝的、养猪的、养鱼的,吃黄鼠狼,喝大酒,游湖遇险,丁四卵犯心脏病,农民上访,喝药而死,等等。陈作家对菰村选举很感兴趣,想去看看，却遭到当地陪同人员反复阻拦，一个小小的乡村选举，警察戒严，荷枪实弹，严阵以待，山光水色转眼间变成龙潭虎穴，陈作家最终也未能成为孤胆英雄深入乡村了解村选真相，只好满怀惆怅和隐忍的愤怒踏上回省城之路。小说叙事笔调庄谐并置，辛辣锋利。作者以知识分子对社会问题的高度敏感，以及强烈的干预生活的使命感，不断为我们书写中国前进路上的某些问题，面对那些社会痼疾，他针针见血，毫不留情。当年，何清涟写《现代化的陷阱》，指出中国社会在转型过程中遭遇的各种困境，如今，面对日益严峻的社会现实，还有多少作家能如陈应松一样有这样的勇气和担当呢？《送火神》写一个叫大系哥的孩子，弱智，喜欢火，喜欢一切可以燃烧的东西，父母因为不堪重负遗弃了他，他在村子里四处游荡，伺机放火，算是为害乡里了。村民一面不得不给他吃的让他得以活下去，一面恨不能掐死他让他不再继续害人。终于在最后一次烈焰飞腾时，村民心照不宣合力将其赶入火中，使他与他亲手点燃的世界化为灰烬。小说写出了一个孩子的悲惨人生。大系哥是个弃儿，虽然想念父母，却无法拥有父母的关爱，纵火只是寻求光亮和温暖的本能，在这一细节中，看得出陈应松对于生命的深刻理解与同情。作者以平静的笔调讲述了这样一种生命的绝境，内在的撕裂感和疼痛感，漫过了尘世生活的歌舞升平。村长从黑旮旯里走出来，说，救火啊，救火啊。其实，需要拯救的是我们自己，能够拯救我们的也只有自己。小说写出了一个村子四面楚歌的无可奈何。和陈应松以前的作品一样，这个小村子是当代中国的缩影。陈应松以文字和行走的方式，背负时代的苦难，写下越来越艰难的爱，在理想主义的暗夜，他以闪电的方式爱着这个如此不完美的尘世，他以诗人的情怀在我们日渐冷漠的心里开满花朵。这篇小说让我想起鲁迅的《狂人日记》和《长明灯》。总有一个人，以近乎疯狂的行为，映照出民族精神结构的缺陷和人性的深渊。在这个时代，如何活下去？如何穿越理性的冰冷，以生命的火焰彼此温暖？天空是黑的，那个全身火焰的孩子，在人群里出现，消失，又出现，又消失，这个光的舞者是以残酷的诗意，在被彻底赶出生活的瞬间，接近了自身的神性。这一切，令我们内心如此震撼，又如此忧伤。

陈应松小说云淡风轻的不多，紧张、凝重甚至惨烈的氛围，总是带我们不断迫近社会生活的真相。"野猫湖"是一个空间隐喻，是一个缩影。作者写生存的悲剧、伦理的悲剧，对乡村现实有着清醒、理性而深刻的认识和表现。野猫湖，这个充满暴力的世界，深刻地揭示了乡土中国的精神荒芜。这是陈应松最深的忧患吧，变坏的社会，仍然是我们大家的，所有人都逃不出去，而且都有着无法推卸的责任，清醒者的呐喊可谓振聋发聩。陈应松避免了新乡土小说表象化的书写，往往能够从体制、文化和伦理等多层面多角度审视乡村社会，揭示其衰败的本质。

《野猫湖》延续了陈应松一贯的底层关怀的文化立场，既写出了乡村社会痛苦艰辛的生存，也写出了一个普通乡村女子在感情和道义上的挣扎。由此把对底层的关注，从现实生存深入到精神和心理层面。在叙事上，这篇小说中人物内在世界的探索与日常生活的呈现同样精彩，外在生活不乏刀光剑影，内心世界同样电闪雷鸣。置身其中，黑暗世界里那颗备受折磨的心，给我们以长久的震撼。"野猫湖"显然不是一个封闭式的生存空间，作为衰败乡村的缩影，作为生存淹没理想的隐喻，这个野猫湖，是历史的阴影、时代的创伤和乡村的挽歌。香儿和庄姐，面对丈夫、村长和无赖牛垃子，在这片土地上挣扎和抗争，坚守和惨败。野猫的惨叫，毒狗偷牛的猖獗，弱女子孤立无援的生活，在乡村大地上发生的这一切，都不仅仅是故事，也不是偶然。那个善良坚韧的女性，最终越过伦理底线，亲手扼杀丈夫，无疑具有更深刻的悲剧意味。《无鼠之家》不仅写出了底层生存的悲剧，女性命运的悲剧，还揭示了精神信仰的悲剧，乡村社会的悲剧，和整个时代的悲剧。小说以写实和隐喻叠加的方式，触及了很多非常尖锐的社会问题。我们经历过的毒鼠强时代，充满了暴力血腥和欲望，在农药和毒药中长大的一代人，有着幽灵一样的人生。人，如何才能回到自己的内心，重建生活的信仰，恢复对世界的信任，找到那个好好活下去的理由？小说为我们展示了人祸产生的现实。人祸之一：毒害后代。因为鼠患横行，野猫湖人擅长制售鼠药，剧毒鼠药污染环境，村里很多年轻人失去了生育能力，人们在自我毁灭的路上一路滑行。人祸之二：信仰混乱。因为茫然，所以轻信，那些流氓无赖借神的名义，行男盗女娼之实。人祸之三：乱伦。儿子没有生育能力，父亲为传宗接代，就亲自上阵，与儿媳苟且，生下一个身份复杂的男孩。结果多年以后，儿媳病重，众人放弃治疗，一气之下，儿媳说出实情，全家天翻地覆。人祸之四：弑父。儿媳的死亡不足以赎罪，还有一个罪的源头要清算。被侮辱与被损害的弱者最终选择了反抗。阎孝文外出打工，多年后回乡杀父报复。这是一个彻头彻尾的悲剧。然而面对这样的悲剧，人们是不是真的具备了自我反省、自我拯救的能力了呢？"野猫湖"，浑浑噩噩，然而又有着自己的内在秩序，没有人可以真正摆脱。阎孝文出走多年，最终还是选择回乡杀人，那个阴霾重重的故乡就是压在他心上的坟。"野猫湖"则是典型的王德威所说的恶托邦。① 陈应松小说以反乌托邦叙事直面时代的恶，其叙事空间从社会现实生活，到民众精神心理，再到彼岸世界的信仰追问，立体化地呈现了底层背负的精神创伤，面对的文化自限以及可能的救赎之路。

当代知识分子的思想历程，经历了从直面现实，到重写历史，再到回归民间的过程，20世纪80年代中期的文化寻根热潮，对应的是民族文化危机；20世纪90年代中期的人文精神讨论，对应的是精神信仰危机；再到21世纪第一个十年中期的底层文学思潮，对应的是社会中的生存危机。这其中，对现实的批判和反思，信仰的寻找和重建从来就没有中断过，只是知识分子群体本身在不断分化，寻找的方式也在变化。犬儒主义者、国家主义者，先后放弃了启蒙立场，不过，还有一部分知识分子仍在坚持自己的文化理念和道德理想。"底层写作"的现实批判和时代忧思，体现了知识分子的自觉担当，关注中国的现状与未来，试图以文学记录时代，思考生活，表达忧患，寻找出路，这些无疑都是这个时代最可宝贵的精神资源。

《夜深沉》写一个进城打工创业的农民隗三户的还乡经历。小说为我们展现了都市的病态、家园的破坏和民风的败坏。生态农庄是个又脏又臭的猪圈，偷牛、赌博、强权、冷漠，让故乡变得陌生而残忍。现实是最遥远的，不是说作家远离生活，而是作家以一种具有震撼力的方式，把那些原本不在我们日常视野里的生活推到我们面前，让现实成为生存遁入黑夜，精神无家可归的寓言。另外，小说中的大雨书记是个双面人，一面不择手段圈地养猪发展自己的生态农庄，一面为村里公共事业殚精竭虑。故乡也是两副面孔，各种野花漫山遍野馨香浓郁，养猪场污染环境空气恶劣。这种对照的目的当然是反思发展的路径，也有对家园不再的忧虑。小说结尾充满诗情画意却让人忍不住满眼热泪。小说题目是"夜深沉"，黑夜里只有一条路，那就是和暴力还有死亡狭路相逢。这一由寻找光明温暖和永恒的心灵皈依导向暴力和死亡的路径，绝不仅仅是一种现实的冷峻批判和决绝的自省。小说把一个人命运里的黑暗放大，隐喻了时代和社会生活。隗三户临死前紧贴大地，用力呼吸故

---

① 王德威：《乌托邦，异托邦，恶托邦——从鲁迅到刘慈欣》，《文艺报》，2011年6月3日。

乡的气息，还有那声来自童年的呼喊，给了他最后的满足。陨三户寻找的失败意味着农耕时代已经终结，身体离土离乡，灵魂化作永恒的绝唱。还乡之喻其实体现了人类超越死亡之痛的努力，不过，这里的灵魂满足并不能为生命终结提供任何安慰或意义。《祖坟》篇幅虽短，意蕴丰富。小说写的还是底层，只不过换了个叙事角度，声东击西，意在言外。没有完整的故事情节，一些片段的蒙太奇转换和叠加，村长冻死的父亲，哭瞎的母亲，血淋淋的伤手；乡亲煤渣垫路，鞭炮齐鸣，黄布蒲团，三牲六畜，转眼都成沉寂的过去。街头露宿，车站徘徊，真的是千里之外，无声黑白，这一切都不再打动你。小说结尾回应开头：如果你忘记了故乡，如果你无情无义，总有一天，你会在凌晨突然接到一个电话："×局长，你家的祖坟被挖了。"小说表意是寻根，都市里的大员，心灵上的由乡而城，最终割断千里乡情，从自己的出身叛逃而去，任由那个小村穷困腐烂。乡村里的小官，诚惶诚恐地依附和讨好，及至以挖祖坟为胁迫，只是为了换取学生桌椅板凳、老人过冬棉被等。这种背弃，这种胁迫，在更深层意义上，指向的无疑是制度，是文化，是对存在的终极追问。

三、魂归何处之《还魂记》

长篇小说《还魂记》引起了普遍关注和好评。陈应松的文字，不仅是现实生存的真切关怀，是枝繁叶茂充满原始生命力的自由精魂，还是充满神性的生命忧思启示录。《还魂记》中，陈应松运用大量篇幅展示了野猫湖故乡的独特风貌和生存现状，这里野物成精、人性变异、欲望放纵、尔虞我诈、生死缠绕：主人公燃灯在夜里现身还魂，他在树影朦胧、精灵遍地、避人处有无数只蓝幽幽的猫眼盯着你的诡异环境里，走向了他的故乡。

《还魂记》里，魑魅魍魉遍布于大地的野猫湖故乡、难以寻觅的疯癫父母解构了燃灯还乡的意义。他无从追问自己的根脉，就连唯一的至亲养父柴草也被闸门轧断了脑袋，挚爱的表妹狗牙因不堪受村长凌辱而身亡。归乡，不如不归，但命定的故园情结却驱使着游子一心期盼落叶归根的一天。陈应松的小说无疑有着浓重的乡土气息和相当明确的故乡情结。面对现代化进程正在以不可阻挡的步伐席卷城乡的现实,陈应松不愿意把闭塞之地写成人间天堂,但又不愿让都市文化完全遮蔽了乡土中国,于是其创作便融入了作家内心的徘徊和寻找、忧患和困扰。这种情绪映射在燃灯身上,便呈现出一条曲折而又疼痛的轨迹,这体现出作者内在的"现代性焦虑"。与此同时,小说提出了难解的疑问:魂在,心在,就真正实现还乡了吗?吾乡究竟在何处?

小说中的黑鹳庙村首先作为"异境"而存在,所谓"异境",是指不同于神奇的自然景观,带有奇异色彩的境域,它不单指奇异的自然景观,也包含着奇异的场景。例如马孔多小镇就是马尔克斯笔下人鬼混杂,生死模糊,现实和神话交织的一个"异境"。黑鹳庙村也是如此,一切景物仿佛都具有生命力,野兽也被妖化:野猫眨着蓝幽幽的眼睛在暗处注视着每一个人;瞎子盲目地到处行走、游魂无所适从地四处飘荡;棺木里会有"几株荷花和伞盖似的荷叶,栩栩如生地长在棺材里"。在这个"异境"里,会诵经的骷髅、会笑的土怪、从柴草墓中跳出来的炒石子、坐在坟墓上哭泣的野猫、狗牙棺木里开遍的荷花⋯⋯一个个似真似幻、象征色彩浓厚的意象不停跳入读者的眼眶,令人目接不暇。

读《还魂记》,给人印象最深的便是满纸皆是死亡与坟墓,遍地都是幽灵与冤魂,黑鹳庙村的时间似乎永远停滞在生生死死的瞬间。应该说,生与死的存在命题是宗教故事的永恒话题,透过死亡,可以看清生存本相,使灵魂得以皈依,毕竟只有死后才能真正实现人人平等,亡魂叙事则是从死亡中寻找灵魂的重生之路。基督教将灵魂之旅称作"灵程",佛教称之为"往生",柴燃灯的"灵程",是为了结生前还乡遗愿,是为前往极乐世界,小说的叙事围绕着燃灯寻找养生地、寻找父母、寻找爱情、寻找法理真相而展开,这正延续了传统的宗教故事中的寻找模式。[①]

关于现代性与现代性反思,也已经成了一个陈旧的话题。我们在追求现代化的路上,不断把乡村变成城市,把无法变成城市的乡村生活彻底抛弃。这就是陈应松小说中为我们呈现的现实,他内心深深的忧虑让每一个仍在回望故乡的人,夜夜不眠坐立难安。我们究竟要向何处去,我们的根到底在哪里?陈应松的追问饱含现实的忧患和诗意的痛苦,他就像一个行吟诗人,那颗心与大地,与大地上行走的人们,彼此呼应。他始终直面黑暗以及沦陷在

---

① 周园、张艳梅:《亡魂叙事:中国式魔幻现实主义》,《长江日报》,2016年8月28日。

黑暗中的每一个人。正因为心中有光和爱，才更要把生活中的黑暗毫不留情地揭示出来。就像鲁迅的苍生大爱和他的绝不宽恕。那些暗和光，冷和暖，彼此交错；那些沉默和呐喊，风雨和挣扎，纵横交织；那些沉重的生和死，作为混乱时代的尖锐追问，质疑着我们眼前看起来风平浪静的生活。

附录

陈应松文学活动大事记

1979 年

在《解放军文艺》第 11 期上发表诗歌《舵和喇叭》，为处女作。之后一直写诗，发表 500 余首。

1986 年

在《上海文学》第 6 期发表短篇小说《火鸟》，在《人民文学》第 6 期上发表短篇小说《枭》，遂开始小说创作。

1987 年

在《上海文学》第 3 期发表中篇小说处女作《黑艄楼》。在《人民文学》第 3 期发表组诗《中国瓷器》，选入 20 多种诗歌选本。

1991 年

3 月，诗集《梦游的歌手》由长江文艺出版社出版。

11 月，长篇报告文学《走向梦想》由新华出版社出版。

1993 年

3 月，人物传记《红星骁将》由湖北人民出版社出版。

10 月，小说集《黑艄楼》由中国文学出版社出版。

12 月，小说集《苍颜》由海南出版社出版。

1994 年

12 月，小说集《大寒立碑》由中国文学出版社版。

1995 年

在《长江文艺》第 9 期发表中篇小说《归去来兮》,获该刊本年度万元大奖。

在《当代作家》1996 年 1—2 期发表长篇小说《失语的村庄》。

江汉大学中文系召开"陈应松作品研讨会",并在《江汉大学学报》上专辑刊登评论文章。

1997 年

1 月,长篇小说《别让我感动》由群众出版社出版。

1999 年

在《钟山》第 6 期发表中篇小说《雪树琼枝》,引起关注。

2 月,长篇小说《失语的村庄》由河南文艺出版社出版。

9 月,中短篇小说集《大街上的水手》由长江文艺出版社出版,获首届湖北文学奖。

2000 年

自愿到湖北最偏远山区神农架挂职,职务为神农架林区政府办公室副主任,为期一年。

2001 年

在《钟山》第 3 期发表中篇小说《豹子最后的舞蹈》,被《小说月报》等转载,选入多种年度选本,进入该年中国小说学会的中国小说排行榜位列中篇小说第四名。从此,"神农架系列"小说在文坛得到承认,并持续产生影响。

在《芳草》第 2 期发表中篇小说《乡长变虎》,获该刊本年度优秀作品奖。

9 月,随笔集《世纪末偷想》由武汉出版社出版。

2002 年

在《钟山》第 2 期发表中篇小说《松鸦为什么鸣叫》《云彩擦过悬崖》。其中《松鸦为什么鸣叫》被《小说选刊》《小说月报》同年第 5 期同时转载,选入多种年度选本，翻译成俄文出版，并获得第三届鲁迅文学奖中篇小说奖、中国首届环境文学奖、湖北省文化精品生产突出贡献奖，进入该年中国小说学会中国小说排行榜位列中篇小说第二名。

在《上海文学》第 10 期发表中篇小说《狂犬事件》，被《小说选刊》《中华文学选刊》同年 12 期转载，选入 15 种选本，获得第六届上海中长篇小说大奖。

在《上海文学》第 2 期发表短篇小说《弟弟》，《小说选刊》第 4 期、《短篇小说·选刊版》第 4 期转载。

3 月，随笔集《在拇指上耕田》由武汉大学出版社出版。

2003 年

在《上海文学》第 6 期发表中篇小说《望粮山》，《小说选刊》第 8 期头条转载，进入该年中国小说学会中国小说排行榜位列中篇小说第六名。入选该年 6 种年度选本。

在《钟山》第 3 期发表中篇小说《独摇草》，获 2003 年《钟山》小说奖。

在《天涯》第 4 期发表短篇小说《我们的牛栏》，《短篇小说·选刊版》第 10 期转载、北美《世界日报》转载。

5 月，长篇小说《魂不守舍》由花山文艺出版社出版。

中篇小说《狂犬事件》获得第二届湖北文学奖。

2004 年

在《人民文学》第 3 期发表中篇小说《马嘶岭血案》，被《小说选刊》等多家选刊头条转载，选入 16 种年度选本，获得该年度人民文学奖、首届《北京文学·中篇小说月报》奖，进入该年中国小说学会中国小说排行榜位列中篇小说第五名，被评论界称为"底层文学"的重要代表作。被北京世纪鼎亿影视公司购买版权，因故未能拍摄，后再被张艺谋购买电影版权。已翻译成俄文和日文出版。

1 月，中篇小说集《豹子最后的舞蹈》由春风文艺出版社出版。

中篇小说《松鸦为什么鸣叫》获得第三届鲁迅文学奖，同时获得湖北省委宣传部的"2004 年文艺生产优秀奖"。

10 月 27 日，在北京由中国作协创研部、中国小说学会、湖北省作家协会、春风文艺出版社共同召开陈应松"神农架系列"小说作品研讨会。

随湖北作家访问团出访俄罗斯。

2005 年

在《人民文学》第 10 期发表中篇小说《太平狗》，被《小说选刊》《小说月报》《中篇小说选刊》《北京文学·中篇小说月报》《作品与争鸣》等多家选刊头条转载，好评如潮，选入多种年度选本，进入该年中国小说学会中国小说排行榜位列中篇小说第一名，并获第二届中国小说学会大奖、湖北第六届屈原文艺奖等，进入《小说选刊》2005 年小说排行榜。

在《北京文学》第 2 期发表《火烧云》，被《小说月报》《小说精选》转载，并获得新世纪第三届《北京文学》奖。

在《上海文学》第 1 期发表短篇小说《归来》《人瑞》，选入多种年选本。

在《山花》第 2 期发表短篇小说《星空下的火车》，北美《世界日报》转载；在《山花》发表短篇小说《弥留》。

5 月，获奖小说集《松鸦为什么鸣叫》由长江文艺出版社出版。

7 月，小说集《马嘶岭血案》由群众出版社出版

9 月，小说集《狂犬事件》由武汉出版社出版。

1 月，随笔集《小镇逝水录》由百花文艺出版社出版。

2006 年

在《钟山》第 1 期发表中篇小说《吼秋》，《作品与争鸣》第 5 期转载。

在《上海文学》第 10 期发表中篇小说《母亲》，被《北京文学·中篇小说月报》《作品与争鸣》《小说精选》《名作欣赏》《党员文摘》等转载，选入多种年度选本。

在《长城》第 4 期和北美《世界日报》发表短篇小说《醉醒花·白眼狼》，《小说月报》第 9 期转载，并选入多种年度选本。

9 月，《鲁迅文学奖获奖作家丛书·陈应松小说》由中国社会出版社出版。

10 月，中篇小说集《太平狗》由百花文艺出版社出版。

12 月，小说集《呆头呆脑的春天》由河北教育出版社出版。

12 月，中短篇小说集《暗杀者的后代》由群众出版社出版。

随中国作家访问团出访俄罗斯。

2007 年

在《芳草》第 1 期上发表的中篇小说《像白云一样生活》被《小说月报》第 3 期头条转载,被北京金神影视公司改编拍成电影《复活的三叶虫》。

在《小说月报·原创版》发表的中篇小说《农妇·山泉·有点田》,被《作品与争鸣》第 9 期转载。

在《十月》第 9 期发表《八里荒轶事》,《小说月报》第 11 期转载,并选入多种年度选本。

在《北京文学》第 9 期发表中篇小说《争渡,争渡》,《小说月报·增刊》转载。

在《中国作家》第 3 期和北美《世界日报》发表短篇小说《金鸡岩》,并选入多种年度选本。

4 月,中篇小说集《马嘶岭血案》由四川文艺出版社出版。

随中国作家代表团 10 月访问韩国。

中篇小说《太平狗》获得第十二届《小说月报》百花奖、2006—2007《中篇小说选刊》优秀中篇小说奖。

《马嘶岭血案》获得第三届湖北文学奖。

《太平狗》获得湖北屈原文艺奖。

2008 年

在《小说界》第 1 期发表长篇小说《猎人峰》,并在上海文艺出版社出版。

在《小说月报·原创版》发表长篇小说《到天边收割》,并在江苏文艺出版社出版。因《到天边收割》被评为《中华读书周报》唯一的"年度作家"。

在《中国作家》第 6 期发表《蒋王朝的罗曼史》。

在《芒种》发表中篇小说《后人》。

《农妇·山泉·有点田》获得天津第二届梁斌文学奖。

当选湖北省作家协会副主席,中国作家协会全国委员会委员,湖北省政协委员。

随中国作家代表团 10 月参加德国法兰克福书展,访问了德国柏林、法兰克福、德累斯顿等城市。

2009 年

再次自愿到农村挂职，被省委组织部任命为荆州市委宣传部副部长，为期一年。

在《芙蓉》第 3 期发表中篇小说《巨兽》，《小说选刊》第 6 期、《小说月报》第 7 期转载，入选多种年度选本，并翻译成俄文出版。

在《长江文艺》第 5 期和北美《世界日报》发表短篇小说《伟大的徐大宝》。

3 月，《陈应松文集》6 卷由长江文艺出版社出版，其中有中篇小说《马嘶岭血案》《母亲》，短篇小说《星空下的火车》，散文随笔《去托尔斯泰庄园》《天下最美神农架》，诗歌《中国瓷器》。

长篇小说《猎人峰》获得第四届湖北文学奖。

6 月 17 日，由中国作协创研部主办在北京召开陈应松长篇小说《猎人峰》研讨会。

2010 年

在《人民文学》第 4 期发表中篇小说《夜深沉》，《小说月报》第 6 期转载。

在《天涯》第 1 期发表短篇小说《祖坟》，《小说月报》第 3 期和北美《世界日报》转载。

2 月，《陈应松作品精选》由长江文艺出版社出版。

5 月，短篇小说集《星空下的火车》由春风文艺出版社出版。

售出长篇小说《猎人峰》和部分神农架系列小说英文版版权。

5 月，随湖北作家代表团访问台湾。

12 月，随湖北作家代表团出访美国。

2011 年

在《钟山》第 1 期发表中篇小说《野猫湖》，《小说选刊》第 3 期、《中华文学选刊》第 2 期选载。《小说选刊》配发了评论文章。

在《北京文学》第 3 期发表了中篇小说《一个人的遭遇》，《小说月报》第 5 期、《中篇小说选刊》第 3 期转载。进入中国小说学会中国小说排行榜位列中篇小说第四名，进入《北京文学》2011 年中国文学最新排行榜位列中篇小说第四名。

在《天涯》发表短篇小说《送火神》，被《小说选刊》《小说月报》第 11 期同时转载，被《世界日报》转载。好评如潮。

《送火神》《野猫湖》和《一个人的遭遇》分别选入多种年度小说选本。

12 月，随湖北文化参访团访问台湾。

2012 年

2 月 5 日，与严歌苓、张翎一起获加拿大华文成就奖。

在《钟山》第 2 期发表中篇小说《无鼠之家》，《中篇小说选刊》2012 年第 3 期转载。进入该年中国小说学会中国小说排行榜位列中篇小说第四名。获《中篇小说选刊》2012—2013 优秀中篇小说奖。入选《2012 年中国最佳中篇小说》（江苏文艺出版社，孟繁华主编），《中国当代文学经典必读》（文化艺术出版社、吴义勤主编），《2012 中篇小说选粹》。

在《长江文艺》第 3 期发表短篇小说《豹子沟》，北美《世界日报》转载，《长江文艺·好小说》转载。

8 月，散文集《所谓故乡》由地震出版社出版。

5 月，散文随笔集《灵魂是囚不住的》由上海东方出版中心出版。

8 月 24 日—9 月 3 日，带队湖北作家代表团出访埃及、土耳其、希腊三国。

2013 年

在《上海文学》第 1 期发表中篇小说《去菰村的经历》，《北京文学中篇小说月报》第 2 期转载，《中篇小说选刊》第 2 期转载，《小说月报》2013 中篇小说专号转载，《新华文摘》第 10 期转载。

1 月，中篇小说集《一个人的遭遇》由花山文艺出版社出版。

12 月，小说集《无鼠之家》由江苏文艺出版社出版。

12 月，散文集《春夏的恍惚》由地震出版社出版。

2014 年

在《北京文学》第 6 期发表中篇小说《跳桥记》，《小说月报》第 7 期转载。

在《十月》第 5 期发表中篇小说《滚钩》，获十一届"十月文学奖"，获十六届《小说月报》百花奖，获《中篇小说选刊》2014—2015 年优秀中篇小说奖。《小说选刊》第 11 期转载，《小说月报》第 11 期转载，《中篇小说选刊》

第 6 期转载，《北京文学·中篇小说月报》第 11 期转载，《新华文摘》第 21 期转载。入选《2014 年度中篇小说》（漓江出版社），《小说月报 2015 年精品集》，《中国中篇小说年度佳作 2014》（贺绍俊主编）（贵州人民出版社）。

在《回族文学》第 2 期发表短篇小说《喊树》，北美《世界日报》转载，《小说月报》第 5 期转载。入选《2014 年短篇小说精选》（长江文艺出版社，胡平主编），《2014 年短篇小说选粹》（北岳文艺出版社，林霆主编）。

1 月，《湖北作家文丛·陈应松卷》由长江文艺出版社出版。

7 月 2 日—6 日，参加哈尔滨中俄作家对话会，发表了题为《乡土·本土》的演讲。

2015 年

在《钟山》第 5 期发表长篇小说《还魂记》。

2 月，《陈应松中篇小说自选集·马嘶岭血案》由作家出版社出版。

4 月，文学演讲集《写作是一种搏斗》由长江文艺出版社出版。

3 月 25 日—27 日，在北京参加中国作协全委会。

6 月 27 日—29 日，在天津领取《小说月报》第十六届百花奖

8 月 5 日—16 日，参加中国作协丝绸之路采风团。

2016 年

6 月，长篇小说《还魂记》由江苏文艺出版社出版。

9 月，中篇小说集《滚钩》由文化发展出版社出版。

"陈应松神农架系列小说"英译本 4 卷：《猎人峰》《到天边收割》《陈应松神农架系列小说》上、下卷由国家新闻出版广电总局"经典中国国际出版工程"项目资助，莫爱屏教授、陈伟教授共同主编，由加拿大世界华人周刊出版公司在美国出版。

长篇小说《还魂记》入选腾讯 2016 年文学类十大好书榜。

6 月 19 日—25 日，随中国作家代表团出访俄罗斯，参加"中俄作家对话会"。

11 月 28 日—12 月 3 日，参加中国作家协会第九次作代会，再次当选中国作协全委会委员。

2017 年

1 月散文随笔集《雪夜》由当代中国出版社出版。其中有多篇散文成为全国各地初、高中考试试卷。

1 月，文学笔记《穿行在文字的缝隙》由当代中国出版社出版。

2 月，散文集《村庄是一蓬草》由万卷出版公司出版。

3 月，小说集《一个人的遭遇》由江苏文艺出版社出版。

《陈应松文集》16 卷由长江文艺出版社出版。